MY IN-LAWS ARE OBSESSED WITH ME

시월드가 내게 집착한다

한윤설 장편소설
VOL.1

CONTENTS

프롤로그
5P

CHAPTER 1.
나의 죽음 그리고 회귀
11P

CHAPTER 2.
어둠 속의 등불
103P

CHAPTER 3.
범람하는 파도
189P

CHAPTER 4.
촛불 위로 번지는 진실
277P

CHAPTER 5.
소낙비의 중심
369P

CHAPTER 6.
진실의 이면
455P

프롤로그

"글쎄, 베르디 자작 부인은 시댁이 애를 못 낳는다고 대놓고 구박하면서 정부를 들이라고 했대요."

"세상에, 저도 들었어요. 그런데 정작 구실을 못 하는 건 남편이라던데."

"그뿐이게요? 저랑 친한 지인은 결혼했더니 남편 밤 수발을 이렇게 해라, 저렇게 해라, 간섭했대요!"

"어머머!"

무도회장.

부채로 입가를 가린 부인들이 한 가지의 주제로 열을 내고 있었다. 어쩌다 이 사이에 끼게 되어버린 나는 샴페인만 홀짝거렸다.

"전 결혼한 지 오 년이 됐는데도 아직도 매일 드레스 검사를 받아요. 백작님 품위를 떨어뜨리면 안 된다고 아침마다 오셔서 확인하시거든요."

"저는 백작님께서 매일 드시는 식사량을 보고해야 해요. 이러다간 조만간 고기에 발린 소스는 몇 그램을 드셨는지도 확인해야 할 정도예요."

화려한 샹들리에 아래.

아름답게 꾸민 부인들이 서로를 보며 긴 한숨을 뱉었다. 먹구름이 잔뜩 낀 얼굴들은 하나같이 죽을상을 하고 있었다.

두 남녀가 만나 사랑해서 결혼했지만 사랑 하나만으로는 극복할 수 없는 게 있었다.

시대.

가족이지만 절대 가족처럼 가까워질 수 없는 사이.

한숨을 푹 내쉬던 귀부인이 아까부터 말 한마디 없던 나를 바라봤다.

"그런데 라피레온 비전하께선 말씀이 없으시네요."

그 말이 마치 방아쇠가 된 것처럼 모두가 눈을 번뜩거리며 나를 봤다.

희번덕거리는 눈동자엔 '너도 하나 털어나 봐'라는 뜻이 담겨 있는 것 같았다.

"결혼하신 지 곧 일 년이 다 되셨나요?"

벌써 일 년이 됐던가? 나도 모르고 있었는데.

"라피레온가에는 선대 대공비이신 글로리아 님이 계시잖아요."

"헉, 아직도 정정하신가요?"

글로리아라는 이름만 들었을 뿐인데도 마치 귀신이라도 본 것처럼 모두가 몸을 벌벌 떨었다.

"심지어 대공 각하께선 무뚝뚝하시잖아요. 저희야 남편들이 애정은 넘쳐서 그나마 다행인데……."

"대공 각하와 글로리아 님이시라니……."

"헉, 그러고 보니 라피레온 가문엔 세르시아 님도 계시지 않나요?"

"아! 대공 각하의 누님이신……!"

저기요. 나 아직 한마디도 안 했는데.

왜 벌써 다들 그렇게 불쌍하다는 눈빛으로 보는 거예요?

나는 제멋대로 이야기를 써 내려가는 부인들을 느릿하게 바라봤다. 그리고 빈 샴페인 잔을 내려둔 후 입을 열었다.

"글로리아 님과 세르시아 님이 계신 것도, 대공 각하께서 무뚝뚝한 것도 맞아요."

모두가 혀를 쯧쯧 내차며 안쓰럽다는 탄성을 뱉었다. 부인들의 얼굴에 '그래도 내가 쟤보단 낫네'라는 안도의 미소들이 피었다.

누군가를 아래에 깔아야만 우월감을 느끼는 사람들. 다른 사람의 불행을 보며 자신의 처지에 안심하는 사람들.

이런 모임엔 당연한 거였다.

뭐라고 입을 열려던 찰나 내 허리를 감싸는 손길이 느껴졌다.

"여기 있었군, 부인."

익숙한 향기와 함께 검은 머리카락이 볼을 간지럽혔다.

"허억, 대, 대공 각하를 뵙습니다⋯⋯!"

무뚝뚝하다던 내 남편의 등장에 모든 부인이 급하게 인사를 올렸다.

그러나 그들을 거들떠보지도 않은 채 내 남편, 테르데오 라피레온은 나를 품에 꼭 껴안을 뿐이었다.

"어디 있나 한참 찾았어. 잠시라도 눈에 안 보이면 불안해서 숨을 쉴 수가 없어야지."

담담한 투정에도 나는 익숙하게 그의 볼을 손바닥으로 밀어냈다.

"간지러워요. 그리고 보는 눈이 많으니 떨어져요."

그러자 우측에서 작은 아이가 쏙 튀어나왔다.

"각하! 엄마가 간지러우시다잖아요! 빨리 나오세요!"

라피레온 대공가의 후계자이자 서류상 내 아들인, 셀피우스 라피레온이었다. 아이는 테르데오의 제복을 잡아당기며 그를 내게서 떼어내기 위해 애를 썼다.

"그래, 그게 무슨 추태니? 테오."

이어 붉은 머리카락을 휘날리는 여인이 테르데오를 가볍게 떼어내며 혀를 쯧 내찼다. 그러곤 활짝 웃으며 나를 향해 두 팔을 뻗었다.

"안녕, 샤샤! 나 왔어요."

"……셋시 언니. 언니도 떨어져요, 간지럽다고요."

테르데오의 누님인 세르시아 라피레온이었다.

"어디가 간지러워요? 내가 긁어줄게요!"

나를 품에 꼭 껴안은 세르시아의 뒤로 셀피우스보다도 훨씬 작은 여자아이가 뿅 튀어나왔다.

"언, 언니. 저도 안아주세요!"

테르데오의 방계 혈족 중 유일하게 살아남은 아일렛 라피레온.

"아일렛, 언니가 아니라 비전하라고 불러야 한다고 말했죠?"

그리고 테르데오의 숙부인 피니어스 라피레온.

마지막으로…….

"무도회장에서 왜 이렇게 소란을 떠는 거냐."

"글, 글로리아 님!"

백발이 무색할 정도로 정정한 모습의 선대 대공비인 글로리아 라피레온이 모습을 드러냈다.

갑작스러운 라피레온가의 모임에 함께 있던 부인들은 얼굴이 희게 질린 채 고개를 들지 못했다.

"이 나이 먹고 무도회장에 참석하는 것도 힘들구나."

글로리아는 자연스레 내 옆으로 다가와 내 팔을 붙들고는 한숨을 팍 내쉬었다. 나는 부러 엄살을 떠는 글로리아를 부축하며 설핏 미소를 지었다.

"아직 이렇게 정정하신걸요."

"내가 나오면 다들 저렇게 벌벌 떨기 바빠. 이 늙은이가 뭐가 무섭다고."

글로리아가 앞에서 고개를 팍 숙인 부인들을 가리키며 쯧, 혀를 내찼다. 정말 그녀가 등장하자마자 무도회장의 모든 사람이 우리를 주목하고 있었다.

"샤샤."

글로리아가 애정을 듬뿍 담은 목소리로 나를 불렀다.

"그러니까 이렇게 따라다니기 전에 어서 골라보렴."

야트막하게 웃자 글로리아가 말을 이어갔다.

"라피레온가의 토지를 줄까, 아니면 광산을 줄까? 네가 우리를 구원했으니 원하는 걸 주겠다고 했잖니."

"전 정말 아무것도 필요 없어요."

"자꾸 그렇게 고르지 않으면 네 앞으로 라피레온가의 모든 걸 주는 수가 있어."

글로리아의 말에 주변에 있던 사람들이 모두 숨을 들이켰다. 그러곤 나를 존경하는 눈빛으로 바라보는 게 느껴졌다.

나는 양쪽으로 홍해 갈라지듯이 든든하게 선 시댁 사람들을 망한 표정으로 바라봤다.

'……이혼해야 하는데.'

내 시댁 사람들은 나한테 너무 집착해서 탈이다.

CHAPTER 1.

나의 죽음 그리고 회귀

My in-laws are obsessed with me

Chapter 1

모든 생명체가 살아나는 봄, 나는 죽어가고 있었다.

침대 옆 의자에 앉은 내 남편, 시프가 걱정스러운 목소리로 비죽였다.

"아파?"

마치 이날만을 기다려 온 것처럼.

"죽을 것 같으면 죽어야지. 왜 아직도 살겠다고 숨을 쉬어?"

나를 사랑한다고 말하던 내 남편. 나를 행복하게 해주겠다며 고백하던 내 사랑.

내 앞에서 수줍게 미소 짓던 너는 이제 그 어디에도 없었다.

"샤샤."

늘 내게 행복을 안겨주던 시프의 입술이.

"그만 죽어줘."

나를 죽였다.

"네가 죽어야 그 유산이 내 앞으로 오거든. 밀린 빚이 산더미야. 넌 날 사랑하잖아. 그러니 나를 위해 죽어주는 것쯤은 해줄 수 있지?"

시프가 땀에 흠뻑 젖어 이마에 달라붙은 내 머리카락을 쓸어 넘겼다. 당장 일어나 저 두꺼운 낯짝을 후려치고 싶었다. 그러나 이상하게도 몸은 전혀 말을 듣지 않았다.

"못 움직이겠지?"

내 속을 꿰뚫어 본 것처럼 시프가 웃었다.

"그건 저주 때문이야. 저주로 너를 죽일 수 있다고 하더라고. 값이 비쌌는데 증거 없이 죽이려면 이게 최고라길래."

갈색 머리칼도, 청량한 녹안도 달라진 게 하나 없는데. 너는 변했다.

눈꼬리에 아슬하게 걸려 있던 절망의 눈물이 아래로 툭 떨어졌다.

그때 침실 문이 열렸다.

"아직도 살아 있어?"

그리고 내가 여전히 살아 있음에 실망하는 목소리가 들렸다. 온몸에 소름이 돋았다.

'어째서 여길?'

경악에 찬 눈동자를 돌리니 새어머니와 피가 섞이지 않은 내 동생, 레이나의 웃는 모습이 보였다.

"네 아비를 닮아 명줄도 길구나."

"……."

"나를 그런 눈으로 보지 말렴. 네 명줄은 네 아비가 재촉한 거니까."

늘 내게 상냥히 웃어주던 내 가족들이었다.

내가 힘들어할 땐 함께 울어주고, 기뻐할 땐 함께 웃어주던 내 하나뿐인 가족들.

"유산을 네게 남긴다는 유언장만 안 썼어도 이런 일은 없었겠지. ……아쉽구나."

탐욕으로 짙게 물든 그녀의 붉은 입술이 평소와는 달리 뱀처럼 히죽거렸다.

"너와 좋은 모녀 사이가 될 수 있었을지도 모르는데."

"엄마, 그럼 우리 이제 부자 되는 거야?"

레이나가 꺄르르 웃었다. 비록 새어머니가 밖에서 데리고 온 동생이지만 정말 친동생처럼 여겼던 아이였다.

시프는 그런 레이나 곁으로 다가가더니 부드럽게 허리를 감쌌다. 그리고 사랑스럽다는 듯이 레이나의 왼쪽 볼에 입술을 맞췄다.

"당연하지, 내 공주님. 그동안 마음고생 많았지? 오늘로 다 끝이야."

"괜찮아, 시프. 난 널 믿었거든."

뭐? 레이나가 내 남편의 이름을 다정하게 불렀다. 아랫입술에 경련이 일듯 잘게 떨렸다. 심장 뛰는 소리가 온몸에 울려 퍼졌다.

'아니지? 그런…… 내가 생각하는 그런 거, 아니지?'

레이나가 내 속을 읽은 것처럼 고개를 홱 돌려 나를 보았다. 그리고 고개를 뒤로 젖히며 깔깔 크게 웃었다.

"시프가 정말 네 남편이라고 생각했어?"

"……!"

"시프는 내 부탁으로 너랑 결혼한 거야, 바보 언니. 널 사랑한 '척'한 거라고!"

시프가 달콤한 꿀을 핥는 것처럼 레이나의 목덜미에 입술을 맞췄다. 마치 레이나의 말을 뒷받침하듯이 웃으면서.

레이나가 시프의 머리를 세게 끌어당기며 조소했다.

"멍청하긴. 네가 죽을 날을 기다리고 있는 것도 모르고."

그럴 리가 없어. 분명 날 사랑한다고……!

그러나 레이나를 탐하듯 안는 그의 눈동자 속에 나는 담기지 않았다.

'이제까지 세 사람의 연극이었다고?'

사랑하던 남편도, 날 사랑한 새어머니도, 상냥한 여동생도. 모든 게?

가슴이 아렸다. 누군가 내 심장을 꽉 잡은 것처럼 답답해서 숨이 쉬어지지 않았다.

도대체 언제부터? 함께 지냈던 모든 기억이 주마등처럼 빠르게 눈앞을 스쳤다.

"네가 죽고 나면."

새어머니가 작은 쿠션을 들고 움직일 수 없는 내게 다가왔다.

"네 유산은 우리가 잘 쓸 테니까 걱정하지 말렴."

새어머니는 얼굴색 하나 변하지 않고 쿠션으로 내 코와 입을 꾹 눌렀다.

숨이 턱 막혔다.

꺽꺽 숨이 넘어가는 내 시야에 세 사람이 담겼다.

죽어가는 난 보지도 않은 채 레이나를 안고 웃는 시프와 돈이 생기면 뭐부터 사야 할지 고민하는 레이나, 그리고 조금의 죄책감도 없이 날 죽이고 있는 새어머니가 보였다.

'죽어서도 잊지 않겠어.'

분노의 눈물이 흘렀다.

'너희 셋을 절대로.'

용서하지 않아.

시야가 점점 흐릿해졌다. 눈이 감겼다.

손가락 하나조차 까딱하지 못한 채 나는 그 고통 속에서 그들의 웃음을 들으며 죽었다.

※ ※ ※

나는 죽었다. 아니, 죽은 줄만 알았다.

그러나 나는 다시 살아났다. 그것도 유산을 상속받은 후 시프와 결혼하기 전 과거로 돌아왔다.

내가 다시 살아난 이유는 알 수 없지만, 이게 내게 온 기회라면 놓칠 수 없었다.

'내 목숨과 유산을 지켜야 해.'

아직 벌어지지도 않은 일로 세 사람을 신고해 봤자 나만 미친 사람 취급을 받을 게 당연했다.

하지만 이번 기회에서는 그들이 원하는 대로 움직이지 않을 생각이다.

'그들이 원하는 것을 빼앗고, 철저히 짓밟아 내 발아래 납작 엎드리게 할 거야.'

지난 과거를 바꾸기 위해선 세 사람으로부터 나를 지켜줄 사람, 하지만 그러면서도 내 유산을 탐내지 않을 사람이 필요했다.

"각하께 한 가지 제안을 하고자 찾아왔습니다."

"제안?"

"……정확히 일 년. 일 년간만 저랑 결혼하시죠."

로맨틱한 결혼을 이야기하는 것치고는 담백한 목소리였다.

뜬금없는 제안을 들은 상대가 어이없다는 듯이 피식 웃었다. 그 황당함을 이해하지 못하는 건 아니지만, 이 제안은 나의 마지막 동아줄이다.

"재밌군."

맞은편 소파에서 턱을 괸 채 나른한 시선을 보내던 남자가 입술을 열었다.

짙은 눈썹. 모든 것을 삼켜버리는 어둠 같은 검은색의 머리카락. 둥근 이마와 그 아래로 오똑한 콧날과 날 선 눈매. 피를 닮은 것처럼 붉은 눈동자까지.

구두를 신은 내가 올려다봐야 할 정도로 큰 키와 보는 것만으도 위협이 될 정도로 떡 벌어진 어깨.

체격 차이에서 느껴지는 위압감에 절로 어깨가 떨렸다.

"원하는 게 뭐지?"

그는 바로 '소문'의 테르데오 라피레온 대공이었다.

라피레온 가문은 과거 선황제의 정복 전쟁을 도와 현재 카스터 제국이 대제국으로 도약하도록 이바지한 공로를 인정받아 최초로 대공 작위를 하사받았다.

내전이나 반란군 제압에 항상 앞서는 가문.

그래, 나는 내가 원하는 것을 얻고자 이 남자를 이용하기로 했다.

그가 상체를 숙였다. 팽팽하게 벌어진 제복의 단추들이 찢길 것 같았다. 그 모습이 마치 미래의 내 모습을 보는 것 같아 절로 마른침을 삼켰다.

"우린 초면이니 나를 사랑해서 결혼하겠다고 찾아온 건 아닐 것 같고. 그렇다고 사교계에 퍼진 내 소문을 모르는 건 아닐 테니 사랑해 달라고 찾아온 것도 아닐 것 같고."

라피레온 대공가의 가주답게 눈치도, 상황 파악도 빠르다.

"뭔가 원하는 게 있어서 날 찾아온 것 같은데. 시간 끌지 말고 말해봐."

정제되지 않은 날것의 사늘한 시선이 날 향했다. 만약 시선만으로도 사람을 죽일 수 있다면 골백번도 누군가를 더 죽였을 것처럼 매서운 눈동자였다.

'내가 여기 찾아온 이유?'

마치 조금 전 겪었던 일처럼 그 고통이 생생하게 떠올랐다. 절로 몸이 바르르 떨렸다.

다시는 겪지 않을 그 두려움을 이겨내고자 주먹을 세게 쥐었다.

"⋯⋯내 새어머니와 여동생, 그리고 결혼 예정인 남자가 날 죽일 거예요."

"악몽을 꿨나 보군, 영애."

남자가 시답잖은 듯이 즉답했다.

"날 죽이고 내 유산을 가로챌 생각이죠."

확신에 찬 내 대답에 테르데오가 야트막하게 조소했다.

"아직 일어나지 않은 일에 미리 걱정할 필요는 없을 것 같은데? 막대한 유산을 상속받았다고 듣기는 했는데 걱정이 많은가 보군. 그 걱정은 기우에 지나지 않아."

그의 말처럼 기우에 지나지 않는다면 얼마나 좋을까? 하지만 난 실제로 그 일을 겪고 과거로 돌아왔다.

물론 내가 회귀했다는 걸 믿을 사람은 아무도 없겠지만 말이다.

"제법 흥미 있는 제안이었지만 못 들은 것으로 하지."

세간에선 그를 두고 피와 살육에 미친 전쟁광이라 불렀다. 황실의 명령에 따라 정복 전쟁이나 반란군 제압에 앞서니 따라붙을 수밖에 없는 단어였다.

게다가 현재 테르데오는 후계자인 '셀피우스 라피레온'을 요양이란 명목하에 지방의 별장으로 보내놓고 제대로 돌보지도 않아 무책임하다는 소문까지 난 상태였다.

그는 과거, 황실에서 추진하는 정략혼을 피하고자 끈질기게 따라다닌 한 영애와 억지 결혼을 한 적 있었으나 두 달도 채 못 가 이혼했다.

막대한 위자료를 받은 전 부인은 라피레온 대공이 최악의 남자라는 말과 함께 모습을 감췄다.

그는 단 한 번도, 특히 초야조차도 부인의 침실을 찾은 적이 없고, 심지어는 함께 식사조차 하지 않았다고 했다.

'내 유산을 탐내지 않을 만큼 부유한 데다가 재산에 관심이 없고, 초야를 치르지 않을 정도로 여자한테도 흥미가 없는 남자.'

바로 지금의 내게 딱 필요한 남자였다.

"저택으로 돌아가면 따뜻한 우유를 마시고 자는 걸 권하지."
악몽이라도 꾼 불안한 아이 취급을 하며 그가 날 조롱했다.
'성격이 개차반인 건 별로지만.'
하지만 이런 남자인 걸 모르고 찾아오지는 않았다.
"그럼 대화가 끝난 것으로 알고 바빠서."
테르데오가 일어섰다.
탁.
동시에 나는 그의 손을 붙잡았다.
"지금 대공 각하껜 두 번째 부인이 필요하실 텐데요."
그가 지금 대공국을 떠나 수도에 있는 라피레온 저택에 머무르는 이유는 간단했다.
허울뿐인 두 번째 부인을 구하기 위해서.
'첫 번째 결혼이 실패했으니 황실에선 더더욱 정략혼을 들이밀기가 쉬워졌지.'
이맘때쯤 분명 어린 황녀와 결혼시키려는 황제 때문에 힘들어했던 과거가 기억났다.
"놔."
"네?"
테르데오가 내게 잡힌 손을 급히 뿌리쳤다. 어찌나 급하게 뿌리쳤는지 내 반지에 긁혀 손가락에 얕은 상처가 생겨 피가 맺힐 정도였다.
하지만 테르데오는 반지에 긁혀 피가 났다는 것조차 모르는 것 같았다.
'혹시 여자를 아예 싫어하나? 아니면 접촉을 싫어하는 건가?'
타인과의 신체 접촉을 싫어하는 사람도 있다던데, 그런 경우는 아예 생각도 하지 못했다.
나는 하얗게 질린 테르데오의 낯빛을 살피다가 사과를 건넸다.

"함부로 잡아서 미안해요. 놀랄지 몰랐어요."

"……더 이상의 대화는 시간 낭비야. 돌아가, 영애."

테르데오가 마지막 경고라는 듯이 안광을 매섭게 번뜩였다. 두려움에 몸이 떨렸지만 물러설 수는 없었다.

'물러서면 죽음뿐이야. 어차피 여기서 죽나, 아니면 또 세 사람한테 이용당해서 죽나 똑같아.'

나는 테르데오의 손가락을 다치게 했던 반지를 만지작거리며 애써 입가를 끌어 올렸다.

"황제 폐하께서도 정말 그렇게 생각하실까요?"

"뭐?"

"폐하께서 어린 칠 황녀와의 정략혼을 밀어붙이고 계시죠?"

테르데오가 멈칫했다.

"제가 아니면 아카데미를 다니는 어린 황녀와 결혼해야 할 텐데 괜찮으세요?"

온갖 흉악한 소문이 난 이 남자와 결혼하겠다고 나서는 영애는 아무도 없었으니까.

"아직 비공식적인 일이라 아무도 아는 자가 없는데. 그걸 영애가 어떻게 알지?"

테르데오의 눈매가 길게 가늘어졌다.

어떻게 알긴. 이미 과거를 다 겪고 왔으니까 알지.

"이래도 돌아가서 따뜻한 우유나 마시고 잘까요?"

나는 해맑게 웃으며 맞은편 소파를 가리켰다. 나만이 당신이 필요한 게 아니라, 당신도 내가 필요하다고.

테르데오가 딱딱하게 굳은 얼굴로 날 살폈다. 그러더니 이내 내가 가리킨 소파에 털썩 앉았다.

'그래. 황녀와의 정략혼을 거론하면 제안에 응할 줄 알았어.'

그는 황실과의 결혼을 죽을 만큼 싫어했다. 그걸 피하고자 황제의 정복 전쟁에도 앞장섰을 정도였으니까.

내가 예상했던 것과 똑같이 행동하는 테르데오를 보며 나는 그제야 얕게 웃었다.

"어떤 망할 놈이 소문을 퍼뜨렸는지. 주둥이를 꿰매야겠군."

테르데오가 목을 죄는 크라바트를 신경질적으로 풀어헤쳤다. 사나운 목소리에는 살기가 흐르고 있었다.

"하."

테르데오가 머리를 쓸어 넘기며 한숨을 내쉬었다.

"정정해. 어린 칠 황녀가 아니라 정확하게는 사 황녀야."

"네?"

"황제가 밀어붙이는 정략혼 상대가 사 황녀, 도돌레아 황녀라고."

"……네?"

사 황녀, 도돌레아 황녀.

선천적으로 약하게 태어나 병상에만 누워 있던 탓에 데뷔탕트도 제대로 치르지 못한 황녀였다.

과거에는 병을 떨쳐내지 못하고 그대로 죽었던 비운의 황녀였다.

내가 당황한 표정을 짓자 테르데오가 이해한다는 듯이 끄덕거렸다.

"병을 털고 일어났다더군. 이젠 뛰어다닌다던데."

이상하다. 분명 과거에서는 어린 칠 황녀가 정략혼의 상대였는데.

어린 칠 황녀가 황실 파티에 나와서 '저런 무서운 아저씨랑은 결혼하기 싫어'라며 엉엉 울던 기억이 선명했다.

어떤 이유에서인지는 모르나 과거가 뒤바뀌었다. 이건 내가 회귀를 한 것과 영향이 있는 걸까?

하지만 지금 내게 중요한 건 테르데오가 몇 번째 황녀와 결혼하느냐가 아니었다.

"그럼 더더욱 제가 필요하시겠네요. 폐하는 막 병을 털고 일어난 결혼 적령기의 황녀를 어서 결혼시키고 싶을 테니까요."

기다란 속눈썹이 차양을 치자 붉은 눈동자에 음영이 드리워졌다. 선택의 갈림길에 선 그가 고민에 빠졌다.

나는 처음과 달리 당찬 태도로 손가락을 쭉 폈다.

"일 년."

테르데오가 나를 봤다.

"그 뒤에는 깔끔하게 이혼해요."

어차피 나도 이 거짓 결혼 생활을 더 이어나갈 생각은 없으니까. 내 말에 테르데오는 수긍하지는 않았지만 그렇다고 조금 전처럼 단호하게 거절하지도 않았다.

"어차피 두 번째 부인을 구하려고 했던 거 아닌가요? 그렇다면 저로 하시는 게 각하께서도 좋은 선택이실 텐데요."

황제는 유능하고 날카로운 검인 테르데오를 영원히 자신에게 복속시키고자 했다. 그래서 황녀와의 결혼을 막무가내로 밀어붙였다.

결국엔 테르데오는 그 결혼을 피하고자 급하게 아무 여인하고 결혼해야만 할 것이다.

"도돌레아 황녀께선 저처럼 일 년 뒤, 이혼한다고 하지도 않으시겠죠. 게다가 황녀 전하를 홀대하면 폐하께서 기분이 상하실 테니 무시할 수도 없으시겠네요."

테르데오의 미간이 구겨졌다.

분위기가 한겨울의 서릿발처럼 순식간에 얼어붙었다.

"처음부터 다 알고 왔으니 그렇게 자신만만했던 거군."

테르데오가 손가락으로 팔걸이를 툭툭 두드렸다.

"그래. 나는 영애가 나와 결혼하고 일 년 뒤 깔끔하게 이혼해 주면 좋지. 하지만 영애는?"

"저요?"

"나와 일 년의 결혼 생활을 유지한다고 해서 영애가 이득 볼 건 뭐지?"

"내 가족들은 날 잘 길들인 집 강아지라고 생각하고 있거든요."

내가 여기에 와서 이런 제안을 하는 줄은 생각도 못 할 것이다. 날 감쪽같이 속인 줄 알겠지.

"그러니 알려줘야죠. 개가 물면 얼마나 아픈지 말이죠."

테르데오가 피식 실소를 터뜨렸다.

"내가 보기에 영애는 말 잘 듣는 강아지보다는 목을 물어뜯는 사자 같은데. 어지간한 사람도 날 찾아와서 이런 제안을 하지 못하거든."

틀린 말은 아니었다.

나는 곧 그 세 사람의 목을 물어뜯을 생각이었으니까.

웃지 않는 날 보며 테르데오도 얼굴에서 미소를 지우고 목소리를 낮췄다.

"가족들이 영애를 죽인다는 건 정말인가?"

"거짓이라고 생각해도 상관없어요."

믿어달라고 찾아온 건 아니니까.

"그 일과 관련해서 대공 각하께 부탁드릴 일도 없을 테니 신경 쓰실 필요도 없죠. 전 이 결혼으로 라피레온 대공비의 자리에 오를 테고, 그것만으로도 내 가족들은 두려움을 느낄 거니까요."

내 말이 끝나자 침묵이 찾아왔다. 무겁게 가라앉은 공기가 어깨를 짓눌렀다.

그는 쉽사리 입술을 열지 않았다.

오랜 가뭄이 이어진 것처럼 입 안이 버석했다.

"……생각할 시간이 필요해."

그가 한참 만에 입을 열었다.

좋아. 이 정도면 넘어왔다. 속으로 쾌재를 불렀다.

"안 돼요."

나는 단호하게 말했다. 생각할 시간이 필요하다는 건 어쨌든 내 제안이 제법 괜찮다는 생각이 들었다는 뜻이다.

여기서 생각할 시간을 더 줬다간 다른 방도를 찾을지도 모른다.

속전속결. 이 자리에서 단번에 밀어붙인다.

"저도 막연히 대공 각하의 답을 기다릴 수만은 없어요. 지금 결정해 주세요."

나는 반지를 만지작거리던 손을 떼고 심호흡했다. 그리고 태연한 척 앞에 놓인 쿠키를 들고 한입에 쏙 넣었다.

사실 긴장감 때문에 무슨 맛인지도 느껴지지 않았지만, 태연한 척 연기했다.

쿠키를 두 개쯤 먹자, 테르데오가 다시 입술을 열었다.

"이 제안이 우리 두 사람한테 괜찮은 선택지라는 건 이해했어. 하지만 영애와의 결혼은 아무래도 받아들일 수가 없……."

그때였다.

테르데오의 말이 채 끝나기도 전, 갑자기 내 몸이 이상 신호를 보냈다.

"어?"

테르데오의 말이 제대로 들리지 않았다.

파도를 만난 모래성처럼 순식간에 힘이 빠지더니 몸이 아래로 맥없이 무너져 내렸다.

"큭!"

갑자기 흉부가 누군가 세게 짓누른 것처럼 답답해졌다. 볼품없이 고꾸라진 몸이 카펫 위로 넘어졌다.

"영애!"

테르데오가 고함을 질렀다.

몸속에 누군가 불이라도 지른 것처럼 뜨겁게 타들어 가는 고통이 번졌다.

'왜, 왜?'

나는 이 고통을 알고 있다. 이미 느껴본 적 있다.
분명 새어머니가 나를 죽일 때, 그 침대 위에서 무기력하게 죽어 갈 때 느꼈던 바로 그 고통이었다.
'나 또 죽는 거야?'
새어머니가 쿠션으로 내 코와 입을 틀어막았을 때처럼, 숨이 제대로 쉬어지지 않았다.
"제길! 영애!"
그리고 테르데오의 거친 욕설을 마지막으로 나는 또 죽었다.

※ ※ ※

"젊은 사람이 안타깝게 죽었구먼."
"조용히 해. 입 함부로 놀리다간 자네도 묻히는 수가 있으니."
폭우가 내렸다.
두 명의 인부가 비에 흠뻑 젖은 땅을 익숙하게 파냈다.
우르르 쾅-!
어두운 하늘이 번쩍이고 땅이 반으로 갈라지는 소리가 들렸다. 흡사 귀신이라도 나올 것 같은 스산한 분위기에 땅을 파는 인부들의 손놀림이 빨라졌다.
우르르 쾅-!
두 번째 번개가 번쩍 내리치던 바로 그때였다.
"우와아아악!"
폐부에 한껏 들어온 신선한 공기를 들이마신 나는 고함과 함께 눈을 번쩍 떴다. 팔을 앞으로 뻗어 축축한 땅에서 일어서자 흙을 파던 인부가 놀라 삽을 집어 던졌다.
"으아아악!"
"귀, 귀, 귀신이다!"

두 명의 인부는 삽을 집어 던지더니 구덩이 위에서 감시하고 서 있던 테르데오를 향해 달려갔다.

"살, 살, 살아났습니다!"

"번개가 번쩍하더니 새 생명을!"

"마녀입니다! 마, 마녀가 틀림없습니다!"

지금 뭐라는 거야?

속사포처럼 뱉어내는 인부들의 말을 들으며 상체를 일으켰다. 그러자 드레스 위에 묻은 흙이 후두둑 떨어졌다.

어? 지금 나 어디에 서 있지?

주변을 둘러보았다. 흙, 웅덩이, 비. 고인 빗물.

상황 파악은 오래 걸리지 않았다.

'나 혹시, 생매장당했어?'

산 채로 땅에 묻혔다.

쏟아지는 비를 맞으며 고개를 위로 들자, 구덩이 위에서 미간을 찌푸린 테르데오와 눈이 마주쳤다.

어이없어서 실소가 흘렀다.

저 개자식이, 살아 있는 나를 묻어?

테르데오가 날 보더니 집사한테 뭐라고 명령했다. 뒤에 있던 집사가 귀신이 나타났다며 겁에 질린 인부들을 데리고 먼 곳으로 향했다.

"지금 대체 이게 무슨 상황이죠?"

나는 비에 흠뻑 젖은 머리카락을 쓸어 넘겼다.

분명 숨이 안 쉬어졌었고, 죽은 줄 알았다.

눈앞이 어두컴컴해지고 숨조차 안 쉬어졌을 때, 나는 내가 또 죽었다고 확신했다.

하지만 나는 또다시 눈을 떴다.

"설명해 주셔야죠? 대공 각하."

테르데오의 눈동자가 잘게 흔들렸다. 처음 겪는 일처럼 꽤 놀란 낯빛이었다. 그가 황당하다는 듯이 중얼거렸다.

"이상하군. 어떻게 일어났지?"

"설마 지금 땅에 얌전히 묻혔어야 했는데 어떻게 일어났냐고 물으시는 거예요?"

인부들이 놓고 간 삽을 집어 던질까, 진지하게 고민했다. 내 거친 항변에 답하지 않은 테르데오가 내게 손을 뻗었다.

"진짜 묻히고 싶은 게 아니라면 우선 그 구덩이에선 나오지."

네가 묻으려고 했잖아, 네가!

나는 씩씩거리며 그를 노려봤다. 구덩이는 또 얼마나 깊게 팠는지, 혼자 힘으로 올라갈 수 있는 깊이가 아니었다.

'아주 제대로 묻어버리려고 했구나.'

나는 아랫입술을 꾹 깨물고 그가 내민 손을 맞잡았다.

"제대로 설명해 주세요. 아니면 수도를 뛰어다니면서 라피레온 대공 각하께서 사람을 묻는다고 소문낼 거예요."

손을 맞잡자 테르데오가 힘을 줘 나를 구덩이 속에서 단숨에 꺼냈다. 그러곤 자신의 겉옷을 내 머리 위에 걸쳐주었다.

"나머진 들어가서 얘기하지."

테르데오가 집사를 불러 뒤를 정리하라고 시킨 후 나를 데리고 저택 안으로 들어섰다.

찰박찰박.

비에 흠뻑 젖는 바람에 걷는 걸음마다 기이한 물소리가 들렸다. 응접실로 날 데리고 간 테르데오가 손수건을 내게 건넸다.

"마지막에 분명 손으로 쿠키를 먹었지, 영애."

나는 손수건으로 우선 얼굴을 닦으며 끄덕였다.

"그게 문제가 되나요?"

쿠키에 독이라도 탔나?

삐딱한 내 태도에도 테르데오는 지적하지 않았다. 그가 젖은 자신의 머리카락을 대충 털더니 자신의 손을 들었다.

"여기 상처 보이나?"

나는 그가 가리킨 상처를 바라봤다.

"아까 영애가 내 손을 잡았을 때 생긴 상처 같거든."

맞다. 내게 잡힌 손을 급하게 뿌리치다가 반지에 긁혀 난 상처였다.

"……그게 무슨 연관이 있나요?"

"어쩌면 영애의 제안을 긍정적으로 생각해 볼 수 있겠어."

이건 또 무슨 소리야?

사람 생매장시키려다가 실패하니까 대충 헛소리하는 거 아니야?

테르데오가 펜을 들더니 내게 다가왔다. 그가 내 앞에 서자 순식간에 얼굴에 그늘이 졌다.

"미안하지만 중요한 문제니 한 번 더 시험해 보겠다."

우르르. 창밖에서 번개가 쳤다.

"무슨 시험을……."

내 말이 끝나기도 전에 테르데오가 들고 있던 펜으로 자신의 손바닥을 세게 그었다. 피부가 찢기는 섬뜩한 소리와 함께 피비린내가 물씬 풍겼다.

"지금 무슨 짓을…… 으읍!"

그리고 피를 흘리는 그의 손바닥이 내 코와 입술을 예고 없이 꾹 눌렀다.

갑작스러운 행동에 놀라 숨을 짧게 들이켜자 붉은 피가 입술을 타고 흘러왔다.

"크흑……!"

그러자 아까와 똑같은 고통이 온몸에 퍼지기 시작했고.

'이 개……자식.'

나는 또 죽었다.

※ ※ ※

……아니, 죽은 줄 알았다.
"허억!"
눈을 떴다. 다행히 이번에는 얼굴 위로 비가 떨어지지는 않았다.
"역시 깼군."
놀란 상체를 벌떡 일으키자 의자에 앉아 나른하게 턱을 괴고 있던 테르데오와 제일 먼저 눈이 마주쳤다.
'뭐야? 나 또 살아 있어?'
분명 죽음을 느꼈는데 이상하게 나는 아직도 죽지 않았다.
"당신 도대체 뭐야?"
아무래도 내 죽음에 이 남자가 관련이 있는 것 같은데.
"왜 자꾸 내가 죽을 것처럼 아픈…… 아니지, 죽었다가 살아나는 거야?"
두 번, 아니 세 번쯤 죽다가 살아나니까 눈에 보이는 게 없었다.
테르데오는 덤덤했다. 그가 두 번이나 자신의 앞에서 살아난 나를 보며 결심한 듯이 말했다.
"라피레온 가문엔 저주가 걸려 있다."
저주? 어디선가 들어본 적 있었다.
분명 날 죽일 때, 시프가 저주는 어쩌고 말한 적이 있었다.
그런데 어째서 여기서 그 저주 얘기가 나오는 거지? 나는 왜 내가 계속 죽었다가 살아나는지를 물어본 건데.
알 수 없는 불안감이 엄습했다. 머릿속에 켜진 빨간 적신호가 도망치라며 소리쳤다.
"가문의 피를 지닌 사람들은 몸에 독을 가지고 태어났지. 독에 대한 면역력 자체도 강해서 일반 독약을 마셔도 죽지 않아."

나는 눈을 깜빡거렸다.

지금 뭔가 엄청난 비밀을 들은 기분이었다.

라피레온 가문의 저주? 난 이런 건 생각해 본 적도 없는데.

"피 몇 방울로도 사람을 단숨에 죽일 수 있지."

피 몇 방울? 어? 피?

내 시선이 자연스럽게 테르데오의 손으로 향했다.

'내 반지에 긁혀 피가 났었고, 나는 반지를 만졌지. 그리고 그 손으로 쿠키를……'

의도치 않게 내가 테르데오의 피를, 아니 독을 마시게 됐고 이 남자는 내가 정말 그대로 죽은 줄 알고 날 땅에 묻으려고 한 건가?

입이 점점 떡 벌어졌다.

경악한 나를 보고도 테르데오는 태연하게 말을 이어갔다.

"본래라면 처음 내 피가 미세하게 묻은 그 손가락으로 쿠키를 집어 먹었을 때, 영애는 죽었어야 했다."

테르데오가 턱을 쓸었다.

"그런데 영애는 신기하게 죽지 않더군. 그건 방금도 마찬가지였지."

테르데오가 앉아 있던 의자에서 일어나 내가 누운 침대로 다가왔다.

"우리 가문의 비밀을 다 알아버렸네."

내가 알려고 한 적도 없는데 멋대로 떠든 거잖아!

잠깐, 아무도 알아선 안 되는 비밀을 왜 저렇게 술술 말해주지?

설마…… 나를 또 생매장하려고 하나? 아니면 이번에야말로 나를 죽이려고?

"아, 아무것도 못 들었어요."

나는 위험한 분위기에 기겁하며 침대 구석으로 도망쳤다. 있는 힘껏 도망치는 날 보며 테르데오가 피식 웃었다.

"정, 정말이에요!"

가족들한테서 살기 위해 왔더니만, 결국 여기서 또 죽고 마는 거야?

나는 필사적으로 외치며 못 들은 척 양쪽 귀를 틀어막았다.

그러자 테르데오가 침대에 걸터앉았다. 그리고 도망갈 틈도 주지 않고 내 손목을 가볍게 잡았다.

가까이서 마주한 수려한 외모에 나도 모르게 짧은 숨을 훅 들이켰다.

"영애."

테르데오의 찢긴 손바닥 사이로 피비린내가 풍겼다.

"정확히 일 년."

"……."

"내 아내가 되어줘야겠어."

"네?"

죽이는 게 아니라?

나는 의구심이 피어나는 얼굴로 테르데오를 살폈다. 안심하는 척한 다음에 죽이려는 게 아닐까 의심이 들었지만 그건 아닌 것 같았다.

"갑, 갑자기 왜요? 아까까지는 절대로 안 된다고 했잖아요."

"저주를 알게 되면 대개 어떤 반응을 보이는지 알고 있나?"

테르데오가 잡고 있던 내 손목을 끌어당기자 작은 돌풍이 일었다. 순식간에 거리가 가까워지자 묘한 긴장감이 둘러쌌다.

"보통은 무서워서 도망쳐."

테르데오가 시선을 내리깔았다. 기다랗고 촘촘한 속눈썹이 가라앉자 나도 모르게 숨을 삼켰다.

"손끝이 스치기만 해도 기겁하며 살려달라고 애원해."

속삭이는 목소리가 나른했다. 별다른 걸 하지 않는데도 위압감이 느껴져 나도 모르게 어깨를 움츠렸다.

"아니면 이런 특별한 비밀을 알게 됐다며 우월감에 빠지지. 자신이 뭐라도 된 것처럼 특별함을 느끼며 날 동정하고, 헌신적인 사랑을 퍼부어."

테르데오는 살기가 뚝뚝 흐르는 얼굴로 입술을 짓씹듯이 말했다.

"하지만 다들 곧 현실을 알게 되지. 사람은 살면서 은근히 피를 볼 일이 많거든. 책을 읽다가 종이에 손이 베이거나, 넘어져 상처를 입거나, 요리하며 다치거나 혹은……."

테르데오가 상처 난 자신의 손가락을 보이며 웃었다.

"이렇게 반지에 스치기만 해도 피가 나."

살얼음이 낀 깊은 호수의 중앙에 서 있는 것처럼 긴장감이 돌았다. 나는 온몸에 힘을 꾹 주고 입술을 다물었다.

"그때부턴 미쳐. 같은 공간에서 숨을 쉬는 것만으로도 끔찍하고 역겨워지거든."

이, 이런 걸 알고 싶지는 않았는데.

나는 이런 복잡한 걸 원했던 게 아니야. 나는 그냥 내가 살 구멍을 만들고자 했을 뿐이라고.

테르데오가 서늘하게 굳혔던 표정을 갈무리하고 내 손목을 놓았다. 내 얼굴에 핏기가 싹 가셨다. 작게 중얼거리던 테르데오가 고개를 비스듬히 꺾었다.

"그래서 이런 비밀 때문에 영애의 제안을 거절하려 했던 건데……."

"취소할게요."

테르데오의 말이 끝나기도 전에 나는 말허리를 자르며 황급히 말했다.

취소해야만 한다. 이런 미친 비밀이 있다는 건 전혀 몰랐다.

나한테 제일 중요한 건 '안전'이었다. 그런데 피 한 방울로도 사람을 죽일 수 있는, 몸 전체가 무기인 이 남자와 지낼 순 없었다.

게다가 내가 당장은 저 남자의 피에 안 죽을지 몰라도, 어느 날 갑자기 돌연사할지도 모르는 거잖아?

안 돼, 절대 안 돼.

"안타깝군."

내 거절에도 테르데오는 여전히 놀란 기색이라곤 조금도 보이지 않았다.

"가문의 비밀을 알게 된 영애를 내가 그냥 놓아줄 리가 없잖아?"

순간 붉은 눈동자가 진한 집착으로 뒤덮이는 착각이 들었다. 나는 고개를 슬그머니 숙였다.

'젠장.'

"일 년간 잘해보자고, 부인."

나 아무래도 X 된 것 같다.

※ ※ ※

"청첩장입니다."

갑자기 청첩장을 들이밀자 맞은편에 앉아 있던 세 사람의 얼굴이 경악과 놀람으로 물들었다.

"청첩장? 갑자기 이게 무슨……."

"언니! 시프 경이랑 결혼하는 거야?!"

"잠, 잠깐만 샤샤. 우리 결혼 문제는 같이 얘기해야지. 이렇게 나한테 깜짝 프러포즈하는 거야?"

새어머니와 여동생 레이나, 그리고 내가 한때 정말 사랑했던 시프는 청첩장을 바라보며 각기 다른 반응을 보였다. 마치 짜인 극을 보듯 세 사람의 합이 딱딱 맞아 어우러졌다.

당연히 이 청첩장의 주인공이 나와 시프라고 생각하는 것 같았다.

하긴, 그렇겠지. 과거의 나는 시프를 벗어나려고 했던 일도 없었을뿐더러 시프 외의 다른 남자와 눈도 마주치지 않았으니까.

"결혼식은 올리지 않고 대신전에 가서 서약하고 약식으로 끝낼 거예요."

"샤샤, 나는 네게 성대한 결혼식을 해주고 싶어."

누가 너랑 결혼식을 올린대? 꿈도 야무진 시프가 테이블에 내려둔 청첩장을 뜯으며 볼멘소리를 했다. 그리고 청첩장의 내용을 확인한 시프의 얼굴이 새파랗게 질렸다.

"언니, 시프 경이랑 언제 결혼까지 준비한 거야! 미리 말해주지!"

"하지만 시프 경이라면 너를 믿고 맡길 수 있겠구나. 잘됐어."

상냥한 척 미소 지은 레이나와 새어머니가 시프의 손에 들린 청첩장으로 시선을 돌렸다. 글자를 확인하자마자 레이나가 자리에서 벌떡 일어났다.

"이, 이, 이게 무슨……."

이제 다들 내용을 읽은 것 같네.

나는 흘러내리는 머리카락을 귀에 꽂으며 그 어느 때보다 맑게 웃었다.

"네, 라피레온 대공과 결혼하기로 했어요."

나는 결국 테르데오와 결혼을 진행하기로 했다. 나한테 그만큼 딱 맞는 조건의 남자를 구하기란 쉽지 않았으니까.

나는 고개를 돌려 귀신이라도 본 것처럼 굳어 있는 시프를 바라봤다.

이 개자식아. 이게 다 너 때문이야.

그러니까 이제…….

"시프, 이만 헤어지자."

내 인생에서 넌 아웃이야.

"언니! 이게 무슨……! 언니가 사랑하는 사람은 시프 경이야! 잊었어?"

"안 잊었어."

내가 죽으면 유산이 남편인 시프한테 가게 되고, 그걸로 세 사람이 행복하게 지내겠다고 한 말. 어떻게 잊을 수가 있겠어?

시프가 내 돈으로 네게 옷이며 가방, 구두를 선물했겠지? 마음 같아선 레이나가 지금 입고 있는 드레스를 갈기갈기 찢어버리고 싶었다.

"……샤샤, 내가 뭐 잘못했어? 왜 그래."

"시프."

"응, 샤샤. 나야. 네가 사랑했던 시프라고."

"이제 내 저택에서 꺼져줄래?"

기왕이면 내 인생에서도 같이 꺼지고.

나는 냉소를 지으며 굳은 세 사람을 두고 자리에서 일어섰다.

"샤샤!"

시프가 돌아서려는 나를 황급히 붙들었다. 순간 벌레가 몸에 붙은 것처럼 소름이 끼쳤다. 날 붙잡은 시프를 뿌리치자 그가 바닥에 나뒹굴었다.

"시프! ……경!"

레이나가 시프의 이름을 자연스레 부르며 황급히 쓰러진 그를 부축했다.

"언니! 왜 사람을 밀쳐!"

너무 가소로워서 웃음도 나지 않는다.

"페레샤티. 왜 그러니? 오늘 기분이 좋지 않아 보이는구나. 시프 경과 다툰 거니? 그러지 말고 둘이 함께 여행이라도 다녀오면 어떨까?"

다정한 척 연기하는 새어머니와 상처받은 척하는 시프, 그리고 그런 시프를 달래는 레이나의 모습을 보니 울화가 치밀었다.

'이런 것들을 가족이라고 믿고 있었으니.'

당장 저 세 사람한테 모든 걸 알고 있으니 연기 같은 건 그만하라고 소리치고 싶었다.
 그럴 수 없지.
 경련이 일어나 떨리는 광대를 억지로 위로 끌어 올렸다.
 "다들 잘 들으세요."
 나는 세 사람을 찬찬히 훑었다.
 "앞으로 내 저택에 외부인은 출입 금지입니다. 물론 시프 경도요."

※ ※ ※

 새어머니와 레이나한테는 별다른 선택지가 없었다. 내가 그렇게 하겠다고 하면 따라야 할 뿐이었다.
 시프는 그대로 저택에서 쫓겨나 출입 금지 상태가 되었다.
 테르데오와 나는 내 가족이, 그리고 황제가 별다른 수를 쓰기 전에 결혼식부터 빠르게 하기로 했다.
 서로 차일피일 미뤄봤자 좋을 게 없었기에 최대한 이른 날짜로 잡았다.
 평민이었으나 기사가 된, 평기사 시프는 귀족인 나와의 결혼식이 엎어짐으로 인해 귀족들만 볼 수 있는 황실 기사단, 승격 시험의 자격을 잃게 됐다.
 과거에 그가 나와 결혼한 뒤 황실 기사단이 됐다며 무척 좋아했던 기억이 있었다.
 '이제 겨우 시작일 뿐이야. 앞으로 더 많은 걸 잃게 해줄게.'
 증인이 되어줄 만한 사람들만 겨우 몇 명 불러 우리는 약식으로 결혼을 했다.
 부부의 서약을 읽고 신에게 맹세 한 후, 대신전을 나섰다.
 내 손을 잡고 나서며 테르데오가 나직하게 물었다.
 "정말 서약을 읽는 것으로 충분한가?"

"다른 게 더 필요한가요?"

"계약 관계지만 영애가 원한다면 제국 그 누구보다 성대한 결혼식을 해줄 수도 있어."

축하해 주는 사람도, 구경하는 사람도 없는 정말 형식적인 결혼. 나는 잠시 고민하다가 웃으며 어깨를 으쓱였다.

"일 년 뒤 헤어질 때 돈으로 주세요."

어차피 필요 없다. 차라리 이혼할 때 돈을 더 받아가는 게 더 낫지! 돈이 최고거든. 돈은 나를 절대 배신하지 않아.

"벌써 일 년 뒤 위자료를 생각하는 건가? 주도면밀하군."

"칭찬으로 알아들을게요."

"짐은? 오늘 도착하나?"

"아침에 나오면서 정리를 끝냈으니 아마 지금쯤이면 각하의 저택에 도착했을 거예요."

대신전을 나와 우리는 마차가 대기하는 곳으로 향했다. 하지만 마차에 올라타기 전, 누군가 기다렸다는 듯이 앞을 막아섰다.

"라피레온 대공!"

얇고 귀여운 목소리가 그를 불렀다.

황금빛 머리카락을 휘날리는 여인의 짙은 녹색의 눈동자가 질투, 그리고 분노로 물들어 있었다.

'어디서 많이 본 얼굴인데.'

누구지? 기억을 더듬었다. 동시에 한숨을 내쉰 테르데오가 입술을 열었다.

"황녀 전하."

헉, 뭐라고? 황녀?

나는 놀라 테르데오와 여자를 번갈아 봤다. 그래, 취임식 때 잠시나마 봤던 얼굴이었다.

사 황녀.

도돌레아 카스터였다.

다른 점이 있다면 그땐 혈색이 파리하고 제대로 걷는 것조차 힘들어 보였는데 지금은 매우 멀쩡해 보인다는 점이었다. 시종이나 호위 없이 혼자 이곳으로 온 걸 보니 병을 털고 일어났다는 말이 사실인 것 같았다.

"여긴 어떻게 오셨습니까?"

"정말 내가 아닌 다른 사람과 결혼을 했어?"

귀여운 외모와는 달리 날을 세운 도돌레아가 입술을 짓씹었다. 그녀의 눈에 나는 보이지도 않는 거 같았다.

"난 당신을 만나게 될 날을 오랫동안 기다렸는데. 왜 나와의 결혼을 피했지? 나만큼 당신을 사랑하는 사람이 또 있을 것 같아?"

도돌레아가 울먹거리며 우리 앞으로 다가왔다. 그녀의 푸른 녹안에 누구를 향한 것인지 모를 그리움이 담겨 있었다.

"우리가 드디어 이렇게 만났잖아. 나는 당신을 위해 최고로 완벽한 여자가 됐고, 이제 우릴 방해하는 건 아무것도 없는데."

황제가 일방적으로 밀어붙인 결혼인 줄 알았는데 반응을 보니 도돌레아도 테르데오와의 결혼을 원했던 모양이다.

그나저나.

'도돌레아 황녀가 원래 저런 분위기였나?'

내가 끼어들어도 되는지 알 수가 없었다. 나는 눈동자만 굴린 채 테르데오와 도돌레아를 살폈다.

도돌레아가 테르데오의 소매를 꼭 쥐었다.

"나와 결혼하지 않으면 죽어버리겠다고 유서 보냈잖아. 못 받았어?"

헉.

나도 모르게 숨을 크게 들이켰다.

내가 지금 잘못 들었나? 유서? 미친 거 아냐?

탁.

"무슨 짓입니까."

테르데오가 불쾌하다는 듯이 소매를 뿌리쳤다. 하지만 도돌레아는 전혀 개의치 않다는 듯이 자신의 말만을 이어갔다.

"당신이 내 곁에 없으면 내가 이곳에 살아 있을 이유가 없잖아. 당신은 나만의 남자라고."

온몸에 소름이 끼쳤다.

미쳤다. 이 여자는 미쳤어.

병을 떨쳐내고 일어났다는 도돌레아는 제정신이 아니었다.

"하."

테르데오가 지겹다는 듯이 눈가를 가리며 한숨을 흘렸다. 테르데오가 어떻게든 정략혼을 피하고자 했던 이유를 알 것 같기도 했다.

그렇다면 나도 내가 할 일을 해야겠지.

나는 두 사람 사이에 슬그머니 끼어들어 테르데오한테 바짝 붙었다. 도돌레아가 먹잇감을 빼앗긴 짐승처럼 눈을 희번덕거리며 나를 노려봤다.

"황녀 전하. 죄송해요."

떨어지지 않으면 죽여버리겠다는 듯한 시선이 무서웠지만 나는 꾹 참고 해맑게 웃었다.

"제 남편은 제가 아닌 다른 사람이 만지는 걸 병적으로 싫어해서요."

도돌레아가 미친 안광을 번뜩였다.

등줄기로 식은땀이 흘러내렸다.

무섭다. 너무 무서워.

내 상대가 이렇게까지 미친 여자라고는 말 안 했잖아.

"호, 호위도 없이 황녀 전하께서 이렇게 돌아다니면 위험하세요. 그러니……."

그러니까 이만 돌아가세요.

뒷말은 삼켰지만, 이 정도로도 충분히 알아들을 법했다. 하지만 도돌레아는 뿌리박힌 나무처럼 좀처럼 움직이지를 않았다.

"넌 또 뭐야?"

도돌레아가 어금니를 꽉 깨물고 몸을 내게 돌렸다. 그녀의 눈동자에 분노와 황당함이 깃들었다.

시선이 갑자기 날 향하자 놀란 내가 뒤로 주춤거렸다. 혹시 모를 일에 대비하고자 테르데오가 슬그머니 내 앞을 보호하듯 가로막았다.

도돌레아의 시선은 여전히 나를 향했다.

"네가 왜 여기 있어?"

당연히 결혼했으니까 여기 있죠.

……라고 말하고 싶은 걸 꾹 참고 입술을 다물었다. 이렇게 말하면 그녀가 당장 내 입을 찢을 것 같았으니까.

"네가 여기에 있으면 안 되잖아."

"네?"

"그럼 그렇지. 네가 날 또 방해하러 왔……!"

도돌레아가 고함을 치려던 순간이었다.

"어머, 어찌나 시끄러운지 듣고 싶지 않아도 다 들리네요."

우리 옆으로 마차가 멈추더니 낯선 목소리가 끼어들어 도돌레아의 말허리를 잘랐다.

고개를 돌리니 마차 창문을 연 채 턱을 괸 여자가 우리를 보고 있었다.

바람에 붉은 머리카락이 흩날렸다.

"황녀께서 남의 남자를 탐내는 꼴이 제국에 알려지면 꽤 볼만하겠어요."

여자가 후후, 조롱하듯 작게 웃음을 터뜨리며 레이스 부채로 입가를 가렸다.

"내일 신문 일 면에 황녀 전하께서 남의 남자를 탐낸다고 실려도 괜찮으세요?"

도돌레아가 입술을 짓씹었다. 원망이 깃든 녹안이 내게 고정됐다.

"똑똑히 기억해."

오래된 한이 섞인 목소리였다.

"저건 내 남자야."

진심이 담긴 경고였다. 도돌레아가 시선을 돌려 이번엔 테르데오를 바라보았다.

"나는 당신이 아니면 살아갈 생각도 없어. 두 번 다시 양보할 생각도 없고, 당신도 내가 필요하다는 걸 알게 될 거야. 우린 함께하는 게 아니면 서로 행복할 수 없으니까. 당신한테는 내가 필요해."

사랑을 가장한 집착을 쏟아낸 도돌레아가 테르데오를 빤히 바라보았다. 봄의 새싹처럼 피어나는 산뜻한 황녀가 아니라 마치 수천 년을 산 사람이 원망을 쏟아내는 것처럼 한이 담겨 있었다.

이해할 수 없는 말을 남긴 도돌레아는 뒤를 돌아 인파 속으로 사라졌다.

그녀의 뒷모습이 완전히 사라진 후에야 나는 참았던 숨을 크게 내쉴 수 있었다.

고개를 돌려 마차 속 구세주를 돌아보았다.

'누구지?'

눈이 마주치자 여자가 생긋 미소 지었다.

"돌아가서 다행이다. 그렇죠?"

"네? 아, 네."

얼결에 고개를 끄덕거리자 옆에 있던 테르데오가 미간을 구기며 여자와 제법 친근하게 대화했다.

"여긴 왜 왔어?"

"어머. 오늘 부부의 서약을 읽는다고 했잖니. 아무리 약식으로 진행한다고 해도 결혼식인데 축하해 주는 사람이 아무도 없으면 쓸쓸할 것 같아서."

"오라고 한 적 없어."

나는 티격태격하는 두 사람의 대화를 들으며 눈을 굴렸다.

"테오. 네 부인이 궁금해하잖니."

여자가 웃었다. 테르데오가 한숨을 내쉬더니 내게 소개했다.

"내 누나야."

그렇구…… 어? 누구? 지금? 누구? 누나?

"헉."

그러고 보니 테르데오와 얼굴이 묘하게 닮았다.

"벌써 저런 것들을 달고 와서 부인을 힘들게 하면 못써, 테오."

마차 문이 열리고 커다란 키의 여인이 내렸다. 허리까지 길게 내려오는 붉은 머리와 화려한 깃이 달린 챙 넓은 모자를 쓴 채.

"반가워요, 페레샤티."

화끈한 성격의 여자가 내게 인사했다.

"세르시아 라피레온이에요. 편하게 셋시라고 불러줘도 돼요."

범접할 수 없는 누님의 아우라가 보였다.

"페레샤티 자하르…… 아니, 페레샤티 라피레온이에요."

미소를 지은 세르시아가 꽃다발을 내게 건넸다.

"결혼 축하해요, 페레샤티. 이걸 주고 싶어서 왔는데 도움도 된 것 같아서 기쁘네요."

"감, 감사합니다."

오늘을 위해 무척 세심하게 고른 게 티가 나는 화려하고 아름다운 꽃다발이었다.

"부인한테 꽃도 안 주다니. 테오, 널 그렇게 가르치지 않았는데."

테오라니. 전혀 어울리지 않는 귀여운 애칭으로 불리는 테르데오를 보자 웃음이 터질 뻔했다.

"부케가 있었어. 번거로워서 두고 왔지."

테르데오는 그 애칭이 익숙한지 대수롭지 않게 대꾸했다.

"부케와 꽃다발은 엄연히 다르지. ……이후에 일정이 있나요? 아니면 저택으로 돌아가나요?"

세르시아가 내게 물었다.

"저택으로 돌아가는 길이라면 내가 데려다주고 싶은데. 괜찮나요? 페레샤티."

나는 세르시아와 테르데오를 힐끗 살폈다.

어차피 테르데오와 둘이서 돌아가는 것도 꽤 어색한 길이 될 것 같았다.

"네! 좋아요!"

"뭐야? 내가 싫어."

테르데오가 퉁명스럽게 말했지만, 세르시아가 가볍게 무시했다. 테르데오를 멀찍이 밀어낸 세르시아가 내게 손을 뻗었다. 그리고 나를 마차에 오를 수 있도록 도와줬다.

내가 오르고 뒤를 이어 두 사람이 타자 마차가 출발했다.

"왜 이런 놈이랑 결혼하는지 이해가 안 되네요, 페레샤티."

"하, 세르시아."

"저것 봐요. 버릇없게 누나 이름이나 함부로 부르고 말이죠."

하하하. 귀여운 남매 같았다.

"페레샤티. 혹시 테오 이 자식이 망나니처럼 굴면 저한테 말해요. 손톱과 발톱을 뽑아버릴게요."

하하하. 귀여운 남매…… 응? 손? 네? 뭐? 내가 뭘 잘못 들었나?

놀란 눈을 동그랗게 뜨는 날 보며 세르시아가 '아차'라고 웃으며 부채를 펄럭였다. 나는 괜스레 내 손톱이 잘 있나 몰래 만지며 어색하게 웃었다.

"참, 묻고 싶은 게 있었는데."

세르시아가 밖으로 얘기가 새어 나가지 않게 마차의 창문을 닫았다.

"가문의 저주가 안 통한다고 들었어요."

나는 조심스럽게 끄덕였다.

"사실이군요."

내가 끄덕이자 세르시아가 덩달아 끄덕거렸다.

"하지만 조심해요."

그녀가 부채를 탁 소리 나게 접었다.

"우리 가문의 진정한 저주는 내가 아닌 주변 사람들을 다치게 하는 거니까요."

조금 전 상냥했던 태도는 온데간데없이 사라졌다. 그녀가 언제 그랬냐는 듯이 차갑게 경고했다.

"저주는 상대를 보고 덤비지 않아요. 설령 아끼는 사람이라고 해도 잔혹하게 해치죠. 가혹한 저주거든요."

마치 겪어보기라도 한 것처럼 뼈가 있는 조언이었다. 나는 그 걱정을 안심시키고자 더욱 환하게 웃었다.

"걱정하지 마세요. 저는 대공 각하의 피를 두 번이나 마시고도 살아났······."

"뭐요?"

빠각.

말이 끝나기 무섭게 마차 의자의 팔걸이가 부서지는 소리가 났다. 세르시아의 팔걸이가 엉망이 됐다.

나는 즉시 입을 다물었다. 제가 뭘 잘못 말했나요, 언니?

"설마 테오가 당신에게 피를 먹였나요?"

어······ 이건 모르는 얘기였나?

슬그머니 테르데오를 바라보자 그는 손바닥으로 눈을 짚은 채 외면하고 있었다. 내가 별다른 답을 못 하자 세르시아가 테르데오를 바라보며 나지막이 욕설을 뱉었다.

"이 개자식이."

저기요, 언니.

"내가 그런 짓거리 하고 다니지 말라고 했지. 아직도 정신을 못 차렸어?"

"실수였어."

실수 아니잖아.

말을 덧붙이려고 했지만, 괜히 이 남매 싸움에 끼고 싶지 않아서 입을 닫았다. 그나저나 흉악하다고 소문난 '그' 테르데오가 저렇게 고분고분해지는 건 상상해 본 적도 없었다.

역시 남매란 대단하구나.

테르데오한테 잔소리를 늘어놓은 세르시아가 미안하다는 듯이 말했다.

"이 자식이 또 그런 터무니없는 일을 저지르거든 언제든 연락해요. 내가 죽여줄게요."

나는 황급히 끄덕거렸다.

세르시아가 연달아 크게 호흡하며 한숨을 내쉬었다.

"테오, 결혼식은 왜 안 했니? 다들 은근히 네 부인을 기다렸어."

"두 번째인데, 뭘."

테르데오가 창문을 내다보며 대수롭지 않다는 듯이 중얼거렸다. 그러자 세르시아가 반대로 내 눈치를 살폈다.

"너는 그럴지 몰라도 페레샤티는 처음이잖아. ……페레샤티, 미안해요. 얘가 워낙 사회성이 없어서 다른 사람의 감정을 제대로 이해 못 해요."

"전 괜찮아요."

사실 나도 처음 한 건 아니니까. 회귀 전 시프와의 결혼식이 떠오르자 얼굴이 구겨졌다. 내 표정을 본 세르시아가 나를 안쓰럽게 바라봤다.

내 표정을 보고 '사실은 결혼식을 하고 싶었어요'라는 뜻으로 받아들인 것 같았다.

"괜찮다잖아. 그리고 서로 합의한 거야."

"그게 서로 합의겠니? 페레샤티가 양보해 준 거지. 테오, 너 자꾸 이런 식이면 가족 모임 때 글로리아 님께 전부 보고할 거야."

"하, 이러려고 저택까지 같이 가자고 했군."

가족 모임?

나는 재빠르게 머릿속으로 라피레온 가문의 사람들을 떠올렸다.

'누가 있더라?'

라피레온 가문엔 무자비한 사람들이 잔뜩 있다고 티 파티에서 숱하게 들었는데. 평소 관심이 없었기 때문인지 기억이 떠오르지 않았다.

'두 사람 같은 가족들만 있는 건 아니겠지?'

아주 잠시 상상만 했을 뿐인데 소름이 돋았다. 그런 정글 속에서 내가 살아남을 리가 없어!

똑똑.

고개를 내젓고 있자 갑자기 마차가 멈췄다. 그리고 마부가 마차 문을 두드리며 정중히 말했다.

"주인님. 라피레온 각하의 저택에 도착하였는데 잠시 소란이 생겨 기다려야 할 것 같습니다."

소란? 그러고 보니 밖이 소란스러운 것 같기도 한데.

"무슨 일이지?"

고개를 창밖으로 내밀어 힐끗 바라보니 저택의 입구에서 싸우는 두 사람의 뒷모습이 보였다.

'저건 혹시……!'

시프와 어린 남자아이였다.

'시프 저 미친놈이 왜 여기에 있어?'

게다가 같이 말싸움을 하는 저 어린아이는 누구고? 입고 있는 옷을 보아하니 평민은 아니었고, 귀족의 아이 같았다.

놀란 눈으로 테르데오를 보자 그가 이때다 싶어 마차에서 몸을 일으켰다.

"세르시아. 이만하면 됐잖아. 우린 오늘 부부가 됐다고. 부부의 침실까지 따라올 생각은 아니겠지?"

잔소리를 더 듣기 싫은 테르데오가 세르시아한테 축객령을 내렸다.

"나도 네 얼굴이 아니라 페레샤티한테 인사하러 왔던 거니까 오늘은 이만 돌아가 줄게."

세르시아가 나를 보며 다시 웃었다. 나도 그녀를 따라 웃었다.

무서운 언니 같기는 한데, 그래도 착한 것 같다.

쯧 혀를 찬 테르데오가 마차 문을 열고 내려 내게 손을 뻗었다.

"아까 정말 감사했어요. 그리고 태워주셔서 감사합니다."

마차에서 내리기 직전 감사 인사를 전하자 세르시아가 흡족한 듯이 웃었다.

"페레샤티. 우리 부디 오래 보면 좋겠어요. 이상하게 당신이 마음에 들거든요. 조만간 정식으로 방문할게요."

나는 고개를 끄덕인 후 테르데오의 손을 잡고 마차에서 내렸다. 세르시아의 마차가 돌아갔다.

테르데오가 실랑이를 벌이는 두 사람을 보더니 내게 물었다.

"저기 저놈은 혹시 그대가 아는 사람인가?"

"절 죽이려고 했다던 남자예요. 저랑 결혼까지 할 뻔한 사람이죠."

"아. 유산을 원해서 그대를 죽인다고 했던 그 남자."

저택의 입구로 향하니 두 사람이 벌이는 실랑이가 더 크게 들렸다.

"한 번이면 됩니다! 만나게 해줘요! 거기 있는 거 다 알아, 샤샤!"

"감히 여기가 어딘 줄 알고 너 같은 평기사가 와서 소란을 피우는 거지?"

"페레샤티를 만나야 한다고요!"

"정식으로 방문 요청을 한 후 와. 예의가 없군."

한 명은 시프가 분명한데. 그와 대립하고 있는 작은 남자아이는 누구인지 알 수가 없었다.

"그리고 '페레샤티'라고 하면 대공비가 되실 분 아닌가? 감히 대공비의 이름을 함부로 부르다니. 봐주는 건 여기까지야, 예의를 갖추도록 하라."

"샤샤! 나야, 시프! 샤샤! 나와봐!"

저 거머리 같은 놈. 하긴 날 놓치면 어마어마한 유산도 사라지니까 필사적일 수밖에 없겠네.

시프를 돌려보내기 위해 다가가려 하자 테르데오가 나를 붙잡았다.

"내가 해결하지. 그대는 이제 내 부인이자 라피레온 대공비니까. 그러려고 결혼한 거잖아? 조금 전 그대가 황녀를 쫓아내 준 것처럼 말이야."

그것도 나쁘진 않지.

"그런데 저 아이는 누구예요?"

저 아이에 대해서는 묻지 않는 거 보니 테르데오는 누구인지 아는 것 같은데.

테르데오가 미간을 구겼다.

"셀피."

"네?"

"셀피가 돌아온 모양이야."

셀피? 셀피라면……

어렵지 않게 아이의 정체를 유추할 수 있었다.

"셀피우스 도련님이요?"

라피레온 가문의 후계자이자 테르데오가 지방의 별장에 처박아 놓고 돌보지도 않는다던 바로 그 아이?

설마 저 아이가 그 셀피우스? 변두리에 요양 목적으로 있다더니 왜 지금 여기서 시프와 말싸움을 하고 있지?

테르데오가 두 사람한테 걸어가려던 찰나, 아이의 서늘한 목소리가 들렸다.

"죽고 싶은가 보군. 그래, 죽는 게 소원이라면 기꺼이 죽여주지."

그리고 눈 깜짝할 사이 일이 벌어졌다.

"라피레온 대공가를 모욕한 벌이다."

셀피우스가 붉은 루비의 귀걸이를 빼더니 끝 핀 침으로 자신의 손가락을 콕 찔렀다. 붉은 피가 순식간에 흘러나왔다.

'헉.'

저게 무엇인지 나는 알고 있다.

저 아이도 라피레온 가문의 피가 이어졌을 테니까.

'가문의 비밀이라며!'

라피레온 가문의 피. 독.

"셀피!"

테르데오가 아이를 부르며 앞으로 빠르게 뛰쳐나갔다. 셀피우스의 행동의 의미를 모르는 시프는 조금 전 자신이 죽을 뻔한 것도 모른 채 뒤로 고개를 돌렸다.

"샤샤!"

날 발견한 시프가 활짝 웃었다. 그사이, 테르데오가 피가 나는 셀피우스의 손가락을 세게 잡았다.

"각, 각하……!"

우리가 온 건 몰랐는지 셀피우스의 얼굴에 당혹감이 번졌다. 나는 웃는 시프를 지나쳐 황급히 손수건을 꺼내 셀피우스의 상처를 지혈했다.

"……!! 잠, 잠깐. 이건!"

내 손에 자신의 피가 닿자 셀피우스가 소스라치게 놀랐다.

"괜찮아."

하지만 나는 손수건으로 아이의 손가락을 꾹 감쌌다. 깔끔하게 무시당했던 시프가 하하, 억지웃음을 띠우며 내 뒤로 다가왔다.

"샤, 샤샤."

그가 나를 불렀다.

"우리, 우리 얘기 좀 해. 응?"

시프가 내 어깨를 잡았다. 하지만 그의 손이 내 어깨에 닿기 무섭게 얼굴을 구긴 테르데오가 시프의 손을 잡아 비틀었다.

"감히 누구의 몸에 함부로 손을 대지."

"아아악!"

시프가 놀라 비명을 질렀다.

"이, 이, 이거 놔!"

"말이 짧군. 요즘 기사단은 귀족에 대한 예의도 가르치지 않나?"

테르데오가 시프의 정강이 뒤쪽을 발로 세게 내리쳤다. 시프의 무릎이 꺾였다. 추가 시프와 눈이 마주쳤다.

그가 내게 손을 뻗었다.

"샤, 샤샤! 도와줘!"

아직도 내가 자신을 도와줄 거라고 확신에 찬 모습이었다. 아주 우습고 멍청하게도.

"시프."

나는 이를 갈며 그를 불렀다.

"다신 내 앞에 나타나지 마."

"샤, 샤……!"

"황실 기사단 승격 시험 자격을 잃은 것으로는 부족해?"

일순 시프의 얼굴이 분노로 일그러졌다.

"지금처럼 내 앞에 나타나거나, 한 번만 더 내 이름을 부르면 그땐 네 모든 걸 망가뜨려 줄 거야."

"……."

"궁금하면 어디 또 찾아와 봐. 그땐 뭘 잃을 수 있는지 알려줄 테니까."

나는 한 글자씩 분노를 꾹 눌러 담아 말하고 아이의 어깨를 감싸 함께 몸을 돌렸다.

※ ※ ※

저택에 돌아온 후, 테르데오와 셀피우스는 둘이서만 할 이야기가 있다며 서재로 향했다. 그리고 저녁 식사 시간이 한참 지나서야 두 사람은 서재에서 나왔다. 그러나 다이닝 룸에 내려온 건 테르데오 혼자였다.

"아이는요?"

"혼냈더니 기분이 상했는지 안 먹겠다더군."

테르데오가 지친 얼굴로 한숨을 내쉬며 맞은편 자리에 앉았다. 그리고 다 식은 식사들을 바라봤다.

"셀피우스는 다시 별장으로 내려보낼 거니까 신경 쓸 것 없어."

나는 아이의 방이 있는 이 층을 올려다보다 물었다.

"몇 살이에요?"

"올해 아홉."

"각하의 아이인가요?"

분명 전 부인과의 결혼이 첫 결혼이었고, 초야는 치르지 않았다고 했는데. 게다가 결혼 생활 두 달 만에 이혼했으니 아무리 생각해도 저렇게 큰 아이가 있을 순 없었다.

술을 한 모금 마신 테르데오의 손이 멈칫했다.

"일 년이긴 하나 그대도 라피레온의 사람이 됐으니 알아야겠지. 셀피우스는 내 형의 아들이야."

어쩐지 얼굴이 닮았다고 생각했는데 형의 아들이라서 그랬던 거구나.

"그럼 형님은요? 어디 멀리 가신 건가요? 그래서 각하께서 대신 보살피는 거예요?"

"형은 죽었어."

헉. 손에 쥔 포크가 미끄러질 뻔했다.

마치 제 일이 아닌 것처럼 무덤덤한 말투에 나는 짧은 숨을 훅 들이켰다. 테르데오는 술잔을 빙그르르 돌리며 말을 이어갔다.

"형수는 어린 셀피우스를 버리고 떠났어. 다시 돌아올 사람은 아니었고 난 내 조카를 입양해서 후계자로 삼았지."

그, 그런 사연이 있었구나.

라피레온 가문은 유난히 비밀이 많은 가문이었다. 그래서 이런 사연이 있으리라고는 생각도 못 했다.

나는 힐끔 눈치를 살피며 애꿎은 수프를 휘휘 젓다가 자리에서 일어났다.

'어색해서 도저히 못 견디겠어.'

"먼저 올라갈게요."

테르데오는 날 붙잡지 않았다.

황급히 침실이 있는 이 층으로 올라서자 어느 방 앞에서 트레이를 든 채 당황해하는 하녀가 보였다. 가까이 다가서자 날 발견한 하녀가 고개를 숙였다.

"대, 대공비 전하를 뵙습니다."

"여기서 뭐 하는 거지? 누구 방이길래?"

아까 집사한테 저택 안내를 받을 때 말해주지 않길래 당연히 빈 방인 줄 알았는데.

"아…… 셀피우스 도련님께서 계시는 침실입니다."

나는 굳게 닫힌 문과 하녀가 들고 서 있는 식사를 번갈아 봤다.

"저녁 식사를 가져왔는데 열어주질 않으셔서요."

마음이 꽤 상한 모양이네. 하긴 수도로 올라오자마자 몇 시간을 그렇게 혼났으니까.

"이건 내가 줄게. 넌 이만 내려가 봐."

"네? 하, 하지만……."

"괜찮아."

트레이를 가져가며 내려가라고 턱짓하자 하녀가 어쩔 수 없다는 듯이 종종걸음으로 물러섰다. 나는 굳게 닫힌 침실 문을 두드렸다.

똑똑.

그러나 안에서 별다른 답은 없었다.

똑똑똑똑.

그리고 문이 열릴 때까지 쉬지 않고 문을 두드렸다. 그러자 귀찮았는지 안에서 '아오!' 하는 소리가 들렸다.

입가에 나도 모르게 미소가 번졌다. 잠시 후 침실 문이 벌컥 열렸다.

"그만 좀 두드리라고 했…… 어?"

"안녕? 음. 셀피우스."

아직 허락도 안 했는데 이름을 불러도 되나 싶었지만 그렇게 불러주고 싶었다.

"아직 한창 자랄 나이인데 식사는 해야지."

나는 황당한 셀피우스를 지나쳐 막무가내로 침실 안으로 들어갔다.

"잠, 잠깐만요."

셀피우스가 침실 문을 닫고 내 뒤를 황급히 따라왔다.

"아까는 제대로 인사 못 했지? 나는 페레샤티……."

"마침 잘됐네요. 찾아가 보고 싶었는데……. 어디 아픈 곳은 없어요?"

응? 얘 혼나서 화나 있던 것 아니었나?

셀피우스는 곁눈질로 나를 이곳저곳 살피더니 한껏 낮아진 목소리로 말했다.

"혹시 죽을 것 같으면 미리 말해주세요. 의사를 부를 테니까요."

그래도 너는 대공 각하처럼 생매장해서 묻을 생각은 아닌 모양이구나.

나는 웃으며 셀피우스의 어깨를 다독거렸다.

"알겠어. 혹시 죽겠다 싶으면 꼭 말할게."

순간 셀피우스의 동공이 크게 확장됐다. 파랗게 질린 입술로 벙긋거리던 셀피우스가 황급히 뒤로 물러섰다.

"지, 지금 날 만진 거예요?"

응? 혹시 만지는 걸 싫어하나?

나는 허공을 맴돌던 손을 내리고 고개를 갸웃거렸다.

"함부로 만져서 기분 나빴니? 미안해. 그럼 식사는 여기에 둘 테니까 먹고……."

"혹시 아무것도 모르나요?"

"응?"

"라피레온 가문의 저주요."

그걸 모를 리가 있나. 그거 숨기면 사기 결혼이란다.

"당연히 알지."

"알고도 절 만졌다고요?"

"그러면 안 돼?"

셀피우스의 얼굴이 석상처럼 딱딱히 굳어갔다. 아이의 붉은 눈동자는 아무런 감정도 물들어 있지 않았다.
"미쳤군요."
"어?"
"죽을 수도 있었어요."
이건 충고인 걸까, 아니면 협박인 걸까.
"충고면 고맙게 들을게."
"목숨이 몇 개라도 되는 줄 알아요? 혹시 이렇게 거리낌 없이 대하면 대공 각하께서 더 좋게 봐줄까 봐 그러는 거예요?"
뭐라고 답을 해야 할지 몰라 웃기만 하자 셀피우스가 뇌까렸다.
"지금이라도 도망가요."
"도망가라고?"
"돈이 필요하면 내가 몰래 챙겨줄게요. 이 지옥에서 도망쳐요."
셀피우스가 자조적인 냉소를 지었다. 아홉 살이라고 하지 않았나? 아이가 지을 만한 표정은 절대 아니었다.
"저기…… 셀피우스. 나는 괜찮아."
이유는 모르지만 일단 나는 현재로선 피를 마셔도 죽지 않으니까.
그렇게 말하려 했으나 셀피우스는 내 뒷말을 듣지 않았다. 내가 괜찮다고 말하자 얼굴을 구긴 셀피우스가 침실 문을 활짝 열더니 나보고 나가라는 듯이 턱짓했다.
"도망칠 생각이 아니라면 다시는 저한테 관심 두지 마세요."
누가 라피레온 가문의 후계자 아니랄까 봐. 하는 짓이 아주 테르데오랑 똑같네, 똑같아.
"그래, 충고 고마워."
그래도 식사는 두고 왔으니 목적은 달성했다. 나는 웃으며 셀피우스의 침실을 빠져나왔다.
셀피우스는 말없이 나가는 나를 한참 바라보더니 들릴락 말락 작게 중얼거렸다.

"아깐 놀라게 해서 죄송해요."

쾅.

그리고 말이 끝나기 무섭게 차가운 표정으로 침실 문을 닫아버렸다.

'지금 사과를 한 건가?'

나는 코앞에서 닫힌 침실 문을 가만히 바라보았다. 그러자 뒤에서 나를 부르는 하녀의 소리가 들렸다.

"대공비 전하, 무얼 하고 계세요?"

"문이랑 눈싸움."

"네? ……문은 눈이 없잖아요?"

"그래서 내가 졌어. ……왜 불러?"

하녀가 괴상한 소리를 들었다는 듯이 귀엽게 웃으며 말했다.

"오늘 초야를 치르셔야 하잖아요. 목욕물을 준비해 뒀으니 모실게요."

※ ※ ※

초야라니. 이런 건 계획에 없었다.

게다가 라피레온 대공은 여자에 관심 없고, 초야를 치르지 않았다는 소문이 자자하다고!

어색한 시선으로 혼자 남은 침실을 둘러봤다.

킁킁.

아까 목욕할 때, 목욕물에 꽃잎을 얼마나 많이 뿌렸는지 몸에서 아직도 꽃향기가 나는 것 같았다.

"이것도 너무 얇은 것 같은데."

실루엣이 다 비치는 슬립을 괜스레 몇 번이나 들췄다. 그래 봤자 아무도 없는 침실에서 답을 해줄 사람은 없었지만.

"……어차피 잘 건데 머리에 꽃은 왜 엮어둔 거야."

입술은 또 왜 이렇게 붉고.

머리카락에 엮인 꽃을 빼보려 했지만 혼자 힘으론 역부족이었다. 나는 화장대 거울에 비치는 모습을 보다가 얕은 한숨을 내쉬었다.

'그냥 남는 빈방에서 잔다고 할까?'

나는 넓은 침대를 손바닥으로 쓸어보다가 황급히 고개를 내저었다. 일단 이 침실에서 도망가는 게 좋을 것 같았다.

몸을 돌리기 무섭게 기다렸다는 듯이 침실 문이 열렸다. 그리고 익숙하면서도 낯선 시원한 향기가 퍼졌다.

"……."

"……."

나와 비슷한 재질의 잠옷을 걸친 테르데오가 물기에 젖은 머리카락을 손으로 헝클이며 들어섰다. 침실 안에 있는 나를 보고 놀랐는지 테르데오가 발걸음을 멈추고 나를 빤히 바라봤다.

"놀, 놀랐죠? 하, 하녀들이 갑자기 초야니 어쩌고 하면서 여기에 밀어 넣는 바람에."

"……."

"침, 침실은 따로 쓴다고 하는 게 좋겠어요. 오늘은 제가 남는 빈방에 가서 잘 테니까 각하께선 편히 주무세요."

그리고 테르데오를 지나쳐 황급히 나서려 했다. 그러나 곧바로 몸을 돌린 테르데오가 뒤에서 손을 뻗어 침실 문을 쾅 닫았다.

"어디를 가려고?"

바로 머리 위에서 들려오는 테르데오의 목소리에 온몸이 경직됐다. 등 뒤에서 그의 숨소리가 너무도 적나라하게 들리는 것 같았다.

나는 떨리는 목소리를 가다듬고 덤덤한 척 말했다.

"각, 각하께선 초야를 치르지 않는다고……."

"누가 그래?"

"네?"

되묻는 말에 너무 놀라 나는 그만 몸을 뒤로 돌려 테르데오를 정면으로 바라봤다. 그는 내 생각보다 훨씬 가까이에 있었다.

"소, 소문에……."

"그런 헛소문을 믿나?"

꿀꺽. 마른침을 삼켰다. 실루엣이 적나라하게 드러나는 그의 잠옷 때문에 경직된 시선을 아래로 내릴 수도 없었다.

나를 한참 뚫어지게 바라보던 테르데오가 먼저 등을 돌렸다.

"그대와 초야를 보냈다는 소문이 퍼지면 그 누구도 우리의 사이를 의심하지 않겠지."

"그, 그렇죠."

"일 년의 계약이 끝나 서로 갈라선 후에도 나는 영애를 그리워하는 척하면 폐하께 결혼을 강요당할 일도 없을 거고."

맞는 말이긴 하다. 테르데오도 이혼 후 같은 일이 되풀이되지 않도록 차선책이 필요할 테지.

"그러니 결혼 생활 동안 각방은 없어. 함부로 손댈 마음은 없으니 걱정하지 마."

"그럼 잠은 어디서 잘까요? 차라리 제가 소파를 이용하면……."

"침대에서 자야지."

"헉."

나도 모르게 숨을 크게 들이켜며 침대를 바라봤다.

"일 년 동안 바닥이나 소파에서 잘 건가? 그대가 원한다면 그렇게 하고."

"물론 그건…… 아니요."

"침대가 넓으니 나는 이쪽, 그대는 저쪽. 정 불편하다 싶으면 가운데를 쿠션으로 막아. 이 정도 신뢰도 없으면 계약 결혼은 때려치워야겠지. 계약이란 신뢰가 바탕 아닌가? 앞으로 일 년 내내 부부로서 다닐 텐데."

테르데오는 대수롭지 않은 투로 말하고 젖은 머리를 손으로 대충 털었다.

'아무렇지 않아 보이네. 나만 이렇게 놀랐나 봐.'

생각해 보면 테르데오가 한 말은 당연했다. 계약 결혼을 하자고 했을 때부터 이런 상황은 예상했어야 한다. 지금뿐 아니라 앞으로 또 어떤 상황이 생길지 모른다.

'맞아, 이 정도 신뢰도 없으면 계약 결혼은 못 했지.'

나는 태연한 얼굴로 고개를 끄덕이고 침대 위로 올라섰다. 확실히 자하르트 백작 저에서 사용하던 침대와는 푹신함이 남달랐다.

"좋아요, 사실 저도 그렇게 생각했었어요. 저흰 계약 관계니 이 정도 신뢰는 기본이죠. 저는 이쪽. 각하는 그쪽에서 자세요."

그러면서 슬그머니 침대 구석으로 붙었다.

"결혼까지 했으니 이제 그 '각하'는 집어치워."

"그럼 뭐라고 불러요?"

"그건 마음대로 해."

내 마음대로 하라고?

나는 잠시 고민하다 흔쾌히 고개를 끄덕였다.

"그래요, 테르데오."

뭐, 왜. 마음대로 부르라며?

침대에 걸터앉은 테르데오가 눈썹을 비뚜름히 올렸다.

"그거. 머리에 꽂고 잘 건가?"

그러더니 내 머리에 엮인 꽃을 가리켰다.

"아…… 이건 아까 풀어보려고 했는데 안 풀려서요."

"돌아봐."

뭐? 심장이 쿵쿵 뛰었다.

내 뒤로 다가온 테르데오가 머리카락에 엮인 꽃을 풀어내기 시작했다.

'의외로 섬세한 면이 있네. 그냥 냅다 머리카락을 뜯어버리는 건 아닐까 걱정했는데.'

"고마워요."

낯선 남자가 내 머리카락을 만지고 있다고 생각하니 잔뜩 긴장됐다. 아까 하녀가 했던 '초야'라는 말 때문인지 이상하게 자꾸만 목이 탔다.

"세르시아는 그대가 마음에 드는 것 같더군."

"저는 뭐 한 게 없지만요."

"그게 마음에 든 거겠지. 저주를 알면 보통 도망가지, 아무것도 하지 않는 사람은 없었으니까."

아, 그런가? 고개를 끄덕거리자 세심한 손길로 꽃을 풀어내던 테르데오가 덤덤하게 말했다.

"가족을 잃은 후론 웃지 않았는데 오늘 간만에 밝은 얼굴을 봤어."

"가족을 잃었다고요?"

"세르시아는 이 저주의 최대 피해자거든."

덤덤한 목소리 때문인지, 아니면 오늘 하루 피곤했기 때문인지. 그것도 아니면 내 머리를 만져주는 이 손길이 깃털처럼 부드럽기 때문인지.

참아보려 해도 노곤노곤 잠이 쏟아졌다.

"정말 오랫동안 조심했었는데."

테르데오의 목소리가 자장가처럼 고요하게 쏟아졌다.

"딱 한 번. 정말 딱 한 번, 남편과 아이한테 직접 요리를 해주고 싶다고 한 적이 있어. 정말 조심했었는데, 하필 손톱 옆에 눈으로도 보이지 않을 아주 작은 상처가 나 있었지."

"……."

"잠시 밖에 다녀온 사이, 음식을 먹은 남편과 아이가 모두 죽어 있었지."

 다른 사람한테는 평범한 일상이자 행복이 세르시아한테는 아니었다. 그저 딱 한 번이었을 뿐인데, 그게 자신의 모든 행복을 앗아갔다.

 과거에 오열하며 난동을 부리는 세르시아를 본 기억이 있는 것 같았다.

 "일 년 넘도록 사람을 만나지 않았어. 죽겠다고 수도 없이 자해하는 탓에 침대에 강제로 묶어둘 때도 있었지."

 무거운 눈꺼풀이 스르르 감겨갔다.

 "세르시아는 사람을 멀리했어. 지금 사업을 시작하게 된 것도 그런 이유 중 하나였지. 바쁘게 몰두할 게 필요했었거든. ……저주가 통하지 않는다는 그대의 이야기를 듣고 꼭 만나보고 싶다고 했었어."

 몸이 스르르 뒤로 넘어갔다. 뒤로 넘어간 고개가 단단한 무언가에 툭 기댔다.

 "……."

 고요한 침묵이었다.

 부드러운 손길이 나를 아주 조심스럽게 침대 위로 눕혔다. 그리고 깊은 어둠 속으로 정신이 가라앉았다.

❊ ❊ ❊

 '네가 죽어야만 그 유산이 내 앞으로 오거든. 샤샤, 넌 날 사랑하니까 날 위해 죽어줘.'

 늘 내게 행복을 안겨주던 그 입술로 나를 죽이는 시프.

 '시프가 널 정말 사랑한 줄 알았어? 정신 차려, 시프는 내 남자야. 유산을 위해 널 사랑한 척 결혼한 거라고.'

 시프의 품에 안겨 날 조롱하며 환히 웃고 있는 레이나.

'네 명줄은 네 아비가 재촉한 거야. 유산을 네게 남긴다는 유언장만 없었어도.'

그리고 쿠션을 든 채 내게 가까이 다가오는 새어머니.

'아쉽구나, 좋은 모녀 사이가 됐을지도 모르는데. 네가 죽고 나면 유산은 잘 쓸 테니 걱정하지 말렴.'

그 쿠션이 내 얼굴 위를 꾹 눌렀다. 난 그때처럼 손가락 하나도 제대로 움직일 수가 없었다.

'왜? 난 이미 죽었다가 살아난 거 아니었어? 왜 또!'

숨이 제대로 쉬어지지 않았다. 이게 꿈인지 현실인지 파악할 겨를도 없었다. 그저 머릿속에 살고 싶다는 생각만이 가득했다.

'살려줘.'

살고 싶은 소망을 가득 담은 손이 허공을 가로질렀다. 숨이 제대로 쉬어지지 않아 목 안을 긁는 소리가 흘러나왔다.

"꺽…… 커헉!"

죽고 싶지 않아. 살고 싶어.

누가 날 살려줘.

"……! 페레샤티!"

허우적거리며 깊은 심해 속으로 가라앉는 그 순간, 누군가 내 손을 강하게 잡았다.

"페레샤티!"

내 이름을 부르는 목소리. 절망의 심연 속에 빠지던 나를 밖으로 끌어낸 사람.

나는 눌려 있던 숨을 미약하게 뱉었다. 입고 있던 슬립이 식은땀으로 전부 젖어 축축했다. 잠결에 뒤척이다 이불이 코와 입을 덮은 것 같았다.

몽롱해진 시야 위로 흐릿한 붉은 눈동자가 보였다. 그것은 마치 떠오르는 해 같았으며, 어둠을 비추는 촛불 같기도 했다.

"어디가 아픈가? 숨을 못 쉬고 있던데. 의사를 부를까?"

이 어둠 속, 내가 의지할 곳이라곤 타오르는 저 붉은 눈동자뿐이었다.

"……내 가족이, 날 죽여."

잠이 쏟아지는 와중에 나는 필사적으로 매달리며 애원했다.

"날…… 살려줘."

뭉개지는 발음. 점차 빛을 잃어가는 시야.

"살고…… 싶, 어."

나는 삶을 끊임없이 속삭이며 다시 깊은 수렁 속으로 끌려갔다.

※ ※ ※

아직 동이 트지 않은 이른 새벽.

아까부터 계속 날 깨우는 바스락거리는 소리에 신경이 예민해졌다.

'더워.'

게다가 이상하게 땀이라도 흘린 것처럼 몸이 끈적하고 찝찝했다. 왜지? 어제 분명히 쾌적하게 목욕을 하고 잠들었는데.

나는 미간을 찡그리고 본능적으로 시원한 곳을 찾기 위해 뒤척였다.

툭.

비교적 가까운 곳에 뭔가가 손에 걸렸다.

'이게 뭐지.'

딱딱하고 따스하면서 말랑해. 손바닥에 와 닿는 감촉은 익숙한 것이었다.

'사람 피부……?'

왜 사람이 내 옆에 있지? 내 옆에 올 사람이 있나? 꺼림칙한 기분에 절로 눈이 떠졌다.

"깨울 생각은 아니었는데."

그러자 바로 앞에 사내의 성난 근육이 보였다. 나는 근육이 선명하게 갈라진 그의 복부에 손을 얹은 채 만지작거리고 있었다.

"……뭐 해요?"

테르데오는 내 옆에 누워 자신의 팔을 벤 채 나를 보고 있었다. 사고가 정지했다. 탈의한 그는 하체를 얇은 천 하나로 가리고 있는 게 전부였다.

"허억!"

짧은 숨을 크게 들이켠 나는 누워 있던 상체를 벌떡 일으켜 뒷걸음질 쳤다.

"왜, 왜! 여, 여기 왜!"

테르데오는 내가 자리를 지정했던 것이 무색하게 내 자리에 누워 있었다.

'이, 이 미친놈이!'

어, 어제 어떻게 잠들었더라?

뒤로 도망치던 내 손에 무언가 툭 걸렸다. 돌아보니 어제 머리에 엮여 있던 꽃이었다.

'맞아, 어제 이거 풀어준다고 하다가 잠들었지.'

중간에 무슨 꿈을 꿨던 것 같기도 한데 좀처럼 기억이 나지 않았다. 기분 나쁜 꿈을 꾼 것 같기도 하고.

나는 얼굴을 찌푸린 후 슬쩍 시선을 내려 내 옷을 먼저 확인했다. 슬립이 벗겨진 흔적은 없었다.

"오해가 있는 것 같은데."

테르데오가 상체를 일으켰다. 그의 움직임에 놀란 나는 침대 사각지대로 도망치며 손을 내저었다.

"거기서! 거기서 말하세요."

"어제 말하려고 했는데 그대가 먼저 잠이 들어서."

"혹시 우리 계약에 부부의 밤도 포함되어 있던 건 아니죠?"

"내 말을 우선 듣는 게 어때."

"잠, 잠시만요. 아무 말도 하지 마세요!"

나는 혼란스러운 머리를 양손으로 감쌌다. 초야는커녕 여자에 관심도 없다더니. 이건 정말 헛소문이었나?

나는 희게 질린 얼굴로 말라비틀어진 입술을 꽉 깨물었다. 테르데오가 한쪽 다리를 세워 팔을 걸치더니 말했다.

"지금 무슨 생각을 하는지 알겠는데, 그거 아니야."

"다, 다리 세우지 마요!"

나는 화들짝 놀라 테르데오에게 이불을 집어 던졌다. 다리를 세운 바람에 그나마 하체를 가리고 있던 얇은 천이 제 기능을 하지 못한 채 쓸모가 사라졌다.

"이제 곧 동이 틀 테고 하인들이 들어올 거야."

테르데오가 덤덤히 창밖을 바라봤다.

"하인들에게 침대 끄트머리에 각자 붙어서 초야를 보낸 척했다고 티 낼 생각은 아니겠지? 그래서 잠든 그대의 곁에 갔던 거야."

"아……!"

테르데오의 말에 나도 창밖을 바라보자 먼발치에서 동이 트고 있었다. 오해였다는 걸 깨닫자 얼굴이 뜨겁게 달아올랐다.

"그, 그렇죠. ……처음부터 그렇다고 말했으면 오해 안 했을 거예요."

"말하지 말라던 게 누구였지?"

"……저도 다 생각하고 있었어요. 잠에서 막 깨서 놀랐을 뿐이죠."

테르데오는 대수롭지 않게 침대 헤드에 등을 기댔다. 그리고 이불로 하체를 덮은 후 팔을 길게 뻗었다.

"이리 와."

그가 길게 뻗은 자신의 팔을 툭툭 치며 덤덤하게 말했다.

"적당히 다정한 부부인 척해야지."

하긴 초야를 치른 다음 날이니 서로 붙어 있는 모습이 좋겠지.

"……그럼 실례할게요."

나는 슬그머니 그의 옆으로 다가가 조심히 팔을 벤 채 멀찍이 떨어져 누웠다.

'두 번은 못 할 짓이야.'

단단한 팔 너머로 그의 심장 박동이 들렸다.

"이렇게 멀리 떨어져 있을 거면 이러고 있는 의미가 없는데."

못마땅한 듯 눈살을 찌푸린 테르데오가 나를 자신의 품으로 바짝 끌어당겼다.

'허억!'

나도 모르게 숨을 참았다.

"오래 안 걸리니 싫어도 참아."

그의 피부가 내 볼에, 손에, 온몸에 닿았다. 낯선 사내와의 접촉에 절로 숨이 멎었다. 테르데오는 태연하게 자신이 덮고 있던 이불을 내게 덮어주며 나를 감쌌다.

"하인들이 들어오면 나는 씻으러 갈 테니 잠든 척해."

너무 가까운 숨소리에 정신이 아득해져 두 눈을 질끈 감았다. 마치 시간이 멈추기라도 한 것처럼 고요한 적막이 주위를 맴돌았다.

'숨 못 쉬겠어.'

내 허리를 감싸 안은 테르데오의 단단한 팔이 자꾸만 신경 쓰여 가만히 있을 수가 없었다.

"자꾸 움직이지 마."

"간지럽단 말이에요."

침착하려고 해도 목소리가 떨렸다. 테르데오는 내가 움직이지 못하게 더욱 세게 옭아맸고, 그럴수록 나는 간지러워서 몸을 뒤척였다.

"어제 악몽을 꿨나?"

"네?"

갑자기 무슨 악몽? 예고도 없이 훅 들어오는 질문에 고개를 내저었다.

"기억 안 나는데요. 왜요? 저 코 골았어요? 아니면 이 갈았어요? 잠꼬대?"

"아니. 잠자리가 바뀌었으니 물어본 것뿐이다."

뭐야, 시답잖게.

똑똑.

드디어 침실 문을 두드리는 소리가 들렸다.

"눈 감아."

테르데오가 나를 품에 꼭 안고 크게 '들어와'라고 말했다. 그러자 기다렸다는 듯이 문이 벌컥 열렸다.

"대공 각하, 좋은 아침입니다. 인사를 드리러……."

귓가에 들려온 건 그토록 기다리던 하인의 목소리가 아니었다.

익숙한 목소리.

놀란 내가 테르데오의 가슴에 묻고 있던 얼굴을 번쩍 들어 올렸다.

"셀, 셀피우스!"

그곳엔 놀랐는지 입을 떡 벌린 아홉 살의 셀피우스가 서 있었다.

안 돼! 아홉 살이 볼 장면이 아니야!

나는 황급히 덮고 있던 이불로 테르데오를 가린 후 소리쳤다.

"이, 이건 오해야……!"

이 일의 경위에 대해 말하려던 찰나, 셀피우스의 뒤로 아침 시중을 들기 위해 하인들이 우르르 들어섰다.

그 모습을 본 테르데오가 일어서려는 내 허리를 강하게 끌어당겼다. 그리고 애초의 계획대로 다정한 부부인 척 말했다.

"간밤에 흘린 땀으로 끈적일 테니 먼저 씻는 게 좋겠어."

테르데오의 가슴팍에 얼굴이 묻힌 나는 기겁한 표정으로 셀피우스를 향해 손을 휘저었다.

'이 미친놈아, 아이한테 보여줄 장면이 아니라고!'

셀피우스는 눈앞에 펼쳐진 낯선 장면에 입을 떡 벌리고 그대로 굳어 있었다.

'아니야! 아무 일도 없었어!'

나는 셀피우스한테 열심히 입 모양으로 전달하려 애를 썼다. 그러나 내 뜻이 전달되기도 전, 집사가 굳어 있는 셀피우스의 두 눈을 손바닥으로 가려버렸다.

나와 눈이 마주치자 집사가 아주 만족스럽게 웃었다.

"도련님, 이쪽으로 오시죠. 꿀을 넣은 우유를 준비해 드리겠습니다."

그리고 집사는 우리 두 사람을 향해 눈을 찡긋거리더니 셀피우스를 데리고 침실을 빠져나갔다.

"동이 트면 다시 오겠습니다, 후후."

어딜 가! 다시 돌아와! 그런 거 아니라고! 돌아와!

❈ ❈ ❈

아침 식사 자리가 가시방석 같았다. 테이블 위에는 아무런 소리도 들리지 않았다.

테르데오가 식사를 끝냈는지 입가를 닦은 냅킨을 내려두고 셀피우스에게 말했다.

"오늘 마차를 준비해 두라 할 테니 원래 지내던 곳으로 돌아가."

"……아침에 노크도 없이 침실에 들어가서 그런 거라면 죄송해요. 저는 대공 각하께 아침 인사를 드리려고 했던 거예요. 다시는 그러지 않을게요."

다시 돌아가라는 말이 나오기 무섭게 셀피우스가 고분고분 사과를 건넸다. 아마 자기가 지내던 별장으로는 돌아가고 싶지 않은 것 같았다.
 그러나 테르데오는 강경했다.
 "그것과는 상관없어. 네가 지낼 곳은 이곳이 아니니까."
 나는 미묘한 분위기가 흐르는 두 사람을 힐끔 바라봤다.
 '체하겠다, 체하겠어.'
 테르데오는 셀피우스를 싫어하는 걸까? 보기도 싫어서 별장으로 내려보내는 걸까? 그럴 거면 입양해서 후계자로는 왜 삼았지? 그냥 입양하지 않고 별장으로 내려보냈으면 됐을 텐데?
 궁금하긴 했지만 주제넘게 내가 나설 문제는 아니었다.
 '라피레온의 일은 라피레온이 알아서 하겠지.'
 나는 어차피 일 년 뒤 나갈 사람이니까.
 나는 체할 것 같아 숨을 크게 내쉬고 내 접시에 놓인 샐러드만 깨작거렸다.
 "……어요."
 고개를 숙인 셀피우스가 작게 중얼거렸다.
 "뭐?"
 "……싫다고요."
 고개를 들어 올린 셀피우스의 눈에 독기가 서렸다. 고분고분 사과하던 아이가 삐뚤어졌다.
 "하긴. 신혼을 즐기고 싶으실 테니 저 같은 건 꼴도 보기 싫으시겠죠."
 아니야, 우린 즐길 신혼이 없단다.
 "특히 대공 각하는 원래 저를 안 좋아하시니까요."
 "애처럼 굴지 마라, 셀피."
 아홉 살이면 충분히 애지.
 나는 속으로 두 사람의 말을 맞받아치며 포크를 가만히 내려두었다. 이런 상황에서는 물만 마셔도 체할 것 같았다.

테르데오의 덤덤한 반응에 발끈한 셀피우스가 의자를 박차고 벌떡 일어섰다.

"이렇게 버려둘 거면 절 왜 데려오셨어요?"

셀피우스의 목소리가 떨리고 있었다. 가만 보니 꽉 쥔 주먹도 같이 떨리는 중이었다.

"제가 싫으면 절 입양해서 후계로 삼지 말지 그러셨어요."

이제 보니까 눈에 서린 게 독기가 아니라 물기였던 모양이다. 아이가 곧 울 것처럼 입술을 꾹 물었다.

"나도……."

"……."

"나도 이곳에서 지내고 싶다고요!"

버럭 소리를 지른 셀피우스는 자리를 박차고 이 층으로 올라갔다.

쾅!

이 층, 셀피우스의 침실 문 닫히는 소리가 저택 내부에 크게 울렸다.

나는 흔들리는 것 같은 샹들리에를 가만히 보다 고개를 돌렸다. 그리고 골치 아픈 표정으로 이마를 짚는 테르데오를 향해 질책했다.

"식사하고 나서 얘기해도 됐잖아요. 어제저녁도 제대로 안 먹었을 텐데."

"셀피는 조금이라도 빨리 별장으로 가는 게 좋아."

짤막하게 뇌까린 테르데오가 자리에서 일어섰다.

"나는 오늘 황실 기사단 승격 시험 심사를 보러 가야 하니……."

"별장엔 뭐가 있어요?"

"뭐?"

갑작스러운 질문에 테르데오가 당황했다.

"라피레온 소유의 별장이요. 거긴 뭐가 있나요?"

테르데오가 기억을 더듬었다.

"숲. 숲이 있지."

"마을도 있나요?"

"마을과는 거리가 멀어. 요양 목적으로 만들어진 별장이라 다소 떨어져 있거든."

음. 그렇구나.

나는 끄덕거리며 이번엔 다른 질문을 던졌다.

"왜 이렇게 셀피우스를 빨리 보내려고 해요?"

내 질문에 테르데오가 입술을 일자로 다물었다.

"조금만 더 머물다 가도 되잖아요. 가족들을 오랜만에 만났을 텐데."

"셀피는 우리 가문의 사람 중에서도 유난히 강한 독성을 지니고 있어. 아직 어려서 그런지 몸 상태에 따라 영향을 많이 받지."

나는 상관없다고 무시해도 될 법한데도 테르데오는 성실하게 질문에 답했다.

"······무슨 영향이요?"

"상태가 안 좋을 땐 몸속의 독 때문에 아프고 괴로워져."

테르데오가 한숨을 뱉으며 의자에서 일어섰다. 그리고 더 얘기할 것 없다는 듯이 확고히 말했다.

"셀피에겐 공기 좋고, 사람들과 마주칠 일 없는 별장이 필요해."

아. 뭔지 대충 알 것 같았다.

비록 말투는 딱딱하고 자신의 의견을 굽힐 생각은 없어 보이지만, 셀피우스의 얘기를 하는 테르데오의 표정은 걱정과 염려로 가득했다.

"셀피우스를 아끼시는군요?"

"······뭘."

"셀피우스한테 그렇게 말해주면 되잖아요. 당신이 자기를 싫어하는 줄 알고 있는 것 같던데요."

테르데오가 '사실 난 너를 좋아한다, 네가 걱정돼서 그런다'라고만 말해줘도 두 사람 관계가 확 좋아질 텐데.

테르데오가 시선을 내리깔았다. 속눈썹 너머로 보이는 눈동자에 여러 가지 감정이 깃들었다.

"그냥 나를 원망하게 둬. 그게 좋아."

하지만 그는 그럴 생각이 없어 보였다.

"그딴 저주에 걸린 자신을 원망하는 것보단 차라리 나를 원망하는 게 나을 테니까."

"네?"

"원망할 사람이 없으면 나는 왜 이래야 하는지 돌고 돌다가 결국은 자신을 원망하게 되거든. 그러니까 지금 이게 나아."

말을 마친 테르데오가 몸을 돌렸다. 그리고 외출을 준비하려는지 집사와 함께 서재로 향했다.

순식간에 다이닝 룸엔 나 혼자 남게 되었다. 나는 셀피우스가 올라간 이 층 계단과 테르데오가 향한 서재 쪽을 번갈아 바라봤다.

저주.

평범하게 생활할 수 없는 그런 저주.

셀피우스가 이곳으로 온다고 해도 아이는 여전히 다른 평범한 사람들과는 다르게 커야만 할 것이다.

그런 아이가 독을 가진 자기 자신을 원망하지 않게, 테르데오는 스스로 원망받는 역할을 자처하는 모양이었다.

실제로 셀피우스는 지금 자기 자신이 아니라 자신을 가둔 테르데오를 원망하고 있으니까.

'하지만 그게 셀피우스를 위한 일인가?'

아무것도 없는 별장에 갇혀서 오직 테르데오만 원망한 채 자라는 게, 과연 옳은가?

나는 이 층을 바라보았다.

라피레온가의 일은 그들이 알아서 한다고 해도, 저렇게 상처받은 아이를 그냥 둘 수는 없었다.

나는 자리에서 일어나 이 층으로 향했다.

계단에 오르기 무섭게 무언가 부서지는 소리가 연신 크게 들렸다.

'어휴, 한바탕 크게 하는 중인가 보네. 성질머리는 테르데오를 쏙 빼닮았구나.'

한숨을 쉬며 계단을 올라가니 셀피우스의 침실 앞에서 별별 떠는 하녀들이 보였다.

"안에서 다 쫓겨났니?"

내 질문에 바들바들 떨던 하녀들이 고개를 끄덕였다.

"도련님께서…… 탁자 위 장식품을 던지다 다치셨어요."

"도, 도련님께서 손에 피가 많이 났는데…… 갑자기 막 나가라고 소리를 지르셔서요."

"치료도 못 하고 나왔어요."

손에서 피가 났다고?

나는 굳게 닫힌 침실 문을 노려보다 두려움에 덜덜 떨고 있는 하녀를 향해 말했다.

"가서 붕대와 약, 그리고 마실 물을 가져와. 나머지는 다들 가서 할 일 하고. 여긴 내게 맡겨."

내 명령에 하녀들은 서로 눈치를 살폈다. 그러나 기회라고 생각했는지 별다른 말 없이 스리슬쩍 계단을 내려갔다.

잠시 후 한 하녀가 붕대와 약, 그리고 물 잔을 가져왔다. 나는 그것들을 건네받고 하녀에게 내려가라 지시한 후 문 앞에 섰다.

똑똑.

"셀피우스."

답이 없다.

"문 안 열어주면 이번엔 문을 발로 찰 거야."

이번에도 답은 없었다.

"부서져도 모른다? ……물론 내 발이 부서지겠지만."

벌컥.

"미쳤어요? 문을 부수지 죄 없는 발을 왜 부숴요?"

내 말이 끝나기 무섭게 어이없다는 표정의 셀피우스가 황급히 문을 열고 나왔다.

귀엽긴.

"내 발도 죄가 없지만, 마찬가지로 문도 죄가 없잖니. 그리고 장난이야. 부술 맘 없어."

대충 중얼거리며 열린 문틈 사이로 쏙 들어가자 셀피우스가 미간을 찌푸렸다.

"나가요. 장난할 기분 아니에요."

"손 다쳤다며. 피가 많이 났다던데."

침실 안은 엉망진창이었다. 장식품을 깨뜨렸는지 바닥엔 유리 조각이 널브러져 있었고 위엔 붉은 선혈들이 가득했다.

나는 눈살을 찌푸리다 셀피우스의 손을 바라봤다.

내 시선을 느낀 셀피우스는 피가 흐르는 손을 황급히 등 뒤로 숨겼다. 고개를 아래로 숙인 셀피우스가 아랫입술을 세게 깨물었다.

"나가요."

침실을 이렇게 엉망으로 만들어 둔 걸 보니 진짜 크게 상심했나 보네.

테르데오의 입장도 이해는 갔지만 셀피우스의 입장도 충분히 이해됐다.

셀피우스는 아직 아홉 살이다. 아홉 살의 아이가 보호자를 의지하고 함께 있고 싶은 건 당연했다. 떨어져 있는 게 비록 자신을 위한 것이라고 해도 말이다.

테르데오는 그 당연함을 모르는 것 같았지만.

나는 트레이를 테이블 위에 내려두고 물 잔부터 건넸다.

"마셔."

눈썹을 찡그린 셀피우스가 엉겁결에 내가 건넨 물 잔을 받았다.

"이게 뭐예요?"

"물."

"내가 지금 이걸 왜 마셔요?"

"화가 나고 감정을 다스리기 힘들 땐 오늘을 기억해."

"네?"

셀피우스가 미간을 구겼다.

"화가 나서 뭐든 다 던지고 부수고 싶을 땐, 물 한 잔 천천히 마셔. 그리고 생각해. 내가 아무리 화가 나도 물건을 던지거나 죄 없는 사람들한테 화내는 건 안 되는 일이라고 말이야."

나는 딱 잘라 셀피우스한테 말했다.

셀피우스가 엉망이 된 주변을 살피더니 이내 머쓱하게 물 잔을 만졌다. 그리고 물을 조금 마셨다.

셀피우스가 물을 몇 모금 마신 걸 확인한 후, 나는 물 잔을 트레이에 올려두고 다시 아이에게 말했다.

"네 생각을 직접 말로 하지 않으면 아무도 몰라."

셀피우스가 고개를 숙였다.

"이렇게 분풀이한다고 달라지는 것도 없어. 네가 바라는 게 이곳에 남는 거라면 제대로 말해. 나도 대공 각하께 같이 부탁해 볼……."

"당신이 뭔데 왜 내 부탁을 해요?"

셀피우스의 목소리가 다시 잔뜩 날이 섰다. 아이가 아무도 믿고 싶지 않다는 듯이 독기 어린 눈으로 나를 힘껏 노려봤다.

"당신이 내 엄마라도 돼요?"

순간 말문이 턱 막혔다.

테르데오가 셀피우스를 입양했으니 그는 서류상 아버지였다.

그리고 나는 테르데오와 결혼했으니 서류상으론 셀피우스의 어머니였다.

하지만 나는 셀피우스의 말에 답을 할 수가 없었다.

내가 답을 못 할 걸 예상이라도 했듯이 셀피우스가 헛웃음을 흘렸다.

"당신도 날 그렇게 생각하지 않잖아요? 그런데 왜 생판 남인 나한테 관심을 가져요?"

누가 라피레온 가문의 후계자 아니랄까 봐. 사람 할 말 없게 만드는 건 진짜 똑같다.

"이 저택에 머무는 당신 앞가림이나 잘해요. 나 같은 건 신경 쓰지 말고."

회의적인 어조로 말한 셀피우스가 몸을 휙 돌렸다.

'저 뒤통수를 한 대 세게…….'

때리면 안 되지. 상대는 어린아이야. 자중해, 페레샤티.

이럴 땐 뭐라고?

나는 조금 전 셀피우스한테 말했던 것처럼 물 잔을 쥐고 벌컥 마셨다.

감정을 갈무리한 후 나는 피를 흘리는 셀피우스의 손을 거리낌 없이 잡았다.

셀피우스의 몸이 돌처럼 빳빳하게 굳었다.

"무슨……!"

"꼭 뭐가 돼야만 간섭할 수 있니?"

경악한 셀피우스가 내게 잡힌 손을 빼내려 했지만 나는 아이를 절대 놓치지 않았다.

"그냥 다친 너를 치료해 주고 싶은 마음만으론 안 돼?"

나는 품에서 손수건을 꺼내 피가 묻은 셀피우스의 손등과 손바닥을 천천히 닦았다.

다행히 유리가 박히진 않은 것 같았다.

"그냥 네 편이 되어주고 싶은 건데. 그러면 안 되냐고."

나는 손가락으로 연고를 듬뿍 떠서 유리에 베인 셀피우스의 상처에 펴 발랐다. 따가울 것 같아서 입을 모아 '호오, 호오' 불어주는 것도 잊지 않았다.

내 입김이 상처에 닿자 셀피우스의 발버둥이 마법처럼 멈췄다.

"……그러니까 왜 내 편이 되려고 하는 건데요."

셀피우스는 수그러진 목소리로 약을 바르는 자신의 손을 바라보고 있었다.

"네 말대로 나는 외부인이라 오지랖 부릴 순 없지만."

"……."

"그래도 어린아이가 행복했으면 좋겠다고 생각하는 건 할 수 있잖아. 넌 아직 어려, 셀피우스."

"……."

"그리고 난 어린 네가 제대로 자라서 좋은 어른이 되었으면 좋겠어. 그냥 그게 전부 다야."

나는 꼼꼼히 약을 바른 후 붕대로 셀피우스의 손을 감았다. 조금 서툰 실력이긴 했지만 그래도 안 하는 것보다는 나을 테니까.

"앞으로 이런 짓은 하지 마. 네 몸 다치게 해서 얻을 수 있는 건 아무것도 없어."

나는 셀피우스를 향해 단호히 말했다.

"다시 말하지만, 화가 난다고 물건을 부수는 건 나쁜 버릇이야."

"……문을 부수려고 했던 게 누군데요."

"너는 부쉈고 나는 안 부쉈잖니."

가까이서 본 아이의 얼굴은 여러 감정이 뒤섞여 복잡미묘했다. 웃어야 할지 울어야 할지를 모르는 표정이었다.

"입가도 다쳤구나. 조심해. 얼굴에 상처가 나면 흉이 남을지도 모르잖니."

 나는 손가락으로 약을 바른 후, 셀피우스의 입가에 톡톡 아프지 않도록 두드렸다.

 "당신은 내 피가 뭔지 몰라요?"

 "다 안다고 했었잖아."

 "그런데 어떻게 그럴 수 있죠."

 셀피우스가 조용히 시선을 내리깔았다.

 "어떻게 피를 보고도 도망 안 가고 그럴 수 있는 거예요?"

 나는 문득 지난밤 테르데오가 했던 말이 떠올랐다.

 아무것도 하지 않아서 세르시아가 나를 좋게 본다는 말. 보통은 도망가려 했지, 아무것도 하지 않으려 했던 사람은 없었다는 말.

 셀피우스도 같은 생각을 하는 것 같았다.

 "당신은 이 저주가 끔찍하지 않아요?"

 "원래 모든 상처는 그래. 끔찍한 게 아니라 아파 보이는 거지."

 그게 전부야.

 느끼는 그대로 솔직하게 말했을 뿐인데 셀피우스의 입술이 파르르 떨렸다.

 "그리고 나는······."

 피를 마셔도 죽지 않아서 괜찮아.

 라고 말하려던 찰나였다.

 "······큭."

 갑자기 몸의 이상함을 감지했다. 다리에서 힘이 풀리는 게 느껴졌다. 나는 넘어지지 않기 위해 셀피우스의 어깨를 세게 붙들었다.

 "뭐, 뭐예요?"

 셀피우스의 당황하는 목소리가 제대로 들리지 않았다.

 이 감각.

 너무도 잘 알고 있었다.

왜냐면 이미 두 번이나 겪어봤으니까!

나는 곧 멎을 것처럼 아픈 심장을 움켜쥐고 약을 바른 셀피우스의 입술과 물 잔을 번갈아 바라봤다.

'아…… 물.'

아까 셀피우스가 물을 마실 때, 입술에 묻은 피가 물과 조금 섞인 모양이었다. 그걸 내가 마셨고.

'조심했어야 했는데.'

시야가 흐릿해졌다.

정신을 붙들어 보려 했지만 이미 몸은 내 통제를 벗어난 후였다.

"왜, 왜 이래요! 이봐요!"

셀피우스가 놀라 나를 만지지도 못한 채 발을 동동 굴렀다.

아니야. 놀라지 마, 아이야.

나 어차피 곧 다시 깨어날 거야.

그렇게 말하려 했으나 식도가 타들어 가는 고통에 뭐라 말을 할 수 없었다. 온몸 곳곳에서 파도처럼 고통이 동시에 밀려왔다.

힘을 잃은 몸이 셀피우스를 지나쳐 바닥으로 고꾸라졌다.

"대, 대공비 전하!!"

셀피우스가 울먹거리며 쓰러진 내 몸을 흔드는 게 느껴졌다.

"죽, 죽지 마요! 제발 죽지 마요!"

아니야, 나 안 죽어.

"가…… 테…… 테르데…….""

가서 테르데오나 불러와.

나 안 죽어. 그러니까 괜찮아. 울지 마, 아이야.

입을 벙긋거렸지만 나오는 건 '끄억' 소리가 전부였다.

"대공비 전하!"

그리고 나는 셀피우스의 울부짖음을 마지막으로 빌어먹게도 또 죽었다.

……아니, 죽은 것처럼 기절했다.
'제길.'

※ ※ ※

"흐어어엉."
누가 이렇게 시끄럽게 곡소리를 내.
귀가 따갑도록 들려오는 큰 울음에 정신이 말똥해졌다.
"죽었어, 흐어엉. 제가 죽였다고요오오흐엉."
"안 죽었다고."
"멍청하게에에 흐어어엉."
저 '멍청'은 날 말하는 거야?
정신이 또렷해지자 아까부터 들리던 오열의 주인을 알 수 있었다. 스리슬쩍 눈을 뜨니 내 옆에 엎드린 채 아주 대성통곡을 하는 셀피우스의 머리가 보였다.
"흐으윽, 땅, 땅을 파서 묻어주자고요오. 흐으으윽, 양지바른 곳에에에 흐어어엉."
진짜 땅을 파려고 했는지 셀피우스의 손엔 흙이 묻은 모종삽이 들려 있었다.
'무서운 부자지간이구먼.'
나는 고개를 돌리다 셀피우스의 뒤에서 팔짱을 낀 채 삐딱하게 서 있던 테르데오와 눈이 마주쳤다.
"깨어났군."
그의 얼굴이 마치 괴물처럼 무섭게 일그러져 있었다.
"황당한 일을 저질렀던데."
이를 바드득 가는 소리가 들렸다.
"두 번 겪어본 거로는 부족했나? 아니면 죽어가는 고통이 중독성 있나 보지? 혹시 고통을 즐기는 타입인가?"

"에이, 마, 마약도 아니고 고통이 어떻게 중독성 있어요."

"죽고 싶어서 안달이 난 거라면 차라리 내가 직접 죽여주지."

"저, 저도 피를 먹으려고 먹은 게 아니고…… 진짜 몰랐거든요."

억울해.

내 목소리가 들리자 바닥에 엎드려 오열하던 셀피우스가 고개를 번쩍 들었다.

얼마나 오래 울었는지 눈과 코가 새빨갛게 부어올라 있었다.

"살, 살았어요?"

"안 죽었다고 했잖아."

테르데오가 셀피우스의 어깨를 짚고 담백한 말투로 다독였다.

얼빠진 표정으로 바보 같은 질문을 던지는 셀피우스의 모습에 웃음이 터질 뻔했다.

"분, 분명 내 피를……!"

"마셨지, 무모하게 말이야."

테르데오가 그새 수척해진 얼굴로 이마를 짚었다. 나는 두 사람을 번갈아 보며 누워 있던 상체를 일으켰다.

셀피우스가 흡사 귀신이라도 본 것처럼 소스라치게 놀라며 뒤로 도망갔다.

"안녕, 셀피우스."

"어, 어, 어떻게 살아 있어요?"

"내가 특이 체질이야."

태연하게 인사를 건네는 내 모습에 테르데오가 헛웃음을 뱉었다.

"하, 몸은? 아픈 곳은?"

"문제없어요. 아픈 곳도 없고 그냥 오래간만에 푹 잔 것처럼 아주 상쾌해요."

혹시 내가 독 체질인가? 독 먹고 자면 이렇게 상쾌해지네.

기지개를 쭉 켜자 셀피우스가 눈물과 콧물을 소매로 대충 닦고 황당하게 중얼거렸다.
"분명 내 피를……."
여전히 믿기지 않는다는 투였다. 크게 한숨을 내쉰 테르데오가 목을 옥죄는 크라바트를 신경질적으로 풀고 셀피우스한테 설명했다.
"이유는 모르지만 내 독도 통하지 않아."
"네?"
"지금 보니 네 독도 통하지 않는 것 같군, 셀피."
"그, 그러면 저주가 안 통한다는 거예요?"
"그래. 우리 저주가 안 통해."
"그, 그게 말이 돼요?"
"지금 눈앞에서 직접 보고 있잖아."
테르데오의 말에 셀피우스가 바닥에서 엉거주춤 일어나 의자에 앉으며 나를 살폈다.
"혹시…… 사람이 아니에요?"
역시 아이답게 순수하고 귀엽다.
"사람이란다, 셀피우스."
침묵이 가라앉았다.
멀리 있던 의자를 끌고 와 셀피우스와 내 사이에 자리 잡은 테르데오가 팔짱을 끼고 날 질책했다.
"그대가 아무리 우리 독에 죽지 않는다고 해도 이렇게 무방비한 모습은 보이지 않는 게 좋아. 내 피를 먹고 난 후엔 무사했지만, 셀피의 피를 먹고 죽었으면 어쩔 뻔했지?"
"진짜 모르고 일어난 실수였어요."
"그 작은 실수로 방금 목숨을 잃을 뻔했던 것, 알고 하는 말이겠지?"
너무 다 맞는 말만 해서 할 말이 없다. 나는 인정하며 입술을 꾹 다물었다.

"다른 곳에선 아무렇지 않을 행동도 이곳에선 목숨을 위협할 수 있다는 걸 늘 명심하고 새겨."

반성의 기미를 보이며 끄덕이자 테르데오가 이번엔 셀피우스에게 고개를 돌렸다.

"너도 마찬가지야, 셀피. 네 그 행동들이 다른 사람한텐 목숨과 직결될 정도로 얼마나 위험한지, 아직도 경각심이 없어?"

"그, 그건……."

"듣기론 손을 다쳤다던데 그 피가 다른 하녀들을 죽게 했다면 어쩔 뻔했지?"

셀피우스가 고개를 아래로 떨궜다. 잘못이었다는 걸 자기도 아는지 어깨가 안쓰러울 정도로 축 늘어졌다.

"일어나. 더는 지체할 것 없어. 당장 마차를 준비하라 할 테니 별장으로 내려가."

테르데오는 셀피우스가 작은 실수로 인해 사람을 죽이고, 그 죄책감을 느끼며 살아가길 바라지 않을 것이다.

그러니 그런 일이 생기기 전에 사람들과 격리하여 셀피우스를 별장에서 안전하게 보호하며 키우는 거겠지.

'그 마음을 이해 못 하는 건 아니지만…….'

나는 고개를 돌려 셀피우스를 바라봤다. 나와 눈이 마주친 셀피우스가 비에 흠뻑 젖은 강아지처럼 눈꼬리를 내리고 의자에서 일어섰다.

자신이 저지른 잘못 때문인지 이번만큼은 셀피우스도 싫다고 거절하지 못했다.

침실 문을 연 테르데오가 집사를 불러 마차와 셀피우스의 짐을 꾸리라는 명령을 내렸다.

셀피우스는 모든 것을 포기한 것처럼 힘없이 늘어져 있었다.

이상하게 그 모습이 자꾸만 눈에 밟혀 그만 나도 모르게 입술을 열었다.

"잘못을 저질렀으니까 옆에서 지켜봐 줄 사람이 필요하지 않을까요?"

두 사람이 동시에 몸을 돌려 나를 바라봤다.

'라피레온 가문의 일은 라피레온 사람들끼리 알아서 할 텐데.'

그런데 이상하게 나는 말을 멈출 수가 없었다.

"셀피우스는 아직 어리잖아요. 잘 몰라서 잘못을 저지른 거라면 그 책임은 셀피우스가 아니라……."

나는 얼빠진 표정을 짓고 있는 셀피우스를 차분히 바라보았다. 그리고 그 시선을 옆의 테르데오를 향해 돌렸다.

"셀피우스를 제대로 가르치지 못한 테르데오, 당신이 책임져야죠."

테르데오가 가늘어진 눈매로 미간을 찌푸렸다. 그만하라고 경고하듯 테르데오의 붉은 눈동자에 살기가 흘렀다. 그러나 나는 되레 오기가 생겨 물러서지 않았다.

"그래요, 셀피우스를 평생 지방에 가둬두고 키울 거라면 지금 당장 보내요. 평생 다른 사람들과는 어울리지 못하게 하고 수도에 오지도 못하게 감옥처럼 가둬둔 채 말이죠."

테르데오의 얼굴이 점점 무섭게 일그러졌다.

"그런데 그거 셀피우스 의견은 들어본 건가요? 테르데오, 당신이 셀피우스를 입양했다고 해서 아이의 모든 권리를 마음대로 할 순 없어요."

"……."

"스무 살이 되고, 서른이 되더라도 셀피우스를 별장에서 나오지 못하게 할 건가요?"

"그건."

"보호라는 명목하에 멋대로 하지 마요, 테르데오."

내 마지막 말에 테르데오의 표정이 순식간에 바뀌었다. 마치 한 대 세게 얻어맞은 것처럼 테르데오가 넋을 놓고 나를 보았다.

"당신도 셀피우스가 언젠간 이 라피레온 가문을 이어받아 당당한 가주로 자라길 바란다면……."

테르데오가 고개를 돌려 자신의 옆에 선 셀피우스를 바라봤다. 셀피우스는 여전히 나를 바라보고 있었지만.

"셀피우스를 보내지 말고 여기서 잘 적응하면서 실수하지 않도록 당신이 알려줘요."

"……."

"그게 당신이 셀피우스한테 가르쳐 줘야 할 일이잖아요."

이래도 되는 거야?

나는 어차피 일 년 뒤 사라질 사람인데 이렇게 간섭해도 되는 걸까?

속에서 자꾸만 의구심이 피어났다. 하지만 여기서 저 아이를 이대로 돌려보내면 평생 마음이 찜찜할 것만 같았다.

정적이 숨 막히도록 가라앉았다.

아무도 쉽사리 입을 열지 않았다. 계속 이어지는 침묵에 갈증이 일었다.

뭐라도 말하려던 찰나였다. 쥐 죽은 듯이 있던 셀피우스가 용기를 내 테르데오의 소매를 쥐었다. 그리고 그 어느 때보다 정중하고 예의 바른 말투로 말했다.

"죄송해요. 다시는 이런 일 없도록 할게요."

테르데오의 눈썹이 비뚜름히 올라갔다.

"……절대 말썽 부리지 않을게요."

"셀피, 너……."

"대공 각하 눈에 안 보이도록 조심할 수 있어요. 원하신다면 식사도 방에서 할 거고요."

지금이 기회라고 생각했는지, 셀피우스가 물러서지 않고 진지하고 강하게 자신의 의견을 말했다.
"그 별장으로는."
"……."
"아무도 없는 그 별장으로는 돌아가고 싶지 않아요. 외로워요."
"……."
"외로워서, 너무 외로워서 정말 이 세상에서 사라질 것 같아요."
테르데오가 입술을 굳게 다물고 이 일의 시초인 나를 매섭게 바라봤다.
뭐야? 그렇게 보면 뭐 어쩔 건데?
"아이는 가둬서 키우는 게 아니라 자유롭게 키우는 거랍니다."
나는 그냥 웃었다.
부모는 아이를 이길 수 없다.
테르데오는 셀피우스를 아낀다. 셀피우스가 외로워 세상에서 사라질 것 같다고 했으니 다시는 그곳으로 보낼 수 없을 것이다.
테르데오가 이마를 짚었다.
"셀피가 이곳에서 머물게 되면 제일 위험한 건 페레샤티, 그대라는 걸 알고 하는 소리인가?"
"저요?"
"셀피는 제일 강한 독성을 지니고 있다고 말했지. 오늘 같은 사고가 또 일어나지 않으리란 보장은 없어."
"……."
"그땐 오늘처럼 그대가 살아 있으리라고 확신할 수 없고."
물론 틀린 말은 아니었다.
그러나 나는 일 년의 불청객이고, 셀피우스는 앞으로도 이곳에서 지내야 할 가족이었다. 게다가 이런 건 처음부터 감내할 생각이었고.
"제가 더 조심하면 되죠. 받아들일 준비 되었어요."

비장함이 넘치는 표정으로 주먹을 꽉 쥐자 테르데오가 나를 멍하니 바라봤다. 그러나 곧 표정을 갈무리한 후 고개를 돌렸다.

"셀피."

"네, 네!"

"별장에서 가져와야 할 게 있나?"

테르데오의 질문에 셀피우스가 넋이 나간 표정으로 입을 벌리다가 황급히 고개를 내저었다.

"아, 아니요! 전부 버려도 됩니다!"

"그렇게 자신 있게 말했으니 다른 사람들에게 안 들킬 자신 있겠지, 셀피."

"네…… 네!"

우렁찬 대답에 테르데오가 어쩔 수 없다는 듯이 고개를 내저었다. 그리고 뒤의 집사에게 손짓했다.

"셀피 침실에 필요한 것들을 준비해. 가구부터 커튼까지 전부 새 것으로."

"네."

"그리고 디자이너를 불러 셀피의 옷을 새로 맞춰."

테르데오가 셀피우스를 힐끗 바라보았다.

"마지막으로 봤을 때보다 키가 더 컸으니까. 옷이 작은 것 같군."

"……!!"

셀피우스의 눈이 커졌다. 안 그렇게 보여도 테르데오는 항상 셀피우스를 살피고 있었다는 뜻이기도 했으니까.

"도련님. 이쪽으로 오시죠."

집사가 웃으며 셀피우스를 모셨다. 셀피우스가 놀란 눈으로 나를 돌아보았다. 나는 그냥 잘됐다며 웃어줬다.

"축하해, 셀피우스."

셀피우스의 얼굴에 묘한 기대감이 서렸다. 아이는 애써 침착함을 유지하고자 했지만, 귀가 새빨갛게 달아올라 숨기긴 무리였다.

"앞으로."

"응?"

"앞으로 셀피라고 부르셔도 돼요. 대공비 전하."

셀피우스가 그대로 집사를 따라 침실에서 나갔다.

귀여워.

테르데오가 한숨을 내쉬며 내게 다가왔다.

"페레샤티, 그대 덕분에 오늘 모든 일정을 취소해서 할 일도 없어지고 아주 엉망진창이야."

"그럼 제게 고마워하셔야겠네요."

"셀피와 이렇게까지 친해진 사람은 처음 보는 것 같은데. 세르시아도 그렇더니, 그대는 참 볼수록 신기해."

"제 매력이 원래 무궁무진하잖아요."

"칭찬으로 들었나?"

"이만한 장점이 어딨겠어요."

테르데오가 졌다는 듯이 혀를 내둘렀다. 그러곤 '모처럼 한가로이 낮잠이나 자야겠어'라고 중얼거리며 몸을 돌려 침실을 빠져나갔다.

저택에 새로운 가족이 추가됐다.

※ ※ ※

다음 날.

이른 시간부터 불청객이 찾아왔다.

"페레샤티, 너는 우리가 찾아오지 않으면 초대도 할 줄 모르니?"

"보기 싫어서 안 했다고는 생각 안 하세요? 보고 싶어야 초대를 하죠."

바로 새어머니와 레이나였다.

"그래서 여긴 무슨 일 때문에 왔는데요?"

"우리가 못 올 곳이라도 왔니? 공격적이구나."

"언니, 시프 경은 만나봤어?"

"……그걸 물어보러 온 거야?"

정말 생각 머리도 없지. 어떻게 결혼한 사람을 찾아와서 전 애인의 이야기를 꺼내놓을 수 있을까.

나는 한심하다는 표정으로 쯧쯧, 혀를 내찼다.

"레이나, 네 머리가 안 좋은 건 알고 있었지만 이렇게 기억력이 나쁠 줄이야. 나는 시프랑 헤어졌어."

"알고 있으니까 물어봤지! 그 뒤에 시프 경은 안 만났어?"

"내가 헤어진 전 애인까지 신경 써야 해?"

차갑게 반박하자 레이나가 놀란 듯 양손으로 입가를 가렸다.

"언니, 왜 이렇게 매정해?"

"내가?"

내가 진짜 매정했다면 이 저택에 두 사람을 들이지 않고 돌려보 냈을 텐데. 아직도 그걸 모르네.

"두 사람 오래 만났잖아. 결혼까지 생각했었고."

"그랬지."

"잊었나 본데 아빠 돌아가셨을 때 힘든 언니의 옆에서 위로해 준 건 시프 경이야. 은혜를 이렇게 갚아도 되는 거야?"

레이나의 말에 찻잔을 들어 올리던 내 손이 우뚝 멈췄다.

나를 위로했다고? 은혜? 사람이라면 저렇게 아무렇지 않은 표정으로 말할 수 없을 텐데.

평정심을 유지하려 애쓰지 않았다면 저 얼굴에 뜨거운 차를 그대로 부어버릴 뻔했다.

"그래?"

되묻는 목소리가 떨렸다.

내가 자신의 말을 듣는 기색을 보이자 레이나가 신이 나서 고개를 격렬하게 끄덕였다.

"그래! 언니 힘들 땐 늘 옆에서 힘이 되어준 건 시프 경이잖아!"

"그래. 그랬었지."

나는 턱을 쓸며 끄덕였다.

"그럼 네가 만나. 그러면 되겠다, 레이나."

활짝 웃던 레이나의 얼굴에 금이 갔다. 옆에서 조용히 우리의 대화를 듣던 새어머니의 낯빛도 보기 좋게 질려갔다.

"나는 이미 결혼해서 행복하게 잘 지내고 있거든. 전 애인은 생각도 나지 않을 만큼."

"언, 언니. 시프 경이 불쌍하지도 않아?"

"그렇게 불쌍해 보이면 네가 데려다 재활용해. 너 줄게."

물론 이미 오래전부터 만나고 있었겠지만.

아마 나를 죽이고, 내 죽음에 슬퍼하는 척하다가 서로의 슬픔을 달래주면서 눈이 맞았다는 거짓부렁으로 함께 미래를 그리려 했겠지.

"아, 혹시라도 사람들이 네가 내 전 애인과 바람피운다고 수군거리지 않게 내가 확실하게 말해둘게."

"뭐, 뭐? 바, 바람?"

"시프 경은 내가 확실히 버렸으니까 나와는 아무 상관 없다고 말이야. 그러니 너는 아무 걱정하지 말고 시프 경과 만나고 싶으면 만나렴, 레이나."

레이나의 얼굴이 수치심으로 붉게 물들었다.

응접실에 적막이 맴돌자 새어머니가 목을 가다듬었다.

"그렇게 날 세우지 말렴, 페레샤티. 싸우려고 온 게 아니란다."

"신혼 즐기고 있는 사람한테 전 애인 얘기 하는 게 싸우려고 온 게 아니면 뭔데요?"

"네가 갑자기 결혼했잖니. 너무 놀라서 우리도 네 결혼에 제대로 된 절차를 아무것도 못 밟은 것 같아 유감이라 그래."

"절차요?"

"그래."

"제 결혼에 어머니께서 밟아야 할 절차가 있나요?"

눈살을 찌푸리자 새어머니가 민망한지 부채를 꺼내 팔랑팔랑 흔들며 시선을 피했다.

"큼큼. 명색이 대공 가문인데 우리한테는 별다른 것도 없었잖니."

"뭐라고요?"

"널 데려갈 땐 지금껏 키워준 우리한테 고맙다고 성의를 표해야 하잖아. 그런데 이게 뭐니?"

말하다 보니 분노가 치밀었는지 새어머니가 혀를 쯧 내찼다.

"이건 널 무시하는 일이나 다름없단다. 네 가문을 무시하는 거니까."

"절 무시한다고요?"

내가 동조하는 것처럼 보였는지 새어머니가 부채를 내려놓고 냉큼 내 손을 꼭 잡았다.

"엄마는 네가 무시당하는 것 같아서 기분이 안 좋았어. 그 어떤 귀족도 이런 식으로 결혼을 하지 않는단다."

"전 어머니께서 제 손을 잡은 지금이 기분 더 안 좋아요."

나는 불쾌하다는 투로 말하며 손을 차갑게 내뺐다. 살얼음판 같은 분위기에도 새어머니는 꿋꿋했다.

"페레샤티, 내 마음을 이렇게 몰라주니? 내 첫째 딸이 없으니까 저택이 얼마나 휑하고 허전한지 몰라. 나는 가끔 네 침실을 아직도 둘러보곤 해."

"그래서 휑한 마음을 돈으로 채우려고 오신 거예요?"

"돈으로 채우다니. 그건 라피레온 가문이 널 무시하는 것 같으니까……."

"저 가지고 장사하세요?"

정곡이 찔렸는지 새어머니와 레이나의 얼굴이 붉으락푸르락했다.

"언, 언니! 말을 왜 그렇게 해?"

"돈이 부족한가 봐? 가세가 기울어 가나요, 어머니?"

"우린 널 생각해서 그런 건데……!"

"맞아! 우린 언니가 무시당하지 않길 바라서!"

속사포처럼 뱉는 두 사람을 보자니 피곤이 몰려왔다. 재미로 받아주는 것도 여기까지였다.

"여기까지 하고 그만 돌아가세요."

"뭐?"

"지금 날 무시하고 있는 건 두 사람이니까요."

두 사람의 어깨가 움찔했다.

"제국 유일무이한 대공비가 누군지 잊었어요?"

나는 가만히 두 사람을 응시했다. 두 사람이 내 시선을 피해 슬그머니 눈을 내리깔았다.

진작 이랬어야만 한다. 처음부터 진작.

아무것도 하지 못하는 두 사람의 모습을 보니 묘한 감정이 느껴졌다. 겨우 이렇게만 해도 아무것도 하지 못하면서, 나를.

가족이라 믿었던 당신들이 나를.

"내가 두 사람을 만나서 얘기를 듣고, 예의를 갖춰주는 것도 이번이 마지막이에요."

"페레샤티! 우린 네 가족이야! 어떻게 이럴 수 있니?"

새어머니가 처연한 목소리로 소리를 높였다. 그 옆의 레이나는 손수건을 꺼내 서럽다는 듯이 눈물을 톡톡 닦고 있었다.

"불쌍한 척 안 통하니까 그만하시고요."

"페레샤티!"

"우아하게 돌아가실래요? 아니면 사람을 불러다 보기 안 좋게 끌어내 드릴까요?"

새어머니가 두 주먹을 세게 말아 쥐었다. 상냥한 척, 불쌍한 척, 착한 엄마인 척하던 가면이 벗겨지고 남은 건 나를 향한 증오와 경멸뿐인 얼굴이었다.

"언니, 시프 경은? 시프 경 너무 불쌍하잖아. 황실 기사단 승격 시험이라도 보게 해주면 안 돼? 그래도 언니 힘들 때 옆에 있어 줬던 사람이니까 마지막 배려 정도는 해줄 수 있잖아."

"레이나."

"승격 시험 심사 위원이 대공 각하시라며! 그럼 언니가 더 부탁해 볼 수 있잖아. 응?"

아직도 제 연인 타령이라니.

시프가 황실 기사단이라도 되면 뭐가 달라질 줄 아나 보지? 하지만 그렇게는 안 돼.

"레이나."

"응, 언니."

"시프한테 가서 전해."

"어? 뭐라고 할까? 말만 해!"

레이나의 얼굴이 단번에 밝아졌다.

바보 같은 것. 눈치도 없이 내가 아직도 당할 줄 아니?

"남은 것까지 잃고 싶지 않으면 개수작 부리지 말고 조용히 살라고 해."

내 말을 마지막으로 더 이상의 대화는 오고 가지 않았다.

"오늘 일은 후회하게 될 거야. 두고 봐."

"누가 더 후회할지는 지켜봐야죠."

"네가 유산을 상속받았다고 해서 끝난 것 같니?"

그놈의 유산.

나는 쓴 약이라도 먹은 것처럼 얼굴을 구겼다.

나와 시프를 결혼시키지 못했으니 유산을 취득할 다른 방법을 찾을 것이라 예상했었는데. 아니나 다를까였다.

사람은 정말 쉽게 변하질 않는구나.

"제 유산 얘기는 왜 꺼내세요?"

"네가 상속 결격 사유가 있으면 사용한 유산까지 모두 토해내야 하는 것, 알고 있지?"

열심히 머리를 굴렸나 보네.

"두고 봐."

내가 더는 대화가 통하지 않는 사람이라는 걸 알았는지 두 사람이 자리에서 벌떡 일어났다.

그때였다. 노크도 없이 응접실의 문이 막무가내로 벌컥 열렸다.

"내가 방금 들은 그 두고 보자는 건, 대공비께 하는 말인가?"

거만하게 고개를 기울인 셀피우스가 팔짱을 낀 채 걸어왔다. 갑작스러운 셀피우스의 등장에 새어머니와 레이나가 당황한 표정으로 고개를 떨궜다.

기어코 앞까지 걸어온 셀피우스는 두 사람을 번갈아 보더니 코웃음 쳤다.

"살면서 대공비께 두고 보자는 말을 하는 사람을 보는 날이 있네."

"그, 그건 잘못 들었던 것 같구나."

"······구나?"

웃고 있던 셀피우스의 얼굴이 석고상처럼 빠르게 굳어갔다.

라피레온 대공가.

자하르트 백작가도 귀족 가문이지만, 라피레온 대공 가문에 견주지 못했다.

명문 귀족가 그 이상.

평생을 그 가문의 오만방자한 도련님으로 살아온 셀피우스한테는 무시할 수 없는 분위기가 풍겼다.

"말이 짧네."

셀피우스가 싸늘하게 중얼거렸다. 나를 대할 때의 태도와는 전혀 다른 모습이었다.

'잘한다, 셀피.'

나는 관전하듯 차를 마시며 가만히 상황을 바라보았다.

"생, 생각이 짧았습니다······."

새어머니는 결국 작은 목소리로 굴복했다. 셀피우스는 짧은 다리로 내 옆으로 걸어와 심드렁하게 말했다.

"사과는 내가 아니라 대공비께 직접 해야지."

어쩜 이렇게 가정 교육을 잘 받았을까. 야무지기도 하지.

"안 해?"

셀피우스가 강압적인 목소리로 사과를 재촉했다. 여기는 라피레온 저택이었고, 앞에 있는 건 라피레온 도련님과 라피레온 대공비였다.

두 사람은 결국 내게 고개를 숙였다.

"죄, 죄송합니다. 대공비 전하."

내 앞에 숙인 두 명의 정수리를 보자 마치 달콤한 디저트를 먹은 것처럼 기분이 절로 좋아졌다.

"대공비께서 착하셔서 둘을 그냥 놔두는 걸 감사히 여겨야 할 거야. 그런 말은 어디 가서도 입에 담지 않는 게 좋을 테니까."

"······네."

"대공비 전하, 보낼까요?"

셀피우스는 끝까지 자기의 역할에 충실했다. 내게 하는 질문에 고개를 끄덕이자 셀피우스가 '얼른 꺼져'라며 손을 휘휘 저었다.

두 사람이 나가고 난 후 나와 셀피우스가 서로 후련한 얼굴로 응접실을 나왔다.

"저 잘했어요?"

셀피우스가 다시 아홉 살의 아이처럼 해맑게 웃었다.

"응. 고마워."

"그나저나 가족들이 정말 대단하네요."

"처음부터 다 들었어?"

"어렴풋이요. 제가 워낙 귀가 밝거든요. 또 오거든 절 부르세요. 제가 얼씬도 못 하게 할게요."

든든한 아군이 생긴 기분이었다. 나는 고개를 끄덕이며 활짝 미소 지었다.

"주방에 시폰 케이크 구워달라고 해서 나눠 먹을까?"

질문에 셀피우스의 걸음이 멈췄다. 아무리 아닌 척해도 아이는 아이였다. 조금 전 위엄은 어디 갔는지 셀피우스의 눈동자에서 하트가 쏟아져 내릴 것만 같았다.

셀피우스가 열정적으로 끄덕였다.

"좋아요! 좋아요! 케이크 나눠 먹기! 해보고 싶었어요!"

저런.

별장에는 함께 나눠 먹을 사람이 없었으니까.

나는 안쓰럽게 셀피우스를 보고 웃었다.

"테르데오는 어디에 있니? 불러서 같이 먹자."

"대공 각하는 황궁에 갔어요."

"황궁에? 왜?"

"얼마 전 있었던 전쟁에서 승리의 주역이었잖아요. 그래서 곧 수도에 대공 각하와 황제 폐하를 칭송하는 축제가 열릴 거래요."

"아……."

"그 전에 축제로 상의할 게 있다며 폐하께서 황궁으로 부르셨어요."

'승리의 주역이라……. 테르데오는 그런 걸 바라진 않을 텐데.'

전쟁을 즐기고 피와 살육을 좋아한다는 소문은 다 거짓이었다. 적어도 내가 볼 때는 그랬다.

온몸이 무기인 그는 피에 걸린 저주로 인해 어쩔 수 없이 전쟁에서 활약하게 됐을 뿐이었다.

옆에 있던 셀피우스가 안 좋은 기억이 떠올랐는지 미간을 찡그렸다. 그러다 곧 표정을 갈무리하고 말했다.

"제가 지냈던 곳에선 전쟁 때문에 부모를 잃은 아이들이 많았어요. 그래서 전 전쟁을 좋아하지 않아요."

셀피우스가 있던 별장은 수도에서 멀리 떨어진 지방에 있으니까.

"이 정도로 강대국이 됐으면 그만해도 될 텐데. 왜 폐하께선 욕심이……."

"셀피."

나는 황제에 대한 불만을 늘어놓으려는 셀피우스의 말을 빠르게 끊고 주변을 둘러봤다.

주변엔 저택을 지키는 경비, 일하는 하녀와 하인들이 있었다.

대공가에서 황제에 대한 불만이 나온다는 게 널리 퍼지면 반역을 도모한다는 헛소문이 돌지도 모른다. 조심하는 게 좋다.

"네 마음 다 알아."

나는 쓴웃음을 지으며 셀피우스의 머리를 쓰다듬었다. 셀피우스는 붉어진 얼굴로 '하지 마세요, 왜 쓰다듬어요?'라며 중얼거렸지만 내 손길을 피하진 않았다.

"같이 케이크나 먹자, 셀피."

❈ ❈ ❈

밤이 되자 테르데오가 지친 기색으로 돌아왔다. 그는 돌아오기 무섭게 내게 다가와 안부를 물었다.

"집사가 그러길 오늘 가족들이 다녀갔다던데."

"그랬죠."

"괜찮나? 별일은 없었고?"

테르데오는 별생각 없이 물어본 것 같았다. 나는 새삼스럽게 누군가가 나를 걱정한다는 사실에 기분이 묘했다.

나는 떨떠름하게 고개를 끄덕이고 황급히 주제를 바꿨다.

"셀피한테 들었어요. 곧 당신을 칭송하는 축제가 수도에 열린다면서요?"

"쓸모없는 짓거리지."

역시나 싫어할 줄 알았다. 내 예상보다 더 싫어하고 있는 것 같았지만.

"전쟁이 싫은 거예요? 아니면 주목받는 게 싫은 거예요?"

"둘 다 싫어."

조금의 고민도 없이 바로 답을 하는 모습을 보아하니 진심인 것 같았다.

역시 소문이 맞는 게 하나도 없다.

"당신 소문이 어떤지 혹시 알고 있어요?"

"어떤데?"

"당신이 전쟁을 좋아하고 피와 살육을 즐긴다고 했어요. 하나뿐인 후계자 셀피우스를 외진 곳으로 보내놓고 거들떠보지 않는 사람이라고도 들었죠."

그리고 초야를 보내지 않는다는 소문도 있었지만, 이건 말하지 말자.

거침없이 쏟아내는 말에도 테르데오의 표정엔 변화가 없었다. 남의 이야기를 듣듯이 그는 그냥 덤덤했다.

"그럼 그대도 그렇게 믿던가."

"왜 소문을 정정하지 않아요?"

"뭐?"

"마치 누가 고의로 당신을 폄하하듯, 지금 소문 속 당신은 최악의 인간이잖아요. 소문이 아니면 정정해야죠."

그래, 정말이지 누가 고의로 소문을 내지 않는 이상 이렇게 최악일 수가 없었다.

"타인의 시선을 신경 쓰는 편이 아니라 상관없어."

"당신이 최악의 남자라고 욕을 먹어도요?"

"그래. 그리고 엄연히 따지고 보면 그건 틀린 말은 아니야."

테르데오의 입가에 자조적인 미소가 걸렸다. 감정이라곤 조금도 없는 인형 같은 얼굴로 시선을 내리깐 테르데오가 작게 중얼거렸다.

"몸에 남을 죽일 수 있는 독을 지니고 살아가는 사람만큼 최악의 남자는 없거든."

자신을 혐오하는 테르데오의 모습에 나는 눈살을 찌푸렸다. 어쩌면 저 최악의 소문을 테르데오 자신이 낸 게 아닌가 싶은 괴상한 생각이 들기도 했다.

'이렇게 무거운 분위기를 생각했던 건 아니었는데.'

급격하게 무거워진 분위기를 환기하고자 나는 장난스러운 말투로 목소리 톤을 높여 말했다.

"그래도 이젠 소문에도 신경 써야 할걸요."

"왜지?"

"당신은 나와 결혼했잖아요. 당신이 내 든든한 뒷배가 되었으니 그런 이상한 헛소문에 시달리면 나까지 같이 곤란해져요."

테르데오는 답이 없었다. 아니, 정확히는 무슨 답을 해야 하는지를 모르는 것 같았다.

잠시 침묵이 이어졌다.

농담 삼아 한 말에 별다른 반응이 없으니 머쓱해진 나는 황급히 주제를 돌렸다.

"아, 참. 황궁에 갔다면서요. 도돌레아 황녀는 안 만났어요?"

내 질문이 끝나기 무섭게 테르데오의 얼굴에 살기가 흘렀다.

'헉, 뭔데.'

지금이라면 정말 사람을 죽일 수도 있을 것처럼 싸늘했다.
"그 황녀는……."
"……."
"미치광이인 게 분명해."
"네? 무슨 일이 있었나요?"
너무 진지한 얼굴로 참아왔던 분노를 토해내듯 말하는 모습에 절로 걱정이 앞섰다.
'또 뭔 이상한 짓거리를 한 거 아냐?'
내 불안한 걱정은 현실이 되었다.
"혈서를 썼어."
"……네?"
잘못 들었나? 뭐? 뭘 써?
놀라서 떡 벌어진 입이 다물어지지 않았다.
'진짜 미쳐버리고 말았구나. 황제는 그런 황녀와 테르데오를 결혼시키려고 한 거야?'
"도, 도대체 뭐라고 썼어요?"
"그게 좀 이상해."
"네?"
"뭔가를 쓰긴 했는데 아무도 알아보지 못하는 글자였어."
테르데오가 그때의 기억을 다시 떠올렸는지 눈살을 찌푸렸다.
"고대 문자 같기도 하고. 그것도 몰래 밤마다 썼다더군."
"밤마다 혈서를 썼다고요?"
팔에 우수수 소름이 돋았다. 쾌차하면서 어딘가 이상이 생긴 게 분명하다.
도돌레아는 병 때문에 제대로 된 교육을 받지 못했었다. 아카데미도 다닌 적 없었고, 병 때문에 아파서 사람들과의 외부 접촉이 어려웠기에 그 흔한 가정 교사도 없었다.

'고대 문자로 혈서를 쓰다니?'

어딘가 많이 이상했다. 그러나 경악할 일은 여기서 끝나지 않았다.

"그 혈서를 태울 때 내 머리카락을 함께 태워야 한다며 칼을 들고 오더군."

나는 이어지는 테르데오의 말에 아예 몸을 벌떡 일으켰다.

"다, 다쳤어요?"

"내가 그걸 못 막을 것 같나? 뒤에서 몰래 접근하길래 그냥 밀쳤지. 폐하께서도 뭐라 하지 못하더군."

상상했던 것 이상의 또라이였어.

문득 대신전을 나왔던 그날, 나를 죽일 것처럼 노려보던 도돌레아의 눈빛이 생각났다.

'절대 마주치지 말아야지.'

"됐어. 이 이야기는 그만하지. 다시 생각하기도 싫으니까. 그보다 이거."

몸서리를 친 테르데오가 내게 무언가를 건넸다.

"잊을 뻔했군."

"이게 뭐예요?"

"내일 자 신문. ……아니, 정확히는 내일 발행될 뻔했던 신문이군. 이젠 나가게 될 수 없게 됐으니."

"네?"

나는 테르데오가 건넨 신문을 펼쳤다.

제일 큰 상단엔 도돌레아 황녀에 대한 소식이 담겨 있었다. 그리고 그 밑에 쓰인 기사가 눈에 들어왔다.

> '페레샤티 라피레온' 대공비!
> 평기사를 버리고 권력을 향해 손을 뻗었다!

CHAPTER 2.

어둠 속의 등불

My in-laws are obsessed with me

Chapter 2

 익숙한 이름이 제일 먼저 보였다. 자극적인 제목에 절로 눈살이 찌푸려졌다.

 내용은 자하르트 백작가의 가세가 기울자 내가 평기사인 시프를 버리고 재산이 많은 라피레온 대공과 결혼을 했다는, 아주 쓰레기 같은 내용이었다.

 "이게 도대체 뭐죠?"

 기사를 쓴 기자의 이름부터 확인했다. '아스'라는 이름을 가슴에 새기고 신문을 세차게 구겼다.

 "기사가 자극적이지."

 "악질인데요."

 "내일 신문엔 올라가지 않도록 미리 손써뒀으니 신경 쓸 건 없어. 다만 이 기사엔 그대와 그대의 전 애인에 관한 내용이 아주 자세히 기재되어 있지."

 내 눈매가 가늘어졌다.

 "새어머니나 레이나…… 혹은 시프. 셋 중 한 명이 직접 제보했겠군요."

"그렇지. 보여줄 가치도 없는 내용이지만 그대도 그대의 가족들이 뭘 하려는지는 알고 있어야 하니까."

꾸깃.

손에 들린 신문을 당장에라도 찢고 싶었다.

'오늘 일을 두고 보자는 건 이런 의미였나?'

나는 아랫입술을 세게 깨물다 긴 한숨을 내쉬고 테르데오를 향해 사과했다.

"……미안해요. 어쨌든 라피레온 가문이 가십에 오르게 된 건 제 탓이에요. 이 기사를 쓴 기자를 직접 만나서 해명할게요."

"이미 기자는 내가 확인했어. 이름은 가명이었고, 신문사에 익명으로 기사만 보내고 있어서 정체를 아는 사람은 없더군. 값은 받지 않고 가끔 이렇게 기사만 보낸다던데."

"……네?"

신문사의 기자 일은 보통 밥벌이가 궁핍한 사람들이 하는 일이었다. 남의 비밀, 특히 귀족들의 비밀을 캐서 고발하거나 적당한 가격에 타협하는 일이었기에 위험이 많았고 죽는 사람도 수두룩했다.

그런데 익명에 기사값은 안 받다니?

'그럴 거면 이런 기사를 왜 써?'

나는 이해할 수 없다는 복잡한 표정으로 이마를 짚었다. 테르데오가 나를 가만히 내려다봤다.

"라피레온 가문의 명성을 떨어뜨리기 위해 이런 기사를 썼겠지."

"네?"

"엄밀히 따지자면, 이건 그대의 탓이 아닌 내 책임이야."

테르데오가 내 손에서 힘껏 구겨진 신문을 가져갔다. 그러곤 그대로 갈기갈기 찢어 쓰레기통에 처박았다.

"라피레온 가문을 공격하고 싶어서 그 주제로 그대를 이용한 걸 테니까."

"그게 무슨……."

"라피레온 대공가엔 적이 많아."

"……."

"작은 사건이 생기면 사방에서 뜯어먹기 위해 하이에나처럼 달려들지. 앞으로도 이런 일이 숱하게 생길 거야."

테르데오가 날카롭게 번뜩이는 눈으로 찢긴 채 볼품없이 쓰레기통 안을 뒹구는 종이를 바라보았다.

"아까 그대가 말했듯이, 그대는 이제 라피레온가의 안주인이니까. 그러니 다른 사람들 눈엔 그대가 내 약점으로 보일 거야."

테르데오가 신문을 찢어서 버린 쓰레기통을 구두 굽으로 툭툭 걷어찼다.

"나를 매장하고 싶은 자들은 이런 악행을 계속하겠지."

앞으로도 계속.

겨우 이런 기사 하나에 분노할 필요가 없다는 뜻이겠지. 그를 이해했다는 듯이 끄덕거렸다.

몸을 돌린 테르데오가 소매의 커프스를 풀었다.

옷을 갈아입는 건 원래 하인들이 도울 일이지만 테르데오는 늘 직접 옷을 벗고 입었다.

저주 때문이었다.

단순한 접촉만으로는 남에게 해를 끼치지 않는다는 걸 알면서도 테르데오는 마치 그것이 죄악인 것처럼 타인과의 접촉을 병적으로 꺼렸다.

'나는 안 죽는다는 걸 알고 난 뒤부터는 조금 괜찮아졌지만.'

"유산 관련으로 변호사는 만나봤나? 그대의 가족들이 상속 결격 사유를 찾아내 소송을 걸지도 모른다며?"

"그건 또 어디서 들었어요? 오늘 있었던 일인데."

"보고받았어."

내가 생각했던 것 이상으로 테르데오는 내게 신경 써주고 있었다. 서로 필요에 의한 관계였기에 알아서 하라고 할 줄 알았는데.

"쓸 만한 사람을 몇 명 추렸어."

테르데오가 웃옷을 훌러덩 벗었다. 옆에 내가 있는데도 아무렇지 않은 것 같았다.

되레 부끄러워진 나는 슬그머니 뒤로 돌았다.

"집사한테 전달해 뒀으니 상담받아 보고 결정해."

"도와주셔서 감사해요."

"입이 무겁고 유능한 사람들이야. 알아두면 그대에게도 큰 도움이 될 거야."

바쁠 텐데도 내 일을 신경 써주고, 변호사까지 찾아서 추려줬다는 게 고마워 조심스럽게 고개를 끄덕거렸다.

"고단했을 텐데 먼저 쉬어."

짤막하게 중얼거린 테르데오가 씻기 위해 침실을 나섰다.

나는 침실 문이 닫히는 것을 확인한 후 침대에 누워 잠을 청했다.

※ ※ ※

깊은 밤, 테르데오가 자그맣게 뒤척이는 소리에 눈을 번쩍 떴다.

'습관이 됐나.'

다른 사람의 뒤척이는 소리에 눈을 뜨다니. 살면서 처음 겪는 일이었다. 반사적으로 상체를 일으킨 테르데오가 소리가 난 방향을 향해 고개를 돌렸다.

벌써 며칠째였다.

그의 옆자리엔 악몽을 꾸는지 식은땀을 흘리며 끙끙 앓는 페레샤티가 있었다.

"질리지도 않는지, 또."

짤막하게 중얼거린 테르데오가 몸을 일으켰다. 끈이 풀린 가운이 흘러내리자 긴 전쟁의 과거를 알려주듯 흉터 가득한 몸이 드러났다.

"살…… 살려……."

페레샤티는 오늘도 같은 말을 중얼거리고 있었다. 매일 밤 같은 말을 하는 걸 보면 꾸는 꿈도 항상 똑같은 것 같았다.

테르데오가 악몽을 꾸는 페레샤티를 가만히 응시했다.

첫날부터 매일 밤 이어지고 있는 일이었다. 정작 본인은 아침에 일어나면 기억이 안 나는 것 같지만.

"아무도 안 죽여."

테르데오가 낮게 잠긴 목소리로 중얼거렸다. 그러나 들려오는 답은 똑같이 살려달라는 애원이었다.

"……."

숨을 가볍게 내쉰 테르데오가 손을 뻗었다. 그리고 페레샤티의 목덜미에 말려 올라온 이불을 슬며시 내려줬다. 도대체 무슨 일을 당했는지 몰라도 잠결에 이불이 목덜미 근처까지 올라오면 숨소리가 거칠게 변하고 악몽을 꾸기 시작했다.

어떨 땐 숨을 제대로 쉬지 못하는 걸 보며 깨워야 하는 게 아닌가 고민한 적도 있었다.

"지독한 잠버릇이군."

밤새 이어지는 여자의 괴로운 신음을 듣고 있으면 도대체 무슨 악몽을 꾸는지 궁금하기까지 했다. 이대로 두면 죽는 게 아닐까 두렵기도 했고.

"살……고, 싶……."

테르데오가 머리를 받치고 기대며 페레샤티의 옆에 누웠다.

처음에 정했던 구역은 아무런 의미가 없어진 지 오래였다.

테르데오가 식은땀을 흘리는 페레샤티의 이마를 살며시 닦았다. 이쯤 되니 이제 궁금해지기까지 했다. 테르데오가 낮게 읊조렸다.

"도대체 누가 널 죽이지?"

이 여자한테 무슨 일이 있던 걸까. 손대면 부러질 것 같은 겨울의 나뭇가지 같은 이 여자는, 어째서 이렇게 살고 싶다고 외치는가.

"널 죽인다는 그 가족들인가?"

그러나 역시 들려오는 답은 살려달라는 말이 전부였다. 테르데오는 귀찮다는 듯이 혀를 쯧 내차곤 오른손을 뻗었다.

"귀찮아."

테르데오가 떨리는 페레샤티의 손을 부드럽게 잡았다. 살면서 누군가의 손을 먼저 잡아본 적이 없어서 이런 행동조차가 무척 낯설었다.

"안 죽여. 그게 우리 계약이었으니 죽게 두지도 않아."

테르데오가 손을 잡아주면 신기하게도 페레샤티의 떨림은 곧 멈췄다. 머지않아 호흡도 차분해지고 뒤척거림도 잦아들었다. 살려달라는 애원 역시 사라지고 좋은 꿈을 꾸는 것처럼 고요해졌다.

"더워."

테르데오가 맞잡은 손을 가만히 내려다보며 나지막이 중얼거렸다. 다른 사람과 맞닿은 체온이 낯설고 이상했다. 손을 맞잡은 것만으로도 더워지는 기분이었다.

"이곳에서 내 허락 없이 감히 아무도 네게 손댈 수 없어."

페레샤티의 호흡이 새근새근 일정해졌다.

"그러니 제발 안심하고 좀 자."

테르데오는 깊은 잠에 빠지는 페레샤티를 한참 바라보다 자신도 천천히 눈을 감았다.

❈ ❈ ❈

날이 밝았다. 풀잎에 맺힌 아침 이슬이 마르기도 전, 저택 안으로 기분 나쁜 소식이 날아들었다.

"호외요, 호외!"

테르데오가 발행되지 못하도록 막았던 내 신문 기사였다. 신문 발행이 막혔다는 걸 알고 개인적으로 급하게 준비했는지 싸구려 종이에 다급히 갈겨쓴 글씨체로 호외가 날아들었다. 어제 본 내용과 토씨 하나 틀리지 않은 내용이었다.

"악질이군."

종이 한 장으로 아침 식사 자리가 엉망이 되고 말았다. 테르데오가 한겨울에 몰아치는 눈보라보다 차가운 눈길로 종이를 뚫어지게 봤다.

"어떻게든 그 내용을 알리고 싶었나 보죠. 전 괜찮아요."

이런 일에는 의연해지자고 어제 다짐하지 않았던가.

"그보다 당신의 안색이 안 좋은데 어제 잘 못 잤어요?"

"……아니. 착각이겠지."

그런가?

테르데오의 눈가가 갈수록 거뭇해지는 것 같은데.

내가 고개를 갸웃거릴 때쯤 맞은편에서 포크를 쥔 셀피우스가 테이블을 쾅 세게 내리쳤다.

"감히 라피레온가에 싸움을 걸다니. 조사해서 누구 짓인지 낱낱이 파헤치겠어요."

"좋은 생각이군, 셀피. 이왕 파헤치는 거 그 인간 배 속까지 파헤치는 게 좋겠어."

나는 죽이 척척 맞는 두 사람을 번갈아 바라보며 한숨을 크게 내쉬었다.

"셀피, 테이블 내리치는 거 아냐. 그리고 그런 말도 쓰면 안 되고. ……테르데오, 당신도 셀피 앞에서는 말을 좀 조심해요."

"대공비 전하. 이건 명백히 우리 가문에 싸움을 걸어온 거예요.

반드시 찾아내서……!"

"알겠으니까 얼른 이 당근부터 먹어. 편식하지 말라고 했지?"

접시 끝으로 슬쩍 밀어둔 당근을 포크로 찍어 주자 셀피우스가 입술을 꾹 다물었다.

테르데오가 손에 든 호외를 인정사정없이 구겼다.

"내가 신문 발행을 금지한 걸 알고 개인적으로 호외를 발행했어. 아마 수도 전역에 뿌렸겠지. 명백하게 악의를 드러내고 있으니 그대도 조심하도록 해."

"네, 전 원래 걱정과 근심을 달고 사는 사람이라 매사 조심하니까 괜찮아요."

테르데오의 표정에 의구심이 물들었다. 이마에 '네가?'라고 쓰여 있는 것 같았다.

왜, 뭐? 나 정도면 정말 늘 안전하게 사는 건데.

테르데오가 못 미덥다는 듯 가늘어진 눈매로 나를 살피며 말했다.

"오늘 그대의 전속 시녀가 도착할 거야."

"드디어."

대공비가 된 후 나는 내 전속 시녀가 될 지원자를 받았다.

'물론 내 시녀가 되겠다고 지원하는 사람은 딱 한 명 빼고는 아무도 없었지만…….'

"정말 이렇게 시녀를 선정해도 되나요?"

라피레온 가문은 워낙 베일에 싸인 곳이었다. 시종들을 두는 것을 꺼렸고, 특히 외부인의 출입을 까다롭게 관리했다.

바로 라피레온 가문의 비밀이 드러나지 않게 하기 위해서였다.

그런데 나를 위해 누군지도 제대로 모를 영애를 시녀로 선정해서 저택까지 들이다니.

내 질문에 테르데오는 고개를 까닥거렸다.

"그럼 대공비인 그대를 시녀도 없이 다니게 할까 봐? 그대 혼자 있을 때 말동무나 하고, 그 외엔 대기하도록 하면 되니 상관없어. 저택에서 일하는 하인들도 마찬가지니까."

"정말요?"

"그래. 그리고 외출할 땐 항상 함께 다니도록 하고."

"……친구가 생기는 것 같고 좋네요."

내 대답이 끝나기 무섭게 아침 식사엔 손도 대지 않은 테르데오가 자리에서 일어섰다.

"나는 이제 신문사를 가봐야겠군."

"저도요!"

비장한 표정을 지은 셀피우스가 테르데오의 뒤를 따라 일어섰다.

"각하와 함께 갈게요. 주제도 모르고 떠든 놈을 그냥 둘 순 없으니까요."

그리고 두 사람은 빠르게 걸음을 옮겨 다이닝 룸을 빠져나갔다. 나는 셀피우스의 접시를 물끄러미 바라보다 공기 빠진 미소를 지었다.

"당근 먹기 싫어서 도망갔네."

셀피우스의 접시엔 골라낸 당근이 가득 남아 있었다.

※ ※ ※

"안녕하세요, 대공비 전하!"

귀여운 레이스가 달린 치마 끝을 잡고 인사를 올린 영애가 웃었다.

"오늘부터 대공비 전하를 모시게 될 레베카 나이츠라고 합니다!"

양 갈래로 딴 주황색 머리와 주근깨가 가득한 얼굴이 사랑스러운 나이츠 남작 영애였다.

"먼 길 오느라 고생했어요."

최근 나이츠 남작가의 가세가 기울어 무슨 일이든 닥치는 대로 한다는 소문을 들었다.

그래서인지 테르데오의 무서운 소문 때문에 아무도 지원하지 않는 내 전속 시녀에 유일하게 지원한 영애였다.

집사의 말을 따르면 주변 평판도 썩 나쁘지 않은 것 같았다.

"반가워요, 페레샤티 자하…… 아니, 라피레온이에요. 앞으로 잘 부탁해요."

"편하게 말 놓으세요, 비전하. 전 '레베카'라고 불러주시면 됩니다."

서글서글한 성격을 보아하니 굉장히 사교적인 영애인 것 같았다. 특히 웃을 때 찡긋거리는 콧잔등이 매력적이었다.

"응, 할 일이 많진 않을 거야. 내가 이동할 때 도와주고, 가끔 말동무가 되어주거나 함께 차를 마셔주면 돼. 가족들과의 시간은 가족들하고만 보내고 싶으니 그럴 땐 자리를 비켜주면 좋겠고."

"네, 비전하!"

레베카는 제법 똑똑해 보였다. 저번 생에선 늘 시프와 레이나랑 다니느라 친구가 한 명도 없었는데. 나이는 나보다 조금 어렸지만, 친구가 생긴 것 같아 기분이 좋았다.

"네가 머물 방을 준비해 뒀어. 괜찮다면 내가 안내해 줄까?"

"헉, 비전하께서 직접요? 제 영광이죠! 감사합니다!"

활짝 웃은 레베카가 짐 가방을 들고 내 뒤를 따랐다.

"가지고 온 짐은 그 가방이 전부야?"

"네, 집에 돈이 될 만한 건 모두 팔아버려서 가지고 올 짐이 몇 개 없었거든요!"

슬픈 말을 너무 해맑게 웃으면서 하는 거 아니니?

"전 대공비 전하의 시녀가 돼서 너무 행복해요! 사실 제가 발탁될 거라곤 생각 못 했어요! 당연히 더 좋은 귀족의 자제분이 될 줄 알았는데……!"

응, 지원한 사람이 너밖에 없었거든.

"오면서 보니까 수도는 축제 준비가 한창이더라고요! 너무 근사

했어요!"

"그래? 나는 근래 외출하지를 않아서."

"정말요? 나중에 비전하께서 외출하신다면 제가 함께 갈게요! 황실에서 지원을 받아 열리는 공식적인 축제라 그런지 남다른 것 같아요."

쉴 새 없이 조잘거리는 걸 보면 긴장을 한 모양이었다. 사람은 원래 긴장하면 말이 많아지니까……. 아닌가. 그냥 원래 성격이 수다스러운가.

"이번 축제는 전쟁을 승리로 이끈 황제 폐하와 라피레온 대공 각하의 공을 널리 알리고자 열게 된 거래요! 알고 계셨어요? 당연히 알고 계셨겠죠! 너무 멋지신 것 같아요!"

음. 원래 성격이 이런 것 같다.

길게 놓인 회랑을 지나서 오는 동안에도 레베카는 한 번도 입을 닫지 않았다. 모든 대화에 가볍게 대꾸하며 나는 웃었다.

'그냥 집사한테 안내해 주라고 할걸.'

앞으로는 적당히 대화를 흘려들어야겠다고 생각하며 레베카가 머물 침실의 문을 열었다.

"여기가 앞으로 네가 머물 곳이야."

"와아!"

시끄럽게 떠들던 레베카의 입이 순식간에 다물렸다.

"마음에 들어? 이것저것 준비하라고 하긴 했는데……."

"너무 완벽해요! 제 방보다도 훨씬 크고 쾌적한걸요!"

"마음에 든다니 다행이야."

레베카는 자기 침대에 앉아 방방 뛰어보기도 하고 창문을 활짝 열어 밖을 내다보기도 했다.

"감사해요, 대공비 전하! 전 정말 행운아예요!"

그 정도로 고맙다고 할 정도는 아닌 것 같은데.

과도한 칭찬에 어색하게 웃자 레베카가 생각난 게 있는지 탄식을 흘렸다.

"참, 오면서 이상한 걸 봤어요."

"이상한 것?"

레베카가 가방 앞주머니에 꼬깃꼬깃 넣어두었던 종이를 꺼냈다.

"그건······."

아침 식사 시간에 봤던 그 '호외'였다. 호외를 확인하자마자 미간이 절로 구겨졌다.

"오는 길에 보니까 거리를 뒤덮을 정도로 뿌려져 있더라고요. 벽에도 많이 붙어 있었고요."

"이게 그 정도로 퍼졌다고?"

"네, 대공비 전하께서도 알고 계셔야 할 것 같아서 챙겨왔어요."

나는 레베카가 건넨 호외를 받기 무섭게 한 손으로 구겼다.

그러니까 결국 수도에서 머무는 사람들이라면 이 호외를 모두 한 번쯤은 읽어봤다는 뜻이었다.

'정말 테르데오의 말대로 정말 악의적이야.'

몸조심하는 게 좋겠다는 생각을 하며 이를 바드득 갈았다. 그때였다.

"주인마님."

열린 레베카의 침실 문을 두 번 두드린 집사가 나를 찾았다.

"무슨 일이야?"

"손님이 찾아왔습니다."

"손님?"

나를 찾아올 손님은 없을 텐데?

고개를 갸웃거리자 집사의 뒤로 붉은 머리가 휘날렸다.

"페레샤티."

미소 짓는 세르시아였다.

"세, 세르시아?"

언니가 왜 여기서 나와?

"주인마님이 계신 곳으로 직접 오시고 싶다고 하여……."

집사가 이곳까지 세르시아를 모시게 된 이유를 설명했다. 세르시아는 긴 다리로 휘적휘적 걸어오더니 당황한 나를 향해 반가운 미소를 지었다.

"세, 세르시아. 여긴 어떻게……."

"호외를 보고 왔어요. 많이 놀랐죠, 페레샤티? 이제 내가 왔으니 괜찮아요."

아니요, 놀란 건 언니 때문인데요.

나는 호흡을 가다듬어 놀란 마음을 진정시켰다.

"수도에 널린 호외를 보고 온 거예요?"

"네, 상단에 도착한 물건 확인차 수도에 왔다가 호외를 보고 놀랐거든요. 감히 어떤 빌어먹을 자식인지. 걸리면 달군 쇠를 입 안에 넣어서……."

"세, 세르시아, 진정해요."

예쁘게 미소를 지으며 무서운 말을 서슴지 않게 하는 모습에 나는 얼굴이 새하얗게 질렸다.

나 대신 화를 내주고 있는 건가 싶어서 다급히 세르시아를 달래며 진정시켰다.

"전 괜찮아요."

"아니요."

세르시아가 단호하게 고개를 저었다.

"전 괜찮지 않아요, 페레샤티. 온 수도가 당신 이야기로 떠들썩해요. 전 아무것도 모르는 사람들이 함부로 남의 이야기를 하는 걸 아주 싫어해요."

세르시아의 붉은 눈동자가 불처럼 분노로 타올랐다.

"괜찮아요. 이해해요. 모르는 사람들은 제가 재산을 노리고 대공 각하와 만난다고 할 수 있죠."

"그게 뭐가 어때서요? 미인으로 태어나 여러 남자를 만나보는 건 당연한 일 아닌가요? 겨우 한 명으로 호들갑을 떨 필요는 없죠."

"테, 테르데오와 셀피가 신문사를 찾아갔으니 곧 일단락될 거예요. ……레베카, 응접실에 차를 내어달라고 하녀장한테 말해줄래?"

"네? 아, 네!"

세르시아의 위압감에 눌린 레베카가 제대로 된 인사도 하지 못하고 황급히 뛰쳐나갔다.

"응접실로 모실게요, 세르시아."

세르시아가 흔쾌히 수락했다. 우린 함께 사이좋게 걸어 응접실로 향했다.

"내가 너무 갑자기 찾아와서 실례가 된 게 아닐까 싶네요. 페레샤티가 놀랐을까 봐 달려왔는데 내 행동이 더 놀라게 한 것 같아서 미안해요."

"아니에요. 할 일이 없어 마침 티타임을 즐길까 했었어요. 혼자 마시는 것보단 같이 마시는 게 즐거우니까 딱 맞춰서 오신 거예요."

"어쩜 페레샤티는 말 한마디도 너무 예쁘게 하네요."

응접실에 들어서자 달콤한 차 내음과 고소한 쿠키의 향이 퍼졌다. 레베카가 하녀장한테 무사히 전달한 덕이었다.

"좋은 향기네요."

세르시아가 소파에 앉으며 웃었다. 그리고 내가 아직 명령을 내리지 않아 응접실에서 대기 중인 레베카를 살폈다.

"전속 시녀를 고민 중이라는 말은 들었어요. 혹시 저 영애인가요?"

"네. 제 시녀로 온 나이츠 영애예요."

내가 소개하자 레베카가 세르시아를 향해 인사를 올렸다. 세르시아가 긴 다리를 꼬며 부채를 살랑 흔들었다.

"대공비를 모심에 부족함이 없어야 할 거야."

"네?"

"난 내 사람이 대우받지 못하는 걸 무척 싫어하거든."

세르시아가 부드럽게 웃으며 말했다.

"그러니 대공비를 제대로 모시지 않으면 내가 화를 내는 걸 보게 될 거란다."

장난기가 가득한 목소리였지만 진심이라는 게 느껴졌다. 놀란 레베카가 잔뜩 얼어붙은 채 고개를 숙였다.

"명, 명심하겠습니다."

레베카의 목소리가 볼품없이 떨렸다. 나도 처음 세르시아를 봤을 땐 너무 무서웠으니 충분히 이해가 됐다.

"레베카. 돌아가서 짐을 풀고 있으렴."

"네, 네!"

황급히 끄덕거린 레베카가 떨리는 몸으로 나와 세르시아한테 인사한 후 응접실을 나섰다.

'생각했던 것보다 여린가 봐.'

사라지는 레베카의 뒷모습을 안쓰럽게 보고 있자, 맞은편의 세르시아가 결백하다는 듯이 고개를 기울였다.

"전 아무것도 안 했어요, 페레샤티."

세르시아도 자신이 무섭다는 자각은 하는 것 같았다.

"네. 오늘 처음 온 시녀라 아직 적응이 필요한 것 같아요. 혹시 제 시녀로 인해 세르시아가 불쾌했다면 제가 대신 사과할게요. 미안해요."

"불쾌했다니요, 페레샤티. 맹세하는데 앞으로도 그런 일은 절대로 없을 거예요."

세르시아가 진지하게 맹세했다.

나는 배시시 웃으며 그녀 앞의 차를 슬쩍 내밀었다.

"불면증에 좋은 차가 새로 들어왔다는데 입에 맞으셨으면 좋겠어요."

"페레샤티가 맛있다면 저도 맛있을 거예요."

우리는 서로를 마주 보며 헤헤 웃었다.

역시 아까 달군 쇠 어쩌고는 잘못 들은 게 분명해. 이렇게 천사 같은 분인걸. 이렇게 상냥하신 분이 그런 무서운 발언을 했을 리가 없다.

"그나저나 테오와 셀피가 신문사를 갔나요?"

"아…… 네. 호외를 쓴 사람에 대해 알아보려고 간 것 같아요."

"저런. 가봤자 소용없을 텐데."

"네?"

"신문사에는 제가 먼저 다녀왔거든요. 아무리 물어도 모른다고 하는 걸 보니 정말 아는 게 없는 것 같더라고요."

"빠르시네요."

"감히 누굴 건드린 건지 알아야죠."

세르시아가 맹렬한 눈동자를 번뜩였다.

"라피레온 가문의 일이니 가만히 있지 않을 거예요."

"가만있지 않는다면……."

"페레샤티. 우리가 이제까지 저주에 관한 걸 어떻게 숨겼을 것 같아요?"

"네? 그야. 어, 그야……."

나는 세르시아의 질문에 마땅한 답을 하지 못했다. 세르시아가 웃었다.

"그 아무도 감히 라피레온 가문을 입에 올릴 수 없기 때문이죠."

"네?"

"라피레온 가문의 일을 함부로 떠드는 자는 흔적도 없이 사라지거든요."

예쁜 미소와는 달리 거친 목소리가 차가웠다.

"수도에 있는 그 누구도. 페레샤티 당신에 대해 입도 뻥긋 못 할 거예요."

갑자기 죽어서 회귀하기 전, 들었던 라피레온 가문의 악명 높은 이야기들이 떠올랐다.

'라피레온에 대해 떠벌리는 사람은 다음 날이면 흔적도 없이 사라진대!'

'라피레온가는 저택 지하실에 고문실이 따로 있다던데.'

'쉿, 라피레온 가문의 얘기를 했다간 이 제국에서 사라질 거야.'

그땐 그냥 웃으며 '말도 안 돼'라고 했는데. 어째서 지금 그 소문들이 사실인 것처럼 느껴지는 걸까.

나는 긴장한 티를 숨기기 위해 애써 환하게 웃었다. 내 어색한 미소를 눈치챈 세르시아가 찻잔을 톡톡 두드리며 대화 주제를 돌렸다.

"차 정말 맛있는데요? 역시 페레샤티는 안목이 뛰어나네요."

"감, 감사해요."

"사실 그날 이후로 어떻게 지내나 보러 오고 싶었는데 두 사람에게 방해가 될까 봐 꾹 참았어요. 남편의 가족이 멋대로 찾아오는 건 귀찮잖아요. 오늘은 예외였지만요."

그런 생각까지 해주고 있었구나. 조금 전 무서운 말을 한 것과는 달리 배려심 넘치는 행동에 나는 웃음이 터지고 말았다.

'무서운 사람인 거야, 상냥한 사람인 거야?'

어쨌든 같은 가족인 지금은 내게 해를 끼칠 사람이 아니라는 건 알겠다.

"저는 괜찮아요. 언제든 놀러 오세요. 세르시아를 위해 항상 맛있는 차를 준비해 둘게요."

"어……."

내 초대에 세르시아가 토끼처럼 놀란 눈을 크게 떴다. 조금 전 무서운 말을 한 사람과 동일 인물이 맞나 싶을 정도로 낯선 표정이었다.

"세르시아? 왜 그래요?"

사실은 차가 맛이 없었나?

"……정말요?"

"네?"

"저한테 또 놀러 오라고 한 말. 진심인가요, 페레샤티?"

내가 무슨 말을 잘못 한 걸까?

천천히 고개를 끄덕거리자 세르시아가 어쩔 줄 몰라 붉어진 볼에 손을 얹었다.

"두 번씩이나 초대를 받은 건 처음이에요. 절 한 번은 초대해도 보통 두 번까지 초대하지는 않거든요. 다신 오지 않았으면 하는 속내도 비추고요."

세르시아가 머쓱하게 웃었다.

"고마워요, 페레샤티. 기쁘네요."

아이처럼 순수하게 기뻐하는 세르시아의 모습에 나는 넋을 놓고 그녀를 바라봤다. 그리고 퍼뜩 회귀 전 기억이 떠올랐다.

'맞아, 나 세르시아를 본 적이 있었어.'

가족을 잃은 세르시아.

그래, 나는 분명 그녀를 본 적이 있었다. 다만 그때의 모습과 지금의 모습이 너무 달라 같은 사람이라고 생각을 못 했을 뿐.

조문객으로 갔던 장례식장. 그곳에서 세르시아는 지금처럼 웃고 있지 않았다.

그녀는 새까만 옷을 입고 죽음을 곁에 둔 사람처럼 미동 없이 눈물만 흘리고 있었다. 죽은 남편과 아이가 땅에 묻힐 땐 함께 묻히겠다며 파놓은 구덩이에 들어가기도 했다.

재산을 빼돌리기 위해 가족을 살해했다는 어느 귀족의 말에는 죽일 것처럼 달려들어 목을 조르기도 했었다.

내가 기억하는 세르시아의 모든 모습은 지금과는 전혀 달랐다.

'그런 사연이 있었구나.'

그땐 나도 부인이 가족을 살해했다는 소문을 듣고도 남 일이라 생각하며 개의치 않게 넘겼는데.

'그런 소문 때문에 더 힘들었겠지.'

나는 다음에 올 땐 맛있는 쿠키를 사서 오겠다고 기쁘게 재잘거리는 세르시아를 바라봤다.

삶을 포기하는 무기력한 사람처럼 우는 얼굴보다 지금의 얼굴이 훨씬 더 아름답고 잘 어울렸다.

"세르시아는 웃는 게 참 예쁜 것 같아요."

별안간 던지는 내 말에 세르시아가 말을 멈추고 두 볼을 발그레 붉혔다.

"저보다는, 페레샤티가 더 예쁜걸요."

"세르시아가 웃는 모습을 보면 저도 덩달아 기분이 좋아지는 것 같아요. 그러니까 늘 웃으시면 좋겠어요."

항상 행복하게.

내 말에 세르시아의 표정이 순식간에 이상하게 일그러졌다. 웃는 것도, 우는 것도 아닌 이상한 얼굴이었다. 경련이 일어난 입가를 끌어 올리기 위해 애쓰던 세르시아가 결국 포기하고 창문으로 고개를 돌렸다.

꽃을 피우는 따스한 햇볕이 응접실에 스며들었다.

"페레샤티, 당신은 내가…… 음, 우리가 무섭지 않나요?"

세르시아가 손가락을 꼼지락거리며 자신 없게 고개를 떨궜다.

"페레샤티는 우리 피를 먹어도 죽지 않는다고 하지만, 우린 결국 다른 사람을 죽이고 말잖아요."

"실수와 살인은 엄연히 다르니까요."

그 저주가 누구의 탓도 아니고요.

나는 확고하게 중얼거렸다.

세르시아가 입술을 꾹 닫았다. 침묵이 무겁게 가라앉았다.

"페레샤티는, 내가 웃길 바라나요?"

"네, 웃으면 기분이 좋잖아요. 웃는 사람도, 그리고 보는 사람도요."

사실 흔한 대답이었다. 웃으면 좋겠다는 말은 누구나 할 수 있는 평범한 말이었다. 나도 살면서 숱하게 들어왔던 말이었으니까.

하지만 세르시아의 반응은 달랐다.

"지금까지 내게 그런 말을 해준 사람은 당신이 세 번째예요."

"네?"

"당신 말고, 내 남편과 아이가 해줬던 말이거든요."

세르시아가 웃으며 슬며시 눈을 감았다.

"그 말을 정말 오랫동안 잊고 있었는데."

흘러내린 머리카락을 귀에 꽂는 세르시아의 손이 희미하게 떨렸다.

"오랜만에 들으니 좋네요."

세르시아가 쓸쓸하게 말하며 엄지로 찻잔을 뭉툭하게 쓸었다.

"좋은 사람이었고 행복한 가족이었죠. 페레샤티는 본 적 없겠지만 제 아이는 정말."

세르시아가 기억을 떠올리는지 희미하게 웃었다.

"천사 같은 아이였어요."

그녀의 목소리가 흔들렸다.

"우리 가문의 저주는 남자들이 결혼 후 아이를 낳을 때 전해지기에 다행히 제 아이는 저주와는 상관이 없었죠."

"⋯⋯."

"사실 제 과거는 불우했어요. 아버지가 저주 때문에 일찍 돌아가시고, 홀로 남은 어머니는 우리 남매를 감당하지 못했거든요. 그래서 어릴 땐 빛도 들어오지 않는 창고에 갇혀 지냈어요."

쏟아지는 세르시아의 과거에 나는 숨을 죽이고 조용히 귀를 기울였다.

"어머니께선 우리를 사람 죽이는 괴물이라고 했죠."

"……그런."

"괜찮아요. 사실이니까요."

세르시아가 태연하게 웃었다. 시선을 내리깐 세르시아의 붉은 눈동자에 초연함이 깃들었다.

"전 어머니를 이해해요. 그분도 '어머니'이기 전에 사람이었으니, 우리 때문에 죽을까 무서웠겠죠."

"……."

"자신이 낳은 아이들을 사랑하고 싶지만, 사랑할 수 없는 불쌍한 내 어머니. 죄책감 때문인지 내 어머니는 스스로 목숨을 끊었어요."

지금 내가 어떤 표정을 짓고 있는지 모르겠다. 어떻게 이런 일이 생길 수 있을까. 어떻게 웃을 수 있지?

"그때부터 웃지 않았던 것 같아요. 어머니를 잡아먹어 놓고 웃으면 안 될 것 같았거든요."

나는 감히 뭐라고 입을 열 수 없었다. 같잖은 위로도 건네지 못했다.

아이일 때 생모에게 버림받은 셀피우스도, 그리고 세르시아도.

라피레온 가문에 걸린 진짜 저주는 피에 독이 깃든 것이 아니라 행복할 수 없도록 하는 게 아닐까, 하는 생각이 들었다.

"그리고 제 남편을 만났어요."

세르시아는 웃었다.

"내 남편은 내가 밀어내도 참 한결같은 남자였죠. 내 모든 걸 알게 된 후에도 행복하게 웃어달라고 하더군요. 자기가 날 웃게 해준다나 뭐라나. ……참 바보 같은 사람이죠."

세르시아는 여전히 웃었다. 이렇게 담백하게 이야기를 꺼낼 수 있을 때까지 얼마나 오랜 시간이 걸린 걸까. 얼마나 많이 울었던 걸까.

"결국, 내 옆에 있는 사람은 다 죽게 돼요."

세르시아가 차를 한 모금 마셨다. 그녀의 손은 여전히 떨리고 있었다.

"나를 만나지 않았다면 더 행복하게 살았을 사람들인데. ······차라리 내가 태어나지 않는 게 좋았을지도 몰라요. 내가 없었으면 그 사람도 나를 만나지 않았을 테고, 내 아이도 죽지 않았을 테니까요."

"세르시아!"

나도 모르게 그녀를 불렀다. 목소리가 떨렸지만 그런 건 상관없었다. 그냥 그녀를 불러야만 한다고 생각했다.

"······세르시아!"

그녀의 이름을 연이어 불렀다. 그리고 길게 손을 뻗어 떨리는 세르시아의 손을 세게 움켜쥐었다.

갑작스러운 접촉에 놀란 세르시아가 황급히 손을 빼려 했다. 하지만 난 마치 벼랑 끝에 걸린 그녀를 구하듯 두 손으로 더욱 세게 붙들었다.

"전 세르시아를 알게 돼서 너무 좋아요. 더욱 알아가고 싶어요. 그건 그분도 마찬가지였을 거예요."

"페레샤티."

"난 앞으로도 세르시아가 웃는 모습을 많이 보고 싶어요. 봐요, 세르시아."

나는 꼭 잡은 두 손을 눈높이에 맞춰 들었다.

"난 죽지 않아요, 세르시아."

"······."

"지금 당신 앞에 앉아서 이렇게 대화도 하고, 손을 잡고 있어요.

세르시아, 당신이 웃는 게 얼마나 아름다운지 모르죠? 아마 그분도, 그리고 당신의 아이도. 당신이 예쁘게 웃는 걸 보고 싶을 거예요."
 그러니까 그런 말은 하지 말아요.
 속사포처럼 뱉은 말이 끝나자 응접실이 고요했다. 내 결연한 표정에 세르시아가 멍하니 나를 보더니 작게 웃음을 터뜨렸다.
 "비장하네요, 페레샤티."
 슬프다 못해 마치 죽음의 그림자가 넘실거리는 세르시아의 모습을 보니 감정에 이끌려 행동했다.
 '갑자기 손을 잡다니!'
 부끄러움에 얼굴이 토마토처럼 새빨갛게 달아올랐다. 하지만 잡은 손을 절대 놓지는 않았다.
 "갑, 갑자기 손을 잡아서 죄송해요."
 "백 마디 말보다 훨씬 위로되네요. 이렇게 손을 잡아준 사람도 그 사람 말고는 없거든요."
 세르시아가 맞잡은 손을 가볍게 흔들며 보석처럼 빛나게 웃었다. 햇살을 머금은 그녀의 미소가 눈부시게 아름다웠다.
 "페레샤티, 난 당신을 처음 본 순간부터 알 수 있었어요. 아, 테오와 결혼하기엔 너무 아까운 사람이구나 하고 말이죠. 내가 사람 보는 눈은 있거든요."
 한결 편해진 표정의 세르시아가 자신의 손가락에 끼우고 있던 작은 반지를 빼서 내게 건넸다.
 "혹시 테오 그 자식이 못살게 굴거나 내 도움이 필요하면 언제든 불러요. 페레샤티, 당신이 어디에 있든, 무슨 상황이든 내가 도우러 올게요."
 "이 반지는……."
 "이건 래브런 상단의 문장이 박힌 반지예요."
 래브런 상단? 어? 나 들어본 적 있는데.

래브런 와인.

명문 귀족이나 황족들이 파티 때만 먹을 수 있다는 등급 높은 와인이었다.

풍미와 향이 무척 중독적이라 한 번 맛을 보면 헤어나오기 힘들다고 했었다. 찾는 수요가 많으나 생산량이 극히 일부라 매해 소수의 사람들만 즐길 수 있다는 와인.

가격 또한 사악한 탓에 누구나 쉽게 구할 수 없다는 바로 그 와인. 와인을 즐기지 않는 나도 알고 있을 정도로 유명한 상단이었다.

"네. 제가 운영하는 상단이죠."

"헉."

그 엄청난 상단의 주인이 세르시아였다고?

"이건 나만 가지고 있는 거라 내 얼굴이나 마찬가지예요."

"이렇게 귀한 걸 왜 저한테……."

"페레샤티, 당신이니까 주는 거예요. 나를 만나고 싶을 때나 혹은 불리한 상황이라 내 도움이 필요할 때. 아니면 나를 이용해야 할 때. 언제든 상관없으니까 이걸 내보여요."

"이, 이걸요?"

"래브런 상단은 모든 제국과 사업을 하고 좋은 관계를 유지하기에 어디서든 대우받을 수 있어요."

그럼 엄청 대단한 반지 아니야? 이렇게 귀한 걸 받아도 되는 거야?

"이걸 내보이면 그 누구도 당신을 함부로 쉽게 건드릴 수 없을 거예요. 모든 대륙을 적으로 돌리고 싶은 게 아니라면 말이죠."

나는 건네받은 반지를 만지작거렸다.

"내가 늘 당신의 편에 설게요, 페레샤티."

든든한 아군이었다.

"그리고 앞으로는 편하게 '셋시'라고 불러줘요. 가족들은 다들 날 그렇게 부른답니다."

"……그럼 저도 '샤샤'라고 편하게 불러주세요, 셋시."

세르시아를 향해 비추는 햇살이 눈부시게 따사로웠다.

"좋아요, 샤샤."

그녀가 더할 나위 없이 아름답게 웃었다.

※ ※ ※

모든 게 세르시아의 말대로였다.

테르데오와 셀피우스가 온갖 신문사를 다 뒤졌지만 '아스'라는 기자에 대해 아는 사람은 찾을 수 없었다.

하지만 다행히도 호외는 언제 떠들썩했냐는 듯이 다음 날 수도에서 말끔히 사라졌다. 그 누구도 내게 호외에 대해 언급하지 않았고 수군거리지도 않았다.

나는 새삼 라피레온 가문의 권력을 실감할 수 있었다.

"그대와 관련된 내용은 기사도, 그리고 호외로도 쓰지 못하게 각 신문사에 말을 해뒀으니 다시는 그런 일이 벌어지지 않을 거야."

말로? 정말 '말'한 거 맞겠지……?

"이번에 라피레온 가문 때문에 피해를 보게 해서 면목이 없군."

"괜찮아요. 그리고 전 피해 봤다고 생각하지 않아요. 오히려 좋은걸요?"

"좋다고?"

"이번 일로 다들 제가 라피레온 가문의 사람이라는 걸 똑똑히 알게 됐을 테니까요."

배시시 웃자 테르데오가 나를 빤히 바라봤다. 그러더니 말 대신 자기 앞에 놓여 있던 푸딩을 건넸다.

"먹어."

갑자기?

"테르데오 당신은 안 먹어요?"

"난 안 좋아해."

"……어제까지 맛있게 먹었잖아요?"

두 개나 먹는 걸 내가 봤었는데.

"오늘부터 입맛이 바뀌었어. 먹어."

이렇게 갑자기? 그, 그렇다면야 뭐…….

"고, 고마워요. 잘 먹을게요."

짧게 고개를 끄덕거린 테르데오가 수프를 먹으며 셀피를 바라봤다.

"셀피."

흠칫 놀란 셀피우스가 자신의 앞에 놓인 푸딩을 집고 경계했다.

"제 푸딩은 제 거예요."

"푸딩 말고. ……이대로 계속 수도에 머물 건가?"

테르데오의 질문에 셀피우스가 벼락을 맞은 것처럼 경악에 질린 얼굴로 디저트 스푼을 내려놓았다.

"……절 또 내쫓으시려고요?"

셀피우스가 얼굴을 구기더니 손에 든 푸딩을 내려다봤다. 그리고 테르데오에게 건네며 '이걸 드리면 안 내쫓으실 건가요?'라고 결연하게 물었다.

"아니."

테르데오가 셀피우스의 푸딩을 손으로 밀어내며 눈썹을 비뚜름히 올렸다.

"푸딩 말고. ……계속 수도에 머물 거면 아카데미에 등록해야지."

"아카데미요?"

셀피우스가 믿기 힘든 말을 들었다는 듯이 자신의 볼을 꼬집었다.

"아야. ……꿈이 아니네요?"

"아카데미에 다니고 싶다고 노래를 부르고 다니기에 그런 줄 알았는데 싫은가 보군. 그럼 개인 가정 교사를 구해주……."

"아니요, 아니요! 아니요!"

셀피우스가 강하게 외치며 자리에서 벌떡 일어섰다. 아이의 얼굴이 흥분과 설렘으로 물들어 있었다. 테르데오의 말로는 믿기지 않았는지 셀피우스가 나를 바라봤다.

"저, 저 진짜 아카데미에 다녀요? 진짜요?"

그 모습에 절로 푸흐, 웃음이 터졌다.

"그래. 진짜 다닐 거야."

"와!"

이럴 때 보면 정말 애라니까.

"그런데…… 갑자기 왜요? 대공 각하께선 아카데미는 절대 안 된다고 반대하셨잖아요."

"사실대로 말하자면 난 지금도 같은 생각이야. 셀피, 네 찰나의 실수와 방심이 우리 가문 모든 사람에게 화를 입힐 수 있거든."

테르데오가 못마땅한 표정으로 불평을 늘어놓았다.

"게다가 너는 이미 대공비를 죽일 뻔한 전적이 있지."

"그, 그건 실수였어요."

"일전에 감정을 제어하지 못하고 저택 입구에서 실랑이를 벌이다가 피를 낸 적도 있지. 두 번의 전적이 있군."

"그, 그건!"

셀피우스가 할 말을 잃었다. 즐거워하던 셀피우스는 기가 팍 죽어 어깨를 축 아래로 늘어뜨렸다.

"이왕 아카데미에 보내주기로 한 거 좀 좋게 보내줘요. ……셀피, 널 수도에 머물게 한 건 네게 다른 감옥을 만들기 위함이 아니야."

셀피우스를 수도 저택에 가둬놓고 지내게 할 거였다면 지방의 별장과 별반 다를 게 없다.

"……하지만."

잔뜩 풀이 죽은 셀피우스가 의자에 털썩 주저앉았다.

"대공 각하의 말씀대로 제가 또 누굴 다치게 하면 어쩌죠?"

"그래? 그럼 셀피 너는 앞으로도 계속 사람들과 어울리지 않으며 살 생각이니? 사람이 없는 외딴섬 같은 곳에 가서 혼자 살게?"

셀피우스가 포크로 앞에 놓인 샐러드를 콕콕 찌르며 고개를 저었다.

"셀피, 넌 이제까지 지방의 별장에서 사람들과 어울리지 않았지. 그러니 앞으로 너는 사람들과 함께 섞여서 사는 법을 배워야 해."

"……."

"저주에 걸렸으니 평생을 혼자 지낼 거야?"

열을 내며 아카데미에 반대하던 테르데오도 결국 이 질문에 굴복했었지.

어찌 되었든 우리는 함께 살아야 하니까.

"게다가 넌 이 가문을 이을 후계자잖아. 그럴수록 누구보다 더욱 참고 조심하는 법을 배워야지."

나는 풀이 죽은 셀피우스의 어깨를 가볍게 두드렸다.

"그리고 정말 만일의 사태가 벌어져 피가 나도 먹지만 않으면 되는 거니까. 보통의 사람들은 피가 난다고 먹지 않아."

"……그럴까요?"

"대신 늘 손수건과 지혈제를 가지고 다니겠다고 약속하렴. 넘어지거나 다쳐 피가 나면 지혈제를 바르고 손수건으로 감싼 후 바로 돌아오기로 약속해."

밝아진 얼굴의 셀피우스가 열정적으로 고개를 끄덕였다. 팔짱을 끼고 대화를 듣던 테르데오가 관자놀이를 꾹 눌렀다.

"잘 들었지, 셀피? 네 아카데미 입학을 아주 적극적으로 찬성하셨으니 대공비께 감사하도록."

나를 바라보는 테르데오의 시선이 따갑다 못해 아주 뜨거웠다. 하지만 나는 고개를 돌려 못 본 척 외면했다.

"……저 정말 조심할게요. 잘해볼게요! 뛰지도 않고 사뿐사뿐 걸어 다닐게요!"

나는 아직 줄어들지 않은 셀피우스의 접시를 바라봤다.

"얼른 아침부터 먹어."

특히 채소 골라내지 말고.

나는 셀피우스가 접시 구석으로 밀어둔 채소를 손수 포크 위에 올려주었다. 셀피우스가 '으으' 고통스러운 소리를 내며 채소와 눈싸움을 시작했다.

"셀피가 다닐 아카데미는 정했나요?"

"명문가의 자제들은 보통 델파닐 아카데미를 다니니까 그곳에 보내는 게 좋겠지."

"그럼 당신도 그 아카데미를 다녔겠네요?"

내 질문에 테르데오가 하던 말을 멈추고 입술을 다물었다. 그의 얼굴이 고통으로 일그러졌다.

"나는 아카데미는 다니지 않았어."

"네? 그럼······."

순간 세르시아에게 들었던 과거의 학대 이야기가 떠올랐다. 분명 빛이 들어오지 않는 창고에 갇혀 살았다고도 했다.

'세르시아가 어릴 때 어머니께 학대를 당했다고 했지. 그렇다면 테르데오도······?'

좋지 못한 유년기를 떠올렸는지 잔뜩 일그러진 표정을 본 나는 황급히 대화 주제를 바꿨다.

"참, 저 오늘 당신이 소개해 준 변호사를 만나기로 했어요."

테르데오의 얼굴에서 고통이 지워졌다. 그는 한참 동안 말없이 나를 빤히 바라보더니 고개를 끄덕거렸다.

"잘됐군."

"그래서 말인데요. 오늘 변호사 사무실을 찾아갈 생각이거든요."

"찾아간다고요? 왜요?"

맞은편에서 대화를 듣던 셀피우스가 도무지 이해할 수 없다는 표정으로 눈살을 찌푸렸다.

"필요한 게 있으면 직접 오라고 부르면 될 텐데. 대공비 전하께서 직접 가신다고요?"

상상도 못 했던 대답이었다. 이 최상위층 권력자의 후계자여.

평생 남이 방문했었지, 일이 있다고 직접 움직인 적은 없었을 테니 이해할 수 없는 게 당연했다.

"사무실 찾아가는 김에 셀피 너와 함께 나가려고 했었는데……."

함께 나가자는 말에 셀피우스의 동공이 크게 확장됐다.

"저랑요?"

"응. 셀피 네가 다니게 될 아카데미 미리 구경할 수 있게 먼저 내려주려 했지. 나는 변호사와 얘기한 후 데리러 갈 생각이었고."

셀피우스의 등 뒤로 꼬리가 살랑살랑 흔들리는 것 같은 착각이 들었다.

"생각해 보니까 가끔은 사람을 만나러 외출하는 것도 좋은 생각인 것 같아요. 마차가 잘 굴러가나 확인도 해야 하고요."

"그래?"

"네. 그리고 혼자 나가면 위험하시니까 제가 같이 가드릴게요."

저 검은 속내가 한눈에 보이니까 귀여워 죽겠다.

"그럼 어서 남기지 말고 다 먹어."

채소가 잔뜩 남은 접시를 눈으로 가리키자 셀피우스가 입술을 삐죽거리며 비장하게 포크를 들었다.

"힘들 텐데 굳이 그대가 셀피까지 챙겨줄 필요 없어. 아카데미엔 내가……."

"당신은 축제 준비가 막바지라 바쁘잖아요. 황실에서 주최하는 수도 축제라 당신도 신경 쓸 게 많을 거잖아요."

테르데오는 답을 하지 않았다. 때때로 그의 침묵은 곧 긍정과도 같았다.

"괜찮아요, 저도 셀피와 함께 나가면 든든하니까요."

어디까지나 계약으로 이뤄진 부부지만 이 정도는 해줄 수 있지.

활짝 웃자 테르데오가 입술을 일자로 꽉 다물고 빵을 집어서 내게 건넸다.

"빵은 왜……?"

"먹어."

"당신 아침인데요?"

"난 빵은 안 먹어."

아까 당신이 열심히 먹던 게 빵이었는데요?

테르데오는 내 앞에 자신의 빵과 푸딩을 전부 밀어주고는 묵묵하게 샐러드만 퍼먹었다.

※ ※ ※

"대공비 전하, 전 어려워서 도대체 무슨 말인지 하나도 못 알아들었어요."

변호사 사무실을 나서자 레베카가 머리를 쥐어 싸매며 내저었다.

"사실 나도 그랬어."

유능하다는 건 알겠는데 제국 법률 용어가 좀 어려워야지.

대충 알아들은 건 간단했다. 새어머니와 레이나가 상속 결격 사유로 소송을 걸 수 있는 경우는 세 가지라고 했다.

첫째는 유언장 위조.

둘째는 내가 유언을 빌미로 협박한 경우.

셋째는 내가 아버지를 살해한 경우.

나는 세 가지의 경우와는 관련이 없지만, 상대가 무슨 이유로 소송을 걸지 알 수 없으니 미리 대비하는 게 좋을 것 같다고 했다.

"레베카. 우선 내 가족들을 자주 확인해 줘. 이상한 점 있으면 내게 보고해 주고."

"네, 걱정하지 마세요. 제가 열심히 할게요!"

의욕이 불타는 레베카를 보며 어색하게 웃었다.

변호사 사무실을 나서며 레베카는 막대한 유산의 앞에선 아무리 좋은 가족이라도 사이가 틀어지는 게 당연하다며 나를 위로했다.

가세가 급격히 기울어진 레베카에겐 익숙한 일인 듯 보였다.

"이젠 셀피우스 도련님을 모시러 가면 되나요?"

"응, 맞아."

"그럼 셀피우스 도련님을 모시러 가기 전에 대공 각하의 동상 보고 가실래요?"

"동상?"

여기에 테르데오의 동상이 세워져 있어?

놀란 눈을 크게 뜨자 반대로 레베카가 놀란 얼굴로 나를 바라봤다.

"모르셨어요? 이번 축제가 대공 각하와 황제 폐하를 칭송하는 축제라 두 분의 동상이 광장에 세워지잖아요!"

"그, 그랬구나."

"대공 각하께서 말씀 안 해주셨나요?"

우리가 서로에게 그런 걸 말할 리가 없지.

"들, 들었던 것 같기도 한데······."

"대공 각하께서 서운해하시겠어요! 두 분 아직 신혼이시잖아요!"

"그, 음. 어디에 있어?"

레베카가 웃으며 나를 이끌었다.

"이쪽이에요! 대공비 전하!"

대외적으로는 일단 라피레온 대공비 행세를 해야 하니까····· 보러 가볼까?

나는 레베카의 뒤를 따라 광장으로 걸음을 옮겼다. 다행히 변호사 사무실에서 광장은 멀리 떨어져 있지 않았다.

광장엔 사람들이 북적거렸다. 모두가 한곳에 집중적으로 모여 있었다.

"다들 대공 각하의 동상을 보러 왔나 봐요! 너무 멋지신 분이니까요!"

그러기엔 사람들 반응이 이상한데? 그리고 인파도 너무 많고, 세워진 동상도 안 보이고.

나는 수상한 분위기를 감지하고 모여 있는 인파 속을 비집고 들어갔다. 그리고 동상이 세워져 있어야 할 광장 중앙에서 걸음을 멈췄다.

"……이게 무슨."

얼굴이 돌처럼 딱딱하게 굳었다. 내 뒤를 따라온 레베카가 환히 웃던 얼굴을 굳히고 화들짝 놀라 소리쳤다.

"누, 누가 감히 대공 각하의 동상을……!"

테르데오의 동상이 보기 좋게 바닥에 떨어져 산산조각이 나 있었다. 누군가 고의로 부순 게 분명할 정도로 동상은 형태를 알아볼 수 없었다.

'……내 호외를 쓴 사람이 벌인 짓일까?'

나는 발 아래 처참히 굴러다니는 동상의 조각들을 바라보다 레베카에게 말했다.

"레베카, 당장 사람을 불러서 이 동상의 잔해들을 치우라고 해."

"아…… 네!"

"그리고 수도의 경비를 불러와."

"네, 네!"

레베카는 눈치가 빨랐다. 단호한 내 명령에 그녀는 지체하지 않고 발 바르게 뛰기 시작했다.

깨진 동상을 구경하기 위해 삼삼오오 모였던 사람들조차 힐끗 내 눈치를 살피며 슬슬 자리를 피했다.

'누군지 걸리기만 해.'

잠시 후, 레베카가 부른 경비대원이 급하게 뛰어왔다.

"대, 대공비 전하를 뵙습니다!"

"대공 각하의 동상이 깨졌으니 이 근처는 아무도 얼씬 못 하게 해."

경비대원은 바닥에 널브러진 테르데오의 동상을 보고 놀라 목졸린 소리를 냈다.

"분, 분명 아침에 제가 교대할 때까지만 해도 이러지 않았는데……!"

아침까진 이러지 않았다면 아침 이후에 누군가 동상을 부쉈다는 건데.

'이렇게 넓은 광장에서, 그것도 사람들이 지나다닐 때 아무도 모르게 동상을 부쉈다고?'

나는 이상한 위화감을 느끼고 고개를 비스듬히 기울였다.

어찌 됐건 그 시간을 조사해 보면 될 터.

"대공 각하의 동상이 부서졌으니 반드시 범인을 색출해야 할 거야."

"네!"

경비대원이 우렁차게 대답하곤 빠르게 광장 주변으로 아무도 접근하지 못하도록 바리케이드를 쳤다.

나는 그 모습을 보고 난 후에야 돌아가 마차에 올라 셀피우스가 기다리고 있을 아카데미로 출발했다.

※ ※ ※

"아이들은 원래 정신없이 놀다 보면 시간 약속을 잊기 마련이죠."

나 왜 여기서 이러고 있지?

"맞아요, 조금만 더 기다리시면 신나서 달려 나올 거예요."

"7학년부턴 기숙사 생활을 할 수 있다죠? 기숙사 생활을 하면 조금 더 편해질지도 모르겠네요."

"전 딸아이가 워낙 기숙사를 싫어해서 기숙사는 안 보내려고요."

나는 분명 셀피우스를 데리러 왔을 뿐인데.

"여기서 라피레온 대공비 전하를 뵙게 될 줄은 몰랐어요. 도련님께서 수도에 올라왔다는 소문은 들었는데……. 델파닐 아카데미로 다니시나요?"

"어머, 그럼 저희 아이랑 친하게 지내면 되겠네요."

"어마어마한 액수의 유산을 상속받았다고 들었는데, 역시!"

왜 약속 장소에 셀피우스는 나타나지 않고…….

"다들 천천히 다가가는 게 좋겠군요. 저 보세요, 가엾게도 라피레온 대공비께서 놀라 떨고 계시잖아요."

"어머, 정말이네요. ……역시, 도돌레아 황녀 전하께선 이리도 배려심이 깊으시다니까요."

도돌레아 황녀가 여기에 있는 건데!

나는 여러 귀족 부인 사이에 둘러싸인 채 지난번과는 달리 은은하게 미소만 짓고 있는 도돌레아를 바라봤다.

정면으로 눈이 마주치자 도돌레아가 부채로 입가를 가리며 상냥하게 웃었다.

"제가 왜 여기 있는지 궁금하신 눈치네요."

"아, 아니요 딱히 그런 건…….."

"어린 황녀가 이 아카데미에 다니고 있는데 오늘 제가 데리러 오겠다고 약속했거든요."

어린 황녀? 아무래도 동생을 말하는 것 같았다. 황족 중 어린 황녀라면, 지난 생에서 테르데오와 결혼할 뻔했던 칠 황녀를 말하는 거겠지.

어쩌다가 자식들을 데리고 돌아가기 위해 기다리는 부인들 틈에 끼게 되어 빠져나가지도 못하고 기다리는 중이었다.

"안 그래도 라피레온 대공비께 드리고 싶은 게 있었는데, 잘됐네요."

도돌레아가 상냥히 웃었다. 분명 웃고 있는데 눈에는 이상한 독기가 가득했다.

그녀가 마치 이날을 기다렸다는 듯이 모두가 보는 앞에서 내게 무언가를 건넸다.

"……이건?"

"초대장이에요."

"네?"

내가 받지 않자 도돌레아가 손수 내 손에 초대장을 쥐여주며 웃었다.

"내 황궁에 초대하고 싶어서요."

미쳤나 봐. 이걸 왜 나한테 줘?

손에 억지로 쥐어진 초대장이 무겁게 느껴져 하마터면 떨어뜨릴 뻔했다.

"와, 저희도 초대해 주시지."

"황녀 전하의 초대라니…… 부러워요."

귀족 부인들이 질투와 부러움이 담긴 시선으로 내게 축하를 보냈다.

그렇게 부러우면 너희가 가.

'이 초대를 무슨 명분으로 거절하지?'

도돌레아와는 절대 이 이상 엮이고 싶지 않았다. 머리를 열심히 굴렸지만 마땅한 해답은 나오지 않았다.

나는 괜스레 손에 들린 초대장을 힘껏 노려봤다.

"라피레온 대공비께선 제 초대가 성에 안 차셨나 봐요. 말씀이 없으시네요."

"초대는 감사합니다. 일정을 보고 나중에 방문하도록 하겠습니다."

나중에. 한 삼십 년 후쯤? 죽기 전에 한 번은 찾아가겠지!

눈꼬리를 사르르 접고 웃자 덩달아 함께 미소 지은 도돌레아가 내게 가까이 다가왔다.

"귀한 몸이시니 바쁜 일이 있으시면 직접 하지 마시고 아랫것들에게 시키세요."

"제가 알아서 잘하고 있습니다."

"그래요? 그럼 바쁘지 않으시겠네요. '나중'은 언제쯤으로 생각하면 될까요?"

기어코 오늘 초대 날짜를 잡고야 말겠다는 강한 의지가 엿보였다.

"사실 요즘 제 몸 상태가 썩 좋지 않아서 언제라고 확답을 드리기가 힘들겠네요."

"이런. 몸이 안 좋으시다니. 그러면 더더욱 어서 황궁으로 모셔야겠어요. 황궁엔 아주 실력이 좋은 의사들이 있으니까요."

"아니요. 아플 땐 집에서 쉬는 게 최고죠."

"아프시니 제국 최고의 의사에게 진료를 받아야죠."

"제가 무슨 병일지 알고요. 전염병이라 황녀 전하께 옮기기라도 하면 큰 민폐니 자중해야죠."

"전염병이면 지금 이렇게 돌아다닐 수 없었겠죠. 보아하니 전염병은 아닌 모양이네요."

우리의 공방은 끝없이 이어졌다.

어떻게든 날 초대하려는 모습을 보니 절대로 가면 안 되겠다는 확신이 섰다.

'가면 죽는다!'

머릿속에서 경보음이 울렸다.

미소 지은 도돌레아의 붉은 입술이 열리려는 찰나였다.

"대공비 전하!"

멀리서 날 크게 부르며 급히 다가오는 셀피우스의 모습이 보였다. 달려온 셀피우스가 내 옆으로 바짝 붙었다. 경계하는 셀피우스의 시선이 도돌레아를 향했다.

"황녀 전하를 뵙습니다."

"……그래요. 공자. 조금 더 천천히 와도 됐을 텐데, 아쉽네요."

혹시 모를 일을 대비하기 위함인지 셀피우스가 붉은 루비 귀걸이에 손을 얹었다.

'얘가 대체 뭘 하려고!'

시프와 싸울 때 했던 행동이 나오자 나는 깜짝 놀라 셀피우스를 끌어당겨 안았다.

"셀피, 지금 무슨……!"

"괜찮으세요?"

"너 자꾸 이러면…… 어? 뭐라고?"

혼내려고 했는데 갑자기 괜찮냐고 물으니 할 말이 없어 당황했다.

'갑자기 왜 나한테 괜찮냐고 묻지?'

의미를 몰라 쉽게 답하지 못하고 헤맸다. 그러자 셀피우스가 답답한지 미간을 찌푸렸다.

"대공비 전하요. 어디 다친 곳 없이 괜찮으시냐고요."

"어머, 공자."

도돌레아 황녀가 셀피우스를 보며 웃었다.

"남이 들으면 제가 라피레온 대공비를 괴롭힌 줄 오해하겠어요. 아무 일도 없었어요, 라피레온 공자."

"황녀 전하께 여쭤본 게 아니라 대공비 전하께 여쭤본 겁니다."

날을 세우는 셀피우스의 모습에 나는 깜짝 놀라 아이를 더욱 세게 껴안았다.

'왜 이렇게 경계하는 거야. 상대는 황족인데.'

저 미친 황녀가 어린 셀피우스한테 무슨 짓을 할지도 모르는 일이었다. 게다가 셀피우스는 우리 둘 사이가 안 좋은지 모를 텐데?

지금은 도돌레아가 맑게 웃고 있으니까 미친 황녀인지도 모를 테고.

"오해하지 말아요. 난 그저 라피레온 대공비께 초대장을 건넸을 뿐이니까요."

도돌레아의 말에도 셀피우스는 나를 돌아보며 다시 제대로 확인했다.

"정말이에요?"

"······응, 초대받긴 했지."

틀린 건 아니지. 아직 오늘은 아무것도 안 했으니까.

'오늘은' 말이야.

"진짜죠?"

"그래."

"······그렇다면 다행이에요."

셀피우스가 루비 귀걸이를 잡고 있던 손을 아래로 내렸다. 그리고 나만이 들리도록 작게 중얼거렸다.

"멀리서 보는데 대공비 전하의 표정이 너무 겁먹어 보여서 놀랐어요."

그래서 그렇게 뛰어오자마자 도돌레아로부터 나를 보호해 준 거구나. 내 표정이 그렇게 안 좋았나?

새삼 아이의 작은 등이 든든했다.

"혹시 누가 괴롭힌 거라면 제게 말하세요."

나는 가늘어진 눈매로 셀피우스를 살폈다. 그리고 아이가 귀걸이를 만지지 못하도록 손을 맞잡았고 속삭였다.

"내가 오늘 아침에 한 말을 잊은 건 아니지? 셀피."

"기억하고 있어요. 하지만."

"하지만?"

"감히 대공비 전하를 괴롭게 만드는 사람이 있다면 제가 가만두지 않을 거예요. 그땐 평생 지방 별장에서 혼자 살아도 괜찮아요."

셀피우스의 진심이 느껴졌다. 아이의 맹목적인 신뢰에 당황해 나는 할 말을 잃었다.

별문제가 없었다는 걸 확인한 셀피우스가 모두를 둘러봤다. 그리고 일부러 들으라는 듯이 크게 말했다.

"저택으로 돌아가시죠, 대공비 전하."

마치 내 옆엔 자신이 있으니 아무도 건드리지 말라고 경고하는 것 같았다.

'작고 으르렁거리는 게 고양이 같기도…… 아니, 귀여운 강아지인가?'

어느 쪽이든 날 이 지옥 불구덩이에서 꺼내줄 고마운 의도인 건 분명했다.

옳다구나 고개를 끄덕거리며 자리를 뜨려는 순간, 도돌레아가 내 말을 가로챘다.

"대공비께서 오랜만의 외출인데 먼저 돌아가는 게 어떻겠습니까, 라피레온 공자?"

아니야. 싫어! 나 셀피우스랑 같이 돌아갈 거야!

"아니요, 기다리던 셀피도 왔고…… 저흰 이만 돌아가는 게 좋겠어요. 가자, 셀피."

"대공비. 모처럼의 외출인데 더 머물다 가세요. 오늘은 아프지 않은 것 같으니 근처 맛있는 찻집에 가서 함께 차도 마시고요."

도돌레아가 웃으며 내게 다가서려 하자 셀피우스가 빠르게 그 앞을 막아섰다.

"대공비 전하께서 거절하셨으니 모시고 저택으로 돌아가 보겠습니다."

도돌레아의 눈썹이 움찔거렸다. 셀피우스를 내려다보는 그녀의 눈동자가 핏기 없이 싸늘하게 식어갔다.
"……대공비는 부럽네요. 온실 속 화초처럼 소중하게 지켜지고 있는 것 같아서요."
도돌레아의 목소리가 한껏 낮아졌다.
상황을 모르지만 대충 돌아가는 분위기를 눈치껏 읽었는지 셀피우스가 내 옆에 찰싹 붙어서 비켜서지 않았다.
"대공비께선 저희 가문에 없어선 안 될 소중한 분이라서 말이죠."
소중한 분이라는 단어에 도돌레아가 이성을 잃었는지 얼굴을 괴상하게 구겼다.
"대공 각하께서 벌레 한 마리도 꼬이게 두지 말라고 당부하셨습니다."
"……벌레라."
도돌레아가 아랫입술을 꽉 깨물자 핏방울이 맺혔다. 도돌레아의 인내심이 바닥을 보인 것 같았다.
'저 미친 황녀가 무슨 일을 저지를지 몰라!'
아이라고 해도 당장 한 대를 때릴 기세였다. 나는 앞을 막아선 셀피우스를 품에 안아 재빠르게 내 뒤로 감췄다. 맞더라도 아이는 절대 안 된다.
그때였다.
"여기 다들 모여 있었군."
이 상황을 해결할 구원의 목소리가 들렸다. 갑작스러운 그의 등장에 귀족 부인들은 입가를 가리며 고개를 숙였고, 도돌레아는 뒤로 물러섰다.
"황녀 전하를 여기서도 뵙습니다."
테르데오였다.
"가히 구세주 같은 등장이군요."
나를 향하는 테르데오를 보자 도돌레아의 입가가 파르르 떨렸다.

"이거야 원."

테르데오는 나와 셀피우스를 살피곤 자연스럽게 우리를 자신의 뒤로 숨겼다. 넓은 등 뒤에 서자 불안이 눈 녹듯 사라졌다.

"초대 한 번으로 이렇게 난리들을 치시니. 대공비를 두 번 초대했다간 제 목이 날아가겠어요."

도돌레아가 곁에 있는 귀족 부인들을 둘러보며 웃었다.

"남이 보면 내가 대공비를 괴롭힌 줄 알겠네요."

"설마요."

테르데오가 경고하듯 도돌레아를 내려다보며 낮게 읊조렸다.

"현명하신 황녀께서 모두가 다 보는 곳에서 대공비를 괴롭히겠습니까? 따로 초대해서 괴롭히면 몰라도 말이죠."

직격타에 도돌레아는 선득하게 미소를 지었다. 도돌레아의 붉은 입술이 굳게 다물렸다. 그건 지켜보던 귀족 부인들도 마찬가지였다. 그의 등장에 분위기는 금세 정리가 됐다.

"따로 더 하실 말씀이 있다면 지금 이 자리에서 해주시죠. 저도 제 부인도, 시간 내기가 어려워서요."

도돌레아는 대답 대신 그윽한 시선으로 테르데오를 바라봤다. 그 시선이 불쾌한지 테르데오가 얼굴을 구겼다.

"없으신 것 같으니 저흰 이만 물러가겠습니다."

"……그만 가보도록 하세요."

도돌레아의 허락이 떨어지자 테르데오가 기다렸다는 듯이 몸을 휙 돌렸다.

"두 사람 모두 돌아가자."

테르데오의 말이 끝나기 무섭게 내 품에 안겨 있던 셀피우스가 쏙 빠져나왔다. 그리고 내가 타고 온 마차에 냉큼 올라타더니 문을 쾅 닫았다.

"저는 대공비께서 타고 오신 마차를 타고 먼저 돌아갈 테니 두 분은 각하께서 타고 오신 마차를 타고 천천히 오세요."

"뭐, 뭐?"

셀피우스와 눈이 마주쳤다. 아이가 흐뭇한 표정으로 웃었다.

아니야, 안 그래도 돼! 배려하지 마!

손을 뻗기도 전에 셀피우스의 명령을 받은 마부가 마차를 출발시켰다.

'젠장.'

망연자실한 표정으로 멀어지는 마차를 봤지만 이미 떠나간 마차는 돌아오지 않았다.

"우리도 출발하지."

태연한 테르데오가 자신의 마차 문을 열고 내게 손을 뻗었다. 별것 아닌 그 행동에 지켜보던 귀족 부인들이 '어머, 어머!'라며 탄성을 자아냈다.

그러겠지. 라피레온 대공은 이제까지 그 누구의 에스코트도 한 적이 없으니까. 물론 접촉을 꺼려서겠지만.

'하, 피곤해.'

어서 이 자리를 뜨고 싶다.

나는 자포자기하는 심정으로 한 손으론 이마를 짚고, 한 손으론 테르데오의 손을 잡아 마차에 올랐다.

도돌레아는 그 일련의 행동들을 가만히 바라보기만 했다.

이윽고 마차가 무사히 출발했다. 나는 그 자리를 벗어난 후에야 겁에 질렸던 입술을 열었다.

"여긴 어떻게 온 거예요?"

"그대의 시녀가 저택으로 먼저 돌아왔더라고. 셀피를 데리러 가기 위해 먼저 출발했다는 사람이 오지 않길래 확인차 왔지."

레베카, 아주 잘했어.

"황녀와 무슨 대화를 했지? 머리카락이 잘리거나 뭐 이상한 일은 없었나?"

 나는 대답 대신 손에 아직도 쥐고 있는 초대장을 바라봤다.

 "다른 사람들이 있어서 그랬는지 아무것도 안 했어요. 황궁에 초대한 게 전부예요."

 "그 초대장은 태우는 게 좋겠어."

 "헉, 황실의 초대장인데 태워도 돼요?"

 테르데오가 내 손에 들린 초대장을 가져가 안주머니에 넣으며 코웃음 쳤다.

 "내가 태웠는지 뭐 했는지 황실은 모를 텐데, 알 게 뭐야?"

 그러긴 하네. 납득하며 고개를 끄덕거리자 테르데오가 물었다.

 "혹시나 해서 묻는 건데 초대에 응할 생각은 아니겠지?"

 "저한테 가라고 등 떠밀어도 안 갈 거예요. 죽으러 가는 건 딱 질색이거든요."

 "현명해. ……하지만 오늘 같은 일이 또 벌어질지도 몰라."

 셀피우스가 델파닐 아카데미를 다닌다면 어쩌면 오늘처럼 황녀와 또 부딪칠 일이 생길지도 모르지.

 "만일 그대가 싫다면 셀피우스의 아카데미를 다른 곳으로 바꾸겠어."

 솔깃한 제안이긴 하지만…….

 나는 잠시 고민하다 고개를 내저었다.

 "명문가의 귀족들은 모두 그 아카데미에 다닌다면서요? 그럼 당연히 우리 셀피도 그곳에 다녀야죠."

 "괜찮겠나?"

 "셀피는 레베카한테 데리고 오라고 하면 되잖아요. 제가 데리러 안 가면 되니까 상관없어요. 델파닐 아카데미에 보내세요."

 그 미친 황녀 때문에 셀피우스가 누려야 할 것들을 포기하게 할 순 없지!

"도돌레아 황녀가 저와 마주치기 위해 마음먹고 행동하면 아카데미를 옮겨도 소용없을걸요."

타당한 이야기라고 생각했는지 테르데오가 끄덕였다.

"그래도 언제든지 마음이 변하면 말하고."

"그럴게요."

의외로 나를 참 많이 배려한다는 생각이 들었다. 일 년뿐인 계약에 불과한 날 위해 가문의 후계자가 다닐 아카데미까지 선뜻 바꿔 준다는 걸 보면.

'참 소문과는 다른 사람이야.'

나는 넋을 놓고 테르데오의 얼굴을 가만히 바라봤다. 그 악랄한 소문들이 퍼진 데에는 저 험악하게 생긴 얼굴도 한몫했을 거라는 생각이 절로 들었다.

그냥 가만히 있는 건데도 저렇게 인상이 더러워 보이잖아.

턱선도 날카롭고, 콧대도 날카로워. 눈매도 날카롭네. 자기가 톱날이야 뭐야? 인상 험악한 것 좀 봐. 저 붉은 눈동자도…….

"왜 그렇게 보지?"

"헉! 인상 험악…… 아, 아니 아니!"

갑자기 눈이 마주치자 너무 놀라서 속에 있던 생각이 입 밖으로 튀어나왔다.

"……험악?"

테르데오의 미간에 주름이 졌다. 테르데오가 팔짱을 낀 채 나를 유심히 바라봤다.

"지금 나를 말한 건 아니겠지?"

맞아요.

"설마요. 그…….."

"그?"

"그……러니까."

"그러니까?"

머리야, 굴러가라. 뇌야 일해.

"인상이 험악한 건……."

"험악한 건?"

"……오늘 만났던 변호사 얘기였어요!"

말도 안 되는 변명이다.

"변호사?"

"오, 오늘 변호사 만나고 왔잖아요. 생각보다 인상이 너무 험악하더라고요."

하지만 말이 되게 만들어야 한다. 나는 있는 힘껏 열심히 변명했다. 테르데오는 여전히 심드렁한 표정으로 듣고 있었지만.

"그래서? 그 인상이 험악한 변호사와 대화는 잘 했나?"

휴, 어떻게든 넘어간 모양이다.

"음…… 법률 용어가 어려워서 잘 기억은 안 나지만 상속받은 유산이 취소되는 경우에 관해서 대화했어요."

"유언장 위조나 협박, 살해?"

"오, 잘 알고 있네요?"

"……그대의 가족들이 그걸 말하던가?"

고개를 끄덕이자 테르데오가 싸늘한 목소리로 말했다.

"다른 의미로 대단하군."

나도 그렇게 생각해.

이해한다는 듯이 야트막하게 한숨을 내쉬었다.

"걱정하지 마. 유능한 변호사니 그대에게 도움이 될 거야."

"그러길 바라요."

마차 안이 침묵에 휩싸였다. 급격하게 피곤이 몰려왔다. 바퀴가 굴러가는 일정한 소리를 들으며 빠르게 지나가는 창밖을 바라봤다.

'돌아가면 일단 좀 자야지.'

그런 생각에 빠져있을 때 테르데오가 말을 걸었다.

"그대의 시녀에게 들었어."

"네?"

"동상의 잔해를 수습했다고?"

……레베카. 그건 왜 말했니? 본인이 알면 속상해할까 봐 말 안 하려고 했는데.

"……제가 수습한 건 아니에요. 수습해 달라고 일을 시키고 온 거죠."

"내가 할 일을 덜어줘서 고맙군."

자기 동상이 부서졌다는 말을 들었는데도 테르데오는 남의 일처럼 여전히 덤덤했다.

"걱정은 안 돼요?"

"무슨 걱정."

"같이 서 있는 폐하의 동상은 멀쩡한데 당신 동상만 부서진 거잖아요."

"그런데?"

그런데? 아니, 공감 능력이 없는 거야? 아니면 이해력이 부족한 거야?

"누가 당신에게 악의를 가지고 행동한 건데 걱정도 안 돼요?"

"내 걱정을 했나?"

"누가요? 내가요?"

"아닌가?"

"내가 당신 걱정을 할 것 같아요?"

"아니면 말고."

저걸 확 그냥. 머리통을 쥐어박아 버릴까.

오른 주먹을 꽉 말아 쥔 채 미친 척하고 한 대 때릴까, 말까 고민하자 테르데오가 말했다.

"저번에 말했잖아."

"저번에 때리라고 말했다고요?"

아차, 실수.

테르데오가 무슨 헛소리를 하냐는 눈빛으로 나를 바라본다. 때리는 생각에 집중했더니 그만.

"라피레온 가문은 적이 많다고. 내가 분명 말했잖아."

"네, 그랬었죠."

"그러니 이런 일은 익숙해. 소란 떨 만한 일은 아니지."

위협받는 일이 익숙하다니. 아이러니한 일이었다.

"그럼 당신은 무슨 일이 벌어져야 소란을 떨거나 놀랄 건데요?"

내 질문에 창밖을 무심히 바라보던 테르데오가 고개를 돌렸다. 어느새 밖엔 노을이 지고 있었는지 테르데오의 얼굴이 불그스레 물들었다.

"글쎄."

"정말……."

"그대가 다치거나 위협에 빠지면 그땐 깜짝 놀라보도록 할게."

하늘을 뒤덮은 노을은 결국 내 얼굴도 불그스레하게 만들었다.

"퍽이나요."

"진짜야. 믿어봐."

"눈물 나게 고맙네요."

짤막하게 뇌까린 후 나는 창틀에 턱을 괴고 빠르게 지나가는 바깥 풍경을 바라봤다.

온 세상이 붉게 물들어 있었다.

※ ※ ※

테르데오의 동상은 새것으로 광장에 다시 세워졌다. 다행히도 이번엔 경비가 삼엄했는지 며칠이 지나도 훼손하는 사람은 없었다.

"오늘은 세르시아가 바닷가재를 보냈군."

아침 식사라고 하기엔 아주 커다란 바닷가재를 보며 테르데오가 기가 찬다는 듯이 웃었다.

그러자 먹기 좋게 손질하여 개인 접시에 덜어준 집사가 고개를 끄덕이며 온화하게 답했다.

"항구 도시에 사업 관련으로 방문하셨다가 대공비 전하가 생각나서 보내셨답니다. 그것도 직접 사람을 통해 이른 새벽에요."

"저번엔 양고기, 그전엔 휘낭시에, 또 그전엔…… 뭐였지?"

"소고기요."

셀피우스가 대꾸하며 바닷가재 살을 입에 냠 넣었다.

"그래, 맞아. 소고기였지. ……그대 덕분에 우리까지 호강하는군."

세르시아는 각 지역으로 다닐 때마다 고맙게도 날 위해 그곳의 특산물을 보내주었다.

나도 미소 지으며 발라진 바닷가재 살을 입에 쏙 넣었다. 쫄깃하면서도 부드러운 살이 혀끝에서 녹아내렸다.

"진짜 맛있다!"

깜짝 놀라 감탄사가 절로 나왔다. 입술을 가리고 놀란 눈을 동그랗게 뜨자 멀리서 대기하던 레베카가 다가와 빈 잔에 물을 채웠다.

"워낙 신선하여 날것으로도 즐길 수 있게 주방장이 준비하고 있다고 하더라고요! 많이 드세요, 대공비 전하!"

아침부터 맛있는 걸 먹으니 기분이 매우 좋았다. 테르데오와 셀피우스도 오늘만큼은 아침을 신나게 즐기고 있었다.

뭔가 오늘은 일이 전부 다 잘 풀릴 것 같은 기분 좋은 예감이 들었다.

'늘 오늘만 같았으면!'

더할 나위 없이 완벽한 아침이었다.

"……응?"

조금 전까지만 해도 말이다.

"어?"

갑작스레 혀끝이 아려왔다. 이상함을 느낀 나는 먹던 것을 멈추고 미간을 찌푸렸다. 입 안에서 혀를 이리저리 굴려봤다.

"어어?"

감각이 이상했다. 마치 내 혀가 아닌 것처럼 어딘가 뭉툭한 느낌이었다.

"왜 그래?"

이상함을 느낀 테르데오가 먹던 것을 멈추고 물었다. 뭉툭한 느낌으로 움직이던 혀가 갑자기 움직이지 않았다. 순식간에 벌어진 일이었다. 놀랄 새도 없이 그 느낌은 곧 온몸으로 퍼져갔다.

"윽."

챙!

날카로운 소리와 함께 손에 들려 있던 포크와 나이프가 바닥으로 떨어졌다.

"대공비 전하?"

셀피우스가 눈을 크게 뜨고 나를 바라봤다. 이 느낌, 미치도록 익숙했다.

'아, 또 야? 왜 하필 지금! 이번엔 누구야?'

나는 속으로 불평하며 빠르게 두 사람을 바라보았다.

이 죽어가는 고통의 느낌.

또 두 사람 중 한 명의 피를 먹은 것 같긴 한데, 육안으로 봤을 때 피가 나는 사람은 없었다.

'내 바닷가재……!'

그리고 나는…….

"어윽!"

"……페레샤티!"

"대공비 전하!"

"꺄아! 비전하!"

나는 고통에 몸부림치다가 그대로 테이블에 고개를 처박고 졸도했다.

※ ※ ※

갑자기 정신을 잃고 쓰러진 페레샤티 때문에 라피레온 저택이 뒤집혔다.

레베카는 의사를 부르겠다며 달려갔고, 테르데오는 쓰러진 페레샤티를 침실로 빠르게 옮겼다.

페레샤티는 침대 위에서 괴로운 듯이 고통스럽게 거친 숨을 내쉬었다.

그 모습을 보던 테르데오가 급하게 자신의 몸 곳곳을 살폈다. 혹시 자신도 모르게 피가 난 곳이 있나 확인했지만 상처는 없었다.

"셀피!"

자신의 몸 확인을 끝낸 테르데오가 거칠게 셀피우스를 불렀다. 그리고 뒤따라온 셀피우스의 몸을 샅샅이 확인했다.

"제 몸은 제가 이미 확인했어요, 각하. 문제없어요."

이런 일이 익숙한 건 테르데오뿐만이 아니었다. 셀피우스 역시 페레샤티가 쓰러지자마자 자신의 몸부터 확인했다.

"전 아니에요."

셀피우스가 테르데오를 지나쳐 고통스러워하는 페레샤티의 옆으로 다가갔다.

아니라고? 그럼 대체 뭐지.

자신도 아니고, 셀피도 아니라면 도대체 페레샤티는 갑자기 왜?

"각하, 진정하세요. 각하답지 않아요."

"뭐?"

"대공비 전하께선 일반 독보다도 훨씬 강한 저희 피를 먹어도 늘 깨어나셨어요."

일반 독.

테르데오는 마치 망치로 머리를 맞은 것만 같았다. 어째서 자신의 피만 조심하면 된다고 생각했을까.

셀피우스가 페레샤티의 손을 잡으려다 멈칫했다.

"비전하께선 이번에도 마찬가지로 멀쩡히 다시 깨어나실 거예요."

허공을 맴돌던 셀피우스의 손은 결국 페레샤티의 손으로 향하지 못했다.

그럴 리 없겠지만 혹시나 독을 가진 자신이 만지면 페레샤티가 더 아파지는 건 아닐까, 하는 아이의 순수한 배려였다.

일리 있는 셀피우스의 말에 테르데오가 머리를 거칠게 쓸어 넘겼다. 멀리서도 한눈에 알아볼 수 있을 정도로 페레샤티의 안색이 창백하게 질렸다.

"의사는?"

"대공비 전하의 시녀가 부르러 갔어요."

"……눈으로 보이는 증상은 마치 우리 피를 먹었을 때와 똑같은데. 우리 피가 아닌 게 확실해?"

"각하도, 그리고 저도, 피가 난 곳은 없어요. 저희일 리가 없어요."

"그렇다면 음식에 문제가 있었나?"

"……모르겠어요."

셀피우스가 울상을 한 채 잔뜩 화가 난 테르데오를 올려다봤다. 셀피우스의 입술이 불안감으로 파르르 떨렸다.

"설령 음식에 독이 있었다고 해도 저희는 모르잖아요……."

맞는 말이었다. 라피레온 가문의 자들은 아무리 독한 독을 먹어도 죽지 않는다.

피에 독이 있는 저주에 걸려서 좋은 건 그거 하나였다.

치명적인 독을 먹어도 느끼지도 못한다는 것.

그게 지금 이 사태를 만들었다.

테르데오가 입술을 세게 깨물곤 주먹을 세게 쥐었다.

페레샤티는 일반인이다. 저주에 걸린 라피레온 가문의 피에는 면역이 있을지 몰라도 일반 독은 아니다.

독을 먹으면 즉시 죽는 일반인.

"제길. 의사는 대체 언제 오는 거지?"

테르데오의 말이 끝나기 무섭게 계단을 뛰어오르는 발걸음 소리가 들렸다. 테르데오는 침실 문밖으로 달려나가 계단을 오르는 의사를 질책했다.

"걸음이 느려터졌군!"

그러더니 거친 숨을 몰아쉬는 의사의 뒷덜미를 거칠게 잡아끌어 페레샤티 옆으로 끌고 갔다.

"잠, 잠깐…… 대, 대공 각……."

"당장 뭐라도 해."

자신을 죽일 것 같은 기세에 눌린 의사는 미처 인사를 올릴 틈도 없이 가방에서 의료용 장갑을 황급히 꺼냈다.

"살, 살펴보겠습니다."

의사는 곧 죽을 것처럼 미약한 숨을 쉬는 위태로운 페레샤티를 꼼꼼히 살폈다.

의사가 고개를 기울이며 테르데오의 눈치를 살피기 시작했다.

"크, 크흠. 대, 대공비께선……."

"닥치고 진찰해."

예감이 좋지 않았다.

의사에게 나지막이 욕설을 뇌까린 테르데오가 집사를 향해 손가락을 까닥였다.
"피니어스 숙부님께서 얼마 전 호외 일 때문에 수도에 와 계실 거다. 당장 찾아서 모셔와."
"네, 알겠습니다."
어디에 있는지도 모를 사람을 찾아오라는 얼토당토않은 명령이었다.
그러나 집사는 고개를 끄덕이고 빠르게 침실을 나갔다. 집사가 움직인 것을 확인한 테르데오가 이번엔 셀피우스를 불렀다.
"셀피."
"네, 네?"
페레샤티에게 좀처럼 눈을 떼지 못한 셀피우스가 걱정이 가득 담긴 얼굴로 답했다.
"내려가서 오늘 아침에 먹었던 음식부터 식재료까지. 아무것도 버리지 못하도록 해."
"그런 거라면 이미 기사들을 불러 주방 출입을 금지했으니 걱정하지 마세요. 혹시 몰라 주방장도 도망가지 못하도록 명령해 뒀어요."
테르데오가 의외라는 시선으로 셀피우스를 바라봤다. 그리고 아이의 머리에 가볍게 손을 툭 얹었다.
"네가 나보다 낫군. 지방으로 내려보내지 않길 잘했어."
좀처럼 듣기 힘든 테르데오의 칭찬에도 셀피우스는 기뻐하지 않았다.
"대공비께선 괜찮으실까요······?"
"의사가 진단하겠지. 그리고 집사가 피니어스 숙부님을 모시러 갔으니까 기다려 보자."
"······종조부께서 수도에 와 계시나요?"

"얼마 전에 벌어진 호외 일이 깔끔하게 정리된 걸 보면 아마 글로리아 님께서 움직이셨을 거야. 그리고 글로리아 님께서 수도에 계신다면 피니어스 숙부님도 분명 오셨을 거다."

"할, 할머님께서도 수도에 오셨다고요?"

"아마도. 라피레온 가문의 일을 그렇게 깔끔하게 정리하는 건 글로리아 님밖에 없어."

두 사람이 나지막이 대화를 주고받는 모습을 힐끗 바라본 의사가 헛기침하며 다가왔다.

"저……."

"말해봐."

"대공비께선 독에 노출되신 것 같습니다."

그렇겠지.

예상했던 답변이지만 의사에게 직접 들으니 기분이 더러웠다. 테르데오가 어금니를 바드득 갈았다.

"상태가 더 악화하기 전에 해독해야 하는데…… 그러려면 무슨 독을 썼는지부터 알아내야 할 것 같습니다. 지금 증상이 너무 일차 증상이라…… 그, 그러니까……."

구구절절 말이 길어지는 한심한 의사의 모습에 테르데오의 붉은 눈동자가 광기로 번뜩였다.

"짧게 핵심만 말해."

"그, 그러니까……."

"한 문장으로."

"시간이 더 필요할 것 같습니다."

테르데오가 기가 찬다는 듯이 하, 헛웃음을 흘렸다. 그의 손이 허리춤에 달린 검의 손잡이로 향하자 의사가 급하게 변명을 늘어놓았다.

"아, 아직 마비 증세가 있으며 단숨에 정신을 잃게 한다는 증상밖에 없다 보니 독, 독을 특정 짓는데 시, 시간이 걸릴 것 같, 같…… 그, 그러니까 독은 이차 증상이 나타나야 무슨 독을 쓴 건지 명확하게 알 수 있다 보니……!"

"그러니까 그 말은."

테르데오가 결국 허리춤에서 검을 뽑았다. 샹들리에 빛을 받아 번쩍 날이 선 검에 의사의 파리해진 얼굴이 비쳤다.

"대공비의 증세가 악화하여 독의 특성을 알 때까지 기다리겠다는 건가?"

"그, 그런 뜻은 아니었지만……."

"그러다 대공비가 죽으면 아, 이 독 때문에 죽었구나 하고 보고할 거고?"

"그, 그것이……."

의사는 자신의 코앞에서 흔들리는 검을 눈으로 좇기 바빴다.

확답을 내지 못하는 무력한 의사를 한심하게 본 셀피우스가 말했다.

"저도 종조부님을 찾아보러 가겠습니다."

"그렇게 해."

명령이 떨어지자 셀피우스가 쏜살같이 침실을 뛰쳐나갔다. 의사는 그 모습을 부럽다는 눈으로 바라보았다.

할 수만 있다면 자기도 이 침실에서 뛰쳐나가고 싶었다.

살릴 가망이 거의 없는 대공비와 어떻게든 살려내라는 대공 각하라니.

"뭐 해?"

"네, 네?"

활짝 열린 침실 문을 하염없이 바라보자 그 앞을 막아선 테르데오가 선득하게 고개를 비스듬히 기울였다.

"가서 내 부인 살려야지."

손에 들린 검이 마치 대공비를 살리지 못한다면 이 침실을 살아서 나가지 못할 것이라 말하는 것 같았다.

하는 수 없이 의사는 다시 몸을 돌려 여전히 생과 사의 고비를 넘나드는 페레샤티의 곁으로 터덜터덜 걸어갔다.

뭐든 해야만 했다.

※ ※ ※

해가 뉘엿뉘엿 저물어 갔다. 페레샤티에겐 몇 번의 고비가 있었다. 그럴 때마다 의사는 사색이 되어 땀을 뻘뻘 흘리며 할 수 있는 걸 전부 했다.

아니, 사실 이젠 죽었는지 살았는지도 모르겠다. 의사가 힐끔 침대 위의 페레샤티를 바라봤다.

고통스러워하는 몸부림이 멈춘 지는 꽤 오래됐다. 느려지던 호흡 소리가 들리지 않은 것도 오랜 시간이 흘렀다.

희게 질린 얼굴로 잠자듯 누워 있는 모습은 끔찍하기 그지없었다.

몇 시간이고 앉아 독과 관련된 서적을 읽으며 비슷한 증세를 보이는가 싶으면 이 방법도 써보고, 저 방법도 써봤다.

그러나 차도가 보이진 않았다.

정신이 없는 페레샤티에게 토하는 약을 억지로 먹여 억지로 전부 게워내게 하기는 했다.

하지만 그것만으론 해결되지 않았다.

서적의 마지막 페이지를 읽으며 의사가 진땀을 흘렸다.

'살 수 없어. 벌써 죽었을지도 모르지.'

진즉에 생기를 잃은 페레샤티의 낯빛을 본 의사가 눈을 질끈 감았다. 페레샤티가 죽는다는 건 곧 자신도 죽는다는 뜻이었다.

의사가 차오르는 눈물을 소매로 닦으며 서적을 덮었다. 그리고 목숨을 구걸하기 위해 고개를 돌린 바로 그때였다.

계단을 뛰어오르는 발소리가 요란하게 저택에 퍼졌다. 이어 테르데오를 부르는 울부짖음 같은 목소리도 이어졌다.

"각, 각하! ……각하!"

계단을 뛰어 올라온 건 셀피우스였다. 머리와 옷이 헝클어질 정도로 뛰어다닌 셀피우스가 가쁜 숨을 몰아쉬었다.

"찾, 찾아서…… 헉헉, 모, 모셔왔어요."

셀피우스의 말이 끝나기 무섭게 아이의 뒤로 커다란 인영이 드리워졌다.

"테오."

중년 남성의 중저음이 듣기 좋게 퍼졌다. 테르데오와 비슷할 정도로 큰 키의 사내였다. 사내의 등장에 테르데오가 나지막이 중얼거렸다.

"……숙부님."

피니어스 라피레온. 라피레온 가문의 의사였다.

"반가운 인사는 나중에 하자꾸나."

테르데오의 어깨를 가볍게 두드리고 지나친 피니어스가 페레샤티가 있는 침대로 걸어왔다. 그러더니 좌절해 있는 의사에게 희망의 말을 건넸다.

"지금부턴 내가 볼 테니 당신은 이만 돌아가시오."

피니어스의 말이 끝나기 무섭게 의사는 기다렸다는 듯이 진료 가방을 챙겨 부리나케 침실을 빠져나갔다.

피니어스는 창백하다 못해 생기를 잃은 페레샤티의 얼굴을 보더니 빠르게 행동했다. 가져온 자신의 가방에서 작은 메스를 꺼내 들었다.

그리고 페레샤티의 검지를 알코올 솜으로 소독한 뒤 메스를 슬며시 가져다 댔다.

❈ ❈ ❈

"허억!"

나는 눌려 있던 숨을 토해내듯 뱉으며 정신을 차렸다.

'아, 코를 찌르는 알코올 냄새에 정신이 번쩍 드네.'

무거운 눈꺼풀을 올리자 눈부신 샹들리에 빛이 덮쳤다. 눈을 찌르는 환한 빛에 절로 미간이 찌푸려졌다.

나는 손등을 들어 빛을 가린 후 눈동자를 굴렸다.

'침실이네.'

마지막에 어쨌더라?

분명 세르시아가 선물해 준 바닷가재를 아침으로 맛있게 먹다가 혀끝이 아리고 목이 타는 고통과 함께 정신을 잃었었다.

'또 두 사람 중 한 명의 피를 먹은 건가?'

침실에 누워 있는 걸 보면 아직 죽지는 않은 모양이다.

입 안의 혀를 이리저리 굴리며 잘 움직이는가 확인을 하자 옆에서 낯선 목소리가 들렸다.

"깨어나셨군요."

낯선 중저음에 화들짝 놀라 고개를 돌리니 처음 보는 사내가 완연하게 웃고 있었다.

'누구지?'

아무리 살펴도 과거에서조차 본 적이 없는 사람이었다. 테르데오나 셀피우스가 수상한 사람을 저택으로 들였을 리는 없을 텐데.

"제 소개는 이따가 하도록 하고. ……몸 상태는 어때요? 말할 수 있겠어요?"

말?

"네."

"내 손을 따라 눈동자를 움직여 볼래요?"

그가 웃으며 기다란 손가락을 펼쳐 좌우로 흔들었다. 나는 영문도 모른 채 그가 시키는 대로 열심히 손가락을 따라 눈동자를 돌렸다.

"좋아요. 주먹 쥐었다 펴볼래요? 발가락도 움직여 보고요."

"전부 다 괜찮은 것 같아요."

내 발가락까지 세세하게 움직이는 걸 확인한 후에야 남자가 고개를 끄덕였다.

"다행히 해독이 잘됐나 보네요. 마비도 없는 것 같고, 좋네요."

해독? 나는 고개를 갸웃거렸다.

"제가 해독이 필요한가요?"

피를 먹고 나서 시간이 흐르면 알아서 일어날 텐데? 내 질문에 남자가 작게 미소를 지었다.

"독을 먹었는데 해독하지 않으려 했어요?"

"독이요?"

나 두 사람의 피를 먹은 게 아니었나? 떨떠름한 표정으로 눈을 연신 깜빡였다.

그리고 보니 피를 먹고 쓰러졌는데 의사를 왜 불렀지?

"……억지로 게워내게 해서 식도도 부어 있을 거고 위에도 부담이 갔을 거예요. 약을 같이 처방해 드릴 테니 하루 두 번 챙겨 드세요. 약은 집사에게 맡길게요."

"……네."

의사인 것 같기는 한데…… 얼굴이 테르데오와 닮았단 말이지.

"그리고 혈액 채취를 위해서 검지에 상처를 냈어요. 제가 가지고 있는 해독약이 잘 맞는지 먹이기 전에 혈액으로 확인을 해야 했거든요."

그리고 보니 손가락에 붕대가 감겨 있던데…… 그래서였구나.

난 또 쓰러지면서 부딪친 줄 알았네.

"덕분에 감사합니다……."

"아니요. 제가 가진 해독제 중에선 완벽히 치료되는 약이 없었어요. 사실 무슨 독을 먹었는지조차 확인이 안 되더군요. 마치 가문의 저주 같았죠."

응? 나 혹시 아직 완치되기 전인데 일어난 건가?

"저 아직 독에 중독된 상태인가요?"

"아니요. 우선 독을 중화시킬 수 있는 갖은 약을 최대한 사용했고, 효과가 있어서 일어난 거죠. 일어나서 정말 다행이에요. ……손가락은 아침, 저녁으로 약을 바르고 덧나지 않도록 붕대를 바꿔주세요. 허락도 없이 몸에 상처를 내서 미안해요."

"아, 아니요. 괜찮아요."

"혼자 하긴 힘들 테니 테오에게 부탁하도록 하세요."

테오? 지금 테르데오를 테오라고 불렀나?

가문의 저주를 말한 것도 그렇고, 테르데오를 '테오'라는 애칭으로 부른 것도 그렇고.

나는 가늘어진 눈매로 남자를 살폈다. 검은색 머리와 붉은 눈동자가 아주 낯익었다.

"……테르데오의 가족이세요? 혹시 라피레온 가문의……."

"그렇죠. 소개가 늦었네요. 피니어스 라피레온입니다. 그냥 가볍게 '핀'이라고 불러주세요."

헉, 역시 라피레온 가문의 사람이었구나!

깜짝 놀라 침대에서 일어서려 하자 피니어스가 인자하게 웃으며 내 어깨를 가볍게 눌렀다.

"일어나지 마요. 아직 몸은 회복되지 않았으니까요."

"아…… 페레샤티 라피레온입니다."

"알아요. 테오한테도 들었고, 셀피한테도 들었고, 셋시한테도 자주 들었거든요. 특히 셋시는 귀찮을 정도로 당신에 대해 자꾸 편지를 보내거든요."

아, 셋시 언니…….

라피레온 가문의 사람들한테 나에 대해 편지를 보내고 있었구나. 괜히 부끄러워져 손으로 눈을 가렸다. 가까이서 피니어스가 부드럽게 웃는 소리가 들렸다.

"부끄러워할 것 없어요. 웃지 않던 셋시도, 늘 까칠하던 셀피도, 그리고 곁을 내주지 않던 테오한테도. 당신은 좋은 변화구죠."

"그, 그냥 어쩌다 보니 그렇게 된 거예요."

"그래요. '그냥 어쩌다'라고 해도 받아들이는 사람한텐 큰 의미일 테니까요. 특히 남 일에는 절대 움직이지 않던 테오와 셀피가 절 찾아다녀서 얼마나 놀랐는지 몰라요."

테르데오와 셀피가? 나를 위해 찾아다녔다고? 전혀 그럴 것처럼 보이진 않았는데.

"테오가 그렇게 놀란 표정을 지은 건 정말……."

"정말……?"

"처음 봤어요."

네? 뭘 처음씩이나?

"안 믿는 눈치네요."

"아, 아니요……."

라피레온 가문은 태어나면서 빠른 눈치를 장착하고 태어나나? 다들 왜 이렇게 눈치가 좋은 거지.

"하지만 진짜예요. 테오는 타인도 그리고 자기도 크게 걱정하는 애가 아니거든요."

자기 걱정 안 한다는 건 진짜 공감한다. 무슨 일이 생겨도 덤덤하고 아무렇지 않다는 듯이 행동하니까.

"특히 테오 그 아이가 누군가를 위해 그렇게 필사적으로 절 찾은 건 정말 상상도 못 해본 일이네요."

"……."

내가 쓰러지는 걸 한두 번 본 것도 아닐 텐데. 뭘 그렇게 필사적으로 찾아다녔대.

이불을 덮고 있어서 그런가. 얼굴이 후끈 달아오르는 느낌이라 연신 손부채질을 했다.

"당신이 아프면 걱정할 사람이 많으니 앞으론 조심해야겠네요. ……잠깐 기다려요. 테오와 셀피를 불러올게요."

피니어스가 침실을 나서자 금세 침묵이 찾아왔다. 다행히 라피레온 가문엔 무서운 분만 있는 건 아닌 것 같았다.

그나저나.

'그럼 나 진짜 독을 먹은 거야?'

당연히 두 사람의 피를 먹고 쓰러진 줄 알았다. 왜냐면 쓰러지던 감각도, 일어나던 감각도 그때와 똑같았으니까.

얼떨떨한 표정으로 그때 느꼈던 감각을 떠올릴 때쯤 침실 문이 벌컥 열렸다. 고개를 돌리니 셀피우스가 흥분한 표정으로 서 있었다.

"셀피."

"대, 대공비 전하."

아이의 이름을 부르자 셀피우스가 기다렸다는 듯이 침대 옆으로 뛰어왔다.

"괜찮으세요? 아픈 곳은요? 조금이라도 힘든 곳이 있으면 말씀하셔야 해요. 아셨죠? 이젠 멀쩡하세요?"

"하나씩 물어봐."

나는 웃으며 셀피우스를 맞이했다.

"아픈 건 괜찮고, 몸이 좀 아프긴 한데 버틸 만해. 조금만 쉬고 일어나면 멀쩡해질 것 같아."

셀피우스가 다리에 힘이 풀렸는지 자리에 주저앉으며 '다행이다,

다행이야'를 연신 반복했다. 그러더니 떨리는 입술을 꾹 깨물고 소매로 눈가를 벅벅 비볐다.

'우는 거야?'

요즘 셀피우스가 제법 감정을 드러내긴 했지만, 이 정도는 아니었던 것 같은데.

역시 내가 두 사람 중 한 명의 피를 먹고 쓰러진 거라고 하기엔 반응이 너무 유별났다.

나는 설명을 바라는 표정으로 셀피우스의 뒤로 천천히 다가온 테르데오를 바라봤다. 그간 무슨 일이 있었는지 테르데오의 얼굴이 핼쑥해져 있었다. 그가 낮게 깔린 목소리로 말했다.

"그대가 독을 먹었다."

"두 사람 중 한 명의 피가 아니었나요?"

두 사람의 피가 아니었다면 내가 진짜 독을 먹었다는 건데. 그건 즉 누군가 라피레온 가문의 사람을 죽이려 했거나 아니면 날 죽이려고 했다는 뜻이니까.

누가 날 죽이려고 독을 타거나 그랬을 리가 없잖아.

하지만 들려오는 답은 예상과는 다른 것이었다.

"그래."

"거봐요, 피를 먹…… 네?"

"우리 피가 아니라 진짜 독인 것 같아. 우리 몸에선 약간의 피도 나지 않았거든. 혹시 몰라서 손톱 밑까지 샅샅이 확인했지만 작은 피 한 방울도 나지 않았어."

"그럼 제가 진짜 독을, 먹었다고요?"

"누가 음식에 독을 탄 게 분명해."

낮게 읊조리는 테르데오의 목소리가 스산했다. 아무래도 내가 진짜 독을 먹고 쓰러졌던 모양이었다.

'헉, 나 그러면 진짜 죽을 뻔한 거야?'

쓰러지는 와중에도 나는 실수로 라피레온의 피를 마셨고 그러니 당연히 다시 눈을 뜨리라고만 생각했다. 정말 죽는다는 생각은 못 했다.

"왜, 왜? 누가요?"

도대체 누가 무슨 이유로 음식에 독을 넣었는지 이해가 가지 않았다. 주변을 둘러보는 내 시선에 벌겋게 부은 눈의 셀피우스가 보였다.

만약 이 어린아이한테 라피레온 가문의 저주가 없었더라면 지금쯤 독을 먹고 침대에 누워 있는 건 내가 아니라 셀피우스가 됐을지도 모른다.

생각이 거기까지 미치자 분노가 치밀어 미간이 구겨졌다.

"대체 어떤 놈이죠? 누군지 잡혔어요?"

요리는 주방장이 직접 했다. 그리고 메인 재료인 바닷가재는 세르시아가 보냈다.

그 외 부재료들은 직접 새벽에 상인으로부터 구매했겠지만, 모두 라피레온 가문 하인들의 손을 거쳤기에 외부에서 독이 유입되기엔 힘든 구조였다.

내부자의 소행이거나, 혹은 내부에 공모자가 있거나. 둘 중 하나였다.

"독을 먹은 건 나뿐이에요? 음식에 독이 있었다면서요. 셀피, 너는 괜찮아? 테르데오, 당신은요?"

"우리는 저주에 걸려 있어서 모든 독에 면역력이 있어요. 음식에 독이 있어도 우린 죽지 않아요."

다행이다.

하지만 분명 독을 탄 범인은 라피레온 가문에 걸린 저주를 몰랐을 테니까, 분명 그 음식을 먹고 나와 테르데오, 그리고 셀피우스가 죽기를 바랐을 것이다.

그렇게 생각하니 절로 나쁜 말이 튀어나올 것 같았다. 셀피우스를 생각해서 간신히 참아내자 한참 조용히 있던 테르데오가 겨우 입술을 열었다.

"내 책임이야."

그가 겨우 쥐어짜 내듯 뱉은 첫마디는 괜찮냐는 안부도, 우스운 농담도 아니었다.

늘 입버릇처럼 자신의 사람이 된 나를 지켜주겠다고 하던 그가 죄책감을 토해냈다.

"셀피의 말대로 우린 독에 중독되지 않아. 그러나 그대는 다르지."

테르데오가 붕대를 감고 있는 내 손가락을 괴로운 시선으로 내려다봤다.

"그걸 내가 간과했어. 그러니 모든 게 다 내 책임이야."

그 말을 마지막으로 테르데오는 다시 침묵했다. 그 침묵이 마치 내게 보내는 사죄 같아서 어깨가 무거웠다.

나는 별수 없이 치밀어 오르던 분노를 잠시 눌러두고 침대에서 상체를 일으켰다. 테르데오가 아직 일어나지 말라며 만류했지만 뿌리치고 꿋꿋하게 일어났다.

"그 독을 탄 범인은 잡았어요? 독이 들어 있던 음식은 확인했고요?"

"……매시트 포테이토. 약에 반응하는 음식을 확인했는데 그 음식이 닿자마자 반응하더군."

특별히 나만 먹는 음식이 아니라 누구나 쉽게 먹을 수 있는 음식이었다. 그건 나를 포함해서 아까 셀피우스도, 테르데오도 맛있게 먹은 음식이었다.

"감자는 주방 보조가 주문했고 오늘 새벽 상인이 직접 배달했다고 하더군. 식재료를 받은 것도 그 주방 보조고."

"주방 보조는요? 조사했어요? 뭐라고 하던가요?"

"아침 전 볼일이 있다고 나가서 지금까지 돌아오지 않았어."

잡았다.

그 주방 보조라는 놈이 일을 저질렀을 확률이 제일 높았다. 독을 타고 살인 현장에서 도망간 거지! ……다행히 살인 현장은 아니었지만.

"거주한다는 집에 사람을 보내서 확인했는데 정리한 지 오래더군. 사람이 살지 않은 지 꽤 된 것 같았어. 오래전부터 이 일을 계획했을지도 몰라."

테르데오가 조용히 시선을 아래로 내리깔았다. 기다란 속눈썹 뒤로 보이는 붉은 눈동자엔 조용한 분노와 더불어 자신에 대한 경멸이 깃들어 있었다.

"그리고 오래전부터 이 일을 계획한 거라면, 아마 목표는 나였겠지. 그때 이곳엔 셀피도 그대도 없었으니까."

"……."

"내 일에 그대가 휘말리게 된 거다. 내 탓을 해도 좋아."

나는 끝없이 자책하는 테르데오를 조용히 바라보았다. 셀피우스한테 했던 말처럼 내가 자신을 원망하길 바라는 눈치였다.

"테르데오."

그가 고개를 들었다.

"당신은 가해자가 아니라 피해자예요."

"뭐?"

"나쁜 건 음식에 독을 타고 도망간 그 주방 보조지, 당신이 아니잖아요? 미리 알 방법도 없었고요."

"하지만 이 모든 건 나로 인해……."

"혹시 원망받길 바라서 그러는 거라면 그만해요. 난 당신을 원망할 생각은 없으니까요."

너무 오래 앉아 있었나. 속이 메스꺼운 것 같고 머리가 슬슬 어지러워졌다.

"전 당신 탓이 아니라 나한테 독 먹이고 도망간 그놈을 탓할…
… 윽."

머리가 울려 말을 멈췄다. 머리를 감싸 쥐자 침실 문 너머에 서 있던 피니어스가 내 상태를 눈치채고 빠르게 달려왔다.

"괜찮으세요? 제가 아까 일어나는 건 아직 힘들다고 말했죠? 지금 속은 어때요? 토할 것 같나요? 토할 것 같으면 참지 말고 토하는 게 나아요."

"……지금은 좀 눕고 싶네요. 머리가 깨질 것 같아요."

힘없는 목소리로 자그맣게 답하자 테르데오가 나를 즉시 침대에 천천히 눕혔다.

"갓은 해독약을 한 번에 사용해서 어지럽고 구역질이 나올 수 있어요. 무리해서 움직이지 말아요."

나는 천천히 고개를 끄덕였다. 침대에 누우니 그나마 깨질 것 같던 머리가 좀 나아지는 것 같았다.

역시 의사 말은 잘 들어야 하는구나.

나는 여전히 옆에서 죄인의 얼굴로 날 내려다보는 테르데오의 소매를 잡았다.

"당신이 내게 미안해할 이유는 없어요."

테르데오의 얼굴이 구겨졌다.

"그래도 혹시 당신이 내게 뭔가를 해주고 싶다면 나 이렇게 만든 그놈. 그놈 잡아서 내 앞에 데려와 줘요."

"……."

"내가 혼내줄 테니까요."

"하지만 나는."

"나 머리 아픈데 계속 말하게 할 거예요?"

그제야 테르데오가 입술을 꾹 닫았다. 하고 싶은 말은 많아 보였지만 꾹 참는 눈치였다.

 옆에 서 있던 피니어스가 그런 나와 테르데오를 바라보며 상냥하게 미소지었다.

 "며칠간 주의가 필요할 거예요. 테오는 옆에서 대공비 전하 잘 보살피고."

 "네."

 "셀피, 우린 그만 나가자. 비전하께선 쉬셔야 해."

 셀피우스는 고개를 끄덕이면서도 나를 향한 걱정스러운 시선을 떼지 못했다. 이번 일로 많이 놀란 모양이었다.

 아이가 보기에 좋지 않은 장면이긴 했지.

 "괜찮아."

 난 셀피우스의 볼을 부드럽게 쓸어주었다. 아이의 눈시울이 빠르게 붉어졌다. 피니어스가 셀피우스의 등을 다독거리며 침실에서 데리고 나갔다.

 두 사람이 나가자 침실에 어색한 공기가 떠돌았다.

 테르데오는 여전히 못 박힌 것처럼 침대 옆에 서 있었다.

 '갑자기 이렇게 둘만 남겨두고 나가니까 이상하네.'

 나는 괜스레 헛기침을 뱉으며 어색한 분위기를 전환시켜 보고자 상기된 목소리로 말했다.

 "그때 마차에서 했던 말 진짜였네요."

 "마차에서 했던 말?"

 "제가 다치거나 위협에 빠지면 놀라는 척이라도 해본다고 했었잖아요."

 테르데오가 기억을 곱씹었다.

 "그랬었나. 기억 안 나는데."

 "네, 제가 너무너무 걱정될 것 같다고, 너무 걱정된 나머지 죽으면 어떻게 하냐고 그랬잖아요."

"그냥 놀라주겠다고 했지, 내가 언제 그런 말을…….."
"어? 기억하고 있네요."
태연하게 손가락으로 가리키자 테르데오가 입술을 닫고 고개를 돌렸다.
"사실 그때는 안 믿었거든요."
가짜 가족들마저 사라진 지금. 나를 걱정해 주는 사람이 있을까 싶었다.
"각하께서 정말 저로 인해 놀라셨던 것 같아서, 절 걱정해 주신 것 같아서 조금 좋아요."
"내가 놀랐었다고?"
"아니에요?"
"누가 그런 말을 했지?"
"그럼 안 놀라셨다고요?"
내 질문에 테르데오가 머뭇거리더니 고개를 우측으로 돌렸다.
"……그렇게 엄청 놀라진 않았어. 그냥 갑자기 같이 식사를 하던 도중에 독을 먹었다고 하니까 이게 무슨 일인가 싶었을 뿐이야."
"정말요?"
"나는 이런 일에 능숙하니 놀랄 리가 없지."
"그렇다고 하기엔 얼굴이 아침과는 다르게 많이 수척해졌는데요?"
자신의 얼굴을 손으로 더듬은 테르데오가 얇게 한숨을 내쉬었다. 스스로 생각해도 궁색한 변명이라고 생각했는지 그가 결국 커다란 손으로 얼굴을 수차례 쓸어내렸다.
"그래. 놀랐어."
테르데오가 시선을 피한 채 끄덕였다.
"앞에서 사람이 쓰러졌는데 멀쩡한 것도 이상하잖아."
어떻게든 마땅한 이유를 찾는 테르데오를 보며 나는 웃었다.
"네, 맞아요. 그리고 절 위해 피니어스 님을 찾아와 줘서 고마워요."

"내가 아니라 셀피가 한 거야. 나는 그냥…….."

테르데오가 말끝을 흐렸다.

"나는 그냥, 아무것도 하지 못했어. 가만히 보는 것밖에는."

"셀피우스를 밖으로 보내준 건 테르데오잖아요. 덕분에 살았어요. 고마워요."

맑게 웃으며 말하자 테르데오가 미간을 찡그렸다. 그가 멀리 떨어진 의자를 끌고 와서 가까이 앉았다.

"어떻게 내게 고맙다고 말할 수 있지?"

"그럼 제가 여기서 미안하다고 사과를 해요?"

테르데오가 황당하다는 듯이 날 보았고, 난 장난스럽게 씩 웃었다. 이번 일로 이 남자가 굳어 있는 모습은 더 보고 싶지 않았다.

테르데오가 머리를 쓸어 넘기며 비로소 피식 웃었다.

"그대는 정말 볼수록 신기한 사람이야. 보통 이런 일을 겪으면 무섭다고 울거나, 살려달라고 매달려야 정상 아닌가?"

"저 말고는 다치거나 아픈 사람이 없어서 다행이라고 생각하는걸요."

"지금 이런 상황에서 다른 사람 걱정이 나와?"

테르데오가 셀피우스를 꾸짖던 목소리로 내게 말했다.

"저도 테르데오, 당신이 다쳤으면 많이 놀랐을 것 같거든요. 그러니까 당신이 다치지 않아서 다행이에요."

"뭐?"

테르데오의 눈동자가 흔들렸다.

"아, 물론 셀피도요. 그나저나 오래전부터 계획된 거라서 당신을 죽이려고 한 거라고 했죠? 저번 동상 사건도 그렇고 당신한테 원한을 가진 사람이 많나 봐요."

"어떤 놈인지 당장 잡겠어."

테르데오가 거칠게 중얼거렸다.

"나 때문에 피해를 보게 해서 다시 한번 정말 미안해."

"괜찮아요. 전 당신이 절 살릴 줄 알았거든요."

내 맹목적인 믿음에 테르데오가 마땅한 답을 찾지 못하고 머뭇거렸다.

"왜 그렇게 놀라요? 우리 계약이잖아요."

"……."

"내가 죽지 않도록 목숨과 내 유산을 지켜주는 것. 당신과 내 계약의 조건이잖아요."

테르데오가 나를 가만히 바라보았다.

"그러니까 전 걱정하지 않아요."

나도 테르데오를 빤히 응시했다.

"어차피 당신이 절 살릴 테니까요."

그게 제일 중요하다.

내가 죽지 않는 것.

그걸 위해서 테르데오한테 계약 결혼을 제안했었으니까.

테르데오가 한참 만에 입술을 열었다.

"그대는 나를 믿나?"

테르데오의 자신 없는 질문에 웃음이 터졌다.

"그 질문을 지금 하기엔 너무 늦지 않았어요? 우린 한 침대에서 며칠이나 밤까지 함께 지냈잖아요. 믿지 않았으면 어떻게 같은 침대에서 잠을 잤겠어요?"

"그건……."

"그리고 누가 저한테 그러던데요. 이 정도 신뢰도 없었으면 계약 결혼 같은 건 하지 않았을 거라고요."

바로 당신이 내게 한 말이지.

내 답변에 테르데오가 무언가를 생각하더니 끄덕거렸다. 그가 천천히 의자에서 일어섰다.

"당분간 숙부께서 저택에 머무실 거야. 아까 그대를 진찰했던 분이 내 숙부님이시거든."

"피니어스 님이요? 저 때문에 저택에 머무시는 건가요? 너무 민폐를 끼치는 것 같은데……."

"숙부께서도 직접 그렇게 하시겠다고 했어. 그대에게 라피레온가의 저주가 통하지 않는단 얘기를 듣고 직접 지켜보고 싶다고 하셨거든."

"저를 지켜보셔도 달라지는 건 없을 텐데."

"숙부께선 라피레온 가문의 주치의를 맡고 계시거든. 정확히 말하자면 가문에 걸린 저주, 아니. 독에 대한 치료법을 찾기 위해 의사가 되셨어."

"저주의 치료법이요?"

"이 저주도 결국은 독성에 의한 것이니 해독법을 찾을 수 있지 않을까 생각하신 것 같긴 한데."

그렇구나. 저주라고만 생각했었는데 다른 관점으로 보자면 이 피도 결국은 독의 일종이니까, 해독제를 만들면 될지도 모르겠구나.

"불행히도 아직 치료법은 못 찾았어."

라피레온 가문 내에서도 저주를 풀기 위해 여러 방면으로 노력하고 있던 모양이었다.

"평생을 독에 관한 연구만 했으니 그 방면으론 황궁 의사보다 한 수 위야. 지금 그대의 상태를 제일 잘 봐줄 수 있는 사람이겠지."

"피니어스 님이 편하시다면 저도 상관없어요. 저야 저택에서 같이 지내면서 진찰해 주시면 빨리 낫고 좋죠."

"아픈 곳이 있거든 언제든 말하고."

"네, 당연하죠."

똑똑.

우리의 대화가 일단락되기 무섭게 노크 소리가 들렸다. 테르데오가 직접 걸어가 침실 문을 벌컥 열었다. 열린 문 너머로 익숙한 목소리가 흘러들어 왔다.

"아, 대, 대공 각하를 뵙습니다."

"무슨 일이지."

"대, 대공비 전하께서 깨어나셨다고 들어서 인사를 드리러 왔어요."

레베카의 목소리였다.

아침 식사 자리에서 레베카도 내 시중을 들고 있었으나 내가 쓰러진 걸 봤었겠구나. 아마 놀란 마음에 내가 깨어났다고 들어서 달려온 것 같았다.

레베카가 방문 목적을 밝혔음에도 테르데오는 비켜날 기미가 보이지 않았다. 마치 침입자를 본 것처럼 침실 앞을 막고 서 있을 뿐이었다.

나는 얕게 한숨을 내쉬며 목소리를 높였다.

"레베카 좀 들여보내 줄래요?"

내 부탁에도 테르데오는 여전히 침실 앞에서 비키지 않고 레베카를 응시하고 있었다.

"옷도 갈아입고 싶어요. 레베카 도움이 필요해요."

옷을 갈아입고 싶다는 내 말에 테르데오가 한숨을 내쉬었다.

그리고 아주 천천히 몸을 비틀어 사람 한 명이 겨우 간신히 들어올 수 있는 틈을 내주었다.

"지금 대공비는 안정을 취해야 하는 상태니 조심하도록 하라."

"네, 네, 그, 그렇게 하겠습니다!"

침실 문과 테르데오의 자그마한 틈으로 간신히 비집고 들어온 레베카가 나를 보자마자 울먹거렸다.

"대, 대공비 전하."

"레베카. 많이 놀랐니?"

"몸은 괜찮으세요? 아프진 않으신가요?"

"괜찮아."

일어나기가 힘들어 대신 가까이 다가온 레베카의 손등을 다독거렸다. 그러자 레베카가 그대로 힘없이 침대 옆에 주저앉았다.

"저, 저는 대공비께서 잘못되실까 봐 정말······."

내가 쓰러졌을 때가 떠올랐는지 레베카의 눈가에 글썽거리던 눈물이 볼을 타고 흘렀다.

"괜찮아. 나 살아 있잖아. 안 죽었어."

"죄송해요. 대공비 전하."

"네가 죄송할 게 뭐가 있니, 레베카."

레베카가 흐르는 눈물을 닦지도 못한 채 내 손을 부드럽게 꼭 잡고 사과했다.

"제가, 제가 더."

"레베카. 네가 사과할 일이 아니니 그만하렴."

"제가, 제가 더 잘 모실게요. 아프지 마세요, 대공비 전하."

레베카의 턱선을 타고 눈물이 뚝뚝 흘렀다. 그칠 기미가 보이지 않아 상체를 일으켜 손수건이라도 건네려고 할 때였다. 테르데오가 레베카를 뒤로 끌어냈다.

"왜, 왜요?"

테르데오가 힐끗 날 보더니 일어나지 못하도록 편히 다시 눕히며 무심히 말했다.

"대공비는 안정이 필요하다고 했을 텐데."

눈물을 흘리는 레베카를 향한 경고였다.

"대공비를 모셔야 하는 사람이 대공비로부터 위로를 받을 생각인가? 아픈 대공비가 몸을 일으킬 때까지 울고 있을 생각이라면 돌아가서 감정을 추스르고 오도록 해."

"······!! 죄, 죄송합니다!"

레베카가 황급히 소매로 눈가를 벅벅 닦았다.

테르데오가 내가 덮은 이불을 정리한 후 나직하게 중얼거렸다.

"완전히 회복할 때까지, 그리고 범인이 잡힐 때까지 나 외의 다른 사람은 조심하는 게 좋겠어. 시중이 필요하면 내게 시켜."

나는 황당한 시선으로 테르데오를 올려다보았다. '남편한테 시중을 시키는 부인이 어디 있어요?'라고 외치고 싶었지만, 내 이불을 정리한 테르데오가 옆의 소파로 향해 물을 수도 없었다.

"거기서 뭐 해요?"

소파에 앉는 그를 보며 나는 황당해 물었다.

"대기 중인데."

보면 몰라? 그가 담담히 답했다.

"그대의 시중을 들기 위해서."

❋ ❋ ❋

내가 독을 먹고 쓰러진 지 며칠이 지났다.

그간 몇 가지 달라진 게 있다면 테르데오가 아픈 나를 위해 넓은 침대를 마음껏 혼자 쓰라며 소파에서 몸을 구기고 잔 것이었다.

덕분에 나는 며칠 동안 정말 편하고 안락하게 잠들 수 있었다.

피니어스도, 셀피우스도, 그리고 테르데오까지도.

나를 어찌나 과보호하는지 정말 며칠간 힘들어 죽는 줄 알았다.

몇 걸음 걷기라도 하면 큰일이라도 난 것처럼 셀피우스가 달려와서 침대에 눕히지를 않나. 뭐 좀 먹으려고 하면 피니어스가 달려와 아직은 조심해야 한다고 뺏어가지를 않나.

창문을 열고 바람 냄새를 맡고 있으면 어디선가 나타난 테르데오가 슬그머니 창문을 닫고 나를 침대에 눕혀 목까지 이불을 끌어올려 덮어줬다.

이 남자들.

정말 보호가 너무 심하다.

결국은 내가 그만하라고 노려본 후에야 멈출 수 있었다.

"그게 전부 대공비 전하를 너무 아끼니까 그러신 거죠."

조찬장으로 향하는 내 뒤를 따르며 레베카가 웃었다. 그때 집사가 내게 다가왔다.

"대공비 전하."

"집사."

"비전하께 초대장이 도착하였는데 침실에 가져다 둘까요?"

초대장? 내게 초대장을 보낼 사람이 있던가? 친한 지인이라고 부를 사람도 없어서 항상 시프와 레이나하고만 다녀었는데.

내가 고개를 갸웃거리자 집사가 작은 목소리로 설명을 덧붙였다.

"도돌레아 황녀 전하께서 보내신 초대장입니다."

나도 모르게 절로 짧은 숨을 들이켰다. 도돌레아 황녀라니.

'무슨 초대장을 보냈는지는 알 것 같은데.'

얼마 전, 아카데미 앞에서 다들 볼 때 날 초대했었지만 별다른 답장이 없으니 직접 공식적으로 초대장을 가문에 보낸 게 분명했다.

"태우면, 안 되겠지?"

저 초대장을 침실에 가져다 두는 것도 싫었다.

집사가 난감하다는 듯이 웃었다.

"황실에서 온 초대장은 함부로 태우거나 버릴 수가 없습니다, 대공비 전하."

테르데오는 알 바냐고 하면서 태운다고 했었는데.

"그럼 오는 길에 분실됐다고 하면 안 되겠지?"

"황녀 전하의 직속 기사가 직접 가문에 전달했습니다. 분실됐다고 하면 아마 해당 기사가 처분을 받게 될 겁니다."

"얼마 전에 독을 먹어서 위독한 상태라고 하자. 아직 나는 정신을 차리지 못했고 그래서 읽지 못한 거야. 알았지? 집사."

"그럼 이 초대장은 대공 각하의 집무실에 두겠습니다."

집사가 내 마음을 전부 이해한다는 듯이 끄덕거렸다.

"그게 제일 좋겠어. 테르데오라면 분명히 알아서 해결해 줄 테니까."

내가 고개를 끄덕거릴 때였다.

"내가 뭘 해결해?"

뒤에서 나직한 목소리가 들렸다. 갑자기 뒤에서 느껴지는 인기척에 놀라 몸을 휙 돌리다가 균형을 잃었다.

"으앗."

단단한 팔이 내 허리를 빠르게 감싸 안았다. 누구의 팔인지 보지 않아도 알 수 있었다.

"괜찮나?"

머리 위에서 부드러운 음성이 들렸다. 괜스레 얼굴이 붉게 달아올랐다.

"괜, 괜찮아요."

"아직 몸이 다 낫지 않은 거 아니야?"

"아니에요! 갑자기 뒤에서 나타나서 놀라서 그런 거예요!"

테르데오가 나를 의심하는 시선으로 살폈다. 또 과보호가 발동하려는 것 같았다.

또 침대에 갇혀 생활할 수는 없다.

나는 황급히 집사의 손에 들린 초대장을 가리켰다.

"도, 도돌레아 황녀 전하께서 초대장을 보냈어요."

"뭐?"

다행히 테르데오의 시선이 초대장으로 향했다.

"왜 아직도 안 태우고 있어?"

테르데오가 집사를 향해 물었다.

"대공 각하. 황실에서 도착한 초대장은 태우면 안 된다고 제가 분명히……."

"내놔. 내가 직접 소각장에 던져버리게."

이번만큼은 나는 테르데오의 편이었다. 난감해하는 집사를 모르는 척 나는 고개를 끄덕거렸다.

초대장을 빼앗아 품에 넣은 테르데오가 자연스럽게 날 에스코트했다. 나는 그와 함께 식사하기 위해 다이닝 룸으로 향했다.

먼저 도착한 셀피우스와 피니어스가 우리를 기다리고 있었다. 착석하자 피니어스가 가볍게 안부 인사를 건넸다.

"비전하. 몸은 괜찮으신가요?"

"피니어스 님께서 매일 잘 살펴주시는 덕분에 괜찮아요. 어젠 레베카와 함께 정원 산책도 했는걸요."

"그래도 너무 무리하지는 마세요. 늘 조심해서 나쁠 건 없으니까요."

나는 끄덕거리며 웃었다. 모두 자리에 앉자 하녀들이 개인 접시에 소량의 음식을 조금씩 내주었다.

음식.

나도 모르게 음식을 보는 순간 미간이 구겨졌다. 반사적인 행동이었다.

내 미세한 반응을 눈치챈 건지 테르데오가 입술을 열었다.

"앞으로 그대가 입을 댈 모든 음식과 음료는 철저한 감시하에 오르게 될 거야."

"네?"

"구매한 식재료는 집사와 가문의 기사들이 이중, 삼중으로 검토할 거니까 다시는 그런 일을 겪을 일은 없어."

무심하게 말하고 있었지만, 그가 나한테 얼마나 신경을 써주고 있는지 느껴졌다.

맞은편에서 셀피우스가 열정적으로 고개를 끄덕거렸다.

이곳이 내게 안전한 곳이 될 수 있는 건 모두 테르데오의 노력 덕분이었다.

이곳에서 나는, 무엇 하나도 불안해할 필요가 없다.

"……네. 감사해요."

묘한 안정감이 느껴졌다. 나는 포크를 쥐었다. 그리고 조금의 불안감도 없이 음식을 입 속에 넣었다.

조금의 걱정도 없이 말이다.

그때였다.

"샤샤!"

익숙한 목소리였다. 고개를 돌리자 평소와는 다르게 흐트러진 머리로 급히 달려온 것처럼 보이는 세르시아가 보였다.

"셋, 셋시."

"세르시아."

갑작스러운 세르시아의 등장에 나뿐만 아니라 테르데오와 셀피우스, 그리고 피니어스까지 놀란 것 같았다.

모두의 반응을 뒤로한 세르시아가 한걸음에 내 앞으로 달려왔다.

"얘기 들었어요. 독을 먹었다고요? 지금은 괜찮아요? 바로 달려오고 싶었는데 배의 출항이 늦어졌어요. 미안해요."

"이, 이제는 괜찮아요, 셋시."

세르시아는 나보다도 더 놀란 것 같은 모습이었다. 나는 포크를 내려놓고 세르시아의 팔을 다독거렸다.

"당신한테 독을 먹인 범인은 어디에 있어요? 고문실? 감옥? 사형장?"

"아, 그게……."

"테오, 네가 말해봐. 어디 있어? 아직 안 죽였지? 어? 내 몫은 남겨뒀겠지?"

세르시아가 테르데오를 닦달했다.

"아직 못 잡았어."

냅킨으로 입가를 닦은 테르데오가 시선을 내리깔고 나지막이 답했다.

테이블 위에 침묵이 내려앉았다. 그리고 그 침묵이 무색하리만큼 세르시아가 싸늘한 목소리로 낮게 읊조렸다.

"아직 뭘 못 해?"

순간 온몸에 소름이 쫙 돋을 정도로 살기가 흐르고 있었다.

"못 잡아?"

세르시아의 표정이 딱딱하게 굳어갔다.

"감히 라피레온 대공비를 죽이려고 한 범인을 아직도 못 잡았다고 말하는 거야?"

세르시아가 이를 악물었다. 지금 이 자리에서 테르데오를 죽여버릴 것처럼 흥분한 모습이었다.

당황한 내가 두 사람을 바라보며 눈동자를 굴렸다.

그때 셀피우스가 익숙하게 입가를 닦고 일어섰다.

"세르시아."

셀피우스의 부름에 세르시아가 고개를 홱 돌렸다. 테르데오를 대하듯이 셀피우스를 대하면 어떻게 하나 걱정했는데.

다행히 셀피우스를 바라보는 세르시아의 눈빛은 완전히 달랐다.

"셀피! 고모는 이해가 안 가!"

음. 세르시아는 아무래도 셀피우스한테 약한 모양이었다. 셀피우스가 걱정하지 말라는 듯이 내게 눈짓했다.

"내가 다 설명할게요, 세르시아 고모."

"이게 설명을 해야 할 일이니? 셀피? 응? 말이 아니라 주먹이 나가야 할 일이잖아, 응?"

"이리 오세요, 세르시아 고모."

셀피우스가 익숙하게 세르시아를 데리고 다이닝 룸을 나섰다. 깜짝 놀랐던 가슴을 쓸어내리며 비로소 숨을 내쉬었다.

테르데오가 가볍게 한숨을 내쉬더니 마찬가지로 자리에서 일어섰다.

"놀랄 것 없어. 세르시아는 내가 처리할 테니까 마저 식사해."

"처리, 처리요?"

대체 무슨 처리를 하겠다는 건데요? 지금 가면 두 사람 완전 서로 싸울 기세던데.

하지만 테르데오는 걱정하지 말라는 것처럼 내 어깨를 다독거리고 다이닝 룸을 나섰다. 멀어지는 테르데오의 뒷모습을 보는 내 눈동자가 흔들렸다.

'나 지금 여기서 식사하고 있어도 되나?'

세 사람이 사라진 곳을 한참 바라보자 피니어스가 걱정할 필요 없다는 듯이 웃었다.

"걱정하지 말아요. 진짜로 죽이진 않을 거니까요."

"네?"

누가 누구를요? 세르시아가 테르데오를요? 아니면 테르데오가 세르시아를요?

이런 상황이 익숙하다는 듯이 천연덕스럽게 식사하는 피니어스를 바라보았다.

"그리고 둘 중 누군가 죽을 것 같으면 제가 치료하면 되니까 괜찮아요. 식기 전에 얼른 드세요. 잘 드셔야 아프지 않죠."

이, 이런 게 라피레온 가족의 일상생활인가.

가족의 일에 내가 끼어드는 것도 이상했다. 나는 포크를 쥔 채 피니어스를 따라 식사를 시작했다.

다행히도 음식은 아주 맛있어서 금세 세 사람을 잊고 웃을 수 있었다.

유능한 의사인 피니어스 님도 앞에 계시는데 남매간에 설마 죽이기야 하겠는가?

어린 셀피우스도 있는걸.

"비전하."

어느 정도 식사를 이어갔을 때, 피니어스가 나를 불렀다.

"여쭤보고 싶은 게 있어요."

"네?"

"비전하께서는."

피니어스가 주변을 한번 살피고 목소리를 낮췄다.

"정말 괜찮으신가요?"

정말 괜찮냐는 질문.

하지만 그가 뭘 말하는지 나는 단번에 알아차렸다.

가문의 저주.

가문의 저주로부터 정말 괜찮냐는 질문이었다.

"네."

나는 웃으며 끄덕였다.

"테르데오와 셀피도 제가 괜찮은 걸 확인했어요."

두 사람의 피로도 죽지 않고 모두 살아났으니까.

내 대답을 눈치챈 피니어스가 끄덕거렸다.

"제가 처음 의사가 된 것도 고통에서 벗어나기 위함이었어요. 하지만 지금 전 마땅한 치료법은 물론이고 고통을 없애는 방법조차 찾지 못했어요."

고통을 없애는 방법? 몸에 독인 피가 흐르는 것뿐만 아니라 혹시 어떤 고통이 동반되는 건가?

그런 말은 들어본 적이 없었는데.

"이렇게 말하면 어떻게 느끼실지 모르겠지만."

피니어스가 말을 멈췄다. 나는 괜찮다는 듯이 끄덕거렸다.

"비전하께선."

그가 나긋하게 숨을 내쉬었다.

"그저 존재하시는 것만으로도 지금 저희한테 큰 희망이시랍니다."

CHAPTER 3.

범람하는 파도

My in-laws are obsessed with me

Chapter 3

 내가 희망이라니. 내가 그런 말을 들어도 될까? 나는 그런 일을 한 적이 없다.

 어쩌다 보니 저주가 통하지 않는 몸이었을 뿐이었고, 그렇게 되니 나는 죽지 않겠구나, 생각했을 뿐이었다.

 나는, 나는.

 "뭔가 오해가 있는 것 같아요. 피니어스 님."

 나도 모르게 고개를 아래로 숙였다. 아무래도 세르시아가 내 칭찬을 많이 한 바람에 과장이 된 것 같았다.

 "저는, 아무것도 한 게 없어요."

 피니어스의 오해를 정정하기 위해 말하려던 찰나였다. 갑자기 세 사람이 사라졌던 너머가 소란스러웠다.

 "응?"

 우리 두 사람이 동시에 고개를 돌렸다.

 "무슨 일이 생긴 건 아니겠죠?"

 내가 걱정스럽게 물었다.

 "설마요."

그럴 리 없다고 대답하는 피니어스가 직접 확인하기 위함인지 자리에서 일어섰다. 혼자 식탁에 앉아 있고 싶지는 않았기에 나도 일어섰다.

다이닝 룸을 나가려는 찰나였다.

붉은 머리카락이 우리를 향해 달려들었다.

"셋시?"

"숙부!"

피니어스의 품으로 뛰어든 건 세르시아였다.

세르시아의 목소리가 떨렸다. 그녀의 얼굴이 희게 질려 있었다. 세르시아의 이런 모습을 보는 건 처음이었다.

뭐지? 정말 무슨 일이라도 생긴 걸까?

"셀피가, 셀피가, 응접실에!"

세르시아의 입술을 비집고 셀피우스의 이름이 나왔다.

나도 모르게 몸이 먼저 반응했다. 나는 두 사람을 지나쳐 황급히 다이닝 룸을 뛰쳐나갔다.

셀피?

세르시아가 말한 대로 응접실로 급히 향했다. 노크도 없이 황급히 문을 열자 한쪽 무릎을 바닥에 꿇은 채 누군가를 끌어안은 테르데오의 뒷모습이 보였다.

그리고 눈앞에 보인 상황은 가히 충격적이었다.

온몸의 피가 다 빠져나간 사람처럼 창백하게 질린 셀피우스가 테르데오의 무릎에 누운 채 고통에 몸부림치고 있었다.

"셀, 피?"

응접실에서 피비린내가 풍겼다. 셀피우스가 토해낸 피들이 어지러우리만큼 바닥을 흠뻑 적시고 있었다.

가슴이 철렁 내려앉았다. 온몸이 사시나무 떨듯이 떨렸다.

"셀, 셀피."

천천히 발을 움직여 아이한테 걸어갔다. 셀피우스가 가슴 언저리를 쥐어뜯듯이 잡은 채 고통을 호소했다.

"왜, 왜."

셀피우스의 상태를 살피기 위해 손을 뻗은 그때였다.

"만지지 마."

아이를 끌어안은 테르데오가 차갑게 말했다.

"네?"

"움직이면 더 고통스러워."

경악한 나와는 달리 테르데오는 차분했다. 자신의 앞에서 아홉 살의 어린 조카, 아니 양아들이 고통에 몸부림치는데도 그는 담담했다.

"커흑."

그때 셀피우스가 다시 괴로운 신음을 토했다.

눈앞이 어지러웠다.

"왜, 왜 이래요?"

테르데오가 침묵했다.

"누가, 누가 뭘 했어요? 독? 독이라도? 아니. 독에는 면역력이 있잖아요."

셀피우스의 예쁜 얼굴이 붉은 피로 물들었다. 하지만 내가 할 수 있는 건 지켜보는 것 외에는 아무것도 없었다.

"놀랄 것 없어."

테르데오가 무미건조하게 중얼거렸다. 울화가 울컥 치밀었다.

"애가 이렇게 됐는데 지금 무슨 말을!"

"우리에겐 흔한 일이야."

"……네?"

망치로 머리를 얻어맞은 것처럼 멍했다. 나는 셀피우스를 그저 내려다보는 테르데오를 보며 눈을 깜빡거렸다.

"체내 혈액에 독성이 있다고 말했잖아."

그는 너무 담담했다. 마치 이런 일을 이미 숱하게 겪은 사람처럼.

"독성이 강해서 내부 장기를 갉아 먹거나, 몸이 약하면 받아들이지 못하는 거야."

테르데오가 천천히 고개를 들었다. 날 보는 시선이 무미건조했다.

내가 늘 말했잖아.

그가 그렇게 말하는 것 같았다.

"이렇게 내 형도 죽었어."

심장이 철렁 깊은 심해에 처박혔다.

그저 독이 있다고만.

저주에 걸렸다고만 생각했었다.

설마 그 저주가 속을 갉아먹고 있을 줄은, 그런 건 조금도 생각해 본 적이 없었다.

"세상에 태어나 걸음을 떼보기도 전에 그렇게 죽어간 아이가 여럿이야."

"……."

"우리에겐 새삼 놀랄 일도 아니지."

테르데오가 식은땀을 흘린 채 기괴하게 몸을 비트는 셀피우스를 응시했다. 그저 아이의 고통이 어서 끝나길 바라는 게 할 수 있는 전부라는 것처럼.

"왜, 왜……."

"왜냐고?"

테르데오가 자조적인 냉소를 지었다. 그가 싸늘하리만큼 낮은 어조로 읊조렸다.

"나도 그게 궁금해."

그가 주먹을 세게 쥐었다. 손등 위로 혈관이 불거졌다.

"왜 하필 우리인지. 왜 하필 독인지."

라피레온 가문에 깊숙이 잠들어 있던 저주를 이제야 제대로 마주 본 것 같았다.

"셀피는 우리 가문 사람 중에서도 유난히 강한 독성을 지니고 있다고 말했지? 몸 상태가 나빠지면 꼭 이런 일이 발생해."

"……."

"그래서 공기 좋은, 사람과 마주칠 일 없는 지방 별장으로 보냈던 거야."

셀피우스가 원하긴 했지만, 아이가 수도에서 생활하도록 한 건 나였다.

말렸어야만 했다. 어떤 사정인지 제대로 들어보지도 않고 그냥 아이를 생각한다는 내 잣대로 판단했다. 셀피우스의 편을 들어줘서는 안 됐다.

아이가 마음에 걸렸어도 그때 그냥.

아무것도 하지 말고 있었어야만 했다.

그래야 셀피우스가 살 수 있다면, 그랬어야만 했다.

"으아악!"

아이가 고통을 참지 못하고 내리 비명을 질렀다. 셀피우스의 벌겋게 충혈된 눈이 날 보고 있었다.

아이의 붉은 입술이 힘없이 작게 움직였다.

'뭐라고 하는 거지?'

엉망이 된 아이의 입 모양을 읽기 힘들었다. 나는 눈가를 좁히고 셀피우스의 입 모양에 집중했다.

'괜', '찮', '아', '요'.

"……!"

피를 토해내는 아이는 날 보며 '괜찮아요'라고 말하고 있었다.

그 순간 나는 충동적으로 움직였다. 나는 셀피우스가 토해낸 피 웅덩이를 지나쳐 테르데오의 곁으로 다가갔다.

그리고 손수건을 꺼내 셀피우스의 입 안에 부드럽게 구겨 넣었다.

"지금 뭘 하는 거야."

테르데오가 경악했다. 하지만 나는 셀피우스를 내 허벅지 위로 옮겨 편하게 눕도록 자리했다.

다행히 힘이 빠졌는지 셀피우스는 반항하지 않았다.

"미쳤어?"

테르데오가 피로 물든 내 손을 낚아챘다. 내 손을 본 그의 눈동자가 잘게 흔들렸다.

"그새 잊었어?"

남자가 괴롭게 중얼거렸다.

"독이야."

"네."

"피가 아니라 독이라고."

"알아요."

테르데오가 이를 꽉 물었다. 턱에 힘이 실렸다.

"이렇게 독성이 강해 자신도 감당하지 못할 땐 만지는 것만으로도 무슨 위험이 벌어질지 아무도 몰라. 그런데 함부로!"

"그렇다고 아파하는 셀피를 보고만 있을 수는 없잖아요."

내 손목을 쥔 테르데오의 손이 떨렸다.

"말했잖아. 뭘 하더라도……."

"소용없다고요?"

나는 주먹을 세게 쥐었다. 테르데오가 두려움에 떠는 날 눈치채지 않길 바랐다.

"알아요. 충분히 알겠어요. 하지만 이렇게 아파하다가 혀라도 깨물면 어떻게 해요? 몸부림치다가 다른 곳이 더 크게 다치기라도 하면요? 아이라서 몸도 약하잖아요."

"……."

"적어도 그렇지 않게 도와줄 수는 있잖아요."

잡힌 손을 뿌리쳤다. 테르데오가 내 손을 힘없이 놓았다.

그리고 나는 피로 물든 셀피우스의 손을 거침없이 세게 붙잡았다. 아이가 내 손을 잡았다.

"흐으······."

셀피우스가 울었다. 너무 아파 의지할 곳이 오직 내 손뿐이라는 것처럼, 아이는 내 손을 꽉 잡았다.

"셀피!"

응접실로 달려오는 소리가 들렸다. 피니어스와 세르시아였다.

진료 가방을 가져온 피니어스가 응접실 상황을 보더니 이내 집사한테 말이 새어 나가지 않도록 주변을 정리하라 명령했다.

그리고 응접실 문을 닫고 들어섰다.

"셀피."

피니어스가 급히 옆으로 다가와 진료 가방을 열었다. 그리고 안에서 마개가 꽉 닫힌 약병 두 개를 꺼냈다.

정황상 셀피우스의 약이 틀림없었다. 더 기다릴 시간이 없었다. 셀피우스의 울부짖음이 커갈수록 내 인내심도 함께 바닥났다.

"제발."

빨리 아이를 구해주세요.

"말린 달송이꽃풀의 뿌리와 잎을 푹 끓인 겁니다. 찬 기운이 타 들어 가는 고통을 줄일 거예요."

"약인가요? 그걸 먹으면 괜찮아지나요?"

피니어스가 두 약병에 든 액체를 용량에 맞게 섞으며 고개를 저었다.

"아니요."

차가운 목소리가 심장을 파고들었다.

"이건 고통을 줄이는 약이에요."

"······."

"낫게 하는 약 같은 건 없어요."

약이 없다.

청천벽력 같은 말이었다. 나는 여전히 고통에 몸부림치는 셀피우스의 손을 꼭 잡았다.

"제가 말씀드렸잖아요."

피니어스가 섞은 약병을 내게 건넸다.

"치료법은 물론 고통을 없애는 방법도 찾지 못했다고요."

아. 고통이라는 게.

나도 모르게 고개를 들어 테르데오를, 세르시아를, 피니어스를 차례로 바라보았다. 세 사람은 이 일이 익숙한 것처럼 보였다.

나는 피니어스가 건넨 약병을 받았다. 약병을 쥔 손이 너무 하찮게도 떨렸다. 아무리 힘을 실어도 떨림이 멈추지 않았다.

뭐가 희망이야. 대체 왜 내게 고맙다는 거야?

내가 뭘 했다고. 할 줄 아는 게 뭐가 있다고. 겨우 죽지 않고 다시 눈을 뜨는 게 전부인데.

"그래도 안 먹이는 것보단 나아."

커다란 손이 내 손을 부드럽게 감쌌다.

"괜찮아."

테르데오의 손이었다. 그가 내 손이 떨리지 않도록 감싼 후 셀피우스의 입 안에 넣어둔 손수건을 빼냈다. 하얗던 손수건이 새빨간 피로 물들어 있었다.

테르데오는 익숙한 것처럼 셀피우스의 입술을 벌리고 약을 흘려 넣었다.

약초의 쓴 향이 퍼져 올라왔다. 셀피우스가 인상을 세차게 구겼다. 하지만 이런 상황이 익숙한지 다행히 뱉지 않고 셀피우스는 약을 모두 삼켰다.

그마저도 마음이 아팠다.

아홉 살이면서. 쓴 약 같은 건 먹기 싫을 나이인데도 꾹 참고 마시는 아이가.

"셀피. 괜찮아."

약을 모두 마셨지만 피니어스의 말대로 상황이 변한 건 없었다. 셀피우스는 여전히 피를 흘리며 고통을 호소했고 우리가 할 수 있는 건 없었다.

나는 마치 주문이라도 되는 것처럼 혼자 고통을 겪는 셀피우스를 다독이며 괜찮아질 거라고 말하는 것밖에 하지 못했다.

※ ※ ※

"이제 괜찮은 거예요?"

셀피우스는 반나절 내내 고통을 호소하다 결국 그대로 기절했다. 테르데오는 그런 셀피우스를 품에 안아 덤덤하게 욕실로 옮겼다.

그리고 피가 묻은 아이의 몸을 직접 씻겨내고 옷을 갈아입힌 후 침대에 눕혔다.

"한 번 겪었으니 당분간은 괜찮을 거야."

나는 파리해진 셀피우스의 얼굴을 보다가 슬그머니 검지를 코 밑에 가져다 댔다. 옅은 숨이 느껴졌다.

눈물이 터질 것 같았다. 잘 견뎌줘서 고맙다고 끌어안고 울고 싶었다. 하지만 나는 울음을 꾹 삼켰다.

"셀피가 쉴 수 있도록 해주는 게 좋겠어요. 깨어났을 때를 대비해서 내가 옆에 있을게요."

"숙부께서 계실 거야. 상태를 계속 확인해야 하니까. 우린 돌아가자. 기척이 많으면 셀피가 깨어날지도 몰라."

"아, 그게 좋겠네요."

나는 셀피우스가 나쁜 꿈을 꾸지 않도록 기도한 후 침실을 나섰다.

침실을 나오고 나서야 긴장이 풀렸다. 내내 긴장했던 몸에 힘이 쭉 빠지자 온몸이 아팠다. 특히 너무 놀랐던 탓인지 안심하자마자 다리에 힘이 풀려 그대로 주저앉았다.

뒤를 따라 나온 테르데오가 내 앞에 한쪽 무릎을 꿇고 앉아 시선을 맞췄다.

"괜찮나?"

괜찮냐고? 괜찮냐는 질문에 입술이 절로 떨렸다.

"셀피가."

"응."

"죽는, 죽는 줄 알았어요."

괜찮을 리가 없었다. 눈앞에서 셀피우스가 죽는 줄 알았다. 그런 광경을 보고도 괜찮을 수가 없었다.

테르데오는 피투성이가 된 채 아직 씻지도 못한 나를 가만히 바라보더니 덤덤하게 말했다.

"무모했어."

"……"

"그런 상태일 땐 아무리 그대라고 해도 죽을 수 있으니 가까이 접근하지 않는 게 좋아. 내가 그렇게 말했는데도. 피까지 만지고 직접 안았으니 퍽 무모했지."

"……"

"하지만."

테르데오가 손수건을 꺼냈다. 그리고 내 볼에 묻은 셀피우스의 피를 손수 닦아주었다.

"고마워."

눈물이 흐를 것 같았다. 왜 다들 자꾸 내게 고맙다고 하는 거지? 내가, 내가 이 사람들한테 그런 말을 들어도 되는 걸까?

테르데오가 나를 부축해 일으켜 세웠다.

"우선은 씻는 게 좋겠어. 지금 몸에 묻어 있는 게 전부 독이라는 건 알지? 시체를 보고 싶은 게 아니라면 오늘은 도움 없이 혼자 씻는 게 좋을 거야."

"그렇게 할게요."

나는 피에 흠뻑 젖은 드레스를 내려다보며 고개를 끄덕였다. 드레스는 직접 세탁할 수도 없고, 세탁을 하라고 시킬 수도 없으니 태워버려야겠다.

거기까지 생각이 미치자 문득 피로 물든 응접실이 생각났다.

"응접실은 어떻게 하죠? 셀피가 흘린 피가 남아 있을 텐데."

"집사가 뒤처리했어. 세르시아와 대화를 나눌 때 주변을 모두 물렸으니 목격자도 없어. 기존 가구는 불태웠고 모두 새 가구를 주문했어. 세르시아와 피니어스 님이 그사이 바닥을 모두 몇 차례나 닦았으니 괜찮아."

한두 번 겪은 일이 아니라는 것처럼 다들 처리하는 속도가 빨랐다.

"우리한테는 익숙한 일이니까 걱정하지 마."

덤덤한 말투가 더 가슴이 아팠다. 라피레온 가문의 사람들은 모두 이렇게 죽어가고 있는 걸까?

"그대의 시녀도 자리에 없었으니 신경 쓸 것 없고."

나는 걷던 걸음을 멈추고 우뚝 제자리에 섰다. 나를 에스코트하던 테르데오 역시 나를 따라 제자리에 멈췄다.

"왜 그래?"

테르데오가 의아한 표정으로 가까이 다가오더니 내 다리를 살폈다.

"또 다리에 힘이 풀렸나? 걸을 수 있겠어?"

라피레온 가문의 모든 사람이 그렇다면, 테르데오도 마찬가지겠지.

"테르데오, 당신의 형님께선 언제 세상을 떠나신 건가요?"

내 질문의 의미를 단번에 파악했는지 테르데오가 다리를 살피던 시선을 옮겨 날 바라봤다.

"내가 죽을까 걱정되나?"

내 눈앞에 있는 이 남자가 죽는다니. 그건 정말 생각도 해본 적 없었는데.

"그러고 보니 그대도 그때 그랬지. 내가 다치거나 위험하면 놀랄 것 같다고. 표정을 보아하니 지금 딱 놀란 표정이군."

테르데오가 답지 않게 시시콜콜한 대화들을 늘어놓았다. 그러나 내가 아무런 반응도 보이지 않자 손가락을 까닥거리며 공기 빠진 미소를 지었다.

"언제 죽었냐고 묻고 싶은 거겠지?"

테르데오가 웃었다.

"내 형이 죽은 건, 바로 내 나이 때였어."

※ ※ ※

햇살이 눈을 찌르자 나는 누워 있는 것을 포기하고 상체를 일으켰다.

"벌써 해가 떴네."

결국, 한숨도 못 자고 아침이 밝았다. 나는 뻑뻑한 눈을 비비며 평소보다 조금 이른 하루를 시작했다.

어제 어떻게 침실로 돌아왔는지도 기억이 가물거렸다.

테르데오의 나이 때, 그의 형이 죽었다는 답에 말문이 막힌 나는 뭐라 답을 하지 못했다.

나를 침실까지 데려다준 테르데오는 태연하게 '오늘은 씻고 일찍 자는 게 좋겠군. 드레스는 집사에게 처리해 달라고 해. 나는 할 일이 많아 오늘 밤은 서재에서 보내지.'라고 말한 후 돌아갔다.

그 후 나는 피로 얼룩진 모습을 누가 볼까 싶어 황급히 씻고 침대로 기어들어 왔었다. 드레스는 집사한테 처리해 달라고 맡긴 후

잠이 들었다.

옆에서 신경 쓸 사람이 없으니 편할 줄 알았는데 넓은 침대는 의외로 굉장히 쓸쓸했다.

'일찍 일어났으니 준비하고 셀피나 보러 가자.'

밤사이 다른 이상이 있다는 말은 들리지 않았지만 직접 눈으로 확인하는 게 마음이 편할 것 같았다.

나는 침대 옆 설렁줄을 잡아당겼다. 그러자 잠시 후 기다렸다는 듯이 노크가 들렸다.

"들어와."

빳빳한 목을 돌리며 짤막하게 답하자 두꺼운 침실 문이 열렸다. 아침 시종을 들 하녀들과 레베카가 함께 들어왔다. 레베카는 나를 보자마자 걱정스러운 얼굴로 한걸음에 달려왔다.

"대공비 전하!"

"아, 레베카. 어제는 내가……."

"어제 많이 아프셨다면서요! 피니어스 님께서 말씀해 주셨어요. 괜찮으세요?"

레베카를 보면 뭐라고 둘러대야 하나 걱정했는데 피니어스가 적당히 변명해 준 것 같았다. 게다가 의사의 소견이니 의심할 것도 없었다.

"피곤했나 봐."

대충 변명한 후 나는 하녀들이 가지고 온 따뜻한 수건에 얼굴을 묻었다. 따뜻함이 퍼지자 간밤의 고민이 사라지는 기분이었다.

"역시 그때 독 때문인가요?"

레베카가 안절부절 울상을 지으며 '우리 대공비 전하, 어떻게 해'라고 중얼거렸다. 나는 하녀들의 도움으로 드레스를 입으며 울상 짓는 레베카에게 웃었다.

"어제 진짜 피곤해서 그런 거야. 걱정하지 않아도 돼."

"축제는 아쉽지만, 당분간은 저택에서 쉬시는 게 좋을 것 같아요. 대공 각하께서도 이해해 주실 거예요."

드레스를 모두 차려입자 레베카가 나를 화장대 앞에 앉히고 장신구를 골랐다.

"축제?"

작게 중얼거리자 레베카가 손을 멈추고 놀란 표정으로 나를 돌아보았다.

"……설마 또 잊으신 건 아니죠?"

아. 축제. 맞아, 축제가 있었지. 정말 까맣게 잊고 있었다.

대답 대신 애매하게 미소 짓자 레베카가 경악스러운 얼굴로 입을 떡 벌렸다.

"정말 잊으셨어요? 대공 각하께서 이번엔 진짜 서운해하실 거예요!"

"내가 아파서 워낙 정신이 없었잖아. 이해해 주실걸."

"축제의 주인공은 대공 각하이신데!"

맞아. 그랬었지. 그 남자는 나한테 한 번도 말한 적이 없었지만 말이다.

"축제가 언제부터 시작이라고 했었지?"

"오늘이요! 이미 시작했어요!"

벌써 시작했구나.

내가 답하지 못하자 레베카는 잘 어울리는 목걸이를 골라주며 한숨을 쉬었다.

"대공 각하께서 화라도 내시면 어떻게 해요. 화를 내시면 엄청 무섭대요."

"괜찮아."

아마 지금쯤 테르데오도 그런 걸 신경 쓸 겨를이 없을 테니까 말이다.

게다가 우린 계약 관계였다. 내가 테르데오의 사소한 부분을 잊었다고 해서 서운해할 필요도, 화를 낼 이유도 없었다.

확신하는 내 대답에 레베카가 묘한 표정으로 나를 한참 바라봤다. 그러곤 신기하다는 투로 말했다.

"저는 사실 두 분께서 이렇게 사이가 좋으실 줄 몰랐어요."

"우리 사이가 좋아 보여?"

잠을 설치는 바람에 눈이 시렸다. 나는 눈을 감고 물었다.

"대공 각하께선 워낙 사교계에 떠도는 소문이 흉흉하시잖아요. 여자엔 관심도 없다는 소문도 있었고……."

레베카가 주변을 살피더니 허리를 숙여 귓가에 자그맣게 속삭였다.

"사람을 죽이는 데에 취미가 있다고도 했고요."

나도 익히 아는 소문이었다. 살육을 즐긴다는 바로 그 말도 안 되는 소문 말이다.

"그래서 대공 각하께서 대공비 전하를 아껴주시는 모습을 보고 놀랐어요. 두 분이 같은 침실을 사용하신다고 했을 때 혀를 깨물 뻔한걸요."

주변에서 그렇게 보고 있다면 다행이다. 사이좋은 부부의 모습을 보이기 위해서 같은 침실까지 사용했었으니까.

나는 살짝 웃으며 장신구를 달아주는 레베카의 손을 밀어냈다.

"오늘은 여기까지만 하자. 셀피를 보러 가야겠어."

다른 대화가 귀에 들어오지 않았다.

"셀피우스 도련님이요? 도련님은 아직 주무시고 계시지 않을까요?"

아무것도 모르는 레베카가 해맑게 물었다. 나는 그저 웃었다.

"응. 간밤에 잠은 잘 잤나 인사하러 가려고."

잘 자고 있었겠지. 그랬으면 좋을 텐데.

시답잖은 핑곗거리에 레베카가 이해한다는 듯이 고개를 끄덕였다.

"셀피우스 도련님은 아직 아홉 살이시니 대공비 전하의 도움이 필요하시겠네요."

"내 도움?"

셀피우스가 내 도움을 필요하다고 할까? 셀피우스는 항상 뭐든지 혼자 다 잘 해내는 아이였다.

"당연하죠."

레베카가 무슨 그런 당연한 질문을 하냐는 듯이 웃었다.

"도련님은 아직 엄마의 품이 필요한 나이니까요."

"엄마의 품이 필요한 나이?"

"네. 그리고 조만간 아카데미를 다닌다고 하셨잖아요. 원래 뭐든 처음 할 땐 겁이 나잖아요. 보통 아이들은 부모님을 많이 의지하죠. 저도 처음 아카데미에 갈 때 그랬는걸요."

셀피우스가 겁을 낸다고?

나는 아카데미를 둘러보던 셀피우스의 모습을 떠올렸다.

'그렇게 겁나는 것처럼 보이진 않았는데.'

"그럼 전 별관에서 있을 테니 필요하실 때 불러주세요! 아, 특히 축제가 궁금하실 땐 언제든지요!"

"응, 알겠어. 고마워."

레베카와 주변 하녀들을 물린 후 나는 홀로 셀피우스의 침실로 향했다. 침실 문 앞에 멈추자 어제의 기억이 범람해 다리가 떨렸다.

'괜찮아. 자고 있을 거야.'

나는 긴장으로 떨리는 두 주먹을 꽉 쥐고 침실 문을 가볍게 두드렸다.

똑똑.

들려오는 답이 없었다. 입 안이 바싹 말랐다.

똑똑똑.

이번엔 좀 더 힘을 주고 두드렸다. 그러나 역시 안은 조용했다. 심장이 저 밑바닥으로 곤두박질치는 것 같았다.

'혹시 밤사이에 무슨 일이 있었나?'

아니야. 피니어스 님이 밤새 살펴보신다고 했었다. 그러니 그런 일은 벌어지지 않았을 텐데.

하지만 머리와는 달리 내 몸이 먼저 움직였다. 나는 급하게 침실 문을 열었다. 그리고 안으로 뛰어 들어갔다.

"셀피."

나는 조심스럽게 아이를 불렀다. 하지만 침실은 고요했다. 걸음을 재촉해서 침대로 향했다.

아이의 색색거리는 숨소리가 귓가에 들렸다.

셀피우스는 침대 위에서 곤히 자고 있었다.

숨을 크게 내쉬는지 아이의 가슴이 일정한 리듬으로 위아래 크게 움직였다.

무슨 꿈을 꾸는지 작은 입술을 오물오물하기도 하고 배시시 웃기도 했다.

나는 멍한 표정으로 셀피우스가 자는 침대를 바라보았다.

어제와 달리 혈색이 도는 얼굴을 보자 어깨에 힘이 풀렸다.

'이제 괜찮은 건가?'

셀피우스가 내쉬는 규칙적인 숨소리가 내게 안정감을 심어주었다. 아이의 숨소리란, 이렇게나 힘찬 거구나.

"다행이다."

이젠 괜찮은 것 같아.

나는 무의식에 셀피우스의 이마를 덮은 머리를 쓸어 넘겼다. 체온도 정상인 것 같았다.

'오늘은 깨우지 말고 푹 자게 둬야지.'

안도의 한숨을 내쉰 후 손을 뗐다. 나는 잠든 셀피우스를 조금 더 지켜보다 몸을 돌렸다. 걸음을 옮기려는 찰나, 잠에서 깨지 못한 몽롱한 목소리가 들렸다.

"……엄마?"

그 짧은 단어에 발이 묶이기라도 한 것처럼 우뚝 걸음을 멈췄다. 고개를 돌려 침대를 바라보자 반쯤 감긴 눈가를 비비는 셀피우스가 보였다.

응이라는 대답도, 아니라는 대답도 나오지 않았다. 나는 뿌리박힌 나무처럼 몸을 움직이지도 못한 채 셀피우스를 가만히 내려다보았다.

그러자 잠에서 깬 셀피우스가 스스로 놀랐는지 두 눈을 크게 떴다. 그리고 상체를 벌떡 일으켰다.

"제, 제가 방금 뭐라고……."

아이의 얼굴이 붉게 물들었다. 나는 아무것도 못 들은 척 그저 웃었다.

"잘 잤어? 셀피."

"대, 대공비 전하께서 왜 여기에 계시나요?"

"간밤에 네가 잘 잤는지 궁금도 하고. 셀피, 네 상태가 어떤지 보러왔어."

"제 상태요? 제 상태가 왜…… 아."

어제의 기억이 떠올랐는지 셀피우스가 말을 멈췄다.

"……어제 그랬었죠."

셀피우스가 힐끔 내 눈치를 살폈다. 아이의 얼굴에 그늘이 졌다.

"왜 그래?"

갑자기 변한 얼굴색에 놀라 나는 셀피우스의 곁으로 급히 다가갔다. 아이의 이마에 손을 얹고 열부터 확인했다.

"어디 아파?"

열이 오르는 것 같진 않은데.

셀피우스는 대답하지 않았다. 그저 근심이 가득한 얼굴로 어깨를 축 늘어뜨릴 뿐이었다.

'혹시 다시 아픈 건가!'

"기다려, 내가 피니어스 님을 불러올게."

"아니요!"

침실을 뛰쳐나가려 하자 셀피우스가 황급히 내 손가락을 움켜쥐었다. 그러더니 자신이 한 행동에 화들짝 놀라 바로 내 손을 놓았다. 셀피우스가 기어들어 가는 작은 목소리로 중얼거렸다.

"……괜찮아요. 이제 안 아파요."

"정말?"

내 질문에 셀피우스가 느릿하게 고개를 끄덕였다. 그리고 갑자기 내 눈치를 살피기 시작했다.

"왜 그래? 악몽이라도 꿨어?"

"어제 징그러우셨죠."

"응?"

"드레스를 더럽혀서 죄송해요. 참아보려 했는데 어제 같은 날은 제 의지와는 상관없어서요."

어제 그렇게 아팠으면서.

그런데도 내가 놀랐을까 봐, 내가 자신을 징그럽다고 느낄까 봐 걱정하는 셀피우스의 모습에 울컥했다.

"대공비 전하께선 아프지 않으세요? 혹시 저 때문에……."

"하. 셀피."

어디서부터 어떻게 말해줘야 할까. 나는 셀피우스의 침대에 걸터앉아 아이를 마주 보았다. 아이의 어깨가 움찔거렸다.

"그깟 드레스 몇 벌은 다시 사면 돼."

겨우 그런 게 도대체 뭐라고.

"내게 그런 건 조금도 중요하지 않아, 셀피."

징그러웠다니. 아팠다고 하는 게 아니라 어떻게 그런 말부터 너는.

"셀피. 나는, 나는 밤새 네 걱정뿐이었어."

"네?"

셀피우스가 눈을 크게 떴다.

"네가 아플까 봐 너무 걱정돼서 잠도 못 잤어. 마음 같아서는 옆에 있어 주고 싶었는데 내가 할 줄 아는 게 아무것도 없어서 그것도 못 했어."

"대, 대공비 전하."

"내가 지금 왜 여기에 와 있는 줄 아니?"

셀피우스가 멍한 표정으로 고개를 저었다.

"네가 밤새 잠은 잘 잤을지 너무 걱정돼서, 그래서 너부터 보러 왔어. 셀피. 너는, 너는."

"……."

"어제 아팠으면 아프다고 말해야지! 네가 왜 날 걱정해? 셀피!"

셀피우스가 눈을 깜빡거렸다.

"아팠다고 말해! 셀피! 그러니까!"

나는 손을 뻗었다.

"아픈 곳이 있으면 나한테 손잡아 달라고 해!"

셀피우스가 내 손을 가만히 바라보았다.

"네가 안 아픈 게 더 중요해. 나한텐 그게 제일 중요해, 셀피."

"아팠, 아팠어요."

이런 말은 처음 해보는 것처럼 셀피우스가 민망한 얼굴로 작게 중얼거렸다.

"너무, 아팠, 어요."

익숙하지 않은 말을 토해내듯 셀피우스가 툭툭 끊어내며 말했다. 나는 잘했다는 듯이 셀피우스의 손을 잡았다.

"지금은?"

셀피우스가 힘차게 고개를 저었다.

"좋아."

셀피우스가 내 손을 꼭 잡았다.

"그럼 같이 아침 먹으러 가자. 어때?"
셀피우스가 맞잡은 손을 응시했다. 그리고 천천히 끄덕거렸다.
"네. 좋아요."
맞잡은 두 손이 유난히 따스했다.

※ ※ ※

셀피우스가 깨어났다는 이야기를 들은 세르시아와 피니어스, 그리고 테르데오가 침실로 달려왔다.
피니어스가 괜찮다고 진료한 후에야 다들 걱정을 한시름 덜었다. 우리는 모두 함께 다이닝 룸으로 향했다.
그리고…….
"뭐야?"
다이닝 룸에 들어서자마자 셀피우스가 냉큼 달려가 내가 앉을 의자를 직접 빼주며 에스코트했다.
"셀피. 고모한테는 왜 안 해줘?!"
세르시아가 의자 옆에 서서 발을 동동 굴렀다. 하지만 셀피우스는 가볍게 무시했다.
"앉으세요. 대공비 전하."
나는 웃으며 고맙다고 말한 후 자리에 앉았다. 내가 앉은 걸 본 후에야 셀피우스가 의젓하게 자리에 앉았다.
"세상에."
세르시아가 놀란 말투로 맞은편에 앉으며 날 보았다.
"샤샤. 어떻게 한 거예요? 이 까탈스러운 꼬맹이가 어쩜 이렇게. 세상에."
"대공비 전하께서 식사하셔야 하니까 말 시키지 마세요, 세르시아 고모! 그리고 왜 내가 까탈스러운 꼬맹이죠?"

"어머. 우리 셀피가 말대꾸까지 했어."

"그럼 세르시아 고모는 술주정뱅이예요!"

"뭐, 뭐라고?"

세르시아가 충격받은 표정으로 입을 떡 벌렸다.

"나는, 나는 와인을 시음하다 보니까 그런 거잖아! 술주정뱅이라니! 셀피! 고모는 그런 사람이 아니야!"

"흥!"

두 사람이 귀엽게 말다툼을 했다. 테르데오가 날 보더니 물었다.

"셀피가 누군가를 직접 에스코트해 주는 건 처음 보는데. 혹시 무슨 약점이라도 잡았나?"

"네?"

"그럼 나도 공유해 줘."

그때, 셀피우스와 말다툼을 하던 세르시아가 고개를 홱 돌렸다.

"테오. 너 말조심해."

"……?"

"우리 샤샤는 약점 같은 거 잡을 사람이 아니야. 약점 잡아서 휘두를 것 같았으면 벌써 우리 가문의 비밀을 떠벌리려고 했겠지. 그렇게 생각이 없니?"

세르시아의 공격적인 어조에 테르데오가 고개를 끄덕거렸다.

"음. 셀피뿐 아니라 세르시아까지."

이 대화에 내가 낄 필요는 없어 보였다. 나는 세 사람의 대화를 가볍게 한 귀로 흘리며 식사했다.

그런데도 대화가 끝날 기미가 보이지 않았다. 나는 웃으며 대화 주제를 돌렸다.

"오늘부터 축제가 시작한다던데요."

세 사람이 동시에 나를 돌아보았다.

"아. 그러고 보니."

테르데오가 끄덕거렸다. 자신이 축제의 주인공인데도 테르데오는 대수롭지 않은 것 같았다.

"내가 미리 신경 써야 했는데, 미안해요."

테르데오가 고개를 저었다. 뭐라고 말하려는 찰나 다른 세 사람이 먼저 입을 열었다.

"샤샤. 뭘 그런 문제로 미안하다는 말을 해요? 테오는 괜찮을 거예요. 안 괜찮으면 그게 이상한 거죠."

"아마 테오도 이해할 거예요, 비전하. 상황이 상황이었잖아요."

"대공비 전하! 사과하지 마세요! 어차피 대공 각하께서도 축제에 관심 없으신걸요?"

난 분명 테르데오한테 사과를 했는데 이상하게 답은 다른 곳에서 들려왔다.

테르데오는 세 사람의 반응을 보고 어이없다는 듯이 실소하더니 어깨를 으쓱했다.

"그대의 사과를 안 받아주면 나만 나쁜 놈이 되겠는데?"

나도 그를 따라 웃었다.

"하지만 다 틀린 말은 아니야. 사과할 필요 없어. 셀피의 말마따나 난 그 축제엔 관심이 없거든."

테르데오가 축제에 관심을 가질 만한 사람은 아니었으니까. 과거에서도 이 축제에서 테르데오는 특별히 뭔가 한 적이 없었으니까.

테르데오가 턱을 괸 채 포크로 접시를 툭툭 두드렸다.

"위대한 우리 폐하께선 관심받는 걸 아주 좋아하시는지라 나까지 귀찮게 됐어. 축제 마지막 날엔 행렬까지 한다더군. 번거롭게."

짤막하게 중얼거린 테르데오가 나른하게 얼굴을 구겼다. 그러곤 자신의 샐러드에서 과일만 쏙쏙 빼내 내 앞접시에 무심히 덜어주었다.

"제국민들의 사기를 올려주자는 취지라는데, 자신이 관심받고 싶어서 그러는 게 아주 티가 나."

황제를 향한 노골적인 비아냥에 나는 황급히 주위를 살폈다. 다행히 다이닝 룸 안엔 집사와 우리뿐이었다. 게다가 가족들은 테르데오의 불순한 태도에 익숙한 것 같았다.

"누군가 그 꼴도 보기 싫은 동상을 부쉈다기에 속 시원했는데. 그새 다시 세웠더군."

테르데오가 치를 떠는 말투로 눈살을 찌푸렸다.

'동상을 세운 게 싫었구나.'

그래서 동상이 부서졌다는 말에도 별로 반응이 없던 거였어.

"이왕 부쉈으면 또 부수던가. 왜 이번엔 안 부수지?"

동상이 또 부서지길 기대했던 건지 테르데오가 불만을 뱉으며 혀를 쫏 내챘다.

그러면서도 다른 손은 과일을 골라, 내 접시에 덜어주는 데 열중했다.

'그만해, 넘치겠어.'

나는 내 앞접시에 산더미처럼 쌓인 과일을 셀피우스에게 나눠주었다. 샐러드 속 과일이 점점 사라지자 울상을 짓던 셀피우스가 기다렸다는 듯이 아기 새처럼 신나게 받아먹었다.

"어쨌든 그 행렬엔 그대도 참석해야 해."

"네?"

내가? 내가 거길 왜? 나는 전쟁의 영웅이 아닌데?

나는 얼빠진 표정으로 테르데오를 봤다. 그가 턱을 괸 채 고개를 비스듬히 기울였다.

"내가 말 안 했던가?"

"지금 처음 듣는 이야기인데요."

"그랬군."

그렇게 태연한 얼굴로 고개 끄덕이지 말라고.

"그럼 지금 말할게. 축제 마지막 날엔 그대가 나와 행렬해야 하니 준비하도록."

그런 중요한 문제를 지금 말하면 어떻게 해?

옆에서 대화를 듣던 세르시아가 마치 내 속을 읽었다는 듯이 엄지로 테르데오를 가리키며 끼어들었다.

"테오를 때릴까요? 샤샤. 말만 해요. 도와줄게요."

테르데오가 이마를 짚더니 한숨을 크게 내쉬었다.

"하, 세르시아. 이제 가야 한다고 하지 않았어? 일하다가 온 거라며."

"내가 어디를 가야 한다는…… 허억!"

세르시아가 말을 하다 말고 놀란 숨을 크게 들이켜며 자리에서 벌떡 일어났다. 그러더니 혼잣말로 크게 외치며 허겁지겁 나갈 준비를 했다.

"잊고 있었어! 오늘 거래하는 날인데! 나 없으면 또 이상한 재료를 비싼 값에 받아오겠지!"

"술주정뱅이."

턱을 괸 셀피우스가 중얼거렸다. 말은 그렇게 해도 세르시아가 돌아갈 기미가 보이자 서운한 기색이었다.

세르시아도 그걸 아는지 웃으며 아이의 머리를 헤집었다.

"고모가 돈을 많이 벌어와야 우리 셀피 맛있는 걸 사주지?"

세르시아가 날 바라보았다. 그녀의 붉은 눈동자 속에는 날 향한 걱정과 끝도 없는 믿음이 스며들어 있었다.

"미안해요. 샤샤, 웬만해선 함께 있고 싶은데 이번 사업이 정말 중요한 건이라 제가 직접 가봐야 할 것 같아요."

"아니에요. 와주신 것만으로도 감사한데요. 그리고 매번 보내주시는 선물도 항상 맛있게 잘 먹고 있어요."

"그렇게 말해주니 너무 기쁘네요. 또 보낼게요. 맛있게 먹어줘요.

테오는 안 주고 샤샤 혼자 먹어도 괜찮아요. 혹시 좋아하는 음식 있어요? 아니면 갖고 싶은 물건이나 보석이라도…….”

길어지는 대화에 테르데오가 한숨을 내쉬며 턱으로 문을 가리켰다.

"아직도 안 갔어, 세르시아?”

"제가 이렇게 정 없는 동생과 까칠한 조카 사이에서 맘 붙일 곳 없이 늘 힘들었답니다, 샤샤.”

"집사. 당장 세르시아가 출발할 수 있게 마차를 준비해. 가지고 온 짐을 어서 챙겨.”

"샤샤, 쟤 한 대 때려도 되나요? 일단은 샤샤의 남편이니 허락받아야 할 것 같아서요.”

이 남매는 정말 진심으로 싸우는구나.

한참 투덕거리던 세르시아가 시계를 확인하더니 정말 늦었는지 대화를 중단했다.

"난 이제 정말 가봐야겠어. 숙부. 숙부께서 여기 계신다는 건 글로리아 님도 수도에 계신다는 뜻이겠죠?”

세르시아가 피니어스한테 물었다. 피니어스가 끄덕거렸다.

"인사드리고 가고 싶었는데 경황이 없었네요. 이번 일이 끝나면 뵈러 가겠다고 전해주세요.”

"글로리아 님도 오랜만에 수도에 방문하셔서 바쁘셨단다. 무슨 일이 있어도 약 챙기는 거 잊지 말고, 셋시.”

"네, 그럼요. 제 목숨이나 마찬가지잖아요. 이게 있어야 그나마 마음이라도 든든하니까요.”

약. 그 말을 듣자마자 내 어깨가 절로 움찔거렸다. 세르시아가 피를 흘리는 모습을 상상하자 눈앞이 깜깜했다. 서 있는 땅이 밑으로 훅 꺼져버리는 것 같은 느낌이었다.

'아냐, 최악은 생각하지 마.'

나는 황급히 고개를 젓고 표정을 갈무리했다. 그리고 떠나는 세르시아를 향해 그 어느 때보다 환하게 웃으며 손을 흔들었다.

"다음엔 정말 차 마시러 와요, 셋시."

그러니까 그때까지 아프지 말고, 멀쩡히 살아 있어 달라는 당부였다. 내 속뜻을 알아차리기라도 한 것처럼 세르시아도 덩달아 웃었다.

"꼭 먹으러 올게요, 샤샤. 다음에 올 땐 호외를 퍼뜨린 놈과 독을 먹인 놈, 둘 다 잡아서 선물로 끌고 올게요."

아, 아니야. 그건 사양할게요. 그냥 잡아서 치안대에 넘겨줘요.

세르시아의 배웅을 위해 자리에서 일어서자 테르데오가 자기 몫의 케이크를 내 앞에 내려놓았다.

"세르시아 배웅은 내가 할 테니 그대는 이것을 먹고 있도록. ……가지, 세르시아."

"테오, 네가 배웅을 해준다니. 갑자기 무슨 일이야? 넌 원래 거들떠보지도 않았잖아."

"당장 마차를 향해 뛰어가기나 해."

티격태격하는 두 사람이 점점 멀어졌다. 나는 얼핏 닮은 두 사람의 뒷모습을 바라보다 고개를 돌려 내 앞접시를 바라보았다.

내 앞엔 수북이 쌓인 계절 과일 샐러드와 진한 쇼콜라 케이크가 두 접시 놓여 있었다.

※ ※ ※

"네? 대공비께서 축제 마지막 날 행렬에 참석하신다고요?"

"응, 그렇대."

티타임을 즐기던 레베카가 내 긍정적인 대답에 찻잔을 황급히 내려놓았다. 그러더니 무언가를 고민하듯 테이블을 손가락으로 톡톡 두드렸다.

"왜 그래? 레베카."

"아, 아니요! 그러면 의상실을 새로 예약해 둬야겠다 싶어서요."

레베카가 배시시 웃었다.

"괜찮아. ……그보다 요즘 내 가족들은 뭘 하니?"

내 가족들에 대한 이야기는 그 뒤로 들어본 적이 없었다.

그들은 너무 조용했다.

분명 유산을 뺏기 위해 뭔가 할 줄 알았는데 너무 이상했다.

"특별한 건 없어요. 저도 소문에 귀를 기울였는데 귀부인들과 모임을 다닌다고 하더군요."

"모임?"

"네. 변호사를 고용해서 상속 결격 사유를 만들어 보려는 것 같았는데 쉽지 않은 것 같았어요. 아무래도 라피레온 가문을 적으로 만들고 싶은 변호사는 없을 테니까요."

맞는 말이었다. 이 제국에서 라피레온 가문을 적으로 만든다는 건 위험한 일이었으니까.

내가 끄덕거리기 무섭게 레베카가 결심한 표정으로 자리에서 벌떡 일어섰다.

"좋아요. 저희 외출해요, 대공비 전하!"

갑자기? 이렇게 뜬금없이?

레베카는 의욕이 흘러넘치다 못해 활활 불타오르고 있었다. 도대체 갑자기 왜 저렇게 의욕에 불타는 건지 이해할 수 없었다.

"갑자기 외출은 왜?"

"아무래도 지금 있는 드레스와 모자, 그리고 장신구는 너무 밋밋한 것 같아요. 행렬 때 착용하실 장신구와 드레스를 맞춰야 할 것 같아요!"

"난 또 뭐라고. 강렬하지 않아도 괜찮아. 어차피 행렬의 주인공은 내가 아닌걸."

나는 태연하게 웃었다. 하지만 레베카는 여전히 강경했다.

"안 돼요!"

레베카가 단호히 말했다.

"그날은 모든 귀족과 평민이 대공비 전하를 보게 되는 순간이잖아요? 대공비 전하께서 그들한테 정식으로 모습을 보이는 건 처음 아닌가요?"

"그, 그렇긴 하지."

"사람은 첫인상이 중요해요. 그 어느 때보다 아름답고 빛나셔야죠!"

"그럼 그냥 재봉사를 불러 드레스를 맞추면 되잖아."

"대공비 전하께서 행렬할 길도 미리 보셔야죠! 미리 길을 어느 정도 알고 있으면 한결 더 편안해진다고요!"

맞는 말이기는 했다. 과거에는 라피레온 가문한테 흥미라는 게 없었으니 어떻게 행렬하는지조차 알 수가 없었다.

부부로서 공식적인 첫 행사다.

잘 해내면 좋기야 하겠지.

"……그래. 나가자."

나는 결국 어쩔 수 없이 의자에서 몸을 일으켰다. 레베카는 내 뒤를 따르기 전, 하녀에게 어서 마차를 준비하고 의상실에 미리 연락을 넣어두라고 했다.

❊ ❊ ❊

"누가 보면 그날 주인공이 나인 줄 알겠다, 레베카. 아까 그 보석은 너무 과했어."

"당연히 대공비 전하께서도 주인공이죠. 라피레온 대공비시잖아요!"

레베카가 제 일처럼 기쁘다는 듯이 싱글벙글 웃었다. 그래 봤자 나는 허울뿐인 대공비인 줄도 모르고.

나는 어색하게 웃으며 레베카와 함께 볼일이 끝난 의상실을 나섰다.
 행렬 때 입을 드레스와 더불어 여러 물건을 구매했다. 레베카와 디자이너가 양옆으로 공격하는 바람에 꽤 많은 지출을 한 것 같았다.
 축제의 첫날이라 그런지 즐기러 나온 사람들이 많았다. 그중엔 얼굴을 잘 아는 귀족 자제들도 꽤 보였다.
 모두가 테르데오를 위한 축제를 즐기고 있다고 생각하니 기분이 묘했다.
 "이제 마차를 타고 행렬을 돌 거리를 한 바퀴 돌아보면 되는 거지?"
 마차에 오르며 묻자 레베카가 고개를 강하게 끄덕거렸다.
 "네, 행렬 길은 현재 외부인의 출입을 막아뒀다고 하더라고요! 제가 미리 대공비 전하께서 가신다고 말을 해뒀어요!"
 "고마워, 레베카."
 마차가 천천히 움직이자 두 손을 꼭 모은 레베카가 말을 늘어놓았다.
 "아까 대공비께서 입으셨던 드레스 너무 잘 어울리셨어요. 대공비 전하의 그 모습을 보면 사람들이 정말 극찬할 거예요."
 "그 정도는 아니었어."
 "아니요! 정말 너무 예쁘셨어요. 전 천사가 강림한 줄 알았다니까요? 모두가 대공비 전하를 볼 날을 생각하니 벌써 가슴이 두근거려요."
 또 긴장했나 보네.
 평소보다 말이 급격하게 많아진 레베카를 보며 나는 옅게 웃었다. 마차는 달려 경비병들이 지키고 선 행렬 길에 들어섰다. 마차에 새겨진 가문 인장을 본 경비병들은 예의 바르게 인사하며 길을 비켜섰다.
 "여기군요!"

나도 행렬할 길을 보기 위해 마차의 창문 너머로 고개를 돌린 그때였다.

쿵!

"꺄악!"

큰 소리와 함께 잘 달리던 마차가 우뚝 제자리에 멈췄다. 놀란 레베카가 소리를 지르며 나를 붙들었다.

나 역시 넘어지지 않도록 급하게 마차의 손잡이를 잡았다.

'갑자기 무슨 일이지?'

몸을 바로 세우고 창문을 바라봤다. 목적지에 도착하려면 아직 멀었고 우린 행렬의 초입부에 막 들어선 상태였다.

상황 파악을 끝내기 전, 마부가 마차의 문을 두드렸다.

"대공비 전하. 길에 사람이 쓰러져 있어 급히 마차를 세웠습니다. 죄송합니다."

"……사람?"

길에 사람이 쓰러져 있다고? 황당무계한 말이었다. 레베카가 당황한 얼굴로 나를 보더니 급히 마차의 문을 벌컥 열었다.

그리고 고개를 빼꼼히 내밀어 밖을 확인하더니 나를 돌아봤다.

"대공비 전하. 정말 사람이 쓰러져 있어요!"

길가에 사람이 쓰러져 있다니? 주정뱅이 아냐?

이런 일을 겪어보는 건 처음이었다. 나는 마차에서 내리며 실소했다.

"여긴 행렬 길이라 외부인의 출입을 막아뒀다고 하지 않았어? 그런데 이런 길가에 갑자기 무슨 사람이 쓰러져 있다는……."

우리가 지나는 마차의 길목 정가운데.

"왜 저기서 저러고 있어?"

보란 듯이 금발의 사내가 쓰러져 길을 막고 있었다. 어이없는 조소가 먼저 흘러나왔다.

"무슨 길 한가운데에 사람이 저렇게 보란 듯이 쓰러져 있대?"

사내는 고개를 땅에 처박다시피 하고 있어서 얼굴이 제대로 보이지 않았다. 옆으로 황급히 다가온 마부가 허리를 숙이며 내 혼잣말에 대꾸했다.

"저도 처음 겪는 일입니다."

나는 눈가를 찡그려 멀리서 사내를 살폈다.

얼핏 보기에 피를 흘리는 곳도 없어 보였고 옷도 깨끗했다. 누군가한테 짓밟히거나 맞은 건 아닌 것 같았다.

그런데 왜 여기에 쓰러져 있는 거지?

"……쓰러진 척하는 거 아니야?"

나는 의심을 거두지 못한 채 못 미더운 얼굴로 사내를 턱으로 가리켰다. 그러자 레베카가 마차에서 내리며 손바닥으로 입술을 가리고 놀란 듯이 말했다.

"헉! 설마 그럴 리가요! 누가 이런 곳에서 쓰러진 척을 하겠어요! 여긴 외부인도 출입 금지인 곳인걸요!"

그런가? 그래도 상황이 영 못 미더웠다. 나는 쓰러진 사내를 살피다 고개를 돌려 마부에게 말했다.

"경비대원을 불러 안전하게 귀가할 수 있도록 도와주고 오늘은 이만 돌아가는 게 좋겠어."

미안하지만 괜한 일에 휘말리고 싶진 않았다. 지금 내 일로도 아주 벅차거든.

마부에게 돌아가자는 눈짓을 보낸 뒤 나는 다시 마차에 오르려 했다. 레베카가 조심스럽게 물었다.

"저대로 두고 가는 건 불쌍하니까 제가 가까이 가서 확인만 할까요?"

"됐어. 경비대원을 불러오면 그만인걸."

"그래도 지금 위급한 상황일지도 모르잖아요. 응급 처치가 늦어져서 불미스러운 일이 생기면 어떻게 하죠? 제가 살짝 확인만 할까요?"

레베카가 쓰러진 사내 쪽을 응시했다. 누구인지 모를 사내가 무서운지 레베카의 손이 떨리고 있었다.

나는 레베카의 손을 붙잡아 걸음을 제지시킨 후 고개를 내저었다.

"아냐, 역시 경비대원을 부르는 게 좋겠어. 레베카, 네가 직접 가는 건 좋은 생각이 아닌 것 같아. 혹시 도적일지도 모르잖아."

"도, 도적이요?"

"그래. 근래 저런 식으로 쓰러진 척을 하고 있다가 사람이 가까이 오면 인질로 삼은 뒤 마차나 짐을 훔쳐 간다는 이야기를 들은 적이 있어."

내 말에 레베카의 눈동자가 지진이라도 난 것처럼 세차게 흔들렸다. 사내와 나를 당황한 눈으로 번갈아 보던 레베카가 자그만 목소리로 반문했다.

"하, 하지만 감히 행렬 길에서 굳이 도적질할까요? 경비대원이 있는데요!"

"그럴지도 모르지만 조심해서 나쁠 건 없잖니. 게다가……."

"게다가?"

"외부인이 들어와 보란 듯이 쓰러져 있는 게 수상하잖아."

나는 금발의 사내를 가느다란 눈으로 예의 주시 하며 뒤로 물러섰다.

"그러니 우린 신고까지만 하자. 뒷일은 경비대원들이 알아서 할 거야."

레베카를 달랜 후 마차를 뒤로 돌리자고 말하려던 바로 그때였다.

"으윽……."

마치 이대로 날 두고 가지 말아 달라는 듯이 사내의 입에서 억눌린 신음이 새어 나왔다. 깜짝 놀라 미심쩍은 시선으로 한참 바라봤지만 사내는 신음만 흘릴 뿐, 움직일 기미가 보이지 않았다.

'역시 이상해.'

귀찮은 일에 휘말리기 전에 빨리 돌아가는 게 좋겠어.

"마차를 돌려 돌아가야겠다. 그리고 돌아가는 길에 경비대원에게 사람이 쓰러져 있다고 신고하고."

마부를 향해 짤막하게 명령한 후 나는 이번에야말로 마차에 오르려 했다. 그러나 마부가 황급히 뒤를 따라와 난처한 듯이 반문했다.

"저…… 대공비 전하."

왜 저러지?

"이곳은 행렬을 위한 외길인지라 뒤로 마차를 돌릴 수 없습니다. 마차를 돌리기엔 길이 좁습니다."

"뭐?"

"돌아가려면 앞으로 나아가 한 바퀴를 크게 돌아야만 합니다."

뭐? 지금 이게 무슨 소리야!

"마차는 앞으로 나아가는 수밖에 없는지라…… 마차가 움직이려면 쓰러진 저 사람을 처리해야만 합니다."

그러니까 결국 저 사람을 밟고 앞으로 가던가, 아니면 직접 치워야 한다는 뜻이었다.

나는 낭패란 표정으로 사내를 바라보다 야트막하게 한숨을 쉬었다. 그리고 마부를 측은한 시선으로 보았다.

"그럼 어쩔 수 없네."

"네?"

"저거 치워줘."

내 명령에 마부가 놀란 표정으로 눈을 동그랗게 떴다. 그러더니 떨리는 손으로 쓰러진 사내를 가리켰다.

"저, 저 사람을 제가요?"

"마차는 뒤로 못 가고 앞으로만 갈 수 있다며."

"그, 그렇습니다."

"그럼 저 사람을 치워야 할 거 아냐. 마차로 그냥 밟고 갈 순 없 잖아."

그렇다고 나나 레베카가 직접 치울 순 없으니. 미안하지만 마부가 수고하는 방법밖에 없지.

마부를 측은하게 바라보고 있자 뒤에 서 있던 레베카가 꺼림칙하단 표정으로 물었다.

"그, 그냥 길에 치워두시려고요?"

"음…… 그럼 마차로 밟고 가자고?"

"아니요! 설마요! 그건 살인이에요!"

내 질문에 레베카가 황급히 고개를 저었다. 나는 '그럼 치우는 수밖에 없지'라고 말한 후 마부를 향해 턱짓했다.

"알, 알, 알겠습니다."

마부가 결국 내키지 않는 얼굴로 눈살을 찌푸리며 금발의 사내에게 천천히 걸어갔다. 한숨을 내쉰 마부가 쓰러져 있는 사내의 양발목을 높게 들고 끌었다.

스으윽.

작은 모래바람이 일며 흙길에 사내가 끌려간 자국이 선명하게 새겨졌다. 몸이 움직이자 땅에 거의 처박혀 있던 얼굴이 선명하게 드러났다.

꽤 보기 좋은 미남이었다. 얼굴이 곱상한 걸 보니 더욱 수상하다. 저렇게 호감형 얼굴의 사내가 길가에 쓰러져 있다니. 의심이 점점 커졌다.

"이제 길이 열렸으니 얼른 출발하자."

출발을 재촉하자 마부가 사내의 양발을 조심히 내려두었다.

그때였다.

마치 이 순간을 기다렸다는 듯이 사내가 감긴 눈을 번쩍 떴다.

"으아아악!"

맑은 호수처럼 청량하면서도 끝을 모르는 심해처럼 깊은 푸른 눈동자가 보이자 마부가 괴상한 비명을 지르며 뒤로 크게 넘어졌다.

"여, 여기는……."

미약한 숨을 불규칙하게 내쉰 사내가 상체를 일으키며 주변을 살폈다. 그러더니 나를 바라보며 해사하게 웃었다.

"당신이 절 구해주셨군요."

아니, 옆으로 버려두고 가던 길 가려던 참인데요. 일어나자마자 이상한 소리를 하는 걸 보니 역시 제정신인 놈은 아닌 것 같았다.

"전 분명히 길 중앙에 쓰러져 있었던 것 같은데."

자신이 얼마나 민폐였는지 익히 알고 있어 다행이었다.

"제가 다칠까 봐 옆으로 옮겨주시기까지 한 거군요."

아니요, 옆으로 치워버린 건데요.

"상냥하신 분이군요."

금발 미남이 감격에 겨운 표정으로 몸을 일으켰다. 쓰러져 있던 게 의심스러울 정도로 너무도 아무렇지 않아 보였다.

"정말 이 은혜를 어떻게 갚아야 할지 모르겠습니다."

몸을 일으킨 금발 미남은 흙먼지가 묻은 옷을 아무렇지 않게 손으로 툭툭 털었다. 그리고 엉덩방아를 찧은 마부를 지나쳐 내 앞으로 향했다.

"보시다시피 지금은 가진 게 없어 당장 은혜를 갚진 못하지만, 성함을 알려주시면 반드시 잊지 않고 보답하겠습니다."

보아하니 걷는 두 다리도 멀쩡하고 두 팔도 문제없어 보였다. 잘생긴 얼굴에는 맞은 흔적도 없이 빛났다.

게다가 아무리 살펴봐도 누군가한테 맞을 사람처럼 보이진 않았다. 나는 가늘어진 눈매로 금발 미남을 살피다 무심코 질문했다.

"왜 여기에 쓰러져 있었지?"

"축제를 구경하러 왔다가 사람이 너무 많아 어지러웠습니다. 사람을 피하고자 없는 곳으로 왔는데 순간 정신을 잃었습니다."

마치 내가 이 질문을 해주길 기다렸다는 듯이 사내가 냉큼 대답하며 의문스럽게 웃었다.

꽤 좋은 옷을 입고 있었다. 평민은 아니라는 소리였다. 그렇다고 상인이라고 하기엔 인사하는 태도나 말투가 귀족의 예법이었다.

'귀족가의 자제인가?'

하지만 아무리 살펴도 어디서도 본 적이 없는 낯선 얼굴이었다.

내가 대답이 없자 금발 미남이 여전히 한결같이 웃으며 다시 물었다.

"성함을 여쭤도 되겠습니까?"

"구할 생각은 아니었으니 은혜를 갚을 필요는 없어."

내 이름을 알려줄 생각 같은 건 없었다.

나는 선을 긋는 의미로 생긋 미소를 짓고는 아직 놀라 엉덩방아를 찧고 있는 마부를 향해 말했다.

"이만 출발하자. 여기서 하룻밤을 지새울 건 아니지?"

그러자 귀신이라도 본 것처럼 넋이 나가 있던 마부가 황급히 엉덩이를 털고 일어섰다. 마부는 달려와서 갑작스럽게 멈춘 바람에 놀란 말을 달래며 마차를 확인했다.

마부가 마차를 정비하는 것을 확인한 후 나는 몸을 돌렸다. 아까 마부가 소리를 지를 때 놀랐는지 뻣뻣하게 굳은 레베카의 모습이 눈에 들어왔다.

"괜찮아? 놀랐어?"

"조, 조금 놀랐어요."

레베카가 가슴을 쓸어내리며 숨을 크게 들이마셨다가 내쉬었다.

요즘 레베카가 나 때문에 놀랄 일을 많이 겪네. 조금 미안해지는걸.

"마차에 타서 좀 쉬자."

레베카의 손을 잡고 마차에 오르려 하자 금발 미남이 바람보다도 더 빠르게 움직였다. 눈 깜짝할 사이에 다가온 사내가 내 옆으로 다가왔다.

"이대로 보내면 제 마음이 편치 않습니다."

짧은 순간 움직인 몸놀림이 한눈에 보기에도 예사롭지 않았다. 필시 훈련을 받은 사람이 틀림없었다.

"가실 때 가더라도 성함이라도 알려주고……."

"비켜."

"제 생명의 은인께 해코지할 마음이 아닙니다. 너무 감사해서 은혜를 갚고자……."

"그대는 길을 가로막는 것으로 은혜를 갚나 보지?"

날카로운 내 목소리에 사내가 입술을 꾹 다물었다. 하지만 물러설 기미가 보이지 않았다.

"외부인이 출입해서 안 될 금지 구역에 들어와 내 앞길을 가로막고 있다고 경비대원에게 신고할까?"

"이곳은 외부인이 출입할 수 없는 곳입니까? 놀랍군요."

놀랍다는 말과는 다르게 금발 미남은 여전히 얼굴에 태연한 미소를 띤 채였다. 사내의 반응에 나는 절로 미간을 찌푸렸다.

"여긴 행렬 길이야. 앞에 경비대가 지키고 서 있었을 텐데?"

"아니요. 제가 들어올 땐 지키고 있는 사람이 없었습니다. 있었다면 제가 들어올 수 없었겠죠."

그러고 보니 맞는 말이다. 저 사람은 대체 어떻게 들어온 걸까?

사내를 노려보며 머리를 굴리자 긴장이 풀렸는지 가슴을 쓸어내린 레베카가 말을 덧붙였다.

"아마 운 좋게 교대 시간으로 경비가 잠시 자리를 비웠을 때 들어왔나 봐요."

운 좋게? 나는 레베카의 말에 기가 찬 표정으로 웃었다. 이걸 운이 좋다고 해야 할지, 아니면 나쁘다고 해야 할지.

"레베카, 이제 좀 괜찮아? 아까 많이 놀란 것 같았는데."

"네, 네. 이제 괜찮아졌어요. 놀라게 해서 죄송해요."

내가 레베카의 이름을 부른 순간이었다. 지금까지 나를 바라보며 미소 짓던 사내의 시선이 레베카에게 돌아갔다.

"레베카?"

사내가 레베카의 이름을 불렀다.

"레베카 나이츠?"

금발 미남이 자신의 가문까지 알고 있자 레베카가 놀랐는지 어깨를 움찔 떨었다.

"저를 아시나요?"

"아까부터 긴가민가했었는데, 너구나. 나야. 나 모르겠어?"

금발 미남이 미소를 지었다. 레베카가 슬그머니 내 눈치를 살피며 자신은 모르는 사람이라는 듯이 고개를 저었다.

"날 기억 못 하는 모양이네. 하긴 세월이 많이 흐르긴 했지. 내가 타국으로 유학을 너무 길게 가 있던 탓도 있고."

"네?"

"나야, 아데우스 포츤."

레베카가 눈을 깜빡거리며 금발 미남의 이름을 어설프게 다시 불렀다.

"아, 아데우스…… 포츤?"

"그래. 정말 기억 안 나?"

금발 미남, 아데우스가 눈을 부드럽게 휘며 수려하게 웃었다.

"네 소꿉친구잖아."

소꿉친구라고? 레베카도 미처 몰랐는지 보름달처럼 동그란 눈을 크게 뜨고 있었다.

"소, 소꿉친구?"

"그래. 기억 안 나?"

아데우스가 의미심장하게 눈을 휘며 웃었다.

"우리 어릴 때 자주 같이 놀았잖아."

회귀 전 포츤 자작가에 대해 들어본 적 있었다.

도박으로 쌓인 부채를 처리하기 위해 급히 개인 사유지와 별장 몇 개를 팔았다는 소문이었다.

'포츤 자작가에 이렇게 젊은 사내가 있었나? 자식이라고는 올해 데뷔탕트를 치를 딸이 전부였던 것 같은데.'

나는 가늘어진 눈매로 아데우스를 훑었다. 그러나 곧 대수롭지 않게 시선을 돌렸다.

귀족들에게 사생아나 숨겨둔 아이가 있다는 건 너무도 흔한 이야기였으니까.

그러는 사이에도 두 사람은 여전히 과거의 기억을 공유하며 대화를 나누고 있었다.

"내가 자주 괴롭히거나 놀렸었잖아."

레베카는 대답 대신 눈동자를 이리저리 굴리며 침묵했다. 그러자 아데우스가 딱딱하게 굳은 표정으로 레베카의 어깨에 손을 얹었다.

"레베카, 나 정말 기억 안 나는 거 아니지? 그럼 서운해. 우리 정말 친했었는데."

아데우스의 말이 끝나기 무섭게 레베카가 기억을 떠올렸는지 입을 크게 벌렸다. 그리고 손가락으로 아데우스를 가리키며 반가운 기색을 내비쳤다.

"너, 너 아데우스구나?"

"그래. 이제 생각이 났어?"

레베카가 황급히 고개를 끄덕였다. 보아하니 정황상 둘이 어릴 때부터 알던 소꿉친구가 맞는 모양이었다.

"여기서 널 만나게 될 줄이야, 레베카."

"그, 그러게. 정말 오랜만이다."

오랜만에 만난 친구가 어색한지 레베카는 시선을 피한 채 희미하게 웃었다. 서로의 인사가 끝나자 다시 적막이 찾아왔다.

"정식으로 인사드리겠습니다. 전 아데우스 포츤. 포츤 자작가의 사람입니다."

아데우스가 자신의 가슴팍에 손을 올리고 나를 향해 정중히 허리를 숙였다. 힐끗 나를 올려다보는 푸른 눈동자에 의미 모를 즐거움이 잔뜩 담겨 있었다.

아데우스의 인사가 끝나기 무섭게 레베카가 내 귓가로 다가와 자그맣게 속삭였다.

"소꿉친구예요. 어렸을 땐 자주 함께 놀았는데 유학을 가서 오랜만에 만났어요."

그래서 그렇게 어색해 보였구나.

내게 속삭이는 레베카를 보며 아데우스가 말을 걸었다.

"레베카, 네가 수도에 갔다는 이야기는 들었는데 여기서 만나게 될 줄이야."

"나, 나도 널 여기서 볼 줄은 생각 못 했어."

"나는 타국에서 유학을 마치고 돌아온 지 얼마 안 됐어."

아데우스가 의뭉스레 미소를 지으며 우리 뒤의 마차를 힐끔 바라보았다.

"레베카, 너는……."

아니, 정확히는 마차에 새겨진 가문의 문장을 보는 것 같았다. 가늘어진 눈매로 마차를 살피던 아데우스가 웃으며 시선을 돌렸다.

"라피레온 대공가의 시녀로 들어갔다는 소문이 사실인 모양이네."

"어? 어어……."

레베카가 내 눈치를 살피며 조심스레 고개를 끄덕였다. 나를 옆에 두고 내 얘기를 하는 게 조심스러운 모양이었다.

아데우스의 시선이 다시 내게 돌아왔다.

"그럼 라피레온 대공비 전하이시겠군요."

마치 이미 알고 있는 정답을 다시 확인이라도 하듯 아데우스가 넉살맞게 웃었다.

레베카의 친구라고 했으니 더는 남처럼 쌀쌀맞게 대할 수가 없었다. 나는 인위적으로 웃으며 끄덕였다.

"제가 대단한 분의 도움을 받았습니다."

"혹시라도 마음 불편해할 건 없어. 단지 내 갈 길이 막혀 마차가 움직이지 못하는 바람에 널 옆으로 치워둔 것뿐이니까."

"의도야 어찌 됐든 결과는 마차에 치일 뻔한 절 구하신 거니, 제 겐 은인이십니다."

아데우스의 미소가 능구렁이처럼 보였다. 그의 이질적인 푸른 눈동자가 흥미로움으로 반짝거렸다.

"라피레온 대공비 전하께 은혜를 갚겠다고 떠들어 댔다니."

아데우스는 이 상황이 우스운지 하하, 소리를 내며 웃었다.

"감히 주제도 모르고 사자 없는 산에서 토끼가 왕 노릇을 할 뻔했습니다."

"그 마음은 고맙게 받을게."

대화는 이 정도면 되겠지.

나는 대충 대화를 몇 번 주고받은 후 앞을 막고 있는 아데우스를 지나치기 위해 옆으로 움직였다. 그러자 아데우스가 내 방향을 따라오며 다시 말을 걸었다.

"대신, 대공비 전하께서 제 도움이 필요하신 날에 절 찾으신다면 그 무슨 일이라도 전하의 편에 서서 도와드리겠습니다."

"무슨 일이라도?"

"네. 혹시 사람을 죽이거나 급하게 처리해야 할 사람이 있다고 해도 말이죠."

뭐라고?

끔찍한 말과는 다르게 아데우스는 여전히 햇살처럼 눈이 부시도록 웃고 있었다. 그 괴리감이 어딘가 꺼림칙했다.

"내게 왜 그런 말을 하는 건가?"

눈가가 절로 찌푸려졌다.

"이런, 죄송합니다. 제가 머물렀던 타국에서는 무슨 일이든 나서겠다는 은유적인 표현으로 사용하던 말이었는데 제가 생각이 짧았습니다."

"제국에 돌아왔으면 이곳에 적응해야지. 처음 본 사람한테 누군가를 죽여주겠다는 말은 예의에 어긋나."

불쾌한 기분을 숨기지 않고 딱딱한 얼굴로 그를 질책했다.

"사과드리겠습니다."

아데우스가 정중한 말투로 사과했다. 하지만 그의 얼굴에는 여전히 미소가 번져 있었다.

그게 정말 이상하게도 마음에 들지 않았다.

"……자네가 필요한 일이 있다면 부르도록 하지. 물론 그런 일은 없을 것 같지만."

"가문의 영광입니다."

아데우스가 능청스럽게 웃었다. 나는 이번에야말로 그를 지나쳐 마차에 오르려고 했다.

"혹시 저택으로 돌아가시는 길이라면 저도 데려가 주실 수는 없을까요?"

아데우스가 황당한 질문을 하지 않았다면 말이다.

나는 어이가 없어서 걸음도 멈춘 채 그를 돌아보았다. 그는 여전히 해맑게 웃고 있었다.

"헤헤."

심지어 소리까지 내면서 웃고 있다.

"조금 전 이곳은 외부인이 출입할 수 없는 곳이라고 대공비 전하께서 말씀하셨잖아요."

"그런데?"

"제가 혼자 나가게 되면 경비대에게 들키게 될 것 아닙니까? 경비대원한테 들키면 처벌을 받게 될 테고, 아버지의 귀에도 들어갈 것 같아서요."

아데우스가 퍽 난감하다는 듯이 턱을 쓸었다.

"그러니 돌아가시는 마차에 잠시만 저를 태워주시면 안 되겠습니까?"

"싫어."

생각을 거치지 않은 답이 본능적으로 나왔다. 빠른 거절에 아데우스도 놀랐는지 내내 짓던 미소가 처음으로 흐트러졌다.

나도 참.

사람이 부탁하면 생각은 해보고 답했어야 했는데.

생각해 보자. 생각…….

"역시 싫어."

생각해 보니까 정말 싫다.

"저 방금 연달아 두 번이나 거절당한 거죠?"

"그렇게 됐네."

아데우스가 하하하 소리 내어 웃었다. 내가 만약 회귀한 사람이 아니었고, 결혼할 상대가 없었다면 당장 마차에 몰래 태워서 데려가고 싶을 정도로 웃는 게 예쁜 미남자였다.

외모가 무기군.

"처벌이 걱정되면 내가 경비대원에게 직접 말해줄게. 그쪽은 레베카의 친구이기도 하고 또."

또 내가 그냥 버리고 가려고 했던 것도 조금은 미안하니까.

"절 잠시 데려가 주시는 게 싫으십니까?"

"응."

"오랜만에 만난 제 친구인 레베카와 대화도 나누고 싶었는데."

아데우스가 아쉽다는 표정으로 레베카를 바라보았다.

나도 고개를 돌려 레베카를 보았다.

"레베카."

아데우스가 레베카를 불렀다.

"너도 오랜만에 나와 대화하고 싶지?"

레베카가 난감하다는 듯이 나와 아데우스를 번갈아 바라보았다. 그러더니 조심스럽게 끄덕거렸다.

"으으응."

애매한 반응이었다.

아데우스와 얘기를 나누고 싶은데 내 눈치를 살피는 건지, 아니면 아데우스와 사이가 어색해서 피하고 싶은데 본인 앞이라 차마 거절할 수가 없는 건지.

"레베카."

나는 한숨을 내쉬며 내 시녀를 불렀다.

"너도 함께 가기를 원해?"

아데우스가 들을 수 없도록 작게 속삭였다. 레베카가 손가락을 꼼지락거리며 고개를 떨구더니 자그맣게 답했다.

"네에."

이런.

"물론 대공비 전하께 방해가 되지 않는다면요……. 대공비 전하께 방해가 된다면 괜찮아요."

마차에 잠깐 태워주는 건 그리 어려운 일은 아니었다. 이 행렬 길을 빠져나가는 게 오래 걸릴 일도 아니고.

레베카가 대화하고 싶다면 하는 수 없지.

나는 아데우스를 돌아보았다. 그의 얼굴이 기대에 부풀었다.

"그럼…….."

같이 마차를 타고 돌아가자고 말하려던 그때였다.

뒤에서 말발굽 소리가 선명히 들렸다. 멀리서 들리던 말발굽 소리가 빠른 속도로 점점 가까워지고 있었다.

고개를 돌렸다.

'저건…….'

말을 타고 달려오는 사람이 빠르게 우리한테 가까워졌다.

"여기 있었군."

정확히 우리 앞에 멈춰 선 흑마 위엔 테르데오가 타고 있었다.

"……테르데오."

"대공 각하."

갑작스러운 테르데오의 등장에 나와 레베카가 놀라 동시에 그를 불렀다.

테르데오가 나를 살폈다. 그리고 멈춘 마차와 레베카, 또 그 앞에 있는 아데우스를 천천히 바라보았다.

"여긴 어떻게 왔어요?"

여기서 만날 줄 몰라서 그런지 괜스레 반가웠다.

"행렬을 준비하기 위해 그대가 왔다는 보고를 들었거든."

테르데오가 말에서 사뿐히 내렸다.

"그날 행렬은 나와 함께 하게 될 테니까 같이 준비하고 싶어서 왔어. 그런데……."

담담하게 말하던 테르데오의 날카로운 시선이 아데우스를 향했다.

"여기 불청객이 있었네."

테르데오가 눈썹을 비뚜름히 올렸다. 그의 얼굴에 불쾌한 티가 역력했다.

"너는 누구지?"

테르데오가 아데우스의 앞으로 향했다.

"이곳은 내 허락 없이는 아무도 출입할 수가 없는데. 난 내 부인 말고는 출입을 허락한 기억이 없거든."

여태까지 미소를 짓고 있던 아데우스의 얼굴에도 미소가 말끔히 사라졌다.

"누구길래 내 부인의 마차 앞을 가로막고 서 있는 거지?"

나직하게 깔린 말투가 거칠었다.

분위기가 가라앉았다. 테르데오를 보던 아데우스가 천천히 고개를 숙였다.

"대공 각하를 뵙습니다."

"내 질문은 그게 아니었던 것 같은데."

"전 아데우스 포츈. 포츈 자작가의 사람입니다."

"아데우스 포츈. 내 부인의 마차 앞은 왜 막고 서 있지?"

테르데오가 그 이름을 재차 부르며 미간을 구겼다.

"제가 대공비 전하께……."

아데우스가 차분하게 입술을 열었다.

"몰래 데려가 달라고 말하던 참입니다."

오해의 소지가 다분한 말이었다. 테르데오가 나를 돌아보았고 나는 경악했다.

아데우스가 웃었다.

"오늘 처음 만난 사이예요!"

나는 황급히 외쳤다. 테르데오의 미간이 구겨졌다.

아까 마차로 밟고 갈 걸 그랬나 잠시 후회됐다.

"마차를 타고 가다가 쓰러져 있는 걸 우연히 발견했어요."

"대공비 전하께서 절 살려주셨죠."

"정확히 말하자면 마차로 밟고 갈까 하다가 미관상 안 좋을 것 같아서 옆으로 치워뒀어요. 그것도 제가 아니라 마부가요."

내가 왜 이렇게 열정적으로 변명하는 거지? 내 스스로의 행동이 이해 안 되지만.

"하지만 전 덕분에 마차에 치이지 않았죠."

"그리고 레베카의 소꿉친구래요."

"어릴 때부터 알던 아주 친한 사이죠. 제가 이상한 사람이 아니란 걸 레베카가 증명해 줄 수 있습니다."

아데우스의 말이 끝나기 무섭게 레베카가 서둘러 고개를 끄덕였다.

"여긴 경비 교대 시간에 잘못 들어온 것 같아요. 나가다 경비에게 걸려 처벌받을까 걱정도 하고, 레베카가 둘이 대화를 나누고 싶다기에 마차를 태워줄 참이었어요."

"전 저를 살려주신 대공비 전하께 목숨도 바칠 준비가 되어 있는 사람이랍니다."

내 말 한마디가 끝날 때마다 아데우스의 말이 졸졸졸 따라붙었다.

우리의 이어지지 않는 대화를 듣던 테르데오가 마뜩잖게 눈살을 찌푸렸다.

"몰래 데려가 달라고 한 건 무슨 뜻이지?"

아데우스는 조금 전과 달리 무미건조한 표정으로 성의 없이 대충 답했다.

"대공비 전하께 마차에 태워서 데리고 나가달라고 한 겁니다."

테르데오가 얼굴을 구겼다. 그러더니 무언가 생각이라도 난 것처럼 끄덕거렸다.

"포츤 자작가의 영식. 그래, 들은 적이 있군."

그가 아데우스를 같잖다는 듯이 노려보았다.

"포츤 자작이 밖에서 데리고 온 아들이라지. 술과 여자가 없으면 살 수 없는 난봉꾼이라 비밀리에 타국으로 보냈다던데."

테르데오가 설핏 조소했다.

역시 대외적으로 드러나지 않는다 했더니 포츤 자작의 사생아였구나. 타국으로 유학이 아니라 감당이 안 돼서 그냥 보내버린 거였고.

'난봉꾼보다는 사기꾼처럼 보였어.'

"저에 대해 잘 아시다니, 영광입니다. 라피레온 대공 각하."

"잘 알지. 오죽하면 사교계엔 담을 쌓고 사는 나도 알까. 타국에서 유명했다던데? 영애들의 반경 300m 안엔 포츤 자작 영식의 접근을 금지하자는 법안을 낸 사람이 있다는 소문도 들었어."

테르데오의 비아냥에 나는 놀란 눈을 크게 떴다.

얼굴이 예쁘다고 생각은 했었는데 법안을 낼 정도로 난봉꾼이었구나. 이런 자와 엮일 뻔하다니. 위험할 뻔했다.

"이곳에 실수로 들어와 처벌받을 게 두렵다고 했나? 그 처벌은 내가 결정하는 거니 없는 셈으로 쳐주지. 대신."

테르데오가 옆에 서 있던 내 허리를 보란 듯이 감싼 채 아데우스의 곁에서 멀찍이 떨어졌다.

"내 부인의 반경 500m 안에 접근하지 마."

깜짝 놀란 얼굴이 붉게 달아올랐다. 테르데오의 커다란 손이 닿은 허리가 목각 인형처럼 빳빳하게 굳었다.

아데우스의 서슬 퍼런 시선이 테르데오가 감싼 내 허리에 닿았다. 그 모습을 보며 설핏 조소한 테르데오가 몸을 돌려 나를 정면으로 마주 보았다.

"여기까지 왔는데 할 일은 하고 가야지."

"네?"

말이 끝나기 무섭게 테르데오가 내 허리를 두 손으로 잡았다.

'뭘 하려고?'

팔에 힘을 준 테르데오가 나를 가볍게 번쩍 들어 올렸다. 갑자기 허공에 들리게 되자 나는 깜짝 놀라 숨을 짧게 들이켰다.

"긴장하지 마."

덤덤하게 말한 테르데오가 나를 자신의 말 위에 조심스럽게 앉혔다.

갑자기 살아 있는 말 위에 타게 되자 긴장이 돼서 몸에 힘이 들어갔다. 손바닥 아래에서 느껴지는 말의 온기와 두꺼운 가죽 느낌에 입술이 바싹 말랐다.

"말을 타본 적 있나?"

도리도리.

회귀 전에도 나는 말을 타본 적이 없었다.

내가 고개를 내젓자 테르데오가 훌쩍 날렵하게 내 뒤로 올라탔다. 그리고 나를 품에 감싸 안듯이 자세를 잡고 말의 고삐를 쥐었다. 나를 감싸는 단단한 팔과 뒤에서 느껴지는 사내의 옹골찬 근육 때문에 꼴깍 마른침을 삼켰다. 뒤에서 와 닿는 느낌이 단단했다.

"내가 잡을 테니까 괜찮아."

침을 삼키는 소리가 들렸나?

내가 무서워서 굳은 줄 알았는지 테르데오가 부드럽게 나를 달랬다. 물론 드레스 때문에 정면으로 편히 앉지 못하고 옆으로 위태롭게 앉아 있어서 무섭기도 했다.

'떨어지면 크게 다치겠지.'

말 위는 생각보다 높았다. 혼자 힘으로는 절대 내려갈 수 없는 높이였다.

나는 발 아래를 슬쩍 살피다가 두 손으로 테르데오의 팔을 꽉 붙들었다. 그의 팔은 조금의 흔들림도 없었다.

나를 가만히 바라보던 테르데오가 아데우스를 향해 서늘하게 말했다.

"포츤 영식은 친구와의 대화가 필요하다고 했나? 둘이서 얼마든지 대화 나누도록 해. 우린 방해하지 않을 테니."

"……."

"이왕이면 이 행렬 길을 나가서 하면 더 좋고. 다시 말하지만, 여긴 외부인은 출입 금지거든."

테르데오의 위협적인 시선에 레베카가 놀란 눈으로 황급히 고개를 끄덕였다. 그리고 서둘러 아데우스의 팔을 잡아끌었다.

"그, 그럼요! 나가서 대화 나눌게요! 두, 두 분을 절대 방해하지 않겠습니다!"

"좋군."

그러나 레베카와 달리 아데우스는 딱딱하게 굳은 얼굴로 계속 우리를 바라봤다. 아니, 정확히 말하면 내가 아니라 테르데오를 노려보고 있었다.

'테르데오가 아까 난봉꾼이라고 해서 기분 나빴나?'

아무리 그래도 대공의 얼굴을 저렇게 노려보는 건 좀.

"포츤 영식의 얼굴이 뚫어지겠군."

"······네?"

테르데오의 볼멘소리에 고개를 돌리자 날 바라보는 붉은 눈동자와 정면으로 마주쳤다.

뭐가 마음에 안 드는지 그의 얼굴이 석상처럼 묘하게 굳어 있었다.

방금 뭐라고 중얼거린 것 같은데 생각에 빠져 있느라 제대로 못 들었다.

"네? 방금 뭐라고 했어요?"

마주 본 눈동자를 깜빡였다. 테르데오는 대답 대신 고삐를 쥐더니 천천히 말을 움직였다.

갑자기 말이 움직이자 나는 몸에 잔뜩 힘을 주고 말이 걷는 방향을 바라봤다.

"어, 어디 가려고요? 왜 말을 움직여요?"

균형을 잃은 상체가 비틀거렸다.

그러자 손을 뻗은 테르데오가 넘어지지 않도록 내 허리를 빠르게 감싸 안았다. 그리고 바짝 끌어당겨 자신의 품에 찰싹 달라붙게 했다.

"행렬 길을 둘러보기 위해 온 거 아닌가? 어차피 그날은 나와 함께 행렬하게 될 테니 이렇게 같이 연습해 두는 것도 나쁘지 않지."

테르데오가 웃었다.

"행렬을 기대하고 있을 줄 몰랐는데."

"……!! 제, 제가 아니라 레베카가 보러 오자고 한 거예요."

"그렇다고 치지."

"진짜예요."

"행렬할 때 입을 드레스와 구두, 모자, 장신구도 전부 구매했다던데?"

"그것도 레베카가……!"

"그럼 그것도 그렇다고 치지."

테르데오의 목소리에 웃음이 서렸다. 조금 전과는 달리 금세 기분이 좋아진 것 같았다.

'나 놀려서 신나나?'

마음 같아선 당장 허리를 안고 있는 이 손 치우라고 하고 싶은데…….

그러면 말에서 떨어질 것 같아서 그럴 수가 없네.

괜히 툴툴대자 멀어지는 뒤쪽에서 아데우스의 외침이 들렸다.

"대공비 전하, 다음 만남을 기대하겠습니다. 저를 부르실 날을 기다리지요."

싫어. 기대하지 말고 기다리지도 마. 안 부를 거고, 안 만날 거야.

뒤를 돌아 말해주고 싶었지만 내가 탄 말은 앞으로 착실히 걸어가고 있었다. 괜히 고개를 돌리다 균형을 잃을까 무서워서 들리지 않는 척했다.

"잡음이 많군."

테르데오가 말의 속도를 조금 높여 아데우스의 외침을 멀리 떨쳐냈다.

"아무 사이 아니라더니 기대하고 기다린다는데."

"기대하고 기다리는 건 쌍방이 아니라 일방적인 거니까 아무 사이 아닌 게 맞죠."

"혹시."

무슨 말을 하려던 테르데오가 입술을 꾹 닫았다.

뭔데? 궁금하게 왜 말을 하다가 말아?

나는 테르데오의 품에 기대다시피 하고 있던 고개를 들어 그를 지그시 바라봤다.

"사람 궁금하게 왜 말을 하다가 멈춰요?"

"혹시나 해서 묻는 건데."

"네."

"그대가 새로 찾은 사랑인가?"

일순 몸이 휘청거렸다.

진짜 너무 어이가 없어서 말에서 굴러떨어질 뻔했다.

테르데오가 순간 내 허리를 꽉 잡지 않았다면 무조건 굴러떨어져서 다리나 팔이 부러졌을 게 분명하다.

"나한테까지 숨길 필요는 없어. 아깐 사람이 많았으니 말 못 했을 수 있지만, 지금은 우리 둘뿐이니 솔직하게 말해도 돼."

허리를 감은 테르데오의 손에 힘이 들어갔다.

"지난번 그대가 독을 먹은 일이 있으니. 범인이 잡히기 전까진 누구든 조심하는 게 좋다고 생각해서 나선 거다. 내 행동이 혹시 두 사람 사이에 방해가 됐다면……."

혼자 속사포처럼 말하던 테르데오가 못마땅한 듯이 입술을 다물었다.

"……하지만 나와의 계약 기간은 아직 많이 남았을 텐데. 서운하군."

"하, 저기요."

"두 사람 사이를 이간질하는 건 아니지만 아까 말한 것처럼 포츤 영식은 질이 안 좋아. 혹시 아직 깊은 사이가 아니라면 조금 더

고려해 보는 걸 추천해."

"내 말 좀."

"그런데 언제부터 서로 만났지? 꽤 어릴 때부터 타국으로 가서 오랫동안 제국엔 안 들어온 것으로 아는데. ……아, 물론 그냥 궁금해서 묻는 것뿐이야."

"……."

"그…… 음…… 아, 나도 어느 정도는 알고 있어야 나중에 대비할 수 있으니까. 그래서 묻는 것뿐이야."

확실히 테르데오와 세르시아, 그리고 셀피우스는 한 핏줄이 분명하다.

어쩜 이렇게 남의 말을 안 듣고 자기 말만 할까.

나는 심드렁한 표정으로 테르데오의 말이 끝나기를 기다렸다.

테르데오는 한참이나 아데우스가 지난 과거에 얼마나 많은 영애를 동시에 사귀었고 방탕한 생활을 했는지 낱낱이 말했다.

구구절절 한 말을 또 하고, 또 한 뒤에야 테르데오는 조용해졌다.

"이제 할 말 다 끝났어요?"

어느새 한 바퀴를 다 돌아 행렬할 길이 끝나 있었다.

테르데오가 민망한 표정으로 고개를 끄덕였다.

"제가 아까 말했죠? 아무 사이 아니라고. 제 정부로 들일 사람도 아니고, 사랑하는 사이도 아니에요. 진짜 오늘 처음 만났어요."

"……그래?"

"그리고 전 현재로선 계약 기간에도, 계약 기간이 끝난 후에도 누굴 만날 생각은 없어요."

시프한테 그렇게 당했는데 누굴 만나고 싶은 마음이 들 리가 없지.

누군가를 만나더라도 그때 받은 상처 때문에 분명 의심하고 힘들어질 게 뻔하다.

"그렇군."

짤막하게 고개를 끄덕인 테르데오가 말을 멈추더니 가벼운 몸놀림으로 내렸다. 나를 지탱하고 있던 품과 팔이 사라지자 다시 몸에 힘이 들어갔다.

"괜찮아, 내가 있으니 긴장 풀어."

기분이 좋아 보이는 테르데오가 내 손을 잡더니 자신의 어깨를 감싸 안게 했다. 자연스레 내 무게중심이 아래로 쏠리자 테르데오가 가볍게 나를 안아 든 뒤 땅에 살포시 내려줬다.

"고, 고마워요."

땅을 밟고 나서야 그와 너무도 가까이 붙어 있었다는 게 실감 났다. 뜨거운 숨결이 얽혀들자 나는 황급히 그의 품을 벗어났다.

"다, 다른 사람이 만지는 거 싫어하잖아요."

분명 첫 만남 때 내가 손목을 잡았을 때도 잡아먹을 것처럼 눈을 부릅떴었지.

테르데오가 그런 내 옆에 가까이 붙으며 덤덤하게 말했다.

"적어도 그대는 내 저주 때문에 죽진 않잖아. 그럼 됐어."

씁쓸한 목소리였다. 잊을 만하면 그 저주는 불쑥 우리 사이에 끼어든다.

그러고 보니 저주라고 했으니 분명 최초에 저주를 건 사람이 있을 텐데…….

할 수만 있다면 그 사람을 찾아서 따지고 싶은 심정이다.

도대체 왜, 무슨 이유로, 그리고 무슨 권리로 이 사람들을 이런 고통 속에 살게 하냐고.

행렬 길을 벗어난 테르데오가 타고 온 말을 경비대에게 맡긴 뒤 내게 다가왔다.

"가자."

"네?"

뜬금없이 어디를?

고개를 갸웃거리자 테르데오가 덤덤한 어조로 툭 내뱉었다.

"축제 첫날이잖아. 여기까지 나왔으니 그대로 돌아가긴 아쉽고. 축제라도 즐기러 가야지."

축제를 즐긴다고? 다른 사람도 아닌 테르데오가?

"이런 거 귀찮다고 하지 않았어요? 딱 질색이라고 했잖아요."

"귀찮고 질색이긴 한데 이미 시작됐으니 어쩔 수 없지. 그리고 나도 살면서 축제라는 걸 본 적이 없거든. 이 기회에 즐겨보는 것도 나쁘지 않겠지."

"네?"

살면서 축제라는 걸 즐겨본 적이 없다고?

"축제를 온 적이 없어요?"

"응."

"단 한 번도요?"

"그래."

"어릴 때도요?"

어떻게 그럴 수 있지?

특히나 수도에선 자질구레한 일들로도 축제를 여는데!

"어릴 땐 나갈 수 없었거든. 조금 커선 내 저주 때문에 사람 많은 곳을 피했고, 그러다 보니 여태까지 다녀본 적이 없어."

"어릴 때 왜 못 나가요? 어디 갇혀 있기라도…… 아."

예전에 세르시아가 말해준 '어릴 적 어머니께 학대를 당해 갇혀지낸' 이야기가 떠올랐다.

'자꾸 잊네.'

당연히 누려야 할 것들을 너무도 당연히 포기해 버린 사람들.

나는 부러 테르데오의 손을 꽉 붙잡고 활기차게 웃었다.

"좋아요, 까짓것 그 축제 오늘 다 즐기면 되죠. 가요! 제가 제대로 놀게 해드릴게요!"

※ ※ ※

아침이 밝았다.

나는 언제나처럼 소란스러운 인기척에 잠에서 깨어났다. 침실로 들어온 하녀와 레베카가 내가 깨어나길 기다리며 움직이고 있었다.

슬그머니 옆을 보니 오늘도 테르데오는 먼저 일어나 자리를 비운 듯 보였다.

늘 내가 일어나기도 전에 말끔히 준비하고 나가는 걸 보면 참 부지런하다 싶은 생각이 들었다.

"좋은 아침입니다, 대공비 전하."

"기분 좋은 아침이에요, 대공비 전하!"

나는 모두의 인사를 받으며 활기차게 침대에서 일어섰다. 그리고 상체를 일으키자마자 느껴지는 고통에 허리를 부여잡으며 미간을 찌푸렸다.

"윽."

억눌린 신음이 흘렀다. 허리가 아팠다.

"대, 대공비 전하. 어디 안 좋으신가요?"

"허리, 허리가 아파."

그래, 안 아픈 게 이상하지. 어제 그렇게 말을 탄 것도 모자라서 축제를 휩쓸고 다녔는데.

어제, 지금까지의 한을 푸는 것처럼 테르데오는 축제를 제대로 즐겼다.

같이 너무 격하게 뛰어다니느라 다리도 아프고 허리도 아팠다.

나는 하늘 높이 기지개를 켜며 찌뿌둥한 몸을 풀었다.

그리고 뭔가 이상함을 감지했다.

"뭐야. 왜 이렇게 다들 조용해?"

마치 약속이라도 한 것처럼 모두가 입을 꾹 다물고 꼼짝도 하지

앉은 채 나를 쳐다보고 있었다.

떨떠름한 표정으로 모두를 살피자 옆에 있던 레베카가 부끄러운 표정으로 슬그머니 물었다.

"대, 대공비 전하. 그, 그럼 몸을 풀 수 있게 따뜻한 물로 목욕을 하시는 건 어떠세요?"

"아침부터? 왜?"

"그…… 남녀 간의 격한 밤을 보낸 후에는 몸이 굳어 있어서 뜨거운 물로 풀어주는 게 좋다고 들었어요."

남녀 간의 격한 밤?

그러고 보니까 나를 보는 표정들이 어딘가 모르게 흐뭇해 보인다.

그제야 이 사람들이 뭘 오해하고 있는지를 깨달았다.

"아, 아니야! 그런 거 아니야!"

급하게 부정했지만 다들 내 말을 들을 기미가 보이지 않았다.

어떤 하녀는 발그레 웃으며 따뜻한 목욕물을 준비해야겠다고 침실을 나가기까지 했다.

내 붉어진 얼굴을 다른 의미로 해석한 하녀들이 웃었다. 나는 아픈 허리를 부여잡고 서둘러 침대에서 일어났다.

"잔말 말고 빨리 드레스 입혀줘!"

다들 그렇게 흐뭇하고 뿌듯한 표정으로 나 보지 말라고!

내가 진짜 이 가문에서 무슨 말을 함부로 못 하겠어, 아주!

붉어진 내 얼굴을 본 레베카가 부채를 들고 뛰어와 부채질을 해 주었다.

"레베카, 너는 어제 친구랑 얘기 잘 했어?"

그러고 보니 어제, 밤늦게까지 테르데오와 놀다 들어오느라 레베카가 어땠는지 들어보질 못했다.

내 질문에 레베카가 어깨를 움찔 떨었다.

"앗, 네에."

그렇지 않다고 대답하는 것 같은데.

문득 어제 테르데오가 말했던 '난봉꾼'이란 단어가 떠올랐다.

"혹시 그 자식이 레베카 너한테 뭐 나쁜 짓이라도 한 거 아니지?"

"네? 그, 그런 거 아니에요! 그냥 어제 너무 어색해서 죽는 줄 알았어요. 사실대로 말하자면 어제 대공비 전하를 따라서 도망치고 싶었어요."

레베카가 울적한 표정으로 고개를 내저었다.

하긴 오랜만에 만난 친구라면 어색하고 그럴 수도 있지.

"어렸을 땐 많이 친했어?"

"네, 어렸을 땐 그랬죠. 평민인 어머니 아래에서 태어난 바람에 포츤 자작님께서 숨겨 키우셨거든요. 제국에선 걔가 있는지 아는 사람이 거의 없었을걸요?"

"나도 포츤 자작가엔 딸만 있는 줄 알았어."

말해놓고 나니 이상했다.

"제국에 아는 사람이 거의 없다며? 대공 각하께선 알고 계시던데?"

"그거야…… 대공 각하께선 외교적 정치 때문에 소문을 들으신 게 아닐까요?"

아, 그렇구나. 그럴 수 있겠다.

고개를 끄덕거리자 레베카가 대수롭지 않게 자신의 과거를 말했다.

"다른 사람과 있을 땐 말도 제대로 못 해서 제가 많이 도와줬었죠. 제가 없으면 아무것도 못 하는 바보였다니까요."

응? 누가? 아데우스가?

나는 멍한 얼굴로 레베카를 바라보았다. 회상에 젖어 있는 레베카는 그때의 기억이 떠올랐는지 풋 웃고 있었다.

'그렇게 보이진 않았는데.'

말을 못 하는 게 아니라 너무 잘해서 할 말이 없던데.

……하긴 어렸을 때랑 컸을 때는 다른 거니까.

"타국으로 쫓겨나듯 간 후로는 소문만 들었지, 한 번도 본 적은 없었지만요."

레베카가 씁쓸하게 중얼거리듯 답하며 생각하기도 싫은지 고개를 내저었다.

"아, 참. 어제 저희가 구매한 물건들이 오늘 올 거라고 했어요! 오늘 급한 일 없으시면 이따가 다시 한번 입어보는 건 어때요?"

"그래, 알겠어. 오늘은 별일 없으니 저택에 있지, 뭐."

레베카를 향해 고개를 끄덕이자 그녀가 신난 듯 환하게 웃었다.

나는 모든 준비를 마친 후 침실을 나섰다. 다이닝 룸으로 향하자 집사가 시중은 본인이 들 예정이니 다른 하녀와 레베카는 돌아가서 쉬라며 정리하고 있었다.

"레베카. 이따가 부를게."

"네. 라피레온 분들은 사이가 정말 좋으시네요."

레베카가 웃었다.

"보통 시녀나 하녀들까지 다 물리고 가족끼리 식사하는 경우는 정말 드물잖아요. 식사 때 시중들 사람도 집사님으로 충분하다고 하시고요."

"가족끼리 사이가 너무 좋아서 그래."

나는 웃으며 레베카를 돌려보내고 다이닝 룸으로 들어섰다. 아직 테르데오와 셀피우스는 내려오지 않았는지 피니어스만 앉아서 신문을 읽고 있었다.

"대공비 전하, 좋은 아침입니다."

"피니어스 님. 간밤에 좋은 꿈 꾸셨나요? 테르데오와 셀피는 안 보이네요?"

"셀피는 조금 전에 일어났다고 하니 준비하고 내려올 거고. 테오는……."

"여기 있어."

피니어스의 말이 끝나기도 전에 내 뒤에서 테르데오의 목소리가 들렸다.

고개를 뒤로 젖히듯이 위로 올리자 나를 내려다보는 테르데오와 눈이 정면으로 마주쳤다.

툭. 테르데오의 다부진 가슴팍에 뒤통수가 부딪쳤다.

"어……."

허리나 다리가 욱신거리는 나와는 달리 역시 멀쩡해 보인다. 이게 체력 차이라는 건가.

테르데오가 나를 보던 시선을 돌려 집사에게 가볍게 말했다.

"나는 오늘 아침은 됐고. 급하게 나갈 일이 생겼으니 마차를 준비하도록. 바로 출발할 거다."

"아침도 안 먹고 어디 가요?"

내 질문에 테르데오가 다시 고개를 돌려 나를 내려다보았다.

기다란 속눈썹 사이로 반쯤 감긴 붉은 눈동자에 내 얼굴이 담겼다.

테르데오는 한참 말없이 나를 지그시 바라보았다.

"그대에게 독을 먹인 범인의 거주지를 파악했다는 보고를 받았다."

"……!"

그 주방 보조!

"쥐도 새도 모르게 흔적이 사라지는 걸 보면 숙련자이거나 집단으로 움직이는 걸지도 모르겠어."

"네?"

"내 추측이지만 아무래도 혼자 벌인 일이 아니라 공범이 있는 것 같다."

내게 독을…… 아니, 정확히는 테르데오한테 독을 먹여 살해 시도를 계획한 사람이 한 명이 아니라 집단일 수도 있다고?

어안이 벙벙했다.

"예전에 악질적인 내용으로 호외를 냈던 일을 기억하나?"

"그걸 잊을 리가 없지요."

"그 기자도 일반인과는 다르게 자기 흔적을 전혀 남기지 않아서 결국은 찾을 수가 없었지. 바로 지금처럼."

"……!"

"어디까지나 내 예상이야. 어쩌면 같은 집단일지도 모르니 또 흔적을 지우고 사라지기 전에 바로 출발해야 해."

손을 뻗은 테르데오가 내 이마를 부드럽게 쓸었다. 너무 보드라운 손길이라 간지럽기까지 했다.

"반드시 잡아 와 그대 앞에 무릎을 꿇게 만들어 주지."

그 말을 마지막으로 테르데오는 몸을 돌려 다이닝 룸을 빠져나갔다.

나는 한참이나 그가 사라진 곳을 바라보며 테르데오가 쓰다듬은 이마를 매만졌다.

"테오가 전쟁에 나가는 건 아니니 그렇게 애절한 표정으로 바라볼 필요는 없어요, 대공비 전하."

아차. 여긴 우리 둘만 있는 게 아니었지.

뒤에서 들리는 피니어스의 짓궂은 목소리에 나는 화들짝 정신을 차리고 자리에 앉았다.

"애, 애절한 표정은 무슨. 그냥 집단이라고 하니까 혹시나 해서…… 사, 사람과 사람 간의 걱정을 하는 거죠."

"그래요. 그리고 부부가 서로를 걱정하는 건 나쁜 게 아니랍니다. 부끄러운 것도 아니고요."

피니어스가 흐뭇하다는 듯이 턱을 괴고 웃었다.

아냐, 웃지 마. 우린 그런 부부 사이도 아닐뿐더러 남편 걱정 한 게 아니라고요.

괜한 민망함에 화끈거리는 얼굴을 식히기 위해 물을 벌컥벌컥 마셨다.

"참, 일전에 채취해 둔 대공비 전하의 혈액으로 확인해 봤는데, 확실히 저희 가문 사람들의 저주가 모두 통하지 않더군요."

저주가 통하지 않는다.

역시 그렇구나.

나는 고개를 끄덕이고 내리 생각해 왔던 추론을 조심스레 꺼냈다.

"혹시 제가 이미 죽은 사람이라 저주가 안 통하거나, 그런 건 아니겠죠?"

내 질문이 끝나기 무섭게 피니어스가 이상한 표정을 지었다. 그리고 내 앞에 놓인 빈 물 잔을 바라보더니 심각하게 물었다.

"혹시 물이 아니라 술이었습니까? 비전하."

"저 지금 제정신이에요."

누가 들으면 내가 술에 취해 주사를 부리는 주정뱅이인 줄 알겠네.

근래 들어 왜 나만 저주가 통하지 않을까 생각해 왔다.

혹시 나만 저주가 통하지 않는 이유가 이미 시프와 가족들에게 죽어 회귀했기 때문은 아닐까?

그러니까 사실 난 이미 죽은 사람이고, 내 몸도 죽었다던가.

……생각하고 보니 피니어스가 날 술에 취한 사람으로 착각하기 충분한 얘기였다.

한 번 죽었다가 시간을 거슬러 되살아났다는 이야기를 누가 맨정신으로 들을까.

"혹시 진지하게 물어보시는 건가요?"

진지한 내 표정에 피니어스가 떨떠름하게 물었다. 나는 고개를 강렬하게 끄덕였다.

오죽하면 내가 나 자신을 검으로 찔러서 죽는지 안 죽는지 확인할 생각까지 했을까.

피니어스가 어색하게 웃으며 나름대로 성심성의껏 성실하게 답했다.

"지금 이렇게 저와 대화도 나누고 있고 같이 식사도 하시니 당연히 대공비 전하께선 살아 계시겠죠?"

"그럼 제 피도 살아 있는 사람의 피였나요? 죽은 사람이 아니라요?"

"그, 그렇죠."

피니어스의 수긍을 듣고 나서야 나는 안도의 한숨을 내쉬었다. 나는 다행히 죽은 몸은 아니었나 보다.

"나쁜 꿈이라도 꾸셨나요? 많이 놀라신 것 같은데 심신이 안정되는 약이라도 올리게 할까요?"

"아니요, 괜찮아요."

괜찮다는 내 말에도 피니어스가 나를 걱정이 담긴 표정으로 살폈다.

갑자기 내가 죽은 사람이 아니냐는 질문을 했는데 멀쩡하게 보일 리가 없다.

뭐라고 변명을 해야 하나, 생각할 때쯤 마침 셀피우스가 다이닝룸에 나타났다.

델파닐 아카데미의 교복을 입고 나타난 셀피우스가 쭈뼛쭈뼛 어색하게 걸어와 착석했다.

"셀피! 세상에, 너무 잘 어울려."

"셀피, 예쁘구나."

오늘은 셀피우스가 델파닐 아카데미에 입학하는 날이었다.

우리 두 사람의 칭찬에 셀피우스가 머쓱한 표정으로 고개를 돌렸다.

"……그냥 다 똑같은 옷인데 어울리고 할 게 뭐가 있어요."

교복을 입은 자신의 모습이 쑥스럽고 어색한지 셀피우스가 퉁명스럽게 말했다.

그러나 붉게 물든 셀피우스의 귀가 아이의 진심을 말해주고 있었다.

'정말 귀엽다니까.'

"대공 각하는 아직 안 오셨나요?"

"테르데오는 오늘 일이 있어서 먼저 나갔어."

"아······."

셀피우스가 실망과 안도가 섞인 탄성을 작게 흘렸다.

셀피우스가 피를 토한 일이 벌어진 후 테르데오는 아카데미 입학을 다시 반대했다. 셀피우스를 별장 지방으로 보내거나, 아니면 저택에만 머물게 하겠다며 성화였다.

셀피우스를 위하는 마음이라는 걸 너무도 잘 알기에 나도 섣불리 뭐라 말할 수 없었다.

나 역시 피를 토하는 셀피우스를 보며 이곳에 괜히 잡아뒀나 후회했으니까.

하지만 셀피우스는 변함없었다.

피를 토한다는 이유로 지방으로 돌아가거나 저택에 머물러야 한다면 자신뿐 아니라 저주에 걸린 가문의 모든 사람이 그렇게 해야 한다고 주장했다.

게다가 테르데오의 그늘에 갇혀 자신은 후계자가 될 수도 없을 거라고 했다.

틀린 말은 아니었다. 그러나 테르데오는 강경했다.

또 이걸 어떻게 설득하나 눈앞이 깜깜했지만 의외의 조력자 덕에 상황은 쉽게 해결됐다.

'테오, 너도 어릴 때 그랬단다. 네가 갇혀 지냈을 때.'

'······.'

'너도 지금처럼 나가길 바랐고, 글로리아 님은 그걸 허락해 줬단다. 그러니 지금 네가 이렇게 바르게 클 수 있었겠지.'

'……숙부님.'

'네 어릴 때를 떠올려 보면 지금 셀피에게 무엇이 필요한지 알 수 있지 않겠니?'

어릴 적, 갇혀 지냈던 테르데오였기에 셀피우스의 심정을 누구보다 잘 알고 있을 것이란 말이었다.

피니어스의 자상한 설득에 결국 테르데오는 셀피우스의 입학을 허락했다.

"앞으론 매일 피니어스 님께서 아카데미까지 데려다줄 거야. 끝날 때도 데리러 갈 거야."

"전 애가 아닌데요."

"그래도 우리가 그렇게 해주고 싶은걸."

셀피우스는 퉁명스럽게 입술을 삐쭉이면서도 거절하진 않았다.

식사하는 동안 셀피우스가 힐끔힐끔 나를 살폈다. 나는 눈이 마주칠 때마다 교복이 너무 잘 어울린다, 잘생겼다, 귀엽다 칭찬을 쏟아냈지만 셀피우스는 뭔가 듣고 싶은 말이 있는 것 같았다.

하지만 결국은 시간이 되어 피니어스와 함께 아카데미로 향했다.

'아카데미…….'

아카데미를 떠올리자 그곳에서 만났던 도돌레아 황녀가 자연스럽게 떠올랐다. 요즘도 도돌레아 황녀의 초대장이 계속 도착하고 있었다.

물론 테르데오가 처리하고 있었지만.

'오늘은 여유롭게 저택에서 쉬면서 책이나 읽을까.'

나는 턱을 괴며 날씨 좋은 창문을 바라봤다.

※ ※ ※

가볍게 산책하던 나는 무료함을 달래고자 저택 내 도서관을 찾앉다. 라피레온 가문의 도서관답게 오래전부터 보관해 온 책들이 제법 있었다.

'읽을 게 많네.'

작은 카트에 읽을 만한 책들을 꺼내 담자 뒤를 따라다니던 레베카가 슬그머니 물었다.

"날씨가 좋은데 바깥에서 책을 읽으시는 건 어떠세요?"

"밖에서?"

"네, 대공비 전하께서 괜찮으시다면 햇볕이 잘 내리쬐는 커다란 나무 아래에 차와 다과를 준비해 둘게요."

나쁘진 않네.

나는 책 한 권을 더 꺼내며 끄덕였다.

"그럼 가볍게 먹을 만한 파이도 부탁해."

"애플파이로 준비할게요."

책과 거리가 먼지 레베카는 도서관을 빠져나갈 수 있다는 사실에 신나 보였다.

활짝 웃은 레베카가 신난 걸음으로 서둘러 나갔다.

나는 너털웃음을 지으며 마지막 책장으로 걸음을 옮겼다.

그러자 두터운 한 권의 책이 내 눈을 사로잡았다.

라피레온 대공가의 계보였다.

일개 병사로 시작해 장군으로 진급 후 결국엔 대공 작위와 대공국 영지를 하사받았다는 초대 라피레온 대공의 이야기가 생각났다.

'전쟁에서 여러 나라 왕의 목을 베어 황제에게 바치고, 반란군의 목을 베어 바치고…… 여러 공을 세웠댔지.'

아마 그때부터 이어진 계보임이 분명했다.

'내가 봐도 되겠지?'

나는 슬그머니 손을 뻗어 책의 첫 장을 펼쳤다. 그러자 색이 조금 바랜 초상화가 제일 먼저 보였다.

"……테르데오?"

색이 바랜 초상화를 보고 나도 모르게 테르데오의 이름을 불렀다.

초상화에 그려진 얼굴은 순간 테르데오라고 착각할 정도로 너무도 비슷했다. 아니, 소름이 돋을 정도로 똑같아 보였다.

그러나 초상화 아래엔 테르데오가 아닌 다른 이름이 적혀 있었다.

나는 잉크가 번진 초대 대공의 이름을 엄지로 훑으며 작게 중얼거렸다.

"아인하르트 오르페 라피레온."

윽.

이름을 부르기 무섭게 머리가 띵하고 울렸다.

책 사이에 너무 오래 파묻혀 있어서 그런가?

두통을 호소하는 관자놀이를 꾹 누르고 있자 뒤에서 걸음 소리가 들렸다.

고개를 돌리니 도서관 문을 두드리는 집사의 모습이 보였다. 집사는 얼굴을 찡그린 나를 보고 놀랐는지 황급히 다가왔다.

"대공비 전하. 어디 불편하십니까? 피니어스 님이 아직 돌아오지 않으셨는데, 어서 불러올까요?"

"아니, 머리가 좀 울려서 그래. 지금은 괜찮아졌어."

"이런. 주인님께선 도서관을 잘 이용하지 않으셔서 청소가 제대로 되어 있지 않았나 봅니다. 케케묵은 냄새도 나는 것 같군요. 당장 오늘 먼지 하나도 보이지 않게 청소하라 지시하겠습니다."

나는 고개를 끄덕이며 손에 들린 책을 힐끔 바라보았다.

정면을 보고 있는 초대 대공의 초상화가 마치 나를 보고 있는 것 같은 착각이 들었다.

나는 초대 대공인 아인하르트의 눈을 바라보다 미련 없이 책을 덮었다.

"무거우니 제가 대신 정리하겠습니다."

"응, 부탁할게."

나는 들고 있던 라피레온가의 계보를 집사에게 넘겼다.

그러다 집사의 손에 들린 초대장에 자연스럽게 시선이 머물렀다.

'저건……'

초대장의 근원지가 어디인지 단번에 알아본 나는 절로 눈살을 찌푸렸다.

"또 초대장이 온 거야?"

"네. 대공 각하께서 자리를 비우셔서 가지고 왔습니다. 대공 각하의 책상에 올려둘까요?"

지치지도 않고 보내는 도돌레아의 초대장이었다.

내가 손을 뻗자 집사가 초대장을 내밀었다. 실링 인장으로 봉인된 초대장을 뜯자 정갈한 글씨체가 눈에 들어왔다.

> 친애하는 라피레온 대공비.

죽이고 싶은 라피레온 대공비가 아니라?

> 티 파티에 초대해도, 결혼 축하 파티에 초대해도, 살롱에 가입을 권유해도, 그리고 개인적인 친분을 위해 초대해도 응하지 않는 대공비.

초대장 도입부만 읽었는데도 어마어마한 살기가 느껴지는 것 같다.

> 초대할 때마다 온몸 곳곳이 아프다며 거절하는 위대한 대공비.

흠. 다음 문장도 살기가 넘치는군. 이쯤 되니 초대가 아니라 결투장이 아닌가 싶다.

> 아무래도 대공비께선 저택을 나서면 큰일이 나는 병에 걸린 듯싶어 이해하기로 하였어요.

오, 이해했다니? 드디어 날 괴롭히는 걸 그만둘 생각인가?
그러나 뒤에 이어지는 문장을 읽은 나는 체통도 잊은 채 입을 떡 벌리고 말았다.

> 그래서 이번엔 초대할 것도 없이 내가 직접 대공비가 머무는 저택으로 찾아가기로 했어요.

"이게 무슨 소리야?"
내 반응에 집사가 궁금한지 고개를 길게 내밀었다.
"무슨 일이 있습니까?"
나는 집사의 말을 무시하고 떨리는 눈동자로 다음 문장을 읽어 갔다.

> 대공비께서 여태껏 내 초대장을 읽지 않고 버렸다면 이 내용 역시 읽을 수가 없겠죠. 혹은 내 초대장을 읽고도 정말 무시했거나.
> 어느 쪽이든 이 초대장은 초대가 아니라 저택에 방문하겠다고 보내는 방문 안내장이 되겠네요.

이, 이런 미친.

평소라면 테르데오가 읽지도 않고 태웠을 테지만 오늘은 내가 읽어보길 잘했다는 생각이 절로 들었다.

이런 내용이 있는지 몰랐다면 넋 놓고 한가로이 있다가 당할 뻔했으니까!

나는 다음 문장을 읽기 전 집사에게 서둘러 말을 전달했다.

"황실에 당장 나 아프다고 답장 보내. 손 하나 까딱하기조차 힘들어서 걷지도 못한다고 해. 그러니까 오지 말라고 해."

그리고 나는 재빠르게 다음 문장을 읽어갔다. 이어지는 문장에 나는 끔찍한 표정으로 손에 들고 있던 초대장을 바닥으로 떨어뜨렸다.

> 아, 참고로 이 초대장을 받았을 땐 난 이미 라피레온 저택에 도착해 있겠네요.

도서관을 나서려던 집사가 바닥에 떨어진 초대장을 주워 접곤 나를 살폈다.

집사의 입술이 열리기 전, 도서관을 두드리는 정중한 노크가 들렸다.

"대공비 전하."

삐그덕. 목각 인형처럼 빳빳하게 굳은 고개가 천천히 돌아갔다.

도서관의 문을 두드린 하녀가 정중하게 허리를 숙이곤 소름 끼치는 말을 뱉었다.

"도돌레아 황녀 전하께서 저택에 오셨습니다."

미, 미친. 마치 숨이 막힌 것처럼 얼굴에 희게 질려갔다.

"나, 나 여기 있다고 말했어?"

내 질문에 하녀가 눈동자를 이리저리 굴렸다. 그리고 고개를 갸웃거리며 기어들어 가는 목소리로 답했다.

"대공비 전하의 몸 상태를 여쭤보시기에 많이 쾌차하셨다고 전했습니다."

젠장, 망할.

※ ※ ※

"드디어 만나 뵙네요."

응접실에 들어서기 무섭게 고고한 자세로 앉아 있던 도돌레아가 고개를 돌렸다.

희번덕이는 눈빛을 보니 오금이 저렸다.

그냥 여기서 다시 쓰러지는 척할까?

"낯빛을 보니 쾌차하셨다는 게 거짓은 아닌 모양이네요."

그러기엔 내 얼굴색이 너무도 좋은 모양이다.

'황녀를 어떻게 저택에서 내쫓지?'

내 모든 신경은 오로지 그 문제에만 쏠려 있었다. 아니야. 아니다. 여긴 내 저택이었다.

매번 황녀가 방문할 때마다 적당한 변명을 대고 만남을 피할 수는 없었다.

나는 두 주먹을 불끈 쥐고 애써 웃으며 도돌레아의 맞은편 소파로 향했다.

"황녀 전하를 뵙습니다."

"대공비."

"황녀 전하께서 방문해 주셨으니 설령 내일 죽더라도 오늘은 황녀 전하를 뵈어야죠."

"대공비와 차 한잔하는 게 이렇게 어려울 줄 몰랐어요. 멀리 있는 타국의 황제와 티타임을 가지는 게 이보다 쉽겠다며 웃었다니까요."

"제가 지향하는 바가 쉬운 여자가 아닌 어려운 여자라서요."

도돌레아가 은은하게 웃었다.

재밌다는 듯이 턱을 괸 그녀가 검지로 자신의 붉은 입술을 툭툭 무심히 두드렸다.

"편하게 대화하고 싶은데 주변을 물릴까요?"

"황녀 전하의 시중을 들 사람이 필요할 것 같습니다."

도돌레아가 하하하 크게 웃었다. 그러더니 찻잔을 쥐었다.

"사람들을 내보내는 게 좋을 텐데요."

미소 짓는 그녀한테선 묘한 광기가 느껴졌다.

"내가 무슨 짓을 할 줄 알고요, 대공비."

"네. 그러니까요."

황녀가 무슨 짓을 할 줄 알고 사람들을 보내겠는가.

"죽일 생각이었으면 제가 직접 오지 않았겠죠. 자객을 보냈지."

도돌레아가 장난스러운 말을 하듯 웃었다. 도대체 나와 무슨 대화를 하고 싶어서 지난번부터 계속 초대장을 보냈던 걸까?

새삼 궁금해졌다.

'나를 죽이기 위해 온 거라면 저렇게 당당히 저택을 통해 왔을 리가 없지.'

나는 주변을 응시했다.

"다들 잠시 자리를 비켜주렴."

응접실의 모든 사람이 밖으로 나갔다. 나와 도돌레아 두 사람만이 남게 되자, 그녀가 질린다는 듯이 고개를 뒤로 젖혔다.

"황녀라는 거 두 번은 못 할 짓이야. 내가 한 번 움직일 때마다 얼마나 많은 눈이 나를 보는지. 음식 하나 씹기조차 힘들다니까."

너무 오랫동안 누워 있다가 병을 털고 일어나 쏠린 관심에 힘이 든 모양이다.

뻐근한지 목을 이리저리 돌린 도돌레아가 앞에 놓인 차를 노려봤다.

"그래, 저 차도 그래. 난 달콤한 거 안 좋아하거든. 근데 자꾸 달콤한 것만 주니까 어쩔 땐 다 집어 던져버리고 싶어."

도돌레아가 혼자 푸념했다. 그리고 날 바라보았다.

"묻고 싶은 게 있어. 이 답을 제대로 들어야 내가 앞으로 뭘 해야 할지 알 것 같아서."

사람들을 모두 내보냈다고 내 머리를 쥐어뜯거나 죽이겠다고 난리 부리면 어쩌나 싶었는데.

도돌레아는 정말 자리에 앉아서 대화를 원하는 것 같았다.

"네, 말씀하세요. 황녀 전하."

"너 내가 누군지 아니?"

깜빡깜빡. 예상도 하지 못했던 질문에 사고가 정지했다.

지금 나보고 이 제국의 황녀를 모르냐고 물어본 건가? 그것도 몇 번이나 마주쳐 놓고?

'아직 완치하지 못한 게 분명해.'

나는 도돌레아를 바라보다 천천히 고개를 끄덕였다.

"도돌레아 황녀 전하요."

내가 대답하자 도돌레아가 갑자기 배를 잡고 꺄하하하, 크게 웃었다. 재밌는 말이라도 들은 것처럼 입을 크게 벌려 웃던 도돌레아가 자리에서 일어섰다.

그리고 내 앞으로 불쑥 고개를 내밀었다.

"너는 다 잊었구나."

스산하게 중얼거린 도돌레아가 나를 이리저리 살피더니 얼굴을 딱딱하게 굳혔다.

"그럼 방해하지 마."

순식간에 변한 분위기에 털이 쭈뼛 섰다. 마치 사람을 보는 것 같지 않았다.

나는 무슨 저주라도 걸린 것처럼 입술도 열지 못한 채 도돌레아를 가만히 바라보았다.

"내 말 못 알아들어?"

도돌레아가 나를 이리저리 살폈다.

"테르데오와 당신 사이를 방해하지 말라는 건가요?"

분위기에 압도되어 움직이지 않는 입술에 겨우 힘줘서 말했다.

"하지만 테르데오는 그렇게 생각하지 않는 것 같던데요."

방해하지 말라는 건 분명 테르데오와 자신의 사이를 말하는 거겠지.

그리고 난 테르데오와 계약했다. 사 황녀와의 결혼을 피하게 해 주겠다면서 말이다.

그러니 이 미친 황녀가 테르데오의 곁을 맴돌게 놔둘 수는 없었다.

"아무것도 모르면 그냥 조용히 우리 사이에서 빠져."

도돌레아가 웃었다. 테이블에는 꾸덕하고 달콤한 애플파이가 놓여 있었다.

내가 애플파이를 바라보자 웃던 도돌레아도 내 시선을 따라 애플파이를 바라보았다.

일단 이 황녀는 여기서 내쫓아야지.

"애플파이 드실래요?"

"뭐?"

뜬금없는 내 질문에 도돌레아가 황당해했다.

나는 가볍게 무시하고 자리에서 일어나 나이프로 애플파이를 정갈하게 잘랐다.

내 접시에 하나. 도돌레아의 접시에 하나.

"지금 그걸 먹겠다고?"

도돌레아가 물었다. 나는 무시하고 도돌레아 몫의 애플파이를 건넸다.

"맛있어요."

"독이라도 탔나 봐?"

"시간이 안 돼서 그건 아쉽게도."

도돌레아가 나와 내가 내민 애플파이를 번갈아 바라보았다. 그리고 받아들기 위해 손을 내밀었다.

그리고 그때.

"아이쿠."

나는 자리에서 일어나며 도돌레아의 드레스 위로 보란 듯이 애플파이를 철푸덕 떨어뜨렸다.

꾸덕한 애플파이가 도돌레아의 드레스에 진한 흔적을 남기며 떨어졌다.

"아……."

도돌레아가 짜증스럽게 얼굴을 구겼다.

"예쁜 드레스에 그만! 제가! 손이 미끄러져서!"

나는 정말 놀라 허둥지둥하는 척하며 도돌레아의 앞에 놓인 찻잔을 툭 쳤다. 찻잔이 넘어지며 도돌레아의 드레스가 차로 흠뻑 젖었다.

"아이고야! 이 손이 원수네요!"

누가 들어도 연극 말투였지만 상관없었다.

순식간에 드레스가 엉망이 된 도돌레아가 얼굴을 구겼다.

"너……."

나는 걱정스러운 척 도돌레아의 드레스를 응시했다.

"드레스가 엉망이 됐으니 얼른 돌아가 보시는 게 좋겠어요. 제국의 황녀께서 그런 모습을 한 걸 다른 사람이 보게 된다면 체통 떨어지잖아요."

얼굴을 와작 구긴 도돌레아가 카펫 위로 떨어진 애플파이를 구두로 밟고 일어섰다.

아마 애플파이를 나로 생각하는 것 같았다.

살기를 담아서 있는 힘껏 지르밟는 모습에 소름이 돋았다.

"하, 피가 달라서 그런가. 자매가 하는 행동이 영 다르네."

자매?

도돌레아의 나지막한 중얼거림에 나는 미간을 찌푸렸다. 살기가 느껴지는 도돌레아의 눈빛을 바라보던 내가 입을 열었다.

"레이나 얘기인가요? 레이나를 아세요?"

"알다마다."

도돌레아가 짜증스러운 표정으로 흘러내리는 머리카락을 쓸어 넘기며 나를 향해 조소했다.

"몰랐나 봐? 네 동생. 며칠 전 내 시녀로 들어왔는데."

뭐? 이게 무슨 소리야?

"병을 털고 일어났으니 나도 말동무할 사람이 필요하잖아? 내가 라피레온 대공과 결혼하고 싶어 한다는 소문을 들었으니 옆에서 돕겠다면서, 네 동생이 제 발로 먼저 날 찾아왔어."

레이나, 이게 기어코.

"나만큼이나 널 싫어하던데? 아주 대단해."

어쩐지 요새 조용하다 했더니만 그런 거였나.

나도 테르데오도 사교계를 즐기지 않다 보니 이런 일이 있는 줄 미처 몰랐다.

"근데 네 동생과 네 전 약혼자가 꽤 사이가 좋은 것 같던데."

"뭐라고요?"

"네 전 약혼자의 황실 기사단 승격 시험을 치를 수 있게 해달라고 네 동생이 부탁하더라고."

도돌레아가 레이나와 시프의 사이를 알려주며 나보고 충격받으라는 듯이 웃었다. 하지만 내가 별다른 반응을 보이지 않자 시시하다는 듯이 혀를 내찼다.

"뭐야, 두 사람 사이 이미 알고 있었어? 재미없네."

"어차피 제가 버린 사람인데요, 뭘. 버린 걸 주워서 쓰겠다고 하니까 자기가 알아서 하겠죠."

"넌 여전히 재미없구나."

도돌레아가 헛웃음을 지었다.

"하지만 난 늘 새로운 변수를 좋아해. 조만간 네 전 약혼자를 황실 기사단으로 합격시켜서 라피레온 공의 옆에 붙여둘 생각이야."

과거처럼 결국은 시프가 황실 기사단에 들어가게 되는구나. 가진 것들을 뺏어뒀더니 다시 가져가는 꼴이라니.

얼굴을 구기자 도돌레아가 재밌다는 듯이 날 보며 웃었다.

"그 표정은 괜찮네."

도돌레아가 이죽거린 순간이었다. 응접실 밖이 소란스럽나 싶더니 노크도 없이 벌컥 문이 열렸다.

나도 도돌레아도 동시에 고개를 돌렸다.

테르데오였다.

들어선 테르데오를 본 도돌레아의 얼굴이 단번에 밝아졌다.

"아힘……!"

응? 방금 뭐라고 부른 거야? 아힘?

낯선 부름에 손끝이 저렸다.

"아……."

그러나 그것도 잠시였다. 자신을 보는 테르데오와 눈이 마주치자 도돌레아가 입술을 꾹 다물었다. 햇빛이 스며들 듯 밝았던 눈동자에 알 수 없는 실망감이 어렸다.

"……라피레온 공."

표정을 빠르게 갈무리한 도돌레아가 흐드러진 꽃처럼 활짝 웃었다.

응접실로 들어온 테르데오는 우리 두 사람을 보더니 내 앞으로 성큼 다가왔다.

"다친 곳은?"

날 살피는 테르데오를 보며 도돌레아가 헛웃음을 지었다.

"라피레온 공. 지금 내 꼴 안 보여? 한 방 먹은 건 그 여자가 아니라 나 같은데."

그러나 테르데오는 도돌레아의 말을 가볍게 무시하고 다시 내게 물었다.

"다친 곳은 없나?"

나는 천천히 고개를 끄덕거렸다.

뒤에 있던 도돌레아가 '한 방 먹은 건 나라니까'라고 볼멘소리로 중얼거리는 게 들렸다.

"도돌레아 황녀 전하."

테르데오가 입술을 꽈득 깨물곤 도돌레아의 이름을 힘 있게 불렀다.

"내가 분명 경고했는데 잊었나 보군요."

낮은 목소리에서 살기가 느껴졌다. 하지만 도돌레아는 그게 반갑다는 듯이 삐딱하게 선 채로 웃고 있었다.

"제 부인에게 접근하지 말라고 했던 것 같은데요."

낮게 읊조린 목소리는 마치 제 구역을 침범당한 짐승이 포효하는 것처럼 매서웠다.

"난 또 악역인가?"

"여긴 무슨 이유로 온 거죠?"

"무섭게 그러지 마. 난 저 여자 머리카락 한 올도 건드리지 않았어. 그냥 이렇게 마주 앉아 있던 게 전부인걸. 당한 건 오히려 내 쪽이라고. 너덜너덜 더러운 내 몰골 좀 봐."

"눈에도 담지 마시라고 했던 것 같은데요."

테르데오의 거칠게 중얼거렸다. 하지만 도돌레아는 여전히 즐겁다는 듯이 웃고 있었다. 그저 테르데오와 대화하는 게 좋다는 듯이.

"그래? 당신이 그렇게 하라고 하니 그래야지. 저 여자를 보지 말라고 하니까 당신만 볼게."

도돌레아의 말을 무시한 테르데오가 하녀를 불렀다. 응접실 안으로 하녀들이 들어왔다.

"이거 싹 다 치워."

테르데오는 하녀가 들어서기 무섭게 테이블에 놓인 차와 다과, 그리고 도돌레아의 발 아래 떨어진 찻잔을 가리켰다.

눈치를 살핀 하녀가 차를 치우기 위해 가까이 다가갔다. 그러자 도돌레아가 하녀를 저지하더니 테이블에 놓인 내 찻잔을 홱 낚아챘다.

"난 차 마시고 갈 건데. 나랑 같이 차 마시자, 라피레온 공. 내 드레스도 차를 마셔서 흠뻑 젖었으니 나도 마시지, 뭐."

사랑이 아니라 집착인 수준이었다. 테르데오는 익숙하다는 듯이 도돌레아를 노려보았고, 도돌레아는 여전히 배시시 웃었다.

테르데오가 무시하고 몸을 돌렸다.

"손님 가실 거니까 마차 준비하라고 해."

도돌레아에게 축객령이 내려졌으나 그녀는 개의치 않아 보였다.

"손님한테, 그것도 이 제국 황녀한테 너무하네."

"이 제국의 황녀이시기에 검까지 뽑진 않는 겁니다. 황녀로 태어나신 것을 다행으로 여기셔야 할 겁니다."

"아, 참. 행렬 준비는 잘하고 있어? 어려운 게 있다면 내게 말해. 내가 폐하께 말씀드리지."

"앞으론 황녀 전하를 저택에 들이는 일은 없을 겁니다. 고용인들에게 말해둘 터니 괜한 헛걸음하지 마시길."

"황궁에 자주 좀 놀러 와. 나도 쟤보단 당신이 보고 싶으니까. 그럼 내가 여기 올 일이 없잖아."

"그리고 초대장도 그만 보내시죠. 저택엔 겨울을 지낼 장작이 넘쳐나니 불쏘시개는 더 필요 없습니다."

"황궁에 자주 안 오면 나 또 온다?"

'와, 각자 할 말만 하네.'

두 사람의 대화가 전혀 이어지지 않았는데도 도돌레아는 여전히 신이 나 보였다.

"오늘은 당신도 봤으니 됐어. 음. 예쁘게 보이고 싶었는데."

도돌레아가 더러워진 자신의 드레스를 내려다보았다.

"완전 엉망이네."

그녀가 테르데오의 뒤에 서 있는 나를 노려보았다.

"이 꼴만 아니었어도 조금 더 대화할 수 있는 건데. 방해하지 말랬더니 아주 귀여운 짓을 했어."

테르데오가 걸음을 옮겨 도돌레아의 시선으로부터 나를 자신의 커다랗고 넓은 등 뒤로 숨겼다.

"알겠어, 그렇게 무섭게 보지 마. 안 그래도 갈 거야. 드레스에서 달콤한 냄새가 나서 머리 아파 죽겠거든."

"초대받지 못한 손님이시니 배웅은 안 하겠습니다."

"냉정하네. 그래, 괜찮아. 어차피 당신한텐 내가 필요하고 때가 되면 자연스레 나를 찾아올 수밖에 없을 테니까. 어차피 쟤도 다 잊었으니 난 그때를 천천히 기다리지, 뭐."

도돌레아가 소름이 끼치도록 크게 웃더니 몸을 돌려 응접실을 빠져나갔다.

'드디어 갔나?'

태풍이 한차례 휩쓸고 지나간 것처럼 응접실 안이 엉망이었다.

다행히 도돌레아는 다시 돌아오지 않았다. 그녀가 완전히 떠난 후에야 긴장이 풀려 나는 소파에 털썩 앉았다.

마찬가지로 문에서 시선을 돌린 테르데오가 나를 살폈다.

"집사에게 온 서신을 받고 바로 달려왔어. 다친 곳은 정말 없겠지?"

어쩐지 복장이 평소와 다르다 했더니. 일하는 도중에 다 팽개치고 달려온 거구나.

"진짜 괜찮아요."

가늘어진 눈매로 살피던 테르데오가 거리낌 없이 내 앞에 왼쪽 무릎을 꿇고 앉았다.

그리고 나를 꼼꼼히 이곳저곳 눈으로 살폈다.

"황녀가 미쳤다고 말했었잖아. 앞으로 단둘이 만나는 일은 절대 하지 마."

"여차하면 저도 같이 싸울 생각이었어요. 저보다 어리잖아요. 얼마 전까진 병 때문에 누워 있기도 했고요. 싸우면 분명 힘으론 제가 이길걸요."

"어렵하겠군."

"그리고 아까 황녀 꼴 못 봤어요? 제가 만든 걸작이라고요."

"고작 파이와 차로 공격했다고 말하고 싶은 건 아니겠지?"

내게 정말 아무런 이상이 없다는 걸 확인한 후에야 테르데오가 몸을 일으켰다.

"그대는 사람을 놀라게 하는데 재주가 있어."

"놀랐어요?"

"상대가 그 황녀인데 안 놀라나? 저 여자가 설령 여기서 그대를 살해해도 황제는 저 여자 편을 들 거야."

하긴 처음으로 병을 털고 일어난 딸인데 못 해줄 게 뭐가 있겠어. 그래서 더 기고만장해져 있나?

"저 여자를 도발하는 일은 하지 마. 가급적이면 둘이 만나지 말고. 둘이 만날 것 같으면 갑옷이라도 입고 가. 내걸 빌려줄 테니까."

"갑옷이요? 저 전쟁이라도 나가는 거예요?"

"아니, 그냥 무슨 일이 있거든 나와 함께 만나. 나는 그대를 지켜야 할 사람이야. 라피레온 가문의 사람이 당하는 걸 보고만 있을 수 없어. 앞으로 도돌레아 황녀와 관련된 만남은 무조건 나와 함께해."

"전 괜찮아요. 우리 계약은 애초에 당신이 사 황녀와 결혼하기 싫어서 시작된 거잖아요. 사 황녀와 당신이 마주치지 않도록 하는 건 제 계약 의무죠."

"계약 의무를 다하다 죽는 걸 보고 싶진 않은데."

"참. 아까 도돌레아 황녀가 이상한 말을 하던데."

"이상한 말?"

내가 응접실을 나서려 하자 테르데오가 그 뒤를 따랐다.

"나보고 자기가 누군지 알고 있냐고 물어보던데요?"

참 이상했지. 이 제국에서 도돌레아 황녀를 모르는 사람이 있을 리가 없는데.

"그리고 제가 다 잊었다고 했어요."

아무리 생각해도 난 잊은 게 없다. 내 기억은 온전했다.

별 의미 없는 헛소리일지도 모르지만. 왜 그런 말을 한 걸까?

뒤를 따라오던 테르데오가 알겠다는 듯이 고개를 끄덕이며 답했다.

"그거 나도 똑같은 말을 들었어."

"네? 당신도요?"

"확인해 보니 황궁에서도 두 사람이 자길 기억하냐는 등의 비슷한 말을 들었다고 하더군."

나와 테르데오 말고도 다른 두 명한테도 비슷한 말을 했단 말이야?

역시 그냥 헛소리인 게 분명해.

"모두 황녀가 아직 제정신으로 돌아오지 못했다고 생각해."

"저도 그렇게 생각해요. 아직 다 나은 게 아닌 것 같아요."

"황제가 의사를 불렀는데 진료를 거부한다더군."

우리는 나란히 긴 복도를 걸었다. 그러다 문득 조금 전 도돌레아가 했던 말이 떠올랐다.

"레이나가…… 그러니까 내 동생이 도돌레아 황녀의 시녀로 황궁에 들어가 있대요."

"……그건 미처 몰랐군."

"저도 조금 전에 알았어요."

"그대의 가족들도 참 끈질기네."

"동감해요. 게다가 제 전 약혼자를 황실 기사단에 합격시키겠다고 했어요."

"전 약혼자라면 저택 입구에서 소란을 피우던 그 남자?"

"맞아요."

시프가 황실 기사단에 합격해서 으스대는 꼴은 절대 보고 싶지 않은데.

눈살을 구기자 테르데오가 내 속을 읽었다는 듯이 태연하게 말했다.

"걱정할 것 없어. 합격시키면 뭐가 달라지나? 그들의 총책임자는 난데. 어디 합격해 보라고 해."

"……."

"지옥이 어딘지 똑똑히 깨달을 정도로 굴려주지. 아마 한 달도 못 버티고 제 발로 나가겠지."

테르데오의 진지한 표정을 보니 그제야 좀 안심됐다. 과거와 지금의 나는 다르다.

그들이 회귀 전과 같이 모든 것을 손에 쥐게 절대 내버려 두지 않을 것이다.

절대로.

CHAPTER 4.

촛불 위로 번지는 진실

My in-laws are obsessed with me

Chapter 4

 테르데오는 나를 안전하게 침실로 데려다준 후, 집사한테 손님을 거부하라고 명령까지 하고 일터로 돌아갔다.
 내게 독을 먹인 범인을 발견했다는 은신처엔 아무것도 없었다고 했다.
 어쩌면 허위 제보였을지도 모른다는 말을 남기고 그는 저택을 떠났다.
 "힘들어."
 푸념과 함께 소파에 드러눕듯이 앉자 레베카가 서둘러 다가와 내 어깨를 가볍게 마사지했다.
 "괜찮으세요? 많이 놀라셨죠?"
 "응, 그것도 아주 많이."
 도돌레아를 만나고 난 후라 그런지 온몸에 힘이 빠졌다. 나는 테이블 위에 놓인 책들을 바라보다 손을 휘휘 저었다.
 "저거 다시 도서관에 가져다줘. 책 볼 여력도 없어."
 "네, 제가 가져다 둘게요."
 "돌아올 때 따뜻한 코코아 부탁해. 달콤한 걸 마셔야 힘이 날 것 같아."

"네, 그럼 아까 못 드신 애플파이도 가져다드릴까요?"

"아니."

레베카의 질문이 끝나기 무섭게 고개를 저었다.

애플파이를 말하는 것만으로도 도돌레아가 생각났다.

"애플파이는 쳐다보기도 싫어."

나는 팔에 돋은 소름을 떨쳐내고 혀를 내둘렀다.

레베카는 그런 날 보며 미소 짓고 책을 품에 한 아름 안아 침실을 나섰다.

'레이나가 도돌레아의 시녀가 됐다니.'

생각만으로도 머리가 지끈거렸다.

'더 기고만장해지겠어.'

황제의 절대적인 사랑을 받는 황녀의 최측근이 되었으니 그 콧대가 하늘을 찌르겠구나.

'요새 조용하다 했더니 가만히 있는 게 아니라 물밑 작업 중이었던 거였어.'

나는 검지로 허벅지를 툭툭 두드렸다.

도돌레아 황녀가 결혼한 테르데오에게 목을 매는 건 익히 널리 알려진 사실이었다.

그러니 레이나는 어떻게든 두 사람을 이어주려 할 것이다.

그래야 내가 테르데오에게 버림받고, 그때 다시 시프를 내 옆에 붙일 수 있을 테니까.

'두 번은 안 당해.'

상상만으로도 화가 솟구쳤다. 두 주먹을 불끈 말아 쥐며 분노를 삭이자 레베카가 돌아왔다.

트레이엔 따뜻한 코코아 한 잔과 에그타르트가 함께였다.

"힘드실 땐 당 보충을 해야죠."

나는 흡족한 미소를 지은 후 포크를 들었다.

입에서 사르르 녹아내리는 에그타르트를 음미하자 쌓였던 분노와 걱정, 근심이 동시에 버터처럼 녹아내리는 것 같았다.

"레베카."

"네, 대공비 전하! 에그타르트 맛있으세요? 하나 더 가져올까요?"

"내 동생이 도돌레아 황녀의 시녀가 됐대."

고개를 슥 들어 레베카를 올려다봤다.

눈을 깜빡거린 레베카의 얼굴이 이내 경악과 공포, 그리고 황당함으로 물들었다.

"네에에?!"

레베카가 드물게 큰 고함을 질렀다. 지르고 자기도 놀랐는지 두 손으로 입을 틀어막았다.

그러나 그 흥분은 좀처럼 쉽게 가라앉지 않았다.

"세, 세상에. 제가 지금 뭘 들은 거죠?"

"그래. 나도 처음 들었을 때 그런 느낌이었어."

"어, 어떻게 그 둘이 만났죠?"

내 말이. 한 명씩 따로 생각만 해도 짜증 나고 골치 아픈데 둘이 세트로 함께 묶였으니 얼마나 분노를 유발할까.

"너도 몰랐지?"

"전 정말 몰랐어요! 지금 처음 듣는 소식인걸요! 사교계에 그런 소문이 전혀 돌지 않아서……. 제가 알았더라면 당연히 대공비 전하께 제일 먼저 보고드렸을 거예요!"

"레베카."

"정말이에요! 절 믿어주세요!"

내가 자신을 추문한다고 생각했는지 레베카가 억울하다는 표정으로 자신의 결백을 강하게 주장했다.

"레베카, 진정해."

"대공비 전하······."

정말 깜짝 놀랐는지 레베카의 눈가에는 설핏 물기도 어린 것 같았다.

나는 손을 들어 레베카의 손등을 다독였다.

"널 꾸짖는 게 아니야. 며칠 전에 선정됐다고 했으니 아직 소문이 안 돌았을 거야. 네가 몰랐던 것도 이해돼."

"대공비 전하······."

"내 어머니는 별다른 소문이 퍼진 건 없어?"

"네. 돈이 부족한지 여기저기 빌리고 다니는 것 같은데······. 자금 해결이 어려운 것 같더라고요."

평소에 얼마나 생각 없이 왕창 썼으면 벌써 돈을 빌리고 다닐까.

혀를 쯧쯧 내차자 레베카가 눈가를 슥 닦더니 조심스레 입을 열었다.

"대공비 전하, 한 가지 제안을 해도 되나요?"

"무슨 제안?"

"그때 만났던 제 친구요."

친구? 내가 고개를 갸웃거리자 레베카가 옆에 놓인 소파에 냉큼 앉아 말을 이어갔다.

"아데우스 포츈이요."

아, 그 묘한 남자. 눈가를 좁히고 고개를 끄덕거렸다.

"아데우스가 사교계 쪽으로는 아는 게 많거든요. 입이 꽤 무거운 친구라 대공비 전하의 눈과 귀가 되면 좋지 않을까 해서요."

입이 꽤 무겁다고? 깃털보다 가벼워 보이던데.

"대외적으로 나타나지 못하는 사람 아니었어? 그런데 사교계 정보는 어떻게······."

"아데우스의 주위엔 늘 술과 여자, 그러니까 귀부인들이 많거든요. 술과 귀부인들이 많은 자리엔 좋은 정보들이 떠돌고요."

맞아. 타국 유학 시절에 아주 유명한 난봉꾼이랬지.
'확실히 술과 귀부인이 많은 자리엔 좋은 정보들이 드나들기 마련이지만.'
나는 짧게 생각하다 고개를 저었다.
"나는 그를 신뢰하지 못해. 내 눈과 귀로 쓸 만한 사람은 아닌 것 같아."
레베카 역시 마찬가지였다. 내 가족들의 감시를 맡겼지만 그렇다고 그녀를 온전히 신뢰하는 건 아니었다.
"하지만 도움이 정말 많이 될 텐데요."
"그건 나중에. 나중에 정말 도움이 필요하면 그때 다시 생각해 보자."
단호한 내 대답에 레베카는 더 말을 꺼내지 못하고 입술을 꾹 다물었다.

❋ ❋ ❋

어느덧 축제의 마지막. 행렬 날이 다가왔다.
"긴장한 얼굴인데."
마차의 맞은편에 유유히 앉은 테르데오가 느긋이 물었다.
나는 긴장으로 빳빳해진 양쪽 볼을 손바닥으로 누르며 숨을 크게 내쉬었다.
"이렇게 많은 사람 앞에 서는 건 처음이거든요."
"긴장할 것 하나 없어. 다들 제국 공신 가문의 얼굴을 보는 것만으로도 영광으로 삼아야지."
"자신감이 대단하시네요."
"그럴 만하거든."
행렬에 타고 갈 마차는 특별 제작되어 양쪽 옆이 뚫려 있었다.

안에 탄 우리 두 사람을 보라고 만든 의도가 확실했다.

나는 슬그머니 밖으로 고개를 내밀었다.

행렬의 선두엔 군악대가 있었고 그 뒤로 늠름한 말을 탄 황제와 황태자, 그리고 황자. 그리고 마차에 탄 도돌레아 황녀가 있었다.

우리의 순번은 그 후였다.

'레이나도 함께 왔네.'

도돌레아의 옆엔 레이나가 당연하다는 듯이 앉아 있었다.

본래 시녀는 황녀의 옆자리에 앉을 수 없지만, 아마 일부러 내게 보여주려고 앉혀둔 게 분명했다.

그 증거로 레이나는 나와 눈이 마주치자 보란 듯이 아주 크게 비웃었으니까.

'여전히 뻔뻔하구나.'

레이나가 도돌레아에게 무언가를 말하더니 자리에서 일어섰다.

그리고 내게 서슴없이 다가왔다.

"안녕, 언니."

레이나가 손을 흔들며 웃었다.

"언니한테 말해줘야 할 것 같아서. 방금 봤겠지만 나 도돌레아 황녀 전하의 시녀로 들어가게 됐어."

"너한테 딱 어울리네."

미친 사람들끼리 모였으니 더할 나위 없이 완벽하지.

"시프도 곧 황실 기사단에 들어가게 될 거야. 황녀 전하께서 그렇게 해주기로 하셨거든."

"시프? 나 없으니 이제 대놓고 만나기로 했니? 이름을 편하게 부르네."

내 조소에 레이나가 아차 싶은 표정으로 미간을 찌푸렸다.

멍청한 것.

"내가 알 바는 아니지만…… 기왕이면 빨리 황실 기사단에 들어

갔으면 좋겠네."

"풋, 뭐야? 이제 와 시프가 아깝기라도 해?"

"사용 못 하는 쓰레기를 버렸다고 아까워하는 사람이 어디 있니, 레이나."

나는 테르데오를 힐끔 바라보며 승리의 미소를 지었다.

"내 남편이 황실 기사단 총책임자니, 시프가 들어간다면 혹독한 훈련을 받아 사람으로 다시 태어날 수 있을 거야."

"갱생시켜 주지."

레이나의 얼굴이 창백하게 질렸다.

그녀가 뭐라 말을 하려던 찰나 행렬을 알리는 큰 북소리 들렸다.

"뭐 해? 행렬 시작하겠다. 네 자리로 돌아가렴."

손을 휘휘 젓자 레이나가 입술을 깨물고 몸을 홱 돌려 제자리로 돌아갔다.

그리고 큰 나팔 소리가 들리며 행렬이 시작됐다.

마차가 천천히 움직이자 나는 연습했던 미소를 머금고 주변을 살폈다.

우리가 지나가자 행렬을 구경나온 사람들이 환호를 지르며 손을 흔들었다.

"구경거리가 되는 건 질색이라고 했던 이유를 알 것 같아요."

"새장 속에 갇혀서 날지 못하는 새의 기분을 이때만큼은 이해할 수 있을 것 같지? 나도 그래."

테르데오는 팔짱을 낀 채 등을 편히 기대고 구긴 얼굴로 오로지 나만 바라봤다.

다른 사람은 보지 않겠다는 의지가 확고해 보였다.

"사람들한테 손도 좀 흔들어 줘요. 당신한테 인사하잖아요."

"필요 없어. 저 사람들한테 고맙다는 소리 들을 만한 일 한 것 없어. 전쟁도 내 의지가 아니니까."

"그래도 결과적으론 저 사람들이 고마워하잖아요."

내 말을 무시한 테르데오가 긴 다리를 꼰 채 눈을 감았다.

비뚜름히 올라간 눈썹을 보니 이 상황이 무척이나 마음에 안 드는 모양이었다.

그럼 어쩌겠어.

'나라도 손 흔들어야지.'

나는 굳어가는 안면 근육을 무시하고 좌우로 열심히 손을 흔들었다.

내 인사를 받은 사람들이 환호를 질렀다. 누군가는 눈물을 흘리는 사람도 있었다.

그 모든 인파를 지나쳐 마차는 아주 천천히, 지렁이가 기어가듯 느릿하게 움직였다.

무난한 행렬이 계속 이어졌다.

'얼른 끝내고 가서 쉬고 싶다.'

이런 행렬을 두 번, 세 번 해야 한다면 그땐 나도 테르데오처럼 눈 감고 가겠지.

반밖에 안 왔는데 벌써 질린다.

나는 한숨을 내쉬면서도 우리를 위해 모인 사람들에게 웃으며 손을 흔들었다.

그리고 우리가 탄 마차가 중앙쯤 왔을 때였다.

사람들을 통제하느라 경비대원의 눈을 피한 사내가 많은 인파를 해치고 갑자기 뛰쳐나왔다. 깊게 로브를 눌러쓴 탓에 얼굴이 보이지 않았다.

"테르데오, 저기 사람이……."

내 부름이 끝나기도 전, 테르데오가 감았던 눈을 번쩍 떴다. 그리고 일이 순식간에 벌어졌다.

"전쟁으로 많은 사람이 죽었는데 영광이라니! 너도 죽어!"

사내가 고함을 지르고 검을 들었다. 그리고 눈 깜짝할 새 우리의 마차로 돌진했다. 사내가 말과 마차가 연결된 끈을 자르고 말들의 엉덩이를 걷어찼다.

"히이잉!"

"꺄아악!"

고삐가 풀린 말들이 사람들 틈으로 달렸고, 말을 잃은 우리의 마차가 균형을 잃고 기우뚱 앞으로 쏠렸다.

"꺄아악!"

행렬이 흐트러지고 온갖 비명이 난무했다.

갑작스럽게 벌어진 상황에 당황한 나는 쏠리는 마차를 따라 그대로 고꾸라질 뻔했다.

"페레샤티!"

그러나 넘어질 뻔한 내 허리를 테르데오가 빠르게 붙잡았다.

엉겁결에 그의 단단한 품에 안긴 자세가 되었다.

날 붙잡고 균형을 잡은 테르데오가 고개를 돌렸다. 붉은 눈동자에 흉포한 살기가 어렸다.

"너."

테르데오의 시선을 따라가니 로브를 쓰고 있는 사내가 자리에 멈춰 서서 우릴 보고 있었다.

그가 천천히 로브를 벗었다. 사내의 얼굴이 선명하게 드러났다.

광기로 희번덕이는 눈동자가 실로 익숙했다.

"……!"

라피레온 저택에서 오고 가며 마주쳤었던 바로 그 주방 보조.

그래, 내게 독을 먹였던 바로 그 주방 보조였다.

여태껏 모습이 보이지 않더니 왜 여길 제 발로 기어들어 와?

사내가 날이 번뜩이는 검을 치켜들고 모두 들으라는 듯이 고함을 쳤다.

"우리 반란군은 황제를!"

뭐?

"그리고 전쟁을 일으킨 라피레온 대공을 끌어낼 것이다!"

반란, 뭐? 지금 뭐라고 했어? 반란군?

'저 사람 반란군이었어?'

놀란 것도 잠시. 미처 뭐라고 말할 틈도 없이 사내는 햇빛에 반사되어 빛나는 검을 들고 우리를 향해 돌진했다.

"페레샤티!"

테르데오가 반사적으로 나를 꼭 안았다. 그리고 방어하듯 몸을 뒤로 돌렸다.

"죽어라, 라피레온 대공!"

안, 안 돼!

우리를 향해 달려오는 사내의 표정을 보며 나는 본능적으로 테르데오의 등을 꼭 끌어안았다.

하지만 그보다 테르데오의 다리가 더 빨랐다.

퍼억!

테르데오는 날 품에 꼭 끌어안은 후, 하늘 높게 검을 들고 달려오는 사내의 복부를 발로 걷어차 밀어냈다.

사내의 몸이 볼품없이 뒤로 뒹굴었다.

"내가 고작 그런 검을 무서워할 것 같나?"

테르데오가 거칠게 물었다. 살기에 물든 목소리를 듣기만 해도 몸이 떨렸다.

"너 때문에…… 그 전쟁 때문에……."

넘어진 사내가 힘겹게 몸을 일으켰다.

"내 가족이 죽었어."

황실 기사단이 몰려오려던 그때였다.

갑자기 혼란스러운 인파 속에서 달려 나온 한 명의 남자가 사내의 등을 무릎으로 눌러 땅에 처박았다.
"큭!"
사내의 몸이 볼품없이 땅에 처박혔다.
"자객이다! 황제 폐하를 보호하라!"
"황태자 전하를! 황녀 전하를 보호해!"
황실 기사단은 황족을 보호하고 있었다. 나는 멍하니 사내를 제압한 한 남자를 바라보았다.
반란군의 등을 무릎으로 눌러 제압한 남자가 웃으며 말했다.
"여기서 이러면 안 되죠. 이건 범죄입니다."
부드러우면서도 강단 있는 익숙한 목소리였다.
빠른 몸놀림이었다. 정말 눈으로 쫓을 수도 없을 만큼 빠른.
반란군을 제압한 남자가 우리를 바라보며 해맑게 웃었다.
"다치신 곳은 없으세요? 대공 각하, 대공비 전하."
바람이 불자 황금처럼 눈이 부신 금발이 보기 좋게 휘날렸다.
테르데오가 얼굴을 구기며 품에 안고 있던 나를 뒤로 숨겼다.
"포츤 영식."
싱긋 웃으며 사내를 바로 제압한 그는.
"두 분 모두 무사하셔서 다행입니다."
바로 아데우스였다.
"두 분 다 제게 목숨을 빚지셨네요."
아데우스가 짤막하게 말하며 묘한 미소를 지었다.
'대체 지금 무슨 상황이 벌어진 거지?'
머리가 눈앞에서 펼쳐진 상황을 도통 따라가지 못했다.
쿵쿵.
심장이 요동치는 소리가 북소리처럼 시끄럽게 들렸다. 나는 놀라 진정되지 않는 가슴을 쓸어내렸다.
테르데오가 눈가를 찌푸리며 아데우스를 바라보았다.

"몸놀림이 빠르군."

"각하에 비하면 보잘것없지요."

"아니, 진심으로 하는 말이야. 한참 멀리 있던 영식이 달려 나와 순식간에 제압했잖아? 보통 빠른 몸놀림이 아니고서야 불가능하지."

테르데오가 고개를 돌려 아데우스가 뛰쳐나온 인파 속과 사내가 서 있던 자리를 바라봤다.

"무예를 배운 적 있나?"

"칭찬으로 듣겠습니다."

사내를 무릎으로 꾹 누른 아데우스가 마치 한가한 오후의 티타임을 즐기듯 평온한 얼굴로 웃었다.

테르데오가 쯧 혀를 내차며 황족을 보호하던 황실 기사단을 보았다.

"언제까지 넋 놓고 있을 거지? 와서 결박해."

테르데오가 황실 기사단한테 명령했다. 기사단이 황급히 움직였다. 여러 명이 아데우스의 무릎 아래에 깔린 사내를 결박했다.

포박된 사내가 몸을 일으켰다.

악 받친 눈동자가 테르데오를 노려보자 놀란 심장이 다시 세차게 뛰었다.

주저앉을 것만 같아서 나는 덜덜 떨리는 손으로 테르데오의 두꺼운 팔을 꽉 움켜잡았다.

창백하게 질린 내 얼굴과 떨리는 손을 힐끔 바라본 테르데오가 꾹 참는다는 듯이 나지막이 읊조렸다.

"두 번씩이나 대공비를 살해하려 한 놈이다. 데려가서 지하 감옥에 구금시켜."

"네. 심문은 어떻게 할까요?"

"내가 갈 때까지 내버려 둬."

"네?"

"자백은 내가 직접 받는다."

테르데오의 날이 선 목소리에 기사 단원이 놀라 입술을 꾹 다물었다. 그리고 여전히 분노로 가득 찬 사내를 그대로 데리고 떠났다.

사내가 시야에서 사라지자 일순 몸에서 힘이 쭉 빠졌다.

나는 그대로 무너지듯 맥없이 주저앉고 말았다.

"페레샤티!"

"대공비 전하!"

내가 주저앉기 무섭게 테르데오와 아데우스가 동시에 황급히 다가왔다.

"어디 다친 건가? 아까 마차가 기울어졌을 때 다쳤을지도 모르니 의사에게 가는 게 좋겠어."

"아, 아니에요. 괜찮아요. 안 다쳤어요. 그냥 너무 놀라서 그만……."

나는 전쟁을 겪어보지도 않았다. 물론 검이나 죽음과도 거리가 먼 사람이다.

그러니 이런 일에도 놀라는 게 당연했다.

나는 떨리는 손으로 테르데오를 붙잡은 채 고개를 돌렸다.

"포츈 영식."

"네, 대공비 전하."

"도와줘서 고마워."

떨리는 목소리로 진심을 담아 말하자 아데우스가 몸을 움찔 떨었다. 아데우스가 아니었다면 테르데오가 다쳤을지도 모른다.

이 많은 사람 앞에서 검에 베이고, 피가 났을지도 모른다.

그렇게 생각하자 나서준 아데우스의 행동이 너무도 고마웠다.

"나선다는 게 쉽지 않았을 텐데, 정말 고마……."

"됐고."

다시 고마움의 말을 전하려 하자 테르데오가 말허리를 잘랐다.

"괜찮아? 일어설 수 있겠어?"

고개를 끄덕이자 내 손을 붙잡은 테르데오가 나를 천천히 일으켜 세웠다. 놀란 다리가 아직도 볼품없이 후들후들 떨렸다.

희게 질린 내 얼굴을 내려다본 테르데오가 미간을 세게 찌푸렸다. 그리고 뒷정리를 하는 황실 기사단을 향해 나지막이 읊조렸다.

"명색이 황실 기사단이라는 것들이."

황실 기사단원들이 모두 어깨를 움찔 떨었다.

"대공비가 다칠 뻔했는데 자객 하나 제압 못 하고 뭘 했어."

이어지는 테르데오의 질타에 모두 벌이라도 받는 것처럼 고개를 숙였다.

행렬을 구경하던 인파들이 이 상황을 모두 보고 있었다.

황실 기사단은 테르데오의 소관이니 평소라면 상관없겠지만, 지금 이곳은 우리를 지켜보는 눈이 많은 '밖'이었다.

황실 기사단의 명예는 곧 황실의 명예와 마찬가지였다. 지금 테르데오는 황실의 명예를 실추시키는 것이나 다름없었다.

"전 괜찮으니……."

"라피레온 공."

테르데오를 만류하려던 찰나, 위엄 있는 목소리가 내 말을 잘랐다.

"자객이 나타나자 황실 기사단은 황제인 나와 내 자식들을 지켰다네. 황실 기사단이 황족을 지키는 건 당연한 것 아닌가."

황제가 우리한테 다가섰다. 멀리서 놀란 황후가 가슴을 쓸어내리며 우리를 보고 있었다.

"애초에 제대로 확인하지 못한 그대 탓 아닌가, 라피레온 공."

황제가 인자한 미소를 지었다.

"황실 기사단은 애초에 황족을 지키기 위해 훈련이 된 기사들이야. 조금 전, 우리를 지키기 위해 검을 들었으니 잘했다고 칭찬해야지."

"……그래서 바로 옆에 있는 제 부인을 지키지 못한 걸 칭찬하라 이 말씀입니까?"

"라피레온 공."

"그러다 제 부인이 다쳐도 말입니까, 폐하?"

황제가 말없이 눈꼬리를 부드럽게 휘었다. 분명 웃고 있는데도 이상하게 긴장감이 돌았다.

나는 마른침을 삼키며 고개를 돌렸다. 그러자 멀리서 마차에 타고 있던 도돌레아와 눈이 마주쳤다.

'아', '까', '워', '라'.

도돌레아가 얄팍한 조소를 흘리며 입 모양으로 내게 말했다. 옆의 레이나도 쌤통이라는 듯 웃고 있었다.

주먹을 말아 쥐자 황제가 가까이 다가섰다. 그리고 가만히 테르데오를 응시했다.

"라피레온 공."

"말씀하시죠, 폐하."

"보는 눈이 많으니 여기까지만 하게."

딱딱한 명령이었다.

"우리 두 사람을 주인공으로 한 축제야. 우리를 보기 위해 온 사람들이 이렇게 많은데 다 망칠 수 없지 않은가."

"……지금 행렬을 계속 이어가겠다는 말씀입니까?"

"당연하지."

"조금 전 자객이 한 말을 듣지 못하셨습니까?"

살벌한 침묵이 어깨를 무겁게 짓눌렀다.

"분명 '반란군'이라고 했습니다. 목표는 폐하와 저겠죠. 필시 혼자 저지른 일이 아닐 테니 반란군의 다른 자들이 이 행렬을 지켜보고 있을 겁니다."

"허허허."

"암살의 위험이 있습니다. 행렬은 여기까지입니다. 멈추고 돌아가시죠."

"이런, 자네는 아직 한참 멀었군."

황제의 입가에 고요한 미소가 그려졌다. 전혀 웃고 있지 않은 눈동자에 권력욕이 가득 담겼다.

순간 온몸에 소름이 끼쳤다.

황제가 테르데오의 가까이 다가가 우리만 들릴 수 있도록 작게 속삭였다.

"그러니 더 보란 듯이 행렬을 이어가야지."

"……."

"주위를 둘러보게. 모두 우리를 추앙하기 위해 모인 자들이야. 이들에게 반란군 따윈 우리한테 적수가 되지 않는다고 보여줘야지."

황제가 큭큭 참을 수 없다는 듯 웃음을 터뜨렸다.

"반란이라는 게 사실 종이 한 장 차이야. 제국의 역적이 되느냐 아니면 영웅이 되느냐의 차이인데 그걸 결정하는 게 누구인지 아나?"

"……."

"민심이야. 제국민을 위해 반란을 일으키는 자들은 영웅이 되고, 제국민을 혼란스럽게 만드는 반란군들은 역적이지."

테르데오가 보란 듯이 눈살을 구겼다.

"그러니 라피레온 공, 우리는 태연하게 행렬을 하면 되는 거야. 자, 그대도 어서 준비하게. 도망간 말을 잡아 마차에 다시 묶으면 움직일 수 있겠지. 그때까지만……."

황제의 말이 끝나기도 전 테르데오가 나를 자신의 품에 번쩍 안아 올렸다.

갑자기 허공으로 몸이 붕 떠오르자 나는 놀라 테르데오의 목을 세게 끌어안았다. 사람들의 시선이 나한테 쏠리는 게 느껴졌다.

"내, 내려주세요."

나는 부끄러움으로 붉게 물든 고개를 푹 숙이며 중얼거렸다.

태연하게 황제를 무시한 테르데오가 한결 누그러진 목소리로 내게 말했다.

"돌아가면 숙부께 상태를 확인해 달라고 하는 게 좋겠어. 많이 놀랐을 테니 오늘은 푹 쉬도록 하고."

"네?"

혹시 지금…….

나는 황제를 무시한 채 날 보는 테르데오와 눈을 맞췄다.

"돌아가려고요?"

"응."

내 질문에 테르데오가 대수롭지 않게 끄덕였다. 우리의 대화를 들은 황제가 미간을 구겼다.

"라피레온 공."

행여 사람들에게 들릴세라 황제가 작게 테르데오를 불렀다.

그러나 테르데오는 이번에는 대놓고 황제의 말을 무시했다. 명백한 고의였다.

몸을 돌린 테르데오가 흩어져 있던 말들을 겨우 모은 마부에게 다가갔다. 그리고 말 한 마리의 고삐를 당겼다.

"말 좀 빌리지."

테르데오가 저번 축제 때처럼 나를 번쩍 올려 말 위에 앉혔다.

두 번째 겪는 거라 크게 놀랍진 않았다.

놀라진 않았지만.

'황제 눈빛이 너무 무서워.'

우리한테 꽂히는 저 시선이 너무 따가웠다. 주변의 시선이 있으니 차마 우리를 크게 부르지도 못한 채, 황제는 가만히 보고 있었다.

나는 모르는 척 고개를 돌려 황제를 외면했다. 이어 테르데오가 내 뒤에 가뿐히 올라타 말의 고삐를 잡았다.

"포츤 영식. 오늘의 일은 따로 얘기하도록 하지. 물러나도 좋다."

"네, 불러주시기를 기다리겠습니다. 대공 각하."

아데우스가 허리를 숙여 인사하더니 황제한테 잡히기 전, 몸을 돌려 인파 속으로 사라졌다. 그 모습을 본 후 테르데오가 천천히 말을 돌렸다.

"진짜 가려고요?"

"그럼 여기 남아 있을 건가?"

"하지만……."

"이 이상 구경거리가 되는 것도 싫고."

황제가 이대로 가면 죽이겠다는 눈빛으로 우릴 보고 있는데요!

"폐하."

테르데오가 황제를 불렀다.

"부인이 다칠 뻔하여 제가 너무 놀랐습니다. 제 부인은 괜찮지만 제 심장이 약해서 이대로 더는 행렬을 할 수 없을 것 같습니다."

테르데오가 모두 들으라는 듯이 크게 외쳤다.

"제 부인과 함께 돌아가서 약을 마셔야겠습니다. 제가 없어도 황실 기사단이 폐하를 지킬 거니까 괜찮으시겠죠?"

황제도 더는 뭐라 말할 수가 없었다. 황제가 턱에 힘을 실었다.

"물러가라. 라피레온 공."

테르데오가 고개를 꾸벅였다. 그리고 말을 출발시켜 달려나갔다.

※ ※ ※

"다 왔어."

말이 멈추자 온몸이 후들후들 떨렸다.

지난번 승마와는 차원이 달랐다. 지난번 승마가 맛보기였다면 오늘은 실전이었다.

"……페레샤티? 도착했어."

머리 위에서 덤덤한…… 아니, 살짝 당황한 것 같은 테르데오의 목소리가 들렸다.

 그래, 나도 다 온 거 안다. 안다고! 하지만, 하지만…….

 "손, 손이 안 움직이는 걸 어떻게 해요!"

 테르데오의 허리를 꽉 안은 두 팔이 도통 풀리질 않았다. 말은 분명 멈췄다.

 하지만 나는 너무 무서워서 테르데오를 놓을 수가 없었다.

 나는 거짓말을 조금 보태서 눈물이 가득 차오른 눈동자로 테르데오를 올려다봤다. 달리는 말은 꽤 빠르다. 그리고 몸이 아주 많이 움직인다.

 "무서, 무서워요."

 "고작 이런 승마에도 이렇게 무서워하면서."

 테르데오가 내 어깨를 다독거렸다. 그리고 안정될 때까지 몸을 절대 움직이지 않았다.

 "피 한 방울로도 그대를 죽일 수 있는 나는 안 무섭나?"

 "그야 당신은 날 죽이지 않을 거잖아요!"

 테르데오가 움찔 떨었다.

 '말은 잘못 움직이면 날 아래로 떨어뜨려서 죽일 수도 있다고! 말과는 말도 안 통하고!'

 두 손으로 허리를 꽉 잡은 채 그의 단단한 가슴에 얼굴을 묻고 심호흡했다.

 테르데오의 근육이 긴장했는지 딱딱하게 굳는 게 느껴졌다. 동시에 큰 심장 박동이 들렸다.

 일정하게 뛰는 심장 소리를 들으니 한결 진정이 되는 것 같았다.

 "그런데요."

 "응."

 "우리 진짜 이렇게 멋대로 와도 되나요?"

 "내 저택에 내가 돌아오겠다는데 안 될 이유가 있나?"

"아니요. 폐하의 말을 무시하고 왔잖아요."

테르데오가 심드렁하게 반응했다.

"괜찮아. 전쟁에선 반드시 내가 필요하니까. 날 버리면 득보다 실이 더 많을 테니 마음에 안 들어도 당장 날 죽이지 못해."

테르데오는 황제가 자기를 죽일 수 없는 이유를 몇 개나 더 차분하게 늘어놓았다.

"이제 좀 괜찮아졌나?"

내 호흡이 차분해진 걸 느낀 테르데오가 물었다.

고개를 천천히 끄덕이며 허리를 감싼 팔을 풀었다. 테르데오는 잠시 멈칫하더니 이내 말에서 성큼 내렸다.

그리고 내게 두 손을 뻗었다. 떨리는 손을 뻗어 테르데오의 단단한 팔을 쥐었다.

내가 아무리 힘을 줘서 세게 눌러도 그의 견고한 팔은 조금도 흔들리지 않았다.

"……고마워요."

그 덕에 나는 안전하게 땅에 내려올 수 있었다. 발이 땅에 닿자 그제야 크게 숨을 뱉을 수 있었다.

테르데오에게 고맙다고 말하기 위해 몸을 돌리려는 찰나였다.

"……요정님?"

어디선가 아주 미약한 어린아이의 목소리가 들렸다.

작은 바람이 불면 곧바로 꺼질 촛불처럼 힘없는 목소리였다.

"무슨 소리가 들렸는데."

나는 목소리가 들린 저택 입구로 고개를 돌렸다.

한 번도 빗지도 않은 것처럼 엉킨 긴 은발에 겨우 다섯 살, 여섯 살로 보이는 작은 체구.

비상식적으로 마른 몸과 사이즈가 맞지 않는 작은 옷. 그리고 익숙한 붉은 눈동자.

"응?"

처음 보는 아이가 그곳에 서 있었다.

아이의 상태는 한눈에 척 봐도 위태로워 보였다.

'누구지?'

누구인지 모를 아이를 살피던 찰나, 옆으로 다가온 테르데오의 입술에서 아이의 이름이 흘러나왔다.

"……아일렛?"

"아는 아이예요?"

고개를 돌리니 테르데오가 드물게 놀란 얼굴을 하고 있었다.

"맞는 것 같은데."

테르데오가 미간을 구기며 아이를 살폈다.

"방계 혈족 중 유일하게 살아남은 아이야. 가문의 사람이 아니라 자기 엄마와 함께 산다고 했어. 라피레온 가문에서 매달 넉넉한 양육비를 보내고 있다고 알고 있거든. 이보다 더 어릴 때 본 후로 처음이라 맞는지 헷갈……!"

"……!"

테르데오는 뒷말을 잇지 못했다. 그 뒷말을 듣지 못한 건 나도 마찬가지였다.

요정을 부르던 아이가 우리를 향해 휘청거리며 걸어오다 힘없이 땅으로 고꾸라졌기 때문이다.

"아일렛!"

"아이야!"

우리 둘은 누구나 할 것 없이 아이를 향해 달려갔다.

나는 재빠르게 힘없이 쓰러진 아이의 몸을 품에 끌어안았다. 그리고 크게 다친 곳이 없는지 확인했다.

다행히 얼굴이나 머리는 다치지 않은 것 같았다.

품에 안아 올린 아이의 몸은 너무도 가볍고 또 너무도 약했다.

마치 손에 조금만 힘을 주면 그대로 부러질 것만 같았다.

"아일렛이 맞나요?"

테르데오가 끄덕거렸다.

"하아……."

아이가 크게 내뱉는 숨이 뜨거웠다.

아일렛의 상태는 한눈에 봐도 좋지 않았다.

"피니어스…… 피니어스 님께 보여야 해요!"

당장이라도 끊어질 것처럼 색색거리는 숨소리가 불안정했다.

내 외침에 고개를 끄덕인 테르데오가 빠르게 말 위로 올라탔다.

"여기서 잠시만 기다려. 나 혼자 말을 타고 가서 숙부님을 모셔 올 테니까."

내가 고개를 끄덕이기 무섭게 테르데오가 말을 몰았다. 나를 태우고 올 때와는 전혀 다른 속도였다.

말발굽 소리가 금세 멀어졌다.

홀로 남은 나는 아이의 몸이 땅에 닿지 않도록 있는 힘껏 품에 꼭 끌어안았다.

'느낌이 안 좋아.'

나는 손수건을 꺼내 잔뜩 부르터서 피딱지가 앉은 입술과 먼지로 뒤덮인 얼굴을 닦아주었다.

이 어린아이가 입술을 꽉 깨물 일이 뭐가 있다고.

입술이 새파랗게 멍들고 피딱지가 앉았을까.

'넉넉한 양육비를 보내고 있다고?'

나는 빠르게 아이의 몸을 훑었다.

그렇다고 하기엔 아일렛의 몸에 지닌 것 중 비싼 물건은 하나도 보이지 않았다.

옷은 사이즈가 안 맞고, 그나마 있는 한쪽 신발은 앞코가 너덜너덜 찢어졌다.

게다가 드러난 팔뚝 안쪽 살엔 여러 번 새겨졌던 것으로 보이는 흉터까지 있었다.

무슨 일이 있었는지 자세히는 모르지만 좋지 않은 상황인 것만은 확실했다. 이내 달려나간 테르데오는 피니어스와 함께 돌아왔다.

아이는 아일렛이 맞으며, 우선 저택으로 옮기자고 했다. 아일렛을 저택으로 옮긴 후 피니어스가 상태를 확인했다.

아일렛은 극심한 영양실조였고 감기에도 걸린 상태였다. 이곳까지 어떻게 왔는지는 모르겠지만, 고열까지 나고 있었다.

피니어스가 조치를 했다. 테르데오는 아이의 엄마한테 연락을 넣겠다고 했으나 나는 만류했다.

우선은 아이가 깨어난 후에 상황을 지켜보고 연락해도 늦지 않을 것 같았다.

하루가 지나도 열은 내리지 않고 이어졌다.

아이는 어린 탓인지 아니면 면역력이 나빠진 탓인지 정신을 차리지 못하고 기절해 있었다.

아직 어리긴 하나 여자아이다 보니까 테르데오와 피니어스, 그리고 셀피우스가 아니라 내가 밤새 곁에서 돌보며 열이 오른 아일렛의 몸을 손수건으로 닦아냈다.

그리고 아이가 쓰러진 지 이틀째 되는 날.

드디어 열이 내렸다.

꼬르륵.

우렁찬 배 소리와 함께 고소한 음식 냄새에 이끌리듯 아이가 드디어 눈을 떴다.

몽롱한 시야로 눈을 깜빡인 아일렛이 킁킁거리며 냄새를 맡았다.

"맛있는…… 냄새."

"정신이 좀 드니?"

아이가 놀라지 않게 조심히 말을 걸었다.

"……!"

낯선 목소리에 놀랐는지 아일렛이 상체를 벌떡 일으키려 했다. 나는 아일렛을 조심스럽게 잡고 만류했다.

"괜찮아, 누워 있어."

힘이 하나도 없는지 아이는 내 손을 뿌리치지 못한 채 침대에 다시 누웠다.

"여기가 어딘지 알겠어?"

"여기는……."

기억이 흐릿한지 아일렛이 긴장된 동그란 눈동자로 연신 주변을 둘러봤다.

마치 사냥꾼에게 쫓기는 한 마리 작은 아기 토끼 같았다.

"여기는 라피레온 대공 저택이야."

"헉, 라, 라피레온 저택이요?"

아일렛이 놀랐는지 이불을 코까지 끌어 올리며 눈동자를 데구르르 굴렸다.

이렇게까지 어린아이와 대화해 본 적은 없지만, 나는 최선을 다해 웃었다.

"음…… 우선 안녕."

놀란 아이한테 인사부터 해야 친근하게 다가갈 수 있을 것 같았다.

"혹시 내가 누군지 알아?"

아일렛이 고개를 저었다. 그러더니 우물쭈물하다가 겁에 질린 표정으로 내게 속삭였다.

"저기……."

"응?"

"우, 우리 엄마……."

"으응?"

엄마가 보고 싶다는 걸까?

"우리 엄마, 여기에, 와 있어요?"

하지만 예상과는 다른 질문이었다. 나는 눈동자를 굴리다가 웃었다.

"아니."

내가 대답하자마자 아일렛이 눈에 띄게 안심했다.

"아직 연락은 안 드렸어. 네가 깨어난 후에 하는 게 좋을 것 같아서. 여긴 혼자 왔어?"

아직 부모님 얘기는 하지 않는 게 좋을 것 같다.

아일렛이 수줍게 시선을 피하며 끄덕거렸다. 잔뜩 긴장한 모습이었다. 나는 평소보다 더 과장된 반응을 보이며 상냥하게 물었다.

"우와아아. 혼자 오다니 정말 대단하다. 어디에서부터 왔어?"

"마, 마얄리요."

마얄리면 여기서 마차로도 일주일이 넘게 걸리는 작은 변두리 마을이었다.

저 작은 아이가 혼자 오기엔 너무도 먼 거리였다.

꼬르륵.

뱃고동처럼 커다란 소리가 손님 침실에 크게 퍼졌다. 아일렛이 부끄러운지 빨개진 얼굴로 이불을 꼭 쥐었다.

"죄, 죄송해요……."

죄송할 게 뭐가 있지

슬그머니 내 눈치를 살피던 아일렛이 황급히 말을 덧붙였다.

"물, 물을 마시면 소리가 안 날 거예요. 물, 물을, 물을 마실게요."

뭐가 그렇게 주눅이 드는지 아일렛의 목소리가 기어들어 가듯 작아졌다.

'배고픈데 물을 마신다고?'

역시 이상했다.

아일렛이 물을 찾기 위해 침대에서 상체를 일으켰다. 나는 아일렛을 가만히 살피다 아까 하녀를 통해 받았던 식사 트레이를 침대로 가져왔다.

"배고픈 데 왜 물을 마셔. 음식을 먹어야지."

"네?"

"미안. 깨자마자 줄 걸 그랬다. 이틀을 내리 자느라 배고팠지?"

아일렛이 당황한 얼굴로 침대 위 트레이에 놓인 초라한 수프를 바라보았다.

이틀 만에 먹는 음식이니 기름기가 없는 담백한 음식이 좋을 것 같아 수프를 준비했는데.

꼴깍.

아이는 초라한 수프 한 그릇에도 침을 삼켰다.

배가 많이 고플 텐데도 아일렛은 쉽사리 음식에 손을 대지 않았다. 몇 차례나 침이 꼴깍 넘어가는 소리가 계속 들렸다.

'왜 안 먹지?'

나는 의아한 얼굴로 아일렛을 바라봤다.

"왜 그래? 혹시 손 아파? 식기를 들기 힘들면 내가 먹여줄까?"

아일렛이 힘차게 고개를 도리질했다. 그리고 목을 길게 쭉 빼더니 다시 주변을 꼼꼼히 살폈다.

"엄마랑 아빠는 정말 없어요……?"

아빠? 엄마가 혼자 키운다고 하지 않았나?

"응. 여긴 너 혼자야."

"그, 그럼 이걸 저 혼자 다 먹어요?"

나는 트레이에 담긴 수프 한 그릇을 바라보았다. 수프밖에 없었다. 그것도 이틀 만의 식사라 부담이 될까 봐 적은 양이었다.

"그럼 혼자 다 먹지, 나눠 먹게? 아…… 혹시 양이 적어서 그래? 더 가져다줄까?"

"아니요! ……아니에요. 적은 게 아니라 너무 많아서……."

많다고? 나는 트레이를 다시 바라보았다. 혹시 아이가 보는 것과 내가 보는 게 다른 걸까?

"괜찮아. 먹어."

아일렛이 발그레한 얼굴을 숙이고 끄덕였다. 용기 낸 아일렛이 식기 끝을 만지작거렸다.

그러나 좀처럼 식기를 쥐지는 못하고 음식만 바라보며 침을 꼴딱 삼키고 손톱 옆 생살을 뜯었다.

"테르데오한테 들었어. 테르데오가 누군지 알아?"

끄덕.

"내 옆에 있던 그 삼촌."

끄덕.

"네 이름이 아일렛이야?"

나는 아일렛을 향해 친근하게 물어보며 손에 직접 식기를 쥐여 주었다.

자그마한 손엔 이유를 알 수 없는 자잘한 상처들이 가득하였다.

아일렛이 고개를 끄덕이며 조심스레 수프를 한 입 떠먹었다. 입에 제법 잘 맞았는지 아일렛이 커다란 눈을 더 크게 떴다.

"······!!"

그러더니 이내 허겁지겁 음식들을 입에 넣기 시작했다.

먹는다는 표현보다 입에 마구잡이로 밀어 넣는다는 표현이 더 잘 어울릴 정도로 아일렛은 정신없이 수프를 떠 마셨다.

식기 사용법을 제대로 배우지 않았는지 아일렛은 수저를 쥐는 것조차 어설퍼 보였다.

"천천히 먹어. 체하겠어."

내 말에 아일렛이 수프를 양 볼 가득 물고 우뚝 멈췄다. 그리고 마치 혼날까 싶은 아이처럼 겁에 잔뜩 질린 눈동자로 나를 바라봤다.

'먹을 땐 말을 안 거는 게 좋겠어.'

나는 말 대신 미소를 지었다. 그리고 손수건으로 수프가 묻은 아일렛의 볼을 닦아주기 위해 손을 뻗었다.

"……!"

내 손이 다가오자 아일렛이 양손으로 머리를 가리며 방어 자세를 취했다.

역시 이상했다.

조심스럽게 입술과 볼에 묻은 수프를 닦아주고 손을 거두자 아일렛이 눈을 깜빡였다.

내가 자기를 해칠 기미가 보이지 않자 슬그머니 눈치를 살피며 다시 수프를 그릇째 들고 마시기 시작했다.

'다 먹고 나중에 씻겨주는 게 좋겠네.'

혹시 누가 그만 먹으라며 빼앗을까 걱정됐는지 아일렛은 연신 주변을 살피며 수프를 먹었다.

그 모습이 안쓰럽기까지 했다.

많은 양이 아니라 수프는 금방 사라졌다.

빈 그릇을 보며 아일렛이 못내 아쉽다는 듯이 입맛을 다셨다. 슬그머니 손을 보는 걸 보니 손가락에 묻은 수프까지 핥아 먹을 기세였다.

"손가락에 묻은 건 먹는 게 아니야."

나는 아일렛이 놀라지 않도록 조곤조곤 말하며 손수건으로 손과 얼굴을 직접 닦아주었다.

아일렛은 고개를 끄덕였지만 아쉽다는 표정까지 숨길 수는 없었다. 나는 설렁줄을 잡아당겼다. 잠시 후 집사가 조심스럽게 문을 두드렸다.

나는 빈 그릇이 담긴 트레이를 내밀며 아이가 먹을 수 있는 과일을 준비해 달라고 요구했다. 그사이, 아일렛은 입술을 핥으며 입맛을 다시고 있었다.

잠시 후, 집사가 과일을 가지고 돌아왔다. 나는 아직도 아쉬운 듯이 입맛을 다시는 아일렛한테 과일을 내밀었다.

"과일 정도는 괜찮을 거야."

"과, 과, 과일이요?"

"응. 먹을 수 있겠어?"

아이가 한입에 넣을 수 있도록 작게 썰린 딸기와 포도, 토마토 등이 놓여 있었다. 아이가 다시 침을 꼴깍 삼켰다.

그리고 다시 내 눈치를 힐끗 살폈다.

나는 다른 곳을 보는 척 눈을 돌렸다. 포크를 쥐려던 아이가 이내 맨손으로 과일을 집어 황급히 입 안에 밀어 넣었다.

지금 아니면 못 먹는다는 듯이.

나는 아이가 다 먹을 때까지 시선을 주지 않았다. 그리고 과일이 모두 사라지고 난 후에야 손수건으로 아일렛의 입가와 손가락을 닦아주었다.

"이런, 과즙이 흘러서 옷이 더러워졌구나."

내가 더러워진 옷을 바라보자 아일렛도 흠칫 놀라더니 자신의 옷을 내려다봤다.

사실 과즙이 흐르지 않았어도 이미 더러울 대로 더러워진 옷이었다.

"안 되겠어."

손수건을 내려두고 중얼거리자 아일렛이 어깨를 바들바들 떨었다.

무슨 일이 있었는지 물어보고 싶은 마음이 굴뚝같지만.

그보단 아이의 케어가 먼저였다.

"아일렛."

"네, 네? 잘, 잘못했어요. 처, 처음 먹는 것들이라 어떻게 먹어야 할지 몰라서…… 옷, 옷은 제가 다 세탁…….."

"우리 씻지 않을래?"

"……네?"

"깨끗하고 향기 좋은 욕조에 몸을 담그면 기분이 새로울 거야. 우리 씻자, 알았지?"

나는 아일렛을 향해 미소 지은 후 자리에서 일어섰다.

그리고 침실 문을 열어 앞에서 기다리고 있는 하녀에게 말했다.

"아가씨가 씻을 거니 지금 당장 준비해. 좋은 건 아낌없이 모두 다 집어넣고."

"네, 대공비 전하."

"그리고 침대보가 더러워졌으니 새것으로 갈아둬. 참, 침대가 좀 딱딱하던데 더 푹신한 이불을 깔아둬."

"네, 대공비 전하."

"입고 있던 옷이랑 신발은 모두 버리고 새것으로 준비해 둬. 당장 근처 의상실에 연락해서 비슷한 나이대의 여자아이가 입을 옷은 모두 다 쓸어와. 돈은 내가 직접 지불할 테니까 걱정하지 말고. 아가씨가 좋아할 만한 인형도 좀 가져다 두고."

"네."

"그리고 모두에게 아가씨가 깨어나셨다고 전해줘."

다들 아일렛을 간절하게 기다렸으니까. 내 명령에 하녀가 고개를 끄덕이더니 되물었다.

"대공 각하께서 세르시아 님과 글로리아 님께도 아가씨와 관련하여 서신을 보내셨는데, 두 분에게도 알릴까요?"

글로리아 님이라면 테르데오의 할머님이자 그 무서운 분. 수도에 머무르고 계시다고 했으니…….

"그건 테르데오한테 물어보고 결정하렴."

"네."

라피레온 가문이 직접 연관된 일이니 그들이 해야 할 일이라고 생각했다.

"……참, 아가씨는 내가 직접 씻길 테니 아무도 들어오지 마."

"그렇게 하겠습니다, 대공비 전하."

아무래도 아이의 몸을 확인하는 게 좋을 것 같았다.

혹시 모를 사태를 대비해 다른 사람들은 못 들어오게 하고.

나는 모든 지시를 한 후 아일렛을 바라보며 웃었다.

아일렛은 영문을 알 수 없다는 표정으로 나를 바라봤다.

"자, 가자. 아일렛!"

※ ※ ※

"……이 옷 정말 제가 입어도 돼요?"

아일렛이 예쁜 새 드레스를 꼼지락거렸다.

걱정스러운 말투와는 달리 자기 몸에 딱 맞는 드레스가 마음에 드는지 아일렛의 입가에 자그맣게 미소가 피어올랐다.

프릴이 잔뜩 달린 예쁜 드레스를 입고 머리를 양 갈래로 묶은 아일렛은 정말 천사 같았다.

"그럼. 그거 말고도 여기 있는 옷, 전부 아일렛 옷이야."

드레스 룸을 가득 채운 드레스를 가리키며 웃자 아일렛이 소리 없는 비명을 지르며 입을 크게 떡 벌렸다.

아일렛이 고개를 두리번거리며 드레스를 살폈다.

뒤에서 그 모습을 보는 내 눈이 차갑게 식어갔다.

역시나 예상했던 대로 아이의 몸은 멍과 흉터들이 가득했다. 그것도 옷을 입으면 보이지 않을 곳에.

그게 무얼 뜻하는지 바로 예상 갔다.

"아일렛이 여기 와줘서 언니는 너무 기뻐. 그래서 언니가 주는 선물이야. 혼자 오기 멀었을 텐데 힘들었지?"

내 질문에 아일렛이 드레스를 꼼지락거리던 걸 멈추고 고개를 조심스럽게 끄덕였다.

먹고, 같이 씻으며 논 덕분에 경계가 많이 수그러들었다. 나는 라피레온 가문의 사람이 아니라 그게 한몫을 한 것 같았다.

나는 아일렛을 들어 푹신한 침대에 앉혀주며 자연스럽게 질문을 이어갔다.

"그런데 여긴 테르데오를 보러 온 거야?"

절레. 테르데오를 보러온 건 아니구나.

"그럼 놀러 왔어?"

절레. 이것도 아닌가.

다음 질문을 생각하자 아일렛이 천천히 손가락을 들었다. 아이의 검지가 나를 가리켰다.

"응? 나?"

끄덕. 비로소 아일렛이 고개를 끄덕거렸다.

"나 보러 온 거야?"

끄덕. 아일렛이 부끄러운 듯 고개를 숙였다.

"나 알아?"

끄덕. 아일렛이 웃었다.

"날 어떻게 알았어?"

아일렛이 손가락을 꼼지락거렸다. 그러더니 기어들어 가는 작은 목소리로 속삭였다.

"……도착한 편지를 훔쳐봤어요."

"편지?"

"셋시 님이 보낸 편지요……."

세르시아가 편지를? 아, 그러고 보니 피니어스도 세르시아한테 편지를 받았다고 했지.

"저주가 통하지 않는 분이라고…… 이 저주에서 벗어나게 할 수 있는 사람일지 모른다고……. 엄마 몰래 읽었어요."

"음, 그렇구나."

세르시아가 가족들에게 편지를 돌린 모양이었다.

"엄마가, 라피레온 가문에서 온, 편지는, 다 보거든요. 양육비를, 보내준대요…… 그런데 너무 적은 돈을 보내줘서……."

그런데 엄마 몰래 읽었다고? 편지를 읽는 것도 눈치를 보나? 나는 눈살을 찌푸렸다.

"아일렛."

내 부름에 아이가 고개를 들었다.

"지금 엄마랑 함께 살고 있니?"

엄마라는 단어에 아이의 어깨가 심하게 떨렸다. 아일렛은 입술을 꾹 다물고 답하기를 꺼렸다. 눈동자를 이리저리 굴리는 걸 보니 불안해하는 것 같았다.

"질문이 너무 어렵구나!"

나는 그저 수수께끼를 하듯 웃었다.

"그럼 언니가 먼저 말해야겠다!"

"네?"

"언니는 엄마랑 아빠가 돌아가셨어."

이럴 땐 그냥 아무렇지 않게 먼저 얘기하는 게 최고다.

"그래서 언니는 새엄마랑 같이 살다가 이곳에 왔어. 아일렛은?"

그냥 아무렇지 않은 자기소개 하듯 물어보며 손을 내밀었다. 아일렛이 주춤거리더니 내게 손깍지를 꼈다. 그리고 주변을 두리번거리며 내게 속삭였다.

"저도 아빠가 없어요."

"우와. 우리 똑같아!"

"전 엄마랑 새아빠랑 오빠랑 살아요."

새아빠와 오빠라고 하는 걸 보면 아일렛의 생모가 재혼한 모양이었다.

나는 겉으로 표현하지 않으려 애쓰며 아이에게 맞춰 눈을 동그랗게 떴다.

"우와! 아일렛은 언니랑 비슷하구나!!"

아일렛이 배시시 웃으며 끄덕거렸다.

"사실 이건 비밀인데에."

나는 주변을 두리번거리는 척 아일렛을 따라 하고 속삭였다.

"언니는 새엄마랑 사이가 안 좋아."

아일렛이 눈을 크게 떴다.

"아일렛도 언니랑 똑같아?!"

아일렛이 드레스를 쭈물쭈물했다. 긴장했는지 마주 잡은 손에 땀이 흥건했다.

"언, 언니."

아이가 나를 불렀다.

"응?"

"그럼, 언니도오……."

아일렛이 속삭였다.

"언니도오, 엄마한테 맞을 때 있어요?"

심장이 쿵 내려앉았다.

예상했지만 아이의 입에서 직접 듣는 건 실로 큰 충격이었다.

나는 아일렛의 손을 잡지 않은 다른 손을 세게 주먹 쥐었다.

"엄마가 아일렛을 때려?"

아일렛은 일말의 고민도 없이 고개를 끄덕거렸다. 그리고 마치 그게 당연하다는 것처럼 중얼거렸다.

"네."

아이가 언니는 안 그래요? 하면서 말을 덧붙였다.

"나는 저주받았으니까요."

이게 지금 무슨 소리지. 이 어린아이 입에서 나올 법한 말은 아니었다.

"아!"

아일렛이 퍼뜩 정신을 차린 것처럼 소리치더니 이내 속삭였다.

"맞아. 언니는 나쁜 저주에 걸리지 않는 요정님이죠?"

"어?"

"언니는 요정님이라서 좋겠다."

나쁜 저주라니? 요정님이라니? 처음에 저택 앞에서 요정님을 부른 건 아무래도 이걸 말했던 것 같다.

"엄마가 아일렛한테 나쁜 저주에 걸렸다고 했었구나?"

나는 괜찮은 척 다시 질문했다.

"네."

내가 크게 반응하지 않자 모든 얘기를 해도 괜찮다고 느낀 건지 아일렛이 즉답했다.

"그래서 엄마랑 새아빠 몰래 요정님을 만나러 왔어요."

아일렛이 잡고 있던 내 손을 놓고 마치 신에게 기도하듯 두 손을 꼭 모았다.

"언니. 언니는…… 요정님이니까 혹시이…… 내 저주를 없애줄 수 있어요?"

순진한 아이의 표정을 보니 나도 모르게 말문이 턱 막혔다.

"저주라면, 어떤 거?"

"그, 피요……."

"독?"

"네."

고개를 끄덕인 아일렛이 우물쭈물 답했다.

"아빠가 자꾸 내 독을, 그러니까 제 피를 다른 사람한테 돈 받고 파는데…… 전 그게 너무 싫어요."

뭐? 지금 내가 뭘 들은 거지?

심장이 철렁 바닥으로 가라앉았다.

그러나 아일렛 앞에서 티를 낼 순 없었기에 빠르게 표정을 갈무리했다.

아일렛은 내 변화를 눈치채지 못하고 계속 말을 이어갔다.

"아빠가 제 독을 팔려면…… 전 계속 피가 나야 하거든요. 그러려면 자꾸 상처가 나고요……. 그럴 때마다 너무 아파요."

지금 내가 제대로 들은 게 맞나?

"언니는 요정님이니……. 언니가 제 저주를 없애주세요."

"아일렛."

아일렛이 깊은 눈동자로 나를 바라봤다.

"새아빠가 널 때리니?"

티 없이 맑고 순수한 목소리가.

"네."

지옥을 답했다.

"그냥 때리는 건 아니구요……. 독을 팔기 위해선 어쩔 수 없다고 했어요. 우리 집은 가난하거든요. 가난해서 그럴 수밖에 없다고 했어요. 제 독은 사실상 피나 마찬가지라서 검출되지도 않는다고……."

아이가 할 말들은 아니었다. 황당한 말에 머리가 띵 울렸다. 나는 아일렛의 옆자리에 앉아 아이를 끌어안듯 내 무릎 위에 앉혔다.

너무 작은 아이였다.

"아일렛. 언제부터?"

아이가 놀라지 않도록 웃어야 하는데 그게 쉽지 않았다. 경련이 일어난 입가를 바르르 떨자 아일렛이 고개를 갸우뚱거렸다.

"예전부터요……?"

그럼 도대체 언제부터라는 걸까. 라피레온 가문은 이 사실을 전혀 모르고 있나?

호흡이 거칠어졌다. 주먹을 꽉 말아 쥐는 그때였다.

똑똑.

아무도 들어오지 말라는 침실에 노크 소리가 들렸다.

"들어와."

"대공비 전하."

집사였다.

집사는 분노로 딱딱하게 굳은 나와 아일렛의 얼굴을 번갈아 봤다. 나는 아일렛의 어깨를 다독거린 후 침대에서 일어나 집사에게 가까이 다가갔다.

"무슨 일이야?"

집사가 아일렛은 들을 수 없도록 작게 속삭였다.

"대공 각하, 그리고 셀피우스 도련님. 피니어스 님과 세르시아 님. 마지막으로 글로리아 님께서 도착해 모여계십니다."

벌써? 게다가…….

"셋시가 여기 와 있어?"

"네. 이틀 전 대공 각하께 아가씨가 쓰러졌다는 서신을 받아 출발했다고 합니다."

나는 고개를 가볍게 끄덕였다.

"곧 갈게. 잠시만 기다려 달라고 해줘."

"네, 알겠습니다."

허리를 숙인 집사가 침실을 나갔다.

나는 고개를 갸우뚱한 채 앉아 있는 아일렛 곁으로 다가갔다.

아일렛을 데리고 가서 모든 사실을 밝히기 전, 먼저 아이가 놀라지 않도록 대화를 나누는 게 좋겠지.

"아일렛."

"네, 언니."

"여기가 어딘지 알려줬었지?"

끄덕.

"라피레온 사람들이 아일렛을 만나기 위해서 다들 모여 있거든."

"모두요?"

"응. 테르데오와 셀피, 그리고 피니어스 님과 셋시, 글로리아 님도 오셨대. 다들 누군지 알아?"

아일렛이 고개를 저었다. 그리고 걱정스러운 표정으로 땀을 흘리며 물었다.

"저를, 저를 보려고요?"

"응. 그리고."

나는 아이의 머리를 쓸어 넘기며 놀라지 않도록 최대한 덤덤하게 말했다.

"앞으로 있을 아일렛의 문제를 해결하기 위해서야."

"제, 제 문제요? 제가…… 뭐 잘못했어요?"

아일렛이 손에 쥐고 있는 인형을 세게 끌어안았다.

"제가 여기 함부로…… 와서요?"

"아니."

"그, 그러면…….."

"아일렛."

아이도 알고 있다.

부모의 얘기가 나오는 순간 겁을 먹는 걸 보면, 자신을 그렇게 대하는 부모가 나쁘다는 걸 알고 있었다.

자신을 다시 내쫓을까 두려운지 아이의 얼굴이 순식간에 희게 질렸다.

"부모님한테 가기 싫지?"

아이가 대답하지 못했다.

부모님한테 가기 싫다는 말을 하면, 나쁜 아이가 될까 봐 걱정하는 것처럼.

"하지만 아일렛."

나는 아일렛의 답을 기다리지 않았다.

"나는 널 부모님께 보내지 않을 거란다."

나는 아이의 어깨를 다독거렸다. 아이의 작은 어깨가 파르르 두려움으로 떨렸다.

"이 세상의 누구도 널 아프게 해서는 안 돼."

아일렛의 붉은 눈동자에 두려움과 절망이 가득 담겼다.

"엄마랑 아빠여도 안 돼."

붉은 눈망울에 눈물이 맺혔다.

"네 저주가 널 괴롭힐 순 있어도 다른 사람이 널 괴롭힐 이유가 될 수는 없어. 언니 말이 무슨 뜻인지 아니?"

아일렛이 고개를 저었다.

"그 어떤 상황에서도 절대로. 누구도 널 때려선 안 돼."

가족들이 나쁜 걸 알면서도 아일렛은 그들에게 의지했을 것이다. 인생 2회차도 아닌 아이가 의지할 수 있는 곳이라곤 어른밖에 없으니까.

잿빛으로 변한 아이의 입술이 덜덜 떨렸다.

나는 손을 뻗어 자그마한 아이의 몸을 품에 끌어안았다.

"넌 나쁜 아이가 아니야."

부모를 배신하면, 부모를 나쁘게 말하면 자신이 나쁜 아이라고 생각할 나이였다.

"네가 겁먹을 이유는 없단다. 넌 내가 이제까지 만난 그 어떤 아이보다 사랑스럽고 귀여우니까."

긴 학대의 시간 속에서 고통스럽지 않기 위해 아이는 끊임없이 자신을 갉아먹었을 것이다.

나쁜 건 나야, 내가 저주에 걸려서 부모님이 날 사랑하지 않는 거야, 라고.

그러니까 여길 찾아왔다.

저주를 없애겠다는 이유로.

사실 누가 자신을 구해줬으면 하는 이유로.
나는 따스하게 품에 안았던 아이를 살짝 떨어뜨린 후 부드럽게 두 볼을 손바닥으로 감쌌다.
"내가 비록 진짜 요정이 아니라 네게 걸린 저주를 풀어줄 순 없지만 하나만은 확실히 말해줄게."
아일렛이 떨었다.
"넌 앞으로 누군가로부터 맞을 일도, 다칠 일도, 그리고 굶을 일도 절대 없을 거야."
아이가 믿기 힘들다는 듯이 눈을 떴다.
"난 널 그곳에 다시 돌려보낼 생각이 없으니까. 아일렛."
"……."
"나는 널 절대 놓지 않을 거란다."
아일렛의 어깨가 떨렸다. 붉은 눈동자에 가득 고인 눈물이 뚝뚝 떨어졌다.
"저는, 저는."
아일렛이 숨을 크게 들이켰다.
"저는…… 태어나서는 안 되는 아이라고 했어요."
어쩌면 태어나 처음으로 남에게 털어놓는 것일지도 모르는 아이의 속내였다.
"저 때문에 아빠가 죽었대요. 엄마가, 엄마가 많이 울었어요."
아일렛이 고개를 떨구자 눈물이 바닥으로 쉼 없이 떨어졌다.
"저만 참으면 새아빠랑 오빠는 안 죽는다고 했어요."
"네가 아빠를 죽인 게 아니야."
아일렛이 입술을 꾹 물었다.
"아일렛. 너도 아빠가 곁을 떠나 슬펐을 테니까."
아일렛이 작은 손으로 눈가를 슥슥 비볐다.
"네가 한 게 아니야, 아일렛."

"……언니."

아일렛이 작은 손을 뻗어 내 엄지를 움켜쥐었다. 떨군 고개를 들자 붉은 눈동자에서 투명하고 깨끗한 눈물이 턱선을 타고 흘렀다.

"아빠, 아빠 보고 싶어요, 언니."

잘게 떨리는 입술을 악물던 아일렛이 참을 수 없는지 울음을 크게 터뜨렸다.

아이의 크게 오열하는 소리가 침실 밖으로 새어 나갔다.

"저 아빠 안 죽였어요……. 새아빠한테 맞는 것도 너무 아프고, 칼로 여기 다치는 것도 너무 아파요."

아일렛이 자신의 팔뚝 언저리를 가리키며 울었다.

네가 아빠를 죽인 게 아니라는 말에 꾹 눌러왔던 눈물이 터진 것 같았다.

"그러니까 언니…… 언니가 저 안 아프게 해줘요. 언니는 요정님이니까…… 히끅."

나는 눈 밑이 벌겋게 부어오르도록 울부짖는 아일렛을 품에 꼭 끌어안았다.

아이가 내 등을 세게 껴안으며 품을 파고들었다.

"아일렛, 언니가 약속할게."

나는 싸늘하게 식은 눈동자로 침실 문 너머를 바라봤다.

"다시는 그런 일을 겪게 두지 않을 거야. 네가 아프게 그냥 두지 않을게."

"흐흑."

"언니가 아일렛의 이야기를 라피레온 가족들한테 대신 말해줘도 괜찮을까?"

내 질문에 아일렛이 하염없이 흘리는 눈물을 닦으며 고개를 끄덕였다.

나는 예쁜 아이를 품에 꼭 껴안고 자리에서 일어섰다.

그리고 침실을 나와 모두가 모여 있을 응접실로 걸어갔다.

자그마한 손으로 떨어질세라, 혹은 불안감을 떨치려는 듯이 내 목을 꽉 끌어안는 힘이 느껴졌다. 나도 힘을 줘 아일렛을 품에 꽉 안았다.

긴 복도가 유난히 짧게 느껴졌다.

응접실에 다가서니 와자지껄 즐거운 대화가 들렸다.

"샤샤!"

안으로 들어서니 아무것도 모르는 세르시아가 해맑게 웃으며 내게 다가왔다.

"아일렛이 깨어났다고…… 샤샤, 왜 그래요? 무슨 일 있었어요?"

"모두에게 할 말이 있어요."

해맑게 웃던 세르시아가 내 표정을 보고 놀랐는지 바로 얼굴을 굳혔다.

거울을 보지 않아도 내가 지금 무슨 얼굴을 하고 있는지 알 수 있다.

'아마 사람 한 명 죽이고 싶은 얼굴을 하고 있겠지.'

회귀 후 이렇게 누군가를 죽이고 싶다는 갈망이 드는 건 정확히 두 번째였다.

아마 아일렛의 부모가 내 앞에 있었다면 체면이고 뭐고 당장 손에 잡히는 뭐라도 던졌을 것이다.

"페레샤티."

세르시아의 말에 떠들썩하던 분위기가 고요히 가라앉았다.

테르데오도 분노로 일그러진 내 얼굴을 보고 자리에서 일어나 가까이 다가왔다.

"아일렛? 아일렛. 왜 이렇게 울어? 왜 그래. 어디 아프니?"

피니어스는 내 품에 안겨 눈물범벅이 된 아일렛의 얼굴을 보고 놀란 것 같았다.

"그만."

연륜이 잔뜩 묻어나는 목소리가 응접실을 웅장하게 채웠다.

머리가 희게 센 백발의 여인이었다.

그녀는 라피레온 가문의 인장이 새겨진 지팡이를 손으로 짚고 나를 돌아봤다.

"대공비가 할 말이 있다고 하니 모두 들어보는 게 좋겠구나."

바로 그 소문의 글로리아였다.

한눈에 봐도 모든 것을 압도하는 분위기에 나는 고개를 숙여 인사했다.

그리고 소파에 앉았다. 다들 놀랍고 걱정스러운 표정으로 나와 아일렛을 보며 착석했다.

"이건 아일렛이 겪은 일이에요."

나는 아일렛의 이야기를 시작했다.

❋ ❋ ❋

모든 이야기가 끝났을 때 응접실은 충격과 공포로 휩싸였다.

그 누구도 섣불리 입을 열지 못했다.

"그러니까."

처음 입을 연 건 세르시아였다. 세르시아가 사늘해진 얼굴로 물었다.

"우리 독을 살해 도구로 쓰면 검출될 일도 없으니까 계속 아일렛에게 피를 내서 비싼 값에 팔았다는 거야?"

세르시아가 어이없다는 얼굴로 조소했다.

그 모습이 얼마나 무서운지 아일렛이 겁에 질려 어깨를 움츠렸다. 피니어스가 아일렛을 달래며 팔꿈치로 세르시아를 툭 쳤다.

"아일렛. 계속 다쳤다는 팔뚝 살을 보여줄 수 있겠니?"

"……네에."

흉터가 남은 아일렛의 살을 본 피니어스가 미간을 찌푸렸다. 그리고 흉이 남지 않는 연고를 정성스레 발라주었다.

"그래서 아일렛을 처음 발견했을 때 부모에게 연락하지 말라고 했던 건가?"

"네. 아이 상태가 너무 이상했거든요. 말하자니 확신이 없었고요."

"설마 라피레온 가문의 아이를 데려다 이런 일을 벌이고 있을 줄이야."

테르데오가 앉아 있던 의자의 팔걸이가 요란한 소리와 함께 부서졌다.

모두가 생각에 잠긴 얼굴로 침묵했다. 아마 각자 모두 아일렛을 위해 할 수 있는 일을 생각하고 있겠지.

바로 그때였다.

똑똑.

침묵을 방해하는 응접실 노크 소리가 들렸다. 문이 열리더니 집사가 들어섰다.

"방해해서 죄송합니다만 꼭 알려드려야 할 방문객이 있어서요."

꼭 알려드려야 할 방문객?

"아일렛 아가씨의 생모, 멜린 님께서 아가씨를 찾으러 오셨습니다."

쨍그랑.

놀란 아일렛이 신기하게 바라보던 찻잔을 아래로 떨어뜨렸다. 대리석 바닥에 떨어진 찻잔이 산산조각 부서졌다.

"언, 언니이……."

바닥에 떨어진 유리 조각보다 엄마가 더 무서운지 아일렛이 거침없이 걸어와 내 품으로 숨었다.

유리 조각이 박힌 아일렛의 발에서 피가 흘렀다.

놀란 피니어스가 아일렛을 황급히 안아 소파 위에 올렸다.

그리고 의료 가방을 열어 박힌 유리 조각을 빼고 연고를 바른 후 붕대를 칭칭 감았다.

'감히 누가. 누굴 찾으러 왔다고?'

이가 절로 바드득 갈렸다. 내 표정을 본 셀피우스가 집사를 다그쳤다.

"알린 사람이 없는데 여길 어떻게 찾아왔어?"

"일전에 대공 각하께서 결혼한다는 편지를 받은 적이 있어서…… 그걸 보고 여길 온 게 아닐까, 추측하고 왔다고 합니다."

"혼자? 아님 두 명?"

나는 조소하며 물었다.

"멜린 님과 남성분. 두 분이 찾아오셨습니다."

바로 그 남자가 새아빠란 사람이겠구나. 실소가 흘렀다.

아일렛이 이곳에 있으니 없다고 거짓말할 순 없다. 언제까지고 그렇게 숨기고 싶지도 않고.

나는 소파에 앉아 걱정스러운 표정을 짓는 아일렛의 등을 다독 거렸다.

널 지켜주겠다고 했잖니. 다신 그 지옥 같은 곳에 돌려보내지 않을 거라고 말이야.

나는 집사를 향해 말했다.

"당장 여기로 둘 다 데리고 와."

집사가 알겠다며 고개를 끄덕이고 나섰다.

응접실 문이 닫히자 나는 모두를 돌아보며 덤덤히 말했다.

"한 가지 부탁드리고 싶은 게 있어요."

모두가 나를 돌아봤다.

"제가 두 사람과 먼저 대화를 나누고 싶어요."

내 말이 끝나기 무섭게 모두가 얼굴을 와락 구겼다.

"대공비 전하, 혼자서는 안 돼요."

셀피우스는 단호히 고개를 젓고.

"그대 귀만 더러워질 테니 들을 가치도 없지."

테르데오가 사람 한 명을, 아니, 두 명을 죽일 기세로 단호하게 말했다.

"샤샤, 저런 놈들과는 대화할 필요가 없어요. 사람이어야 대화가 통하죠. 차라리 저한테 맡기는 게……."

"셋시, 아일렛이 듣겠다. ……하지만 비전하, 저도 모두의 의견에 동의합니다."

소매를 걷어붙이는 세르시아와 다정한 피니어스.

그리고 아일렛이 걱정된다는 표정으로 내 소매를 세게 쥐었다.

"라피레온 가족들의 앞에서는 반성하는 기미만 보일 거예요. 하지만 저는 그 두 사람을 이대로 넘길 순 없거든요. 모두가 있는 앞에서 그 둘이 순순히 자백할 리가 없어요."

"자백은 우리가 따로 받아내면 될 일이야."

테르데오가 못마땅한지 얼굴을 찌푸렸다. 하지만 나는 단호하게 고개를 저었다.

"만약 두 사람이 자백하지 않는다면요? 반대로 아이를 납치했다며 우리를 신고할지도 모르죠."

"그럼 그냥 우리식대로 해결하면 그만이야. 우리 저주에 대해 알고 있으니 얘기가 빠르겠지."

"하지만."

나는 모두를 가볍게 둘러봤다.

"다들 그 저주로 사람을 해치는 거 싫잖아요."

내 말이 정답이었는지 모두의 몸이 빳빳하게 굳었다.

사실 뭐라고 하는지 듣고 싶은 의도도 있었다.

왜 저 작고 사랑스러운 아이를 이렇게 학대했는지. 묻고 싶었다. 그리고 아일렛에게 진정한 사과를 받아주고 싶었다.

모두가 내키지 않는다는 듯이 고개를 저었다. 그러자 의외의 사람이 내 편을 들었다.

"그래, 대공비가 하고 싶다면 해야지."

한마디도 없이 처음부터 끝까지 듣기만 하던 글로리아가 드디어 입을 뗐다.

"죽으러 간다는 것도 아니고 전쟁에 출전하겠다는 것도 아닌데. 막을 필요가 있나? 다들 호들갑이 심하구나."

"하지만 글로리아 님, 우리 샤샤 좀 보세요. 한 대 톡 치면 쓰러질 것 같잖아요. 그 인간도 아닌 것들이 우리 샤샤를 때리기라도 하면……."

세르시아의 주절거림에 글로리아가 미간을 찌푸렸다. 그리고 손을 들어 그녀의 말을 막은 후 넓은 응접실을 둘러봤다.

글로리아가 구석을 가리켰다.

"저쪽에 가림막을 설치하렴. 우린 그곳에 숨어 있으면 되잖니."

"아."

"대공비는 우리 없이 대화를 나눌 수 있을 테고, 너희들도 대화를 직접 듣다가 위험하다 싶으면 대공비를 도우러 갈 수 있으니 된 거 아니니?"

나는 좋은 생각이라며 끄덕거렸다. 하지만 다른 사람들은 고개를 끄덕거리지 않았다.

세르시아는 할 말이 많은지 입술을 벙긋거렸지만 글로리아의 기세에 눌려 말을 뱉진 않았다.

"이 반응들은 뭐니?"

생전 처음 보는 가족들의 반응이라는 듯이 글로리아가 입꼬리를 비틀었다.

"설마 모두 대공비를 못 믿는 거냐? 대공비가 자백 하나 못 받아낼 것 같아?"

"아니요! 저는 대공비 전하를 믿어요!"

셀피우스가 팔까지 번쩍 들며 강하게 어필했다. 그 모습에 글로리아가 조소했다.

"그럼 대공비가 하자는 대로 하게 내버려 둬. 대공비는 너희들의 인형이 아니란다."

침묵이 돌았다. 그러나 글로리아는 기다릴 새도 없이 하녀들에게 가림막을 설치하라 시켰다.

결국 가림막이 설치되자 아일렛이 불안한 얼굴로 나를 꽉 잡았다.

"……언니."

"난 괜찮아, 아일렛."

여린 눈동자엔 걱정이 서려 있었다.

"샤샤. 여차하면 가림막을 집어 던질게요."

세르시아가 걱정스럽다는 듯이 날 보았다. 내가 어색하게 웃자 테르데오가 덤덤하게 물었다.

"정말 혼자 괜찮겠나?"

"네. 어차피 대화만 나누겠다는 건데요, 뭘. 그리고 같이 있을 거잖아요. 고작해야 칸막이 하나 사이인걸요."

"시간 길게 못 줘. 그쪽에서 무슨 말을 하든 삼 분이 최대야. 삼 분이 지나면 가림막을 열고 나갈 거다."

"삼 분은 너무 심하잖아요. 앉는 데에도 오 분은 걸리겠어요!"

"그럼 오 분."

테르데오가 품에서 회중시계를 꺼냈다.

"지금부터 오 분이야."

정말 오 분이 흐르면 모든 것을 다 헤집고 나올 기세였다.

나는 못 말린다는 표정으로 열 손가락을 쫙 폈다.

"십 분 해요."

"오 분."

"십 분요. 오 분은 응접실 들어와서 서로 인사하면 끝날걸요."
"오 분."
"그럼 대화 나누는 의미가 없잖아요? 십 분."

테르데오가 결국 졌다는 듯이 한숨을 내쉬었다. 그러더니 살기가 흐르는 눈으로 나지막이 말했다.

"조금이라도 수상한 낌새가 보이면 나갈 줄 알아."
"네, 알겠어요."

가족들 앞이라 평소보다 더 부부처럼 행동하기 위해 다정한 건 알겠는데.

이럴 때면 꼭 우리가 서로를 사랑해서 결혼한 것 같은 착각이 들 때도 있었다.

'아니야, 정신 차리자.'

고개를 당차게 내젓자 옆에서 글로리아가 혀를 쯧쯧 차는 소리가 들렸다.

"다들 대공비랑 헤어지기라도 하는 줄 아는 거냐? 고작 가림막 너머다. 그런 것보다 다들 우리가 들키지 않기를 기도나 하려무나."

차갑게 말한 글로리아가 소파에서 일어섰다. 피니어스와 세르시아가 황급히 달려와 양쪽에서 글로리아를 부축했다.

가림막 설치가 끝나자 그 뒤로 걸어가는 글로리아가 나를 힐끔 바라보았다.

붉은 눈동자에 흥미가 어렸다.

"대화를 기대해 보지."

모두가 가림막의 뒤로 사라지고 하녀들이 테이블 위에 놓인 찻잔과 아일렛의 피가 묻었던 카펫을 깔끔히 정리했다.

자그만 숨소리조차 들리지 않았다.

차분하려고 해도 분노로 머리가 뜨겁게 불탔다.

그리고 시간이 지나자 노크 소리가 들렸다.

똑똑.

"들어와."

문이 열리자 비싼 숄을 두른 여인과 제법 귀티 나는 자태의 남성이 당돌한 표정으로 함께 들어섰다.

나는 그 뒤를 따르는 하녀들을 향해 짤막하게 중얼거렸다.

"차는 필요 없으니 가져가."

뭐가 이쁘다고 차를 내줘. 내 명령에 하녀들이 '네'라고 대답 후 응접실을 나섰다.

그러거나 말거나 두 사람은 응접실을 둘러보지도 않은 채 맞은편 소파에 앉았다.

"아일렛을 찾으러 왔어요. 여기 있죠? 내 딸."

오만방자하게도 아일렛의 생모, 멜린이 앉자마자 차갑게 쏘아붙였다.

나는 답을 하지 않았다. 그러자 조바심이 났는지 멜린이 다시 버럭 소리를 질렀다.

"내 딸 여기 있잖아요. 여기 없었으면 날 저택으로 들여보내지도 않았겠죠. 어딨어요, 내 딸?"

이번에도 나는 대답 대신 두 사람을 찬찬히 위아래로 훑었다.

"뭐, 뭐예요? 사람 기분 나쁘게."

"숄이 제법 비싸 보이네."

"그게 당신이랑 무슨 상관이죠? 내 딸 당장 데리고 와요."

"아일렛의 드레스는 매우 더럽고 볼품없더라고. 길이도 맞지 않았고. 그런데 당신의 숄은……."

나는 턱을 괴고 나른한 자세로 말했다.

"최근에 산 것처럼 깨끗하고, 또 비싸 보이네."

내 말에 멜린이 흠칫 놀란 어깨를 떨고 자신의 숄을 여몄다.

"당신도 마찬가지네. 모자, 지팡이, 시계. 전부 제법 값어치가 있는 것들이야. 그 돈이 대체 어디서 났을까? 물론 고급까진 아니지만."

"나, 나는 내 딸을 찾으러 온 것뿐이야! 내 딸 내놔. 이 납치범!"

"납치범이라니."

나는 얄팍하게 조소했다.

"누가 들으면 큰일 날 소리를 함부로 하네. 아일렛은 라피레온의 피를 이어받은 정식 손님이야. 불청객은 아일렛이 아니라……."

나는 눈살을 찌푸리고 두 사람을 훑었다.

"함부로 찾아와 내게 예의를 지키지 않는 당신들이지."

조소가 담긴 내 말에 멜린이 황급히 끼어들었다.

"그 말은 아일렛이 여기 있다는 거네요? 그럼 빨리 여기 불러요. 우린 한시가 급한 사람들이에요. 낭비하고 있을 시간 따윈 없다고요."

"아이 걱정은 안 되나 봐? 그 귀한 아이를 데려갈 생각만 하지, 걱정 따윈 전혀 하지 않네."

"그, 그……! 큼큼. 당, 당연히 괜찮을 것 같아서요. 아일렛은 괜찮겠죠?"

"안 괜찮아."

멜린의 질문이 끝나기 무섭게 나는 즉답했다.

"내리 이틀을 고열에 시달려 기절해 있다가 오늘 겨우 일어났거든. 극심한 영양실조고 감기에 걸렸어. 특히 내가 직접 아이를 씻겼는데……."

말끝을 흐리며 보자 두 사람이 눈에 띄게 동요하며 딱딱하게 굳었다.

"몸에 흉터가 많더라. 개중엔 아직 아물지 않은 상처들도 있었고."

"그, 그맘때쯤 아이들은 원래 놀다가 여기저기 잘 부딪치고 그래요. 제, 제가 온종일 아이만 보고 있을 순 없으니까요."

멜린이 어색하게 웃으며 말했다.

"우린 아일렛에게 최선을 다하고 있어……요. 아이를 키우다 보면 훈육이 필요할 때도 있는 법이야……요. 모르면 가만히 있어!……요."

내가 누군지 그제야 좀 실감 나는지 사내가 어색하게 존댓말을 붙였다.

일말의 죄책감도 느끼지 않는 그 꼴을 보니 부아가 치밀었다. 나는 헛웃음을 뱉었다.

"아이는 줄 수 없어."

"……! 내, 내 아이를 당신이 무슨 권리로……!"

"무슨 짓을 하든 아이가 당신을 사랑하고 의지하니까 괜찮을 줄 알았어?"

"뭐, 뭐가요? 그게 무슨 뜻이에요?"

"내가 지금 무슨 말을 하는지 잘 알고 있잖아."

멜린이 얼굴을 구겼다. 그러더니 자신의 죄가 드러나지 않도록 더 큰 소리로 발악했다.

"내가 무슨 짓을 했다고요? 나는 아무 짓도 하지 않았어요!"

"당신, 말이 좀 이상한데! 우리를 무슨 나쁜 부모라고 몰아가려는 거야?"

고작해야 상인으로 보이는 사내가 내게 삿대질을 하며 소리쳤다. 순간 저기 가림막 너머에서 알 수 없는 살기가 흘렀다.

아까 어색하게 하던 존댓말은 채 오 분이 가지도 못했다. 배우지도 못했다는 티가 여실했다.

"무, 무슨 말을 들었는진 모르지만 전부 그 아이의 거짓말이에요!"

멜린이 소리를 높였다.

"그 아이는 거짓말을 밥 먹듯이 한다고요! 아이를 사랑하지 않았다면 우리가 이렇게 직접 찾으러 왔겠어요? 없어져도 그만이라고 생각했겠죠!"

사실 조금이라도 반성의 기미가 보인다면, 정말 그렇다면. 아일렛에게 진심으로 뉘우치라고, 사과하라고 말하고 싶었다.

 지금 당신의 아이가 듣고 있으니 잘못을 빌라고 하고 싶었다.

 그러나 두 사람은 파렴치한이었다.

 조금의 죄책감도, 자신의 죄에 대한 반성의 기미도 보이지 않았다.

 심지어 자신들이 한 일에 대해 자백하지도 않았다.

 무의식중에 자신들은 죄를 짓지 않았다고, 그 행동은 정당하다고 생각하는 것 같았다.

 하긴 자신의 행동이 잘못되었다는 걸 알았더라면 애초에 어린이를 상대로 그럴 순 없었겠지.

 '같은 사람으로서. 어떻게 이럴 수 있지.'

 내가 뭐라고 말하려던 찰나, 가림막이 열렸다.

 "나는…… 거짓말을 하지 않아요."

 두 사람의 시선이 나를 지나쳐 내 등 뒤로 향했다. 나 역시 슬픈 표정으로 고개를 돌렸다.

 "내, 내 아가!"

 아일렛의 등장에 멜린이 두 팔을 활짝 벌리고 어색하게나마 웃었다.

 "엄, 엄마랑 집에 가자. 엄마랑 아빠가 널 데리러 왔어. 집에서 오빠도 널 많이 걱정한단다."

 "……그래, 아일렛. 아빠가 여기까지 널 직접 데리러 왔잖니. 이런 곳엔 더 있을 필요가 없어. 어서 가자. 이리와."

 아일렛의 몸이 잔잔히 떨렸다.

 발바닥이 다쳐 제대로 걷기 힘든지 절뚝거렸지만, 아일렛은 누구의 도움도 없이 한 발자국을 뗐다.

 아일렛이 천천히 걸음을 옮겼다.

 그러자 아일렛의 뒤에 있던 셀피우스가 급하게 아이의 손목을 잡았다.

"……너."

"괜찮아, 셀피 오빠."

아일렛이 웃었다. 셀피우스가 얼굴을 구기며 잡았던 손목을 놓았다.

아일렛이 우리를 향해 걸음을 옮기자 두 사람의 얼굴이 환해졌다.

"그렇지, 내 아가. 이리 온!"

그러나 아이의 걸음이 도착한 곳은 두 사람 곁이 아니었다.

"엄마, 아빠. 미안해요."

아일렛이 떨리는 손으로 내 옷을 꽉 쥐었다. 얼마나 세게 쥐었는지 손가락이 새하얗게 질릴 정도였다.

"난 안 갈래요."

"아일렛!"

멜린이 당혹감으로 붉어진 얼굴을 하고 버럭 소리를 질렀다.

놀란 아일렛이 두 눈을 질끈 감고 내 품으로 도망쳤다.

"아이 놀라게 왜 소리를 질러?!"

나는 아일렛을 품에 꽉 끌어안고 멜린을 향해 사늘하게 읊조렸다.

아일렛이 내 품에 안기자 사내가 당황한 얼굴로 일어섰다.

"아일렛."

사내의 부름에 아일렛이 숨을 거칠게 내쉬었다.

"아빠한테 와."

명령조의 말투였다. 아일렛의 어깨가 눈에 띄게 떨렸다.

이미 온몸에 각인된 공포를 어린아이가 한 번에 떨쳐내기란 쉬운 게 아닐 것이다.

아이가 겁먹는 모습을 본 사내가 옳거니, 다시 강하게 말했다.

"아일렛, 아빠가 두 번 말하게 할 거냐? 오라고 했지."

아일렛이 고개를 돌려 사내를 바라봤다.

뒤에 있던 세르시아가 작게 욕설을 뇌까리더니 당장 죽일 기세로 앞을 향해 달려나가려 했다.

"아일렛."

그러나 내가 아일렛을 부르자 세르시아가 그 자리에 멈춰 섰다. 내 부름에 아일렛이 나를 돌아보았다.

나는 식은땀과 눈물로 범벅된 아이의 얼굴을 손바닥으로 쓸며 말했다.

"아일렛."

"언니…… 나……."

"그 누구도 네게 선택을 강요할 순 없단다."

아일렛의 붉은 눈동자가 바람에 흔들리는 앙상한 나뭇가지처럼 길을 잃고 흔들렸다.

"그건 저기 있는 저 사람도, 나도, 그리고 뒤에 있는 라피레온 가문의 사람들도 마찬가지야."

"……."

"널 위한답시고 네 감정을 배려하지 않은 채, 우리가 대신 선택해 줄 순 없어."

"언니……."

"하지만 말했듯이, 그 어떤 이유에서든지, 또 그 어떤 상황에서도. 감히 그 누구도."

분노로 차오르는 숨을 크게 내쉬었다. 그리고 작은 아일렛의 손등을 감싸 쥐었다.

"너를 절대 상처입힐 순 없단다."

옆에 있던 세르시아가 뿌리가 박힌 나무처럼 움직이지도 못하고 우뚝 선 채로 나를 가만히 응시했다.

멜린이 떨리는 목소리로 고함을 질렀다.

"지금 남의 집 애한테 뭐라고 하는 거예요? 아일렛! 당장 이리 오렴! 내가 네 엄마야! 엄마가 부르잖아!"

아일렛의 어깨가 흠칫 떨렸다. 그러나 나는 아이의 두 손을 꼭 잡으며 말을 이어갔다.

"약속할게, 아일렛."

"……."

"앞으로 절대 널 혼자 두지 않을 거야."

손가락을 걸자 아일렛의 손에 절로 힘이 들어갔다.

"네가 아플 때, 괴로울 때도. 옆에 함께 있어 주지 못해서 미안해. 홀로 아프게 돼서 미안해."

어느새 옆으로 다가와 두 사람을 무섭게 응시하던 테르데오가 고개를 돌려 나를 보는 게 느껴졌다.

두 사람에게 달려가려던 셀피우스 역시 내 말에 걸음을 멈추고 석상처럼 굳었다.

"흐으……."

아일렛이 멍하니 손가락을 건 손을 바라보며 울음을 토해냈다.

울음을 참으려는지 아일렛이 입술을 꽉 깨물었지만, 참기가 힘든지 눈물이 자꾸만 흘러내렸다.

"아일렛이 우리 옆에 있어 주면 좋겠어."

"……언니."

"내가. 그리고 우리가 널 도울 수 있게 해주겠니?"

오열을 터트린 아일렛이 고개를 끄덕이곤 상체를 숙여 내 손바닥에 얼굴을 묻었다.

"아일렛!!"

아일렛의 행동을 본 멜린이 분개하듯 크게 소리쳤다. 이성을 잃은 멜린이 내게 거침없이 다가왔다.

그러자 테르데오와 세르시아가 빠르게 내 앞을 막아섰다.

당황한 멜린이 뒤로 물러섰다.

"왜 남의 딸한테 멋대로 이상한 소리를 하는 거예요? 저 아이의 엄마는 바로 나라고요! 당신들이 대체 뭐라고……!"

멜린이 찢어질 것처럼 소리를 질렀다. 나는 아일렛을 품에 안고 손바닥으로 두 귀를 막아줬다.

"과연 아일렛도 당신들과 똑같이 생각할까?"

내 질문에 사내가 목소리를 드높였다.

"내가, 내가 나가서 너희 놈들 다 신고할 거야! 내 아이를 납치했다고! 신고할 거라고!"

"생각이 없는 건지. 지금 감히 누구 앞에서 목소리를 높여?"

세르시아가 빈정거리며 조소했다. 사내가 당혹스러운 표정으로 턱을 파르르 떨었다.

사내가 무슨 말을 하려던 찰나, 테르데오가 조소하며 앞으로 나섰다.

"납치로 신고한다고?"

테르데오가 손을 뻗어 사내의 어깨를 바스러뜨릴 것처럼 세게 움켜쥐었다.

"감히 주제도 모르고 내 부인에게 소리를 지르다니."

"크읏!"

"신고? 할 수 있다면 어디 해봐. 우리 피가 뭔지 잘 알고 있지?"

"……!"

"먹어도 체내에서 독 검출이 안 되는 아주 좋은 살인 무기라고 팔아 해치웠으니 잘 알고 있겠지."

"그, 그건……!"

"물건을 팔려면 상품에 문제가 있는지, 없는지. 직접 테스트해 봐야 하지 않겠어?"

살벌한 조소를 띄운 테르데오가 자신의 품에서 붉은색 손수건을 꺼냈다.

그리고 보란 듯이 사내의 눈앞에서 휘날리듯 흔들었다.

"자, 네가 맞혀봐. 이 손수건엔 과연 내 피가 묻었을까? 아니면 묻지 않았을까? 만약 피가 묻었다고 하더라도 붉은색이라 표시가 나지 않을 거다. 그렇지?"

웃음기를 지운 테르데오가 어깨를 쥐던 손을 들어 사내의 양 볼을 세게 쥐었다.

"입 벌려."

그리고 강제로 힘을 줘 사내의 입을 벌리게 했다.

놀란 사내가 반항하기 위해 발버둥 쳤지만 애초에 힘의 세기가 달랐다.

결국엔 사내의 벌어진 입 속에 테르데오의 구겨진 붉은 손수건이 꾸역꾸역 들어갔다.

테르데오는 손수건을 강제로 모두 집어넣은 후에야 사내의 얼굴을 거칠게 놔주었다.

"무, 무, 무슨 짓을!"

테르데오가 놓기 무섭게 사내가 눈물을 그렁그렁 매달고 입에서 손수건을 꺼냈다. 떨리는 손으로 자신의 입가를 만진 사내가 구석으로 달려갔다.

"우, 우웨에에엑!"

그리고 억지로 구토를 하기 위해 손가락을 깊숙이 찔러 넣는 등 갖은 애를 썼다.

"당, 당신들 이거 협박이야."

사내의 모습을 본 멜린이 경악에 질린 얼굴로 뇌까렸다.

악에 찬 멜린은 우리를 휙 돌아보며, 아니, 특히 아일렛을 안은 나를 바라보며 악마처럼 소리쳤다.

"당신이 뭘 안다고 그래! 아는 것도 없으면서! 그 아이는 저주받았······!"

"그만."

궁지에 몰린 멜린이 비명을 내지르던 그때였다 단호한 목소리가 멜린의 말을 멈췄다.

"아까부터 가만히 듣고 있으니 끝을 모르고 떠드는구나, 멜린."

가림막의 뒤에서 움직이지 않던 글로리아가 피니어스의 부축을 받아 일어섰다.

목소리의 주인을 보는 순간 멜린의 어깨를 움츠렸다. 그리고 잔뜩 얼어붙은 눈빛을 아래로 떨궜다.

"글, 글, 글로리아 님."

순간적으로 창백해진 낯빛에 두려움이 가득했다.

"젠의 장례식 이후로는 처음이구나, 멜린."

"그, 그, 그것이……."

"다시 보자고 했었지만 그게 설마 이런 식일 줄은 상상도 못 했단다."

상냥하면서도 강단 있는, 다정하면서도 날카로운 글로리아의 목소리가 멜린을 찔렀다.

"젠이 죽었을 때, 난 네 탓을 한 적이 없단다, 멜린. 네가 내 손주를 죽게 만들었다는 말을 나는 단 한 번도 뱉은 적이 없어."

"그, 그, 그게……."

"오히려 네게 미안해했었지. 이 저주로 인해 네가 남편을 일찍 잃었으니, 내가 네게 사과했었지. 미안하다고 말이다. 기억나니? 멜린."

"글, 글로리아 님께서 여기 계신 줄 몰랐어요…… 알, 알았더라면……."

"알았더라면 뭐? 아일렛을 사랑하는 척 연기하려 했니? 아니면 대공비에게 예의를 갖추는 척을 하려 했니?"

글로리아가 지긋한 한숨을 내쉬며 흰머리를 쓸어 넘겼다.

"젠이 죽었을 때."

한이 담긴 글로리아의 목소리에 멜린의 어깨가 움찔거렸다.

"네가 내게 뭐라 했는지 기억하니?"

"그…… 그……."

"아일렛을 분명 잘 키우겠다고 했지. 그러니 그에 필요한 돈만 부족함 없이 매달 제공해 달라고 큰소리를 떵떵 치면서."

글로리아가 몸을 쭉 폈다. 그리고 자신의 앞에서 고개를 숙인 채 움츠리고 있는 멜린을 위협적으로 내려다봤다.

"글, 글……."

멜린은 제대로 말도 하지 못한 채 기어들어 가는 목소리로 어깨를 둥글게 굽혔다.

"멜린."

"……."

"이 늙은이의 신뢰를 저버렸구나."

"글, 글로리아님! 그, 그게……!"

"아일렛은 앞으로 우리가 키우마. 네게 양육비로 지급하던 모든 돈은 오늘 날짜로 중단될 거다. 젠의 유산으로 지급됐던 토지와 사업권 역시 모두 다시 가져올 거란다."

멜린이 희게 질린 얼굴로 입을 떡 벌렸다. 그러더니 겁에 질려 다급하게 무릎을 꿇었다.

이제까지 당당하던 것과는 전혀 다른 모습이었다.

"글로리아 님! 제가, 제가 잘못했습니다!"

가진 것을 모두 빼앗는다고 하니 거짓이라도 이제야 반성의 말이 나오는구나.

"사, 사는 게 너무 힘들어서 그랬어요……! 제, 제가 얼마나 아일렛을 예뻐하는데요!"

그러나 글로리아는 여전히 감정이 없는 표정으로 자신의 앞에 무릎 꿇은 멜린을 바라봤다.

멜린이 두 손을 모아 싹싹 빌기 시작했다.

"아, 아일렛을 데려가셔도 좋아요. 두 번 다시 아일렛을 찾지 않을게요. 그러니 제발 토지와 사업권만은……."

저게 진짜 끝까지.

"라피레온가의 아이를 몇 년에 걸쳐 심하게 학대했으니 그 죄가 절대 가볍지는 않을 거야, 멜린."

멜린이 카펫 위를 네발로 엉금엉금 기어 글로리아의 드레스 자락을 부여잡았다.

"글로리아 님! 제발, 제 말을 좀 들어주세……!"

"감히 그 더러운 손으로 어딜."

일말의 자비도 없는 세르시아가 싸늘하게 식은 눈으로 사이를 가로막았다. 세르시아의 구두가 멜린의 손을 차갑게 내쳤다.

세르시아는 바닥에서 어쩔 줄 모르는 멜린을 향해 조소했다.

"지금 토지나 사업권이 문제가 아닐 텐데?"

"뭐, 뭐?"

"라피레온 가문의 비밀을 다른 사람에게 누설하지 않는다는 조항을 잊었어?"

멜린의 눈동자가 크게 뜨였다.

"그 조항을 어긴 사람이 어떻게 됐는지는 말 안 해도 잘 알고 있겠지."

"잠, 잠깐만…… 저, 저 사람밖에 몰라! 다, 다른 사람한테는 절대 말 안 했어! 정말이야! 정, 정말로……!"

"오는 길에 햇빛을 마음껏 봤길 바라."

허리를 숙인 세르시아가 눈물범벅이 된 멜린의 두 볼을 손가락으로 툭툭 가볍게 내리쳤다.

"이제 다시는 그 햇빛을 볼 수 없게 될 테니까."

"아…… 아아…… 아아아악……!!"

멜린이 자신의 머리를 양손으로 쥐어뜯으며 소리를 질렀다. 사내는 여전히 구석에서 눈물과 침을 흘리며 헛구역질 중이었다.

딱 어울리는 결말이다.

멜린을 가볍게 무시한 글로리아가 우아한 걸음걸이로 내게 걸어왔다.

"페레샤티 양, 이라고 불러도 되겠니?"

"네."

나는 황급히 고개를 끄덕였다. 사납게 올라간 눈매부터, 좀처럼 드러나지 않는 표정까지.

'테르데오와 세르시아는 할머님의 유전자를 많이 받았구나.'

"표정을 읽기 힘들다고 생각하고 있니?"

헉, 어떻게 알았지?

놀란 숨을 짧게 들이켜자 글로리아가 태연히 말했다.

"세상을 오래 살다 보면 눈동자만 봐도 무슨 생각을 하는지 알 수 있단다."

글로리아가 한탄 섞인 한숨을 뱉으며 주변을 둘러봤다.

글로리아가 아일렛의 곁을 지키며 여전히 두 사람을 무섭게 바라보고 있는 셀피우스를 보았다.

"꼬맹이가 참 많이도 컸어. 지방 별장에 있던 아이를 수도에 머무르게 한 것도 페레샤티 양의 덕이라지?"

"아…… 어쩌다…… 네."

그다음은 멜린을 향해 조소하는 세르시아를 봤다.

"셋시에게 페레샤티 양에 관한 편지도 많이 받았지. 사람을 믿지 않는 셋시가 드물게 칭찬하길래 신기했단다."

"그……것도 어쩌다 보니까요."

"비전하께선 가문의 저주가 통하지 않는, 저희의 유일한 희망이시니까요."

"그렇지."

피니어스의 말에 글로리아가 가볍게 고개를 끄덕거렸다. 글로리아가 테르데오를 힐끔 바라봤다.

"곁을 내주지 않는 아이와 결혼 생활을 하느라 힘들겠군, 페레샤티 양."

"괜찮습니다."

어차피 계약 결혼이니 나는 테르데오가 곁을 내주지 않아도 상관없다.

글로리아가 고개를 돌려 여전히 훌쩍거리는 아일렛을 바라보았다. 사납기만 한 눈동자에 연민과 죄책감이 가득 담겼다.

"페레샤티 양."

"네?"

글로리아가 고개를 돌렸다. 그녀의 마지막 시선이 내게 머물렀다.

"우리 아이들을 구해줘서 고맙구나."

막상 난 별로 한 게 없다. 감사의 인사를 들을 사람은 내가 아니다.

"저는 별로 한 일이 없는걸요."

작게 중얼거린 내 답변에 글로리아가 슬그머니 입가에 미소를 그렸다. 그리고 몸을 돌리더니 아일렛을 가뿐히 품에 안아 들었다.

"아일렛."

세월이 묻어나는 목소리에 아일렛이 고개를 들었다.

글로리아의 주름진 손이 아일렛의 등을 자상하게 토닥였다.

"미리 알아차리지 못한 내 탓이 제일 크단다. 내 남편이, 그리고 내 자식들, 내 손주들이 저주로 인해 고통받는 걸 직접 눈으로 봤으면서도 나는 똑같은 실수를 반복했구나."

글로리아가 쓴 미소를 지었다.

"혹시 우리가 널 버렸다고 생각했다면 절대 그런 적 없었다고 답하마. 네가 저주에 걸린 우리 곁에서 사는 것보다 엄마인 멜린과 지내는 편이 더 행복할 거란 착각이었단다. ······젠이 살아 있을 땐 멜린이 널 매우 아꼈으니까."

"글……로리아 님."

"그래, 내 아가."

글로리아가 등을 다독거리던 손 위치를 조심스럽게 바꿔 아이의 볼을 매만졌다. 그러더니 주름이 가득한 검지로 아일렛의 눈물을 닦아주었다.

"겁도 없이 라피레온 가문의 소중한 아이를 건든 죄는 엄중히 따질 거란다."

지난날의 울분을 삼키듯 울먹거리던 아일렛이 손을 뻗어 글로리아의 목을 세게 껴안았다. 두 사람 위로 창문을 넘어온 햇빛이 쏟아졌다.

"아일렛."

아일렛이 고개를 끄덕였다.

"널 피니어스의 밑으로 입양시키고 싶은데. 함께 지내도 괜찮겠니?"

아일렛이 묻었던 고개를 슬그머니 들어 올렸다.

못내 마음에 걸려 내가 함께 데리고 지내면서 나아지는 걸 보고 싶었지만, 나는 일 년 뒤 사라질 사람이었다.

아이를 위해선 나보다 라피레온 가문의 사람에게 가는 게 좋다.

아일렛이 피니어스를 바라봤다. 순수한 아이의 시선에 피니어스가 부드럽게 미소를 지었다.

"오랫동안 혼자 지내다 보니 외롭더구나."

"……."

"네가 내 딸이 되어준다면 나에게 이보다 더 큰 행복은 없을 거란다."

피니어스의 부드러운 음색에 아일렛이 입술을 파르르 떨었다.

코를 훌쩍인 아일렛이 허락의 의미로 피니어스의 손을 조심스럽게 잡았다.

 자그만 아일렛의 손을 잡은 피니어스가 울컥한 표정으로 중얼거렸다.

 "아일렛, 네 몸에 흉터가 남지 않도록 내 모든 의료 지식을 이용할게."

 그러는 사이 응접실엔 테르데오가 부른 대공가의 기사들이 도착했다.

 테르데오는 기사들에게 다른 고용인들이 모르게 사내와 멜린을 별채의 지하 감옥에 은밀히 가두라 명했다.

 두 사람은 응접실을 들어왔을 때와는 달리 엉망이 된 몰골로 끌려나갔다.

 글로리아는 아일렛이 제 부모의 마지막 모습을 볼 수 없도록 아이를 안은 채 창가 가까이 걸어갔다.

 "바깥 날씨가 좋구나."

 "오늘은 해가 높이 떠 있는 날입니다, 글로리아 님."

 "그래, 피니어스 ……그럼 이렇게 모이는 것도 드무니 앞으로의 방안도 얘기할 겸 정원에 모여 차나 한잔하자꾸나. 어머니? 아일렛, 너도 좋니?"

 "……네!"

 아일렛이 새빨개진 눈으로 처음으로 환히 웃었다.

 조금 전 있었던 일이 무색하게 느껴질 정도로 햇빛은 따사로웠고 꽃은 향기로웠다.

 차도 맛있고, 가득 차려진 디저트는 더할 나위 없이 달콤했다.

 "아일렛, 저쪽 예쁜 나비를 보러 갈까? 소풍 가는 기분으로 샌드위치도 가져가자꾸나."

 "좋…… 좋아요!"

 "셀피도 함께 가자."

"정원에서 무슨 소풍이에요? 제가 무슨 어린애인 줄 아세요? ……하지만 샌드위치가 무거우니 하는 수 없죠. 이건 제가 들게요."

피니어스는 부러 앞으로 우리가 나눌 대화를 어린 아일렛과 셀피우스가 들을 수 없도록 정원 먼 곳으로 갔다.

다리를 다친 아일렛은 아직 걸을 수 없기에 피니어스의 품에 안겨 이동했다. 품에 안긴 체온이 어색한지 아일렛은 연신 웃기만 했다.

'괜찮을까?'

나는 멀어지는 세 사람의 뒷모습에서 눈을 떼지 못하고 목을 길게 뻗었다.

그러자 세르시아가 내 앞접시에 호두 타르트를 덜어주며 태연히 말했다.

"괜찮아요. 숙부께선 험한 일을 겪었던 아이들의 치료 경험이 풍부하거든요. 우리도 많은 도움을 받았는걸요."

험한 일을 겪었던 아이들.

요컨대 아일렛이 겪은 일들이 라피레온 가문 내에선 번번이 일어난다는 뜻이었다.

'맞아, 그러고 보니 세르시아와 테르데오도 어릴 때 비슷한 일을 겪었지…….'

어쩌면 이것도 라피레온 가문에 걸린 저주가 아닐까?

나는 복잡한 표정으로 찻물에 비친 내 얼굴을 응시했다.

"그나저나 쉽게 죽이면 안 돼."

정신을 놓고 있던 나는 살기 넘치는 목소리에 놀라 고개를 번쩍 들었다.

눈이 마주치자 세르시아가 언제 그랬냐는 듯이 나를 향해 부드럽게 웃었다.

그러나 그것도 잠시.

세르시아는 고개를 돌리기 무섭게 얼굴에서 웃음기를 싹 지웠다.

그녀가 어금니를 바드득 갈았다.

"일주일 동안 감옥에 구금하여 굶주림을 느끼게 한 후에 짐승의 숲으로 추방하자. 살점이 떨어져 나가는 고통과 짐승들에게 쫓기는 공포를 느끼게 한 후 죽여버리자."

"아일렛은 몇 년의 고통을 참았는데 일주일로 되겠나? 짐승의 숲에는 얇은 옷을 하나만 입히고 보내는 게 좋겠군. 이곳저곳 다치게 되면 피 냄새를 맡은 굶주린 짐승들이 달려들 테니까."

"테오, 아직 제법 쓸 만하구나. 좋은 아이디어야."

"시끄러워, 세르시아."

퉁명스러운 테르데오의 말에도 세르시아가 엄지를 척 들었다.

"그보다 테오, 너 아까 그 사내에게 생각 없이 정말 피를 먹인 건 아니지? 쉽게 죽으면 곤란해."

"안 먹였어. 공포를 느껴보라고 한 것뿐이야."

티격태격하는 두 사람 사이에 앉은 글로리아는 여유롭게 차를 마시며 끄덕였다.

"괜찮은 생각이구나. 그럼 뒤처리는 둘에게 맡겨도 되겠지?"

"벌레 청소에 굳이 두 사람까지 필요한가요? 제가 할게요."

"그래, 셋시. 그럼 네게 맡기마. 나도 이제 나이가 늙었는지 예전 같지 않아. 예전 같았으면 아까 그 자리에서 목을 치는 건데."

나는 이제야 왜 피니어스가 어린 아일렛과 셀피우스를 데리고 먼 곳으로 갔는지 알 것 같았다.

'아이들한테 이런 대화를 들려줄 순 없지.'

등골이 오싹해졌다.

무슨 일이 있어도 라피레온 가문을 적으로 돌리는 일은 절대 하지 말아야겠단 생각이 들었다.

"우리 가문의 저주가 어디까지 알려졌는지에 대한 여부도 확인해야 합니다. 그 여자의 말에 따르면 피를 판매할 때 독이라고 속였을 뿐, 가문의 비밀을 누설하진 않았다고 주장하더군요. 하지만 확실히 하는 게 좋죠."

테르데오가 살의가 흐르는 붉은 눈을 빛냈다.

"좋은 생각이구나, 테오. 아마 후환이 두려워 함부로 저주에 대해 말하진 않았을 거다. 그랬으면 이미 내 귀에 들어왔겠지. …… 하지만 네 말처럼 확실한 게 좋으니 조사하도록 하렴."

"그럼 사실을 털어놓게 한 뒤 짐승의 숲에 버릴 땐 가볍게 입을 놀렸으니 그에 따른 처벌부터 하시죠. 한 번 가볍게 놀린 입은 절대 다시 무거워지지 않아요."

"고전적인 방법만큼 효과적인 게 없지."

누구를 죽이고 고문하자는 대화를 저렇게 우아하고 태연하게, 또 아름답게 주고받다니.

세 사람을 보고 있자니 서늘한 등줄기를 타고 식은땀이 흘러내렸다.

'무슨 일이 있어도 정말로, 진짜로, 라피레온 가문은 적으로 만들지 말자.'

나는 목덜미와 팔에 돋은 소름을 슬쩍 바라보며 마른침을 꿀꺽 삼켰다.

"참, 자백 얘기를 들으니 생각났는데. 행렬할 때 잡은 범인은 어떻게 됐니? 테오. 페레샤티 양?"

"……보셨습니까?"

"당연하지. 손주의 행렬과 대공비, 페레샤티 양의 얼굴을 함께 볼 수 있으니까. 멀리서 지켜보고 있었단다."

헉, 그때 그 행렬을 보고 계셨구나.

시선을 돌리자 글로리아와 눈이 정면으로 마주쳤다.

"그때 손을 잘 흔들더구나."

정말 보셨구나.

쥐구멍이 있다면 숨어 들어가고 싶은 마음이었다. 나는 발그레한 볼을 숨기고자 고개를 숙였다.

"저, 저택으로 오시지 그러셨어요."

"늙은 나도 눈치가 있지. 이제 막 결혼 생활 시작한 애들 사이에서 뭘 하란 거냐? 난 신혼 방해할 마음 없다."

"네, 네?"

당황해하는 내 모습을 본 글로리아는 괜찮다는 듯이 빙그레 웃었다.

"괜찮단다. 원래 신혼 땐 시간과 장소 상관없이 불타오르는 거니까."

부정도 못 하고 민망한 볼을 부여잡은 채 열기를 식히자 테르데오가 나지막이 말했다.

"죽었습니다."

"응?"

죽긴 뭐가 죽어? 왜 죽어? 아니, 왜 죽냐니. 이게 아니지.

의아한 표정으로 우리 셋 모두 테르데오를 바라봤다. 그러자 그가 무거운 입술을 열었다.

"그자가 바로 대공비에게 독살을 시도했던 범인인데……."

쾅!

"어디 있어, 그 자식?"

세르시아가 손바닥으로 테이블을 세게 내리치며 자리에서 일어섰다.

테르데오의 찻잔이 엎어졌다.

테이블보를 흠뻑 적시고 풀밭으로 뚝뚝 흘러내리는 차를 무심하게 바라보던 테르데오가 말했다.

"대공비의 독살을 시도하고, 행렬을 방해한 그 반란군의 일원."

테르데오의 붉은 눈동자가 광기로 번뜩였다.

"죽었습니다."

"……!"

뭐? 죽었다고?

나는 깜짝 놀라 입을 크게 벌렸다. 설마…….

"테르데오. 당신이 죽인 건 아니죠?"

내 질문에 테르데오가 고개를 저었다.

"자살했어."

그리고 테르데오는 품에서 손가락 마디 정도로 되어 보이는 작은 알약을 꺼냈다.

겉은 투명하고 얇은 막으로 싸여 있었고, 그 안은 찰랑거리는 붉은 액체가 담겨 있었다.

"품에 이 약을 세 알 가지고 있더군. 너무 작아서 수색할 때 걸리지 않았던 것 같아. 안에 담긴 액체는 독인지 먹자마자 바로 즉사했다."

"……."

"아마 그때 그대가 먹은 독도 이거였던 것 같아. 이걸 가지고 있었다는 건 잡히면 애초에 죽을 생각이었던 거야."

나는 미간을 힘 있게 구기고 테이블 위에 놓인 작은 알약을 바라보았다.

"오랜 추격에도 흔적을 남기지 않고 도망 다닐 수 있었던 건 반란군의 무리가 생각보다 체계적이라는 뜻이겠지."

테르데오가 목을 옥죄는 크라바트를 신경질적으로 풀어헤치며 혀를 내찼다.

"그 자식이 죽기 전에 들어야 할 게 많았는데, 쯧. 실마리를 놓쳤으니 일이 많아지겠어."

'그 반란군의 무리가 테르데오를 죽이려고 했다는 거네.'

행렬에서 분명 그 사내는 라피레온 대공을 죽이려고 했었다. 그렇다면 음식에 독을 탄 것도 테르데오를 죽이려고 한 것일 터.

"조심하는 게 좋겠어요."

걱정을 담아 말하자 테르데오가 자신만만하게 어깨를 으쓱거렸다.

"아무리 강한 독이라고 해도 날 죽일 순 없지. 검술로 날 이길 수 있는 사람도 없을 테고."

맞아, 독은 아무리 사용해도 소용없겠구나. 이럴 땐 저주받았다는 게 다행인가, 싶기도 하고.

"맞아요, 샤샤. 테오는 알아서 잘 하니까 쟤 걱정보다는 본인 걱정을 해요. 테오를 죽이기 위해 누군가 또 독을 넣을지도 몰라요."

세르시아가 걱정이 담긴 표정으로 나를 바라봤다.

자신의 동생보다도 나를 더 걱정하고 아껴주는 것 같았다.

슬그머니 웃으며 고개를 끄덕였다.

멀리서 테이블로 걸어오는 피니어스와 품에 안긴 아일렛, 그리고 바구니를 든 셀피우스가 보였다.

"이야기는 마무리가 되었나요? 긴장이 풀렸는지 아일렛이 졸린 것 같아서요. 괜찮다면 먼저 침실로 돌아가 아일렛을 재워도 될까요?"

피니어스 품에 안긴 아일렛이 끔뻑끔뻑 눈을 감고 있었다.

그 모습이 너무 사랑스러워 심장이 쿵 떨어지는 줄 알았다.

"그래. 아이들은 잘 먹고 잘 자는 게 일이니까."

글로리아가 고개를 끄덕이자 아일렛이 크게 하품하며 눈가를 슥슥 비볐다.

그러더니 테이블 위를 바라보고 작게 '어?'라고 외쳤다.

"저게 왜 여기 있어요?"

아일렛이 손가락을 쭉 뻗었다.

아이가 가리킨 건 테르데오가 테이블에 올려둔 작은 알약이었다. 테르데오가 고개를 비스듬히 기울였다.

"이게 뭔지 알아?"

테르데오의 질문에 아일렛은 고민 없이 바로 고개를 끄덕거렸다. 그러더니 헤실 웃으며 말했다.

"새아빠가 팔았던 제 피잖아요."

뭐라고?

테르데오가 가늘어진 눈매로 알약을 집더니 아일렛에게 가까이 내밀었다.

"이게 아까 그 남자가 팔았던 네 피라고? 아일렛, 확실한지 다시 봐주겠어?"

아일렛이 졸린 눈을 양손으로 비비고 눈을 부릅떴다.

테르데오의 손에 들린 알약을 빤히 응시하던 아일렛이 확신에 찬 표정으로 끄덕였다.

"네. 이 얇은 막은 손으로 찢거나 혹은 이로 깨물어서 사용하면 된다고…… 왜, 왜 그래요?"

비장하게 말하던 아일렛이 말을 할수록 살벌해지는 테르데오의 표정을 보며 겁에 질렸다.

"아니."

표정을 갈무리한 테르데오가 손에 든 알약을 다시 품에 집어넣었다.

조소가 가득한 그의 붉은 시선이 별채를 향해 있었다.

"어디서 실마리를 찾아야 하나 했는데 제 발로 굴러들어 왔을 줄이야."

아까 그 사내가 이 독, 즉 아일렛의 피를 반란군에게 팔았으면 분명 아는 게 있을 것이다.

접선할 때 주고받는 은밀한 암호나 주로 모이는 장소, 혹은 얼굴이나 이름.

운이 좋아 다음 약속이 잡힌 상태라면 그 길로 반란군을 제압할 수 있겠지.

"세르시아. 이번 일은 나한테 맡겨."

"쯧, 어쩔 수 없지. 테오, 일 처리를 똑바로 하는지 확인할 테니까 제대로 해."

세르시아가 아쉽다는 듯이 혀를 내찼다.

'그나저나 저 독이 아일렛 피였으면…… 그때 내가 먹은 독도 라피레온 가문의 피였겠구나.'

어쩐지. 독을 먹은 것처럼 상태가 나쁘지 않고 너무 상쾌하게 일어나지더라.

난 또 내가 모든 독에 면역이 있는 건가, 하고 이상하다 했지.

"그럼 우선 급한 건 일단락된 것 같고."

글로리아가 가족들을 담담하게 훑었다.

"피니어스와 아일렛, 그리고 나는 입양 절차를 준비해야 하니 이만 대공국으로 돌아가야겠다."

짤막하게 말을 남긴 글로리아가 단호히 자리에서 일어섰다.

글로리아의 말에 아일렛이 화들짝 놀라며 나를 돌아봤다.

"언, 언니는요? 언니도 같이 가요?"

아직 이별이 서툰 아일렛이 절박하게 외쳤다.

나는 대답 대신 자리에서 일어나 피니어스의 품에 안긴 아일렛에게 다가갔다. 그러자 아일렛이 손을 길게 뻗어 피니어스를 벗어나 내 품에 폭 안겼다.

아이의 체온은 일반 성인보다 높아서 그런지 무척 따뜻했다.

아일렛을 안고 눈을 꼭 감고 있으면 아이의 심장 박동이, 느끼는 감정이 고스란히 온몸으로 전해졌다.

"언, 언니는 안 가는 거예요?"

"응, 나는 여기 남아야지."

"그, 그러면……!"

"하지만 걱정하지 마, 아일렛."

"언니이……."
"나는 이곳에 있으니 아일렛이 원하면 언제든 날 보러올 수 있어."
"언……제든요?"
나는 아일렛과 이마를 맞대고 활짝 웃었다.
"그럼 당연하지! 언제든지 보러 와!"
"그치만…… 언니랑 대화가 하고 싶을 땐 어떻게 해요? 대공국에서 수도로 넘어오려면 제일 빠른 마차를 타고도 한 달은 걸린다고 들었어요. ……바로 올 수가 없잖아요."
"그럴 땐 편지를 써서 보내줘. 매일 하고 싶은 말들을 기록해 놨다가 편지를 쓰자. 그럼 대화하는 것 같을 거야."
아일렛이 조그맣게 '편지?'라고 중얼거리더니 이내 비상이라도 걸린 얼굴로 질겁했다.
"하, 하지만 저는 아직 글자를 잘 못 써요! 편…… 편지를 쓸 수 없어요!"
아마 그 부모가 제대로 가르쳐 준 적이 없는 모양이었다. 게다가 아카데미에 보내거나 가정 교사를 붙였을 리도 없지.
"그럼 매일 열심히 글자를 배워서 나한테 편지를 써주면 되지."
아일렛이 빨개진 눈으로 눈물을 주르륵 흘렸다.
"그래도…… 제가 글자를 너무 늦게 배우면 어떡해요?"
나는 온갖 걱정을 하는 아일렛을 보며 너털웃음을 터뜨렸다.
그리고 손수건을 꺼내 아일렛의 눈물을 닦아주었다.
"그럼 내가 먼저 아일렛에게 편지를 보낼게. 아일렛이 읽고 답장을 보낼 때까지 내가 편지를 보내면서 기다리고 있을게."
아일렛이 칭얼거리는 소리를 내며 내 목을 꼭 끌어안았다. 어깨가 아일렛의 눈물로 축축하게 젖어갔다.
"고마워요, 언니."
누군가 가슴을 북으로 치기라도 한 것처럼 온몸이 크게 울렸다.

나도 아일렛을 꼭 끌어안고 고개를 끄덕였다.
"나도 고마워, 아일렛. 우리를 믿어주고 선택해 줘서. 나는 널 만나서 기뻐. 네가 어디에서 무엇을 하던 항상 행복하길 바랄 거야."
정말 진심으로.
"저도요……."
아일렛이 코를 훌쩍였다.
"저도 정말 언니를 만나서 기뻐요. 언니 덕에 제가 지금 여기에 있을 수 있어요. 언니가 아니었으면 전 분명 다시 그 집에……."
아일렛이 뒷말을 잇지 못하고 눈물을 펑펑 쏟았다. 나도 괜히 코끝이 시렸다.
"언니는 제 요정님이에요."
끝을 모르고 서로 계속 고마워 배틀을 하며 부둥켜안고 있자 글로리아가 나지막이 한숨을 쉬었다.
"입양 절차만 밟은 후 수도로 다시 올 건데 언제까지 그러고 있을 게냐."
"네?"
"……네?"
글로리아의 말에 우리 두 사람이 어안이 벙벙한 표정으로 고개를 들었다.
글로리아가 우리에게 가까이 다가왔다.
그리고 왼손으론 아일렛의 눈물을 부드럽게 닦아주고, 오른손으론 흐트러진 내 머리를 쓸어 넘겨 주었다.
"아일렛은 저주에 대한 경각심은 강하나 또래 아이들과의 사회화가 부족하다 못해 전혀 없지. 그러니 셀피가 다니는 델파닐 아카데미의 어린이반으로 입학시킬 예정이란다."
"저, 저 아카데미 다녀요?"
아일렛이 단번에 환해진 얼굴로 눈을 동그랗게 떴다.

"다녀야지. 혼자 있는 것보단 친구들과 함께 어울리는 게 좋지 않겠니? 싫으면 대공국에 가서 혼자 배울까?"

"아, 아니요!"

"대신 절대 피가 나지 않도록 조심해야 하는 거 알지? 누군가 네 저주를 알게 되면 우린 그걸 감추기 위해 어쩔 수 없는 선택을 해야 할지도 모른단다."

"네, 네! 집에 있을 때도 피가 안 나도록 노력했으니 할 수 있어요! 절대 피 안 나게 조심할게요! 셀피 오빠도 하는걸요!"

"야, 아일렛. 거기서 내 얘기가 왜 나와? 나는 잘하거든?"

툭툭 뱉는 말투, 그리고 까슬한 목소리와는 달리 글로리아의 손길은 무척이나 자상하고 포근했다.

"그래, 착하구나. 아일렛이 아카데미에 다니면 피니어스도 수도에 있는 라피레온 별장에 머무르겠지. 나는 늙어서 아픈 곳이 많으니 피니어스 곁에 있어야 할 테고. 애초에 영원한 이별이란 없단다."

"그, 그러면 언니랑 안 떨어져요?"

"기껏해야 마차로 세, 네 시간 걸리는 거리란다. 마음만 먹으면 언제든 보러 올 수 있어. 그러니 이제 눈물 닦아야지."

"그럼 그냥 여기서 다니면 안 돼요? 글로리아 님도 피니어스 님도 다 같이 여기에서······!"

"아일렛, 신혼은 방해하는 게 아니란다."

신혼 아니라니까요.

"그리고 그곳엔 피니어스의 연구실이 있으니 너도 새로운 걸 많이 배울 수 있을 거란다, 아일렛."

그, 그렇구나. 그것도 모르고 같이 울 뻔했네.

나는 괜히 머쓱해져서 코를 크게 훌쩍였다. 아일렛도 머쓱해졌는지 빨개진 눈과 코로 나를 보며 배시시 웃었다.

아이의 웃는 얼굴을 보니 기분이 좋아져 나도 덩달아 함께 웃었다.

마주 본 채로 웃는 우리 둘을 본 글로리아가 나를 다독였다.
"이번 일은 절대 잊지 않으마."
글로리아가 나를 다정한 표정으로 진득하게 바라봤다.
"빚도 졌고 또 고마운 마음이 크니 네가 날 필요로 할 땐 그게 무엇이든 전적으로 도우마."
"그런 걸 바라고 한 건 아니라 괜찮아요."
"그래도 내가 해주고 싶구나, 아가."
아가라는 건 날 부르는 건가?
처음 듣는 호칭에 묘한 감정이 피어났다. 기분이 좋은데 이상하게 간질간질하고 미소가 새어 난다.
"언제라도 괜찮으니 혹여 우리 도움이 필요하거든 거리낌 없이 말하렴."
글로리아가 라피레온 가문의 인장이 새겨진 지팡이를 짚고 몸을 돌렸다. 피니어스가 아일렛을 품에 안아 들며 그 뒤를 따랐다.
걸음을 옮기던 글로리아가 고개만 가볍게 뒤로 젖혀 나를 보며 웃었다.
"아차, 황녀가 테오를 노린다는 소문이 돌던데 혹시 그것 때문에 힘들거나 도움이 필요하면 말하렴."
"네?"
"설령 죽이고 싶은 사람이 제국의 황제라고 하더라도 내 모든 힘을 다해 아가, 널 도울 테니까. 그 애송이 한 명 죽이는 것쯤은 별것 아니지."
'그 애송이'는 황제를 말하는 거겠지?
황제를 죽인다니······그건 반역인데요. 절 위해 반역을 저지르시겠다는 건가요?
"그리고 시간이 나면 언제 날 한번 보러오렴. 네게 해주고 싶은 말들이 많이 있단다."

무시무시한 말을 태연하게 남긴 후 글로리아는 피니어스와 아일렛과 함께 정원을 빠져나갔다.

"테오."

세르시아가 멀리 사라지는 세 사람을 바라보며 매혹적으로 웃었다.

"너 앞으로 샤샤한테 잘하렴. 글로리아 님께서 샤샤를 '내 아가'의 범주에 넣었으니 함부로 대한다면 큰일 날 거야."

대체 내 아가의 범주가 무엇이길래…….

"싸웠다는 소식이 들리면 물론 나도 가만히 안 있어. 그땐 무조건 테오, 네 책임을 물으러 올 거란다. 특히 샤샤가 속상해한다는 이야기가 들리면…… 알고 있지? 그 빌어먹을 황녀 때문에 샤샤가 힘들어하면…….."

세르시아가 으르렁 짐승의 이빨을 드러내며 비정한 눈빛으로 테르데오를 응시했다.

전장의 살인귀라 불리는 사내를 이렇게 대하는 사람이 있을 줄이야. 보고 또 봐도 적응 안 되고 신기하다.

"안 가?"

그러나 테르데오는 귀찮다는 듯이 미간을 찌푸린 채 손을 휘휘 저었다.

"안 그래도 가려고 했거든."

몸을 일으키던 세르시아가 불현듯 무언가 떠올랐는지 손뼉을 쳤다.

"참."

"……?"

"글로리아 님 말대로 언제 어디서든 시간과 장소에 구애 없이 뜨거워지는 건 좋은데, 늘 부드럽게 해야 한다? 샤샤가 아프지 않도록 언제나 배려하고 조급하지 않게…….."

뭐, 뭐? 내가 지금 뭘 들었지?

"기회 줄 때 두 발로 얌전히 가. 사람 불러서 끌어내기 전에."

내 얼굴이 뜨겁게 불타올랐다. 그러나 테르데오는 여전히 조금의 표정 변화 없이 그 자세 그대로 얼굴을 구기고 있었다.

"어머. 이제 부부가 됐으면서 부끄러워하긴. 너도 아직 애라니까."

테르데오의 타박에 세르시아가 부채로 입가를 가리며 웃었다. 가려던 세르시아가 나를 돌아보고 찡긋 윙크를 날렸다.

"아프지 않게 늘 몸 관리 잘해요, 샤샤."

저 아프지 않게 몸 관리 잘하라는 말도 괜히 이상하게 들린다!

나는 별다른 말을 하지 못하고 불타는 것처럼 화끈거리는 뺨을 손으로 누르며 고개를 떨궜다.

우리 두 사람의 반응이 기분 좋은지 세르시아가 미소를 지었다. 그리고 귀엽게 손을 흔들며 정원을 나갔다.

정원에 어색한 침묵이 돌았다. 그 침묵을 깬 건 귀여운 목소리였다.

"……뜨거워진다고요?"

아차. 여기 셀피우스가 있었지!

나는 황급히 고개를 들었다.

모든 대화를 들은 셀피우스가 이해가 안 가는 얼굴로 고개를 갸웃거렸다.

"셀, 셀피. 그건……."

"대공비 전하, 어디 아프세요? 혹시 열이 나요?"

순수하게 내 걱정이 담긴 눈동자를 보니 차마 입을 열 수가 없었다. 도움을 구하는 눈길로 테르데오를 바라봤지만, 그도 딱히 할 말은 없어 보였다.

"으, 으응…… 그런가 봐."

나는 결국 열이 나냐는 질문에 고개를 끄덕일 수밖에 없었다.

화들짝 놀란 셀피우스가 내 앞으로 달려오며 발을 굴렀다.

"그래서 부드럽게! 부드러운 스튜를 드시라고 한 거군요! 제가 가서 부드러운 스튜를 가져오라고 할게요!"

열정적인 셀피우스를 보니 차마 필요 없다고 할 수도 없었다. 나는 야트막하게 한숨을 뱉으며 이마를 짚었다.

"으응, 그래…… 고마워."

힘겹게 웃자 셀피우스가 정원을 빠르게 뛰쳐나갔다.

멀리서 '당장 스튜를 준비해! 부드럽게!'라고 외치는 셀피우스의 목소리가 들렸다.

"큭."

둘만 남은 정원. 테르데오의 억눌린 웃음소리가 귓가에 들렸다. 웃음을 참아보려 했는지 그는 두 눈을 꾹 감고 있었다.

"웃지 마요. 안 그래도 셀피한테 거짓말한 것 같아서 미안하니까요."

"그런 것치고는 태연하게 잘하던데. 거짓말."

"그거야……!"

어린아이한테 사실대로 무슨 뜻인지 말할 수가 없으니까 그렇지!

뒷말을 삼킨 채 씩씩거리자 테르데오가 커다란 손을 뻗었다. 그의 거친 손이 내 머리를 부드럽게 쓰다듬었다.

"오늘 멋졌어."

"……."

"그댄 정말 볼수록 놀라운 사람이군."

"누구라도 저처럼 행동했을걸요?"

"아니."

테르데오가 단호하게 고개를 저었다.

"그 누구도 그대처럼 행동할 수 없을 거다."

일순 그의 부드러운 미소를 본 것 같은 착각이 일었다.

깜짝 놀라 눈을 깜빡거리자 그 표정은 이내 온데간데없이 사라진 후였다.

내 머리를 쓰다듬는 테르데오의 손길에 기분이 이상했다.

나는 어색해져 시선을 다른 곳으로 돌리고 마른침을 삼켰다.

듣기 좋은 저음의 웃음이 들리더니 테르데오가 자리에서 일어섰다.

부드러운 미소를 본 건 내 상상이라는 생각이 들 만큼 굳은 테르데오의 얼굴에서 살기가 흘러넘쳤다.

"그럼 이제 내 부인에게 독을 먹인 자들의 실마리를 잡으러 가 볼까?"

테르데오의 시선이 별채로 향했다.

❊ ❊ ❊

한편 늦은 밤, 자하르트 백작 저.

"젠장, 젠장…… 젠장!"

머리를 싸맨 백작 부인이 손톱을 톡톡 뜯었다.

책상 가득 쌓인 독촉장을 볼 때마다 숨이 막혀 죽을 것 같았다.

당장 오늘, 내일, 이번 주, 그리고 이번 달 안으로 빚을 갚으라는 독촉장이 셀 수 없었다.

임금을 줄 수 없어 최소의 인원만 남기고 저택의 식솔들을 모두 내보냈는데도 깨진 화병에 물을 붓듯 돈은 자꾸만 새어 나갔다.

자하르트 백작이 죽고 그의 방계 혈족이 백작위를 이어받았다. 그 과정에서 자하르트 백작의 영토와 광산 등 돈이 나올 만한 구 멍 역시 모두 넘어갔다.

이제 백작 부인에게 남은 건 관리하는 데 비용이 많이 들어가는 이 저택과 매달 보내주는 소정의 생활비가 전부였다.

물론 소정의 생활비는 이전 사치스러웠던 백작 부인의 생활을 유지하는 데엔 턱없이 부족했다.

"말도 안 돼! 그 조금 빌려 쓴 걸 가지고!"

백작 부인은 책상에 쌓인 독촉장들을 한 움큼 집어 벽난로 안으로 집어 던졌다. 종이를 먹은 불씨가 화르르 솟아올랐다.

"이럴 거면 내가 왜! 이 가문에 들어왔는데! 왜! 아아악!"

와장창.

백작 부인이 고함을 지르며 손에 집히는 모든 걸 사방으로 집어 던졌다. 이렇게라도 하지 않으면 정말 질식할 것만 같았다.

"이럴 거면 괜히 죽였어……!"

서재가 금세 난장판이 됐으나 달려오는 사람은 아무도 없었다. 어떻게든 이번 빚을 잘 해결한다 해도 눈덩이처럼 불어난 빚은 백작 부인을 무겁게 짓눌렀다.

"그러게 아이를 갖자고 했을 때 얌전히만 따랐으면 죽이진 않았을 것 아냐!"

백작 부인이 소파에 있는 쿠션을 집어 있는 힘껏 벽으로 던졌다. 속에서 천불이 날수록 자꾸만 페레샤티가 떠올랐다.

부모가 이렇게 힘든데 도와주기는커녕 들여다보지도 않는 아이. 그 많은 유산을 전부 가져가서 입을 싹 닦은 나쁜 것.

"같이 죽여버렸어야 했는데!"

더 지체하지 말고 그냥 한 번에 보냈어야 했다. 설마 유언장이 있을 줄 누가 알았겠는가.

백작 부인이 이를 가는 그때, 서재의 문이 끼익 낡은 소리를 내며 열렸다.

관리하는 이가 없으니 낡아 쇳소리가 났다.

"어우, 냄새."

백작 부인이 호흡을 고르며 고개를 돌렸다.

"엄마, 명색이 자하르트 백작 가문인데 이렇게 썩은 내가 나면 되겠어요? 아랫것들 좀 관리해요."

백작 부인과는 다르게 호화로운 드레스를 입고 나타난 레이나였다. 그리고 그 뒤를 따라 찬란한 금발의 여인이 안으로 들어섰다.

"……!"

레이나를 심드렁하게 바라보던 백작 부인이 뒤의 여인을 보고 눈을 동그랗게 떴다.

"황, 황녀 전하께서 여긴 왜……! 도돌레아 황녀 전하를 뵙습니다."

도돌레아 황녀였다. 도돌레아는 엉망이 된 서재를 가볍게 둘러보며 고개를 까닥였다.

"오늘 방문하겠다고 서신을 미리 보냈었는데 확인 못 했나 봐?"

아차.

서신을 관리해 주는 사람이 없으니 이젠 백작 부인이 일일이 관리해야만 했다.

그러나 보고 또 봐도 도착한 거라곤 죄다 빚 독촉장뿐이라 열이 받아 마지막엔 확인도 안 하고 구석에 쌓아두었다.

"뭐, 됐어."

백작 부인의 난처한 표정을 본 도돌레아가 그나마 깔끔한 소파로 다가갔다.

뒤를 따른 레이나가 황급히 손수건을 꺼내 도돌레아가 앉을 자리에 깔았다. 그리고 자신은 더러운 소파를 대충 입으로 후후 불고 옆에 앉았다.

"보아하니 차를 마시며 오순도순 대화를 나눌 순 없을 것 같고."

도돌레아가 맞은편 소파를 향해 눈짓했다. 그녀의 신호에 백작 부인이 헝클어진 머리를 정리하며 소파에 착석했다.

"여기까진 무슨 일로……. 혹시 레이나가, 제 딸이 무슨 실수라도 한 건가요?"

"어휴, 엄마도 참. 내가 그럴 사람이야?"

도돌레아의 시선이 지저분하게 난장판이 된 책상을 향했다. 정확히는 책상을 가득 채운 빚 독촉장을 보고 있었다.

"저거."

도돌레아가 무심하게 턱으로 독촉장을 가리켰다.

"내가 저걸 해결해 주면 부인은 내게 뭘 해줄 수 있지?"

"……!"

백작 부인의 눈동자가 흔들렸다. 도돌레아는 긴 다리를 꼬며 검지로 자신의 붉은 입술을 훑으며 매혹적으로 웃었다.

"나한테 저 정도는 일도 아니거든?"

백작 부인이 가늘어진 눈매로 도돌레아를 훑었다.

병마와 싸우고 일어난 황녀가 이상해졌다는 소문은 들었으나 직접 마주 본 건 처음이었다.

'확실히 분위기가 달라졌어.'

도돌레아가 원인 모를 병을 앓고 있을 땐 모두 그녀를 아무것도 모르는 순수한 소녀라 불렀다.

제 침실에 날아온 벌레 한 마리조차 죽이지 못하고 밖으로 살려 내보내던 황녀였다.

황궁의 모든 사람은 도돌레아처럼 인성이 곱고 순수한 사람은 처음 봤다고 입 모아 말했다.

그러나 지금의 도돌레아는 달랐다.

길게 꼰 다리를 건들건들 까닥이며 주위를 둘러보는 눈빛부터가 전혀 달랐다.

'지금까지 연기하던 거였나?'

병을 떨쳐냈으니 이제껏 누리지 못했던 것들을 누려보겠다고 욕심을 낼지도 모르지. 원래 인간은 한 번 맛을 보면 더 갈구하게 되는 법이니까.

백작 부인이 끄덕이며 고개를 숙였다. 그러자 맞은편에서 기다렸다는 듯이 조소가 날아왔다.

"이제 나 훑어보는 건 끝났어?"

도돌레아의 조롱에 백작 부인의 얼굴이 붉게 달아올랐다.

"아닙니다. 제가 감히 황녀 전하를……."

"됐고. 생각은 끝났어?"

한시가 급한 사람처럼 도돌레아가 상체를 앞으로 훅 당겼다.

"부인은 나한테 뭘 해줄 수 있지?"

백작 부인이 힐끔 눈동자를 돌려 맞은편에 앉은 레이나를 바라봤다. 레이나가 열심히 눈짓으로 무언가를 말하고 있었지만 도통 알아들을 수가 없었다.

백작 부인은 머리를 빠르게 굴렸다.

도돌레아가 원하는 게 무엇일까.

하지만 대답에 도달하긴 어려웠다. 모든 걸 가지고 있는 황녀가 자신에게 원하는 게 있을 리가 있나.

"……원하시는 건 뭐든지 하겠습니다."

백작 부인의 순종적인 대답에 도돌레아가 만족스럽다는 듯이 씩 웃었다. 그리고는 손바닥만 한 크기의 빳빳한 종이를 테이블에 올려뒀다.

백작 부인이 검은색의 빳빳한 종이를 쥐었다.

"이게 뭐죠?"

"쉿."

도돌레아가 웃으며 입가에 검지를 댔다.

"특별히 우리끼리 즐기는 비밀스러운 파티에 부인을 초대해 주겠어."

"네?"

"내일. 모두가 잠든 자정에 그곳을 나가봐. 모두가 부인의 힘이 되어줄 테니."

검은색의 종이엔 불을 비춰야만 겨우 보일 정도로 희미한 글씨가 적혀 있었다.

아마 장소가 쓰여 있는 것 같았다.

등을 기댄 도돌레아가 팔걸이에 팔을 얹고 톡톡 두드렸다.

"그런데 부인은 그대로 놔둘 거야?"

"무엇을……."

"그대의 딸 말이야."

딸? 백작 부인이 무의식적으로 옆에 앉은 레이나를 바라보았다.

그러자 레이나가 활짝 웃으며 급히 말을 덧붙였다.

"아무리 봐도 라피레온 대공 각하는 도돌레아 황녀 전하께 어울리는 분이시죠! 페레샤티 따위가 아니라."

레이나가 급하게 비위를 맞추자 도돌레아는 크게 웃었다. 도돌레아가 마치 애완견을 귀여워해 주듯이 손을 들어 레이나의 머리를 쓰다듬었다.

'아.'

그제야 백작 부인이 작게 탄성을 뱉었다.

그래, 파다하게 퍼지던 그 소문을 잠시 잊고 있었다.

병상에서 일어난 도돌레아 황녀가 결혼한 라피레온 대공을 자신의 것으로 만들고 싶어 한다던 말도 안 되는 그 소문.

'그게 진짜였구나.'

백작 부인은 아까 도돌레아가 던지던 질문에 대한 답을 찾은 것 같았다.

그러나 추악한 데다 안 좋은 소문이 퍼져 있고, 또 이미 결혼까지 한 사내를 황녀가 쫓아다니는 게 조금 이해가 가지 않았다.

권력이나 부는 황녀도 충분히 가지고 있으니 그게 목적은 아닐 텐데.

'설마 진짜 사랑이라고?'

백작 부인이 눈을 가늘게 떴다.

아니, 이건 사랑을 하는 사람의 모습이 아니었다. 그보다는 가지지 못한 장난감을 탐내는 어린아이의 집착과 닮아 있었다.

어느 쪽이든 자신에겐 기회였다.

"부인은 어떻게 생각해?"

도돌레아의 질문에 빳빳한 검은색 종이를 손에 꽉 쥔 백작 부인이 입가를 끌어 올렸다.

"당연히."

하아, 백작 부인이 깊게 숨을 뱉었다.

"황녀 전하께 어울리는 사람이지요."

아, 드디어 숨통이 트일 것 같다.

갑갑한 옷을 벗어 던진 것처럼 백작 부인이 환하게 웃었다.

백작 부인의 눈에 들끓는 욕망을 본 도돌레아가 턱을 괴고 말했다.

"부인의 남편이 사고로 죽었지?"

"……!"

환하게 웃던 백작 부인의 얼굴에 금이 갔다. 위로 솟은 입가가 파르르 경련이 났다.

대외적으로 자하르트 백작의 죽음 원인은 돌연사였다.

워낙 갑작스러운 죽음이었고 타살의 흔적은 어디에도 없었다. 부검에서도 체내에 독조차 발견되지 않았다.

괴로움에 몸부림친 흔적은 있으나 그건 갑자기 진행된 심장마비로 괴로워한 것이라, 모든 의사가 그렇게 말했다.

"그게…… 무슨."

"아, 사고가 아니라 계획된 살인이라고 하는 게 맞겠어."

도대체 어디서 들었지? 또 누가 알고 있지?

백작 부인이 어금니를 악물었다. 잔뜩 경계하는 백작 부인의 모습을 본 레이나가 손사래 치며 웃었다.

"엄마, 괜찮아. 표정 풀어."

"……네가 말했니, 레이나?"

"내가 미쳤다고 그걸 말해? 누가 말해준 거 아냐. 이걸 누가 알겠어? 엄마와 나만 알고 있는 비밀인걸. 그냥……."

레이나가 경이로운 눈빛으로 도돌레아를 봤다.

"황녀 전하께선 모르시는 게 없어. 모든 걸 다 알고 계셔."

"그게 무슨 말도 안 되는……."

모든 걸 다 아는 사람이 어딨어? 그게 신이지, 사람이야?

백작 부인이 헛웃음을 지었다.

레이나의 말을 뒷받침하듯 도돌레아가 천연덕스럽게 입술을 열었다.

"부인."

"……."

"그날 밤."

그날 밤.

그 단어를 듣는 순간 백작 부인의 머릿속에 그날의 기억이 선명히 떠올랐다.

"부인이 백작에게 갈 때 그 알약을 가지고 들어간 걸 본 사람 있어?"

"……!"

백작 부인이 너무 놀라 손으로 입을 가렸다.

이런 행동이 상대에게 확신을 심어준다는 걸 알면서도 백작 부인은 손을 내릴 수가 없었다.

그도 그럴 게 아무것도 모르는 도돌레아가 너무도 자세하게 '알약'이라고 지칭했기 때문이었다.

"있냐고 물었어."

그러나 도돌레아는 여전히 태연했다. 놀란 백작 부인에게 으르렁거리며 답을 채근하자 그녀가 고개를 저었다.

"좋아."

만족스러운 답변에 도돌레아가 천사처럼 웃었다.

"그럼 지금부턴 그냥 나만의 추측인데."

"……."

"딸이 말이야. 유언장이 있다는 걸 알고 유산이 탐나 아비를 죽였을지도 모르잖아. 안 그래?"

도돌레아의 말에 백작 부인이 짐짓 놀란 표정을 지었다. 그러다 이내 미간을 찌푸렸다.

생각을 안 해본 건 아니었다.

모든 누명을 페레샤티에게 뒤집어씌운 후, 상속받은 유산을 빼앗아 행복하게 사는 결말을 생각해 본 적도 있었다.

그러나 그러기엔 때가 너무 늦었다.

죽은 이는 말이 없고, 시체는 묻혔다.

현장은 보존되어 있지도 않고 증거는 당연히 없었다. 증거가 없으니 불충분하다 하여 풀려날 게 뻔했다.

백작 부인이 고개를 저었다.

"아니요, 그건……."

"의미가 없는 짓 같아?"

그녀의 의중을 눈치라도 챈 것처럼 도돌레아가 말을 빼앗았다.

도돌레아가 장난스레 손가락을 까닥거렸다.

"어차피 결과는 상관없어. 입증할 수 있는 증거가 있을 리도 없고. 하지만 부인이 그런 의문을 제기하는 것만으로도 모두의 이목이 쏠리겠지."

"……."

"사람들은 어차피 진실엔 관심 없어. 무죄 판결이 나면 궁금한 사람들은 부인에게 달려들 거야. 고생한 부인을 동정하는 척 정말 그런 일이 있었느냐고 묻겠지."

미소를 지은 도돌레아가 소파에서 일어서더니 엉망이 된 서재를 크게 한 바퀴 걸었다. 레이나가 그림자처럼 그 옆을 조용히 따랐다.

"일부는 부인의 말에 힘을 실어줄걸. 아무 이유도 없이 이기지도 못할 싸움을 괜히 걸었겠냐면서."

"……."

"어차피 이건 누가 먼저, 어떻게 이용하느냐가 핵심인 거야. 모두 막대한 유산을 상속받은 그 여자한테 관심이 많거든."

처음 들었을 땐 어처구니없다고 생각했는데 듣다 보니 일리가 있었다.

어차피 증거는 페레샤티도, 자신도 없었다. 그럼 먼저 입을 벌리는 사람이 이기는 거 아닌가?

"그거면 됩니까?"

게다가 선택의 여지는 없었다. 모든 빚을 갚아준다는 것만으로 백작 부인은 도돌레아의 손을 잡을 준비가 되어있었다.

"오늘부로 부인의 빚은 모두 없어질 거야."

뒷짐을 진 도돌레아가 백작 부인의 앞에 정확히 멈춰 섰다. 그녀의 얼굴은 더러운 것을 본 것처럼 찡그리고 있었다.

"그리고 레이나 말대로 명색이 백작 저인데 이게 뭐야? 예전처럼 식솔들을 고용해서 관리해. 그에 필요한 돈은."

도돌레아가 턱으로 백작 부인의 손에 든 종이를 가리켰다.

"그곳에 나가면 구할 수 있을 거야. 물론 유능한 변호사도 구할 수 있을 테고."

"……정말입니까?"

"그래, 내가 말했잖아. 모두가 부인의 힘이 되어줄 거라고."

의뭉스러운 미소를 지은 도돌레아가 가벼운 걸음을 옮겼다.

"숨기고 싶은 비밀일수록 먼저 남에게 뒤집어씌우는 게 최고야. 배워둬."

도돌레아는 말을 남기고 레이나와 함께 서재를 나섰다.

홀로 남은 백작 부인이 손에 든 검은 종이를 보았다. 그녀의 입가에 붉은 미소가 걸렸다.

CHAPTER 5.

소낙비의 중심

My in-laws are obsessed with me

Chapter 5

일주일이 흘렀다.

아일렛은 피니어스와 글로리아를 따라 대공국으로 떠났고, 세르시아는 사업을 위해 상단으로 돌아갔다.

테르데오는 낮에는 반란군과 아일렛의 피를 독으로 판매한 일 관련으로, 밤에는 대공가의 전반적인 일을 처리하느라 하루가 부족할 만큼 바빴다.

피니어스가 대공국으로 돌아가면서 셀피우스 혼자 아카데미를 다니고 있었다.

내가 직접 데려다주고 또 데리러 가겠다고 했으나 셀피우스는 완강히 거부했다.

'아직 나랑 둘만 있는 건 어색해서 그런가?'

나는 쥐고 있는 찻잔을 엄지로 쓸며 홀로 마차를 타고 아카데미로 떠난 셀피우스를 떠올렸다.

'아홉 살이면 뭐든 혼자 하고 싶을 나이였나?'

나는 어땠는지 기억이 나질 않았다. 그 무렵엔 그냥 저택에 있던 기억밖에 없었다.

맞은편에 앉아 함께 티타임을 즐기던 레베카가 차를 홀짝이며 말문을 열었다.

"대공비 전하, 요즘 저택에서 들리는 무서운 소문이 있어요."

레베카의 목소리에 나는 홀려 있던 정신을 차리고 눈을 맞췄다.

"무서운 소문? 그게 뭔데?"

내 질문에 레베카가 찻잔을 내려놓으며 주변을 살폈다. 그러고는 은밀한 비밀을 공유하듯 작게 속삭였다.

"별채에 귀신이 산대요."

"귀신?"

"네, 어둑한 밤만 되면 별채에서 여자가 흐느끼는 소리와 남자의 살려달라는 절규가 들려온대요."

밤마다 별채에서 들리는 여자와 남자의 소리. 누군지 단번에 짐작이 갔다.

'멜린과 그 사내가 별채 지하 감옥에 갇혔었지?'

테르데오가 분명 일주일간 정보를 얻어내겠다고 했으니. 아마 그 흐느끼는 소리와 절규는 테르데오가 일을 하는 중이라는 뜻일 것이다.

나는 레베카의 말에 고개를 끄덕이며 태연히 찻잔을 기울였다.

"아침만 되면 소리가 싹 사라지는데…… 으으, 벌써 일주일째래요."

"그래? 오늘로 일주일째라면…… 아마 곧 며칠 안에 사라질 거야."

"대공비 전하가 그걸 어떻게 아세요?"

"그냥 감. 내가 감이 좀 좋거든."

레베카가 소름이 돋았는지 두 팔을 쓸어내리며 진절머리를 쳤다.

"대공비 전하는 안 무서우세요? 전 이 이야기를 듣고 너무 무서워서 밤에 잠도 못 잤어요!"

"레베카, 넌 아직 순수하구나."

"네?"

"진짜 무서운 건 눈에 안 보이는 귀신이 아니라 사람이야."

그래, 나를 죽이던 내 가족들처럼.

"대공비 전하, ……지금 표정 되게 무서웠어요."

나는 표정을 갈무리하고 입가에 가볍게 미소를 지었다. 레베카가 장난스럽게 무섭다는 표정을 하고 고개를 홱 돌렸다.

그때 옆에서 인기척이 느껴졌다.

"대공비 전하."

집사가 손에 서신을 든 채로 나를 찾았다.

내가 티타임을 즐길 땐 어지간히 급한 일이 아니고선 찾지 않을 텐데.

집사의 얼굴에 먹구름이 잔뜩 드리워졌다.

"이걸 보셔야 할 것 같습니다."

집사가 내민 서신을 받아 펼쳤다. 서신에 적힌 문장을 보는 순간 절로 손에 힘이 들어갔다.

"이게……."

"왜 그러세요? 대공비 전하?"

실소가 터졌다.

"내 어머니가 나를 재판에 회부했다네."

"네?"

레베카가 커다란 눈을 끔뻑였다.

"내가 아버지를 죽인 혐의가 있어서 상속 결격 사유에 해당한다는데? 그래서 상속권을 박탈당할 수 있다고 신전에서 알림 서신을 보냈어."

"헉!"

자꾸 어이없는 웃음이 터졌다. 지금까지 뭘 하나 했더니 겨우 한 게 이런 거라니.

놀란 레베카가 자신의 입을 틀어막더니 내게 조심스럽게 물었다.

"대……공비 전하. 혹시, 정말 혹시나 해서 여쭙는 건데요."
"뭐."
"만약 우리가 반박하지 못하면 어떻게 해요?"
나는 싸늘한 시선으로 레베카를 바라봤다. 두 손으로 입을 틀어막은 레베카가 자그맣게 중얼거렸다.
"죄송해요…… 살려주세요……."
분노로 들끓는 눈을 희번덕이자 맞은편에 앉은 레베카가 히익! 숨을 삼키는 게 느껴졌다.

※ ※ ※

다음 날. 레베카는 내 명령에 따라 지난번 만났던 변호사를 찾아갔다.
어머니가 나를 재판에 회부했으니 조만간 저택으로 찾아왔으면 좋겠다는 내용이 적힌 서신을 들고 말이다.
'아버지가 돌아가시고 시간이 이미 많이 흘렀는데, 왜 굳이 지금?'
나를 범인으로 몰아갈 증거도 없을 거고, 증거가 없으니 결국 상속권을 박탈시킬 수도 없을 텐데.
얼굴을 찡그리며 홀을 지나자 아카데미에서 막 돌아왔는지 이층, 자신의 침실로 올라가고 있는 셀피우스의 모습이 보였다.
"셀피."
아이를 부르자 셀피우스가 움찔 어깨를 떨며 걸음을 멈췄다.
"대공비 전하."
"아카데미 잘 다녀왔어?"
나는 홀에 크게 자리를 차지하고 있는 시계를 바라봤다. 평소보다 조금 늦은 시각이었다.
"오늘은 조금 늦었네."

셀피우스가 야트막하게 웃으며 교복을 툭툭 털었다.

"……같은 학급의 애들이 입학 축하 파티를 열어준다길래 조금 늦었어요."

"그래? 아카데미는 재밌어? 학급 애들은 어때?"

행렬과 아일렛 일이 겹치면서 셀피우스의 아카데미에 제대로 신경을 써주지 못한 것 같아 마음이 쓰였다.

워낙 까칠하고 남의 말은 잘 듣지 않는 도련님인 데다 가끔은 화도 잘 참지 못해서 제대로 적응 못 하면 어쩌나 걱정했는데.

"네. 다 좋아요."

다행히 셀피우스는 제대로 적응하고 있는 모양이었다.

"저 옷 좀 갈아입을게요."

계단 위 셀피우스가 짤막하게 답하곤 몸을 돌렸다. 그리고 빠르게 계단을 올라 자신의 침실로 사라졌다.

나는 멀어지는 셀피우스의 뒷모습을 한참 바라보다가 고개를 갸웃거렸다.

"……다 좋다고?"

셀피우스의 그런 대답은 처음 들어보는 것 같다. 이상하게 묘한 괴리감이 느껴졌다.

'뭐지?'

고개를 갸웃거리며 괴리감의 원인을 찾아내려 생각에 잠겼으나 다가온 집사에 의해 곧 정신을 차렸다.

"대공비 전하. 포츤 자작 영식이 찾아왔습니다."

포츤 자작 영식이라면 아데우스?

"날?"

"네. 대공비 전하를 만나러 왔다고 했습니다."

집사의 말에 나는 눈살을 찌푸렸다.

레베카는 내 서신을 변호사에게 전하기 위해 저택을 비운 차였다. 레베카도 없이 아데우스와 단둘이 만나는 건 조금 꺼려졌다.

"오늘은 선약이 있으니……."

"혹시 대공비 전하께서 만남을 거절하신다면 '지난번 제게 진 빚을 갚아주세요'라는 말을 전해달라고 했습니다."

아마 내가 만남을 거절할 걸 예상했나 보네.

'지난번 진 빚이라면…….'

나와 테르데오가 반란군 때문에 다칠 뻔한 걸 구해준 일을 말하는 거겠지.

나는 그때의 기억을 떠올리며 얼굴을 구겼다.

하지만 그렇게 말한 건 나니까 어쩔 수 없지.

"……손님을 응접실로 모셔. 그리고 굉장히, 아주 맛없는 차를 가져와. 마시면 당장 집으로 돌아가고 싶어질 만큼 맛없는 것으로."

"네, 대공비 전하."

❋ ❋ ❋

"사실 전 대공 각하 혹은 대공비 전하께서 절 찾아오실 줄 알았습니다. 제가 두 분을 도왔으니 고맙다는 인사라도 들을 수 있을 줄 알았거든요."

"그래?"

"네, 특히 대공 각하께서 그때 분명 '나중에 얘기하지'라고 하셔서 더 기다렸습니다."

아데우스가 아주 쓰고 떫은 차를 온화한 얼굴로 마시며 웃었다.

미소를 지으며 건네는 말에 뾰족한 가시가 박혀 있었다.

"일이 있어서 그만."

"네, 그래서 정말 계속 기다렸답니다."

"진짜 일이 있었어."

"네, 저도 그렇게 생각합니다. 설마 대공비 전하께서 제게 거짓말을 하실 리가 없으니까요. 전 두 분을 도와드린 사람이니까요. 그렇죠?"

나는 가볍게 무시하며 앞에 놓인 차를 마시기 위해 입을 댔다가 아주 쓴 맛에 몸서리치며 찻잔을 내려두었다.

'이런 걸 저렇게 웃으면서 마신다고?'

얼굴에 내색하나 하지 않는 아데우스를 보며 나는 기가 찬 헛웃음을 지었다.

아데우스가 좀처럼 줄지 않는 내 찻잔을 바라보며 의아하게 물었다.

"입에 안 맞으십니까? 아, 이런. 대공비 전하께서 준비하신 차니 입맛에 안 맞을 리가 없겠네요. 제가 실언했습니다."

"어? 그……렇지."

"대공비 전하께선 아주 쓰고 떫은 맛을 즐기시나 봅니다. 저도 대공비 전하를 본받아 앞으로 도전해 봐야겠습니다."

하하하, 웃은 아데우스가 보란 듯이 차를 후루룩 마셨다. 어느새 그의 찻잔이 반쯤 비어 있었다.

'일부러 그러는 거지.'

나는 손으로 이마를 짚고 옆의 하녀에게 손짓했다.

"차를 다시 내와."

"네, 대공비 전하."

하녀들이 차를 물리자 아데우스가 기다렸다는 듯이 찻잔을 내려두었다.

그는 하녀들이 새로운 차를 다시 준비해 올 때까지 웃기만 할 뿐, 입을 열지 않았다.

새로운 차가 나오고 그제야 나는 찻잔을 들었다.

"정말 달고 맛있습니다. 쓴 차를 마시고 난 후에 마시니 평소보다 더 맛있게 즐길 수 있는 것 같군요. 역시 대공비 전하께선 현명하십니다."

말이라도 못 하면.

나는 차를 한 모금 마신 후 아데우스를 힐끔 바라봤다.

하지만 그의 말은 틀린 게 없었다.

그때 아무도 우리를 돕지 않을 때, 그는 나서서 우리를 도왔다. 그러나 나도, 테르데오도 고맙다는 말을 하지 않았다.

나는 미간에 힘을 주다 한숨을 크게 내쉬고 말했다.

"그땐 정말 고마웠어. 포츤 영식."

"저희 사이에 그런 호칭은 너무 딱딱한 것 같아요, 대공비 전하. 전 '아데우스'로 만족합니다."

"내가 아주 고마웠어, 어? 포츤 영식."

우리 사이는 이름은 무슨.

일부러 호칭에 더 힘을 주자 아데우스가 재밌는지 크게 웃었다. 뭐가 그리 신나서 저렇게 웃고 다니는지 몰라.

"여긴 감사의 인사를 들으러 온 거야?"

"아니요, 만나러 왔지요."

만나러 왔다고?

당혹함에 잠시 말문이 막혔지만 이내 머릿속에 한 명이 떠올랐다.

'레베카를 보러 왔구나.'

한때 둘이 친했다고 하니 그럴 수 있지. 특히 남녀 사이가 뜨겁게 불타오르는 걸 막을 생각은 없다.

나는 태연하게 고개를 끄덕였다.

"만나고 싶으면 언제든 만나러 와. 거의 저택에 있으니까."

"그래도 되나요?"

"내가 막을 이유가 없지."

흔쾌한 내 답변에 아데우스가 다행이라는 듯이 가슴을 쓸어내렸다. 아데우스의 얼굴이 활짝 밝아졌다.

"다행이네요. 혹시 안 된다고 하시면 어쩌나 걱정했습니다."

"뭘 그런 걱정까지. 가끔은 같이 나가도 좋아. 너무 늦으면 안 되겠지만."

"정말 같이 외출까지 해도 되나요? 꿈에 그리던 일입니다."

"맛있는 거라도 사줘."

"당연하죠. 맛있는 가게 리스트를 뽑아두고 있겠습니다."

아데우스의 즉답에 흐뭇해졌다.

그는 레베카를 꽤 좋아하는 모양이었다. 팔짱을 끼고 뿌듯하게 웃으며 고개를 끄덕이자 아데우스가 손뼉을 마주쳤다.

"그러면 말 나온 김에 날짜를 잡을까요?"

"응?"

"특별히 좋아하는 음식이 있을까요?"

레베카가 특별히 좋아하는 음식?

나는 고개를 갸웃거렸다. 그녀와는 함께 식사하는 적이 거의 없어서 기억이 나지 않았다.

"그건 나보다 그대가 더 잘 알 것 같은데. 난 잘 모르겠어."

"제가 정하라는 말씀이군요. 그렇게 하겠습니다. 그럼 날짜는 언제가 괜찮을까요?"

'그걸 왜 나한테 묻지? 날짜는 레베카와 상의해서 잡아야지?'

나는 설렌다는 듯이 환하게 웃는 아데우스를 이상한 눈빛으로 바라보다 깨달았다.

아, 주인인 내 일정을 물어보는 거구나. 내가 레베카를 부르지 않아야 레베카와 함께 외출할 수 있을 테니까.

"아무 때나 상관없어. 일정은 내가 맞추면 되니까."

"그렇게 하겠습니다."

아데우스가 기대에 벅찬 눈빛으로 환히 웃었다. 그러더니 차를 비우지도 않았는데 별안간 자리에서 벌떡 일어섰다.
"이럴 때가 아니군요."
"……뭘?"
"어서 돌아가서 가게와 음식, 그리고 날씨가 좋은 날을 알아봐야겠습니다."
열정이 넘치는 아데우스의 모습에 나는 떨떠름하게 고개를 끄덕였다.
"그럼 오늘은 이만 돌아가겠습니다."
언제나 예의 바르게 허리를 숙인 아데우스가 바르고 설렌 걸음으로 응접실을 나섰다.
나는 아데우스가 나간 응접실 문을 바라보며 고개를 갸웃거렸다.
"……그럼 쟨 여기에 레베카와 만남을 허락받으러 온 건가?"
아데우스의 이상한 행동을 이해한 건 정확히 삼 일 후.
아데우스가 내게 보낸 데이트 신청서를 아침 식사 자리에서 모두 다 함께 읽은 후였다.
"포츤 영식과 별 사이 아니라더니."
옆에 앉은 테르데오가 나만 들릴 수 있도록 작게 중얼거렸다.
아니야! 정말 아무 사이 아니라고!
"……혹시 공개적으로 정부를 구하시는 거예요? 대공비 전하."
맞은편에 앉은 셀피우스가 마음에 안 드는지 입술을 쭉 내밀고 손에 든 편지 끝을 찢으며 물었다.
"정부라니. 오해야, 셀피."
그리고 그런 말은 대체 어디서 배운 거람?
"아니에요. 대공 각하께서 워낙 못해주시니까 정부를 들일 마음이 들기도 하시겠죠……."
끝말을 흐린 셀피우스가 보란 듯이 테르데오를 흘겼다.

"대공 각하께서 평상시에 대공비 전하께 조금 더 잘해주셨더라면 정부를 들일 일도 없지 않습니까!"

"……이게 다 내 탓이라는 건가, 셀피?"

"그럼 제 탓입니까?"

셀피의 질문에 테르데오는 별다른 답을 하지 않았다. 그저 턱을 괸 채 고개를 옆으로 비스듬히 기울여 옆에 앉은 나를 바라봤다.

그가 나른하고 퇴폐적인 목소리로 물었다.

"정말 내가 잘 대해주지 않아서 정부를 들였나? 부인."

아침부터 심장이 쿵 떨어지는 줄 알았네.

"나도 부인은 처음이라 서툴렀어. 앞으로는 열과 성을 다할 테니 다시 생각해 보는 게 어때."

나는 고민하는 척 턱을 쓸었다. 그리고 장난스럽게 말했다.

"불현듯 테르데오, 당신이 제게 피를 먹였던 일이 생각나네요. 그때 펜으로 손바닥을 찢더니 제게 억지로 피를 먹이셨죠. 가끔 그때가 자꾸 떠오르거든요."

"그땐……."

내가 은은하게 미소짓자 테르데오의 몸이 눈에 띄게 움찔했다.

그러자 맞은편에서 대화를 듣고 있던 셀피우스가 경악스러운 표정으로 입을 떡 벌렸다.

"대공 각하!!!"

셀피우스가 식탁이 흔들릴 정도로 버럭 소리를 질렀다.

"대공비 전하께 피를 먹이셨어요? 정말요?"

"확신이 필요해서……."

"왜 그러셨어요!"

나도 깜짝 놀랄 정도였다.

"어서 당장 사과하세요! 어서요! 그것 때문에 대공비 전하께서 마음의 상처를 얻고 정부를 들이려고 하시는 거잖아요!"

아닌데. 그냥 장난한 건데. 그때 일 생각나지도 않았는데.

테르데오의 어깨가 묘하게 아래로 늘어져 있는 것 같은 착각이 들었다.

"그땐 내가……."

테르데오가 힐끔 내 눈치를 살폈다. 저 덩치 큰 남자가 내 눈치를 살피자 기분이 묘했다.

"정말 확신이……."

"변명하지 마시고요!"

셀피우스의 날카로운 일침에 테르데오가 입술을 꾹 다물었다. 어째 테르데오가 더 작아진 느낌이다.

"사과할게."

테르데오가 아예 몸을 돌려 나를 바라봤다.

"내가 정말 잘못했어. 과거의 나한테 말을 전할 수 있는 도구가 있다면 당장 그런 짓을 하지 말라고 외칠 거다."

진지하게 사과하는 테르데오의 사과에 나는 깜짝 놀라 손사래를 쳤다.

"왜 그래요? 장난한 거예요! 셀피, 너도 안 그래도 돼! 장난이야!"

두 사람은 내 말을 조금도 들은 체하지 않았다.

"대공비 전하. 대공 각하께서도 저렇게 후회하고 있으니 한 번만 넘어가 주세요."

"그래, 나도 이렇게 후회하고 있다."

아오, 정말. 무슨 장난을 못 치겠네.

나는 호흡을 갈무리한 후 두 사람에게 단호히 말했다.

"다 오해라고요."

그래, 그러고 보면 그때 아데우스와 나누던 대화가 어딘가 어긋난 것 같은 기분이 드는 것 같더니만 그게 이거였구나.

'난 당연히 레베카를 보러 온다는 줄 알았지. 그게 나일 줄이야.'

셀피우스가 엉망이 된 편지를 내게 다시 건네며 물었다.
"정말이죠? 그럼 어쩌실 거예요? 약속 장소에 나가실 건가요?"
나는 구겨지다 못해 거의 너덜너덜 찢긴 편지를 내려다보았다.

> 친애하는 대공비 전하.
> 나무가 푸른 옷을 입은 날씨입니다. 볕이 잘 드는 오늘 오후 한 시. 대공비 전하께 부드러운 라비올리와 연한 암소 스테이크를 대접하고 싶습니다. 맛있는 식사 후엔 레몬 셔벗을 먹은 후 함께 오페라를 관람하고자 합니다. 모시러 가고 싶으나 설레는 마음을 안고 기다리겠습니다.

밑엔 기다리겠다는 장소가 적혀 있었는데 셀피우스가 포크로 완전히 파버리는 바람에 보이지도 않았다.
'내가 헷갈리게 했었나?'
아무리 생각해도 아데우스를 헷갈리게 한 적은 없는 것 같은데.
설렌다는 얼굴로 환하게 웃으며 돌아가던 아데우스가 떠올랐다. 마음이 조금 무거웠지만 나는 고개를 저었다.
"안 나간다고 보내야지."
내가 거길 나갈 순 없었다.
헛된 희망은 이미 한 번 심어준 것으로 족하다. 두 번까진 잔인했다.
"그렇죠? 역시! 잘 생각하셨어요!"
셀피우스가 덧없이 환히 웃으며 고개를 끄덕였다. 그러자 뒤에서 우리를 지켜보던 집사가 슬그머니 셀피우스의 곁으로 다가갔다.
"도련님. 벌써 출발하실 시간이 한참 지났습니다."
시간을 보니 아카데미로 출발할 시간이었다. 셀피우스가 시간을 확인한 후 자리에서 일어섰다.

"전 가봐야겠어요!"

나는 나가는 셀피우스의 뒷모습을 향해 소리쳤다.

"내가 데려다줄까, 셀피?"

"아니요! 괜찮아요! 절대! 절대 오지 마세요!"

셀피우스는 뒤를 돌아 내게 당부, 또 당부한 후 마차를 향해 뛰어갔다.

셀피우스의 멀어진 뒷모습이 작게 점이 되더니 사라졌다. 나는 고개를 돌려 옆의 테르데오를 바라보았다.

"안 늦었어요?"

평소라면 셀피우스보다 빨리 나갈 사람인데. 오늘은 유난히 행동이 느릿했다.

생선 스테이크를 아주 천천히 자른 테르데오가 한 입 작게 입에 넣으며 끄덕였다.

"나는 오늘 일이 없다."

"……?"

요즘 바쁘다고 하지 않았나? 어제 분명 오늘 일찍 나가야 한다고 했던 것 같은데?

"그러니 나는 오늘 저택에서 쉴 예정이다. 온종일 저택에 있을 예정이지."

"그래……요?"

"그래. 그대도 오늘 저택에 있겠다고 했으니 잘됐군. 심심한 둘이서 재밌게 노는 게 좋겠어."

분명 어제 일이 많다고 그랬는데, 이상하다.

나는 고개를 갸웃거렸지만 테르데오는 대답 없이 천천히 음식을 먹는 데에만 집중했다.

❈ ❈ ❈

아데우스를 혼자 기다리게 하는 건 미안하니 나는 약속 장소에 나를 대신해서 레베카를 보냈다.

'지금쯤 둘이 만났겠지?'

나는 무의식적으로 시계를 돌아봤다.

아데우스와 레베카가 나를 잊고 좋은 시간을 보냈으면 하는 바람이 컸다.

"신경 쓰이나?"

시계를 보고 있자 오늘 종일 내 옆에 찰싹 붙어 다니던 테르데오가 덤덤히 물었다.

"신경이 안 쓰인다면 거짓말이겠죠. 괜히 제가 헷갈리게 만든 것 같아서 조금 미안해요."

"멋대로 착각한 건 그쪽이니 그대가 미안해할 일은 아니지."

그런가? 묘하게 맞는 말이다. 고개를 끄덕이며 수긍하다 테르데오를 돌아봤다.

"그런데요."

"뭐지?"

"오늘 일 없다면서 일만 하고 계시네요."

"……."

테르데오가 보고 있던 서류를 슬그머니 내려두었다.

그의 곁엔 산더미처럼 쌓인 서류가 가득했다.

내가 자리를 옮길 때마다 저 많은 서류를 품에 안고 계속 같이 따라오는 걸 보면 당장 처리해야 할 일인 것 같긴 한데.

"이건 그냥 심심해서. 직업병 같은 거라고 해두지."

"쉬는 날 아니죠?"

"쉬고 있잖아."

"사실 오늘 일 나가야 하죠?"

"오늘 일 없다니까."

오죽하면 침대에서 힘들게 서류 보는 모습이 안쓰러워 내가 집무실을 왔을까.

내가 일 년도 되기 전에 계약을 깰까 걱정이 됐나?

"참."

고개를 갸웃거리고 있자 테르데오가 무언가 떠올랐는지 고개를 들었다.

"그대의 전 연인이 곧 황실 기사단에 입단한다더군."

"결국엔 그렇게 됐네요."

시프의 이야기였다.

이미 전해 들어서 알고 있었지만 그래도 진짜 현실로 다가오니 기분이 좋지 않았다.

내 얼굴 위로 불쾌함이 숨김없이 드러났다.

"걱정할 것 없어."

"……."

"내가 말했잖아. 그 황실 기사단의 총책임자가 바로 나라고. 입단한 걸 후회하게 만들어 주지."

"꼭 그렇게 해주세요."

끄덕거리는 고갯짓에서 비장함이 느껴지기까지 했다. 그 모습이 믿음직스러워 입술 사이로 웃음이 흘렀다.

"요즘 저택에서 재밌는 소문이 퍼지는 거 아세요?"

"재밌는 소문?"

"별채에 귀신이 산대요."

소곤거리는 내 목소리에 테르데오는 이해가 안 된다는 표정으로 눈썹을 비뚜름히 올렸다.

"귀신?"

"밤이면 여자의 흐느끼는 소리와 절규하는 남자 목소리가 들린 대요."

그제야 뭘 말하는지 이해됐는지 테르데오가 짧게 탄성을 흘렸다. 그러고는 피식 한 쪽 입꼬리를 비틀어 올렸다.

"그런 재밌는 소문이 도는지 몰랐는데. 오늘은 별채뿐 아니라 본관에도 들리도록 더 크게 울려야겠어."

테르데오의 사악한 모습을 보니 아무래도 오늘 밤이 지나면 저택에 귀신과 관련된 새로운 소문이 퍼질 것 같았다.

'레베카가 또 무섭다고 울겠어.'

울먹거리는 레베카의 모습을 떠올리자 자연스레 미소가 흘렀다.

"그 두 사람한테 알아낸 건 있나요?"

"아니."

질문이 끝나기 무섭게 테르데오가 즉답했다.

떠올리는 것만으로도 분노가 치미는지 테르데오가 손에 힘을 줬다. 그의 손에 들린 서류가 힘없이 구겨졌다.

"자기가 누구한테 독을 팔았는지도 모르고 있더군. 그냥 값만 비싸게 쳐주면 여기저기 팔아넘긴 모양이야. 버러지 같은 게."

저기. 서류가 찢어지게 생겼는데요. 그거 중요한 서류 아니었나요?

나는 찢어질 것처럼 그의 손아귀에서 위태롭게 구겨지는 서류를 불쌍히 바라보다 고개를 돌렸다.

"그럼 독을 산 사람들의 명단도 없대요? 그래도 자기가 오늘 몇 개를 얼마에 팔았다는 내용을 적은 장부는 있을 거 아니에요."

"그건 이미 확인했어. 물건을 판 날짜와 가격, 적힌 이름까지. 대부분 가명을 썼는지 없는 사람이더군. 신원 확인을 제대로 하지 않고 서둘러 파는 것만 생각한 모양이야."

"많이 팔렸어요?"

"……적은 양은 아니지."

그 많은 약을 만들기 위해서 아일렛이 얼마나 많은 고통을 받았을까.

"……혹시 약을 산 사람들이 저주에 대해 알고 있는 건 아니겠죠? 저주에 대해 말했다던가."

내 질문에 테르데오가 고개를 설레 저었다.

"자백제를 먹여 확인했는데 다행히 아무한테도 말하지 않았더군."

"자……백제요?"

자백제라면 한 번 먹일 때 치사량을 넘기면 정신이 이상해지는 부작용을 가지고 있던 탓에 마약류로 분리된 후 유통이 금지됐을 텐데.

지금 뭔가 어마하게 무서운 말을 들은 것 같지만 넘어가자.

난 아무것도 못 들었다.

"그 약의 근본이 저주라는 걸 알면 다들 꺼림칙해서 안 살까 걱정되어 말 안 했다더군."

뭐? 미안해서 저주에 관한 비밀을 지켜준 게 아니라 꺼림칙해서 사람들이 안 살까 봐 말을 안 한 거라고?

그냥 실수인 척 입에 자백제를 한 열 통 부어버릴까 보다!

테르데오가 손안에서 볼품없이 구겨진 서류를 펼치며 한결 가벼워진 표정으로 끄덕였다.

"그래도 우리 가문의 저주가 널리 퍼지지 않은 것만으로도 다행으로 여겨야겠지."

테르데오가 구겨진 서류를 펼치다 그게 마음처럼 잘 안되는지 얼굴을 찡그렸다. 아무리 펼치려 해봤자 구겨진 종이는 결국 구겨진 종이였다.

"……이 서류는 못 받았다고 해야겠군."

중얼거린 테르데오가 서류를 다시 구겨 벽난로 속에 가볍게 던져넣었다.

옆에 내가 빤히 보고 있는데도 아주 뻔뻔하기 짝이 없다.

나는 그런 테르데오를 보며 천천히 고개를 내저었다.

똑똑.

다음 서류를 집어 드는 테르데오를 보고 있자 집무실에 노크가 퍼졌다.

"들어와."

테르데오의 허락에 문이 열렸다. 서류에서 시선을 뗀 테르데오가 문을 열고 들어온 집사를 힐끔 바라봤다.

"무슨 일이야."

"대공비 전하를 모시러 왔습니다."

"대공비를?"

테르데오가 눈썹이 비뚜름히 올라갔다. 서류를 든 그의 손이 아주 미세하게 아래로 떨어졌다.

나는 읽던 책을 내려두고 집사에게 물었다.

"누가 날 또 찾아왔어?"

"네."

집사의 즉답에 테르데오가 느른히 기대고 있던 의자에서 등을 뗐다.

"누가 대공비를 찾아왔지?"

자신의 구역을 침범당한 짐승처럼 테르데오가 불쾌한 티를 내며 포효했다.

그러나 집사는 흔들리지 않고 미소를 머금은 채 내게 말했다.

"변호사가 왔습니다."

아. 내가 레베카한테 서신을 보냈었지.

"제가 불렀어요."

"직접?"

"네, 대공비 전하께서 부르셔서 달려왔다고 합니다."

나는 볼을 긁적거리며 자리에서 엉거주춤 일어났다. 그러자 테르데오가 덩달아 의자에서 벌떡 일어섰다.

"어디 가게?"

"네? 변호사가 절 만나러 왔으니 보러 가야죠."

"마침 심심했는데 잘됐군. 나도 함께 가지."

"네?"

나는 두 눈을 느릿하게 깜빡이다 테르데오가 손에 쥐고 있는 서류를 가리켰다.

"아직 일 안 끝나셨잖아요."

"아."

짤막하게 뇌까린 테르데오가 자신의 손을 내려다보았다. 그리고 서류를 미련 없이 책상 위에 내려두었다.

"이거 일 아니야."

"제 눈은 장식이 아닌데요."

"그냥 쓸데없는 종이야. 아까부터 누누이 말했을 텐데. 난 오늘 쉬는 날이라고."

"하지만 그 서류……."

분명 서류에 '급하게'라는 단어가 쓰여있던 것 같았는데요.

내가 계속 말을 이어가자 테르데오가 보던 서류를 들더니 벽난로 앞으로 걸어갔다. 그리고 조금의 주저 없이 벽난로 안으로 던졌다.

화르륵!

"자, 봤나?"

"……!"

"진짜 일이었으면 내가 이렇게 마음대로 태울 수 있었겠어? 이건 일이 아니라 그냥 쓸데없는 종이 쓰레기에 불과해."

테르데오가 벽난로 속에서 타오르는 서류를 보며 잠깐 멈칫했다.

"지금이라도 꺼내면 조금은 건질걸요."

"……아니, 쓰레기가 잘 타는지 본 것뿐이다. 그럼 응접실로 가지."

아닌데. 지금 분명 살짝 후회하는 눈빛이었는데.

집사는 우리의 모습을 그저 흐뭇하게 웃으며 볼 뿐이었다. 뒷짐을 진 테르데오가 먼저 집무실을 빠져나갔다.

'오늘 진짜 왜 저래?'

진짜 일이 아니라 심심해서 보고 있던 건가?

나는 벽난로 속에서 흔적도 없이 사라진 서류를 바라보다 어쩔 수 없이 몸을 돌렸다. 그리고 변호사가 기다릴 응접실로 향했다.

❈ ❈ ❈

아데우스가 날 다시 찾아온 건 그가 데이트 서신을 보내고 오일이 흐른 후였다.

이번에야말로 급작스러운 방문을 거절하려 했는데.

'절 바람맞히셨으니 차라도 한 잔만요'라고 전하는 말에 죄책감이 들어 결국 문을 열어줬다.

대신 사과의 의미로 응접실이 아닌 정원에 장소를 마련했다.

"굳이 레베카를 보내셨더군요. 제가 그렇게 싫으신가요?"

"풉."

소파에 앉자마자 본문부터 꺼내는 서운한 말투에 마시던 차를 뿜을 뻔했다.

나는 손수건으로 손과 입가를 닦으며 아데우스를 바라봤다. 상처받은 목소리와는 달리 그는 며칠 전과 똑같이 천연덕스럽게 웃고 있었다.

"내가 오해를 사게 한 것 같은데."

"오해를 사게 한 적 없으세요. 다 제가 멋대로 오해한 겁니다."

"그래, 누가 사게 했든 멋대로 했든 그날 대화는 서로 말이 달랐어. 나는 포츈 영식을…….”

"아데우스라고 불러주기로 하지 않으셨나요?"

"안 했어."

단호하게 말을 자르며 답하자 아데우스가 '안 넘어오시네요'라고 하며 싱글벙글 웃었다.

아주 능구렁이처럼 넘어가려 하네. 아니, 이게 아니지.

"나는 영식을 그런…….”

"그럼 지금부터 이름을 불러주시면 안 되나요?"

"안 불러."

이게 아니지. 나 말 좀 하자.

"나는…….”

"대공비 전하께서 절 그런 마음으로 보지 않는다는 건 저도 잘 알고 있습니다. 그러니 구태여 말하려 하지 않으셔도 됩니다."

내가 잘못한 것도 없는데 저렇게 선하게 웃으며 아련한 목소리로 말하니까 괜히 이상하게 콕콕 찔린다.

"하, 날 나쁜 사람으로 만들지 말아줬으면 해."

한숨을 크게 내쉬며 말하자 아데우스가 비련의 주인공처럼 씁쓸해하던 모습을 벗어던졌다.

"사실 말이 엇갈리고 있다는 건 중간에 눈치챘습니다."

"뭐? 그럼 왜 말을…….”

"그래도 그렇게 오해하는 척하고 싶었습니다. 그래야 대공비 전하께 데이트를 청하는 서신이라도 보내볼 수 있을 테니까요."

마치 연기하는 오페라 배우처럼 자유자재로 목소리 톤이나 말투, 그리고 표정을 바꾸니 도대체 뭐가 진심인지 하나도 알 수가 없다.

나는 가늘어진 눈매로 조금의 흐트러짐도 없이 웃는 아데우스의 얼굴을 살폈다.

"지난번 일로 부탁드리고 싶은 게 있습니다."

"부탁?"

"네."

본래라면 아데우스의 행동은 정식으로 포상을 받아야 할 행동이었다. 황실과 대공을 도와 반란군을 제압했으니 당연한 처사다.

하지만 아데우스에겐 아무것도 없었다. 이유는 간단했다. 그가 반푼이 귀족, 사생아니까.

나는 쓰게 웃으며 고개를 끄덕였다.

"말해봐. 터무니없는 부탁이 아니라면 최대한 들어주도록 해볼게."

"그럼."

"아, 참고로 내가 해줄 수 있는 범위는 작아. 돈이나 황실 기사 같은 명예직을 원하는 거라면 대공 각하께 직접 말하는 게 더 빠를 거야."

보통의 사생아들이 바라는 건 그런 거니까.

평생 가족들 눈치 안 보고 놀 수 있는 돈이나 혹은 더는 숨지 않아도 될 명예직이나.

어느 쪽이든 내가 줄 수 있는 건 아니었다.

속사포처럼 던지는 내 말에 아데우스가 눈을 부드럽게 휘었다. 그리고 걱정하지 말라는 듯이 듣기 좋은 목소리로 나를 달랬다.

"걱정하지 마세요. 제가 드리고 싶은 부탁은 오로지 대공비 전하만이 할 수 있는 일입니다."

"나만 할 수 있다고?"

"네."

나는 떨떠름한 표정으로 아데우스를 바라보다 찻잔을 들었다.

"말해봐."

그리고 차를 한 모금 마시며 말해보라는 눈짓을 보냈다. 아데우스가 기다렸다는 듯이 붉은 입술을 열었다.

"대공비 전하의 정부가 되고 싶습니다."

"푸읍!"

 미처 목으로 넘어가지 못한 달콤한 차가 입을 벗어나 허공으로 튀었다.

 나는 당황스러운 얼굴로 손수건을 꺼내지도 못한 채 아데우스를 바라봤다.

 내 입에서 터지는 분수를 봤으면서도 아데우스는 여전히 태연하게 미소를 짓고 있었다.

 차가 뚝뚝 흐른다. 놀라서 집어던지다시피 한 찻잔이 엎어지면서 테이블보가 흠뻑 젖었다.

"지금 뭐라고?"

 근래 새어머니 때문에 하도 신경을 썼더니 귀가 이상해진 게 틀림없다.

 되묻는 질문에 아데우스가 천연덕스럽게 손수건을 건네며 답했다.

"대공비 전하의 정부가 되고 싶다고 했습니다."

"미쳤구나."

 나는 아데우스가 건넨 손수건을 무시하고 내 손수건을 꺼내 입과 드레스를 닦았다.

 진정하자, 진정해.

"그렇게 놀라셨습니까?"

 내 입술이 일자로 굳게 다물렸다. 아니면 다시 욕이 튀어나올 것 같았으니까.

 대체 뭐라고 답을 해야 이 미친놈한테 먹힐까.

 목 끝까지 올라온 욕설을 간신히 참아내며 떨리는 호흡을 가다듬었다.

"영식은 첫 만남 때부터 그러던데. 나와 장난치길 참 좋아하나 봐."

"귀족의 정부가 되겠다는 말을 장난으로 하는 이가 있습니까?

아마 그렇다면 귀족 모독죄로 잡혀갈 겁니다."
 아데우스가 자신의 가슴에 손을 얹고 감개무량하단 표정으로 웃으며 말했다.
 "전 진심으로 대공비 전하의."
 "……."
 "정부가 되고 싶습니다. 허락의 한마디를 해주신다면 당장 그 발밑에 머리를 조아리고 싶을 정도죠."
 종잇장처럼 얼굴을 구긴 나는 진심인지 장난인지 모를 얼굴로 웃는 아데우스를 향해 단호하게 말했다.
 "싫어."
 "이런."
 아데우스가 이해할 수 없다는 듯이 고개를 기울였다.
 "조금 생각할 필요도 없이 제가 싫으십니까?"
 "싫고 좋고의 문제가 아니야. 난 정부는 필요 없어. 한 번도 생각해 본 적 없어."
 "그럼 이 기회에 한 번 생각해 보세요."
 아데우스가 자리에서 천천히 일어섰다. 그러더니 내 옆으로 다가와 친히 한쪽 무릎을 꿇으며 바닥에 던진 찻잔을 느릿하게 주웠다.
 "제가."
 아데우스가 노골적인 시선으로 나를 올려다보았다.
 "대공비 전하의 정부가 되면 어떨지."
 아데우스가 손에 쥔 찻잔을 엄지로 뭉툭하게 쓸었다. 그리고 내 입술이 닿았던 곳에 짤막하게 자신의 입술을 대며 말했다.
 "대공비께서 원하시는 건 무엇이든 해드릴 겁니다. 낮이든 밤이든 상관없이 언제든."
 나도 모르게 홀린 듯 멍하게 아데우스를 바라봤다.
 '미인계다.'

불어오는 바람이 아니었다면 저 잘생긴 얼굴을 보며 고개를 끄덕였을지도 모르겠다.

퍽.

나는 퍼뜩 정신이 들기 무섭게 발로 아데우스의 정강이를 걷어찼다.

"내쫓기 전에 자리로 돌아가."

"하하!"

정강이를 맞은 아데우스가 찻잔을 테이블에 올려두고 너털웃음을 지으며 일어났다. 그리고 자신의 자리로 되돌아갔다.

'요망한 놈.'

나는 가늘어진 눈매로 그의 행동을 예의 주시 했다.

자리에 앉은 아데우스가 두 손으로 턱을 괴더니 나를 뚫어지도록 바라봤다.

"저 정도라면 데리고 다니기 좋은 액세서리가 될 텐데."

"보석은 이미 차고 넘쳐서."

"얼굴도 잘생겼고 몸도 좋고 키도 큽니다."

틀린 말은 아니지만 그걸 본인 입으로 직접 얘기하다니.

아데우스가 열심히 자기 어필했다.

"다른 부탁을 들어줄 테니 말해봐."

"그럼 대공비 전하의 숨겨둔 애인이 되고 싶습니다."

"그게 정부잖아."

"이런, 눈치가 빠르시군요."

저게 날 진짜 바보로 아나?

"그런데 영식은 왜 내 정부가 되려 하지?"

"대공비 전하께 반했습니다. ……라고 해도 안 믿으시겠죠?"

"내가 정말 바보로 보이나?"

아데우스가 팔짱을 끼고 상체를 의자 등받이에 기댔다.

"고작 사생아가 뭘 할 수 있겠습니까?"

"뭐?"

"돈을 달라 해도 제가 그 돈으로 할 수 있는 건 한정적이지요. 명예직도 마찬가지입니다. 무엇이 된다 한들 거기까지겠죠. 제가 아무리 노력해도 제겐 진급의 기회조차 없겠죠. 전 평생을 남들 아래서 일하고 있을 겁니다."

예상외로 아데우스는 자신의 처지를 아주 잘 알고 있었다.

"그러니 라피레온 대공가의 직접적인 혜택을 받을 수 있는 대공비 전하의 정부가 되고 싶습니다."

"라피레온가의 혜택?"

"황실의 최측근인 라피레온가의 안주인이 아끼는 정부. 그보다 좋은 타이틀이 있겠습니까? 그 누구도 저를 함부로 대할 순 없겠죠."

겉으로 보기엔 생각 없고 그저 놀기 좋아하는 호색한 난봉꾼인 줄 알았는데.

'생각보다 권력에 욕심이 많은 사람일지도.'

나는 눈가를 좁히고 번뜩이는 아데우스의 눈동자를 유심히 살폈다.

"그럼 이제 절 정부로 들여주시겠습니까?"

아데우스가 다시 물었다. 안타깝기는 하나 내 의견은 변함없었다.

"내 대답은 똑같아. 그 외 다른 부탁이 없다면……."

나는 의자를 끌어 자리에서 일어섰다. 아데우스가 태연하게 나를 올려다보았다.

"이만 돌아가."

내 단호한 대답에 아데우스가 고민에 빠진 것처럼 자신의 턱을 쓸었다. 그의 목울대가 크게 움직였다.

"제가 대공비 전하께 도움을 드릴 수 있는 사람이라고 해도요?"

"영식이 내게 줄 도움은 아무것도 없어. 왜냐면 내가 영식의 도움을 바라지 않거든."

어차피 일 년뿐인 대공비 생활에 정부는 필요 없다.

나는 아데우스에게 차갑게 말한 후 미련 없이 몸을 돌렸다.

'이 정도로 말했으니 알아들었겠지.'

두 걸음 정도 떼었을 때였다. 뒤에서 여전히 테이블에 앉아 있던 아데우스가 나를 향해 즐거운 목소리로 말했다.

"자하트르 백작 부인께서 대공비 전하의 상속권 박탈을 주장하셨다던데요."

우뚝. 발걸음이 멈췄다. 나는 상체를 뒤로 돌려 싱글벙글 웃고 있는 아데우스를 보았다.

"그걸 영식이 어떻게 알아?"

"널리 퍼진 건 아니지만 암암리에 전해 들었습니다."

'새어머니가 다 말하고 다녔나.'

입도 가볍긴.

"그래서? 그게 뭐 어쨌다는 거야."

그 순간 아데우스의 표정이 돌변했다.

마치 가면을 덧댄 것처럼 웃고 있던 표정이 사라지고 얼굴엔 딱딱하게 굳은 사내의 표정만이 남았다.

"건방지나 대공비 전하를 위해 진심으로 충고드리자면."

"……?"

"재판이 열리기 전 많은 일을 해두시는 게 좋을 겁니다."

"많은 일?"

갑자기 무슨 많은 일?

아데우스가 자리에서 일어서더니 고개를 갸웃거린 내 앞으로 다가왔다.

"가령 사이가 좋았던 부녀 사이를 떠올리며 돌아가신 아버지를 찾거나, 남은 가족들을 달래기 위해 부인과 여동생을 찾아가 빚을 갚아준다거나. 혹은 상속받은 유산을 좋은 곳에 쓰기 위해 성대한 자선 파티를 연다거나."

"뭐?"

도무지 이해가 안 가는 의문투성이였다. 내 질문에 아데우스는 답을 하지 않았다.

'아버지를 왜? 그리고 내가 왜 어머니와 레이나의 빚을 갚아줘야 하지?'

빚이 있다면 내겐 더 잘된 일인데. 게다가 굳이 재판 전에 하라니. 나는 의미를 곱씹다 이내 헛웃음을 터뜨렸다.

"하, 어머니가 내게 재판을 걸었으니 숙이고 들어가서 재판을 취소해 달라고 애원이라도 하란 거야?"

그 이유 말곤 설명할 길이 없지.

어느새 아데우스는 굳은 표정을 갈무리한 후 평소처럼 배실 웃고 있었다.

아데우스는 내가 회귀 전 무슨 일을 당했는지 모르니 그렇게 말할 수 있지만.

나는 절대로 그렇게 할 마음이 없다.

"영식의 충고는 고맙지만 내게 별 도움은 되지 않았어. 난 그렇게 할 마음이 없거든."

발끈하는 내 모습에 아데우스가 조소를 흘렸다.

"저런. 제 말이 숙이고 들어가란 뜻으로 들리셨습니까?"

"뭐?"

평소와는 달리 잔잔하게 깔린 목소리에 놀라 고개를 들었다.

청량한 푸른 눈동자가 생각보다 훨씬 가까이에서 내 시선을 사로잡았다.

"어쩔 수 없지요. 다시 알려드리겠습니다."

"뭘 다시 알려주겠다는……."

"자하르트 부인이 왜 재판을 열려고 하는지 생각해 보셨습니까?"

기가 찼다. 나는 헛웃음을 터뜨리며 아데우스를 노려봤다.

"영식을 나를 어디까지 농락할 생각이야? 아니면 나를 정말 바보로 아는 건가? 그야 당연히……."

"당연히. ……시간이 한참 지나 증거도 없는 백작의 죽음을 핑계 삼아 상속권을 박탈시키기 위해서요?"

아데우스가 입가를 끌어 올렸다.

"질문을 바꾸겠습니다. 대공비 전하께선 백작 부인인 전하의 어머니가 상속권을 박탈시킬 수 있다고 생각하십니까?"

그럴 리가.

"아니. 내 상속권을 박탈시킬 수 있을 리가 없지."

답은 이미 정해져 있다.

시간이 지나 증거라는 건 없으니 새어머니가 연 재판은 입증할 수 없다. 그러니 상속권은 박탈시킬 수 없다고 며칠 전 변호사도 분명 말했다.

"당연히 그렇겠죠? 저도 물론 그렇게 생각합니다."

아데우스가 웃으며 내 말에 동의했다.

대체 뭐야? 왜 자꾸 이랬다가 저랬다가 그러는 거야?

나는 가늘어진 눈매로 아데우스를 훑다가 뭔가 이상한 괴리감을 느꼈다.

'잠깐만.'

이건 조금만 생각해 보면 당연히 모두가 알고 있는 답이었다.

아데우스도 당연히, 물론 그렇게 생각한다고 했고.

'그렇다면 새어머니도 당연히 알고 있을까?'

아데우스가 생각에 빠진 날 흥미로운 시선으로 내려다봤다.

"제가 대공비께 한 가지 이야기를 들려드리겠습니다."

"갑자기?"

새어머니가 뭘 하려는지 생각하기도 벅찬데 뜬금없이 무슨 이야기야?

나는 못마땅한 표정으로 아데우스를 향해서 하지 말라는 눈짓을 보냈다.

그러나 내 눈짓을 무시한 아데우스는 묵묵히 이야기를 시작했다.

"예전에 아비인 백작이 죽고 유언장에 적힌 대로 막대한 유산을 상속받은 딸이 있었습니다."

"……영식?"

"그 딸에겐 피가 섞이지 않은 모친과 여동생이 있었죠. 유산을 상속받은 딸은 가문의 일에 손을 떼고 권력 있는 가문의 가주와 결혼을 합니다."

이거 내 얘기인데.

"지금 날 말하는 거야?"

"모친과 여동생은 곧 빚더미에 앉기 시작하죠. 그러나 딸은 가문의 모든 재산을 상속받았는데도 남은 가족들을 돕지 않았습니다."

"영식."

나를 조롱하는 것 같은 눈빛과 말투에 불쾌감이 들었다.

그만하라는 뜻으로 아데우스를 힘 있게 불렀으나 그는 말을 멈추지 않았다.

"그때 누군가 소문을 퍼뜨립니다. '사실 그 딸이 유산을 차지하기 위해 아비를 죽인 거 아냐?'라고 말이죠."

"……!"

온몸에 피가 싹 빠지는 기분이 들었다. 순식간에 손끝이 차갑게 식어갔다.

"다른 사람들도 그 의견에 동의하죠. '맞아, 권력에 눈이 멀어 유산을 가지고 결혼한 게 틀림없어! 그러니 가족들도 돌보지 않지!'

라고요."

 굳은 채로 희게 질려가는 내 표정을 본 아데우스가 마치 악마처럼 즐겁게 웃었다.

 "사실이 뭐가 중요하겠습니까? 어차피 증거는 양쪽 모두가 없는데."

 망치로 머리를 세게 맞은 것처럼 얼얼했다.

 아데우스의 말이 모두 맞다. 재판이 열린 것만으로도 사람들은 이번 사건을 주목하게 되겠지.

 증거는 양쪽 모두가 없다.

 내가 아버지를 죽였다는 증거도 없지만 반대로 죽이지 않았다는 증거도 없다.

 사람들은 보이는 상황에 집중할 테고 그렇다면 내가 불리했다.

 '멍청했어!'

 단순히 유산에만 초점을 맞춰 새어머니가 당연히 내 상속권을 박탈시키려고 한다는 것만 생각했다.

 이제야 아데우스가 재판 전에 많은 일을 하라고 했던 말의 의미를 알 것 같았다.

 낭패감에 아랫입술을 꽉 깨물자 기다란 손가락이 뻗어왔다.

 "모르실 만도 하지요."

 아데우스가 세게 깨문 내 아랫입술을 부드럽게 어루만졌다.

 마치 꽃잎에 앉은 한 마리의 나비처럼 그의 손가락이 내 입술 위를 맴돌았다.

 "대공비 전하도, 그리고 대공 각하께서도 사교계엔 관심이 없는 분들이시니까요. 사교계에서 소문은 곧 죽음을 뜻합니다."

 "······."

 "그곳은 이 어여쁜 입술로 서로를 죽이는 전쟁터지요."

 아데우스가 묘한 미소를 지었다. 그가 상체를 천천히 내게 숙였다.

 "방금 죽을 뻔한 걸 제가 또 살려드렸네요. 제게 또 빚을 지셨습니다, 대공비 전하."

 그러곤 마치 날 유혹하듯이 자그맣게 속삭였다.

 "이래도 제가 필요가 없으십니까? 전 이쪽 방면에선 제일 뛰어난 사람이라고 자부할 수 있습니다."

 "……."

 "대공비 전하의 가족들이 아무리 길고 날뛴다 해도 감히 손끝 하나 건드릴 수 없도록 제가 도와드리지요."

 달콤한 꽃내음이 퍼졌다.

 본능적으로 위험을 느낀 나는 뒤로 물러섰다.

 그러나 뒤로 도망가는 내 걸음을 따라 아데우스가 점차 가까이 다가왔다.

 "제가 친히 대공비 전하의 사람이 되어드리겠습니다. 절 정부로 삼으시죠."

 "영식."

 "아데우스, 라고 부르시면 됩니다."

 안 되겠다 싶어 손바닥으로 아데우스의 얼굴을 밀어내려는 순간이었다.

 가까이에서 포효하듯 잔뜩 화가 난 낮은 목소리가 들렸다.

 "아데우스. ……이렇게 말인가?"

 뒤에서 커다란 손이 내 입술에 맞닿아 있는 아데우스의 손을 강하게 내쳤다.

 동시에 단단한 팔이 내 허리를 감싸는 게 느껴지더니 날 강하게 끌어당겼다.

 넘어질 것만 같아 놀라 눈을 동그랗게 뜨니 딱딱하게 굳은 얼굴로 내 뒤를 바라보고 있는 아데우스의 얼굴이 보이고.

 "내가 분명 이전에 경고했을 텐데."

 뒤로 넘어질 뻔한 나를 안전하게 받친 그가 보였다.

허리를 감은 팔에 힘을 준 테르데오가 나를 품에 바짝 끌어당겼다.

"내 부인의 반경 500m 안에 접근하지 말라고 했지."

이빨을 드러낸 포식자가 침입자를 향해 으르렁거리고 있었다.

테르데오의 등장에 온실 정원이 침묵에 잠겼다. 나는 몸을 돌려 테르데오를 바라보았다.

"어, 어떻게 여기에 있어요?"

내 질문에 테르데오가 아데우스를 바라보던 시선을 내게 돌렸다.

"일이 없어서 일찍 돌아왔더니 벌레가 꼬여 있군."

벌레라는 단어에 유난히 힘을 준 목소리가 서늘했다.

테르데오가 손가락을 뻗어 내 아랫입술에 툭 무심히 얹었다. 조금 전 아데우스가 만졌던 곳이었다.

"죽일까."

무심한 손길과는 달리 그의 붉은 눈동자가 뜨겁게 불타고 있었다.

'설마 날 죽인다는 건 아니겠지?'

나는 잔뜩 굳은 채로 슬그머니 테르데오의 품에서 벗어났다. 그러자 간담이 서늘할 정도로 굳은 얼굴과 정면으로 마주했다.

'그냥 품에 있을걸.'

더 무섭다.

"포츤 영식이 지난번 우릴 도와준 것에 대한 보답을 받고 싶다고 해서 대화하고 있었어요."

겨우 쥐어짜 낸 말이 마치 바람피우다 현장에서 걸린 사람의 변명처럼 들렸다.

"내가 들은 건 다른 대화던데."

"네?"

"정부."

뜨끔.

"……라고 분명 들었거든."

아니, 내가 정부로 삼겠다고 한 것도 아니고! 난 분명히 단호하게 거절했는데! 왜 이렇게 못된 짓 하다가 걸린 것처럼 뜨끔한 거야?

"뭔가 오해가 있는 것 같……."

"네, 맞습니다."

테르데오의 질문에 대한 답이 뒤에서 들렸다.

테르데오가 아주 천천히 성난 시선을 뒤의 아데우스한테 돌렸다.

"제가 그때의 보답으로 대공비 전하께 정부로 삼아달라 부탁했습니다."

너는 혹시 목숨이 두 개니? 낄 곳 안 낄 곳 구분을 못 하네.

"그때의 보답으로 정부로 삼아?"

아데우스의 말을 곱씹은 테르데오가 보란 듯이 조소했다.

"보답받을 만한 행동을 했던가?"

당장이라도 싸움이 날 것 같은 분위기였다.

"제가 도와드리지 않았으면 위험했을 텐데요."

"나 혼자서도 충분히 해결할 수 있는 상황이었어."

"하지만 그때 검도 못 꺼내셨던 것 같은데요."

"네 그 오지랖만 아니었으면 검을 꺼내 바로 제압했겠지, 아데우스."

자신의 이름이 불리자 아데우스가 불쾌하다는 듯이 움찔했다.

그 미세한 움직임을 눈치챈 테르데오가 눈썹을 비뚜름히 올렸다.

"이름을 불러달라고 하길래 불러줬는데 맘에 안 드는 표정이군. 아데우스."

"……대공 각하께 불러달라고 한 적 없습니다."

"누가 부르라고 하지 않길래 누구든 상관없는 줄 알았는데, 아데우스?"

테르데오의 조롱에 아데우스가 얼굴을 흉흉하게 굳혔다.

깜짝 놀란 내가 뒷걸음질을 할 정도로 그는 살기를 띠고 있었다.

그걸 눈치챈 테르데오가 놀란 내 앞을 널찍한 등으로 슬그머니 가렸다.

"똑바로 바라보지 않는 게 좋을 거야. 그 건방진 눈을 엉망으로 만들기 전에."

"제 이름은 대공비 전하께만 허락했습니다."

주먹을 꽉 쥔 테르데오의 손등에 핏줄이 튀어나왔다.

"그 입에 함부로 대공비를 올리지 마. 당장 찢고 싶어지니까."

위험한 침묵이 이어졌다.

두 사람은 마치 원수를 보듯 서로 죽일 것처럼 노려보고 있었다.

비유가 아니라 정말 그랬다.

'그런데 대체 왜 싸우고 있는 거야?'

나는 테르데오의 등 뒤에서 고개를 빼꼼 내밀고 두 사람을 바라봤다.

아데우스가 정부로 삼아달라고 한 건 사실이지만, 나는 완벽하게 거절했다.

물론 마지막에 조금 흔들리긴 했지만 테르데오가 나타나지 않았어도 분명 다시 거절했을 것이다.

'대공비 노릇도 이제 몇 달 안 남았으니까.'

만일 내가 아데우스를 정부로 삼는다고 해도 그저 계약 관계인 테르데오가 화낼 이유는 없다.

아데우스 역시 마찬가지였다.

나와 테르데오가 계약 관계라고는 하나 그건 우리 둘만 아는 비밀이다.

'정부로 삼아달라는 말을 진짜 남편이 들었으면 화낼 만도 하지.'

그러니까 아데우스 역시 큰소리를 칠 입장은 아니다.

'그런데 둘 다 대체 뭘 잘했다고 저렇게 싸우고 있지?'

나는 여전히 사나운 기세로 서로를 죽일 것처럼 보는 두 사람을 훑었다.

"저기."

작게 부르자 두 사람이 동시에 나를 돌아봤다.

'헉, 무서워.'

살기가 흐르다 못해 넘치는 둘의 시선을 동시에 받으니 괜히 끼어들었나 후회가 밀려왔다.

"왜 불렀지?"

내가 움츠러들자 테르데오가 굳었던 표정을 빠르게 풀며 물었다. 그 뒤를 이어 아데우스 역시 평소처럼 미소를 지었다.

"말씀하시죠, 대공비 전하."

다행히 두 사람은 나까지 죽일 생각은 아닌 모양이었.

살기가 사라지자 분위기가 한결 편해졌다.

"그렇게 서로 죽일 일도 아닌데 그만해요. …… 포츤 영식, 그대도 그만하고."

그 한마디에 테르데오와 아데우스가 억울하다는 얼굴을 한 채 내게 다가왔다.

위험한 분위기가 금세 누그러졌다.

"난 죽이려고 한 적 없어. 그저 그댈 겁먹게 하고 '대공비'라는 호칭을 너무 쉽게 부르길래 그런 거지."

"저도 죽이려고 한 적은 없습니다. 전 다만 대공 각하께서 제 눈을 엉망으로 만들고 입을 찢으신다기에 놀라서요."

"말을 이상하게 하는 재주가 있었군. 먼저 내 부인을 놀라게 한 건 그쪽일 텐데, 아데우스."

"이름 부르지 마십시오, 대공 각하."

"부르라며? 아데우스."

"대공 각하께 드린 말씀이 아닙니다. 이것 보십시오, 대공비 전

하. 또 저를 놀리시잖아요."

"내 부인을 함부로 부르지 마."

"대공비 전하를 대공비 전하라고 부르지, 대체 뭐라고 부릅니까?"

"그냥 부르지 마."

하, 깊은 곳에서부터 끌어 올린 한숨이 크게 터져 나왔다.

내 한숨 소리에 두 사람이 동시에 입술을 굳게 다물었다.

나는 손가락을 뻗어 뒤에 있는 테이블을 가리켰다.

"앉아서 계속해도 되나요? ……그래도 되나? 포츤 영식."

나는 두 사람에게 동의를 구하며 희미하게 웃었다.

"계속할 마음 없으니 돌려보내는 게 좋겠군."

"대공 각하께서 돌아가시는 게 좋을 듯합니다. 전 아직 대공비 전하와의 이야기가 끝나지 않아서요."

"여긴 내 저택인데 어딜 가라는 거지? 가야 할 건 그쪽 같은데."

"전 대공 각하의 손님이 아니라 대공비 전하의 손님입니다. 제가 아직 대공비 전하께 드릴 말씀이 남았는데 왜 각하께서 쫓아내시는 건지요."

"내 부인의 손님이면 곧 내 손님이기도 하거든. 그리고 난 오늘 손님 접대를 할 마음이 없으니 돌아가. 보답을 원한다고 했던가? 그때의 보답으로 두 발로 당당히 걸어서 나갈 기회를 주는 거야. 고맙게 생각하도록."

하. 두 번째 한숨이 터졌다.

두 사람이 다시 침묵했다.

나는 손가락으로 테이블을 또 가리켰다.

"일단 앉죠."

"……."

"……."

"다리가 아픈데 제가 계속 서 있어야 하나요? 응?"

두 사람을 향해 번갈아 물었다.

그제야 두 사람이 걸음을 옮겨 테이블로 걸어갔다.

나도 그 뒤를 따랐다.

시간이 흘렀는지 내가 적신 테이블보가 조금 말라 있었다.

"일단 두 사람이 말하기 전에 내가 먼저 말할게요."

"그래."

"그렇게 하시죠."

고분고분하니까 참 좋네. 둘이 대화할 때도 이러면 얼마나 좋아.

"우선 테르데오. ……포츈 영식이 내게 정부로 삼아달라고 말한 건 사실이지만 거절했어요."

테르데오가 고개를 들었다.

덤덤한 표정이었지만 '진짜?'라고 묻는 것 같아 고개를 끄덕여 답했다.

"진짜 거절했어요. 그리고 앞으로도 난 정부를 만드는 일은 절대 없을 거예요. 그러니 그 문제로 당신이 신경 쓸 일은 없어요."

테르데오를 향해 못 박은 후 이번엔 아데우스를 바라봤다.

"포츈 영식. 여기 있는 사람, 그러니까 대공 각하는…… 내 남편이야."

내 남편이라는 단어에서 잠시 멈칫했다.

별것 아닌 단어인데 이상하게 간질간질했다.

"큼큼."

이상하다.

하도 말을 많이 했더니 목이 아파서 그런가? 간질간질하는 기분에 괜히 목을 가다듬었다.

"영식이 내게 정부로 삼아달라고 한 말을 들었으니 대공 각하께서 화를 내는 건 당연해."

"하지만……."

"거듭 말하지만 난 영식을 내 정부로 둘 생각이 없어. 영식이 특별히 못나서가 아니야. 내가 정부를 들일 생각이 조금도 없는 거지."

내 단호함에 아데우스가 체념한 듯 입을 꾹 다물었다.

보란 듯이 아래로 힘없이 떨군 고개가 아주 조금 안쓰럽기도 했다.

"그럼 다 끝났군. 깔끔하게 정리됐어."

아데우스와는 반대로 테르데오가 어깨를 위로 으쓱거렸다.

여전히 덤덤한 얼굴이었지만 조금 전과는 달리 기분이 좋아 보였다.

"네."

따지고 보니 정말 별것 아닌 문제였다. 깔끔한 대답에 테르데오가 흐뭇하게 고개를 끄덕였다.

그가 어서 빨리 아데우스를 내보내라는 무언의 재촉을 보냈다.

나는 테르데오가 보내는 신호를 무시하며 할 말을 이어갔다.

"하지만 영식이 일전에 우릴 도와줬고 또 아까도 내게 재판에 관한 힌트를 준 건 분명하니 원하는 걸 말해봐."

내 말이 끝나기 무섭게 테르데오가 얼굴을 설핏 찌푸렸다.

"일전엔 나 혼자 해결할 수 있었는데 괜한 오지랖을 부린 거지, 도운 게 아니야."

"테르데오, 당신 혼자였다면 몰라도 그때 저도 함께 있어서 위험했던 건 사실이잖아요."

"내가 그대를 절대로 다치게 두지 않았을 거야."

"저를 다치게 하지 않으려다 당신이 다쳤을 수도 있죠. 도움이 됐든 안 됐든. 포츈 영식이 우리를 위해 나선 건 맞잖아요. 그리고……."

나는 테르데오를 향해 몸을 기울이고 아데우스가 들리지 않도록 작게 속삭였다.

"그럴듯한 보상을 해야 다시는 보상으로 뭘 해달라고 말을 안 하죠."

다시는 보상으로 뭘 해달라고 말할 수 없게 싹을 잘라버려야지.

테르데오가 뭐라 반박할 말을 잃었는지 입술을 꾹 다물었다. 그는 팔짱을 끼거나 잔뜩 찌푸린 얼굴을 돌리는 등, 온몸으로 불만을 표출했다.

'이럴 때 보면 셀피가 누구를 닮았는지 알 것 같기도 해.'

테르데오를 달래려는 찰나 아데우스가 입을 열었다.

"그러면."

아데우스가 이 일의 해결책을 찾았다는 듯이 명쾌한 목소리로 웃었다.

"보상으로 정부가 아닌 다른 걸 말씀드리겠습니다."

"다른 것?"

테르데오가 사나운 얼굴로 아데우스를 노려봤다. 하지만 아데우스는 꿋꿋하게 말했다.

"그러면 정부가 아니라."

"아니라?"

"대공비 전하의 '친구' 자리는 어떻습니까?"

친구?

아데우스의 말에 나는 놀란 눈을 깜빡거렸다.

친구라는 말이 나올 줄은 상상도 못 했다.

내가 답을 하지 않자 아데우스가 당당하게 가슴을 펴고 능청스럽게 말했다.

"제가 대공비 전하의 정부가 되려던 건 라피레온 대공가의 혜택 때문이었죠. 아무도 절 함부로 대할 수 없는 라피레온가의 안주인이 아끼는 정부요."

맞아, 분명 그렇게 말했었지.

"하지만 대공비 전하께선 정부를 만들 마음이 없다고 하셨으니 대신 라피레온가의 안주인이 아끼는 '친구'가 되고 싶습니다."

기세등등하던 테르데오가 불만이 가득한 얼굴로 어금니를 악물었다.

당장 옆에 있는 아데우스를 끌고 나가 저택 밖으로 내동댕이칠 기세였다.

"친구도 어렵다고 하실 건가요?"

아데우스가 자신의 빈 찻잔을 두 손으로 꼭 쥐고 미소와 함께 내밀었다.

나는 빈 찻잔을 가만히 내려다보며 고민에 빠졌다.

'아데우스는 사교계 쪽으로는 아는 게 많다고 예전에 레베카가 말했었지.'

심지어 내 눈과 귀가 되면 어떻겠냐고 제안까지 했었고.

오늘 새어머니 재판에 대하여 조언을 해준 걸 들어보면 아데우스는 사교 정치 방면으론 능통한 게 분명했다.

'괜히 적으로 만들면 나중에 곤란해질지도 몰라.'

게다가 정부도 아니고 어차피 '친구'다. 친구는 언제든지 절교할 수 있다. 그리고 친구 하자고 해놓고 같이 안 놀면 그만이니까.

보상으로 겨우 친구 하자는데 안 될 건 없지.

나는 앞에 있는 찻주전자의 손잡이를 잡았다. 그 모습을 본 테르데오가 다급히 나를 불렀다.

"페레샤티."

"……?"

"잘 생각해. 친구는 함부로 사귀는 게 아니야."

"네?"

"행실이 별로인 친구를 사귀게 되면 주변 사람들이 그대에 대해 안 좋은 이야기를 할지도 몰라. 그리고 친구는 귀찮고 번거로워. 또 친구는……."

자기도 지금 무슨 말을 하는지 모르겠다는 표정이다.

빤히 바라보니 테르데오가 커다란 손바닥으로 마른 얼굴을 몇 차례나 쓸며 작게 욕설을 뱉었다.

"……젠장."

테르데오가 마음대로 하라는 듯이 손을 휘휘 저었다.

나는 고개를 갸웃거리다 찻주전자를 높이 들었다.

아데우스가 내민 빈 찻잔에 차를 가득 따르자 두 사람의 얼굴이 단번에 바뀌었다.

테르데오의 얼굴엔 먹구름이 드리운 것처럼 어둡게 굳어졌고, 아데우스는 비 온 뒤 해가 뜨는 것처럼 맑아졌다.

"친구로서 내게 해가 될 만한 일은 하지 않길 바라."

아데우스가 식은 차가 가득 따라진 찻잔을 두 손으로 비장하게 꼭 쥐었다.

"대공비 전하께 도움이 될 친구가 되겠습니다."

아데우스가 비릿하게 미소를 지은 후 식은 차를 한입에 쭉 마셨다.

나도 그를 따라 의뭉스럽게 웃었다.

"그렇다면 앞으로 잘 부탁해, 아데우스."

※ ※ ※

이야기가 끝난 후 나는 아데우스를 돌려보냈다. 원하는 바를 얻은 아데우스는 흔쾌히 물러났다.

모든 게 다 잘 해결된 것 같았다.

"기분 안 좋아요?"

테르데오 한 명만 빼고.

"내가 기분 안 좋을 게 뭐 있나."

"아까부터 기분 안 좋아 보이던데요?"

"친구를 사귀고, 친구의 이름을 부르는 것 모두 그대의 자유인데 내가 기분 안 좋을 리가."

그런 것치고는 지금도 얼굴이 어두운데.

"삐졌어요?"

"누가? 내가?"

테르데오가 하! 헛웃음을 뱉었다. 그러더니 걸음을 재촉해 나보다 앞서 걸었다.

'아니라고는 안 하네.'

나는 앞서 걷는 테르데오의 뒷모습을 보다 고개를 저었다.

느릿하게 뒤에서 걷자 테르데오가 앞서 걷던 걸음을 우뚝 멈췄다.

"......?"

나도 덩달아 걸음을 멈추자 테르데오가 뒤를 돌아 다시 내 옆으로 걸어왔다.

"굳이 이름까지 불러줄 필요는 없었어."

"네?"

이름?

나는 잔뜩 심술 난 테르데오의 얼굴을 보며 갸웃거렸다.

"아데우스 말하는 거예요?"

빠직. 그의 얼굴이 다시 석상처럼 굳어졌다.

"마음에 안 들어요?"

"그래."

"아데우스가요?"

빠지직. 어금니를 바드득 가는 소리가 들린다.

이거 은근 재밌네.

"오해할 것 같아서 덧붙이자면 난 그대가 친구나 정부를 만드는 것 때문에 이러는 게 아니야."

그렇게 말하는 테르데오의 꽉 쥔 손등 위로 핏줄이 솟았다.

"난 그 형식 자체가 마음에 안 들어. 뻔히 내가 있는데 그대에게 서신을 보내는 것도, 정부로 삼아달라는 것도."

"친구를 하자는 것도요?"

테르데오가 얼굴을 구기는 것으로 답을 대신했다.

"뭔가 다른 꿍꿍이가 있는 게 분명해."

"그래서 그렇게 기분이 안 좋았던 거예요?"

"엄한 놈이 그대에게 달라붙어 우리 가문의 비밀이 노출되면 큰일이니까. 내 말은 더 신중해지자는 거야."

틀린 말은 아니었다.

하긴 테르데오 입장에선 충분히 불안할 만한 일이었다. 나와 친해진 누군가가 라피레온 가문의 비밀을 캐려고 할지도 모르는 일이니까.

'그래서 그렇게 신경 썼구나.'

그제야 테르데오가 했던 행동들이 조금은 이해가 갔다.

"단순한 친구일 뿐이니 필요 이상으로 친해지는 일은 없을 거예요. 안심해요."

고개를 끄덕이자 테르데오의 입가에 흡족한 미소가 그려졌다.

기분이 좋아졌는지 나와 발걸음을 맞추는 테르데오의 발이 사뿐사뿐 신나 보였다.

"그런데 아까 했던 말은 진심이야?"

"무슨 말이요?"

"앞으로도 정부를 만들 일은 절대 없을 거라는 말."

그 말이 왜?

내가 고개를 갸웃거리자 테르데오가 덤덤하게 말을 덧붙였다.

"그대가 정부를 만들었다는 소문이 퍼지면 내 가족들이 나를 귀찮게 굴 것 같아서 말이지."

아. 하긴 그런 소문이 퍼지면 세르시아와 셀피우스가 테르데오를 가만두지 않겠지.

가족들은 우리가 사이좋은 부부인 줄 알고 있으니까.'
'그것도 걱정이 됐구나.'

나는 테르데오를 안쓰러운 눈빛으로 바라봤다. 그리고 손을 들어 그의 어깨를 다독거렸다.

"우리 계약 기간이 끝나기 전까지 제가 정부를 만들 일은 절대 없을 거니까 걱정할 것 없어요."

내 대답에 테르데오가 걸음을 우뚝 멈추고 인상을 구겼다.

"그럼 계약 기간이 끝나면?"

"계약 기간이 끝나면요?"

그걸 왜 묻지?

나는 고개를 갸웃거리며 느릿하게 답했다.

"계약 기간이 끝나면 우리는 이혼하잖아요? 그땐 제가 누굴 만나든 정부가 아니겠죠?"

테르데오의 인상이 종잇장처럼 세차게 구겨졌다. 그의 눈빛이 선득하게 빛났다.

"……참 고맙군."

고맙다는 말이 이상하게 고맙다는 것처럼 들리진 않았지만.

나는 고개를 끄덕이며 걸음을 옮겼다.

❋ ❋ ❋

며칠이 흘렀다.

저택엔 무서운 귀신 소문은 더 들리지 않았다.

얻을 정보를 다 얻은 테르데오가 별채 지하 감옥에 가둬놨던 두 사람을 숲으로 내쫓았기 때문이다.

말이 좋아 '숲으로 내쫓았다'지. 두 사람은 온몸에 상처를 입은 채 얇은 옷 한 벌만 입고 쫓겨났다.

다음 날 확인차 대공가의 기사들이 숲으로 갔을 땐, 살고자 몸부림친 흔적과 짐승의 발자국, 그리고 붉은 선혈만이 남아 있었다고 했다.

더불어 계부의 아들은 테르데오가 찾아갔을 땐 이미 목숨을 잃은 후라고 했다. 아이가 죽은 자리엔 아일렛의 피가 담긴 유리병이 떨어져 있었다고 했다.

추측해 보건대 집에 홀로 남은 아이가 평소 판매용으로 사용됐던 아일렛의 피가 담긴 유리병으로 장난치다 사고로 목숨을 잃었던 것 같았다.

어느 쪽이든 마땅한 결과였다.

나는 티타임을 가진 다음 날부터 아데우스가 조언한 대로 움직였다.

우선은 수수한 복장으로 화려한 라피레온 대공가의 마차를 탄 채 아버지가 묻힌 곳을 찾았다.

그것도 사람이 제일 많이 활보하는 시간대에. 보란 듯이.

아니나 다를까 다음 날 신문엔 내가 아버지의 죽음을 아직 슬퍼한다는 기사가 제일 크게 떴다.

그리고 자하르트 백작 저에서 일했던 식솔들에게 넉넉한 퇴직금을 지급했다. 지금까지 일해준 노력에 대한 보상이었다.

원래는 한 달 치 봉급을 추가 지급하려 했으나 식솔들 대다수가 일을 그만둔 후였기에 넉넉한 퇴직금을 지급하기로 했다.

그리고 누군가의 제보로 인해 이 일 역시 다음 날 신문을 크게 장식했다.

마지막으로 나는 자선 파티 초대장을 만들어 배부했다.

물론 내 도움이 필요한 보육원을 찾아 일정 금액을 후원한다는 말도 덧붙여서.

오늘은 바로 그 자선 파티가 열리는 날이었다.

"대공비 전하! 신문에 대공비 전하가 또 실렸어요!"

이쯤 되니 셀피우스도 슬슬 즐기는 건지 아침마다 신나는 얼굴로 신문을 들고 왔다.

"대공비 전하께서 자선 파티를 열고 보육원에 후원한다는 내용이 적혀 있어요! 대공비 전하의 선한 행동 덕에 라피레온 가문이 재평가된대요!"

셀피우스가 눈을 반짝이며 기사를 읽었다. 직접 눈앞에서 내 칭찬을 들으니 부끄러워 얼굴이 붉어졌다.

"그대 덕분에 우리 가문이 재평가된다니. 좋은 일이군."

테르데오가 기분 좋은 목소리로 답하며 내 앞접시에 자신의 크루아상을 덜어줬다.

테르데오는 내게 고마울 때면 자신이 좋아하는 음식을 주곤 했다.

이젠 익숙한 행동이었기에 나는 고맙다는 말과 함께 덜어준 크루아상을 맛있게 베어 물었다.

"라피레온 가문이 좋은 일로 신문에 오를 때도 있다니. 진짜 오래 살고 볼 일이네요."

"셀피, 너 아직 아홉 살이거든."

"그…… 제 아홉 살 인생 중 처음이란 뜻이죠."

저런 말은 어디서 배워오는 거지? 아카데미에서 배웠나?

셀피우스가 느릿느릿하게 식사를 시작했다. 나는 가늘어진 눈매로 아이를 살폈다.

"셀피, 이제 아카데미 갈 시간 아니니?"

"조금만 더 먹고요."

조금만 더 먹겠다는 말과는 달리 셀피우스의 포크질은 아주 느릿했다.

샐러드는 거의 찢다시피 했고 빵도 조각이 나 있었다.

'배탈이라도 났나?'

셀피우스가 어디 아픈 건 아닌가 살피고 있자 테르데오가 아이를 불렀다.

"셀피."

"네, 대공 각하."

"아카데미에서 별일은 없나?"

셀피우스가 접시에 코를 박은 것처럼 묻었던 얼굴을 들었다.

"아니요. 별일은 없어요."

"다친 적도?"

"다친 적도, 피가 난 적도 없어요. 각하께서 걱정하실 만한 상황은 조금도 없었으니 괜찮아요."

"그래도 늘 조심하도록."

셀피우스가 끄덕였다. 그리고 포크를 내려둔 후 자리에서 일어섰다.

"아카데미에 다니길 잘한 것 같아요. 너무 즐거운걸요."

"셀피."

"그럼 아카데미 다녀올게요."

부르는 내 목소리를 뒤로한 채 셀피우스가 다이닝 룸을 빠져나갔다.

분명 웃는 얼굴이 안 좋아 보였어.

"잠시만요. 셀피 좀 보고 올게요."

나는 테르데오를 향해 말한 후 자리에서 일어섰다. 그리고 셀피우스의 뒤를 따라나섰다.

"셀피, 잠깐만."

저택을 나서려던 셀피우스가 내 부름에 걸음을 멈췄다.

나는 아이의 앞으로 다가가 두 어깨를 가볍게 쥐었다.

"아까 보니까 아침을 거의 못 먹던데 어디 아픈 거 아니야? 배탈이라도 난 거야?"

"……아니요, 그런 거 아니에요."

"아니면 오늘 내가 데려다줄까?"

"아니요!"

"네가 아픈 것 같아 걱정돼서 그래."

나는 걱정스러운 표정으로 셀피우스의 손을 잡았다. 그리고 깜짝 놀라 눈을 휘둥그레 떴다.

"셀피! 너 손이 왜 이렇게 차가워?"

"이건 그냥……."

"너 얼굴색도 별로 안 좋은데. 안 되겠어. 오늘 아카데미는 쉬자."

내 제안에 셀피우스가 조금 밝아진 얼굴로 입을 크게 벌렸다.

그러나 이내 어깨를 축 늘어뜨린 채 우물쭈물 눈치를 살폈다.

"아카데미를 쉬면 대공 각하께서 안 좋아하실 거예요. 저한테 실망하시면 어떡해요."

"아카데미보다 네 몸이 우선이지. 테르데오도 그렇게 생각할 거야. 아픈 곳이 있으면 말을 했어야지."

나는 셀피우스의 차가운 손을 잡고 뒤의 하인에게 대기시켜 둔 마차를 치우라고 전했다.

그리고 이 층, 셀피우스의 침실로 데리고 올라갔다.

"아플 땐 아카데미 쉬어도 괜찮으니까 편하게 말해, 셀피. 눈치 볼 것 없어."

"……하지만 대공 각하께."

"테르데오한테 말하기 어려우면 내게 말해. 내가 테르데오한테 말해줄 테니까."

셀피우스는 걱정이 되는지 계속 '하지만'이라고 중얼거렸다. 그러면서도 아프긴 했는지 발은 착실히 나를 따라 침실로 향하고 있었다.

"배탈 났을 때 먹을 수 있는 약을 가져올 테니까 옷 갈아입고 누워 있으렴."

"아니요, 약은 괜찮아요. ······누워서 쉬면 괜찮아질 것 같아요."

그렇게 말하며 셀피우스가 꼬물꼬물 침대 안으로 기어들어 갔다.

"아카데미엔 내가 집사를 통해 말해둘 테니까 걱정하지 말고."

"······차라리 아카데미를 다니지 말 걸 그랬나 봐요. 가정 교사한테 배울 걸 그랬어요."

이불 속으로 들어간 셀피우스가 작게 중얼거렸다.

'테르데오한테 혼날까 걱정하는 건가?'

나는 손을 뻗어 근심과 혼란이 가득한 셀피우스의 머리를 쓰다듬었다.

"하지만 아카데미에 다녀서 여러 가지를 배우고 있잖아. 걱정하지 마. 테르데오한테는 내가 말해둘 테니까."

셀피우스가 자그맣게 고개를 끄덕거렸다.

나는 아이의 가슴께를 손바닥으로 몇 번 토닥거린 후 침실을 빠져나왔다.

다이닝 룸으로 돌아오자 테르데오가 자리에 앉아 나를 기다리고 있었다.

"셀피를 배웅하고 왔나?"

"아니요. 오늘 셀피가 아픈 것 같아서 아카데미를 하루 쉬게 하려고요. 침실로 데려다주고 왔어요."

"셀피가 아프다고?"

"손도 차갑고 얼굴도 창백했어요."

테르데오가 위를 힐끗 바라봤다.

"잘했어. 아카데미 며칠쯤 빠진다고 큰일 나지 않아. 내가 미리 못 살펴서 미안하군."

셀피우스의 우려와는 다르게 테르데오는 흔쾌히 답했다.

가만 보면 셀피우스는 테르데오를 은근 어렵게 대하는 구석이 있는 것 같다니까.

"셀피는 테르데오, 당신이 무서워서 억지로 아카데미에 가려고 했어요."

"내가?"

"쉬겠다고 말하면 당신이 안 좋아할 거라고 실망하면 어떻게 하냐고 하던데요."

테르데오가 고개를 비스듬히 기울이고 이해할 수 없다는 말투로 말했다.

"셀피가 아카데미에 안 가겠다고 하면 제일 반기는 건 나일 텐데?"

"당신이 그렇게 좋아할까 봐 섣불리 말 못 한 거겠죠. 괜히 쉬겠다고 한 번 말했다가 당신이 앞으로도 못 다니게 할까 봐 걱정했겠죠."

"너무 과대 해석 아닌가?"

"아깐 아카데미에 다니지 말고 가정 교사를 구해서 배울 걸 그랬다고 말하던데요."

"역시 이해할 수 없어."

"셀피는 당신이 무섭고 어려운가 봐요. 오죽하면 저렇게 아픈데도 억지로 아카데미에 가려고 했겠어요? 좀 다정하게 대해줘요. 셀피는 아직 애잖아요."

내 타박에 테르데오가 진지한 표정으로 끄덕였다.

"노력해 보도록 하지. …… 참, 그리고 아까 말한다는 걸 잊었는데, 오늘 황실 기사단에 기초적인 훈련을 모두 끝낸 신입 단원들이 정식으로 들어올 거야."

"신입 단원이라면……."

테르데오가 자리에서 일어서며 끄덕였다.

"그래, 그 남자."

바로 시프였다.

아마 기초적인 교육을 몇 주간 받은 후 황실 기사단에 입단한 모양이었다.

테르데오가 아주 기대된다는 듯이 이를 드러냈다.
"오늘부터 일 나가기가 꽤 즐거워지겠어."
테르데오의 선득한 표정을 보니 황궁에도 저택처럼 조만간 무서운 귀신 소문이 돌 것 같다는 예감이 들었다.

※ ※ ※

파티 준비를 하다 보니 시간이 빠르게 흘렀다.
셀피우스는 몸이 안 좋으니 파티에 참석하지 말고 침실에서 쉬라고 말했다.
자기도 함께 파티에 참석하겠다며 떼를 쓸 줄 알았는데 셀피우스는 의외로 순순히 쉬겠다고 했다.
'몸이 많이 안 좋은가 봐.'
좋은 의미에서 열린 자선 파티라 그런지 많은 사람이 참석했다.
넓은 홀이 꽉 찰 정도였으니까.
"내 저택에서 파티가 열릴 줄은 생각도 못 했는데."
잘 차려입은 테르데오가 꽉 찬 홀을 보며 놀란 목소리로 중얼거렸다.
"초대하지 않은 분들도 좋은 취지의 파티라 참석하고 싶다고 말해주시더라고요. 비밀스러운 파티도 아니라 모두 환영한다고 했죠."
"기부금은 경매로 모은다고 했던가?"
"네. 가지고 온 애장품들로 잠시 후 경매를 할 거예요. 경매로 모은 돈과 제 유산의 일부는 기부할 예정이고요."
나는 짤막하게 중얼거리며 홀을 둘러봤다.
"아데우스 계획이에요. 솔직히 이 정도로 평판이 좋아질 줄은 몰랐어요."
빠직. 테르데오의 짙은 눈썹이 비뚜름히 올라갔다.

그는 하고 싶은 말을 꾹 참아내는 것 같았다.

"재판이 며칠 남았다고?"

"이제 오 일이요."

"여론은 완전히 그대 편으로 돌아섰으니."

테르데오가 왁자지껄한 홀을 보며 고개를 끄덕였다.

"인정하긴 싫지만 좋은 계획이었어."

말과는 다르게 목소리엔 불만이 덕지덕지 묻어 있었다.

그 모습에 웃음이 터지려는 순간, 파티가 시작했다. 사람들이 하나둘 입장했고 높은 샹들리에가 화려하게 빛났다.

나와 테르데오는 함께 손님들을 맞이하며 정식으로 인사했다. 우리 부부의 두 번째 공식 자리였다.

정신없이 인사하고 손님을 맞이하자 잠시 후, 춤추는 때를 알리는 음악이 흘렀다.

"춤을 춰야 하나?"

"보통 초대를 한 저희가 먼저 추는 게 예의긴 하죠."

"내가 파티에서 여인과 춤을 출 줄이야."

어이없다는 듯이 중얼거린 테르데오가 내게 손을 내밀었다.

그리고 보니 회귀 전에도, 회귀 후에도 테르데오가 춤을 추는 모습은 한 번도 본 적이 없었다.

"춤을 출 줄 아세요? 혹시 못 추면 제가 리드할게요. 저한테 맞추시면 돼요."

나는 테르데오의 손에 내 손을 슬며시 얹고 장난스레 웃었다.

에스코트를 받아 계단을 내려가자 모인 사람들이 우리를 주목하는 게 느껴졌다.

홀 중앙에 서기 무섭게 테르데오가 내 허리를 거칠게 낚아채 품에 끌어당겼다.

"춤을 출 줄 아는지 그대가 직접 확인해 보면 되겠네."

한쪽 입꼬리를 비튼 미소가 수려했다. 가까이 닿은 숨결이 열기가 담긴 것처럼 뜨거웠다.

나는 그의 발걸음에 맞춰 춤을 추기 시작했다.

춤은 회귀 전 시프와 많이 췄었기에 자신 있었는데, 이상했다.

허리에 맞닿은 커다란 손길이, 가까이 있는 얼굴이, 크게 뛰는 심장이.

너무 신경 쓰여 도무지 춤에 집중할 수가 없었다.

'춤출 때 원래 이랬었나?'

시프랑 출 때와는 전혀 다른 느낌이었다.

신경이 여러 군데에 쏠려 따라가기도 벅찼다.

그와 내 숨결이 한데 얽혀 들어가자 온몸이 긴장으로 빳빳하게 굳었다. 물결 굽이치듯 드레스 밑단이 화려하게 펄럭였다.

테르데오는 내 걱정이 무색하리만큼 춤을 매우 잘 췄다.

"잘, 잘 추시네요."

너무 가까이 붙어 있어서 그런가? 괜스레 목소리가 떨렸다.

"나보다 그대가 더 긴장한 것 같은데."

테르데오가 나만 들을 수 있는 작은 목소리로 속삭였다.

장난기가 가득한 저음의 목소리가 듣기 좋았다.

"긴장도 풀 겸 그대가 들으면 좋아할 이야기를 하나 해주지."

테르데오가 내 허리를 바짝 자신의 품으로 끌어당기며 말했다.

조금의 틈도 없이 우리 두 사람은 서로에게 밀착했다.

나도 모르게 '흡' 숨을 짧게 들이켰다.

"오늘 아침에 우리가 대화를 나눈 그 남자."

"······?"

아침에 대화를 나눈 그 남자?

나는 아침에 나눴던 대화를 떠올렸다.

"······시프를 말하는 거예요?"

"그래. 그 평기사. 오늘, 날 보더니 얼굴이 창백하게 질리더군. 아마 내가 총책임자라는 사실을 몰랐던 모양이던데."

테르데오가 차갑게 조소했다. 그가 웃자 뜨거운 숨결이 내 머리카락에 닿았다.

"그 남자에겐 걸맞은 특급 대우를 해줬지."

"특급 대우요?"

"특별히 나와 검 대련을 할 기회를 줬거든. 아마 지금쯤 인대가 늘어난 발목과 접질린 손목을 치료하느라 정신없을 거야."

남이 본다면 악마라고 혀를 내둘렀을 것이다.

하지만 그의 행동이 모두 나를 위함이라는 걸 나는 잘 알고 있다.

"다친 곳을 회복한 후 훈련에 나오면 그땐 깔끔히 부러뜨려 줄 예정이다. 그 후에도 또 훈련에 나온다면 그땐 척추를 망가뜨려 주겠어."

테르데오는 표정 하나 없는 얼굴로 진지하게 중얼거렸다.

이상하게 그의 진지함에 얼굴에 미소가 피었다.

"당신 소문이 더 안 좋게 퍼질지도 모르는데요?"

"이미 엉망인 소문. 하나쯤 더 추가된다고 해도 상관없어. 그깟 소문 신경 쓰지도 않을뿐더러 소문으로 인해 사람들이 안 다가오면 내겐 외려 잘된 일이지."

나는 입가에 미소를 머금은 후 그의 넓은 가슴팍에 이마를 기댔.

갑작스러운 접촉 때문인지 그의 몸이 빳빳하게 굳어갔다. 테르데오의 심장이 큰 소리를 내며 빠르게 뛰었다.

"고마워요."

"그대가 라피레온 가문에 해준 일들에 비하면 별것 아닌 일이지."

그의 말을 마지막으로 첫 곡이 끝났다.

음악이 끝났지만 우리는 시간이 멈춘 것처럼 서로에게서 떨어지지 않았다.

주변에서 느껴지는 인기척에 나는 마치 꿈에서 깨어난 것처럼 정신이 번쩍 들었다.

테르데오의 가슴팍에 기대고 있던 고개를 번쩍 들어 올렸다.

순간 가까이에 있는 붉은 눈동자와 정면으로 마주쳤다.

깜짝 놀란 나는 빠르게 테르데오의 품을 벗어났다.

"음, 음악이 끝났네요."

"……그랬군."

무미건조하게 답한 테르데오가 빳빳하게 굳은 몸을 돌렸다.

"생각해 보니 아직 일이 남아 있어."

"갑자기 일이요? 요새 일이 없다면서요."

"그…… 아일렛의 피를 구매한 자들을 찾아야 해서 말이지."

"네?"

그건 아직 못 찾은 거 아닌가?

"……그럼 나는 집무실에 가 있을 테니 필요하면 불러."

테르데오는 내 대답을 듣지도 않고 그대로 서둘러 사라졌다.

테르데오가 떠나자 주변에서 기다리고 있던 사람들이 내게 다가와 칭찬을 늘어놓았다.

"세상에, 대공비 전하. 대공 각하와 너무 잘 어울리세요."

"대공 각하께서 누군가와 춤을 추는 건 처음 보는 것 같아요."

"두 분은 정말 우리 제국 최고의 부부이시네요."

"이런 좋은 취지의 파티에 참석하게 돼서 영광이에요."

나는 테르데오가 사라진 곳을 한참 바라보다 주변인들에게 고개를 돌렸다.

"제 남편과 제가 잘 어울린다니. 감사합니다."

평소라면 무시했을 말들이지만 오늘은 바로 이런 사교가 목적이니까.

나는 있는 힘껏 답하며 사람들 틈에 섞였다.

※ ※ ※

파티는 무르익어 갔다.

준비한 음식들도 모두 호평을 받았고 경매도 성공적으로 끝났다.

많은 인원이 참석해서 그런지 애장품으로 가지고 온 물건들도 제법 쏠쏠했다.

희귀 가치가 높은 유명 디자이너의 액세서리나 혹은 이젠 구할 수 없는 유명한 화가의 유작. 옆 제국 고대 왕가의 진귀한 보석들.

구하려고 해도 어디서 절대 구할 수 없는 온갖 신기한 물건들뿐이었다.

사람들은 당연히 너도나도 과열했고 모인 기부금의 액수도 엄청났다.

거기에 내가 상속받은 재산까지 더해졌으니.

내일 아침에 셀피우스가 또 내 기사가 뜬 신문을 들고 올 모습이 눈에 훤히 보였다.

'그나저나 셀피는 괜찮은가?'

파티의 목적은 달성했으니 이제 셀피우스에게 가봐도 되지 않을까?

걱정스러운 표정으로 슬슬 자리를 옮기려 하자 때마침 레베카가 내게 다가왔다.

"대공비 전하. 자선 파티가 정말 너무 멋있어요. 다들 대공비 전하께서 안목이 높다고 칭찬만 하더라고요!"

"마침 잘 왔어, 레베카."

"네?"

레베카가 갸웃거렸다.

"잠깐 자리를 비워야 할 것 같아서 말이야. 나를 찾으면 네가 대신 둘러대 줄 수 있을까?"

"네? 어디를 가시는데요? 어디 아프세요? 제가 약을 가지고 올게요!"

레베카는 당장이라도 자리를 박차고 뛰쳐나갈 것 같았다.

"아니, 나 말고. 셀피가 오늘 아침에 배탈이 났는지 상태가 안 좋아 보였거든."

"어머, 셀피우스 도련님이요?"

레베카가 놀란 입가를 가리더니 주변을 휙휙 둘러봤다.

"그러고 보니 오늘 셀피우스 도련님을 못 봤네요. 파티에도 안 보이시고."

"응, 아파서 쉰다고 했어. 이 파티를 연 목적은 달성했으니까 가서 좀 보고 올까 해서."

"그런 거라면 차라리 제가 셀피우스 도련님을 살피고 올게요!"

"레베카, 네가?"

놀란 눈을 동그랗게 뜨자 레베카가 맡겨달라는 듯이 자신의 가슴팍을 주먹으로 가볍게 두드렸다.

"대공비 전하께선 오늘 이 파티를 주최한 주인공이시잖아요. 자리를 비우는 건 좋지 않아요. 제가 가서 셀피우스 도련님의 상태를 확인하고 올게요. 상태가 많이 안 좋다 싶으면 그때 가보시는 게 어떨까요?"

"하지만 네게 미안해서."

"대공비 전하도 참! 전 대공비 전하를 돕기 위한 시녀인걸요."

레베카가 별것 아니라는 듯이 맑게 웃었다. 그리고 손에 든 샴페인 잔을 내려두었다.

"고마워, 레베카."

"그럼 다녀올게요!"

레베카가 손을 흔들고 자리를 벗어났다.

레베카가 직접 가주니 걱정했던 마음이 눈 녹듯 싹 사라졌다.

'레베카가 있어서 다행이야.'

나는 가슴을 쓸어내리며 안도의 한숨을 내쉬었다.

그때 아래에서 당찬 부름이 들렸다.

"대공비 전하."

고개를 돌려 아래를 바라보니 셀피우스보다 조금 더 키가 큰 어린 여자아이가 서 있었다.

'아이가 날 부른 건가?'

주변을 살폈지만 아이의 부모는 보이지 않았다.

"날 불렀나요?"

"대공비 전하를 뵙습니다."

앳된 목소리와는 달리 제법 성숙한 말투였다.

예를 갖춰 내게 제대로 인사를 한 아이가 자기소개 했다.

"전 리액트 자작가의 양녀. 마리암 리액트라고 합니다."

예쁘게 차려입은 것과는 달리 표정이 무심한 아이였다.

"자작님께서 이 년 전에 절 타 제국에서 입양해 오셨죠."

"그런 건 말하지 않아도 괜찮아요."

"다들 양녀라고 하면 궁금해하거든요. ……그보다 알려드릴 게 있어서 왔어요."

"내게 알려줄 게 뭐죠?"

"우선 셀피우스는 오늘 파티에 참석하지 않나요?"

셀피우스? 마리암의 입에서 불린 셀피우스의 이름에 나는 눈을 동그랗게 떴다.

"우리 셀피를 알고 있어요?"

내게 뭔가를 알려준다고 했는데…… 혹시!

'셀피의 애인?'

가슴이 콩닥콩닥 뛰었다. 그러나 내 기대감과는 달리 마리암의 입에서 무미건조한 목소리가 흘렀다.

"같은 아카데미에 다니고 있어요. 같은 수업을 듣고요. 그 이상의 사이는 아니에요."

기대감이 얼굴에 그렇게 드러났나.

마리암이 딱 잘라 셀피우스와의 관계에 선을 그었다.

"셀피는 몸이 안 좋아서 오늘 파티에 참석하지 못했어요."

"하, 몸이요?"

마리암이 심드렁한 표정으로 콧방귀를 꼈다.

어린아이처럼 볼 수 없는 행동이었다.

"전 곧 이 제국을 떠나 제가 원래 태어난 왕국으로 돌아갈 거예요. 그 전에 해야 할 것들을 하고 가려고요."

질린다는 듯이 혀를 쯧 내찬 마리암이 고개를 뒤로 돌렸다.

마리암의 시선이 어느 한 곳에 머물렀다.

"……?"

나도 마리암의 시선이 멈춘 곳을 돌아봤다.

그곳엔 셀피우스의 또래로 보이는 귀족 영식들 세 명이 모여 즐겁게 대화를 나누고 있었다.

'왜 그러지?'

"셀피우스 요즘 이상하지 않나요?"

"네?"

"잘 생각해 보세요. 분명 이상했을걸요."

마리암의 목소리에 확신이 가득했다.

순간 이상하게 심장이 철렁 주저앉았다.

"설마."

마리암이 가늘어진 눈매로 날 훑으며 얼굴을 구겼다.

"셀피우스가 이상하다는 걸 몰랐어요?"

"셀피한테 무슨 일이 있나요?"

같은 아카데미에 다닌다고 했었지.

'혹시…….'

누가 셀피우스의 저주를 알아챘나?

그게 아니라면 조심하라고 했는데 자기 성질을 못 이겨 예전처럼 귀걸이로 찔러 피를 냈나?

짧은 몇 초 사이에 최악의 상황들이 눈앞에 펼쳤다.

"아카데미에서 셀피……."

"……."

"무슨 일 있었어요?"

나는 마른침을 꿀꺽 삼켰다.

마리암은 입술을 꾹 다물고 한참이나 나를 빤히 바라봤다.

답을 재촉하려는 순간, 마리암이 내게 고개를 꾸벅 숙이더니 말문을 열었다.

"사실 이런 일에 끼어들고 싶지 않았어요. 괜한 소란을 만들면 제가 원래 있던 곳으로 돌아갈 수 없어지니까요. 그래서 이제까지 저도 외면했어요. 따지고 보면 저도 같은 부류예요."

"그게 무슨……?"

"그런데 셀피우스는 도와주고 싶었어요. 제가 보육원에 있던 시절의 친구랑 닮았거든요."

마리암이 꾸벅 숙였던 고개를 들었다.

아이의 얼굴에 단호함과 비장함이 동시에 깃들었다.

"셀피우스. 오늘 아카데미에 안 온 것도, 파티에 참석하지 않은 것도 아픈 것 때문이 아닐 거예요."

이게 무슨 소리야?

"딱 잘라서 말하자면요."

마리암이 다시 고개를 돌렸다. 조금 전 바라보던 곳이었다.

"저 자식들."

마리암이 세 명의 영식이 모인 장소를 손가락으로 가리켰다.

"아카데미에서 셀피우스를 괴롭히고 있어요."

"네?"

눈앞이 깜깜해졌다. 내가 지금 뭘 들었지?

순간 땅 밑이 꺼지는 듯한 느낌이 들어 다리가 휘청거렸다.

나는 마리암이 손가락으로 가리킨 곳을 멍하니 한참 바라봤다.

셀피가 뭘 했다고? 아니, 셀피우스가 괴롭힌 게 아니라 남한테 괴롭힘을 당했다고?

내가 지금까지 봐왔던 셀피우스는 남을 괴롭혔다면 몰라도, 남한테 괴롭힘을 당할 성격이 절대로 아니었다.

'잘못 들은 게 아닐까?'

나는 마리암을 멍하니 바라봤다. 시선이 마주치자 손가락을 내린 마리암이 고개를 돌렸다.

"그러니까 아까 제가 말씀드렸잖아요. 외면했었고 저도 같은 부류라고. ……죄송해요."

나는 드레스 치맛자락을 꽉 움켜쥐었다.

"자세한 건 제가 아니라 셀피우스한테 직접 들으시는 게 나을 것 같아요. 떠나기 전, 꼭 알려드리고 싶었어요."

마리암은 내게 다시 '죄송해요'라고 작게 중얼거렸다. 그리고 죄인처럼 도망치듯 서둘러 홀을 빠져나갔다.

피가 차갑게 식어갔다.

나는 아무것도 하지 못한 채 한참을 그 자리에 서 있었다.

'정말?'

그저 드레스 치맛자락을 쥐었다가 폈다만 반복할 뿐이었다.

'셀피가?'

누군가 내게 다가와 말을 걸었던 것 같은데 기억이 나질 않았다.

'다 좋아요.'

불현듯 아카데미는 어떠냐는 내 질문에 셀피우스가 했던 대답이 귓가에 맴돌았다.

그 대답에 나는 분명 위화감을 느꼈었다. 그땐 왜 그랬는지 몰랐었는데 이제야 알 것 같았다.

셀피우스는 여태껏 단 한 번도 좋은 걸 좋다고 말한 적이 없다.

'꾸며낸 말이었어.'

모든 상황이 좋지 않으니까 좋다고 말을 꾸며냈던 거야.

정신이 돌아오자 여전히 그 자리에서 웃고 떠드는 영식들이 눈에 들어왔다. 혹시 방금 그 여자아이가 뭔가 잘못 알고 있던 건 아닐까?

나는 홀린 듯 걸음을 옮겨 아이들에게 천천히 다가갔다.

"하하하! 거봐, 내가 안 나온다고 그랬지?"

내가 다가가는 것도 모른 채 아이들은 여전히 즐겁게 대화를 나누고 있었다.

거리가 가까워지자 아이들의 스스럼없는 대화들이 낱낱이 들렸다.

"셀피우스, 자기 주제도 모르는 놈."

아이들의 입에서 나온 셀피우스의 이름에 나는 걸음을 우뚝 멈췄다.

차갑게 식은 손이 덜덜 떨렸다.

"이대로 아카데미에도 안 나오면 좋을 텐데!"

"시골에 처박혀 있다가 온 주제에 나대는 게 처음부터 마음에 안 들었어! 대공가 후계자라더니 할 줄 아는 건 아무것도 없고 말이야!"

"하하하! 검술로 대련하자고 했을 때 그 자식이 했던 말 기억나? 내가 다치면 너희가 죽어, 라고 했었나?"

"그런데 걔 엄마가 버리고 도망간 건 확실해?"

"그래! 우리 아버지가 말씀해 주셨어! 대공께서 처음 결혼하셨을 때가 9년이 안 되는데 어떻게 아홉 살 애가 있겠냐? 걔 엄마가 버리고 도망간 게 확실해!"

저급한 말들이 쉬지도 않고 폭포처럼 쏟아졌다.

콰득. 세게 깨문 아랫입술이 터졌는지 비릿한 피 맛이 났다. 이 게 도대체 다 무슨 말이야? 왜 셀피한테. 어째서 셀피는.

"그런데 우리 이래도 돼? 여기 라피레온 대공가잖아. 누가 듣기 라도 하면……."

"야, 대공 각하의 소문 몰라? 후계자인 셀피우스를 시골에 처박 아 놓고 들여다보지도 않는다고 소문났었잖아."

"그, 그랬지."

"그게 무슨 뜻이겠어? 라피레온 가문에서도 셀피우스를 후계자 로 인정하지 않는다는 뜻이겠지! 그게 아니고서 아끼는 후계자를 시골로 보낼 리가 있냐? 걘 대공가에서도 버린 애일걸!"

"그러고 보니까 아카데미 올 때도 혼자 오잖아? 갈 때도 마차에 혼자 타고! 네 말이 맞나 봐!"

"맞아! 진짜 똑똑하다!"

조롱 섞인 목소리들이 귓가에 닿을 때마다 머리가 차가워졌다.

더는 들어줄 수가 없었다.

나는 옆에 하인이 들고 있는 유리 물컵을 빼앗아 들었다.

시원한 얼음물이었다.

그리고 조금 전 엄마가 버리고 도망간 게 확실하다고 단정 지으 며 말하던 영식의 머리에 그대로 쏟아부었다.

주르륵.

"으아악!"

갑자기 머리 위에서 차가운 물이 흐르자 깜짝 놀란 아이가 버럭 소리를 질렀다.

순식간에 모든 사람의 이목이 쏠렸다.

깜짝 놀랐는지 악단이 연주까지 멈추는 바람에 홀에는 무거운 침묵이 낮게 가라앉았다.

"뭐야, 누구야! 감히……!"

세 명의 영식이 동시에 뒤를 돌았다. 그리고 나를 발견하자마자 놀라 얼어붙었다.

평소였다면 절대 하지 않았을 행동이었다.

나는 아이들을 항상 사랑하고 아껴야 한다고 생각하는 사람이었고, 아이한테는 감정을 앞세워서는 안 된다고 생각했었다.

게다가 지금은 여론을 위해 자선 파티를 여는 중이었고 보는 눈도 많았다.

하지만.

"라, 라피레온 비전하!"

"비, 비전하를 뵙습니다!"

그런데 이 순간만큼은 아무런 생각도 들지 않았다. 그저 몸을 들끓게 하는 분노만이 가득할 뿐이었다.

나는 텅 빈 유리 물 잔을 거칠게 바닥으로 떨어뜨렸다.

챙!

날카로운 소리와 함께 깨진 유리 파편이 사방으로 튀어 올랐다.

"어머머! 내, 내 아가!"

"라피레온 비전하! 지금 이게 무슨!"

유리가 깨지자 멀리 있던 부모들이 하나둘 달려와 자신의 아이를 품에 소중하게 꼭 껴안았다.

"트렐렌 후작 영식. 로렘바 백작 영식. 데니어 백작 영식."

가문의 이름을 짓씹듯이 천천히 부르자 아이들이 흠칫흠칫 어깨를 떨었다.

자신들의 죄를 알긴 아는지 부모의 품에 숨는 영식도 있었다.

"대공비 전하! 지금 이게 무슨 짓입니까!"

데니어 백작이 사색이 된 자기 아들을 확인하고 버럭 소리를 질렀다.

나는 데니어 백작의 말을 가볍게 무시하고 아이의 앞으로 다가갔다.

"아까 했던 말 내 앞에서 똑같이 해봐."

데니어 영식이 겁에 잔뜩 질린 얼굴로 입술을 덜덜 떨었다.

"무, 무, 무슨······."

"내 귀로 직접 들었으니까 또 해."

"저, 저, 저는 아, 아무것도 안, 안 했어요."

나는 고개를 돌려 로렘바 영식을 바라봤다.

"그럼 네가 말해봐. 아까 신나서 잘도 떠들던데."

"허억!"

로렘바 영식이 숨을 크게 들이키며 로렘바 백작 부인의 뒤로 숨었다.

"잘, 잘못했어요!"

"아까 했던 말 다시 해보라니까?"

"저, 저, 저는 그, 그냥 하, 하자는 대로 했을 뿐이에요!"

나는 손바닥에 손톱자국이 남을 정도로 주먹을 세게 말아 쥐었다. 이를 악물고 얼음물에 흠뻑 젖은 트렐렌 영식을 서늘하게 내려다봤다.

"누가 주제를 모른다고?"

트렐렌 영식의 얼굴이 창백하다 못해 희게 질렸다.

"엄마가 버리고 도망을 갔다고?"

영식의 오만하던 태도는 온데간데없이 사라졌다.

"라피레온 대공가에서 누굴 버렸다고?"

생각할수록 분노가 치솟았다.

뒤에서 하는 말이 이 정도인데 셀피우스 앞에서는 과연 어땠을까 생각을 하니 도무지 진정이 되지 않았다.

셀피우스와 동갑인 어린아이지만, 지금 내겐 그런 게 보이지 않았다.

"감히 여기가 어디라고 철면피 같은 낯짝을 들이대."

자신이 한 잘못을 알고 있는지 희게 질린 트렐렌 영식이 도망가려는지 몸을 돌렸다.

나는 손을 뻗어 도망가려는 트렐렌 영식의 어깨를 가볍게 붙들었다. 그러자 곧바로 두꺼운 팔이 내 손목을 우악스럽게 잡았다.

"그만하십시오, 대공비 전하."

트렐렌 후작이었다.

"이 아이는 제 아들입니다. 무슨 일이 일어났는지 잘 모르겠습니다만, 모두가 보고 있습니다."

"그 입 다물게, 트렐렌 후작."

"좋은 취지로 연 자선 파티가 아닙니까? 이런 해괴망측한……."

"그 입 다물지 않으면 후작도 자네 아들과 같은 꼴을 면치 못할 거야."

모욕적인 말에 트렐렌 후작의 얼굴이 붉으락푸르락 달아올랐다. 얼굴을 구긴 후작의 손에 힘이 세게 들어갔다.

손목이 으스러질 것 같았지만 나는 영식을 절대 놓지 않았다.

이대로 두면 도망갈 게 뻔하니까.

"지금 이러시는 걸 대공 각하도 알고 계십니까? 지금 저희 세 가문과 척을 지겠다는 겁니까?"

"그런 쓰레기 짓은 자네 자식들이 먼저 했지."

내 언어에 로렘바 백작 부인이 자기 아들 귀를 가리며 입을 크게 벌렸다.

"지, 지금 뭐라고 하셨어요, 라피레온 비전하? 하! 지금 저희 애한테 한 말씀이세요?"

나는 덩달아 크게 웃으며 그들을 노려봤다.

"감히 주제도 모르고 라피레온 대공가의 후계자를 괴롭혔으니 그 행동을 대체 뭐라 불러줘야 마땅할까?"

순간 트렐렌 후작의 눈동자가 흔들렸다.

자기 아들을 보호하던 부모라는 자들의 얼굴에 당혹감이 피어났다.

그뿐만 아니라 이 사태를 지켜보던 귀족들의 표정에도 경악이 물들었다.

주변이 소란스러워졌다.

시선이 쏠리자 세 명의 영식은 셀피우스를 희롱하며 웃던 아까의 모습과는 달리 당황하며 눈물을 줄줄 흘리고 있었다.

특히 내게 어깨가 잡혀 도망가지도 못한 트렐렌 영식은 벌벌 떨고 있었다.

"……사실을 파악해 보겠습니다. 아직 밝혀진 게 없으니 우선은 손을……."

"내 귀로 똑똑히 들었는데 밝혀진 게 없어?"

모든 게 알려졌음에도 아들을 보호하기 바쁜 트렐렌 후작의 모습에 조소가 흘렀다.

"그럼 지금 이 자리에서 물어보면 되겠네. 자네 아들에게 물어봐, 후작."

트렐렌 후작이 낭패라는 듯이 얼굴을 구겼다. 그가 자기 아들을 돌아봤다.

"대공비 전하의 말씀이 사실이냐."

세 명의 영식은 얼어붙은 채 아무도 입술을 열지 못했다.

들려오는 답이 없자 귀족들의 수군거림이 점차 커졌다.

"대답해!"

큰 호통이 들리자 트렐렌 영식이 덜덜 떨리는 목소리로 말했다.

"그, 그냥 조금 장난친 거예요……."

"장난?"

헛웃음이 절로 나왔다.

"그런 말이 장난으로 하는……."

"아아악!"

그때였다.

갑자기 트렐렌 영식이 내 말을 자르더니 어딘가 아픈 것처럼 얼굴을 구기고 크게 비명을 질렀다.

"아, 아파요! 아버지! 아파요!"

"뭐?"

엄살을 피우는 모습에 조소가 흘렀다.

영식의 어깨를 쥔 내 손엔 조금의 힘도 들어가지 않았다. 아이라서, 내 셀피우스와 동갑인 아이라서 차마 힘을 실을 수가 없었다.

그런데도 영식은 마치 내가 자신의 어깨를 세게 쥔 것처럼 아픈 척 눈물을 흘리고 있었다.

"그래, 나랑도 장난하자는 거구나."

이를 꽉 문 탓인지 턱에 힘이 실렸다.

영식의 울부짖음이 커질수록 내 손목을 잡은 후작의 힘 또한 강해졌다.

"보는 눈이 많습니다. 우선은 놓고 저희끼리 대화하는 게 어떻겠습니까."

후작이 어찌나 세게 잡았는지 내 손은 피가 통하지 않아 하얗게 질려 있었다.

강한 힘에 압박된 손이 의지를 잃고 덜덜 떨렸지만, 화가 난 탓인지 전혀 아프게 느껴지지 않았다.

"아직 아홉 살의 어린아이입니다. 대공비 전하."

"그래, 아홉 살의 어린아이지."

절로 이가 갈렸다.

"자네들의 아들들한테 괴롭힘을 당한 라피레온 후계자인 셀피우스도 말이야."

이깟 손이 아픈 것보다 셀피우스가 며칠을 괴로워했다는 사실에 더 마음이 아팠다.

왜 내게 말하지 않았니. 왜 이런 말을 듣고만 있었니.

"지금 사태가 이렇게 됐는데도 후작은 자기 아들이 더 중요한가?"

"아이들이니 우선은 대화로 해결하자는……."

"자네 아들이 자네한테 중요하면 내 아들 또한 나한테 목숨만큼이나 소중해."

넘어지기라도 할까 봐 걸을 땐 항상 손을 잡았다. 맛있는 걸 먹을 땐 늘 내게 나눠 먹자고 말해주던 아이였고 내 가족으로 인해 내가 곤란해하고 슬퍼할 때, 날 위로해 줬다.

악몽이라도 꿀까 봐 아이가 잠들면 몇 번이고 침실을 확인했고 혹여 아이를 키워본 적 없는 내가 부족해서 속상해할까 봐 더 소중하게 대했다.

그런 내 아이였다.

"셀피는 내 아들이야."

그렇게 소중한 내 아이를 감히.

내가 거칠게 반박하던 그때였다. 몸이 저릿할 정도로 강한 살기가 느껴지더니 이내 누군가 내게 빠르게 다가오는 발소리가 들렸다.

다가온 사람이 내 손목을 잡은 트렐렌 후작의 손가락을 강하게 비틀었다.

"감히 대공비의 몸에 손을 대다니."

싸늘하게 굳은 목소리와 동시에 그가 트렐렌 후작의 손을 거칠게 잡아당겼다. 균형을 잃은 트렐렌 후작이 볼품없이 넘어지며 고통에 소리쳤다.

"죽여달라고 애원하는 건가."

단 한 번도 들어본 적 없는 목소리였다. 소름이 끼칠 정도로 고요하면서 분노한 목소리.

그가 트렐렌 후작의 어깨를 잡아 세게 눌렀다. 후작이 버티지 못

하고 그 자리에서 무릎을 꿇었다.

 손목이 저릿했다. 영식의 어깨를 쥐던 내 손이 힘을 잃고 아래로 툭 떨어졌다.

 서슬 퍼런 시선이 후작의 손자국이 남은 내 손목을 날카롭게 훑었다.

 "트렐렌 경."

 테르데오의 냉소적인 부름에 후작이 어깨를 떨었다. 그가 조금의 주저도 없이 검을 꺼냈다.

 "감히."

 "대, 대공 각하."

 "죽여달라고 애원하는구나."

 "아, 아닙니다."

 "너무 소중해 나조차도 쉬이 손을 댈 수 없는 몸에 감히 자국을 남겼으니."

 "그것이……!"

 "어딜 어떻게 베어줄까?"

 갑작스러운 테르데오의 등장에 다른 귀족들이 모두 한 발자국 뒤로 물러섰다. 라피레온 가문을 적으로 돌리고 싶지 않다는 듯이.

 트렐렌 후작은 자비 없이 드리워진 검날을 보며 몸을 떨었다.

 "대, 대공비 전하께서 먼저 제 아들의 어깨를 강하게 잡았습니다! 저, 저는 그걸 막고자……!"

 "웃자고 하는 말인가? 웃기지도 않는군."

 "정, 정말입니다!"

 "예쁘다고 어깨를 다독여주는 걸 경이 착각한 거겠지."

 "대, 대공 각하!"

 트렐렌 후작이 절망 섞인 울부짖음을 토했다. 이때다 싶었는지 데니어 백작이 나서서 말을 덧붙였다.

"트, 트렐렌 후작님의 말씀이 맞습니다. 저, 저도 봤습니다. 바닥의 유리 조각도 대공비 전하께서 물 잔을 떨어뜨려 깨지는 바람에 생긴 겁니다."

테르데오가 눈동자를 돌려 바닥에 널린 깨진 유리 파편들을 바라봤다.

"던진 게 아니라 손에 힘이 없어 놓친 거겠지."

짤막하게 중얼거린 테르데오가 몸을 돌렸다. 그리고 한쪽 팔로 내 허리를 가볍게 안아 들었다.

"바닥에 유리 조심해."

테르데오의 체온이 느껴지자 그제야 정신이 돌아오는 것 같았다. 나는 고개를 돌려 겁먹은 표정의 트렐렌 후작과 영식들을 바라봤다.

"……모두 사실이에요."

"뭐?"

"방금 저들이 한 말 다 사실이라고요. 제가 트렐렌 영식의 어깨를 먼저 잡았고, 유리 물 잔을 떨어뜨려서 깨뜨렸어요."

테르데오가 얼굴을 세게 구겼다. 그리고 고개를 돌려 세 가족과 영식들을 차례대로 훑었다.

"누가 대공비를 화나게 했지?"

"네?"

테르데오는 살기가 번진 서늘한 목소리로 물었다.

"누군가 화나게 했으니 대공비가 그런 일을 저질렀겠지. 감히 누가 내 부인을 화나게 했나?"

테르데오의 말에 모두가 얼빠진 표정을 지었다.

그러거나 말거나 테르데오는 검날의 끝을 트렐렌 영식에게 돌렸다.

"대공비가 친히 어깨를 잡았다는 영식의 짓인가?"

장난기라곤 조금도 없는 모습에 후작 부인이 황급히 아이를 품에 안았다.

"아니면 데니어 경인가?"

"저, 저는 아닙니다!"

"그것도 아니라면 로렘바 영식?"

"허억! 제, 제 아들은 그럴 아이가 아닙니다!"

그럴 아이가 아니라고? 그럼 셀피우스를 왜 괴롭힌 건데?

셀피우스의 생각이 들자 다시 분노가 솟았다.

나는 두 주먹을 세게 쥐고 입술을 깨물었다.

몸에 힘이 들어가자 나를 안고 있던 테르데오가 고개를 돌렸다.

"페레샤티."

내 이름을 부드럽게 부른 테르데오가 날 보았다.

"그대를 이토록 화나게 만든 놈이 누구지? 내게 말해."

"……."

"감히 그대를 화나게 한 놈이 피를 보게 될 테니까."

"테르데오."

내가 천천히 입술을 열자 세 가족과 영식의 얼굴이 경악에 물들었다.

"저 영식들."

그러나 나는 조금의 자비도 없이 차갑게 식은 얼굴로 그들을 내려다봤다.

"지금까지 아카데미에서 셀피우스를 괴롭히고 있었어요."

"……뭐라고?"

테르데오의 표정이 멍해졌다. 그가 뭘 잘못 듣기라도 한 것처럼 눈동자를 굴렸다.

"뭐?"

테르데오가 재차 물었다.

"지금, 뭐라고?"

그의 손등 위로 핏줄이 불거졌다.

"저 영식들이 대화하는 걸 제 귀로 직접 들었어요. 셀피우스의 욕을 하고, 라피레온 가문에서 버려진 아이라고 말하고. 또 심지어……."

트렐렌 영식과 정면으로 눈이 마주쳤다. 아이는 제발 말하지 말라는 듯이 고개를 내저었다.

"트렐렌 영식은 셀피우스의 엄마가 아이를 버리고 도망갔다고 조롱했죠."

테르데오가 눈을 깜빡였다.

주변이 조용해졌다. 그 누구의 숨소리조차 들리지 않았다.

테르데오가 고개를 천천히 기울였다.

"……하."

그가 조소했다. 테르데오가 천천히 고개를 돌렸다. 그의 얼굴이 마치 야차처럼 딱딱하게 굳어 있었다.

"누가, 뭘 했다고?"

테르데오가 알아버린 이상 이제는 대화로 끝낼 수 있는 문제가 아니었다. 그가 고개를 뒤로 젖힌 채 몇 번이나 심호흡을 크게 내쉬었다.

굵은 목울대에 성난 핏줄이 섰다.

"내가, 잘못 들은 건 아니겠지."

아무도 답할 수가 없었다.

"감히."

선득한 목소리가 홀에 울렸다.

"……감히."

목소리에 점차 힘이 실렸다.

"감히."

그가 뒤로 젖혔던 고개를 내렸다. 붉은 안광이 섬찟하게 번뜩였다.

"셀피한테, 내 후계자한테, 내 아들한테."

"대, 대공 각하."

"그런 말을, 했다고?"

검을 뽑아 든 테르데오가 유리 조각을 지르밟고 트렐렌 후작의 앞으로 걸어갔다.

"모, 모든 건 대공비 전하의 추측입니다. 아직 아무것도 정확한 증거가!"

휘익.

트렐렌 후작이 뒷걸음질 치기 무섭게 바람을 가르는 날카로운 검 소리가 들렸다.

"아…… 아아……."

덜덜 떠는 트렐렌 후작의 머리카락이 아래로 후두둑 떨어졌다.

"……죽고 싶으면 계속 그 입 놀려봐."

"각, 각하."

"라피레온 대공가가 그렇게 우습게 보였나 보지?"

진정한 죽음의 공포를 느낀 트렐렌 후작의 눈동자가 붉게 충혈됐다.

테르데오가 고개를 비스듬히 꺾어 공포에 떨고 있는 다른 사람들을 바라봤다.

"다음엔 그대들의 목을 벨 것이다."

살기를 두른 진정성이 가득한 말투에 데니어 백작이 제일 먼저 행동했다.

"살, 살려주세요, 대공 각하!"

그는 아들을 끌고 와 강제로 테르데오 앞에 무릎을 꿇게 했다.

"교육을 제대로 못 한 제 죄가 큽니다! 부디 이번 한 번만 너그러이!"

"잘, 잘, 잘못했어요. 대, 대공 각하."

본래 아이들이 벌인 일로 귀족의 목을 벤다는 건 있을 수 없는 일이었다.

하지만 황제의 최측근이자 살육을 즐긴다고 소문이 난 테르데오였기에 아마 은연중에 다들 그럴 수 있다고 생각한 것 같았다.

"사과는 내가 아니라 내 후계자한테 해야 할 텐데."

"당, 당연히! 셀피우스 도련님을 찾아뵙고 직접 사과를 드리겠습니다!"

"셀, 셀피우스한테 직, 직접 사과할게요. 잘못했어요. 다, 다시는 안 그러겠습니다."

눈물 콧물을 흘린 데니어 영식이 두 손을 모아 싹싹 빌며 용서를 구했다. 이어 데니어 백작이 빠르게 말을 덧붙였다.

"제 아들을 다른 아카데미로 보내겠습니다. 대공 각하의 눈에 절대 띄지 않게 하겠습니다."

"……내 눈에 절대로? 그 말 책임질 수 있나, 데니어 경."

"아, 아들의 죄가 크니 벌을 달게 받겠습니다. 정, 정말입니다. 수도가 아닌 곳에 새 저택을 구해 생활하겠습니다!"

어떻게든 목숨을 면해보고자 데니어 백작이 성심성의껏 사과했다.

"내가 지금 그대들을 찢어 죽이고 싶다는 걸 잊지 말아야 할 거야."

이를 꽉 문 테르데오가 중얼거렸다.

데니어 백작은 눈물을 흘리며 바닥으로 점차 무너졌다.

상황을 살핀 로렘바 백작 부인이 평정심을 잃지 않으려 애쓰며 테르데오의 앞으로 나섰다.

"제, 제 아들은 정말 그럴 아이가 아닙니다, 대공 각하. 매우 큰 오해가 있으신 것 같습니다."

"오해?"

테르데오가 제정신이 아닌 것 같은 시선으로 백작 부인을 응시했다. 그가 천천히 끄덕이더니 검을 거뒀다.

"오늘."

"……?"

"오늘은 내 부인이 좋은 취지로 파티를 주최한 날이야. 나는 내 부인의 파티를 피로 물들인 날로 기억하고 싶지 않거든. 그러니 두 가문은 선택해야 할 거야."

"선……택이요?"

"모두가 보는 앞에서 나와 내 부인, 그리고 내 아들에게 진정성 있는 사과를 하든가. 혹은……."

테르데오가 오로지 분노만이 느껴지는 흉악한 얼굴로 입술을 열었다.

"나와 전쟁을 하던가."

테르데오의 붉은 눈이 광기로 사납게 번뜩였다.

"전, 전쟁이라니."

"나는 이 길로 당장 폐하께 달려가 그대들의 가문과 전쟁을 하겠다고 말씀드릴 것이다."

"……!"

고통으로 일그러진 표정을 지은 트렐렌 후작이 침음을 삼켰.

'영지전을 할 생각이구나.'

상대의 영지와 명예를 걸고 벌이는 전쟁.

군사들 앞에서 일대일의 검 대결로 승패를 정하고, 진 자는 영토를 빼앗길뿐더러 모든 명예가 실추된다.

명예가 실추된다는 건 다른 말로 귀족 사회에서 벌거숭이로 추방되는 거나 마찬가지였다.

물론 두 가문이 아무리 갖은 애를 써도 황제를 따라 늘 전쟁에 참여했던 테르데오를 이길 가능성은 조금도 없었다.

"그, 그런!"

그 현실을 분명 두 가문도 익히 잘 알고 있었다.

"한 번만 눈감아 주실 순 없습니까. 자식 교육은 제가 반드시 제대로……."

"트렐렌 경."

테르데오가 으르렁거리듯 포효하며 말허리를 잘랐다.

"내 후계자와 부인을 건드리고도 무사히 넘어가길 바란 건 아니겠지. 마음 같아선 지금 당장 그 무거운 목을 베어 땅에 묻어버리고 싶으니까 닥치게."

트렐렌 후작이 무심결에 자신의 목 언저리를 만지며 마른침을 꿀꺽 삼켰다.

"그냥 정하게. 자네들이 정할 수 있는 건 단 두 가지야."

"……."

"그것도 싫으면."

테르데오가 거뒀던 검을 꺼내 세웠다.

"진정 여기서 피를 보던가."

조금 전 바로 그 검에 미리카락을 베였던 트렐렌 후작이 움찔했다.

인정하며 사과하는 것도 싫고, 영지전을 벌이는 것도 싫었으며 지금 이 자리에서 피를 보는 것도 싫은 그들은 아무런 답을 하지 않았다.

그저 침묵하며 시간을 보내면 어떻게든 해결되지 않을까 생각하는 것처럼.

"그래. 답을 내리지 못하는 것 같으니 내가 직접 선택해 주지."

데니어 백작가는 여전히 눈물을 흘리며 무릎을 꿇고 있었고, 트렐렌 후작가와 로렘바 백작가는 여전히 뻣뻣이 서 있었다.

"진, 진상 조사가 필요할 것 같습니다."

"진상 조사?"

"한쪽의 말만 듣고 판단하는 건 너무 어리석은 일입니다!"

테르데오는 열변을 토하는 트렐렌 후작을 벌레 바라보듯 같잖게 내려다봤다.

"아까 잘못했다고 사과하는 영식의 말을 내 귀로 똑똑히 들었는데?"

"그, 그건 제 아이가 겁을 먹어서……."

"데니어 영식은 자기가 그랬다고 인정했고."

"데니어 영식 혼자서 벌인 일일지도 모르지 않습니까!"

"내 부인도 영식들의 대화를 들었다고 했지. 지금 대공비의 말을 무시하는 건가, 트렐렌 경?"

"그게 아니라……!"

"됐다."

"대, 대공 각하."

"그냥 지금 죽여주지."

단호하게 말한 테르데오가 아까와는 달리 검의 손잡이를 제대로 쥐었다.

살기를 두른 냉소적인 표정에서 진심이 느껴졌다.

"잠, 잠깐……."

"이미 늦었어."

진심이었다. 트렐렌 후작이 숨을 짧게 들이켰다. 테르데오가 검을 쥐고 그의 앞으로 성큼 다가갔다.

그리고 이내 군더더기 없는 깔끔한 동작으로 검을 휘두르려는 순간이었다.

그 입에서 용서를 구하는 말이 터져 나왔다.

"잘, 잘못했습니다! 각하!"

제 목을 향해 날아오는 검을 본 트렐렌 후작이 두 눈을 질끈 감고 외쳤다.

테르데오의 검이 트렐렌 후작의 목 바로 앞에서 기적적으로 멈췄다. 검날의 끝이 피부에 닿자 주르륵 붉은 선혈이 흘렀다.

"제, 제가 잘못했습니다! 부, 부디 용서를!"

"할 거면 진즉에 했어야지."

테르데오가 나직하게 중얼거렸다. 트렐렌 후작이 사과를 했으나 테르데오는 검을 거두지 않았다.

극에 치달은 공포 때문인지 트렐렌 후작의 몸이 덜덜 떨렸다.

"살……살려주십시오, 각하. 제, 제발."

검날에 맞닿은 피부가 덜덜 떨리며 생채기를 남겼다.

"트렐렌 경."

"네, 네!"

"내가 자비로운 사람이 아니라는 걸 경은 잘 알고 있을 거야. 여차하면 이 자리에서 자네들 셋을 모두 죽여도 난 상관없거든."

"알, 알고 있습니다."

"그런데도 내가 지금 그대의 목을 베어버리지 않고 멈춰서 대화를 나누는 건."

테르데오가 트렐렌 후작의 목에서 검을 천천히 내렸다.

"오늘이, 그리고 지금 이곳이, 내 부인이 주최한 파티이기 때문이야."

트렐렌 후작이 고개를 필사적으로 끄덕거렸다.

그는 어느새 자세를 고쳐 두 무릎을 꿇고 있었다. 트렐렌 영식도 후작의 곁으로 다가와 눈물을 흘리며 무릎을 꿇었다.

"내가 그대들을 죽이지 못할 것이라 자만하지 마. 그것만큼 쉬운 게 없으니까."

"명심, 명심하겠습니다."

눈물을 흘린 트렐렌 후작이 필사적으로 끄덕였다. 테르데오는 두 사람을 한참 바라보더니 고개를 돌렸다.

핏빛처럼 붉은 그의 시야에 여전히 뻣뻣하게 선 로렘바 백작 부인이 담겼다. 날이 선 검이 이번엔 로렘바 백작 부인을 향하려고 했다. 그러자 그녀가 사색이 된 얼굴로 기다렸다는 듯이 서둘러 무릎을 꿇었다.

"살, 살, 살려주세요!"

순식간에 상황이 종결됐다.

테르데오가 분노를 꾹 참으며 검을 집어넣었다. 이를 꽉 문 그가 무릎 꿇은 자들을 내려다보았다.

"세 영식은 셀피우스를 직접 찾아가서 다시 사과하도록 해."

"네!"

"그, 그렇게 할게요……."

"네에……!"

세 명의 영식이 각기 다른 말투로 답했다.

"그리고."

테르데오가 나를 돌아보았다.

"페레샤티."

"……."

"그대 또한 셀피우스의 보호자잖아. 어떻게 하면 좋을지 그대가 선택하도록 해."

셀피우스의 보호자.

나도, 나도 아이의 보호자였다.

나는 시큰거리는 손목을 바라보다가 테르데오의 곁으로 다가갔다.

테르데오의 옆에 나란히 서자 내 앞에 무릎 꿇은 세 가문의 정수리가 보였다.

"잘, 잘못했습니다. 대공비 전하."

"……사과한다고 끝날 것 같으면 나도 영식들을 직접 때리고 사과하면 그만인가?"

"차라리 저를 때리세요! 제 아들은 제발! 뭐 해! 빨리 사과드려!"

"진, 진짜 잘못했어요. 정, 정말로."

"다, 다신 안 그럴게요."

나는 눈물 콧물을 쏙 빼며 사과하는 세 가문을 바라봤다.

"모두 다시는 눈에 띄지 않았으면 해. 다들 삼 일 안에 수도를 떠나. 그리고 다시는 내 눈에, 셀피의 눈에 띄지 마."

"그, 그렇게 하겠습니다."

"셀피에게는 내일 진심으로 무릎 꿇고 사과해야 할 거야."

세 명의 영식이 엉엉 오열하며 끄덕였다. 이를 악물자 옆에 있던 테르데오가 말을 덧붙였다.

"대공비에게 직접적인 해를 가한 트렐렌 후작가는 수도를 떠나 정착하되 다른 사람과의 접촉을 전부 금한다."

"각, 각, 각하!"

"영토도 재산도 작위도. 경은 아무것도 몰수당하지 않았어. 후한 처사라는 건 당연히 알고 있을 텐데."

"그, 그렇지만."

"내가 이 일을 크게 문제 삼아볼까?"

크게 문제 삼아 라피레온 가문을 적으로 돌렸다는 게 알려지면 어차피 아무것도 할 수가 없어진다.

하지만 다른 사람과의 접촉을 전부 못하게 막는다는 건 수도를 떠나 다른 사업도 할 수 없고, 작위가 높아도 할 수 있는 게 없다는 말이나 다름없었다.

트웰렌 후작가의 파멸이었다.

트렐렌 후작이 입술을 일자로 꾹 다물고 힘없이 고개를 떨궜다.

나는 세 가문의 정수리에서 시선을 떼고 주변을 둘러봤다.

"오늘 자선 파티에서 벌어진 일은 오늘 이 시간 이후로 발설하지 말아주세요. 그 누구도 어떤 이유에서라도."

"……."

"지금 벌어진 이 상황도, 내 아들의 이야기도요. 난 내 아들의 이야기가 다른 곳에서 흥밋거리가 되는 걸 바라지 않거든요."

모든 상황을 지켜본 귀족들이 입을 꾹 다물었다. 아마 내 옆에 선 테르데오의 덕이 클 것이다.

"신문 기사도 마찬가지예요. 내일 만약 신문에 오늘 자선 파티와 관련된 내용이 조금이라도 올라온다면 라피레온 가문의 힘을 이용해서라도 어떻게든 처벌할 겁니다."

"……."

"난 내 아들에게 안 좋은 기억을 굳이 상기시키고 싶지 않아요."

나는 주변을 넓게 둘러보며 모두와 천천히 눈을 맞췄다.

"좋은 일을 하기 위해 모인 여러분이시니 감히 이해해 주실 거라고 믿습니다."

그렇게 자선 파티는 끝이 났다.

CHAPTER 6.

진실의 이면

My in-laws are obsessed with me

Chapter 6

그리고 다음 날.

신문이나 소문 등 그 아무도. 자선 파티와 관련된 이야기를 꺼내지 않았다.

그렇게 아침이 밝았다.

"대공비 전하, 오늘은 신문에 내용이 실리지 않았네요."

나는 천연덕스럽게 신문을 들고 식탁에 앉는 셀피우스를 빤히 바라봤다.

"어제 자선 파티를 열었으니 분명 좋은 기사가 나올 줄 알았는데 말이죠."

셀피우스가 볼멘소리로 신문을 뒤적였다.

셀피우스는 어제 자선 파티에서 무슨 일이 있었는지 아직 모르고 있다. 내가 부디 셀피우스한테는 아무런 말을 하지 말아 달라며 저택의 고용인들한테 부탁했기 때문이었다.

이제까지 셀피우스는 아카데미에서 있었던 일들을 숨겨왔다. 그건 분명 이런 식으로 자신의 치부가 드러나길 원하지 않았기 때문이겠지.

그걸 우리가 함부로 드러내면 안 될 것 같았다.

나는 신문을 꼼꼼히 뒤적거리는 셀피우스를 유심히 살폈다.

'내가 먼저 말을 하는 게 좋을까?'

셀피우스와 이 문제로 대화를 나눠봐야 하는데 도무지 첫마디가 떠오르지 않았다.

어젯밤 테르데오와 내내 머리를 맞대고 대화했지만 나온 해결책은 없었다. 그도 그럴 게 우리 두 사람 모두 아이를 키운 적이 처음이었으니까.

생각에 잠긴 사이 테르데오가 내려왔다.

"……."

나는 다이닝 룸 앞에 멈춰 선 테르데오와 시선을 교환했다.

멈칫한 그가 눈짓으로 셀피우스를 가리켰다. 그 일에 관해 대화했냐고 물어보는 눈치였다.

나는 힘없이 고개를 내저어 답했다.

"대공 각하, 거기서 뭘 하세요?"

신문을 구석으로 던진 셀피우스가 우두커니 서 있는 테르데오를 발견하고 고개를 갸웃거렸다.

"……스트레칭."

"네?"

테르데오가 평소와는 너무도 다른 태도로 스트레칭을 하더니 목을 가다듬고 착석했다.

모두가 착석하자 셀피우스가 여느 때와 다름없이 식기를 들었다.

아침 식사 자리에 정적이 흘렀다. 홀로 식사를 하던 셀피우스가 그 고요함을 느끼고 고개를 들었다.

"두 분은 안 드세요?"

"어?"

"아."

생각에 잠긴 테르데오와 나는 식기도 들지 않은 상태였다.

나는 눈치를 살피며 식탁 위로 슬그머니 손을 올렸다.

"어? 어어, 먹어야지. 지금 먹으려고."

"잠깐."

식기를 쥐려 하자 테르데오가 빠르게 나를 저지했다.

"어제 의사가 했던 말을 잊은 건 아니겠지? 무리하지 말고 조심하라고 했잖아."

테르데오의 시선이 내 손목에 머물렀다.

"이 정도는 괜찮은데."

아니, 식기가 무거우면 얼마나 무겁다고 무리래.

덤덤하게 말한 테르데오가 포크로 먹기 좋게 자른 고기를 콕 찍어 내게 내밀었다.

"......?"

나는 내 입술 앞까지 다가온 포크와 테르데오의 얼굴을 번갈아 바라봤다.

설마, 이거…….

"안 먹고 뭐 해? 아, 거리가 너무 먼가?"

테르데오가 무미건조한 표정으로 자리에서 일어서더니 직접 포크를 들고 내 앞으로 걸어왔다. 한 손으로 식탁을 짚은 그가 상체를 숙이더니 내 입 가까이 포크를 내밀었다.

"자."

"......!"

……지금 나한테 먹여주려는 거야? 미쳤나 봐!

황당함에 얼굴이 새빨갛게 달아올랐다. 뜨겁게 열기가 오른 나와는 달리 테르데오의 얼굴은 평소처럼 덤덤했다.

"뭐 해? 안 먹고."

"저, 저보고 먹으라고요?"

"응."

테르데오가 너무도 당연하다는 듯이 태연하게 끄덕였다. 내가 계속 먹지 않자 테르데오가 고개를 비스듬히 기울였다.

"혹시 다른 음식이 먹고 싶은가?"

태연하게 중얼거린 테르데오가 식탁을 가득 채운 음식들을 둘러봤다.

여차하면 내가 먹을 때까지 모두 줄 기세였다.

"대공 각하께서 갑자기 왜 저러세요?"

우리의 이런 모습을 보던 셀피우스가 의아한 듯이 고개를 갸웃거렸다.

나는 얕게 한숨을 내쉬며 슬쩍 손목을 내보였다. 어젯밤 의사가 조심하라며 붕대를 감아준 상태 그대로였다.

"내가 지금 손목을 다쳐서……."

쾅!

손목을 보이기 무섭게 셀피우스가 얼굴을 구기더니 자리를 박차고 일어섰다. 의자가 뒤로 세게 넘어져 큰 굉음이 났다.

"깜짝이야. 왜 그래, 셀피?"

"대공비 전하."

셀피우스가 황급히 내 옆으로 다가왔다.

"손목을 다치신 거예요?"

셀피우스의 시선이 시퍼런 멍과 함께 부은 내 손목에서 떨어질 줄을 몰랐다.

"아, 이건……."

내 말이 끝나기도 전에 셀피우스가 고개를 홱 돌리더니 테르데오를 노려봤다.

"대공비 전하의 손목이 이렇게 되도록 대공 각하께선 뭘 하고 계셨어요!"

"나는."

"어제 자선 파티에서 대체 무슨 일이 있었던 거예요?"

테르데오의 말허리를 자른 셀피우스가 내 손목을 보며 안절부절못했다.

쉽사리 만지지도 못하고 아연실색한 아이의 표정을 보니 괜히 말했나 싶은 생각이 들었다.

"……그래, 내가 잘못했다."

"당연히 대공 각하 잘못이죠! 대공비 전하께서 다치지 않도록 지키는 게 각하의 할 일이잖아요! 근무 태만!"

나는 다른 손을 뻗어 셀피우스의 어깨를 가볍게 다독였다.

"셀피, 괜찮아. 그냥 넘어져서 다친 거야."

"넘어지셨다고요?"

셀피우스의 얼굴이 희게 질렸다.

"대공 각하께선 대공비 전하를 넘어지게 두고 뭐 하셨어요! 넘어지는 대공비 전하를 잡아주시든가 대신 넘어지셨어야죠!"

자신이 억지 부리고 있다는 걸 아는지 말을 마친 셀피우스가 씩씩거리며 몸을 홱 돌렸다.

그리고 당장 냉찜질을 할 수 있도록 준비해서 가져오라고 집사에게 외쳤다.

"제가 찜질해 드릴게요."

"괜찮아, 셀피. 테르데오가 밤새도록 냉찜질해 줬어. 붓기도 많이 가라앉았는걸."

"대공 각하께서요? ……그러실 분이 아닌데."

셀피우스가 못 미덥다는 표정으로 테르데오를 흘겼다.

하지만 진짜였다.

테르데오는 찜질을 하다 얼음이 녹으면 직접 얼음을 가져오는 정성까지 보였다. 내내 거의 자지도 않고 냉찜질을 해준 것 같다.

위험하니 옆에서 떨어지지 않겠다고 했던 말을 지키지 못했다며. 그래서 생긴 사고라고 자책하면서 말이다.

"이게 가라앉은 거면 어젠 더 심하셨어요?"

집사가 가져온 얼음주머니를 넘겨받은 셀피우스가 내 손목에 조심스럽게 올려뒀다.

"의사는 부르셨나요?"

"응, 당연하지. 그냥 좀 부은 것뿐이라고 했어."

"의사가 언제 그렇게 말했지? 내가 전해 듣기로는 타박상이 심하니 손목 사용을 하지 말라고 했다는데?"

셀피우스가 놀라 눈을 크게 떴다.

"정말요? 그렇게 심하대요?"

"아니야. 테르데오가 일부러 더 그러는 거야."

나는 놀란 셀피우스를 달래며 테르데오를 몰래 흘겼다.

딱딱하고 고요했던 분위기가 한결 누그러졌다.

지금이 기회라고 생각했는지 테르데오가 들고 있던 포크를 내려놓으며 슬며시 물었다.

"셀피, 요즘 별다른 문제는 없나? 아카데미에서 교우 관계라던가."

"네?"

저렇게 대놓고 물어보면 어쩌라고.

나는 한숨을 내쉬며 이마를 짚었다. 정성스럽게 냉찜질을 해주던 셀피우스가 갑작스러운 질문에 갸웃거렸다.

"음."

셀피우스가 생각에 잠겼다. 우리 둘의 시선이 자연스레 셀피우스의 입술로 향했다.

잠시 후, 셀피우스의 붉은 입술이 느릿하게 열렸다.

"네, 별다른 문제 없어요."

그럼 그렇지. 이제까지 말하지 않았는데 갑자기 '사실은요' 하면서 말을 꺼낼 리가 없지.

"······그렇군."

테르데오가 미간을 찌푸린 채 고개를 끄덕였다.

그렇군? 그렇구운? 이제 어떻게 물어볼 건데! 더 물어보지도 못하게 됐잖아. 어쩔 거야!

나는 테르데오를 향해 눈짓으로 있는 힘껏 욕했다. 눈짓으로 보내는 욕을 알아들었는지 테르데오가 천천히 내 시선을 외면했다.

우리가 티격태격하는 사이 시간이 흘렀는지 셀피우스가 시계를 확인하더니 힘없게 중얼거렸다.

"나머지 찜질은 아카데미에서 돌아온 뒤에 해드릴게요."

벌써 아카데미에 갈 시간이었다.

셀피우스가 다이닝 룸을 나가기 위해 몸을 돌렸다. 나는 순간 나도 모르게 셀피우스의 손을 붙잡았다.

"대공비 전하?"

"······어제 몸이 안 좋았잖아. 오늘은 괜찮아? 아직 몸이 다 안 나았으면 쉬어도 괜찮아. 테르데오도 네 몸이 먼저라고 했어."

괜한 조바심이 들었다.

셀피우스가 고민에 휩싸인 얼굴로 붙잡힌 손을 내려다보더니 슬며시 웃었다.

"괜찮아요."

괜찮다는 말에 순간이지만 울컥했다.

저 괜찮다는 말을 나는 벌써 몇 차례나 들었는데.

어째서 단 한 번도 그 말을 의심한 적이 없었을까. 정말 괜찮냐고 왜 한 번 더 되묻지 않았을까?

나는 목 끝까지 차오른 초조함을 삼키고 애써 태연하게 말했다.

"그럼 내가 데려다줄게."

"대공비 전하는 손목 찜질부터 하세요. 아카데미에 가는 건 저

혼자서도 할 수 있어요."

의자에서 몸을 일으키려 하자 셀피우스가 서둘러 맞잡은 손을 빼냈다.

"다녀올게요!"

그리고 우리가 붙잡기도 전에 뛰어가듯 다이닝 룸을 빠져나갔다.

"……도망갔어."

나는 셀피우스가 나선 문을 바라보며 멍하니 중얼거렸다.

여태 내가 데려다주거나 아니면 데리러 간다고 해도 셀피우스는 늘 괜찮다고, 혼자 할 수 있다며 말렸었다.

그땐 그냥 그런가 보다, 하고 넘겼었는데.

모든 걸 알게 되니 그 행동마저 이해가 됐다.

'아이들의 모든 행동엔 이유가 있다더니.'

나는 마음이 저려 아랫입술을 꾹 깨물었다.

"안 좋은 습관이야."

옆에 있던 테르데오가 손을 뻗어 깨물던 내 아랫입술을 만졌다.

"그대보고 뭔가를 참으라고 한 적 없으니 입술 깨물면서 참을 것 없어. 하고 싶은 대로 다 해. 그러기 위해서 나와 결혼했잖아?"

"하고 싶은 대로요?"

"그래. 가령……."

테르데오가 고개를 돌려 셀피우스가 나간 문을 바라봤다.

"셀피를 데리러 가고 싶으면 참을 것 없어. 데리러 가도록 해. 그 누구도 그대의 선택을 막을 수 없어. 내가 있으니까."

"……."

"그리고 셀피는."

테르데오가 크게 숨을 내쉬었다.

"셀피는 괜찮을 거야."

"그걸 어떻게 알아요. 우린 셀피가 무슨 일을 겪었는지도 몰랐는데."

"셀피한테는 이렇게 걱정해 주는 그대가 있으니까. 그러니 괜찮아질 수 있을 거야."

테르데오가 딱지가 앉은 내 아랫입술을 바라보며 무심하게 말했다.

"앞으로 깨물고 싶으면 차라리 내 손가락을 깨물도록 해."

부미건조한 표정으로 테르데오가 천연덕스럽게 자신의 손가락을 내게 내밀었다.

"이러다가 제가 정말 깨물면 어쩌시려고요?"

"내가 깨물라고 한 건데 뭘 어째. 그대가 깨물면 물려야지."

내가 못 깨물 줄 아나.

나는 내 입술 근처에 닿은 테르데오의 손가락을 바라보다 앙! 깨물었다.

당황한 모습을 볼 줄 알았는데 손가락이 물린 테르데오의 표정은 조금의 변화도 없었다.

서로의 시선이 조용히 마주쳤다.

테르데오가 다른 쪽 손을 들더니 손가락을 물고 있는 내 머리에 무심히 턱 얹었다.

쓰담쓰담.

"……?"

"잘했어."

뭐지, 이 상황?

말 듣고 손가락을 깨물었다고 테르데오한테 칭찬을 받으니까 기분이 이상했다.

나는 슬그머니 깨물고 있던 손가락을 놓고 멀찍이 떨어졌다.

❈ ❈ ❈

테르데오의 말에 용기를 얻은 나는 멋대로 셀피우스의 아카데미 앞으로 찾아왔다.

아카데미 앞에서 자식을 기다리는 부인들과 마주쳤지만, 다행히 도돌레아 황녀의 모습은 보이지 않았다.

저번과는 달리 마차에 앉아 여유롭게 기다리자 잠시 후, 수업이 끝났는지 아이들이 쏟아져 나왔다.

아직 어린 영애와 영식들은 자기를 기다리는 부모의 품에 행복한 표정으로 안겼다. 그리고 다정하게 마차를 타고 돌아갔다.

'셀피우스는 매일 이런 풍경을 보며 홀로 쓸쓸히 마차를 타고 저택으로 돌아왔겠지.'

왜 진작 올 생각을 못 했을까. 가슴이 시큰거렸다.

그러자 잠시 후, 활기찬 아이들 사이에서 홀로 쓸쓸하게 아카데미를 빠져나오고 있는 셀피우스의 모습이 보였다.

셀피우스의 어깨가 유난히도 아래로 처져 보였다.

'셀피……'

이런 모습을 보여주기 싫어서 내게 오지 말라고 한 거겠지. 늘 당차고 좋은 모습만 보여주고 싶었을 테니까.

'혹시 내가 괜히 찾아와서 셀피우스의 자존심에 상처를 입히는 건 아닐까?'

나는 마차의 문을 열지 못하고 주저했다.

한 걸음만 내디디면 되는데. 내가 내딛는 한 걸음이 셀피우스의 상처일까 봐 차마 앞으로 나아갈 수가 없었다.

순간 걸음을 우뚝 멈춘 셀피우스의 모습이 내 눈에 담겼다.

걷던 걸음을 멈춘 셀피우스는 부모를 향해 뛰어가는 아이들을 가만히 바라보고 있었다.

아이의 붉은 눈동자에 외로움과 부러움, 그리고 슬픔이 동시에 깃들었다.

이어 익숙하다는 듯이 아무것도 보지 않기 위해 땅에 고개를 처박듯 떨구고 다시 걸었다.

자신은 평생 가질 수 없는 걸 안다는 듯이.

벌컥!

그 모습을 보자 셀피우스의 상처니 자존심이니 아무런 생각이 들지 않았다.

나는 마차의 문을 활짝 열고 소리쳤다.

"셀피!"

땅을 보고 걷던 셀피우스가 내 부름에 고개를 번쩍 들었다.

"엄마 왔어!"

모두의 시선이 우리를 향해 집중됐다.

나를 본 셀피우스의 얼굴이 경악과 반가움, 그리고 기쁨으로 물들었다.

"대공비, 전하?"

셀피우스가 웃지도 울지도 못하는 복잡한 얼굴로 나를 보았다. 나는 두 팔을 벌렸고 셀피우스가 주변을 두리번거리더니 이내 다른 아이들처럼 나를 향해 힘껏 뛰어왔다.

"대, 대공비 전하! 왜 여기에! 그보다 손목은······."

"셀피."

나는 셀피우스의 말을 자르고 그냥 넓게 벌린 팔로 아이를 꼭 껴안아 주었다. 작은 아이가 내 품에 쏙 안겼다.

"오늘도 수고 많았어."

널 이렇게 안아줬어야 했어. 내가 주저할 게 아니었어.

"대, 대공비 전하."

"우리 아들 끝날 시간이니까 당연히 엄마가 데리러 왔지. 너무 보고 싶었어. 우리 셀피."

내 아들이니까 그 누구도 건들지 말라는 듯이 나는 '엄마'라는 단어에 힘주어 말했다.

"엄, 엄, 엄마요?"

그 단어가 너무도 어색한지 셀피우스의 목소리가 볼품없이 떨렸다.

"그래, 엄마. 내가 네 엄마잖아, 셀피."

다들 잘 들어. 우리 셀피우스에겐 내가 있어.

누구든 셀피우스를 건드리면 지옥 끝까지 따라가서 괴롭힐 거야.

나는 주변을 힘껏 노려보고는 손을 뻗어 셀피우스의 어깨를 포근하게 감쌌다.

"가자, 내 아들 셀피."

그리고 셀피우스를 마차로 이끌었다.

걷는 내내 셀피우스는 '엄마라고요?'라고 믿기지 않는다는 듯이 작게 중얼거렸다.

우리의 마차로 걸어가자 근처에서 익숙한 세 명의 얼굴이 보였다. 세 명을 발견한 셀피우스가 우뚝 걸음을 멈춰 세웠다.

"……아카데미에 뭘 놓고 온 게 있나 봐요."

셀피우스가 떨리는 목소리로 말하며 뒷걸음질 쳤다.

"셀피."

아이가 도망치려는 이유는 아마 여러 가지일 것이다.

자신을 괴롭히던 저 세 명의 아이가 무서워서일 수도 있고 혹은 내게 그것을 들키고 싶지 않아 상황을 피하고 싶을 수도 있고.

하지만 어느 쪽이든.

"괜찮아, 여기 있어."

나는 셀피우스가 뒤로 도망갈 수 없도록 어깨를 감싸 안았다.

당황한 셀피우스가 발버둥 치려는 찰나, 우리를 발견한 세 명의 영식이 가까이 걸어왔다.

"셀피우스."

트렐렌 영식의 부름에 셀피우스의 얼굴이 창백하게 질렸다.

그나저나 '셀피우스'?

나는 가늘어진 눈매로 트렐렌 영식을 힘껏 쏘아봤다.

어디서 감히 남의 아들 이름을 함부로 불러?

"……! 라, 라피레온 도련님."

내 시선을 본 트렐렌 영식이 놀란 숨을 크게 들이켰다. 그리고 고개를 아래로 공손히 떨구고 호칭을 높여 셀피우스를 불렀다.

'그렇지, 그렇지.'

나는 그제야 흡족한 표정으로 끄덕였다.

갑자기 달라진 영식의 태도에 셀피우스의 발버둥이 멈췄다.

"그, 그동안 내가 미안했…… 아니, 제가 잘못했습니다."

"뭐?"

갑작스러운 사과에 셀피우스가 어이없다는 듯이 반문했다.

"우, 우리도 사과할게! ……요."

"잘, 잘못했어요. 도련님."

나는 셀피우스의 뒤에서 이를 드러내며 험악한 표정을 지었다.

내 모습을 본 세 명의 영식은 눈물을 찔끔 흘리더니 두 손을 싹싹 빌며 사과했다.

"제, 제발 용서해 줘요! 잘, 잘못했어요!"

"흑흑, 다시는 안 그럴게요."

"정말 반성하면서 후회하고 있습니다!"

나는 눈물 콧물을 흘리며 사과하는 세 명의 영식을 보며 혀를 쯧 내찼다.

"……대공비 전하."

세 명의 영식을 바라보던 셀피우스가 한껏 낮아진 목소리로 딱딱하게 말했다.

"저희끼리 할 얘기가 있어서 그러는데, 잠시만 비켜주실 수 있나요? 오래 걸리지는 않을 거예요. 정말 죄송해요."

그래, 안 보이는 곳에서 당했던 만큼 갚아줘야지.

"그래, 나 마차에 먼저 타고 있을 테니까 대화하고 와."

나는 가볍게 고개를 끄덕이고 먼저 마차에 올랐다.

어제 그만큼 눈으로 직접 보여줬으니 저 세 명도 생각이 있다면 다시는 셀피우스를 건들 수 없을 것이다.

그렇게 마차에서 기다리길 몇 분.

잠시 후, 셀피우스가 굳은 표정으로 마차에 올랐다.

나는 빠르게 셀피우스를 위아래로 훑었다.

머리와 교복이 살짝 흐트러져 있었다.

'당한 만큼 갚아주고 온 건가?'

그럼 후련해야 정상일 텐데. 이상하게 셀피우스의 얼굴이 아까보다 훨씬 더 굳어 있었다.

셀피우스는 마차가 출발할 때까지도 입술을 열지 않았다.

기다림에 지친 내가 결국 먼저 입을 열었다.

"혹시 내가 아까 엄마라고 해서 기분 나빴어? 사람들 앞에서는 그렇게 하는 게 좋을 것 같아서 그랬는데…… 기분 나빴다면 미안해."

셀피우스의 의견은 묻지 않고 멋대로 한 행동이니까.

어깨를 움찔 떤 셀피우스가 고개를 천천히 내저으며 날 불렀다.

"대공비 전하."

셀피우스가 드디어 입술을 열었다.

"응, 셀피."

"하나 여쭤보고 싶은 게 있어요."

셀피우스의 진득한 시선이 내 손목에서 떨어질 줄을 몰랐다.

"어제 계단에서 다쳤다는 그 손목이요."

"응?"

셀피우스가 서늘한 시선으로 내 얼굴을 응시했다.

"트렐렌 후작께서 그렇게 만든 건가요?"

테르데오와 비슷한 아이의 서늘한 표정에 심장이 철렁 가라앉았다.

'어떻게 알았지?'

예상도 못 했던 질문이라 놀란 표정이 숨겨지지 않았다.

입을 떡 벌린 채 아무 답도 못 하자 셀피우스가 달리는 마차에서 벌떡 일어섰다.

"가서 한 대 더 때려주고 올게요."

"앉, 앉아! 셀피."

달리는 마차를 당장이라도 뛰쳐나갈 기세라 나는 황급히 셀피우스를 달래 앉혔다.

"그 개자식들이 감히 누구한테!"

"셀, 셀피! 그런 말은 쓰는 거 아니야!"

"제가 당장 가서 목을 다 베어버리든가 할게요."

"예, 예쁜 말! 셀피!"

나는 고삐 풀린 말처럼 질주하려는 셀피우스를 힘껏 달랬다.

"트렐렌 후작이 이런 짓을 벌이는 동안 대공 각하께선 어디에 계신 거죠? 저택으로 돌아가면 당장 대공 각하부터 단숨에 처리……!"

"셀피!"

나는 두 손으로 셀피우스의 입을 틀어막았다.

내 손을 충분히 뿌리칠 수 있었으나 셀피우스는 그대로 입술을 다물고 나를 바라봤다.

"셀피, 그런 나쁜 말은 쓰는 거 아니야."

셀피우스의 눈동자가 여전히 불타듯이 이글거렸다.

"테르데오가 잠시 일 때문에 자리를 비운 사이에 벌어진 일이었어. 그래도 테르데오가 빨리 나타나서 다행……."

"이게 다행이에요?"

셀피우스가 버럭 소리를 질렀다.

"빨리 나타나지 않았으면 어쩔 뻔했어요! 왜 저한테 말 안 하셨어요?"

"그건…….."

"아까 그 자식이 저한테 대공비 전하의 손목을 그렇게 만들어서 죄송하다고 사과하지 않았다면 저만 모르고 있었겠죠!"

그 자식이었구나. 비밀로 하라고 했더니 확 그냥.

"그런데 나 진짜 괜찮아. 내가 피부가 약해서 더 아파 보이는 거지. 이제는 아프지도 않아. 그냥 손목을 세게 잡은 정도야. 맞거나 손이 부러지거나 그런 것도 아니고."

그러나 셀피우스의 분노는 여전히 멈추지 않았다.

거센 숨을 한참 씩씩거리던 셀피우스가 자신이 되레 아픈 표정을 지으며 이를 꽉 물었다.

"왜 그러셨어요?"

"뭘?"

"제가 대공비 전하께 대체 뭐라고…….."

내가 지금 셀피우스의 상황을 알고 있다는 것도 다 들었겠구나.

"왜 몸을 그렇게 버리면서까지."

셀피우스가 고개를 아래로 떨궜다.

"왜라니. 그런 말이 어딨어, 셀피."

"……."

"내가 네 편을 드는 건 당연한 일이잖아. 내가 널 처음 만났을 때 했던 말 기억해?"

셀피우스가 고개를 천천히 내저었다.

"네가 행복했으면 좋겠다고 했잖아."

"……!"

"셀피. 셀피우스. 나는 네가 정말, 진심으로 행복해지길 바라고 있어."

셀피우스가 주먹을 꽉 쥐었다. 아이가 떨리는 한숨을 뱉으며 자조적인 목소리로 말했다.

"아빠가 돌아가시기 무섭게 내 엄마는 나를 버렸어요."

"……."

"난 엄마의 얼굴은 기억도 나지 않아요. 엄마 체취도, 목소리도. 아무것도 몰라요."

셀피우스의 손이 사시나무처럼 떨렸다.

"이런 일로 문제를 일으키면 대공 각하께서 실망할까 봐 무서웠어요. 절 입양한 걸 후회하실까 봐. 다시 버려질까 봐."

셀피우스의 무릎 위로 눈물이 뚝뚝 떨어졌다.

"그런데…… 제가 행복해지길 바란다고요? 그 누구도 제 행복을 바란 적이 없는데."

"……."

"제가 이런 몸으로 행복해질 수는 있는 건가요? 저를 바라는 사람이 있을까요?"

"셀피."

나는 조용히 아이의 이름을 불렀다.

"어떻게…… 제 편을 들 수가 있어요?"

셀피우스가 떨궜던 고개를 번쩍 들었다. 아이의 얼굴이 눈물로 흠뻑 젖어 있었다.

나는 차마 아무런 말도 하지 못한 채 셀피우스를 바라만 보고 있었다.

"아일렛을 보셨잖아요. 자기 아이조차도 징그럽고 무섭다면서 버려요. 그런데."

"셀피."

"어떻게……."

"……."

"어떻게 저주에 걸린 저를 아들이라고 부를 수 있어요?"

셀피우스의 울부짖음에 가슴이 미어졌다.

"어떻게 제 엄마라고 당당히 말해주실 수 있는 거죠?"

셀피우스가 참아보려는 듯 두 손으로 바지를 꽉 쥐고 입술을 꽉 물었다. 그러나 볼을 타고 흐르는 아이의 눈물은 좀처럼 멈추지 않았다.

"셀피."

그 모습을 도저히 두고 볼 수 없었다. 나는 두 손을 뻗어 아이를 품에 끌어당겼다.

"미리 알아주지 못해서 미안해."

억눌린 입술에서 애써 꾹 참는 흐느낌이 새어 나왔다.

"네가 매일 신호를 주고 있었는데 알아채지 못했어. 미안해."

늘 당차고 자존심 세 보이던 셀피우스의 몸은 너무도 작고 여려 품에 쏙 들어왔다.

"앞으로는 절대 그런 일이 생기게 두지 않을게. 네가 혼자 힘들어하게 하지도 않을 거야."

드레스가 셀피우스의 눈물로 축축하게 젖어 들었다.

"내가 아일렛에게 했던 말 기억하니? 아일렛한테만 해당하는 말이 아니야, 셀피."

"······."

"난 언제나 네 편이고 네가 그 누구보다 행복해지기를 늘 바랄 거야. 그러니까 셀피."

"······."

"넌 반드시 행복할 수 있어. 저주와는 상관없어. 넌, 넌 그냥 내가 좋아하는 셀피우스잖아."

셀피우스가 찬찬히 품에서 고개를 들었다.

늘 퉁명스럽기만 하던 아이의 얼굴에는 슬픔이 얼룩져 있었다.

"······엄마."

셀피우스의 붉은 입술이 자그맣게 열렸다.

"우리 가문의 저주 때문에 대공비 전하께서도 언젠간…… 언젠간 무섭다면서 절 버리고 떠나게 될지도 모르지만."

"……."

"지금은, 지금만큼은."

"……."

"엄마라고, 내 엄마라고 불러도 돼요? 내 엄마를 해주면 안 돼요?"

나는 눈물로 흠뻑 젖은 셀피우스의 얼굴을 손바닥으로 천천히 어루만졌다.

"셀피우스."

"……네."

"네 말대로 내가 언젠간 이곳을 떠나게 될지도 모르지만."

나도 모르게 미간이 구겨졌다. 일 년 뒤, 계약이 끝나면 나는 이곳에 없을 사람이지만.

"네가 괜찮다면 내가 라피레온 대공비로 있는 동안 네 엄마야, 셀피."

네가 원한다면 나는 무엇이든 할 수 있어.

그리고 일 년이 지나더라도 나는, 나는 절대 널 버리는 게 아니야.

"……! 정, 정말로요?"

"네 말대로 아주 혹시, 정말 만에 하나라도."

"……."

"네 말대로 내가 라피레온 대공가를 떠나는 날이 오더라도 난 언제나 네 엄마야. 이 마음만은 진심이라는 걸 꼭 기억해 줘."

"대, 대공비 전하……."

"앞으로는 내가 엄마로서 늘 너를 지켜줄게. 널 사랑할게, 셀피."

나는 셀피우스를 있는 힘껏 끌어안았다.

이제까지 혼자 감당했을 외로움과 슬픔을 생각하니 덩달아 울컥 눈가에 눈물이 고였다.

"정, 정말요? 정말 저 같은 애의……."

"넌 누구보다 사랑스러운 내 아들이란다. 언제나 그랬고 앞으로도 쭉 그럴 거야. 셀피."

셀피우스가 참았던 눈물을 터뜨리며 고개를 끄덕였다.

놓으면 사라지는 신기루를 쥐고 있는 아이처럼 셀피우스가 내 드레스를 꽉 쥐었다.

문득 예전에 레베카가 '셀피우스 도련님에게도 당연히 엄마가 필요하죠'라고 했던 말이 떠올랐다.

셀피우스는 아직 아홉 살의 성숙하지 못한 어린이였다.

그마저도 부모의 애정없이 커버린 아이. 어쩌면 또래 누구보다 부모가 필요했을 아이.

나는 셀피우스의 작은 몸을 끌어안으며 머리를 쓰다듬었다.

"앞으론 누구에게든 당당히 말해. 널 무척이나 사랑하는 엄마가 있다고."

※ ※ ※

저택에 도착했을 때 우리는 둘 다 눈과 코가 벌게진 상태였다.

그런 우리를 반긴 건 내가 아카데미에 갔다는 소식을 듣고 일을 내팽개치고 돌아온 테르데오였다.

테르데오는 훌쩍이며 마차에서 내리는 우리 두 사람을 보고 놀라 달려왔었다. 그러나 곧 우리가 서로를 부둥켜안고 울었다는 이야기에 황당한 미소를 지었다.

밤이 찾아왔다.

잘 준비를 끝내고 침대에 기대어 앉아 있자 테르데오가 침실로 들어섰다.

"셀피는요?"

"잠들었다고 하니까 이제 괜찮을 거야."

테르데오는 얼음주머니를 들고 자연스럽게 침대 내 옆자리에 앉았다. 그리고 내 손목을 쥐고 놀라지 않도록 천천히 얼음주머니를 가져다 댔다.

"셀피가 너무 울어서 탈진하는 게 아닐까 걱정도 들었어요."

"셀피도 똑같은 말을 하던데."

"저, 저는 얼마 안 울었는데!"

"그 말도 셀피와 똑같군."

테르데오의 입가에 희미한 미소가 걸렸다.

"셀피가 너무 아무렇지 않아서 피니어스 님도 모르셨나 봐요."

"……나도 몰랐으니까. 가족 실격이군."

달그락 얼음이 녹아내리는 소리가 들렸다.

"셀피한테 엄마가 되어주겠다고 했어요."

냉찜질을 해주던 테르데오의 손가락이 움찔거렸다.

그러나 곧 평정심을 되찾고 아무렇지 않다는 듯이 말했다.

"……그래서 셀피가 늦게까지 잠을 안 자고 웃고 있었군."

잠을 안 자고 웃고 있었다니. 생각만 해도 귀여워 나도 절로 웃음이 흘렀다.

"매번 그대의 도움만 받는군."

"저는 별로 한 일이 없어요. 셀피의 엄마가 된 건 제 의지고, 셀피가 절 받아준 거죠."

"그렇게 생각하는 사람은 아무도 없을걸."

피식 미소를 지은 테르데오가 냉찜질을 받느라 기대지도 못하고 앉아 있는 날 바라봤다.

"잠깐만."

테르데오가 얼음주머니를 옆에 내려두더니 내 몸을 태연하게 끌어당겼다. 갑작스러운 접촉에 놀라 몸이 빳빳하게 굳었다.

"피곤할 테니 기대 있도록 해."

그의 가슴팍에 고개를 기댄 자세가 되자 일정하게 심장 뛰는 소리가 들렸다.

자세를 잡은 그가 다시 얼음주머니를 내 손목에 올려두었다.

"이, 이런 것도 처음엔 놀랐는데 이젠 제법 익숙하네요."

"……익숙해졌다고?"

"처음엔 손만 잡아도 놀랐는데, 하하하."

"지금은 안 놀란다고?"

나는 고개를 끄덕였다. 홧홧해진 얼굴을 들키지 않으려고 태연한 목소리로 말을 이어갔다.

"지, 지금은 설렘보단 익숙함이죠."

테르데오의 몸이 움찔했다.

"……설렘보다 익숙함이라고?"

머리 위에서 테르데오가 중얼거렸다.

그러더니 별안간 그의 커다란 손이 내 턱을 부드럽게 쥐고 추켜세웠다.

바로 위에서 테르데오의 얼굴이 가깝게 맞닿아 있었다.

붉은 눈동자에는 조금의 장난기도 담겨 있지 않았다.

늘 언제나 그렇듯이 덤덤한 표정으로 나를 내려다본 테르데오가 붉은 입술을 열었다.

"얼굴이 붉은데."

"……!"

"이젠 설렘인가?"

턱 끝을 쥐고 있는 손가락이 뜨겁게 느껴졌다. 나는 숨을 쉬는 것도 잊은 채 열기를 띤 붉은 눈동자를 빤히 바라봤다.

"이건 익숙하지 않을 텐데."

이어지는 목소리에 나는 번쩍 정신을 차렸다. 붉어진 얼굴을 숨기고자 고개를 아래로 푹 숙였다.

"오, 오늘 장, 장난이 심하네요."

"장난?"

바로 머리 위에서 들리는 테르데오가 어이없다는 듯이 웃었다.

그가 순간 내 허리를 강하게 붙들었다. 그리고 놀랄 틈도 없이 그대로 날 밀어붙였다.

"헉!"

순식간에 몸이 뒤로 넘어갔다. 등 뒤로 푹신한 쿠션감이 느껴졌다.

"이래도 장난 같나?"

질끈 감은 두 눈을 떴을 땐 나는 이미 침대에 누운 상태였다. 몸 위에서 남자의 체취와 무게감이 느껴졌다.

"난 여태까지 장난이었던 적 한 번도 없었는데."

"……!"

내 위에서 묵직한 기분이 느껴지자 절로 몸이 딱딱하게 굳었다.

테르데오가 눈동자를 내리깐 채 날 내려다봤다. 긴 속눈썹 사이로 보이는 붉은 눈동자가 퇴폐적이고 나른했다.

"내가 말했었지. 저주를 알게 된 사람들은 이렇게 손가락만 닿아도 경멸스러워한다고. 같은 공간에서 숨을 쉬는 것조차 혐오한다는 말."

그가 풍기는 위험한 분위기에 눌려 입을 열 수도 없었다.

"그런데 봐. 내가 이렇게 그대를 만져도."

손목을 쥐고 있던 커다란 손이 올라와 내 손가락 사이에 얽혔다. 깍지 낀 손가락 사이로 알 수 없는 찌릿함이 흘렀다.

"그대는 날 경멸하는 게 아니라 붉어진 얼굴로 바라보잖아. 그러니 내가……."

허리를 감싸고 있던 손이 몸의 굴곡을 따라 부드럽게 움직이려다 일순 멈췄다. 마주 본 붉은 눈동자에 뜨거운 열망과 더불어 당황스러움과 자괴감이 깃들었다.

 "······어떻게 장난을 안 칠 수 있겠어."

 짤막하게 중얼거린 테르데오가 나를 빠르게 일으켰다. 나는 다시 침대에 앉아 눈을 깜빡거렸다.

 "장난이 심했군. 사과하지."

 어느새 침대에서 멀찍이 떨어진 테르데오가 다 녹은 얼음주머니를 흔들었다.

 "얼음이 다 녹았으니 바꿔 오겠어. 먼저 자고 있어."

 그는 평소와 같이 담담한 얼굴이었다. 심지어 목소리마저 무미건조했다.

 그러나 평소와는 달리 빠른 걸음으로 급하게 침실을 빠져나갔다.

 나는 어안이 벙벙한 얼굴로 허공을 보다 손가락이 얽혔던 손을 들었다.

 "장난······ 맞지?"

 찌릿한 감각이 고스란히 남아 있었다.

 얼음주머니를 갈아 온다던 테르데오는 결국 날이 밝도록 침실에 돌아오지 않았다.

※ ※ ※

 며칠이 흘렀다.

 셀피우스를 괴롭혔던 세 가문은 약속한 대로 수도를 떠났다. 셀피우스를 괴롭게 했으니 가는 길에 벌이나 받았으면 하고 내심 빌었는데.

 신기하게도 정말 그 소원이 이뤄졌다.

 데니어 백작가는 수도를 떠나가는 길목마다 바위나 나무 등으로 막히는 바람에 마차가 고립됐다고 했다.

하여 모든 짐과 마차를 손으로 직접 운반해야 했는데.

식솔들로만 짐을 옮기자니 시간이 너무 늦어 고귀한 백작가의 가족들이 직접 짐을 들고 옮겼다고 했다.

워낙 힘한 일에는 몸을 쓰지 않던 귀족들이라 아직도 시름시름 앓아누워 있다는 소문이 돌았다.

로렘바 백작가는 가는 도중 마차 전복 사고가 일어났다. 바퀴가 헐겁게 끼워져 있던 탓에 마차가 낭떠러지 아래로 떨어졌다.

다행히 큰 인명 사고는 없었지만 상처가 심하다고 했다.

마찬가지로 회복에 시간이 걸려 침상에서 일어나지 못한다는 소문이었다.

마지막으로 트렐렌 후작가는 도적을 만났다. 도적들의 검술이 어찌나 뛰어나던지 후작가의 기사들과 후작이 직접 덤벼도 도무지 이길 수 없었다고 했다.

도적은 트렐렌 후작가의 모든 짐을 빼앗고, 후작의 양 손목을 망가뜨렸다고 했다.

소문에 의하면 그는 두 번 다시는 검을 쥘 수 없을 것이라고 했다.

'누가 나 대신 벌을 내렸나.'

줄줄이 들려오는 세 가문의 소식을 통쾌하게 들으며 시간을 보내다 보니 어느덧 재판 날이 다가왔다.

나는 레베카의 조언에 따라 비교적 차분하고 색이 없는 드레스를 입고 대신전에 참석했다. 재판은 처음이라 긴장한 내 양옆을 테르데오와 셀피우스가 든든하게 지켰다.

새어머니는 장례식처럼 우중충한 드레스를 입고 혼자 참석했다.

'레이나는 황녀의 시중을 드느라 못 왔나?'

새어머니는 평소와 달리 내게 눈길 한 번 주지 않았다.

그렇게 허울뿐인 재판이 시작됐다.

내 변호사의 반론이 시작되기 무섭게 새어머니는 손수건으로 눈물을 닦으며 흐느꼈다.
 특히 아버지의 죽음에 관한 말이 나올 땐 마치 슬픔을 참을 수 없다는 듯이 오열했다. 간혹 변호사의 목소리가 들리지 않아 난감할 정도였다.
 아버지의 장례식 때도 볼 수 없었던 슬픔이었다.
 "재판엔 관심도 없어 보이는군."
 내 옆에 앉아 있던 테르데오가 팔짱을 끼고 낮게 읊조렸다. 그의 시선이 머문 곳을 따라가자 새어머니의 변호사가 늘어지게 하품하며 기지개를 켜고 있었다.
 "그러네요."
 그는 이 재판에서 이길 생각이 없어 보였다. 그저 형식적인 의문만 제기할 뿐, 재판 자체에는 심드렁한 모습이었다. 그마저도 감정적으로 호소할 뿐이었다.
 가끔은 우는 새어머니를 달래며 같이 코를 훌쩍이기도 했다.
 "아데우스의 말이 맞네요."
 그들의 목적은 재판에서 이기는 것이 아니었다. 이 재판으로 내 발목을 걸고넘어지려는 것뿐.
 양측 모두 준비한 변론이 끝났다.
 너무도 극명한 변론이었기에 대신관은 기다릴 것도 없이 판결을 내리기 위해 입을 열었다.
 "페레샤티 라피레온이 유산을 받기 위해 유언장을 조작하고 아버지인 자하르트 백작을 살해했다는 정황은 찾아볼 수가 없습니다. 증거도 증언해 줄 수 있는 사람도 없는 단순 억측만으로는 상속권을 박탈할 수가 없으므로……."
 그때였다.
 "저주를 내린 거 아니에요?"
 신전에 대신관의 판결을 뚝 자른 당찬 목소리가 크게 퍼졌다.

모인 모든 사람이 목소리가 들린 곳으로 주인공을 찾아 고개를 돌렸다.

'여긴 왜 왔지?'

나는 참관인 사이에서 찬란히도 빛나는 금발을 바라보며 이를 꽉 물었다.

자신의 정체를 거리낌 없이 드러낸 도돌레아가 날 보며 씩 웃었다. 그녀의 곁엔 늘 그림자처럼 따라다니는 레이나도 함께 있었다.

갑작스러운 황족의 등장에 대신관을 비롯한 모든 귀족이 도돌레아에게 정중히 인사했다.

'레이나가 데려왔나?'

도돌레아의 맑은 녹안이 즐거움으로 반짝 빛났다. 나 역시 그녀를 보며 태연한 척 웃었다.

"조금 전 얼핏 들으니 증거도 증언도 없다는 것 같은데."

도돌레아가 나를 유심히 바라보며 착석했다.

"그럼 라피레온 대공비가 백작에게 저주를 내린 걸지도 모르잖아요?"

도돌레아가 꼰 다리를 즐겁게 까닥 흔들었다. 그녀는 턱을 괸 채 키득 웃으며 내 반응을 살피고 있었다.

찬물을 끼얹은 것처럼 사늘한 분위기가 침묵했다.

"다들 이 분위기는 뭐죠? 모르는 거예요? 아카데미 다닐 때 다들 안 배웠어요?"

도돌레아가 어이없다는 표정으로 침묵하는 귀족들을 둘러봤다.

"몇백 년, 아니, 천여 년 전에는 마녀가 존재했고 그 마녀가 사람들한테 저주를 내린다는 말이 있었잖아요. 교재에 그렇게 쓰여 있던데."

도돌레아가 너무하다는 듯이 푸념했다.

'마녀? 사람들한테 저주를 내려?'

내가 고개를 들자 광기로 뒤덮인 도돌레아의 눈동자와 정면으로 마주쳤다.

"대공비가 유산을 차지하기 위해 자하르트 경에게 저주를 걸어 살해……했을지도 모른다는 거죠."

순식간에 재판 분위기가 엉망이 됐다. 터무니없는 미친 소리지만 일부 귀족들은 황족의 말에 귀를 기울이는 것 같기도 했다.

도돌레아의 얼굴이 환해졌다.

'내가 저주를 내릴 줄 알면 지금 황녀한테 먼저 저주를 내릴 텐데.'

……라고 크게 외치고 싶은 걸 꾹 참았다. 내 심기가 불편한 걸 눈치챈 테르데오가 허리에 찬 검을 잡으며 작게 중얼거렸다.

"지금 실수인 척 가서 목을 베면 아무도 모르지 않을까?"

"좋은 생각입니다, 각하. 제가 다른 사람들의 시선을 끌게요."

두 사람은 당장이라도 자리를 박차고 뛰쳐나가 도돌레아의 목을 벨 기세였다.

솔직히 구미가 당기는 제안이었다. 나는 목 끝까지 차오른 긍정적인 답변을 꾹 삼켰다.

"모두가 보는 앞에서 황족시해범으로 잡혀가고 싶다면 그렇게 해요. 그리고 셀피, 넌 이런 나쁜 말 배우면 못써."

하지만 목을 베고 싶다는 의견은 동감이다. 저 얄팍한 주둥이를 한 대 꽉 세게 때려주고 싶었다.

대신 나는 목소리를 조금 높여 모두가 들을 수 있도록 크게 외쳤다.

"만약 제가 그런 저주를 내릴 수 있는 사람이었다면……."

"……."

"아마 이 상황을 방해한 황녀 전하께 제일 먼저 저주를 내렸을 겁니다."

도돌레아의 뒤에 있던 레이나가 놀란 숨을 크게 들이켰다. 그러거나 말거나. 나는 내가 지을 수 있는 최고로 아름다운 미소를 지었다.

"제가 저주를 내리지 못해 정말 다행입니다, 황녀 전하."

도돌레아가 섬뜩한 눈빛을 반짝였다. 일순 실내가 술렁였다.

"저주라고?"

"그런 게 있을 리가 있나."

"하지만 나도 아카데미를 다닐 때 배우긴 했는데……."

"그럼 지금 황녀 전하께서 쓸데없는 말씀을 한다 이거야?"

"만약 진짜 저주라면…… 징그러워."

대신관이 못마땅한 눈으로 소란스러운 주위를 크게 둘러봤다. 그는 자신의 재판이 방해당했다고 생각하는지 마뜩잖은 표정이었다.

"모두 침묵해 주시기 바랍니다."

대신관의 위엄 있고 굵은 목소리가 크게 울리자 모두 동시에 입술을 닫았다.

대신관이 불온한 시선으로 도돌레아를 바라봤다.

"황녀 전하. 그건 아주 오래전부터 전해 내려오는 허구의 이야기일 뿐입니다."

"허구?"

"네. 만약 그것이 사실이라고 해도 재판에서 입증할 수 있는 증거가 없으니 결과에 크게 작용하지 않습니다."

즉, 그러니 내 재판을 방해하지 말라는 뜻이나 다름없었다. 아무리 황족이라고 한들 이런 식으로 재판을 망치는 건 도리가 아니었으니까.

대신관은 단호한 표정으로 자신의 판결을 이어갔다.

"잠시 소란이 있었습니다. 다시 이어가겠습니다. ……자하르트 부인의 의견만으로는 라피레온 대공비 전하의 상속권을 박탈할 수 없으므로 이 재판을 기각합니다."

판결이 내려지고 재판은 끝났다. 대신관이 먼저 퇴장하자 모두 자리에서 일어섰다.

분명 내가 이긴 재판인데, 여론도 내 몫으로 기울어져 있는데. 그다지 썩 유쾌하진 않았다.

다들 나와 같은 기분인지 퇴장하는 대신관도, 참관인도 모두 꺼림칙한 표정이었다.

도돌레아가 던진 '마녀'와 '저주'의 파문 때문인지 일부 귀족은 나와 시선을 맞추지 않도록 애쓰며 도망가듯 나섰다.

"우리도 이만 가도록 하지."

테르데오가 몸을 일으켰다. 그의 날카로운 시선이 한곳에 박혀 있었다.

따라 눈동자를 굴리자 사람들이 모두 퇴장한 자리에 홀로 남은 그녀가 보였다. 도돌레아는 여전히 자리에 앉아 여유롭게 손까지 흔들고 있었다.

"대공 각하는 엄마와 결혼하셨잖아요. 황녀의 저런 행동은 엄마한테 민폐예요. 황제 폐하께 제재해 달라 말씀드려야 하는 거 아니에요?"

"됐어."

황제가 제재해 줄 생각이 있다면 황녀가 테르데오를 탐낸다는 소문이 퍼지기 전에 해줬겠지.

오랜 병마와 싸우다 일어난 딸의 부탁은 뭐든 들어주고 싶은 마음뿐이겠지. 실제로 황제는 내가 회귀 전, 사 황녀 도돌레아가 죽어갈 때 무척이나 통탄했었으니까.

나는 도돌레아를 보던 시선을 떼고 돌았다.

"무시하고 가요. ……가자, 셀피."

관심받고 싶은 사람한텐 관심을 안 주는 게 최고지.

몸을 돌린 순간 마침 신전을 나가려던 새어머니와 눈이 마주쳤다.

"페레샤티."

새어머니가 내 곁으로 천천히 걸어왔다. 재판 때 오열하던 모습과는 달리 감정이 없는 무채색의 얼굴이었다.

"어머니, 아쉬우시겠어요."

나는 가까워지는 그녀를 향해 활짝 웃었다.

"제 상속권을 박탈시키지 못하셨잖아요. 게다가 여론 조성도 마음먹은 대로 안 되셨으니 이를 어째요?"

나는 해맑게 웃었다. 이젠 무슨 말을 할까?

아데우스가 말하길 고용인들을 해고할 정도로 가세가 기울었다고 했지? 그 빚을 갚아야 할 테니 제발 돈을 달라며 무릎 꿇고 애원이라도 하려나? 아니면 어떻게든 날 죽이고 유산을 가져가려 할까?

아니지. 지금 내가 죽으면 유산은 내 남편인 테르데오한테 갈 테니까…….

'어떻게든 날 이혼시키려고 하겠구나.'

나는 보란 듯이 조소하며 새어머니가 꺼낼 다음 말을 기다렸다. 어떤 상황을 상상하듯 전율이 일어난 것처럼 짜릿했다.

새어머니가 내게 천천히 다가왔다. 나는 시선을 아래로 내리깐 그녀의 입술을 지그시 응시했다.

'과연 무슨 말을 할까!'

"페레샤티."

"네, 말씀하세요."

새어머니가 숨을 멈췄다.

"저주는 진짜 있어."

그녀가 꺼낸 말은 유산을 향한 애걸복걸도, 빚을 갚아달란 말도 아닌 '저주'였다.

순간 나도 모르게 어깨가 움찔 떨렸다.

'뭘 알고 하는 말이야?'

나는 곁눈질로 내 옆에 선 테르데오와 셀피우스를 힐끔 바라봤다. 두 사람 다 표정 변화는 없었다.

새어머니가 음침한 눈동자를 위로 치켜뜨며 괴기하게 날 바라봤다.

"아니, 그건 저주가 아니라 신의 축복이란다. 신의 대리인으로서 축복을 내리는 거야."

새어머니의 눈동자가 탁하게 물들었다.

'대체 뭐라고 하는 거야?'

영문 모를 말뿐이었다. 새어머니는 어두침침한 시선으로 나를 유심히 살폈다. 그리고 나를 지나쳐 그대로 신전을 빠져나갔다.

"엄마, 저 사람 좀 이상한데요?"

셀피우스가 소름 돋은 팔을 쓸어내리며 몸을 부르르 떨었다. 나는 셀피우스의 말에 동조하며 새어머니가 빠져나간 문을 한참 바라봤다.

'뭔가 이상한데.'

나를 향한 적개심이나 분노는 여전한 것 같은데 어딘가 묘하게 달랐다.

'정신이 온전치 못한 척을 하는 건가?'

나는 갸웃거리던 고개를 돌려 도돌레아의 뒤에 선 레이나를 살폈다. 레이나는 고개를 푹 숙인 채 자신의 신발을 바라보고 서 있었다. 고개를 너무 깊게 숙인 탓에 표정이 제대로 보이지 않았다.

'뭐지?'

이상한 위화감이 느껴졌다.

구겨진 시선을 돌리자 도돌레아와 눈이 마주쳤다. 그녀는 여전히 재밌는 구경을 관전하듯 싱글벙글 웃고 있었다.

그 순간, 도돌레아가 나만 볼 수 있도록 입 모양으로 말을 전달했다.

'선, 물, 줄, 게.'

지금 내가 잘못 들었나? 선물이라고? 나한테 선물을 준다고?

황녀가 내게 준다는 선물이 정말 좋은 선물은 아닐 텐데.

도돌레아의 말을 곱씹고 있자 단단한 팔이 내 허리를 감쌌다.

"페레샤티."

테르데오가 날 자신의 품에 가두었다.

"내가 전에 했던 말을 그새 잊은 건 아니지?"

"전에 했던 말이요?"

"엮일 생각 하지 마."

내가 도돌레아와 무언가 말을 주고받는 걸 눈치챈 것 같았다.

그는 미친 도돌레아가 벌일 짓이 걱정됐는지 나를 옆구리에 매달다시피 번쩍 들었다.

"허억……!"

그가 나를 한 손으로 가볍게 안아 들었다.

"그만 가자."

테르데오가 가볍게 걸음을 옮겼다.

"내, 내, 내려줘요!"

"조금 더 멀어지고."

옆을 따라오는 셀피우스가 우리를 바라보며 흐뭇하게 웃었다.

'아으, 창피해!'

차라리 내 눈을 가려버리자 싶어서 나는 손바닥으로 얼굴을 확 가렸다.

그의 팔에 대롱대롱 매달린 채 걸으니 조금 전 도돌레아가 했던 말이 떠올랐다.

'마녀와 저주라…….'

나는 얼굴을 가리던 손을 떼고 테르데오를 올려다봤다.

"라피레온 가문의 저주는 언제부터 시작된 거예요?"

"……갑자기?"

"아까 저주 얘기를 들으니까 궁금해져서요."

"……초대 대공이 죽고, 2대째가 작위를 이을 때부터 시작됐다더군."

복도에는 조용히 걷는 구두 소리만 크게 퍼졌다.

"저주에 걸릴 이유도, 의심되는 것도 없다고 쓰여 있었어. 2대째의 자식들 또한 저주에 걸린 상태였다더군. 저주의 대물림을 끊어 보고자 여러 방면으로 시도해 봤다는데."

테르데오가 자조적인 조소를 흘렸다.

"저주의 대물림이 끊어지기는커녕 저주 때문에 죽거나 괴로워하는 아이들만 만든 거지."

옆에서 가만히 듣고 있던 셀피우스가 한마디를 보탰다.

"저주의 대물림을 끊고 싶었으면 자식을 만드는 게 아니라 그 2대째가 죽었으면 됐을 텐데 말이죠."

어느 정도 멀어지자 테르데오가 나를 조심히 복도에 내려줬다. 나는 구겨진 드레스를 툭툭 털며 작게 중얼거렸다.

"도돌레아 황녀의 말처럼 당시 정말 마녀가 있었다면 그게 저주의 원흉일지도 모르겠네요."

"이미 조사해 봤어. 2대째가 남겨둔 일기장, 생활 보고서 등을 살펴봤지만 내성적인 2대째는 낯선 외부와의 접촉을 꺼렸고 마녀라고 할 만한 인물은 없었어."

하긴. 이미 수백 년을 넘게 이어온 저주인데 조사를 안 해봤을 리가 없지.

긴 복도가 끝이 나자 우린 신전을 빠져나왔다.

"어쨌든 한고비는 넘겼네요."

고개를 돌리자 새어머니와 그녀의 일행으로 보이는 귀족들이 몰려 있는 게 보였다.

'아직도 안 돌아갔나?'

재판에서 패배한 사람답지 않게 그들의 분위기는 화기애애했다.

자연스럽게 내 시선이 그곳에 머물렀다.

'저기 모여서 뭘 하는 거야?'

수상쩍은 눈으로 그 무리를 한창 바라볼 때였다. 옆에서 가볍게 흩날리는 목소리가 들렸다.

"제가 재밌는 이야기 하나 들려드릴까요?"

갑자기 들려온 목소리에 나는 화들짝 놀라 어깨를 굳혔다. 옆에 있던 테르데오가 반사적으로 목소리의 주인공을 멀리 밀쳐냈다.

"으악!"

요란한 소리와 함께 그가 뒤로 밀려났다. 넘어지지 않도록 간신히 균형을 잡은 그가 입술을 삐쭉 내밀었다.

"여기서 재판이 끝나기만을 하염없이 기다린 사람에게 너무하십니다."

"……아데우스?"

내가 이름을 부르자 아데우스가 삐쭉이던 입술을 집어넣었다. 그리고 구겨진 옷을 툭툭 털며 웃었다.

"대공비 전하께 아데우스라고 직접 들으니 마음이 설레네요."

"네가 왜 여기에 와 있어?"

"자선 파티는 잘 마무리하셨나요?"

자선 파티?

자선 파티라는 단어를 들으니 그때의 불쾌한 기분이 떠올라 절로 얼굴이 구겨졌다.

아데우스가 내 표정을 살피며 걱정스럽게 물었다.

"이런. 무슨 안 좋은 일이 있었나요?"

"……아니. 그냥. 그런데 자선 파티는 왜?"

"그날 대공비 전하를 돕고자 자선 파티에 갔었는데 이미 끝났더라고요."

"네가 자선 파티에 왔었다고?"

아데우스가 대수롭지 않게 끄덕였다.

"참석하진 못했지만요."

"아……."

"게다가 여론 조성을 잘하시다가 마지막 자선 파티 관련해서는 기사도 소문도 돌지 않더라고요. 혹시 무슨 일이 있었나 걱정했습니다. 저희는 친구니까요."

테르데오가 혀를 쯧 내차더니 마뜩잖은 듯 눈썹을 구겼다.

"대공비의 소식을 그리도 꿰뚫고 있는 걸 보니 영식은 참 할 일도 없나 보군."

"대공 각하께선 바쁘지 않으십니까? 대공비 전하를 뵈러 올 때마다 함께 계시는 것 같군요."

두 사람이 서로를 노려보았다.

'또 시작이네, 또.'

나는 한숨을 내쉬며 두 사람 사이에 끼어들었다.

"두 사람 다 그만."

셀피우스도 보고 있는데 다 큰 성인들이 뭘 하는 거람.

"그날은 몸이 좋지 않아서 파티가 일찍 끝났어. 그리고 이미 여론이 좋은 쪽으로 흐르길래 굳이 자선 파티까지 이용하고 싶지 않았을 뿐이야. 아데우스, 네가 미리 귀띔을 해줘서 도움이 됐어."

"별말씀을요. 도움이 됐다니 다행입니다."

"그것 때문에 온 거야?"

아데우스가 탄성을 뱉더니 눈꼬리를 부드럽게 휘었다.

"재밌는 이야기를 들려드린다는 게 그만 이야기가 딴 길로 샜네요."

"재밌는 이야기?"

아데우스가 싱글벙글 재밌다는 듯이 웃었다.

"자하르트 백작 저에서 일방적으로 해고됐던 고용인들이 모두 다시 채용됐다고 합니다. 더불어 밀렸던 임금까지도 다 받았다고 하더군요."

"갑자기?"

"네, 하루아침에요. 게다가 백작 부인께서 빚이 꽤 있었는데 말이죠. 그것도 깔끔히 갚았다고 합니다."

"빚까지 한 번에 다 갚았다고?"

"네, 그렇죠."

그래서 초조함이라고는 조금도 보이지 않았나? 대체 어디서 그런 큰돈이 났지?

"그리고 이건 일하는 하녀에게 들은 건데 말이죠."

"넌 대체 그런 걸 어떻게 듣고 다니는 거야?"

아데우스가 입술에 검지를 대고 씩 웃었다.

"영업 비밀입니다."

"……그래, 이야기나 계속해 봐."

"자하르트 백작님께서 돌아가시기 석 달 전부터 몰래 약을 드셨다고 합니다."

"약?"

나는 아데우스의 말에 두 눈을 동그랗게 떴다.

"약이라고? 확실해?"

"네, 제가 감히 대공비 전하께 확실하지도 않은 이야기를 전달하겠습니까?"

아데우스가 기세등등하게 말했다.

거짓은 아닌 것 같은데.

석 달 전부터 약이라니? 어디가 아프셨나? 아버지가 약을 드시고 있었다는 이야기는 처음이었다.

"무슨 약을 드셨다는데?"

혼란스러운 표정을 하자 아데우스가 은밀하게 미소를 지었다.

"아이를 가질 수 없는 약이랍니다."

"……뭐?"

아이를 가질 수 없는 약? 그런 약을 아버지가 왜?

약의 정체를 듣고 나니 더욱 혼란스러워졌다.

"백작 부인께서 아이를 원하셨다는 걸 아셨나요?"

"어? 새어머니가 아이를?"

"대공비 전하도, 그리고 현 자하르트 영애도. 한쪽의 피를 이어받았을 뿐 두 분의 아이는 아니니까요."

어안이 벙벙한 내 얼굴을 본 아데우스가 흐드러지게 웃었다.

"아마 대공비 전하께서 모르게 하고 싶었나 봅니다. 견제 대상으로 생각했을지도 모르고요."

새어머니라면 분명…….

"그랬겠지."

그러고도 남을 사람이니까.

"두 분의 의견이 맞지 않은 모양입니다. 한 분은 아이를 희망하고, 한 분은 약까지 드실 정도로 원하지 않으셨으니까요."

"……."

"그러다 백작님이 약을 드시는 걸 부인이 직접 보고 알게 됐다고 하더군요. 처음엔 많이 다투셨는데 나중엔 부인께서 포기하셨다고 하더군요."

아데우스가 미소를 지었다.

"그리고 백작님께서 돌아가신 날 밤. 어김없이 약을 드시겠다고 하여 하녀가 물을 가져다드렸는데."

"……설마?"

"네. 약을 드시자마자 고통을 호소하시더니 이내 숨을 거두셨다고 합니다."

자하르트 가문의 이야기지만 정작 나는 모든 것이 처음 듣는 이야기들이었다. 나는 황당함을 숨기지 못한 채 실소를 뱉었다.

"이 얘기, 아버지의 사인을 조사하러 온 조사원들한테도 말했대?"

"네, 그럼요. 백작님께서 드신 약의 최대 복용 기간이 두 달이었습니다. 당시 백작님께선 석 달을 넘게 장기 복용 중이셨고요."

"그렇게 오래?"

"네, 부작용일 가능성도 있다고 판단한 것 같아요. 부인께는 말씀드렸으나 딸들이 너무 슬퍼하니 자신이 전달하겠다고 했답니다."

그래서 나한테는 아버지께서 약을 드셨다는 이야기는 전달되지 않은 거구나.

황당한 내 얼굴을 보는 아데우스의 눈동자가 형형하게 빛났다. 그는 입가에 서늘한 미소를 띤 채 감정 없는 목소리로 말했다.

"그래도 뭐, 그게 설마 독이기야 하겠습니까? 돌아가신 백작님의 몸에선 아무런 독도 검출되지 않았고 더불어 수상한 흔적도 없었으니."

"……."

"매일 밤의 피로가 쌓였거나 섭취해야 할 약의 복용량이 넘어 갑작스러운 심장마비 증세를 일으킨 거겠죠."

'약의 부작용이라니.'

굳이 부작용까지 감수해가며 왜 약을 장기 복용 하신 거지? 누군가 눈 앞을 가린 것처럼 시야가 탁해진 기분이었다.

나는 두 손으로 눈을 짚고 혀를 쯧 내찼다. 벌어진 손가락 사이로 여전히 미소 지은 채 서 있는 아데우스가 보였다.

"이런 얘기 나한테 와서 해도 돼?"

"대공비 전하께 도움이 되고 싶어서 열심히 한 건데 당연히 해 드려야죠."

"나한테 도움?"

"네, 당연히."

"……당연히?"

아데우스가 입술을 살짝 벌린 채로 나를 빤히 응시했다.

당연히 뭐?

"당연히 라피레온 안주인이 아끼는 친구가 되기 위해서, 뭐 그런 거야?"

답답한 내가 먼저 말을 꺼내자 아데우스가 웃음을 터뜨렸다. 그리고 고개를 열렬히 끄덕였다.

"맞습니다. 대공비 전하의 친구가 되기 위해서죠. 그리고 더불어 지난번 일에 대한 사과도 드리고 싶었고요."

지난번 일의 사과? 지난번 일이라면 첫 만남 때 내 앞을 무례하게 가로막은 것? 아니면 막무가내로 내 정부가 되겠다고 한 것?

아무리 생각해도 사과받을 일이 너무 많다.

'생각 이상으로 쓸모가 있네.'

그때 친구 하자는 말에 차갑게 뿌리쳤으면 이런 얘기도 듣지 못했겠지.

"그래, 네가 지난번 조언도 쓸모 있었고 조금 전 이야기도 꽤 흥미로웠어. 수고했어. 고마워."

내 감사 인사에 아데우스가 놀란 눈을 크게 떴다.

"왜 그렇게 봐?"

"대공비 전하께서 제게 고맙다고 말할 줄은 몰랐어요."

"나 그렇게 파렴치한 사람 아니야."

나를 직시하는 아데우스의 푸른 눈동자가 뜨겁게 불타올랐다. 어찌나 뜨겁던지 뒤에 있던 테르데오가 미간을 구기더니 손바닥으로 내 얼굴을 가렸다.

"이제 이야기는 끝났나?"

아데우스가 정신이 번쩍 들었는지 고개를 저었다.

"……네, 제가 해드릴 이야기는 여기까지입니다."

"그래? 그럼 더 들을 건 없겠군."

테르데오가 아데우스를 등지고 내게 손을 뻗었다.

"이만 돌아가지, 부인."

테르데오는 아데우스를 향한 적대심을 노골적으로 드러냈다.

"아데우스. 이번 일에 대한 보상은 따로 해주겠어."

나는 예전에 슬쩍 봤던 권력욕이 가득한 아데우스의 눈동자를 떠올렸다.

'좋은 정보를 가져올 때마다 그에 마땅한 보상을 해준다면 분명 또 쓸 만한 정보를 가져올 거야.'

나는 테르데오의 팔에 손을 얹었다.

'혹시 새어머니가 아버지를⋯⋯.'

나는 무심결에 고개를 돌려 새어머니가 있는 곳을 바라봤다. 그녀와 얼핏 시선이 마주친 착각이 들었다.

'설마. 나는 유산 때문에 죽였다고 하더라도 아버지는 죽일 이유가 없는걸.'

고개를 돌리려는 그 순간.

새어머니가 가방에서 무언가를 꺼내는 모습이 눈에 들어왔다.

"어?"

익숙한 무언가가 시야에 담겼다.

순간 나는 테르데오의 손을 뿌리치고 새어머니를 향해 달려가듯 빠르게 걸어갔다.

"페레샤티?"

"엄마, 어디 가세요?"

"⋯⋯대공비 전하?"

세 사람이 뒤에서 날 부르는 소리가 들렸다. 하지만 나는 걸음을 멈추지 않았다.

나는 하하 호호 즐겁게 대화를 나누는 무리를 헤집고 들어가 새어머니의 손목을 세게 쥐었다.

탁.

마치 지금 이 순간을 위해 모두 연기를 했던 것처럼 널리 퍼지던 사람들의 웃음이 뚝 멈췄다.

"이거 뭐야?"

하지만 내 정신은 새어머니의 손에 집중되어 있었다. 새어머니가 고개를 비스듬히 기울였다.

"이걸 왜 당신이 가지고 있어?"

갑자기 조금 전, 아데우스가 했던 말이 귓가에 맴돌았다.

'설마 그게 독이기야 하겠습니까? 독도 검출되지 않았고 수상한 흔적도 없었으니……'

새어머니의 손목을 쥔 손이 파르르 떨렸다.

새어머니의 손에 들린 약이 익숙했다.

"당신, 설마."

그건 바로 아일렛의 피가 담긴 알약이었다.

"아버지가 돌아가신 날 밤, 드셨다는 약이 이거야?"

새어머니의 눈썹이 꿈틀거렸다. 하지만 놀란 기색이라곤 눈곱만큼도 보이지 않았다.

"정말 모르는 게 없으시구나. 이걸 꺼내면 네가 반응할 거라고 하더니 정말이네."

작게 중얼거린 새어머니는 어딘가 홀린 표정 같기도 했다. 그러더니 갑자기 그녀가 크게 외쳤다.

"이게 무슨 약이길래 그렇게 사색이 된 얼굴이니, 페레샤티?"

갑작스러운 외침에 신전을 빠져나오던 귀족들도, 지나가던 행인도 모두가 우리를 힐끔 바라봤다.

틀림없다.

얇은 막에 싸인 붉은 액체.

분명 아일렛의 피로 만든 알약이 확실했다.

'도대체 이게 왜 여기…….'

나는 이를 악물고 독기 어린 눈으로 그녀를 노려봤다.

"고작 알약 두 알이 널 꽤 놀라게 한 것 같구나."

새어머니의 목소리에는 일말의 감정도 담겨 있지 않았다.

"이 약 언제부터 갖고 있었는지 대답해."

만약 아버지가 돌아가시기 전부터 갖고 있던 거라면……

새어머니가 내게 잡힌 손목을 거칠게 뿌리쳤다.

"페레샤티, 너 조금 전 백작님께서 돌아가신 날 밤 이 약을 드셨냐고 물어봤지?"

그녀가 실소를 흘렸다. 그리고 내 손바닥을 꽉 잡아 펼치더니 두 알의 알약을 올려뒀다.

"나도 네게 묻고 싶구나, 페레샤티."

"뭐?"

"이 약은 대체 무슨 약이니?"

뭐 하자는 거지? 지금 모른 척하는 거야?

새어머니의 순진무구한 질문에 절로 조소가 흘렀다.

"그건 내가 할 질문 같은데. 당신이 이 약을 가방에서 꺼내는 걸 여기 있는 모두가 봤어. 당신이 챙겨온 약이잖아. 무슨 약인지는 나보다 당신이 더 잘 알 것 같은데."

"그래, 내가 가져왔지."

새어머니가 떨군 눈동자를 치켜떴다. 희번덕거리는 눈동자에 광기가 스며 있었다.

"바로 네가 사용하던 침실에서 말이야."

뭐?

사람이 너무 어이가 없으면 말이 안 나온다는 데 지금이 딱 그랬다.

힐끔거리던 사람들이 아예 가던 길을 멈추고 흥미를 갖는 게 느껴졌다. 내 뒤로 아데우스와 테르데오, 그리고 셀피우스가 바짝 다가왔다.

"정확히는 네 침실 서랍장 맨 하단에 숨겨져 있던 걸 찾아 가져온 거란다."

새어머니의 시선이 내 손바닥 위의 알약으로 향했다. 그러자 모든 사람이 그녀를 따라 내 손바닥 위 알약을 바라봤다.

얼음물을 뒤집어쓴 것처럼 머리가 차갑게 식었다.

"감히 일개 백작 부인이 엄마…… 아니, 대공비 전하를 음해하려고 하는 건가?"

이 어이없는 상황에 셀피우스가 조소하며 날카롭게 쏘아붙였다. 하지만 새어머니는 이런 상황쯤은 예상이라도 한 것처럼 평정을 유지했다.

"청소하던 하녀가 발견하고 제게 가져다준 겁니다. 당시 침실을 청소하던 하녀가 열 명가량이었으니 거짓인지 직접 확인해 보셔도 됩니다."

"뭐라고?"

"라피레온 도련님께서 페레샤티…… 아니, 대공비 전하를 아끼는 거 알고 있습니다. 예전에 제가 딸을 보러 저택에 방문했을 때도 절 쫓아내셨죠."

"그건 부인이 대공비 전하께 예의를 갖추지 못해서……."

"네, 하지만 진실을 알려면 더는 숨기기만 해서는 안 됩니다. 아니면 라피레온가에서는 이번에도 대공비를 아끼는 마음에 이 죄를 은폐하실 건가요?"

나는 빠르게 셀피우스를 저지했다. 그리고 테르데오한테도 나서지 말라고 눈짓을 보냈다.

조금 전 새어머니가 한 말로 인해 라피레온가에서 나서면 나설

수록 내가 저 약의 주인이라고 인정하는 꼴이 되었다.

새어머니는 그걸 바로 노렸겠지.

게다가 '죄를 은폐'라니. 일부러 자극적인 단어만 골라서 말하고 있다.

"죄를 은폐라니. 그게 내 약이라고 밝혀진 것도 아닌데 단정 짓네. 혹시 알아? 내가 없는 틈을 타 다른 사람이 내 침실에 약을 넣어뒀을지."

"저택에 그런 일을 할 사람이 누가 있겠니, 페레샤티?"

"당신이 아니라면 한 사람 더 있잖아."

새어머니의 얼굴이 구겨졌다.

"레이나가 했을 수도 있지."

어쩌면…….

'아버지께서 이 약을 먹고 살해됐을지도 몰라.'

최악의 가능성을 열어둬야만 했다. 아니, 가능성이 아니라 최악의 진실일지도 모른다.

새어머니는 아버지가 평소 약을 드시는 걸 알고 있었다.

갑작스러운 죽음. 고통에 몸부림친 흔적은 있으나 독살 흔적도, 살해 흔적도 없었다.

그게 만약 아일렛의 피를 먹고 죽게 된 거라면 고통스러워한 것도, 다른 흔적이 나오지 않은 것도 모두 설명이 됐다.

'일부러 지금 약을 꺼낸 거야.'

날 도발하기 위해서.

어떻게 알았는지 모르지만 내가 이 약에 대해 알고 있다는 걸 알아.

불투명한 의도가 너무도 훤히 드러났다.

'내게 뒤집어씌우려고 하는구나.'

감히 날 죽인 것도 모자라서.

분노가 치밀었다.

하지만 여기서 감정적으로 대응할수록 불리해지는 건 나였다.

나는 심호흡을 내쉬며 새어머니를 바라보았다.

"레이나는 네가 결혼한 뒤 얼마 지나지 않아 황녀 전하의 시녀로 궁에 갔단다. 황녀 전하께서도 알고 계시지."

"고용인들을 해고했다가 다시 고용했다며? 그럼 재고용하기 전에 당신이 내 침실 서랍장에 숨겨둔 거겠지."

"저런."

"내 침실에서 나왔다고 다 내 것이라고 우기면……."

나는 싸늘해진 표정으로 새어머니를 바라봤다.

"그럼 시프도 레이나 거였겠네. 그가 레이나의 침실에서 나오는 걸 본 적이 있거든."

새어머니의 손가락이 움찔 떨렸다. 주변이 웅성거렸다. 새어머니가 평정심을 유지하려 애썼다.

"억지구나."

색이 없는 눈동자가 곧 감정 없이 텅 비었다.

"그때 그건 그럴 일이 있었다고 설명해 줬었잖니, 페레샤티. 게다가 나도, 레이나도 이 약에 대해 몰라."

"그래?"

"여기 있는 사람들한테 이 약이 뭔지 물어보고자 꺼낸 거지."

주변에 함께 있던 귀족들이 고개를 끄덕이며 맞는 말이라고 동조했다.

"하지만 넌 이 약을 보자마자 놀라서 달려왔잖니. 그것도 모자라 내 손목을 세게 잡았지. 내가 보기에 너는 이 약의 용도를 잘 알고 있는 것 같던데."

막힘없이 술술 말하는 걸 보니 열심히 준비했구나.

"그래도 네 약이 아니라고 발뺌할 셈이니?"

답할 틈도 없이 새어머니가 알약이 올려진 내 손을 세게 쥐었다. 그녀는 우중충하니 어두운 얼굴로 울먹이듯 말했다.

"혹시 이 약이 백작님의 죽음과 관련이 있니?"

누가 써준 대본인지 기승전결이 아주 완벽하네.

흥미로운 싸움 구경을 보고자 지루한 재판 때보다 훨씬 많은 인파가 모였다.

"만약 정말 이 약이 백작님의 죽음과 관련이 있다면…… 설마."

새어머니가 내 손을 놓고 놀란 척 두 손으로 자신의 입가를 가렸다.

"남은 두 알은 나와 레이나한테 쓰려고……?"

거기까지 대본을 써둔 건가.

나는 혀를 쯧 내차고 새어머니의 손이 맞닿았던 피부를 툭툭 털어냈다. 이렇게 하지 않으면 피부에 벌레가 기어 다니는 것처럼 소름이 끼쳤다.

피해자인 척하는 모습을 보니 당장 저 입 속에 알약을 집어처넣고 싶었다.

'응? 잠깐만.'

저 입 속에 알약을 집어넣는다고?

'이거 아주 좋은 생각인데?'

나는 손바닥 위에 올려진 두 알의 알약을 바라봤다.

"당신은 이 약에 대해 모른다고?"

"그래. 난 그 약이 뭔지 궁금해."

"잘됐네. 나도 사실 이 약이 뭔지 잘 모르거든."

"뭐?"

"뭘 그렇게 놀라? 난 이 약을 안다고 한 적 한 번도 없어. 다 당신의 근거 없는 생각이었지."

새어머니가 어금니를 꽉 물었다.

"거짓말하지 말렴, 페레샤티. 처음 약을 보자마자 내 손목을 잡고 백작님께 이 약을 먹였냐고 한 건……."

"나야. 아버지께서 아이를 가질 수 없는 약을 오랜 시간 먹고 부작용이 있었을지도 모른다는 그 말을 오늘, 그것도 바로 조금 전에 들었었거든."

다시 주변이 소란스러워졌다.

"그래서 당신이 가지고 있는 이 약을 의심했던 것뿐이야. 합리적인 의심이지."

"……."

"잘됐다. 당신도 나도 이 약에 대해 모른다면……."

나는 새어머니의 앞으로 가까이 다가섰다.

"직접 먹어봐."

나는 새어머니의 얼굴 가까이 알약을 들이밀었다.

이 약이 독이라는 것을 알고 있는 게 분명한 새어머니가 순간적으로 뒤로 몸을 뺐다.

그리고 끔찍하다는 듯이 서둘러 자신의 얼굴 앞에 드리워진 내 손을 아래로 내렸다.

"페레샤티."

새어머니가 알약이 올려진 내 손을 둥글게 말았다.

"내가 아니라 네가 증명해야 하지 않겠니?"

"내가?"

"난 네가 백작님을 살해한 게 아닐까 의심하여 재판에 회부했단다. 비록 증거가 없어 무죄로 판결이 내려졌으니……."

새어머니는 증거가 없다는 말에 유난히 힘을 실어 강조했다.

"이참에 제대로 무죄를 증명하는 게 너도 마음이 편하고, 재판을 직접 지켜본 사람들도 깔끔하고 마음 편히 지낼 수 있겠지."

새어머니의 눈동자가 일순 반짝였다.

"네가 직접 먹어서 증명해 보렴."

왜 굳이 지금 여기서 이 약을 꺼낸 건가 했더니.

'너도 나랑 같은 생각이었구나.'

이 기회에 약을 먹여 날 죽일 계획이었어.

어차피 내가 약을 먹고 이곳에서 죽어도 다른 흔적이 나오진 않을 테니 갑작스러운 죽음이었다고 둘러대겠지.

게다가 그 모습을 본 사람들은 역시 이 알약이 수상하다며, 내가 이 알약으로 아버지를 죽였다고 수군댈 게 뻔하지.

"하."

실소가 터졌다.

일말의 죄책감이라고는 조금도 찾아볼 수 없는 행동들이었다. 그나마 사람으로서 대해주자는 마지막 선의마저 뚝 떨어졌다.

잔뜩 굳어진 내 얼굴과는 달리 새어머니의 눈동자엔 기대감이 서려 있었다.

"좋아."

내가 수락하자 새어머니가 입술에 피가 맺히도록 길게 찢어 웃었다.

아주 좋은 계획이었고 훌륭한 연기였지만, 그녀가 간과한 게 있었다.

"대신."

"……?"

"이 약을 당신이 숨겨둔 게 아니라는 걸 당신도 증명해야지."

첫째. 난 이 약의 '진짜' 정체를 알고 있다는 거고.

"당신이 이 약에 독을 바르고 날 먹이려는 걸지도 모르잖아. 이건 당신이 가져온 약이니까. 나 혼자 먹는 건 불공평하지."

둘째. 난 이 약을 먹어도 죽지 않는 유일무이한 사람이라는 거다.

"그러니까."

나는 손바닥 위의 알약 한 알을 집었다. 그리고 새어머니의 앞으로 다가가 그녀의 손바닥 위에 올려뒀다.

"동시에 같이 먹자."

"……!"

마치 무거운 추라도 올려진 것처럼 알약을 쥔 새어머니의 손이 미세하게 떨렸다. 새어머니의 빛을 잃은 눈동자가 거칠게 흔들렸다.

"왜 그래? 이 약이 뭔지 모른다고 할 땐 언제고? 같이 먹자니까 왜 그렇게 사색이 됐어?"

나는 보란 듯이 태연하게 웃었다. 새어머니의 입술에 맺힌 핏방울이 턱을 타고 아래로 흘렀다.

"걱정하지 마. 나도 먹을 거니까. 감히 대신전 앞에서 누가 거짓을 말하겠어? 아, 여기 모인 사람들이 증인이 되어줄 거야."

새어머니가 서슬 퍼런 눈빛으로 날 쏘아봤다.

"내가 먼저 먹을까?"

나는 환하게 웃으며 손에 쥐고 있는 알약 한 알을 입에 넣으려 했다.

그때였다.

"대공비 전하."

언제 다가온 건지 아데우스가 내 손을 빠르게 잡아 저지했다. 아데우스는 눈살을 찌푸린 채 나와 알약을 번갈아 봤다.

그가 고개를 숙여 내 귓가에 작게 속삭였다.

"그 약이 뭔지는 알고 드시려는 겁니까?"

당연하지.

……라고 할 수는 없다. 이건 라피레온가의 저주니까 내가 함부로 말할 수 있는 게 아니다.

"내가 어떻게 알겠어?"

내 즉답에 아데우스의 눈이 가늘어졌다.

"백작 부인이 처음 약을 꺼냈을 때 놀라면서 잡으셨잖습니까?"

"이 약이 아버지를 죽게 만든 건 아닌가 의심돼서."

말도 안 되는 변명이다.

하지만 어쩌겠는가. 내가 그렇다고 하고 또 약의 정체를 모르니 먹겠다고 하는데?

상식적으로 이게 독약이라는 걸 알면 먹겠다고 할 리가 없을 테니 날 의심할 순 없지.

내 표정을 한참 살피던 아데우스가 못마땅한 눈으로 알약을 봤다.

"먹지 않는 게 좋을 것 같습니다."

"왜?"

"약에 정말 독이라도 있으면 어쩔 건가요? 이게 대공비 전하의 의심대로 백작님께서 돌아가신 날 드셨던 약이라면."

아데우스가 야트막하게 한숨을 내쉬었다.

"정말 위험한 약입니다."

얘는 감이 좋은가 봐. 아주 정확히 맞혔다.

그러나 나는 모르는 척 아무렇지 않게 반문했다.

"설마 여기서 날 죽이려고 하겠어? 신전 앞이고 모두가 보고 있어. 약에 독이 들어 있다면 내가 죽고 사인 조사를 할 때 확인되겠지."

물론 새어머니가 죽고 사인 조사할 땐 독성이 검출되지 않겠지만.

"……약에 독이 아닌 다른 걸 탔을지도 모릅니다. 중독성이 심한 마약류나 먹으면 미쳐버린다는……."

다른 약을 섞진 않았을 것이다. 다른 약을 쓰게 되면 내가 죽고 사인 조사를 할 때 검출이 되니까. 사인 조사할 때 검출이 안 되는 아일렛의 피만 썼겠지.

"죽지만 않으면 상관없어. 내가 지금 약을 안 먹으면 저 많은 사람 모두가 날 의심할걸."

아데우스가 곁눈질로 주변을 살폈다.

"내가 정말 이 약을 숨기고 있었고, 이게 아버지를 죽였다는 이상한 소문도 퍼질 거고."

그래, 죽지만 않으면 된다.

고통스럽기야 하겠다만은 어차피 나는 쓰러지기만 할 뿐, 죽지는 않으니까.

'물론 당신은 죽을 테지만.'

나는 여전히 어찌할 바를 모른 채 서 있는 새어머니를 매섭게 노려봤다.

지난 생에서도 직접 날 죽인 거로도 모자라 아버지까지 죽이고, 감히 이번 생에서까지 날 죽이려 하다니.

두 번은 안 당해.

'지옥에 떨어져라.'

나는 아데우스의 손을 차갑게 뿌리쳤다. 그리고 여느 때보다 환히 웃으며 알약을 먹으려 했다.

탁.

하지만 이번에도 또 실패했다.

"아, 이것 좀 놔줄래?"

아데우스가 내 손을 필사적으로 잡았다. 나는 다소 귀찮은 표정으로 혀를 쯧 내찼다.

"너무 충동적입니다, 대공비 전하."

"내가 알아서 할 테니까 빠져줬으면 좋겠는데."

"위험하십니다."

"안 위험해."

아데우스가 평소와는 달리 긴장한 얼굴로 날 저지했다.

"목숨을 가볍게 여기지 마세요, 대공비 전하."

그게 네가 나한테 할 말이니?

이제까지 앞뒤 안 가리고 불에 뛰어드는 나방처럼 덤벼든 게 누군데.

"죽음이 두렵지도 않으신가요. 대공비 전하를 아끼는 사람들이 슬퍼할 겁니다."

아데우스는 내 손을 놓을 생각이 없어 보였다.

나는 고개를 돌려 테르데오를 보며 눈짓으로 말했다.

'얘 좀 떼어내 줘.'

내 옆에 아데우스가 가까이 다가오면 늘 쏜살같이 달려와 떼어낼 땐 언제고.

테르데오는 미간을 찌푸린 채 마뜩잖은 표정으로 날 보고 있었다. 그 옆의 셀피우스는 내가 죽지 않는다는 걸 알면서도 말려야 하는지 내버려 둬야 하는지 어쩔 줄 몰라 했다.

"역시 못 먹는구나, 페레샤티."

시간이 길어지자 새어머니가 그럴 줄 알았다는 듯이 조소를 흘렸다.

"네가 먹으려 할 때 말리기로 약속된 거니? 그럼 넌 어쩔 수 없다는 듯이 약을 안 먹을 테고?"

"……."

"너무 눈에 보이는구나, 페레샤티."

나는 한기가 담겨 서늘한 표정으로 입꼬리를 비틀었다. 그리고 아데우스의 손을 차갑게 내치고 방해하지 말라는 뜻으로 그를 노려봤다.

"잘못 짚었어. 나 다음은 당신이야."

당신은 죽음으로 내게 사과해. 네 꾀에 네가 넘어가서 죽어봐.

나는 새어머니를 정면으로 보며 이번에야말로 알약을 입에 넣으려 했다.

"그럼 그대의 무죄는 내가 직접 증명하지."

순식간에 다가온 테르데오가 내 손을 막았다. 이어 생각할 틈도 없이 내 손에 있던 알약을 가져갔다.

"잠……!"

그리고 모두가 보란 듯이 알약을 입에 넣고 꿀꺽 삼켰다.

모든 사람의 시선이 테르데오의 목울대로 향했다. 그의 굵은 목울대가 위아래로 크게 움직이더니 꿀꺽 삼키는 소리를 냈다.

"……!"

옆에 있던 아데우스가 놀란 숨을 짧게 들이켰다. 새어머니 역시 창백해진 얼굴로 테르데오를 바라봤다.

침묵이 가라앉았다.

나는 너무 놀라 입술도 벙긋거리지 못한 채 그를 살폈다.

'괜찮나?'

모두의 시선이 집중되자 테르데오가 고개를 까닥 움직였다.

"나쁘지 않군."

그의 태연한 목소리에 어깨에 들어갔던 힘이 스르르 풀렸다. 약을 먹고 난 테르데오는 다행히도 멀쩡했다.

'같은 라피레온 가문의 저주가 걸려 있으니까 아무런 반응이 없구나.'

애초에 그 어떤 독도 통하지 않는다고 했고.

테르데오가 괜찮은 모습을 보니 안도의 한숨이 절로 나왔다.

그가 서슬 퍼런 시선으로 주변을 둘러보며 위협적으로 말했다.

"내 부인의 혐의는 이제 충분히 벗겨진 건가?"

그 누구도 테르데오의 말에 감히 반박할 수 없었다.

조용한 주변을 훑은 테르데오의 시선이 마지막으로 새어머니에게 박혔다.

"이제 그쪽 차례군."

아니, 정확히는 신전 앞에 모인 모든 사람의 시선이 새어머니를 향했다.

"……."

이제 와 상황을 피하기도 어려워 보였다. 새어머니가 손바닥 위의 알약을 조용히 바라봤다.

머리부터 발끝까지 통쾌한 전율이 일었다.

"왜 안 먹어?"

"……."

"방금 내 남편이 먹었잖아. 이제 당신 차례야."

나는 미동도 없는 새어머니의 앞으로 다가갔다. 그리고 알약을 집어 그녀의 입술로 가져갔다.

"자, 아."

입 속으로 알약을 꾸역꾸역 밀어 넣으려 하자 새어머니가 내 손을 거칠게 내쳤다.

"이런."

내 손에서 벗어난 알약이 땅으로 곤두박질쳤다. 미간을 찌푸리자 옆에 있던 셀피우스가 냉큼 알약을 주워서 내게 건넸다.

"삼 초 안에 주우면 다시 먹어도 된다고 배웠어요, 엄마."

"역시 내 아들이야. 똑똑하다, 우리 셀피."

나는 흡족한 표정으로 셀피우스의 머리를 쓰다듬었다.

"들었지? 삼 초 안에 주웠으니까 다시 먹어."

"대체, 대체 왜……."

새어머니가 손으로 입가를 가리며 혼란스러운 표정을 지었다.

'혼란스러울 만도 하지.'

직접 이 약을 사용해 봤을 테니 이게 독약이라는 건 아마 잘 알고 있을 것이다. 하지만 약을 먹은 테르데오가 죽지도 않고 멀쩡하니 황당할 수밖에.

아마 지금쯤 속으로 여러 생각을 하고 있겠지.

독약을 먹었는데 왜 안 죽을까? 어떻게 저리 멀쩡한 걸까? 혹시 가짜로 먹은 척을 한 거 아닐까? 아니면…… 이게 가짜 약은 아닐까?

많은 의문이 들겠지.

여러 궁금증이 담긴 새어머니의 표정을 보니 비튼 입꼬리에 조소가 걸렸다.

"그렇게 궁금하면 직접 먹어봐."

내가 강제로 새어머니의 입 안에 약을 집어넣으려던 그때였다.

"재판이 끝났는데도 여전히 소란스럽네요."

마치 이 타이밍을 기다렸다는 듯이 도돌레아가 인파를 헤집고 나왔다.

"뭔 일인가 했더니 재밌는 구경거리가 있었네요."

도돌레아를 발견한 새어머니가 마치 구세주라도 만난 것처럼 환히 웃었다. 새어머니는 내 손을 뿌리치고 급히 도돌레아의 뒤로 달려가 숨었다.

"……보는 눈이 많은데 현명하지 못한 대처네요, 대공비."

아까 그냥 억지로 약을 먹였어야 했는데.

"별것 아닌 집안싸움입니다. 별로 즐겁진 않으니 지나가셔도 됩니다."

"그 집안싸움을 남들이 보는 앞에서 하는 게 문제죠."

주변의 시선을 의식한 걸까? 도돌레아가 평소와는 다르게 정말 미치지 않고 멀쩡한 사람처럼 대꾸했다.

"아시는지 모르겠지만 백작 부인께선 내가 아끼는 시녀의 어머니세요. 직접 본 이상 모른 척 지나갈 수만은 없겠네요."

도돌레아는 일부러 보란 듯이 새어머니의 손등을 다독거리며 웃었다. 새어머니가 도돌레아의 귓가에 무언가를 속삭였다.

'언제 저렇게 가까워졌지?'

레이나가 도돌레아의 전속 시녀로 들어가긴 했다만. 그것과는 별

개로 두 사람의 관계가 끈끈해 보였다.

 도돌레아를 전적으로 의지하는 것처럼 보이는 새어머니. 직접 재판까지 보러 온 도돌레아.

 '아.'

 자그맣게 벌어진 입술 사이로 탄성이 흘렀다. 잃어버렸던 퍼즐 조각이 맞춰졌다.

 '새어머니의 빚을 갚아주는 것도 모자라 고용인들의 밀린 임금까지 내주고, 또 생활할 수 있게 도와준 게 도돌레아구나.'

 그래, 이제야 알 것 같았다.

 아무런 뒷배도 없는 새어머니한테 회수할 수도 없는 커다란 돈을 서슴없이 내어줄 사람이 있을 리가 없지.

 '아마 시작은……'

 레이나였을 것이다. 시프를 황실 기사단에 넣어달라고 했을 때처럼 갖은 투정을 부렸을 게 뻔했다.

 '그런데 도돌레아가 왜 새어머니를 돕지?'

 레이나를 시녀로 두고, 시프를 황실 기사단에 넣어주고, 새어머니의 큰 빚을 갚아주면 무슨 이득이 있길래?

 '혹시 내 가족을 자신의 편으로 만들면 내 약점이 된다고 생각했나?'

 만약 그런 거라면 한참 잘못 짚었는데.

 나는 도돌레아와 새어머니, 그리고 레이나를 차례로 보며 혀를 쯧 찼다.

 마침 모든 상황을 전달받은 도돌레아의 시선이 나를 향했다.

 "라피레온 대공비."

 도돌레아가 우아하게 웃으며 성큼 다가왔다. 저 미친 황녀가 정상인과 다른 게 없어 보이기까지 했다.

 "이런 일일수록 대화가 필요하죠."

도돌레아가 내게 가까워지려 하자 테르데오와 셀피우스가 황급히 앞을 막아섰다.

특히 테르데오는 아까 재판장에서 했던 말을 행동으로 옮기려는지 검에 손을 얹고 있었다.

"잠깐."

나는 놀란 표정을 갈무리한 후 두 사람의 어깨를 쥐었다. 테르데오와 셀피우스가 동시에 고개를 돌렸다.

"……보는 눈이 많아."

나는 두 사람에게 기다리라는 눈짓을 보내고 앞으로 나섰다. 테르데오와 셀피우스는 못마땅한 표정이었지만 다행히 앞으로 튀어 나가진 않았다.

하지만 혹시라도 내게 해를 가하거나 허튼짓을 하려 하면 당장 달려들어 도돌레아의 목을 물어뜯을 기세였다.

도돌레아가 내 앞에 우뚝 멈췄다.

"든든한 경비네요."

그녀는 으르렁거리는 테르데오와 셀피우스를 재밌다는 듯이 바라보며 후후 웃었다.

"어때요?"

"뭐가요?"

도돌레아가 피식 미소를 지었다. 그녀가 마치 아이를 달래듯 내 어깨를 다독거렸다. 그러더니 오직 나만 들을 수 있도록 귀에 작게 속삭였다.

"내가 준비한 선물."

도돌레아의 숨결에서 고약한 냄새가 풍겼다.

"마음에 들어?"

절로 미간이 찌푸려졌다.

"아까 내가 선물 준다고 했잖아. 깜짝 선물이었어."

"……황녀께서 준비한 선물이었나요?"

"응. 표정을 보니 마음에 든 모양이네. 잘됐다!"

서슴없이 고개를 끄덕인 도돌레아가 선연한 웃음을 흘렸다.

이 대화가 들리지 않는 사람이 본다면 천사처럼 착한 황녀가 서로 죽이려는 모녀의 살벌한 싸움을 말리는 모습으로 보이겠지.

"내가 준비한 선물은 여기까지야. 계속하겠다면 굳이 말리지는 않겠다만."

도돌레아가 힐끔 눈동자를 내렸다. 그녀의 시선이 약을 쥐고 있는 내 손으로 향했다.

"지금 네가 쥐고 있는 그 약."

"……."

"그게 독약이라는 게 알려지면 곤란할걸."

"뭐……?"

놀란 눈동자가 바람에 나부끼는 앙상한 나뭇가지처럼 길을 잃고 흔들렸다.

'도돌레아는 이게 독약이라는 걸 어떻게 알았지?'

나도 모르게 뒤에 있는 새어머니를 바라봤다. 그녀는 나와 도돌레아를 보며 히죽 웃고 있었다.

'설마 새어머니가 이 알약이 독약이라는 걸 말했나?'

하지만 그걸 알려주면 자신이 내 아버지를 죽였다고 인정하는 거나 다름없을 텐데…….

'바보 같은 짓을 했네.'

돈으로 쌓인 신뢰 관계라고 한들 도돌레아 같은 미친 황녀가 무슨 짓을 할 줄 알고.

"내가 곤란해질 일을 황녀께서 알려주실 거 같진 않은데요."

"맞아. 네가 아니고……."

도돌레아가 힐끔 곁눈질로 테르데오를 바라봤다. 그녀의 입가에 만족스러운 미소가 걸렸다.

"라피레온 공이 곤란해질 거야. 지금 이곳에 쥐새끼 한 마리가 숨어 있거든. 그 약이 뭔지 알려지면 아마 꽤 볼만할 거야."

"쥐새끼?"

나는 빠르게 눈동자를 돌려 주변을 훑었다. 우리를 구경하는 사람들이 아주 많이 모여 있었다.

"그런데 가만 생각해 보니 곤란해하는 라피레온 공의 모습도 볼만할 것 같아. 귀엽겠어."

도돌레아가 주먹 쥔 손으로 입술을 가리며 후후 웃음을 터뜨렸다.

"어쩔래? 난 어느 쪽이든 좋아."

도돌레아가 부드럽게 눈을 휘었다.

그녀의 말을 모두 믿을 순 없지만, 혹시 정말로 이 약이 독약이라는 게 밝혀져 테르데오나 라피레온 가문의 사람들이 곤란해진다면······.

"쯧."

나는 혀를 내차고 손수건으로 쥐고 있던 알약을 감싸 주머니에 넣었다. 날은 오늘만 있는 게 아니니까.

도돌레아가 내 결정을 칭찬하듯 어깨를 가볍게 툭툭 털어주고 뒤로 물러났다.

"그래요. 대공비께서도 싸움은 멈추는 게 좋겠다고 생각하신다는 거죠?"

도돌레아가 미소를 지으며 큰 소리로 말했다.

"백작 부인께서도 가짜 약으로 대공비를 겁주려 했다고 인정하셨으니 이 일은 여기에서 멈추죠."

싸움이 흐지부지 끝나자 상황을 지켜보던 사람들이 실망한 표정으로 웅성거렸다.

"부인께서 남편을 잃은 충격으로 요즘 많이 힘들어하세요. 갖은 빚에 시달린 것도 공허한 마음을 채우려 하셨기 때문이죠."

남편을 잃은 충격? 참아보려 해도 자꾸 비웃음이 새어 나왔다.

'재산을 잃은 충격이겠지.'

도돌레아가 사람들을 선동하며 새어머니의 곁으로 다가갔다.

"하지만 지금은 마음을 다잡으려 여러 노력을 하고 있답니다. 이따금 이렇게 울컥하시는 것 같지만 다들 이해해 주실 거라 믿어요."

도돌레아가 안쓰럽다는 표정으로 새어머니의 등을 쓸어내렸다. 그리고 텅 빈 공허한 눈동자로 작게 중얼거렸다.

"……사랑하는 사람을 잃는다는 건 정말 죽고 싶을 만큼 큰 충격이니까요."

진심으로 슬픔이 담긴듯한 어조였다. 하마터면 나까지도 진심이라고 착각할 뻔했으니까.

'저 정도로 뛰어난 연기라면 오페라 배우를 해도 되겠어.'

도돌레아가 슬픔에 젖은 표정을 갈무리한 후 내게 물었다.

"그럼 이제 제가 부인을 모시고 가도 될까요, 대공비?"

저렇게 말했는데 데려가지 말라고 할 수 있을 리가 없지. 계속 덤볐다간 내가 요 며칠 언론을 뒤집기 위한 노력이 한순간에 물거품처럼 사라질지도 모른다.

나는 도돌레아의 보호 아래서 환희에 젖은 표정으로 웃고 있는 새어머니를 바라봤다.

"어머니."

그녀의 입으로 확답을 들은 건 아니지만 확실하다.

새어머니는 이 아일렛의 피로 내 아버지를 죽였을 것이다.

"지난번에 저택으로 찾아와 왜 초대를 하지 않았느냐고 물으셨죠?"

나는 도돌레아를 지나쳐 새어머니의 앞으로 다가갔다. 그리고 흘러내리는 머리카락을 귀에 꽂고 환히 웃었다.

"곧 어머니를 정식으로 초대하겠습니다. 그러니 그땐 둘이서 못

다 한 회포를 풀죠."

 내 말을 마지막으로 도돌레아는 새어머니와 레이나를 데리고 마차에 올랐다.

 마차에 오른 레이나가 창문 너머로 나를 바라봤다. 나와 눈이 마주치자 레이나가 어깨를 움찔 떨었다.

 '뭘, 봐.'

 나는 레이나를 향해 얼굴을 구기고 입 모양으로 말했다. 레이나가 눈동자를 이리저리 굴리더니 무언가를 말하고 싶은 듯 입술을 조그맣게 벌렸다.

 무언가를 말하는 것 같기는 한데 워낙 입술을 자그맣게 벌려서 알아들을 수가 없었다.

 '도대체 뭐라고 하는 거지?'

 나는 미간을 좁히고 레이나의 입술에 집중했으나 곧 그만뒀다. 알아볼 필요도 없다.

 '보나 마나 또 내 욕이나 하고 있겠지.'

 콧방귀를 끼기 무섭게 도돌레아가 마차의 커튼을 내려 우리 두 사람의 시선을 완전히 차단했다. 이윽고 세 사람을 태운 마차가 멀리 사라졌다.

 싸움이 완전히 끝나자 구경을 하던 사람들이 하나둘 자리를 떴다.

 새어머니와 함께 하하 호호 즐겁게 떠들던 무리도 맡은 역할을 다한 것처럼 미련 없이 뿔뿔이 흩어졌다.

 구경꾼들이 모두 사라지자 아데우스가 슬그머니 다가왔다.

 "아까 무례를 저질러서 죄송해요."

 "무례는 뭘. 괜찮아. 나 살리려고 그런 거니까."

 "……대공비께서는 아까 그 약이 가짜 약이라는 걸 알고 계셨나요?"

 "설마."

 "그럼 가짜 약이라는 걸 몰랐지만 그냥 충동적으로 드시려고 했다고요?"

"그래. 내가 그런 걸 알았을 리가 없지."

대충 뇌까리는 대답에 아데우스가 이해할 수 없다는 듯이 얼굴을 구겼다.

"너무 무모하셨어요, 대공비 전하."

"원래 흥분하면 감정이 앞서잖아."

남들이 볼 땐 감정이 앞선 내가 멋대로 행동하는 것처럼 보였겠지. 사실은 새어머니한테 약을 먹이기 위해 철저하게 계산하고 한 행동이었지만 말이다.

"정말 독이었으면 어쩔 뻔……."

아데우스가 입 밖으로 꺼내는 것마저 끔찍하다는 듯이 꾹 다물었다. 그의 안색이 파리해졌다.

"설마 내가 죽을까 봐 진심으로 걱정했어?"

의외의 모습이었다. 내가 뭘 해도 눈 하나 깜빡하지 않을 것 같았는데.

내 질문에 아데우스가 차분히 시선을 내리깔았다.

"……글쎄요."

걱정하면 한 거고, 안 하면 안 한 거지. 글쎄요는 무슨 글쎄요야?

"아마도."

"응?"

"……대공비 전하께서 일을 당하시면 제가 '라피레온 안주인이 제일 아끼는 친구'가 될 수 없으니까 그랬겠죠."

평소처럼 장난스러운 말투였지만 아데우스의 얼굴엔 희미한 미소도 걸려 있지 않았다.

작게 중얼거린 아데우스가 그 답마저도 마음에 안 드는지 미간을 찌푸렸다. 그리고 몸을 뒤로 휙 돌렸다.

"이만 돌아가겠습니다."

오늘 진짜 별일이네. 맨날 저리 비키라고 해도 원하는 걸 얻을 때까지 귀찮게 하더니 먼저 가겠다고 할 줄이야.

"아데우스."

내 부름에 아데우스가 걸음을 멈추고 복잡한 얼굴로 돌아봤다.

"아까 날 살리려고 해서 고마워."

"……제가요?"

"그래, 네가."

내 외침에 아데우스가 혼란스러운 표정을 지었다.

"혹시 내가 죽을까 봐 걱정한 건 정말 친구 같기도 했어."

아데우스가 마치 쓴 약을 먹은 것처럼 얼굴을 세차게 찌푸렸다. 아데우스는 고개를 몇 차례나 갸우뚱거리더니 대답도 없이 사라졌다.

"엄마."

이 모습을 한참 바라보고 서 있던 셀피우스가 곁으로 다가왔다.

"저도 아까 엄마 살리려고 했어요. 걱정했고요! 그런데 엄마가 기다리라고 해서…… 그리고 엄마가 다 생각이 있을 것 같아서 꾹 참은 거예요."

"당연히 알지, 셀피."

셀피우스의 머리를 부드럽게 쓰다듬자 아이가 아데우스가 사라진 곳을 바라봤다.

"그리고 이건 제가 아카데미에서 배운 건데요."

"응?"

"아무 때나 시도 없이 웃는 사람은 딱 두 부류래요."

"……응?"

셀피우스가 글자에 힘을 주며 말했다.

"바보거나, 바보인 척하는 놈팡이거나."

셀피우스가 이를 으드득 갈며 작게 중얼거렸다.

"하지만 저놈은 두 부류에 다 해당하는 것 같네요. 바보 같은 놈팡이. 저런 놈은 상대도 하지 마요, 엄마."

셀피우스는 아데우스가 무척이나 마음에 안 드는 모양이다.

나는 야트막하게 웃으며 뒤를 돌아 테르데오를 바라봤다.

"셀피가 아카데미에서 이상한 걸 배우는 것 같은데 어떻게 생각 하…… 테르데오?"

그의 얼굴빛이 평소와는 조금 달랐다. 나는 테르데오의 희게 질린 낯빛을 보고 깜짝 놀라 황급히 곁으로 다가갔다.

"왜 그래요? 어디 아파요?"

테르데오를 부축하자 그의 무게가 내게 쏠렸다. 순간 다리가 휘청거려 뒤로 밀릴 뻔했지만 나는 이를 악물고 참아냈다.

"각하!"

"마차를, 불러."

내게 기댄 테르데오가 셀피우스를 바라보며 힘겹게 입을 뗐다. 셀피우스가 급하게 끄덕이며 달려나갔다.

"왜 그래요? 어디 아파요?"

손을 뻗어 그의 이마를 쓸자 식은땀이 비 오듯 쏟아지고 있었다.

"땀이……! 테르데오, 당신 언제부터……!"

"쉿."

테르데오가 작게 바람 소리를 냈다.

"그런, 표정 짓지 말고, 평소처럼, 행동해."

테르데오가 낮게 읊조렸다. 목울대를 긁는 것처럼 사나운 목소리가 힘겨워 보였다.

"하지만 갑자기……!"

"조용히, 해."

말허리를 자른 테르데오의 숨소리가 불규칙적이었다.

"아직, 누군가 보고, 있을지도, 몰라."

"……."

"내가, 상태가 안 좋다는 걸, 알면, 그대의 뒷말이, 나오겠지. 기껏 내가 약을 먹은, 이유가 사라지잖아."

조금 전 도돌레아 황녀가 했던 말이 문득 떠올랐다.

'쥐새끼……'

나는 테르데오를 내 품에 더 기대게 하며 주변을 살폈다. 다른 사람의 시선은 느껴지지 않았다.

"……혹시 약 때문에 그런 거예요?"

놀란 마음을 진정시키려 해봤지만 목소리가 떨렸다. 아니, 분명 라피레온 가문끼리는 괜찮다고 했었는데.

"이런, 적은 처음, 이야. 약, 때문이, 아니라고, 확신할, 순, 없군."

테르데오가 덤덤하게 말했다.

나는 두 주먹을 세게 말아 쥐었다.

"그러니까 내가 먹는다니까 왜……."

"그대가, 먹었으면, 뭐가, 달라질, 줄 아나? 내가 먹어서, 그나마, 이 정도인, 거겠지."

테르데오의 말이 끝나자 셀피우스가 마차를 타고 나타났다. 우린 빠르게 테르데오를 부축하여 마차에 올랐다.

문이 닫히고 마차가 출발하기 무섭게.

"테르데오!"

"대공 각하!"

테르데오가 정신을 잃고 쓰러졌다.

※ ※ ※

저택으로 돌아오기 무섭게 테르데오는 고열에 시달렸다.

미리 연락을 받고 대기하고 있던 의사가 우선 상태를 빠르게 살폈으나 원인을 찾을 수 없었다.

피니어스에게 도움을 요청했으나 대공국에서 제일 빠른 말을 타고 출발해도 오 일은 걸릴 것이라는 답이 왔다.

더불어 테르데오의 상태는 직접 눈으로 봐야 하지만, 아일렛의 피를 먹고 나타나는 증상은 아니라고 덧붙였다.

우선은 열을 내리는 게 중요하니 도움이 되는 약재와 방법을 모두 써서 보내줬지만.

고열을 내리는 데 좋다고 소문난 약들을 모두 먹여도 쓸모가 없었다.

그렇게 테르데오가 고열에 시달린 지 벌써 삼 일이 지났다.

"……마, 엄마."

내 어깨를 두드리는 작은 손길에 나는 화들짝 놀라 눈을 떴다.

몽롱한 시야에 나를 안쓰럽게 바라보는 셀피우스가 담겼다.

"……내가 지금 졸았니, 셀피?"

"네. 그것도 의자에 앉아서 꾸벅꾸벅요."

셀피우스가 힘없이 웃으며 내가 졸던 모습을 흉내 냈다.

"엄마, 괜찮으세요? 여긴 제가 있을 테니까 가서 조금이라도 주무시고 오세요. 엄마도 벌써 삼 일째 제대로 안 먹고 못 주무셨잖아요."

약이 통하지 않으니 열을 내리기 위해서 나는 낮과 밤 상관없이 매시간 차가운 물수건으로 테르데오의 몸을 직접 닦았다.

그것도 별반 차도는 없었지만.

나는 몽롱한 눈을 비비적거리며 씩씩하게 말했다.

"잠깐 졸았더니 괜찮아졌어, 셀피."

창문 밖을 보니 어느새 밤이 내려앉아 있었다.

"너무 늦었다, 셀피. 여긴 내가 있으니까 걱정하지 말고 얼른 가서 자."

"하지만……."

셀피우스가 작은 손으로 내 눈가를 쓸었다.
"엄마 눈가가 검은색으로 칠한 것처럼 너무 까매요."
"그 정도야?"
"네. 눈만 까만 고양이 같아요."
셀피우스가 애써 웃었다. 그러다 먹구름이라도 낀 것처럼 우중충한 얼굴로 내 목을 꼭 끌어안았다.
"……각하께서 이대로 못 깨어나시면 어쩌죠?"
"그럼 깨어날 때까지 때려야지."
단호한 내 답변에 머리 위에서 하하 아이의 듣기 좋은 웃음소리가 들렸다.
"대공 각하가 누구한테 맞는 모습을 본 적 없어요."
"사실 이건 비밀인데, 나는 힘을 숨기고 있는 능력자야. 테르데오 정도는 내가 가볍게 제압할 수 있지."
괜한 너스레를 떨자 셀피우스가 그게 뭐냐며 웃었다. 나는 덩달아 웃으며 셀피우스의 등을 다독거렸다.
"그러니 걱정하지 마. 나 믿지?"
조금이나마 불안을 떨친 셀피우스가 고개를 끄덕였다. 나는 셀피우스의 머리를 쓰다듬으며 집사에게 명령했다.
"셀피를 침실로 데려가서 잠들 수 있도록 따뜻한 우유를 가져다 줘. 그리고 잠이 들 때까지 함께 있어 주고."
내 명령을 받은 집사가 셀피우스를 데리고 침실을 나갔다.
홀로 남은 침실에 숨을 쉬기가 힘들 정도로 무거운 적막이 내려앉았다.
"그러니까 그냥 내가 먹게 놔두지."
나는 죽고 다시 깨어나니까 이렇게 아프지 않고 괜찮았을 텐데.
'요새 힘들어서 몸이 약해져 있었나? 그때 아일렛의 피를 먹어서 저주가 강하게 작용한 거 아냐?'

하지만 추측일 뿐 확실한 건 없었다.

나는 한숨을 내쉬고 테르데오의 이마를 만졌다. 그새 다시 열이 올라 있었다.

나는 익숙하게 차가운 물수건으로 그의 이마와 목, 팔을 닦았다.

그리고 열을 내리기 위해 거의 걸치다시피 해 둔 얇은 셔츠를 활짝 열었다.

몇 번을 봐도 선명히 갈라진 근육들은 익숙해지지 않았다.

'이건 그냥 아픈 사람이다. 아픈 몸. 아픈 인형. 아픈 빨래판.'

벌써 몇 차례나 한 일이지만 그의 몸을 닦는 건 적응이 안 된다.

'아픈 근육. 근육은 그냥 조직을 형성하는 데 필요한 것뿐이야. 아픈 피부. 그냥 아픈 가죽.'

평정심을 잃지 않으려 속으로 되뇌며 나는 열심히 테르데오의 몸 곳곳을 물수건으로 닦았다.

내가 하는 행동은 일종의 죄책감이고 자기 합리화였다.

나 때문에 먹지 않아도 될 약을 먹었으니 그의 아픔은 온전히 내 책임이었다.

"언제 깨어날래요?"

물수건을 내려놓고 나는 힘없이 의자에 털썩 앉았다.

"셀피가 불안해해요. 당신이 잘못되어 또 버림받진 않을까 무서운 거겠죠."

늘 그렇듯 들려오는 대답은 없었다.

"당신은 셀피우스를 책임지는 보호자잖아요. 아이가 불안하지 않도록 하는 게 당신 의무예요."

밤이 내려앉은 저택은 조용했다.

침실 밖 복도를 거니는 발소리도, 창문 너머 들려오는 새소리도 모두가 잠이 드는 시간이었다.

어두운 밤은 모든 것을 집어삼켰다.

그리고 그 어둠에 테르데오의 뜨거운 숨결마저 잡아먹힐까 매밤이 두려웠다.

"사실은 나도 무서워요."

"……."

"당신은 날 책임지는 사람이기도 하잖아요? 그럼 내가 불안하게 만들지 말아야죠."

작은 투정에도 그는 여전히 묵묵부답이었다.

"이깟 열 따위는 털고 빨리 일어나요. 전쟁터를 자기 앞마당처럼 뛰어다닌다는 천하의 라피레온 대공이 이깟 열에 진다는 게 말이 돼요?"

"……."

"안 일어나면 당신이 싫어하는 일 죄다 해버릴 거예요."

안 일어나면 일어날 수밖에 없도록 만들어 주겠어.

가령…….

"아데우스랑 둘이서 스테이크 먹으러 갈 거예요."

그렇게 듣기 싫어하는 아데우스의 이름을 불렀는데도 테르데오의 얼굴에는 조금의 변화도 없었다.

"아데우스랑 오페라 극도 보러 갈 거예요."

이게 무슨 바보 같은 짓이람. 어깨에서 힘이 쭉 빠져나갔다.

'이대로 정말 깨어나지 않으면 어쩌지?'

그 생각을 하는 것만으로도 가슴이 꽉 막히기라도 한 것처럼 답답해졌다. 마치 물도 없이 찐 감자를 열 개, 아니, 스무 개를 연달아 먹은 것 같았다.

나는 울컥하는 마음에 고개를 떨구고 드레스 치맛자락을 세게 움켜쥐었다.

"그리고 나서는 아데우스랑……."

"레몬 셔벗은, 안 돼."

"……!"

잔뜩 갈라져 쉬어버린 목소리가 나지막이 들렸다. 나는 깜짝 놀라 떨리는 고개를 들었다.

실로 오랜만에 그의 붉은 눈동자에 내 모습이 담겨 있었다.

"내가 분명 저번에…… 그놈은 수상하다고 말했지."

"테, 테르데오."

"오페라 극도, 스테이크도 안 돼. ……먹고 보고 싶으면 내게 말해. 내가 함께해 줄 테니까."

붉은 눈동자에 못마땅한 기색이 역력했다. 잔뜩 주름진 미간이 눈물 날 정도로 너무 반가웠다.

조금 과장하자면 정말 너무 놀라 눈물이 찔끔 날 정도였다.

눈을 뜬 테르데오가 내 얼굴을 유심히 살폈다.

"왜 답이 없지?"

"지금 당신이 어땠는지나 알고 그런 말을 해요?"

"내가?"

테르데오가 눈살을 찌푸리며 기억을 더듬는 것 같았다.

"아, 내가 정신을 잃었던가."

"아, 내가 정신을 잃었던가, 라고요? 내가 얼마나……!"

얼마나 걱정했는데.

"그렇게 불러도 안 일어나더니…… 아데우스 이름을 부르니까 단번에 일어나요?!"

나는 괜스레 억울해져서 울컥하는 목소리로 외쳤다. 테르데오가 마뜩잖은 듯이 눈썹을 비뚜름히 올렸다.

"그럼 날 깨우려고 그 이름을 부르고 그 말을 한 건가?"

"그래요! 이대로 안 일어나면 당신이 싫어하는 걸 하려고 했으니까요!"

"다시는 하지 마."

테르데오가 단호한 표정으로 즉답했다.

"그 수상한 놈이랑은 절대 안 돼."

"……."

"지옥에 있다가도 그대가 그놈과 뭘 한다는 말을 들으면 기분 나빠서 살아 돌아올 것 같거든."

나쁜 놈 같으니라고.

테르데오가 멍한 표정으로 허공을 응시했다. 혹시 또 어디 아픈 건가 걱정스러운 마음에 다가가려 하자 그가 입을 열었다.

"그대가 꿈에 나왔는데."

"……."

"굉장히 기분이 더러웠어."

테르데오가 눈가를 좁히고 서늘한 목소리로 말했다.

"왜인지 그대가 굉장히 슬프게 울고만 있었거든. 그걸 보는데 왜 이렇게 기분이 더럽던지. 다시는 꾸고 싶지 않은 꿈이야."

나는 습관적으로 입술을 꽉 깨물려다 대신 주먹을 쥐고 테르데오의 팔을 내리쳤다.

퍽.

"……갑자기 왜……."

"입술 깨물 일 있으면 참지 말고 행동하라면서요!"

갑자기 얻어맞은 테르데오가 당황한 표정으로 나를 바라봤다.

"당신 며칠이나 안 일어났는지 알아요?"

"며칠? 몇 시간이 아니라?"

"자그마치 삼 일째라고요! 나랑 셀피가 얼마나 놀랐는데……!"

"……뭐? 삼 일이 지났다고?"

"어디서부터, 도대체 어디서부터 들었어요? 내 혼잣말이요."

"……그대가 아데우스와 스테이크를 먹으러 간다고 한 순간부터?"

아데우스 이름을 부르는 게 얼마나 싫었으면 그 이름에 반응했을까.

지금 이 순간만큼은 괜히 아데우스가 너무도 고마웠다.

"그럼 깨어났다고 바로 말했어야죠! 왜 괜히 뜸 들이고 늦게 말해요!"

무사히 깨어난 얼굴을 보니 긴장이 턱 풀려 괜스레 눈물이 날 것만 같았다.

"입술이 안 떨어지고 목소리가 안 나와서…… 그보다 내가 정말 삼 일간 누워 있었다고?"

자신이 삼 일씩이나 기절해 있었다는 이야기에 놀란 테르데오가 침대에서 상체를 일으켰다.

그러나 아직 고열이 내려가지 않아 어지러운지 휘청거리며 이마를 턱 짚었다. 나는 황급히 그의 상체를 부축했다.

"일어나지 마요. 아직 열이 안 내렸어요! 의사를 불러올게요."

"그 전에 목이 따가운데…… 마실 물이 있나?"

나는 우선 테르데오에게 미리 준비해 뒀던 물 한 컵을 건넸다.

삼 일간 수분 보충을 제대로 하지 못했던 테르데오가 갈증이 났는지 물을 벌컥벌컥 마셨다.

턱을 따라 흐른 물방울이 꿀렁거리는 굵은 목울대를 지나 그의 가슴팍으로 막힘없이 떨어졌다.

가슴을 타고 흐르는 물방울의 느낌에 테르데오가 고개를 내렸다.

그리고 단추가 잠기지 않은 채 입혀진 셔츠를 어이없다는 얼굴로 바라보며 뇌까렸다.

"……옷이 왜 이렇게……."

"아, 그건 당신이 너무 고열에 시달리는 바람에 제가 물수건으로 몸을 닦느라……."

"뭐?"

테르데오가 당황했는지 드물게 놀란 눈을 크게 떴다.

하긴. 갑자기 일어났는데 옷이 벗겨지다시피 하고 있으니까 놀랄 만도 하지.

나는 테르데오를 부축해 다시 침대에 눕히며 차근차근 설명했다.

"그러니까 열을 내리려는 최선의 조치였어요. 고열에 좋다는 약을 다 먹였는데도 열이 내려가지 않아서 위험했다고요."

"……."

"그리고 당신은 다른 사람이 몸을 만지는 걸 싫어하잖아요? 우선 열을 내리는 게 급선무니까 제가 물수건으로 매시간 몸을 구석구석 닦았어요."

테르데오의 벌어진 입술 사이로 놀란 탄성이 흘렀다.

"걱, 걱정하지 마요. 그렇다고 막 엄청 구석구석 본 것도 아니고…… 물론 구석구석 닦기는 했지만."

"구석구석……."

"의료 차원에서 필요한 정당 행위였어요! 당신의 벗은 몸 보면서 막 이상한 생각 하지도 않았는걸요!"

"이상한 생각……."

"아, 아니. 그리고 닦으면서 전 내내 이건 아픈 몸이다, 아픈 인형이다, 아픈 근육 덩어리다, 생각했다고요!"

말을 하면 할수록 이상한 변명이 되는 것 같지만 성심성의껏 걱정할 만한 일은 없었다고 설명했다.

"그런데."

"네?"

이야기를 듣던 테르데오가 내 얼굴을 유심히 바라보더니 마뜩잖은 듯이 얼굴을 구겼다.

"그대 얼굴은 왜 그렇지?"

응? 내 얼굴?

얼굴에 뭐라도 묻었나 손으로 더듬더듬 만지자 테르데오가 말을 이어갔다.

"얼굴빛이 안 좋은데."

"아. 안 그래도 셀피도 보더니 눈만 까만 고양이 같다고 하더라고요. 내 얼굴이 그렇게 엉망진창이에요?"

"얼굴색이 안 좋아. 혹시 내가 아픈 사이 누가 그대를 괴롭게 했나?"

침대에 누운 테르데오가 나를 구석구석 훑었다.

"누가 그댈 괴롭힌 거라면 당장 말해. 어디 다친 곳은 없나?"

"참나. 지금 누가 누굴 걱정하는 거예요. 그리고 누가 저 괴롭히지도 않았어요. ……아, 굳이 말하면 당신이 절 괴롭혔죠."

"……내가?"

"아까 말했잖아요. 매시간 당신 몸을 닦았다고. 덕분에 당신이 아픈 삼 일간은 제대로 먹지도 자지도 못한걸요."

내 말은 생각도 못 했는지 테르데오가 멍하니 입술을 벌렸다.

나는 차가운 물수건을 교체한 후 의자에 털썩 앉았다. 그리고 열이 나는 테르데오의 이마를 익숙하게 닦으며 말했다.

"내가 일단은 당신 부인이잖아요. 남편 간호를 내가 해야지 누가 해요."

내 손가락이 이마에 닿을 때마다 테르데오의 몸이 눈에 띄게 굳었다.

"날…… 간호했다고?"

"네."

나는 습관적으로 물수건으로 그의 가슴팍과 복부를 닦기 위해 손을 뻗었다. 그러나 내 손가락이 닿자마자 긴장으로 빳빳하게 굳은 근육을 보고 놀라 손을 거뒀다.

"미, 미안해요. 저도 모르게 습관적으로 그만."

"아, 아니…… 괜찮아."

괜히 분위기가 어색해졌다. 나는 물수건을 내려놓고 머쓱하게 웃었다.

"셀, 셀피는 지금 자고 있을 테니까 당신이 깨어난 건 내일 알려야겠어요. 의사를 먼저 불러올 테니까 잠시만 기다려요."

이 어색한 분위기에서 도망치고자 나는 황급히 자리에서 일어섰다. 그때 뒤에서 테르데오의 중얼거림이 들렸다.

"아플 때 누가 간호를 해준 건 처음이야."

마치 꿈이라도 꾸고 있는 것처럼 몽롱한 목소리였다. 그런 모습은 처음 보는 것이라 나는 발이 묶여 그대로 멈추고 말았다.

"아니, 아플 때 누가 옆에 있어 준 게 처음이군."

"……"

"……어릴 땐 아픈 내 옆에 누가 있어 주길 바라던 적도 있었지. 이 빌어먹을 저주 덕에 아무도 곁에 둘 수 없었지만 말이지."

수척한 테르데오의 얼굴에 자조적인 미소가 걸렸다.

"페레샤티."

테르데오가 고개를 돌렸다. 그의 붉은 눈동자가 나를 바라보자 마치 벼랑 끝에서 떨어진 것처럼 아찔한 기분이 들었다.

"그대는 정말 신기해."

"……"

"어떻게…… 그럴 수 있지? 마치 나를 꿰뚫어 본 것처럼 내가 제일 듣고 싶던 말과 내가 제일 원하던 행동을 할 수 있지?"

"……"

"그대는 대체 뭐길래."

그의 물음에 답을 할 수 없었다. 당연히 나는 그런 적이 없으니까.

"그래서 세르시아도, 셀피우스도, 아일렛도, 피니어스 님과 글로리아 님까지도."

"……"

"모두 그대에게 빠진 건가?"

이유를 알 수 없이 손끝이 저릿했다. 순간 어두운 밤의 장막이 걷히고 그 안에서 반짝거리는 별을 찾은 것 같았다.

"그럼 나도 이제 그대에게 빠지게 될 차례인가?"

테르데오가 나를 향해 웃고 있었다.

마치 저 붉은 눈동자가 내 온몸을 포박이라도 한 것처럼 움직일 수가 없었다. 마치 벼락이라도 맞은 것처럼 온몸이 찌릿했다.

나는 힘겹게 마른 입술을 겨우 뗐다.

"……또 장난치는 거죠?"

테르데오의 얼굴이 일그러졌다. 그러더니 그가 막을 새도 없이 침대에서 벌떡 일어섰다.

"누, 누워 있어요! 아직 열이!"

깜짝 놀라 소리쳤으나 테르데오는 들은 체도 하지 않고 내 앞으로 성큼 다가왔다.

열이 아직 내리지 않은 탓인지 가까이 마주한 테르데오의 얼굴이 붉게 느껴졌다.

"왜? 내가 그대에게 빠지는 건 안 될 일인가?"

테르데오가 뱉은 뜨거운 숨결이 타고 들어와 내 몸속에서 돌아다니는 것만 같았다.

뜨겁고 간질간질한 이 느낌.

아, 알겠다. 테르데오의 열이 옮은 게 분명하다.

"아, 아직 열이 안 내려서 그런가 봐요."

테르데오의 한쪽 눈썹이 비뚜름히 올라갔다. 그가 손을 뻗더니 내 뒤의 벽을 짚었다.

"내가 지금 아파서 헛소리한다는 건가?"

"원래 아플 때 누가 옆에 있어 주면 의지도 되고, 고맙고 막 그래요. 그래서 제가 더 특별하게 보이는……."

"나를 아무것도 모르는 애 취급 하는군."

테르데오가 고개를 비스듬히 기울인 채 나를 빤히 내려다봤다. 그가 시선을 내리깔자 그의 속눈썹이 깊게 드리워지며 묘하게 퇴폐적인 분위기를 만들었다.

"셀피와 자주 있다 보니 혹시 나까지 셀피 또래로 보이는 건 아니겠지."

"셀피랑 당신은 눈높이부터가 다르거든요."

나는 그를 올려다보던 고개를 옆으로 홱 돌려 시선을 피했다. 옆에서 보란 듯이 느껴지는 뜨거운 시선에 심장이 거세게 뛰었다.

"애초에 서로 원하는 걸 이루고자 일 년의 계약 기간으로 시작한 결혼이잖아요."

"그랬지."

"그런데 갑자기 왜 그런 말을……."

말끝을 흐리자 테르데오도 입술을 꾹 다물었다.

조용해진 침실 안에 누구의 것인지 모를 쿵쿵 힘찬 심장 소리가 크게 들렸다.

나는 손을 들어 심장 부근을 주먹으로 꽉 누르며 얕게 심호흡을 했다. 날 내려다보는 테르데오의 뜨거운 시선이 느껴졌다.

"……그렇게 무서워할 필요 없어."

"네?"

고개를 돌리자 테르데오가 어느새 몸을 뒤로 돌린 상태였다.

"이런 저주에 걸린 채 내가 누군가를 사랑하게 될 일은 없을 거거든."

"……."

"……게다가 엄밀히 말하자면 내가 빠지게 될 차례라고 했지. 아직 그대에게 빠졌다고는 하지 않았어."

윽.

테르데오의 말에 민망함이 온몸으로 느껴졌다. 순간 내 얼굴이 불타는 것처럼 화르륵 뜨겁게 달아올랐다. 이건 분명 테르데오의 열이 옮은 게 틀림없다.

"알, 알고 있어요!"

몸을 돌린 테르데오가 얌전히 침대로 걸어갔다. 아직 아프기 때문인지 그의 널찍한 어깨가 힘이 빠진 채 아래로 축 늘어져 있었다.

"그, 그럼 저는 의사를 불러올 테니까 여기서 잠시만 기다리세요!"

반박도 하지 않고 침대에 오른 테르데오의 귀가 붉게 물든 것 같았다.

역시 열 때문에 아직 아픈 게 분명하다.

나는 행여나 테르데오가 나를 또 부를까 싶어 뒤도 돌아보지 않고 급하게 침실 문을 열었다.

그러자 순간 복도를 뛰어가는 발소리가 들렸다.

고개를 돌렸으나 하인이 돌아다닌 건지 발소리 주인의 모습은 보이지 않았다. 순간 조금 전 테르데오가 했던 말이 또 떠올랐다.

'그럼 나도 이제 그대에게 빠지게 될 차례인가?'

그 말을 떠올리는 것만으로도 온몸이 뜨겁게 달아올랐다.

안 되겠어, 얼른 의사를 찾아가야 했다.

'의사가 열을 내리는 약을 주면 나도 좀 먹어야겠어.'

나는 후덥지근하게 달아오른 얼굴에 손부채질을 하며 의사를 부르기 위해 걸음을 옮겼다.

끼익.

뒤에서 문소리가 들리는 것도 모른 채.

※ ※ ※

앞에서는 수업이 한창이었지만 셀피우스는 좀처럼 집중하지 못

했다.

"하아."

움찔. 셀피우스의 한숨에 학생들의 몸이 동시에 튀어 올랐다.

이제 아이들은 셀피우스를 괴롭히지 않았다. 나이가 많은 높은 학년의 선배들도 셀피우스를 보면 멀리서부터 피해 다니기 바빴다.

"흐음."

셀피우스를 괴롭히던 삼인방이 눈 깜짝할 새에 수도에서 사라졌다는 건 유명한 이야기였다.

심지어 몸살이 나거나, 죽을 뻔한 위기에 놓였거나, 몸이 불구가 됐다는 소문 또한 말이다.

소문은 눈덩이처럼 불어나 와전됐다.

어떤 소문에선 세 가문이 죽었다고도, 혹은 작위와 재산을 모두 잃었다고도 했다. 또 다른 소문에서는 세 가문 모두 저주를 받아 병을 앓고 있다고도 했다.

부풀려진 소문의 내용은 각기 달랐으나, 경각심을 심어주기에는 충분했다.

"흐으음."

셀피우스가 얼굴을 구기면 아카데미에 저주가 내린다.

그 무서운 소문이 기정사실이 되지 않도록 아카데미의 모든 사람은 늘 셀피우스를 웃게 하고자 갖은 애를 썼다.

"흠."

그런 셀피우스가.

"흐으으음."

오늘은 아침부터 심기가 매우 불편해 보였다.

"셀, 셀피우스. 이거 먹어……요."

"어."

좋아하는 음료수를 줘도.

"저, 저기. 이, 이거 드, 드세요."

"어."

달콤한 디저트를 줘도.

"셀피우스. 이거 이번에 새로 나온 인형인데……."

"셀피우스. 어제 새로 산 장난감이야."

좋아하는 인형이나 아끼는 장난감을 줘도!

"어."

한 번도 웃지 않았다!

"하아."

같은 수업을 듣는 아이들은 맨 뒷자리에서 답답한 한숨이 새어 나올 때마다 깜짝깜짝 놀라며 심장을 부여잡았다.

그러거나 말거나.

셀피우스는 아침부터 온통 하나의 생각뿐이었다.

'원하는 걸 이루고자 계약으로 시작한 결혼……이라.'

셀피우스가 찡그린 표정을 한 채 톡톡 책상을 두드렸다.

어젯밤.

집사가 나간 후, 잠자리에 들려던 셀피우스는 자신이 아끼는 베개를 들고 다시 침실을 나섰다.

의자에 앉아 안쓰럽게 꾸벅꾸벅 졸던 페레샤티가 자꾸 생각나 편히 잠들 수가 없었다.

베개라도 주면 페레샤티가 편하게 앉아 있을 수 있지 않을까, 하는 어린아이의 순수한 배려였다.

그러나 침실 문 앞에 다다른 셀피우스는 안으로 들어갈 수가 없었다.

'그럼 나도 이제 그대에게 빠지게 될 차례인가?'

안에서 너무도 선명한 대화 소리가 들려오고 있었다. 게다가 그건 분명 테르데오의 목소리였다.

대공 각하께서 깨어나셨나 봐!

테르데오가 깨어난 걸 알게 된 셀피우스는 침묵의 환호를 지르며 발을 작게 동동 굴렀다. 베개를 꼭 끌어안고 신나는 춤도 췄다.

당장 안으로 들어가서 테르데오의 얼굴을 보고 싶은 마음과 두 사람의 시간을 방해하고 싶지 않은 마음이 공존했다.

두 사람의 침실로 들어가지도 못하고, 그렇다고 자신의 침실로 돌아가지도 못한 채.

어쩌면 좋을까, 내적 갈등을 겪고 있는 셀피우스의 귓가에 침착한 목소리가 연이어 들렸다

'서로 원하는 걸 이루고자 일 년의 계약 기간으로 시작한 결혼이잖아요.'

'그랬지.'

셀피우스는 어렸지만 그 말을 이해하지 못할 만큼 어린아이는 아니었다.

두 발이 얼어붙은 것처럼 떨어지지 않았다. 한참을 앞에 서 있던 셀피우스는 안에서 누군가 나오는 기척에 황급히 자신의 침실로 뛰어갔다.

사실 어떻게 침실로 돌아왔는지 기억도 제대로 안 났다. 들고 있던 베개가 떨어지지 않도록 두 손으로 꽉 잡고 뛰어온 건 기억이 나는데…….

그게 전부였다.

혹시 페레샤티가 눈치챈 건 아닐까 걱정되는 마음에 슬쩍 고개를 내밀었지만.

다행히 그녀는 아무것도 모른 채 빨개진 얼굴로 계단을 내려갔다.

셀피우스는 싱숭생숭한 마음에 제대로 한숨도 자지 못하고 꼴딱 밤을 새웠다.

'다행히 오늘 아침에 두 분은 눈치 못 챈 것 같았지.'

평소였더라면 당연히 테르데오한테 들키고 남았겠지만. 어제는 아팠기 때문인지 자신이 그 대화를 들었다는 걸 눈치채지 못한 것 같았다.

셀피우스는 문득 예전에 페레샤티와 마차에서 나눈 대화가 떠올랐다.

'네 말대로 아주 혹시, 정말 만에 하나라도. 내가 라피레온 대공가를 떠나는 날이 오더라도 난 언제나 네 엄마야. 이 마음만은 진심이라는 걸 꼭 기억해 줘.'

그땐 왜 그런 말을 할까 궁금했는데…… 그 말의 뜻이 오늘에서야 이해됐다.

어느덧 세 번째 수업이 끝났다.

하지만 셀피우스는 여전히 턱을 괸 채 같은 생각에 잠겨 있었다. 아이는 흰 노트 위에 깃펜으로 마구잡이 낙서를 칠했다.

두 사람 관계에 대해 처음 들었을 때 놀라긴 했으나 사실 새삼 큰 충격으로 다가오진 않았다.

수많은 이별에 익숙해져 있던 담담함이었다.

셀피우스에게 두 사람의 관계는 중요하지 않았다. 두 사람이 사실은 서로를 미워하는 상황이라 했어도 그렇구나, 하고 넘겼을 것이다.

중요한 건 페레샤티와 셀피우스, 자신과의 관계였다.

셀피우스한테 테르데오란 '아빠'라는 인식보다는 '대공 각하'라는 보호자의 느낌이 더 강했다.

하지만 페레샤티는 달랐다.

'어떻게 하면…….'

셀피우스는 페레샤티가 아주 마음에 들었다. 솔직히 말하자면 테르데오에게는 아주 무척이나 아깝다고 생각도 들 정도였다.

만일 자신이 테르데오의 후계자가 아니었다면 그와 헤어지고 더 좋은 남자를 만나자고 설득했을지도 모른다고 생각한 적도 있었다.

물론 페레샤티가 아깝지 않을 남자는 이 세상에 존재하지 않겠지만.

셀피우스에게 페레샤티는 단순한 보호자 이상인 '엄마'였다.

어쩌면 입 밖으로 말해본 적도 없는 그 단어. 평생 부를 일이 없을 것 같던 그 단어를.

자신이 먼저 부르고 싶게 만든 사람이었다.

태어나 처음이었다. 온전히 자신을 받아들여 주고 있는 그대로의 모습을 봐주는 사람. 자신의 상처가 징그러운 게 아니라 아프겠다며 공감해 준 사람.

셀피우스는.

'어떻게 하면 엄마가 안 떠나게 할 수 있을까?'

페레샤티가 떠나지 않길 바랐다.

셀피우스가 눈을 부릅떴다. 붉은 눈동자가 희번덕거리자 주위 아이들이 덜덜 떨었다.

아홉 살의 머리로는 밤새 생각해도 도무지 답이 나오지 않았다.

셀피우스가 머리를 굴리며 노트를 새까맣게 칠했다. 문득 아이의 시야에 홀로 앉은 여자아이의 뒷모습이 보였다.

셀피우스가 자리에서 벌떡 일어섰다.

"흐엑……!"

갑작스러운 셀피우스의 행동에 주변에 있던 아이들이 놀란 소리를 냈다. 셀피우스는 가볍게 무시하며 여자아이의 앞으로 걸어갔다.

"마리암."

이름을 부르자 아이가 고개를 들었다. 무심한 눈동자에는 꽤 오랜 세월이 담긴 것 같기도 했다.

"나 물어보고 싶은 거 있어."

"뭔데."

턱을 괸 마리암이 귀찮다는 표정으로 즉답했다. 무심결에 입을 열려던 셀피우스가 문득 주변을 둘러봤다.

모든 아이의 시선이 두 사람을 향해 있었다.

"……여기서는 좀 그렇고."

"……?"

"따라 나와."

셀피우스가 주머니에 손을 넣고 밖으로 나섰다. 아카데미에서 걸어 다닐 땐 주머니에 손을 넣는 게 습관이 됐다.

예전에 멋모르고 그냥 뺀 채 걸어 다니다가 뛰어오는 아이와 부딪친 후 넘어져 다칠 뻔한 적이 있었다.

그 뒤로 셀피우스는 최대한 맨살이 보이지 않도록 늘 주의했다.

물론 아무것도 모르는 아이들은 그런 모습을 보며 무서워했지만.

"……빨리 와!"

셀피우스가 뒤를 돌아 마리암을 향해 소리쳤다. 귀찮은 표정이긴 했으나 마리암은 팔짱을 낀 채 셀피우스의 뒤를 잘 따라오고 있었다.

마리암은 셀피우스가 괴롭힘을 당할 때 유일하게 방관하지 않던 아이였다.

그렇다고 적극적으로 나선 건 아니었으나 세 사람에게 그런 짓은 하지 말라고 충고도 하고, 가끔은 곤경에 빠진 셀피우스를 도와주기도 했다.

게다가 페레샤티에게 사실대로 말해주기도 했고.

그것만으로도 반에 있는 다른 아이들과는 달랐다.

무엇보다 마리암은 늘 어른스러웠다. 하는 행동, 말투, 생각. 모든 것이 전부.

아카데미의 교수들도 마리암은 어쩌면 천부적인 재능을 가진 아이일지도 모른다며 극찬하고는 했다.

'쟤라면 알지도 몰라.'

셀피우스가 아카데미 정원 구석으로 걸어가 벤치에 앉았다. 마리암이 짧은 다리로 흐느적 걸어와 셀피우스의 앞에 멈춰 섰다.

아이가 귀찮다는 표정으로 셀피우스를 내려다봤다.

"날 왜 불렀어? 널 따라 나온 건 네게 빚이 있어서야. 그러니까 용건만 간단히 말해. 귀찮아. 졸려."

이런 애가 무슨 천부적인 재능을 가졌다고. 셀피우스가 혀를 쯧 내찼다.

"하나 묻고 싶은 게 있어."

"뭐? 그럼 안에서 물어보면 되잖아."

"애들이 너무 많아서."

"……하, 그래, 묻고 싶은 게 뭔데."

마리암이 작은 손바닥으로 마른 얼굴을 연거푸 세수하듯 쓸어내렸다.

"서로 원하는 걸 이루기 위해 계약 기간으로 시작하는 결혼."

셀피우스의 말이 끝나기 무섭게 마리암이 이상한 표정을 지었다. 떨떠름한 얼굴을 한 마리암이 서늘하게 식은 목소리로 말했다.

"……너 지금 설마 나한테 청혼해? 기분 나쁜데."

"미쳤냐?"

셀피우스가 덩달아 얼굴을 구겼다. 기분 나쁘다니! 이 아무것도 모르는 게!

"그런데 나한테 갑자기 결혼 얘기를 왜 꺼내."

"그 말이 무슨 뜻으로 들리냐고 물어보려고 한 거거든?"

셀피우스가 혀를 쯧 내찼다. 마리암이 철없는 남동생을 보듯 셀피우스를 내려다봤다. 그리고 한숨과 함께 말했다.

"사랑해서 한 결혼이 아니라 서로 목적을 이루려고 한 결혼이라는 뜻이잖아. ……아니, 근데 이걸 나한테 물어봐야 해? 여기까지 나와서? 너 주변에 물어볼 사람 없어?"

역시 그런 뜻이 맞네.

셀피우스는 혹시 자기가 뜻을 잘못 받아들인 건 아닐까 싶었지만…… 저 반응을 보니 아무래도 그건 아닌 것 같았다.

"만약 계약 기간이 일 년이라고 한다면."

"일 년?"

"가정이야. 만약에 말이야. 그러면 일 년 뒤에 그 두 사람은……."

"결혼한 거면 일 년 뒤는 이혼이겠지."

역시 이것도 맞잖아!

셀피우스가 머리를 붙잡았다. 아이의 벌어진 입술 사이로 단전에서부터 끌어 올린 한숨이 터졌다.

"질문 끝났으면 나 이제 간다?"

셀피우스가 그러든지 말든지, 마리암은 졸린 눈으로 늘어지게 하품하며 몸을 돌리려고 했다.

"잠, 잠깐!"

셀피우스가 벤치에서 황급히 일어나 마리암의 앞을 막아섰다.

"그러면!"

"……?"

"난 그 두 사람이 헤어지는 게 싫어. 아니, 정확히 말하면 둘 중 한 명이 떠나는 게 싫거든!"

마리암이 이해할 수 없다는 표정으로 고개를 갸웃거렸다. 그러다 곧 알겠다는 듯이 고개를 끄덕였다.

"네 주변 사람 이야기였구나."

"헙."

정곡을 찔린 셀피우스가 놀라 손바닥으로 입을 가렸다. 하지만 마리암은 여전히 궁금하기는커녕 귀찮다는 태도였다.

"뭘 그렇게 놀라? 귀족들 사이에서 계약 결혼이 뭐 그렇게 비밀이라고."

"그, 그래?"

"공공연하게 열 명 중 반절은 다 그럴걸. 얻고 싶은 게 있어서 결혼하거나 서로 무슨 상황을 피하고자 결혼하거나. 다 그렇지, 뭘."

열 명 중 반절이나? 셀피우스가 손가락을 접어 반을 세어보더니 안도의 한숨을 내쉬었다.

"어쨌든 날 여기로 불러낸 게 그걸 물어보기 위해서야? 둘 중 한 명이 떠나는 게 싫어서?"

"그, 그래. 내 주변 사람 얘기는 아니고 그냥 아는 사람한테 우연히 들은 거야."

마리암이 '네네, 그러시겠죠'라고 대충 동조하며 태연하게 해결책을 제시했다.

"그럼 두 사람이 진짜 사랑하면 되잖아."

셀피우스의 귀가 토끼처럼 쫑긋거렸다.

"두 사람이 진짜…… 사랑?"

"그래. 이미 결혼했다며. 그런데 넌 일 년 뒤 그 결혼이 깨지고 한 명이 떠나는 게 걱정된다며?"

"그, 그렇지."

"두 사람이 진짜 서로를 사랑하게 되면 어떤 목적 때문에 시작했다고 하더라도 상관없게 되잖아."

"상관없게 된다고……?"

"그래."

셀피우스가 진지하게 생각에 잠겼다.

옳은 말이었다.

서로를 사랑하게 되면 페레샤티가 테르데오를 떠날 일이 없고! 그러면 자신을 떠날 일도 없었다!

셀피우스의 입꼬리가 둥실둥실 하늘 위로 춤을 추듯 올라갔다.

그러더니 이내 환한 얼굴로 고개를 번쩍 들었다.

"마리암."

셀피우스의 눈동자가 하늘에 떠 있는 별처럼 초롱초롱 빛났다.

"넌 진짜 천재구나! 교수님들이 말씀하실 땐 솔직히 네가 왜 천재라는지 이해 못 했는데, 이제 알 것 같아!"

셀피우스가 기분 좋은지 크게 웃으며 마리암의 어깨를 손바닥으로 가볍게 두드렸다.

아카데미에 셀피우스의 웃음소리가 크게, 그리고 아주 널리 퍼졌다.

각자 공부하던 학생들이 모두 웃음소리가 들리는 곳으로 고개를 돌렸다.

그리고 환히 웃는 셀피우스를 바라보며 아카데미에서 떠도는 소문의 저주에서 벗어났다며 안도의 눈물을 흘렸다.

물론 이런 걸 알 리 없는 셀피우스는 비장한 표정으로 두 주먹을 세게 쥐었다. 셀피우스의 가슴속에 원대한 목표가 세워졌다.

'대공 각하와 엄마를 사랑에 빠지게 하자!'

솔직히 엄마가 너무 아깝긴 하지만! 엄마를 잃고 싶지 않으니까 어쩔 수 없다!

셀피우스가 마리암을 내버려 둔 채 신이 난 발걸음으로 촐랑촐랑 뛰어갔다.

'그리고 우리 엄마를 보고 사랑에 안 빠질 사람이 어디 있겠어! 이 세상에는 없지!'

흥분한 셀피우스가 뛰어가며 콧김을 뿜뿜 내뿜었다.

얼른 책상으로 돌아가야 했다. 어서 빨리 돌아가서 이 계획을 짜기 위해!

두 사람이 사랑에 빠지게 하려면 우선 사랑이 뭔지에 대해 알아야 했다.

'집사한테 아카데미 수업 때 필요하다고 사랑 책을 사달라고 해야겠다!'

이왕 읽는 김에 테르데오도 함께 읽으면 좋을 텐데.

셀피우스가 봐도 테르데오는 너무 무뚝뚝하고 표현할 줄 모르는 남자였다. 그뿐이겠는가? 배려심도 없고, 소문은 무섭게 나고, 잘 웃지도 않고.

'생각할수록 우리 엄마가 아까워!'

그때였다. 셀피우스가 불현듯 반짝 떠오른 생각에 손뼉을 쳤다.

'그러면 대공 각하를 좋은 남자로 바꾸면 되지!'

난 역시 똑똑해!

셀피우스가 콧노래를 흥얼거리며 뛰어갔다.

그리고 아카데미에는 셀피우스가 마리암 리액트를 좋아한다는 소문이 널리 퍼졌다.

〈다음 권에 계속〉

시월드가 내게 집착한다 Ⅰ

초판 1쇄 발행	2024년 1월 31일
글	한윤설
발행인	신승한
표지 디자인	Opulence
편집 디자인	Opulence, 장지연
교정·교열	봉하연
기획	김다혜, 이경미, 임주은
발행처	주식회사 영컴
주소	08390 서울시 구로구 디지털로 32길 30 (구로3동 222-7) 코오롱디지털타워빌란트 902호
전화	02-6335-1750
팩스	02-866-1746
등록일	2018년 7월 9일
등록번호	제 25100-2018-000049호
ISBN	979-11-6779-383-6 04810 979-11-6779-382-9 (세트)

www.iyoungcom.com

ⓒ 2024 한윤설
이 책의 저작권은 한윤설에게 있으며, 출판권은 주식회사 영컴에 있으므로 본 책자의 전재 또는 부분을 복제, 복사하거나 전파, 전산장치에 저장하는 것은 법으로 금지되어 있습니다.

잘못된 책은 바꾸어 드립니다.